Clemens
Böckmann

# Was du kriegen kannst

Roman

Hanser

1. Auflage 2024
ISBN 978-3-446-28121-9

Umschlag: Designbüro Lübbeke Naumann Thoben, Köln
Motiv: © plainpicture / Joseph Charroy – Kollektion Rauschen
Satz: Greiner & Reichel, Köln
Druck und Bindung: GGP Media GmbH, Pößneck
Printed in Germany

MIX
Papier | Fördert
gute Waldnutzung
FSC® C014496
FSC
www.fsc.org

»Denn mit der Verwandlung der Produktionsmittel in gesellschaftliches Eigentum verschwindet auch die Lohnarbeit, das Proletariat, also auch die Notwendigkeit für eine gewisse – statistisch berechenbare – Zahl von Frauen, sich für Geld preiszugeben. Die Prostitution verschwindet, die Monogamie, statt unterzugehen, wird endlich eine Wirklichkeit – auch für Männer.«
***Friedrich Engels***

»Ich liebe doch alle … alle Menschen.
Ich liebe doch –
ich setze mich dafür ein.«
***Erich Mielke***

»Dichter sein heißt, die Menschen bewegen,
ihr Leben zu ändern.«
***Günther Weisenborn***

»Man führt nicht nur ein Leben als Mutter.
Man führt auch ein Leben als Frau.«
***anonym***

# Teil 2

# Ein Leben

Meinen ersten Freund habe ich auf Kur kennengelernt. Damals war ich in Bad Elster, weil meine Mandeln belegt waren und ich schlecht Luft bekommen habe. Vor allem nachts musste ich oft husten und konnte fast gar nicht schlafen. Deshalb haben die Ärzte mich an die Weiße Elster geschickt. Dort gab es Arkaden aus Salzsteinen, an denen die ganze Zeit das Wasser herunterlief. Wir mussten durch diese Arkaden laufen und dabei laut singen, damit die salzige Luft bis tief in die Lungen hineinkam. Drei Wochen waren wir dort und sind einfach jeden Tag möglichst lange durch diese Arkaden gelaufen und haben irgendwelche Lieder gesungen, die uns die Schwestern vorgegeben haben. Ich kann mich nicht mehr daran erinnern, welche Lieder es waren. Ist ja auch egal. Zehn war ich damals, und er war ein Jahr älter als ich. Er hatte wunderschöne braune Locken. Das habe ich geliebt. Das gefällt mir am allerbesten, bis heute. Wir haben uns dann auch noch mal wiedergetroffen, nach der Kur. Da ist er zu mir zu Besuch gekommen. Er hatte Eis gegessen vorher, und sein ganzer Pullover war vollgeschmiert mit Schokoladeneis. Das hat mir überhaupt nicht gefallen, und die Freundschaft ging dann auch schnell zu Bruch.

Später habe ich ihn nur noch selten gesehen. Er stand oft an der Ecke dieses Hauses, dort vorne. Er hat hier auch gewohnt, ganz in der Nähe. Zusammen mit seinen Freunden standen sie immer hier an der Ecke. Das war so eine Gruppe Jungs, die hatten keine Arbeit und haben viel Zeit da herumgestanden. Und natürlich auch früh angefangen zu saufen. Das habe ich aber nur am Rande mitbekommen, wenn ich in der Straße gegenüber zur Arbeit gegangen bin. Er hat mich damals schon gar nicht mehr erkannt – oder so getan, als ob. Jedenfalls war das nichts für mich. Ich habe die da stehen gesehen, wenn ich für das Geschäft abends die Tageseinnahmen zur Bank gebracht habe. Die haben dann rumgegrölt und waren besoffen. Damit wollte ich nichts zu tun haben. Ich weiß nicht, was später mit ihm geworden ist. Nach meinem Umzug kam ich dort einfach nicht mehr vorbei.

Zwickau, 27.4.1973

Werbevorschlag

Die Obengenannte entstammt einer Arbeiterfamilie. Sie wurde als 2. Kind von 2 Kindern ihrer Eltern dem ehemaligen Wirtschaftsleiter und jetzigen Rentner

Krahl, Heinz, geb. am 27.8.1907 in (schwarzer Balken)
wohnh. (schwarzer Balken)

und der Rentnerin

Krahl, geb. Strahmer, geb. am 9.12.1912 in (schwarzer Balken)
wohnh. wie oben

geboren.

Vom Jahre 1953 bis 1963 besuchte die Obengenannte in (schwarzer Balken) die 10 Klassenschule, die sie auch mit Erfolg abschloß.

Im Jahre 1957 trat sie der Pionierorganisation Ernst-Thälmann bei und im Jahre 1961 wurde sie jugendgeweiht. Im März 1963 begann sie die Lehre als Fachverkäuferin bei der Konsumgenossenschaft. Nachdem sie im Jahre 1965 ihre Lehre mit Erfolg abgeschlossen hatte, verblieb sie weiter als Fachverkäuferin und zwar vorerst als Fachverkäuferin für Konfektionserzeugnisse und ab 1971 Fachverkäuferin für Möbel im gleichen Betrieb.

1969 ehelichte sich die Obengenannte mit dem Studenten für Masch. -Oek.

Jörg (schwarzer Balken)

wohnh. in (schwarzer Balken)

Diese Ehe wurde im August 1972 wieder geschieden. Wie aus den Scheidungsunterlagen ersichtlich ist, war der Grund der Scheidung, daß die Obengenannte oftmals von ihrem Ehemann verprügelt wurde und sogar mit dem Messer bedroht worden ist.

Vor Uta auf dem Tisch stehen zwei Gläser Wein. Sie haben Flecken gebildet auf der Zeitung darunter. Kurz überfliege ich die Überschrift: *Ich bin menschlich enttäuscht*. Der Leiter des Verfassungsschutzes ist vorzeitig in den Ruhestand versetzt worden, weil er nicht in der Lage war, zu selektieren zwischen völkisch und demokratisch. Uta sitzt in der hinteren Ecke, auf einem Barhocker an einem Stehtisch, in einer schmalen, in die Länge gezogenen Bar. Der Tisch steht direkt an dem großen Schaufenster, das die spärlich beleuchtete Bar gegen eine neonerleuchtete Passage abgrenzt, ein enger Durchgang zwischen den Häusern, in dem nach und nach die anderen Ladengeschäfte aufgegeben haben. Einzig diese Bar gibt es schon seit über achtzehn Jahren, *die letzte Schwulenbar in der Leipziger Innenstadt*, sagt Uta. *Zapfhahn* steht über dem Eingang. Wir treffen uns immer hier. Zwischen 17 und 18 Uhr bekommt man zwei Getränke zum Preis von einem. Neben Uta steht ein großes Glas auf der Heizung, gefüllt mit lauwarmem Wasser, sie vermischt es nach und nach mit ihrem Wein. *Magenschonender*, sagt sie. Uta erzählt von ihrer Arbeit, einer unentgeltlichen Tätigkeit in einem Ladenlokal in der Innenstadt. Sie beschwert sich über die unsinnige Anordnung der zu sortierenden Gegenstände in den

Regalen, außerdem hat sie von der eintönigen Arbeit Schmerzen in der Schulter bekommen, diese haben sich auf den gesamten Arm ausgebreitet, haben sie bewegungsunfähig gemacht, sodass sie sich die vergangenen zwei Wochen krankschreiben ließ. Jetzt hebt sie den Arm und beginnt zu stöhnen, als er auf Höhe ihres Kopfes ist. Sie lässt den Arm wieder sinken, füllt mit dem anderen Arm bis zur Hälfte Wein in das leere Glas vor ihr, den Rest kippt sie mit warmem Wasser nach. Einer der Gäste aus dem vorderen Bereich der Bar kommt zu uns nach hinten in das kleinere Séparée, klaubt eine Handvoll Münzen aus seiner Hosentasche und macht sich an der Musikbox zu schaffen. Kurz darauf stolziert die Stimme von Klaus Kinski durch die Luft. *Und was bekam des Soldaten Weib / Aus der alten Hauptstadt Prag?* Noch bevor das Lied wirklich beginnt, hat der Gast sich bereits abgewandt. Durch den geöffneten Türspalt können wir die Männer vorne am Tresen mitsingen hören. *Aus Prag bekam sie die Stöckelschuh' / Einen Gruß und dazu die Stöckelschuh'*. Nach jedem Wort eine längere Pause. Ohne Eile singen die Männer, ohne außer Atem zu kommen.

Anfang des Monats war Uta für fünf Tage in Paris. Ein Nachbar hatte ihr das geschenkt. *Der hat im Lotto gewonnen, 5000 Euro oder so.* Seit über acht Jahren wohnt er zwei Etagen unter ihr. *1500 Euro hat er mir geschenkt. Einfach so. Hat gesagt, nimm du es. Ich versauf es eh nur.* Sie ist mit dem Bus nach Paris gefahren. Überall auf dem Weg hat er neue Passagiere abgeholt. Die Fahrt war *schrecklich*. An Paris aber liebt sie Montmartre und die Gemälde im Louvre, vor allem die Maler der Renaissance und der frühen Romantik, die detailliert gemalten Fassaden italienischer Häuser am Meer und die genau eingefangenen Farben der Wolken im aufkommenden Gewitter. Drei Postkarten hat sie sich davon gekauft und sie am nächsten Tag direkt verschickt, an alte Bekannte im Erzgebirge, damit diese sehen, *wie schön meine Tage in Paris sind.* Aus dem Kopf zitiert sie die Adresse des Hotels, beschreibt ihr Zimmer und wen aus dem Reisebus sie zufällig in einer Bar noch mal gesehen hat. Als sie den Namen der Bar sagt, muss sie lachen. *Meine französische Aussprache ist gut, oder?* Die nächste Happy Hour beginnt erst in einer Stunde. Ab 21 Uhr erhält man wieder das Doppelte seiner Bestellung. Utas erstes Glas Wein ist noch nicht zur Hälfte leer. Bis 21:59 muss sie ihre Bestellung einreichen. Bis dahin erzählt sie von Paris, wobei die Stadt *alles andere als billig ist, fast sieben Euro muss man für ein Glas Wein an der Champs-Élysées zahlen,* dabei gibt es doch in jeder Seitenstraße Nachtshops, eine ganze Flasche Wein kostet da nur drei Euro, und einen Becher bekommt man manchmal direkt dazu. *Du wirst noch überrascht sein, was alles kommt. Das war noch gar nichts. Da gibt es noch Geschichten, die hab ich dir noch nie erzählt. Davon weiß niemand etwas.* Ich nicke zustimmend, erinnere mich an unser letztes Treffen vor zwei Monaten und habe seinen Verlauf vor mir, und wie ich das Gespräch am Vorabend transkribiert habe. Uta ist müde geworden in der letzten halben Stunde – oder ich bin müde geworden, vom Sitzen und Zuhören, entscheide mich plötzlich, das Treffen zu beenden, verabschiede mich von ihr, wir drücken uns zweimal, dann gehe ich hinaus in die schmale Passage. Es ist mittlerweile dunkel, und kalter Wind zieht zwischen den Gebäuden hindurch. Es riecht nach Schnee. Ich fühle mich wie benommen, meine Augen sind stumpf, ich kann nichts mehr sehen und höre nur den Stoff meiner Kapuze, der langsam über meine Ohrmuscheln kratzt, während ich nach Hause fahre. Gegen 3:15 schreibt sie mir eine SMS: *Alles wieder eingefallen. Müssen uns dringend die nächsten Tage treffen.*

Die Obengenannte wird von ihrem Betrieb als eine gute Fachkraft eingeschätzt, die sehr sauber und ordentlich arbeitet, wird aber auch gleichzeitig als launisch und unausgeglichen geschildert.

In ihrer Verkaufsstelle ist sie diejenige Verkäuferin, die den höchsten Umsatz bringt. Dies ist wiederum bedingt durch die gut geführten Kundengespräche. Auseinandersetzungen in der genannten Verkaufsstelle gab es mit ihr öfter aus diesem Grund, daß sie vor Ladenschluß täglich (gegen 17.45 Uhr) die VSt. verläßt wegen der vorhandenen Fahrbedingungen zwischen ihrem Arbeitsplatz in Zwickau und ihrem Wohnort in (schwarzer Balken). Nachweislich verblieb sie aber in Zwickau an verschiedenen Tagen und hat die Verkaufsstelle trotzdem zu ihrer Zeit wie bereits erwähnt verlassen.

In ihrer Begleitung befindet sich meistens die Verkäuferin aus der Konsumgenossenschaft Zwickau

(schwarzer Balken)

wohnh. in Zwickau, (schwarzer Balken)

sowie auch oftmals die Verkäuferin vom Warenhaus (schwarzer Balken) aus Schneeberg

(schwarzer Balken)

wohnh. in (schwarzer Balken).

Alle Genannten werden als Männertoll eingeschätzt.

Seit dem 30.1.1972 ist die Obengenannte Mitglied der SED.

Gesellschaftliche Funktionen übt sie keine aus. Ansonsten kann gesagt werden, daß es sich bei der Obengenannten um eine attraktive Erscheinung handelt, die auch stets mit der neusten Mode gekleidet ist. Außerdem ist die Lohtner sehr kontaktfreudig und kennt auch einen großen Personenkreis, die in den Nachtbars in Zwickau verkehren. Im Wohngebiet wird sie als eine freundliche und hilfsbereite Person geschildert.

Sie hat eine eigene Wohnung und kommt auch jederzeit ihren Pflichten als Mieter nach. Das Haus steht in einer engen Straße, wo jeder jeden kennt. Fahrzeuge fallen dort sofort auf, weil diese Straße kaum befahrbar ist. Die Lohtner zog nach ihrer Scheidung in diese Wohnung ein. In der anschließenden Zeit hatte sie viele Männerbesuche. Die Herren kamen zu den verschiedensten Tageszeiten, zu Fuß, mit dem Auto – Trabant und Wartburg – und stiegen sogar über den Gartenzaun und durch das Fenster. Später, ohne eine genauere Zeitangabe, wurde es bei ihr wieder ruhiger und es kamen kaum noch Herren. Die Lohtner hat vermutlich zur Zeit keinen Freund.

6. Im Konsum achtet der
   (schwarzer Balken)
   streng auf ihr Verhalten, da er durch sie angeblich Minusdifferenzen hatte. Er sagt »Da macht sie in Lichtentanne nebenbei im Gasthaus »Zur Tränke« Bardame und bei mir im Laden schläft sie sich aus.« Dieser Sachverhalt war unter den VSt.-Leitern Tagesgespräch.

7. Der (schwarzer Balken) und sein Stellvertreter, Kollg. (schwarzer Balken) »passen ebenfalls auf sie auf«. Es erweckt den Eindruck, als suche man den Anlaß, um sie aus dem Konsum »hinaus zu jagen«. (Sind sie möglicherweise bei ihr beim »Versuch«, sich ihr zu nähern, abgeblitzt?)

In Zwickau wohnte auch eine gute Freundin von mir. Gisela hieß die, Gisi habe ich sie immer genannt, und eigentlich haben alle sie so genannt. Die hat am Rosenpark gewohnt. Da war gleich in der Nähe die *Astro-Bar*. Die hat in der zweiten Etage gelebt, und die Wohnung hatte nach vorne zur Straße hin einen Erker. Da haben wir manchmal abends gesessen, getrunken und den Eingang von der *Astro-Bar* beobachtet, um zu sehen, wer da hineingeht. Wir wussten dann immer genau, wer da war und wer noch nicht da war, und vor allem konnten wir sehen, ob neue Leute gekommen waren, welche, die wir noch nicht kannten, Ausländer vielleicht, auf der Durchreise oder zum Arbeiten in Zwickau, gut gekleidete Männer, solche, die Stil hatten. Die haben uns gut gefallen. Für die war die Bar auch immer ein Anlaufpunkt. Ich weiß nicht, warum das so war. Vielleicht weil das Theater und das Kino auch in der Nähe waren. Auf jeden Fall kamen solche Männer oft hierher. Dann haben wir uns schnell fertig gemacht und sind runter in die Bar. Gerade mit den Ausländern war es meistens ziemlich leicht, die kennenzulernen. Die hatten ja oft niemanden, mit dem sie unterwegs waren, und haben sich daher meistens gefreut, wenn ihnen jemand ein bisschen Gesellschaft geleistet hat. Dass die Gisi da gewohnt hat, hat es natürlich noch einfacher gemacht. Sie wohnte dort alleine, hatte weder einen Mann noch Kinder, dafür aber ein Schlafzimmer und ein Wohnzimmer und eine Küche. Da kam es dann auch schon mal vor, dass wir uns beide jeweils einen Mann mit hochgenommen haben, bei ihr zu Hause vielleicht noch ein bisschen weitergefeiert, und am nächsten Morgen sind die Männer dann wieder gegangen. Uns hat das gut gefallen. Wir hatten schöne Abende in der *Astro-Bar.*

Klar war mein Vati in der Partei. Und meine Mutti auch. Die waren früher in der KPD, bis die verboten wurde, und dann waren sie natürlich in der SED. Die waren quasi die ersten Mitläufer. Aber wohin sich das entwickelte, war nicht so in deren Sinne. Ausgetreten aus der Partei sind sie trotzdem nicht. Sie waren nach wie vor Kommunisten, aber mein Vati hat später immer gesagt, *mit Kommunismus, wie wir uns das vorgestellt haben, hat das alles wenig zu tun*. Aus der Partei austreten kam für ihn aber nicht in Frage. Bei meiner Mutti kann ich es gar nicht so genau beantworten. Zu den Parteisitzungen ist sie natürlich auch immer mitgegangen, ob sie sich da aber viel zu Wort gemeldet hat, kann ich nicht sagen. Sie hat meinem Vati auch später nicht widersprochen, wenn er sagte, dass das *alles nicht mehr in Ordnung* ist. Ganz früher hingen ein Bild von Marx und eines von Lenin bei uns in der Stube. Die wurden irgendwann dann vertauscht gegen Ulbricht und Stalin, bald dann Chruschtschow. Wenn es nach meinem Vati gegangen wäre, hätte er die bestimmt irgendwann lieber wieder zurückgetauscht, stattdessen kam Honecker. Direkt neben dem Fernseher hingen die. '62 haben wir den bekommen, und so wie fast alle Haushalte im Dorf hatten wir dann auch irgendwann eine selbstgebastelte Antenne auf dem Dach. Damit konnten wir West-Fernsehen empfangen, wenn auch schlecht, aber immerhin. Das war überhaupt kein Problem, außer wenn der Mann von der Schwester meiner Mutter kam. Der war Parteisekretär. Wenn es geklingelt hat, und ich habe von oben runtergeguckt, wer da so kommt, dann habe ich gesagt: *Vati, der Manfred kommt*. Und mein Vati hat immer erwidert: *Renn schnell auf den Boden und schaff die Fernsehantenne weg!* Dann hab ich schnell die Antenne umgerissen und auf den Boden gebracht. Irgendwann hat mein Onkel das verstanden und dann immer erst gefragt: *Funktioniert denn auch der neue Fernseher richtig?*

Ungefähr zur gleichen Zeit hatte ich meine erste *Unter vier Augen* in der Hand. Die war auf ganz dünnem Zeitungspapier gedruckt und in unglaublich schlechter Qualität. Meine Freundin Ines hatte die Zeitschriften bei ihrem großen Bruder gefunden und dann mit in die Schule gebracht. Wir haben die herumgereicht, und jede durfte sie sich mal angucken. Da waren wir alle mindestens sechzehn. Also kamen die Informationen für viele ein bisschen spät. Ein paar Sachen hatte man da ja schon ausprobiert. Gesprochen darüber wurde aber nicht. In der Schule hat man uns das Nötigste erklärt, und meine Mutti hat mich als junges Mädchen irgendwann zur Seite genommen. Das hat sie aber so gemacht, wie bei allen anderen Sachen auch. Sie hat mir gesagt, was ich machen muss, worauf ich achten soll, und *dass man Kinder kriegt, wenn man verheiratet ist.* Platz, um mal eine Frage zu stellen, war da auf jeden Fall nicht. Meine Regel habe ich das erste Mal mit elf gehabt. Ich dachte, ich habe mir in die Hose gepisst. Als meine Mutti das gesehen hat, hat sie geschimpft. *Blut geht so schwer wieder rauszuwaschen,* hat sie gesagt. *Hättest du nicht aufs Klo gehen können?* Ich weiß überhaupt nicht, wie sie das alles gemacht hat. Dabei liefen wir oft nackt durch die Wohnung, wenn die Handtücher in der Stube zum Trocknen hingen oder es nur am Ofen in der Küche warmes Wasser gab. Und erst recht, wenn ich im Sommer mit meinem Vati und meinem Bruder zum See gefahren bin. Da waren alle nackt, den ganzen Tag. Mein Vati hat seine Hose erst wieder angezogen, wenn wir mit dem Fahrrad auf dem Weg nach Hause waren. Aber was hätte der schon bei solchen Fragen gesagt?

Dann gab es bei uns im Betrieb einen, der war für die ganze Auslieferung der Ware zuständig. Das Möbelhaus war ein riesiges Gebäude, fast über einen ganzen Wohnblock hat sich das erstreckt. Oben und in der ersten Etage waren die Ausstellungsflächen, da war ich am Anfang eigentlich immer die ganze

Zeit. Weiter hinten waren noch die ganzen Büros, vom Leiter und von den einzelnen Abteilungen, und unten, im Keller, war ein riesiges Lager, da hatte er sein Büro. Zum Keller führte über den Hof eine Rampe, da war eine Tiefgarage, wo die Lastwagen und Transporter reinfahren konnten. Meistens war da unten viel Betrieb, immer Hektik, vor allem, wenn gerade wieder eine Lieferung kam oder rausmusste. Wenn nicht, konnte es auch sein, dass man da runtermusste, weil man aus dem Laden irgendeine Bestellung weitergeben sollte, und die Arbeiter dann da unten rumsaßen, rauchten, quatschten und den lieben Gott einen guten Mann sein ließen. Oft saßen sie dann auch gar nicht mehr da unten, sondern waren schon längst in irgendwelchen Kneipen. Vor allem freitags, nachdem es Geld gegeben hatte, war da eigentlich nie irgendwer anzutreffen. Die sind dann meistens sofort in die Kneipe gegangen und haben ihren Lohn versoffen. Wenn dann aber doch noch mal eine Bestellung rausmusste, hat mein Chef immer mich losgeschickt, die zu suchen. Den anderen Mitarbeiterinnen hat er das gar nicht zugetraut. Die hätten gar nicht gewusst, wo sie hätten suchen sollen. Ich wusste aber meistens, wo die saßen, und bin dann da hin und habe ihnen gesagt, dass es noch was zu arbeiten gibt. Manchmal habe ich auch erst mal ein Bierchen mit ihnen getrunken, bevor wir wieder zurück sind, aber in der Regel mochte ich die Kneipen gar nicht, in denen die so verkehrten. Das waren eben so ganz normale Bierlokale, hier in der Zwickauer Altstadt.

Der, der für die Auslieferungen zuständig war, war auf jeden Fall auch starker Trinker, so wie fast alle, er hat aber eher bei sich im Büro heimlich gesoffen, ohne die anderen. Nur selten saß der mal mit den anderen in der Kneipe, dafür hatte der auch eigentlich immer zu viel zu tun. Seine Aufgabe war es, die ganzen Waren zu koordinieren, also einen Überblick über das Lager zu haben, und vor allem den Aufbau zu organisieren. Die Möbel waren ja nicht fertig, wenn sie bei uns ankamen. Meistens mussten die noch vor Ort aufgebaut werden, vor allem ganze Schrankwände, vollständige Küchen und so was. Das dauert sehr lange. Er musste den Überblick haben, wann welcher LKW welche Ware wohin liefert, wie viele Leute da mitfahren müssen, wie lange dann ungefähr der Aufbau dauert, und was vielleicht die anderen in der Zwischenzeit in der Nähe ausliefern können. Und wir hatten fast im ganzen Erzgebirge Kundschaft. Da muss man schon gut überlegen, welche Möbel jetzt mit in den LKW sollen, welcher Kunde vielleicht noch auf dem Weg liegt und so weiter. Das war auf jeden Fall eine ganz schöne Koordinationsarbeit, sehr stressig. Wahrscheinlich hat er auch deswegen so viel gesoffen, aber er hat es immer irgendwie auf die Reihe bekommen.

Auf Grund verschiedener Unstimmigkeiten in der Möbelverkaufsstelle 5062 in Zwickau zwischen dem VSt. (schwarzer Balken) und seinem (schwarzer Balken), wurde mit der im Betreff Genannten ein Gespräch geführt. Von ihr wurde erklärt, daß sie seit 1971 in oben angeführter Verkaufsstelle als Verkäuferin tätig ist. Bei dem (schwarzer Balken) handele es sich um eine Person, der sehr dem Alkohol zuspricht und auch hin und wieder Frauengeschichten hat. Er habe vorher schon mehrere Arbeitsstellen gehabt.

Bei dem (schwarzer Balken) handele es sich um einen Menschen, der immer wieder versucht, ein gut harmonierendes Kollektiv zu spalten. Er spricht nie die Wahrheit und wird im allgemeinen als »hinterhältig« bezeichnet. Auf Grund seines Verhaltens bestehen seit längerer Zeit Zwistigkeiten zwischen ihm und dem VSt. Leiter sowie auch dem übrigen dort beschäftigten Personal. Über etwaige durchgeführte Manipulationen durch den (schwarzer Balken) konnte die Lohtner keine Angaben machen. Die Lohtner versprach aber, daß sie sofort bei Wahrnehmung von Verstößen gegen die bestehenden gesetzlichen Bestimmungen Unterzeichneten benachrichtigen will.

Zwei Jahre zuvor hat der noch neue Bundeskanzler aus Bonn die Haltung der Deutschen in Richtung Osten in Frage gestellt. Am 7. Dezember 1970 unterschrieb Willy Brandt in Warschau den Vertrag *über die Grundlagen der Normalisierung ihrer gegenseitigen Beziehungen*. Die in Aussicht gestellte Sicherung der Grenze ist dabei gleichzeitig die Überschreitung der inneren Grenze. Widerspricht das Schriftstück doch ausdrücklich nicht Artikel 7 des am 5. Mai 1955 in Kraft getretenen Deutschlandvertrags. Die »endgültige Festlegung der Grenzen Deutschlands«, insbesondere die Bestimmung der Ostgrenze Deutschlands, bleibt einer »frei vereinbarten friedensvertraglichen Regelung für ganz Deutschland« vorbehalten. Es ist einer der ersten Schritte einer Wiederverortung Deutschlands in Westeuropa, die bezweckt, die Konsequenzen des deutschen Krieges nicht als solche anzuerkennen.

Es ist der Winter 1972, die zitronengelbe französische *Göttin* noch nicht in Sicht. Uta arbeitet im Möbelgeschäft in der Zwickauer Altstadt. Durch ihre Eigenschaft als Pendlerin hat sie sich innerhalb des Betriebes eine Sonderrolle verschafft. Jeden Abend um kurz vor 18 Uhr wird ihr die Aufgabe zuteil, die gesammelten Tageseinnahmen, verpackt und verplombt in einen Stahlzylinder, zur Bank zu bringen, die auf dem Weg zu ihrer Haltestelle liegt. Mit diesem Gang schließt sie das Tagesgeschäft ab, selbst wenn die Ladentür noch für einige Augenblicke geöffnet bleibt. In der Regel befinden sich in dem Stahlgehäuse bis zu mehrere tausend Mark, abhängig davon, wie geschickt und zielstrebig die Verkäuferinnen sich im Laufe des Tages angestellt haben, welche Modelle sie empfohlen haben, ob es ihnen etwa gelungen ist, der Kundschaft neben einer Küche auch noch eine Couchgarnitur schmackhaft zu machen. Immer vorausgesetzt die Bereitschaft und Möglichkeit jener, überhaupt den verdinglichten Wert ihrer Arbeitskraft in Möbel jeglicher Art zu reinvestieren. Dieter heißt der Kollege, der Uta den verplombten und versiegelten Stahlzylinder überreicht, nachdem er sämtliche Tageseinnahmen aus dem hauseigenen Tresor genommen, gezählt und genaustens protokolliert hat. Das alles vollführt Dieter in einem der hinteren Büroräume im Erdgeschoss, den er eigens für diese Aufgabe aufsucht, da sich sein eigentlicher Arbeitsbereich im Kellergeschoss befindet, dort sitzt er als Logistiker der Warenein- und -ausgänge, jeden frühen Abend jeder Werkwoche unterbrochen von seiner Tätigkeit im Kassenbereich des Möbelgeschäfts, bei der Uta meist zeitgleich mit ihm im Büroraum weilt, ihre Arbeitsbekleidung ablegend und in die Abendgarderobe wechselnd. Sobald Dieter seinen Zählvorgang abgeschlossen hat, übergibt er ihr den Stahlträger, und Uta verlässt das Möbelgeschäft durch den Hauptausgang, durchquert die leeren Straßen, betritt kurz vor 18 Uhr die Bankfiliale, nur wenige Meter entfernt von der Haltestelle, von der um 18:06 Uhr der Bus Linie 2 sie in ihren Feierabend bringen kann, wenn sie fahren möchte. Als sie diesmal aber das Geld in der Bank abgibt, fehlen 50,– Mark. Kaum möglich, dass sie direkt auf die Unregelmäßigkeit angesprochen wird, und tatsächlich dauert es einige Tage, bis sich im Möbelgeschäft der Verdacht durch die Reihen genagt hat und bei ihr auf direktem Umweg ankommt, wobei zu dem Zeitpunkt schon drei weitere verplombte Tageseinnahmen ihren Weg in den Tresor der Bank genommen haben. Es gibt nur einen einzigen Zeugen, der vorzeigt, wie er das Ergebnis seiner Zählung schriftlich festgehalten hat, und dadurch weitere Fragen aufwirft, es nämlich ebenfalls für *unerklärlich* hält, wie das Geld hätte abhandenkommen sollen, außer die Geldkartusche wäre gewaltsam geöffnet worden. Uta ist stutzig, gerät in Rage, verweist auf den letzten Diebstahl einer solchen Geldkartusche, als Diebe gleich nach der damaligen Botin die Bank betraten, den Zylinder gewaltsam entwendeten und auf dem Fahrrad die Flucht ergriffen. Später fand man die gestohlenen Stahlzylinder im Marienthaler Bach, attackiert durch klägliche Bohrversuche, Ansätze zu kaum halben Löchern, im Inneren aber vollständig unversehrt, hatte die Geschichte eher zur Belustigung beigetragen, wobei Uta nicht unerwähnt lässt, dass die Diebe dennoch für mehrere Jahre in die Schillerstraße kamen. Die Sache verläuft sich, doch alle im Haus sind in Aufregung versetzt und dann mehr als das, als nur knapp drei Wochen später abermals von der Bank eine Fehlsumme gemeldet wird und Dieter sich diesmal sicher ist, offen Uta beschuldigt, der Leiter der Verkaufsstelle sie außerplanmäßig in sein Büro bestellt.

Dort im Büro ist zu Utas Überraschung ein weiterer Mann anwesend, den sie nie zuvor gesehen hat, der sich auch nicht weiter vorstellt, nicht benannt wird, stattdessen dem Inventar gleich das Gespräch starr über sich ergehen lässt. Zu ihrer Überraschung fallen alle drohenden Worte der Leitung erträglich aus, von *Versetzung* wird gesprochen, im unwahrscheinlichen Fall von *strafrechtlichen Konsequenzen,* Diebstahl als *asoziale Praxis, ganz und gar nicht im Sinne des Sozialismus* benannt. Nachdem der Leiter sich dieser Pädagogik bedient hat, rät er Uta, von nun an Dieters Zählungen zu überwachen, im Zweifel darauf zu bestehen, selbständig noch einmal die Geldbündel durchsehen zu dürfen und erst dann gemeinsam die Tageseinnahmen zu verplomben. Zwei Wochen später sitzt Uta wieder im Büro. Sie erzählt, was am Abend zuvor passiert ist, dass sie, im letzten Moment, ehe Dieter den Stahlzylinder versiegelte, darauf bestand, den Geldbestand noch einmal nachzählen zu dürfen, dass Dieter sich anfänglich weigerte, sie ihm aber zuredete, von beidseitigem Interesse sprach und dem Wohle der gesamten Belegschaft, er ihr dann das Geld übergab, sie einen Fehlbetrag von 50,– Mark feststellte, er sich schnell rechtfertigte und von einem Versäumnis sprach, einem Missgeschick. Der Leiter lobt sie über seinen Schreibtisch hinweg, spricht von einem vorbildlichen Einsatz und davon, dass wir *mehr Menschen wie dich gebrauchen* könnten.

Am Nachmittag kommen Polizisten ins Möbelgeschäft. Für den Tag beziehen sie Quartier im Büro des Leiters. Nacheinander werden alle Angestellten zu ihnen in den Raum geholt, machen dort mal kürzere, mal längere Aussagen und werden im Anschluss direkt nach Hause geschickt. Als Uta in den Raum geführt wird, sieht sie den Mann von ihrem vorletzten Besuch wieder. Er steht jetzt nicht mehr am Fenster, eingerahmt von den senfgelben Gardinen, die aller Wahrscheinlichkeit nach im VEB Spinn und Zwirn hergestellt wurden, sondern sitzt vielmehr auf der anderen Seite des Raums hinter dem Schreibtisch, eingerahmt von drei weiteren Gestalten, Uniformierten, denen die Uniformen beinahe über die Köpfe gewachsen sind, ihre Gesichter nahtlos eingefügt zwischen die harten Säume ihrer Mützen und die erstarrten Kragen ihrer Hemden. Als der Mann zu sprechen beginnt, ist Uta überrascht, so langsam redet er, offenbar versucht, den Dresdener Tonfall in seiner Sprache zu kaschieren, stellt er sich vor als Oberwachtmeister der Volkspolizei, geht mit ihr einige Fragen durch, denen er einzig protokollarische Aufmerksamkeit widmet, begegnet gleichzeitig ihren Antworten nicht nur mit zustimmenden Lauten, sondern redet ihr bestärkend zu, fortzufahren. Als ihr keine weiteren Antworten mehr einfallen, ergeht er sich in ausschweifenden Lobreden auf ihr *vorbildliches Handeln,* ihre schnelle und *rasche Auffassungsgabe* und ihre *praktizierte Diskretion.* Die übrigen Männer im Raum pflichten ihm bei, bestärken jede seiner Aussagen durch entsprechende Kopfbewegungen, treten, nachdem er seinen letzten Satz beendet hat, der Reihe nach vor, um Uta die Hand zu schütteln, sprechen ihren Dank aus. Als Letztes gibt ihr der Oberwachtmeister die Information mit auf den Weg, dass sie sich jederzeit an ihn wenden kann, wenn sie den Verdacht hat, Straftaten beobachtet zu haben, oder den Eindruck gewinnt, Menschen in ihrer näheren Umgebung würden sich in vorbereitenden Maßnahmen zur Begehung einer Straftat befinden. Danach schickt er auch sie vorzeitig in den Feierabend, nicht ohne zu vergessen, ihr einen kleinen Zettel mitzugeben, auf dem in sauberer Handschrift eine Telefonnummer vermerkt ist, *einfacher noch,* sagt er und weist auf die darüberstehende Adresse, *ist es, wenn du dorthin kommst. In der Regel ist immer jemand von uns vor Ort.*

Uta steckt den Zettel in ihre Hosentasche und tritt den Weg nach Hause an. Mittlerweile ist es Frühjahr geworden, und in Ost-Berlin verstirbt die Ehefrau des Ersten Sekretärs des Zentralkomitees, Edith Baumann, zu diesem Zeitpunkt bereits fast zwanzig Jahre von Erich geschieden, hat er doch 1952 mit Margot Feist eine Tochter bekommen, während Edith die gemeinsame Tochter Erika zur Krippe brachte. Nachdem Margot seinen Nachnamen angenommen hatte, wurde sie 1963 Ministerin. Edith hingegen gehörte ab 1953 nicht mehr länger dem Sekretariat des ZK an, blieb zwar noch bis 1961 Leiterin der *Arbeitsgruppe Frauen* des ZK, musste sich jedoch über fünf Jahre hinweg als Kandidatin des Politbüros mit Warten abfinden und ging in der Folge als Stadtverordnete zurück nach Berlin. Ihre Nachfolgerin als Leiterin der *Arbeitsgruppe Frauen* des ZK war seit 1961 Ingeburg Lange, der es nach über zehn Jahren am 9. März 1972 gelang, gegen vierzehn Stimmen aus der Fraktion der CDU in der Volkskammer das Gesetz *über die Unterbrechung der Schwangerschaft* durchzusetzen. Am Ende seiner Rede zur Begründung dieses Gesetzes sprach Prof. Dr. Ludwig Mecklinger allen Frauen und Mädchen dieser Welt die Anerkennung des Zentralkomitees aus und gratulierte ihnen mit diesem großartigen Geschenk zum Weltfrauentag. Um zu unterstreichen, wie sehr der Körper der Frauen dem ZK am Herzen lag, wurde im selben Gesetzestext die kostenfreie Abgabe der Pille auf Rezept ab dem sechzehnten Lebensjahr beschlossen. In den Wochen zuvor waren immer wieder Berichte zu hören gewesen, wonach Frauen in Görlitz oder Frankfurt seit längerem die Oder überschritten, um vor der zwölften Woche einen Abbruch ihrer Schwangerschaft vornehmen zu lassen.

Am 7.8.1973 wurde die Verkäuferin Lohtner, Uta nach hiesiger Dienststelle bestellt. Mit ihr wurde ein legendiertes Gespräch geführt, um dabei ihren Intellekt und ihre Mithilfe bei der Aufklärung von Straftaten kennenzulernen. Das Gespräch wurde unter der Legende geführt, daß die Obengenannte mit ihrer Freundin (schwarzer Balken) im Januar '73 bei dem (schwarzer

Balken) des Maschinenfertigungsbetrieb Zwickau, (schwarzer Balken) in dessen Wohnung auf Besuch weilten, und nach ihrem Fortgehen 200,00 Mark Bargeld gefehlt haben. Es wurde von ihr erklärt, daß sie sowie auch ihre Freundin (schwarzer Balken) nie bei diesem (schwarzer Balken) Geld entwendet haben konnten, da sie immer gemeinsam in einem Zimmer saßen. Sie erklärte sich aber bereit mitzuhelfen, diesen Diebstahl aufzuklären.

Auf Grund dieser Bereitschaftserklärung wurde übergeleitet zum eigentlichen Werbegespräch. Ihr wurde erklärt, daß mehrere Straftaten noch offen stehen, die einer schnellen Klärung bedürfen. Die Obengenannte erklärte sich bereit, jederzeit die Untersuchungsorgane bezw. die Sicherheitsorgane bei ihrer Arbeit zu unterstützen.

Sie war auch sofort bereit bestimmte Informationen, die von ihr schriftlich gemacht werden müßten, mit dem Decknamen »Anna« zu unterzeichnen.

7.8.73

Ich verpflichte mich freiwillig, den Sicherheitsorganen von in Vorbereitung befindlichen Verbrechen sofort Kenntnis zu geben. Weiterhin verpflichte ich mich, alle mir bekannt gewordenen strafbaren Handlungen den Sicherheitsorganen zu melden. Ich verpflichte mich weiterhin über das, am heutigen Tage stattgefundene Gespräch, gegenüber Jedermann strengstes Stillschweigen zu wahren. Meine schriftlichen Berichte werde ich mit dem Decknamen »Anna« abzeichnen.

Am 15. August 1973 schreibt »Anna« ihren ersten Bericht, handschriftlich, auf einem leeren Blatt Papier, das sie sich aus dem Zimmer ihres Kindes borgt, gibt dem Ganzen die Überschrift *Bericht* und notiert:

Die Wohnung des (schwarzer Balken) in Zwickau
(schwarzer Balken), kann ich wie folgt beschreiben:

1 Polstergarnitur Stilmöbel

1 Schrank Nußbaum dazu passend Anrichte

beide Schränke sind mit wertvollem Porzellan und Kristallgegenständen eingerichtet. Außerdem besitzt er diverse Pokale aus Silber, Zinn, Kupfer usw. Der Wert der gesamten Gegenstände beläuft sich auf ca. 50 000,–.

Anna

Uta ist nicht zufrieden mit sich, hat nicht das Gefühl, genau genug gewesen zu sein, holt sich ein weiteres Blatt Papier und notiert:

Im Wochenendhaus befinden sich ungefähr folgende Gegenstände:
Mobiliar:

1 Polstergarnitur 4-teilig
1 Tisch
1 Fernsehgerät
1 Kühlschrank
1 Elektroofen
1 großer Ofen mit Kaminabzug
2 alte Gemälde

Weiterhin befinden sich im Haus wertvolle Kupfer und Zinngegenstände, die ich leider nicht mehr im einzelnen aufzählen kann. Der Wert dieser Sachen beläuft sich, meiner Schätzung nach, auf ca. 15 000,– M., kann aber auch höher oder niedriger sein. In der Küche befindet sich ein Regal mit wertvollen Porzellangegenständen. Das ganze Haus ist mit Teppich ausgelegt. Von unten nach oben führt eine Treppe, die ganz besonders in der Art ihrer Anfertigung ist.

Danach hat sie diese beiden Papiere vor sich auf dem Küchentisch liegen, weiß nicht so recht, wie sie sie anfassen soll, dreht sie um, sieht die Tinte sich langsam durch das Papier nagen, faltet die Blätter zusammen. Zweimal halbiert sie die Bögen, jeweils der Länge nach, sodass nur zwei kleinere weiße Rechtecke auf dem Tisch liegen, als sie den Stift wieder verstaut und die Papiere in ihre Handtasche schiebt, den Reißverschluss schließt, sich die Tasche über die Schulter wirft und die Wohnung verlässt. Sieben Tage trägt sie die Zettel bei sich, im Innenfach ihrer Handtasche, bis es ihr gelingt, eine Verabredung mit ihrem Verbindungsmann zu realisieren, einem Oberleutnant des Kommissariats Zwickau, Maurer, dem diese Quelle von seinem Vorgesetzten anvertraut wurde, hat er sich doch in vorherigen Situationen bewährt, zeigt aber auch keinerlei Ambitionen, durch unangemessene Eifrigkeit auf eine schnelle Beförderung hinzuwirken, ist dafür bereits zu lange im Dienst und daher bestens vertraut mit den Gegebenheiten vor Ort. Im Büro des Möbelgeschäfts hat er sich schon einen ersten Eindruck von der potentiellen neuen Mitarbeiterin machen können und vereinbart nun ein Treffen mit ihr für den frühen Abend, kurz nach 18 Uhr, in derselben Lokalität wie beim ersten Mal, wobei dieses Treffen aus seiner Sicht unaufregend war, standardisiertes Kennlernverfahren, bei dem er die Informanten auf ein Glas Wein einlädt und versucht, ihre Aufregung und Nervosität in kontrolliertere Muster zu überführen. Jetzt drängt sie auf mehr, deutet am Telefon ihre bereits verfassten Berichte an, kommt zur verabredeten Uhrzeit in das Lokal an seinen Tisch, hat extra für diesen Anlass auf dem Weg noch ein Magazin für Wohnraumgestaltung erworben und dorthinein die Berichte gerollt. Sie überreicht ihm die Zeitschrift noch vor dem zweiten Glas Wein, er ist kurz nicht darauf vorbereitet, dass es ihr keineswegs um den Austausch von Gestaltungsideen für Wohn- und Küchenräume geht, deutet dann aber ihren Blick richtig und verlegt das Treffen kurzerhand, geleitet sie aus dem Café und betritt auf der anderen Seite des Häuserblocks mit ihr eine Wohnung. *Horst*, sagt er dabei zu ihr, was sie sich einprägen soll als Ortsbezeichnung für kommende Treffen, bittet sie, auf der Couchgarnitur Platz zu nehmen, nimmt ihr gegenüber ebenfalls Platz, entfaltet das Magazin und beginnt, ihre Berichte zu lesen. Er schaut die Notizen durch und kommt zugleich mit ihr ins Gespräch, gibt sich selbst als Porzellan- und Kristallliebhaber zu erkennen, wobei ihm seine Anstellung als Polizist eine beachtliche Sammlung finanzieren konnte, und überreicht ihr schließlich 50,– Mark, nicht ohne sie eine entsprechende Empfangsbestätigung unterschreiben zu lassen. Im Protokoll dieses Treffens, das am 24.8. Eingang in die Akten der Volkspolizei findet, notiert er unter »Berichterstattung des IM und Auswertung«: *Anschließend wurde mit dem IM eine Schulung über die Berichterstattung nach den W-Fragen durchgeführt.* Weiterhin notiert er, und hat es bereits der höheren Dienststelle gemeldet, unter »Nächster Treff«: *27.8.73 18 Uhr im TQu. »HORST« zur Berichterstattung über den Besuch in Leipzig am 25.26.8.1973. Zu diesem Treff nimmt der Gen. BALKE teil.* Innerhalb kurzer Zeit gelingt Maurer es, das Interesse der Informantin an den Möglichkeiten rund um die Herbstmesse in Leipzig zu wecken, indem er ihr die Anreize keineswegs ausformuliert, sondern eher davon schwärmt, welche Kostbarkeiten dort gehandelt werden und in welchem Ausmaß dort Wertgegenstände den Besitzer wechseln. *Dort gibt es viele spannende Männer, die du kennenlernen könntest,* sagt er, und: *Nimm, was du kriegen kannst.*

Uta stellt keine Rückfragen. Von Leipzig hat ihr schon einmal eine Freundin erzählt, die dieses Jahr zum dritten Mal zur Messe fahren würde, jetzt aber krank wird, fluchend zu Hause im eigenen Bett liegt, sich dankbar von Ehemann und Sohn gesund pflegen lässt, zwei Tage vor Messebeginn noch einmal mit Uta spricht und ihr eine Übernachtungsmöglichkeit vermittelt. Uta lässt sich für die letzten Tage im August im Möbelhaus beurlauben, packt für jeden Abend die passende Garderobe ein und fährt die kurze Strecke nach Leipzig. Sie kommt einen Abend vor der offiziellen Messeeröffnung an, findet ihre Unterkunft, findet aber nicht die Bars, in denen die Herren verkehren, die in den kommenden Tagen für die großen Geschäfte sorgen werden.

Anläßlich des Sicherungseinsatzes zur Herbstmesse 1973 lernte ich dort die (schwarzer Balken), wohnhaft in Karl-Marx-Stadt (schwarzer Balken) kennen. Von ihr erfuhr ich, daß sie umfangreiche Verbindungen zu männlichen Personen aus dem NSW unterhält. Ihren Äußerungen entnahm ich, daß sie diese Verbindungen auf der Grundlage sexueller Beziehungen herstellt und sich davon finanzielle Vorteile sichert. Unter anderem zeigte sie mir selbst Valuta in verschiedenen Währungen. Nach meinen Feststellungen hält sie sich in der Hauptsache im Hotel *Am Ring* in Leipzig auf. In der Auswahl des genannten Personenkreises ist sie nicht wählerisch. In der Regel werden die Leute durch sie getestet. Sobald sie feststellt, daß diese Leute vermögend sind bzw. für intime Beziehungen einen guten Betrag anbieten, geht sie die Verbindungen ein. Sie nutzt dabei einmal die Räumlichkeiten der Gäste bzw. die Wohnung einer Freundin. Sie erzählte mir unter anderem, daß ihr Ehemann über diese Beziehungen unterrichtet sei und sie billigt. Während der Zeit der zwei Messen hält er sich überwiegend von ihr fern. Die (schwarzer Balken) selbst machte mir dabei das Angebot, zu ähnlichen Zwecken die Wohnung der Freundin zu nutzen, wenn ich ihr dafür einen angemessenen Betrag in Valuta geben würde. Aus dem Erzählen der Frau (schwarzer Balken) konnte ich weiterhin entnehmen, daß sie bereits feste intime Verbindungen zu Bürgern aus der BRD, Schweiz, Niederlande usw. unterhält. Es kann eingeschätzt werden, daß Frau (schwarzer Balken) bei entsprechender Frisur usw. bei Männern anspricht. Ihr Auftreten in der Öffentlichkeit ist sicher auf den Partner ansprechend und der Situation niveauvoll angepaßt.

Die war drei oder vier Jahre älter als ich. Jeder Mann konnte sehen, was die da macht. Dafür musste man kein besonders geschultes Auge haben. Ich bin zuerst alleine hierhergefahren. Da habe ich zwar Männerbekanntschaften gemacht, aber habe dabei kein Geld verlangt. Natürlich habe ich auch mal welches bekommen, aber die meisten Männer haben mir einfach nur Geschenke gemacht, Strumpfhosen, Schmuck, Parfüm. Am zweiten oder dritten Tag hat dann sie sich zu mir gesetzt, Anett hieß die. Sie muss gesehen haben, was ich vorhatte. Sie ist nicht gleich mit der Tür ins Haus gefallen, sondern hat erst mal einfach nur ein bisschen mit mir gequatscht, wir haben was zusammen getrunken, uns einfach unterhalten. Das war am Nachmittag, da war noch nicht viel los, und wenn du da so in einem Hotel an der Bar sitzt, dann weißt du, was die andere Frau will. Ab da waren wir immer zu zweit unterwegs, weil es dann einfacher ist und du dich, gerade am Anfang, selbstverständlicher bewegst, einfacher in die Hotels hineingehst, dich an die Bar setzt und dir was zu trinken bestellst. Sie hat dann auch schnell angeboten, dass ich mit bei ihrer Freundin wohne. Aber das habe ich abgelehnt, dann wäre ich zu sehr von ihr abhängig gewesen. Stattdessen habe ich mir ein Zimmer bei einer älteren Frau gesucht, nördlich vom Bahnhof. Von dort konnte ich immer zu Fuß zur Messe oder ins Hotel *Astoria* gehen, später auch ins *Inter*. Das Zimmer war sehr billig, und die alte Frau hat überhaupt nicht interessiert, warum ich in der Stadt war. Ich weiß nicht, was sie sich gedacht hat, und Männer habe ich nur ganz selten mit zu ihr genommen. Wirklich gestört haben kann es sie nicht, denn ich habe in den Folgejahren oft noch bei ihr gewohnt.

Anett hat mir im Grunde alles beigebracht. Die hat mir alles erklärt, von Anfang an. Tipps hat sie mir gegeben, schließlich hat sie das schon eine Weile gemacht. Wie lange sie das schon machte, hat sie mir aber nie gesagt. Auch nicht, von wem sie das ganze Wissen hatte. Kann sein, dass sie sich das alles selber beigebracht hatte. Auf jeden Fall hat sie mir sogar ganz genau die Formulierungen gesagt, mit denen ich das Geld verlangen sollte. Und auch, wie viel ich verlangen sollte, hat sie mir gesagt. *Verlang das* und *verlang das*, hat sie gesagt. Ich hatte ja gar keine Ahnung. Und trotzdem hielt es bei mir Jahre an, dass ich nichts verlangt habe. Es kam immer auf den Mann drauf an. Bei dem einen habe ich was verlangt, bei dem anderen eben nicht. Sie hat mich danach immer gefragt. Bekommen habe ich immer was, Seife oder Parfüm oder Schmuck. Da hat sie dann gesagt: *Nein, du musst Geld verlangen. Die Geschenke machen dir die Männer sowieso.* Für mich war das einfach nur hilfreich, dass sie da war.

Ich wäre niemals auf die Idee gekommen, dass die STASI sie auf mich angesetzt hat. Ich musste das erst selbst ein paar Jahre machen, aber heute denke ich, zufällig hat sie mich nicht angesprochen, und es gab ja nicht viele, die wussten, dass ich nach Leipzig gefahren bin. Gefragt habe ich sie nie. Was hätte ich ihr denn dann sagen sollen? Irgendwann ist die Freundschaft auch auseinandergegangen, und ich habe sie vollständig aus den Augen verloren. Viel später, das war wahrscheinlich schon in den Neunzigern, saß ich hier unten im Hotel an der Bar, und da ging eine ältere Frau an mir vorbei, und ich dachte: *Mein Gott, was will denn diese alte Hure hier?* Erst beim zweiten Mal hinschauen habe ich sie erkannt, und irgendwie kamen wir natürlich auch immer noch auf unseren Schnitt, aber angesprochen habe ich sie nicht. Ich wollte das alles gar nicht wissen. Ich wollte nicht, dass die ganze alte Zeit wiederkommt.

Uta hält inne. Über uns jagen sich kleine Singvögel durch den Baum, und um uns herum ist der Boden klebrig. Die Linden blühen, und zu ihren Füßen überziehen Pollen den Boden mit einer süßlich duftenden, klebrigen Schicht. Uta wirft eine Zigarette auf den Boden, die aber nicht weit rollt, sondern direkt an der Stelle, an der sie auf den Boden trifft, hängen bleibt. Ihr Lippenstift ist daran zu sehen, ein leuchtend roter Farbrest, der den Filter vollkommen umrundet. Um uns liegen viele solcher Zigarettenreste herum. Es ist sehr heiß. Es ist August oder Juli. Wir haben unser Treffen zweimal auf einen späteren Zeitpunkt verschoben, weil sie bei dieser Hitze *keine Kraft hat, die Wohnung zu verlassen.* Die Sonne verschwindet langsam hinter den Häusern. Für den Abend hat Uta sich ein Stofftuch mitgebracht.

Zweimal hat sie sich damit bereits den Schweiß von der Stirn gewischt, jetzt ist sie dazu übergegangen, Wasser auf das Tuch zu kippen, um sich dann damit über die Handgelenke und den Nacken zu streichen. Später wird sie sich den nassen Lappen um den Hals legen, und das Wasser wird langsam durch ihre Seidenbluse sickern, dort verdunsten. Aus der Plastiktüte neben sich holt sie eine Ein-Liter-Packung Wein, füllt sich nach, hebt ihren Becher, wir stoßen an. Seit knapp zwei Stunden sitzen wir hier. Ich musste einmal kurz fort, um neue Batterien für das Aufnahmegerät zu besorgen, die erste Stunde war sie sichtbar angestrengt, oft schnaufend, die Füße weit von sich gestreckt, ohne Schuhe und Socken, mit den Fersen am Boden leicht festklebend. Jetzt ist sie in Gesprächslaune, kommt auf die letzten Jahre ihrer zweiten Ehe zu sprechen, stutzt kurz, weil sie plötzlich die Winter in Chemnitz vor Augen hat, wischt den Moment weg, steckt sich eine neue Zigarette an, schiebt fast zeitgleich ein Hustenbonbon in den Mund, kehrt um und findet sich in Leipzig ein, im September 1973. Als ich sie am Abend verabschiede, streichelt sie mir über den Kopf, sagt *mein Guter* zu mir, und wir rauchen noch eine ihrer langen, dünnen Zigaretten zusammen. Dann lasse ich sie im Park zurück.

Es ist Zufall, dass Uta und ich uns kennengelernt haben. Eine Freundin von mir war, im Rahmen ihrer Forschung in Leipzig, an einem Abend müde in eine Bar gegangen. An einem der Tische saß eine ältere Frau. Sie kamen ins Gespräch. Über vier Stunden erzählte Uta Einzelheiten aus ihrem Leben. Am nächsten Morgen rief die Freundin mich an, war verwirrt und überfordert und gleichzeitig eingenommen von einer Person, die sich ihr fast hemmungslos offenbart hatte. Vier Wochen später trafen wir uns zum ersten Mal zu dritt in Leipzig. Es war der Sommer 2017. *Ich habe schon öfter darüber nach-*

*gedacht, meine Geschichte aufschreiben zu lassen,* sagt Uta zur Verabschiedung. Über Umwege lasse ich ihr zwei ältere Bücher von mir zukommen. *So etwas habe ich mir überhaupt nicht vorgestellt. Das ist gar nicht mein Geschmack.* Wir entscheiden uns trotzdem dazu, es zu probieren und erste Treffen auszumachen, jetzt nur noch zu zweit.

Nach den ersten acht Monaten, in denen wir uns langsam und vorsichtig kennenlernen, während ich noch über 500 Kilometer entfernt wohne, wir uns nur alle zwei Monate treffen und Uta mir zwischendurch kurze, handschriftliche Briefe schickt, in denen sie abzuschätzen versucht, ob ich die passende Person bin, um sich ihrer Geschichte anzunehmen, beschließen wir, zusammen ihre Akten zu beantragen.

1995 war ihr schon einmal ein Brief von der BStU zugestellt worden. Eine Art *Vorgeschmack,* wie sie sagt. Ein kleiner Ausschnitt aus ihrer Akte, versehen mit der Anfrage, ob sie eine gesamte Akteneinsicht beantragen möchte. *Damals war ich in Langzeittherapie und knapp mit dem Geld. Ich habe mich gefragt: Bringt dir das was, dass du dann weißt, der oder die hat mich bespitzelt? Und dafür auch noch 150,– D-Mark zahlen?*

*Damals haben die mir vier oder fünf Seiten geschickt. Da waren die Namen geschwärzt. Eines weiß ich trotzdem noch: Da hat eine, die mich bespitzelt hat, geschrieben: »Die Krahl war mir namentlich vorher nicht bekannt. Aber ich habe festgestellt: Sie und ihr Kind gehen sauber und gut gekleidet. Und finanziell scheinen sie gut gestellt zu sein, denn sie hat vorherigen Monat sämtliche Gardinen in der Wohnung erneuert.« Erneuert? Da musste ich lachen. Weißt du, was ich gemacht habe? Ich habe die Gardinen vom Küchenfenster, das war hinten raus, ins Wohnzimmer, die aus dem Wohnzimmer ins Schlafzimmer gehängt. Einfach ein Ringtausch.*

*Die Leute haben damals viel über mich geredet. Das war ja auch klar. Du hattest immer viel Besuch, auch Ausländer, und gehst viel in die Kneipe, und siehst immer toll aus, auch mal mit Westklamotten.*

In ihrer Wohnung notiert Uta auf dem Formular des *Bundesbeauftragten für die Unterlagen der Staatssicherheit* alle notwendigen Informationen. Dann fülle ich die leeren Felder so gut es geht aus. Über Wochen trage ich den halb ausgefüllten Antrag mit mir herum, als würde ich versuchen, all den damit verbundenen Vorahnungen aus dem Weg gehen zu können, als könnte ich das, was sich dahinter verbirgt, abtragen. Als ich wieder bei Uta in der Wohnung bin, unterschreibt sie, gibt mir das Blatt zurück, und wir machen uns zusammen auf den Weg zum *Dittrichring 24*, zur Außenstelle der Behörde. *Das meiste habe ich dir ja schon erzählt*, hallt es in meinem Kopf nach.

Weiter als bis in den ersten Raum hinter der Eingangstür werden wir nicht vorgelassen. Über einen riesigen Tresen hinweg werden wir vom Pförtner nach unserem Anliegen gefragt. Während ich in meiner Tasche nach dem entsprechenden Dokument suche und erklärende Worte verliere, ist Uta ein paar Meter vor dem Tresen stehen geblieben. *Wo haben Sie denn eine Toilette*, sagt sie. Nachdem ich den Antrag abgegeben habe, warte ich schweigend neben dem Pförtner. Uta kommt ein paar Augenblicke später zurück, wortlos verlassen wir das Gebäude. Erst auf Höhe der Thomas-Kirche bleibt Uta stehen. *Ich habe sofort Durchfall bekommen, als ich das da drinnen alles gesehen habe, die Symbole, die Sprache, die ganze Atmosphäre.* Wir setzen uns auf eine Parkbank. Während Uta ihre Zigarette raucht, lehne ich mich zurück, ohne dabei zu realisieren, dass ich meinen Rucksack noch nicht abgesetzt habe. Er ist jetzt vollkommen leer.

Was, frage ich mich, wenn herauskommt, dass es keine Akten zu ihrer Person im Archiv der Staatssicherheit gibt? Was, wenn vieles von dem, was sie erzählt, widerlegt wird? Wer eigentlich ist es, der oder die erzählt? Anstatt die ungewisse Zeit bis zur Aktenausgabe abzuwarten, führen wir unsere Gespräche fort. Mal alle drei Wochen, mal alle neun Wochen treffen wir uns, entweder in Utas Lieblingsbar, bei ihr zu Hause oder im Park. Außer ihren Erzählungen gibt es nicht viel. Wohnadressen, Eckdaten von Familienangehörigen oder ehemalige Berufsverhältnisse lassen sich recherchieren. Alles aber, was sich innerhalb dieses groben Gerüsts zugetragen hat, ist schwer belegbar. Nicht selten kommt es vor, dass Uta sich selbst im Laufe eines Gespräches widerspricht. Bei der Nachbereitung der Gespräche tauchen Versatzstücke einzelner Erzählungen an unterschiedlichen Stellen auf, Personenbeschreibungen, Ereignisse, die zeitversetzt, aber parallel verlaufen. Widersprüche treten hervor, die bei genauerer Betrachtung meiner Unaufmerksamkeit geschuldet sind, fast als würde ich danach suchen – und dann, aus weiterer Entfernung, fügen sich die zeitlichen Abläufe doch zu einem brüchigen Bild zusammen. Ich werfe jeden angefangenen Zeitstrahl einer durchgängigen Erzählung über den Haufen und verlasse mich ganz auf den stolpernden Weg, den sich Uta durch ihre Erinnerungen zu bahnen versucht. Beim Lesen unserer Gespräche bleibe ich an meinen eigenen Sätzen hängen, die sich wie selbstverständlich in Utas Erzählungen eingefügt haben. *Du musst schreiben, wie die Leute reden,* rät sie mir. *So etwas lesen die Leute gerne*. Manchmal weiß ich gar nicht, was ich höre.

Am Montag, den 8.9.73, erscheint Uta wieder wie gewöhnlich zur Arbeit im Möbelgeschäft in der Zwickauer Altstadt. Zwischen den Anrichten und Ausstellungsschränken hat niemand eine Ahnung davon, dass sie die vorherige Woche nicht dazu genutzt hat, mit ihrem Kind Fahrradfahren zu üben, wie sie den anderen Mitarbeiterinnen wiederholt in den kurzen Arbeitspausen erzählt. Diese haben ihre ganz eigenen Vorstellungen, was sie womöglich gemacht haben mag. Nur eine jüngere Kollegin hat schon vor Utas Urlaubswoche ihren Verdacht unverhohlen geäußert, am Freitag kurz vor Dienstende sie über den Verkaufstresen hinweg gefragt, *wann fährst du denn nach Leipzig?* Uta aber hat sie korrigiert, hat richtiggestellt, dass sie nicht nach Leipzig fährt, dass sie die freien Tage bei sich zu Hause verbringen werde, da *reichlich was an Hausarbeit liegengeblieben ist in den letzten Wochen*. Die Kollegin hat das nur notwendigerweise akzeptiert, schaut dafür umso genauer hin, als Uta jetzt wieder zur Arbeit da ist, kann jedoch keinerlei sichtbare Veränderung erkennen. Dabei haben sich die Tage in Leipzig aus Utas Sicht mehr als gelohnt. Trotz ihrer Anfangsschwierigkeiten kann sie am Abend ihrer Rückkehr, unbeachtet von Kind und Nachbarn, auf ihrem Bett ihre Errungenschaften ausbreiten, Parfüm und zwei schwarze Nylonstrumpfhosen, zwei Paar Ohrringe, eine Perlenkette, eine goldene Halskette und einen Armreif, dazu einen Stapel an Geldscheinen, in Währungen, die sie noch nie zuvor gesehen hat, D-Mark, Kronen und Dollars, umgerechnet und zusammengezählt mehr, als sie in sechs Wochen im Möbelgeschäft verdient. Sie betrachtet die Gegenstände, für einige Augenblicke neben ihnen auf dem Bett liegend, und beginnt sie dann einzeln in dafür nicht vorgesehenen, aussortierten Socken zu verstauen, die sie nacheinander im hinteren Bereich ihres Kleiderschranks verwahrt. Die Geldscheine sortiert sie nach Währungen. Den gesamten in Ost-Mark vorhandenen Betrag steckt sie in ihre Handtasche, den deutlich größeren Betrag unterschiedlichster anderer Währungen schiebt sie in einem großen Briefumschlag unter den Schrank. Jetzt löscht sie das Licht im Schlafzimmer und zieht die Tür leise hinter sich zu, setzt sich an den Küchentisch, greift sich mehrere leere Blatt Papier und einen Stift und schreibt *Bericht LHM* oben auf das erste. Ihr flirren die Tage. Wider die Anweisungen hat sie es versäumt, sich zwischenzeitlich Notizen zu machen, viel zu riskant erschien ihr das angesichts der Möglichkeit, im Laufe der Zeit Herrenbesuch im eigenen Quartier zu empfangen. Sie geht langsam im Kopf die einzelnen Stunden durch, macht vor sich auf dem Blatt eine Liste aller Tage, schreibt anschließend alle Orte, Hotels und Räume auf, um im letzten Schritt die Männer zu notieren, mal nur als Beschreibung, in einem Wort, mal mit Name, Anschrift und Telefonnummer, wobei sie die Informationen den Visitenkarten entnimmt, die einige Männer ihr als Nachweis der beruflichen Qualifikation ausgehändigt haben. Danach schreibt sie hinter jeden Namen alles, was ihr in Erinnerung geblieben ist. Dann selektiert sie die Worte und Sätze, streicht, was ihr als unsachlich erscheint, präzisiert ihre Erinnerungen auf das Wesentliche. Hinter manchen Einträgen steht am Ende nur die Haarfarbe. Gesprächsinhalte rekonstruiert sie, staucht Stunden an der Bar zusammen auf wenige Halbsätze und lässt einen Mann schließlich ganz verschwinden, erscheint ihr dieser doch bei genauerer Betrachtung als unaufregend, hat sie sich doch mehr in den Bann gezogen gefühlt von seiner farblich abgestimmten Garderobe, dem englischen Jackett und den italienischen Schuhen, kann aber kaum Nennenswertes an ihm finden und sieht sich gezwungen, ihre Konzentration im Umgang mit ihrer neuen Kundschaft auf die vorgegebenen Wertigkeiten zu beschränken. Offizier Balke ist nicht überzeugt. Er hat sich detailliertere Auskünfte über konkrete Sachverhalte erhofft, findet stattdessen kaum Informationen, die seinen Zuständigkeitsbereich betreffen, blättert dennoch nicht uninteressiert durch den abgegebenen Bericht und hält schließlich Oberleutnant Maurer erneut dazu an, Uta strenger im Erstellen ihrer Berichte zu betreuen, sie dazu zu bringen, mehr Informationen über die Männer zu sammeln und ihre Möglichkeiten des *vertrauten Gesprächs* besser auszuschöpfen.

Am 12.9.73 lernte ich in der Nachtbar »Astro-Bar« in Zwickau gegen 22 Uhr den Franzosen (schwarzer Balken) kennen. Dieser arbeitet zur Zeit in der DDR als Monteur für Textilmaschinen und wird ca. 2–3 Monate hier in der DDR bleiben. Er wohnt in (schwarzer Balken) und arbeitet auch in (schwarzer Balken). Sein Kollege ca. 50 Jahre, von dem mir kein Name bekannt ist, befand sich in seiner Begleitung. Er fuhr einen zitronengelben Mercedes, der aber wahrscheinlich nicht sein Eigentum war. In Frankreich ist er verheiratet, hat 3 Kinder. 1,70 groß, braunes Haar, ca. 35 Jahre. Dunkelbraune Augen. Er raucht am liebsten starke französische Zigaretten oder Stuardess. Gegen 2 Uhr morgens fuhren wir nach (schwarzer Balken), lieferten dort seinen Freund ab und anschließend fuhr er mich nach Hause und übernachtete auch bei mir. Er will mich am Freitag dieser Woche noch einmal aufsuchen. Danach werde ich genauer über ihn berichten.

1. (schwarzer Balken)

Kennengelernt im September 1971 in Zwickau, ca. 38 Jahre alt, verheiratet. Arbeitet als Monteur schon längere Zeit in der DDR und ist auf dem Gebiet der Be- und Entlüftung tätig. Mai bis Ende Oktober Metallfabrik Mittweida, November bis April in Werdau. Abreise 30.4.72. Voraussichtliche Ankunft ca. Mitte August. Fährt einen zitronengelben Citroën DS. Hat viele Freunde in Zwickau und spricht perfekt deutsch und auch spanisch. Kennt 2, 3, 4 und 5.

2. (schwarzer Balken)

Kennengelernt im April '73. Freund von (schwarzer Balken), steht mit dieser im Briefwechsel. Arbeitet von Oktober bis März in Fraureuth. Sein Vater ist eine einflußreiche Persönlichkeit. Er kennt 1, 3, 4 und 5.

3. (schwarzer Balken)

Kennengelernt Ende Juni '73. Ist 26 und ledig. Arbeitet von Januar bis August in Fraureuth. Kennt 1, 2, 4 und 5.

4. (schwarzer Balken)

Kennengelernt Ende Juni '73. Ist 41 und verheiratet, zwei Kinder. Arbeitet von Januar bis August in Fraureuth. Kennt 1, 2, 3 und 5.

5. (schwarzer Balken)

Kennengelernt September '73 in Leipzig. Ist 45 und verheiratet, drei Kinder. Arbeitet von März bis Oktober in Fraureuth. Kennt 1, 2, 3 und 4.

Maurer hat Gefallen gefunden an den Treffen mit der jungen Frau. Alle drei Wochen treffen sie sich, nach Möglichkeit, am frühen Abend im *Café Schwarz*, unterhalten sich kurz, trinken gemeinsam ein Glas Wein und gehen erst dann in den *Horst*. Maurer kann diese öffentlichen Treffen dienstlich kaum legitimieren und vermerkt daher fälschlicherweise im Protokoll einzig *TQu Horst* als Treffpunkt, wovon Uta wenig mitbekommt, Maurer weist sie lediglich an, ihm ihre Berichte erst im *Horst* auszuhändigen, womit ihr Gespräch dort dem Verlauf des abgehefteten Protokolls entspricht und weniger ausartet als im *Café Schwarz*. Auch Uta hat Gefallen gefunden an diesem Termin, der sie regelmäßig in die Verlegenheit bringt, Erklärungen für ihre Abwesenheit bei der Arbeitsstelle zu finden. Maurer schätzt ihre Tätigkeit, entlohnt jeden angefertigten Bericht und zahlt auch mal für ein Treffen ohne verschriftlichte Informationen 50,– Mark. Dabei ist Zwickau klein, nicht selten kommt es vor, dass Uta Maurer unvorbereitet trifft, sie erkennt den Oberleutnant auch in Zivil schon von weitem an seiner Art, sich zu bewegen, aus Vorsicht prägt sie sich schnell die Orte ein, an denen er seine Feierabende verbringt, in der Regel nicht allein, sondern in der Gesellschaft anderer fester Mitarbeiter, und sie entschließt sich, diese Bars langfristig zu meiden, obwohl Maurer bei ihren zufälligen Begegnungen nie Reaktion zeigt. Dabei steht er seit Januar 1974 unter Druck, hat Balke doch nach erneuter Durchsicht der Berichte Utas die weitere Zusammenarbeit in Frage gestellt, da er keine für sein Kommissariat nützliche Informationen entdecken kann, zugleich sieht er aber die Notwendigkeit, die Frau weiterhin unter der Obhut einer regulierenden Instanz zu halten. In ihm aber sträubt sich etwas dagegen, eine seiner wenigen Fachkräfte an die Aufgabe zu binden, und so unterweist er Maurer, *die Zusammenarbeit mit Frau*

*Lohtner zu prüfen.* Maurer spricht mit Uta, erkundigt sich, wie sie die Feiertage verbracht hat, welche Vorkommnisse es gegeben hat und welche Personen sie vielleicht kennengelernt hat. Viele von diesen kennt Maurer bereits, hat an anderer Stelle, mal hier, mal dort, eine Notiz zu den entsprechenden Figuren gelesen, hört von Uta aber auch, dass sich in den Bars und Cafés von Zwickau zwischen den Jahren wenig zugetragen hat, dass die für sie als Kommissariat relevante Klientel sich nicht in den genannten Etablissements herumtreibt und eher an anderen Orten aufzustöbern ist, dass den Jahreswechsel überhaupt viele Gäste aus dem NSW in ihren Herkunftsländern verbracht haben. Für die lokale Kriminalstatistik ist ihr Wissen wenig hilfreich, die Männer, die sie kennenlernt, prahlen in der Bar nicht damit, ein Auto gestohlen oder die Statistiken ihrer Sollerfüllung verfälscht zu haben, sie schreiben ihr Postkarten aus Paris und von Schloss Neuschwanstein, schenken ihr Schmuck oder schicken für ihr Kind eine Jeans.

Am Freitag, den 16.12.73 traf ich in Zwickau mit (schwarzer Balken) zusammen, wohnhaft in Zwickau (schwarzer Balken). Es war gegen 22:30 Uhr. Er tanzte des öfteren mit mir und lud mich dann zu einer Flasche Wein an seinen Tisch ein. Anschließend lud er mich in seine Wohnung ein. Er ist geschieden und hat einen 9jährigen Sohn. Seine Wohnung ist nicht besonders eingerichtet. Die gesamte Einrichtung beläuft sich nach meiner Schätzung auf ca. 2000,– M. Allerdings habe ich nur die Küche und die Wohnstube gesehen. Außerdem besitzt er noch ein Schlafzimmer, was eine Etage tiefer liegt, wovon ich aber nicht genau weiß, ob es eingerichtet ist.

An diesem Abend brachte er das Gespräch noch einmal auf diese Sache, die er mir vorgeschlagen hatte, wo ich mir etwas nebenbei verdienen sollte. Dann ist er gar nicht mehr auf das Thema eingegangen und hat einfach weitergesprochen. Außerdem brachte er das Gespräch auf einen Bekannten von mir, (schwarzer Balken), wohnhaft in Zwickau (schwarzer Balken). Er interessierte sich sehr für ihn, vor allem über berufliches, seine genaue Tätigkeit usw. Ich hatte auch zu (schwarzer Balken) intime Beziehungen aufgenommen, die ganz normal verliefen.

Nach einer Lichtbildvorlage kann ich über diese Person folgendes sagen: Er verkehrt viel in der *Astro-Bar*, vor allem wenn Diskothek ist; außerdem in der Bar *Goldener Hahn*. Er tanzte auch schon mit mir und ich habe mich des öfteren mit ihm unterhalten. Er hat viele Bekannte in diesen Gaststätten, vor allem Jungen und Mädchen, die bedeutend jünger sind als er und einen zweifelhaften Eindruck auf mich machten. Ich wäre zu jeder Zeit in der Lage, wenn von seiner Seite aus ein kleiner Anstoß gegeben wird, zu ihm Verbindung aufzunehmen. Er kennt auch gut den Einlasser von der *Astro-Bar* und den ehemaligen Diskjockey der *Astro-Bar*.

Maurer sieht die Akten nochmals durch, findet nicht das, was er sucht, trifft sich jetzt aber noch häufiger mit Uta, die ihm bei ihrem Treffen im Januar eine Weihnachtskarte aus Westdeutschland zeigt, eine schneebedeckte Stadtlandschaft mit weihnachtlicher Beleuchtung und der geschwungenen Beschriftung *Fröhliche Weihnachten und einen guten Rutsch ins Neue Jahr*, auf der Rückseite sind handschriftlich ein paar Zeilen notiert, dabei aufmerken lässt Maurer die letzte Bemerkung, einen abschließenden Gruß ersetzend: *bin Anfang Februar in Leipzig*. Uta erhält daraufhin etwas Geld, quittiert Zuschüsse für die kurze Reise nach Leipzig und den Auftrag, den *begonnenen Kon-*

*takt zu Personen aus dem NSW zu vertiefen und weiterzuführen*. Als sie Mitte Februar in Leipzig das Hotel aufsucht, in dem das erste Kennenlernen stattfand, ist der Absender nicht ausfindig zu machen. Statt die vorhandenen Kontakte ausbauen zu können, verbringt sie ihr Wochenende in der Bar des Hotels, lernt einen Handelsvertreter aus Spanien und einen Mitarbeiter einer französischen Entwicklungsfirma kennen, führt präzise Protokoll über die stattfindenden Gespräche, kann aber zum Treffen im *TQu Horst* am 20.02.73 nicht die gewünschten Informationen mitbringen. Maurer ist, wider allem Überfluss, ein Oberleutnant für diese Zusammenkunft zur Seite gestellt worden, sein Protokoll fällt knapp aus, nach nur fünfzig Minuten verabschieden sie Uta wieder, nicht ohne ihr 100,– M. und *Auftragserteilung für den Einsatz anläßlich der Leipziger Frühjahrsmesse und sonstige Informationen und Verhaltensweisen* zu übergeben.

Anfang März fährt Uta also wieder in die Messestadt, hat dafür erneut im Möbelgeschäft Urlaub angemeldet, beim Abschied von den Kolleginnen sieht sie in deren Gesichtern, dass alle mittlerweile wissen, wohin sie fahren wird, doch niemand macht eine Anmerkung. Im Zug von Zwickau entdeckt sie aus der Entfernung zwei entfernte Bekannte, schaut den beiden beim Ausstieg in Leipzig vorsichtig hinterher und ist erleichtert, als Anett auf sie wartet. Die Freundin ist schon seit zwei Tagen in der Stadt, bewegt sich spielerisch zwischen den vielen Anreisenden, führt Uta aus dem Gedränge auf den westlichen Vorplatz, trinkt mit ihr im Hotel *Astoria* ein erstes Glas Wein und bringt sie dann zu ihrer Unterkunft. Wie bei ihrem ersten Besuch nimmt Uta Quartier bei der älteren Dame. Unübersehbar ist die Wohnung zu groß für eine Person, weist aber auch keine Spuren Dritter auf, verläuft sich zwischen den Zimmern.

Uta bewohnt einen schmalen Raum mit einem Fenster auf den Hinterhof, schräg gegenüber der Straßenmeisterei. Während der Messe trifft sie die ältere Frau genau zweimal, und noch während sie dann jeweils die Wohnungstür von außen hinter sich schließt, vergisst sie, worüber sie miteinander gesprochen haben bei Salzkartoffeln und Kassler mit brauner Sauce, der Geruch wird die folgenden Tage nicht aus der Küche weichen, stand aber, wenn Uta genauer darüber nachdenkt, bereits bei ihrer Ankunft zwischen den Türzagen. Die Kosten für das Zimmer haben sich nicht verändert, die 20,– Mark hat sie bereits bei ihrer Ankunft überreicht, und am Ende der fünf Tage legt sie einen kleinen Haufen Trinkgeld auf den Küchentisch, verdeckt damit beinahe selbst ihre kurze Notiz: *Bis zum nächsten Mal.*

Neben ihrer Freundin Anett trifft Uta schon am zweiten Abend auf ein weiteres bekanntes Gesicht. An der Bar des Hotels *Am Ring* sitzen die beiden Frauen zusammen und tauschen sich über ihre neusten Errungenschaften aus dem Intershop aus, über Ereignisse des Vorabends und begriffsstutzige Männer. Schließlich kommt ein großgewachsener Mann auf sie zu, den ganzen Abend hat er bereits nicht weit von ihr gesessen, einzig hin und wieder Anett und ihr über die Tische hinweg Blicke zugeworfen, Uta ist sich erst jetzt endgültig sicher, dass sie ihn bereits im vergangenen Herbst kennengelernt hat, in einem kurzen Vermerk hatte sie geschrieben, dass er für eine westdeutsche Firma im Messevertrieb arbeite, in Westdeutschland wohne und unregelmäßig Dienstreisen in das Staatsgebiet der DDR unternehme, so bereits für November eine nächste Dienstreise geplant habe, wobei er bei Grenzübertritt in der Regel *familiäre Gründe* als Motiv seiner Einreise angebe, schließlich hatte er ihr gesagt, dass er für die Verwaltungsstrukturen der Herbstmesse mitverantwortlich sei, ihr nach Möglichkeit für die nächste Frühjahrsmesse eine Arbeit werde verschaffen können, und war mit ihr so verblieben, nach einseitiger Adressenweitergabe, dass er sich zeitig mit ihr in Verbindung setzen werde. Im Kopf sortiert sie die erhaltenen Postkarten, kann sich aber nicht auf einen Namen festlegen, begrüßt ihn dementsprechend höflich und lässt ihren Blick über ihn streifen. Wieder fällt ihr bei dieser ersten Musterung sein Schuhwerk auf, neue Wildlederstiefel, seine Knöchel überdeckend, jetzt im Farbton heller als im Herbst, passend zu der chagallblauen Anzughose, die er nun trägt, zu vorgerückter Stunde ohne das entsprechende Jackett, wieder aber in einem eierschalenfarbenen Hemd. Er lädt sie beide an seinen Tisch ein, bestellt eine weitere Flasche Wein, *dreimal Senfei* und überreicht Uta seine Visitenkarte, *damit du mich in Zukunft besser erreichst.* Eine Adresse in den USA steht darauf und der Name einer Firma, den sie zum ersten Mal hört.

Im Nachgang des VIII. Parteitags der Sozialistischen Einheitspartei Deutschland vom 15. bis 19. Juni 1971 und angesichts mangelnder Devisen verabschiedet die Volkskammer am 1.2.74 die Einführung der *kleinen Devisenfreiheit*. Ab jetzt können alle Bürger Westgeld in kleinen Mengen haben und damit auch in den Intershops einkaufen.

Bei der ersten Messe sollte ich mich gezielt an einen Mann von einer Firma aus Duisburg ranmachen, aber es hat nicht geklappt. Vielleicht war ich nicht sein Typ. Im Ringmessehaus habe ich so getan, als würde ich auf jemanden warten, und ihn dann auch angesprochen, aber es hat nicht geklappt. Er hat sich nicht in ein Gespräch verwickeln lassen, trinken gehen wollte er schon gar nichts mit mir, stattdessen hat er sich schnell entschuldigt und ist einfach verschwunden. Ich habe ihn dann auch nicht wiedergesehen. Wahrscheinlich haben sie einfach jemand anders auf ihn angesetzt. Doch davon habe ich nichts mehr mitbekommen. Ich hatte in der Zwischenzeit ja schon andere Männer kennengelernt, aus Westdeutschland, Frankreich, Italien, Großbritannien. Bei der zweiten Messe sollte ich einen Mann aus Westdeutschland wiedersehen. Der tauchte aber nirgendwo auf. In dem Hotel, in dem ich ihn treffen sollte, war er offensichtlich nicht, und das Foto, das sie mir gezeigt hatten, war ziemlich alt und sehr schlecht von der Qualität. Das machte es nicht gerade leichter, ihn irgendwo auf der Messe zu treffen. Und ehe ich viel Zeit mit Warten oder Suchen verschwende, lerne ich doch lieber jemand anderes kennen. Männer gab es auf den Messen mehr als genug, alle dienstlich unterwegs und natürlich ohne ihre Ehefrauen. Ich habe dann einen aus den USA kennengelernt. Wie sich herausstellte, war der sogar der Präsident der Firma 3AMP. Die haben damals im Sanitärbereich so gut wie alles produziert. Das ist mir erst aufgefallen, nachdem er mir das gesagt hatte. Danach habe ich überall deren Firmenlogo gefunden, auf jedem Waschbecken, an jedem Seifenspender, an der Duschwanne und so. Vor allem in den edleren Hotels war eigentlich alles von denen. Der war natürlich auch mit mir im Intershop, hat mir eine Seidenbluse für über 180,– Dollar gekauft und Schmuck noch mal für 500,– Dollar. Da hat mein Verbindungsmann aber Augen gemacht, als ich dem das erzählt habe. So viel Geld verdient der in seinem ganzen Leben nicht, dachte ich. Mit dem Mann habe ich dann die letzten zwei Tage der Messe verbracht. Also, wir haben uns abends getroffen in irgendeiner Bar von irgendeinem Hotel. Er sah nicht besonders gut aus, aber er hat immer sehr gut gerochen. Und er hat mir viel von seinen Auslandsreisen erzählt, wo er alles schon gewesen ist und mit wem er alles handelt für seine Firma. Auch in die DDR hatten die Handelsbeziehungen, zu einem Betrieb in Cottbus. *Da muss er auch manchmal hin,* hat er gesagt, und *ob wir uns dann nicht wiedersehen wollen.* Außerdem wollte er sich mit mir in Berlin treffen, wenn er das nächste Mal dienstlich dort sei. Der war zwar aus den USA, hat aber perfekt Deutsch gesprochen, denn er war hier geboren. Seine Eltern sind mit ihm direkt nach dem Krieg ausgewandert. Wenn er nach Cottbus fahre, hat er gesagt, besuche er auch regelmäßig seine Großeltern, weil die dortgeblieben waren. Er war schon etwas älter als ich, und immer sehr zuvorkommend. Und dann hat er mir viel vom Westen erzählt, wie schön es da sei und was die Frauen für Kleider tragen würden, und Ohrringe mit Diamanten und so ein Zeug. Das habe ich auch meinem Verbindungsmann erzählt, da wurde der ganz aufgeregt. Zum nächsten Treffen kam dann sofort ein höherer Offizier direkt aus Berlin dazu. Die wollten, dass ich Doppelagentin werde?

Uta ist überrascht. Maurer ändert kurzfristig, am Tag des Treffens, Ort und Zeit ihrer Verabredung, bestellt sie zu einer Adresse in Nähe des Schlosses, in entgegengesetzter Richtung ihres Heimwegs, und gibt ihr einen Doppelnamen mit, den sie nach seiner Beschreibung auf einem Klingelschild finden wird, soll dort dreimal läuten und sich schon einmal darauf einstellen, *dass es ein längerer Abend wird.* Sichtbar hat ihr Bericht aus Leipzig ihn in Aufregung versetzt, ist es sonst nicht seine Art, sie seine Emotionen merken zu lassen, weiß sie spätestens durch seinen überraschenden Anruf im Möbelgeschäft am Vormittag, dass ihre Tage auf der Frühjahrsmesse noch nicht abschließend ausgewertet sind. Kurz angebunden ist er bei diesem Telefonat, gibt sich, wie die Male zuvor, als ein Freund von ihr aus Plauen aus, weit genug entfernt, um den Kolleginnen unbekannt zu sein. Maurers Stimme bei dem Anruf ist belegt, fast reserviert.

Die Wohnung ist ähnlich dem anderen Treff eingerichtet, obwohl sofort klar ist, dass sie unbewohnt ist, hat sich jemand die Mühe gemacht, Familienfotos im Flur an der Wand zu befestigen, in der Garderobe hängen mehrere Mäntel, und an der Tür der Toilette ist eine Klöppelarbeit aus dem Erzgebirge angebracht. Besen, Eimer und Wischmopp stehen in der Besenkammer, Zimmerpflanzen gibt es keine. In der Küche sind die Schränke leer, einzig ein Teeservice mit vier Tassen, noch mal so viel Cognacgläser in der Anrichte im Wohnzimmer, was zu Verlegenheit führt, als sich im späteren Verlauf des Abends kurzfristig noch eine fünfte Person dem Zusammensein anschließt. Maurer öffnet Uta die Wohnungstür, grüßt über den Flur hinweg die Nachbarn, die ebenfalls grüßend ihre Wohnungstür wieder schließen, tritt zur Seite und lässt sie in die Wohnung. Trotz späterer Stunde trägt er noch einen Schlips, in unterschiedlichen Rottönen kariert, hat aber bereits sein Jackett abgelegt, im Wohnzimmer sind aus der Ferne regulierte und betriebene Heizkörper, kein Ofen wie in der anderen Wohnung mehr, und Maurer scheint der Temperaturwechsel der vergangenen Tage ungewohnt zu sein. Neben ihm ist ein junger Kommissar, Unterleutnant, wie sich herausstellt, und ein älterer Herr, rotbraunes Haar, über der Stirn bereits schütter, mit seinem Jackett mit zusätzlichen Verstärkungen an den Ellenbogen repräsentiert er einen Modestil, der Uta bisher unbekannt war. Er stellt sich nicht vor, wird von Maurer nur als *der Genosse aus Berlin, von dem ich sprach,* eingeführt, reicht Uta kurz die Hand, sagt *Guten Abend,* lehnt sich dann wieder zurück in seinem Sessel, während die beiden anderen Männer gemeinsam auf der Couch Platz nehmen, schräg zu Uta, der dicht zum Couchtisch ein weiterer Sessel aufgestellt worden ist. Das Wohnzimmer ist vollständig mit Gegenständen aus dem VEB Möbelwerk Eichweiler eingerichtet, wobei sich jemand für diesen Abend die Arbeit gemacht hat, die in die Anrichte eingearbeitete Uhr auf die Minute genau zu stellen, in der Schrankwand läuft jetzt ihr Zählwerk, und um Punkt 20 Uhr zieht Maurer die Vorhänge der Fenster zu, während der neue Kollege die Deckenbeleuchtung einschaltet. Durch einen Spalt am unteren Saum des Vorhangs kann Uta sehen, wie im Gebäude gegenüber ebenfalls in den unterschiedlichen Etagen nach und nach die Lichter eingeschaltet werden, wie sich die Umrisse von Menschen im Licht der Wohnzimmer hin- und herbewegen. Davor pendelt der Kopf des Mannes aus Berlin, der bisher noch kaum etwas gesagt hat, das Treffen verläuft überhaupt eher leise, Uta hört das Knacken der Heizungsrohre in der Wand, hört durch die Wand die Nachbarin, die in der Küche ist, wie sie vielleicht etwas aus einem Glas kratzt, und Maurer, als würde ihn das stören, schaltet den Fernseher ein. Marlies Gohling moderiert *Sie und Er und 1000 Fragen*, auf dem Bildschirm werden Wohnideen präsentiert, aus Papier gefaltete Wasserrosen, die den Familientisch für das abendliche Festessen zieren, Blätter aus dem eigenen Garten, Baumscheiben als Tellerersatz. *Glauben Sie auch, dass kleine Dinge eine große Wirkung haben können? Ein Tischtuch in zarten Farben – und Ihre Tafel hat einen ganz besonderen Reiz.* Der junge Kollege aus Maurers Kommissariat heißt Neckler, er klappt ein Fach in der Schrankwand auf, greift von oben hinein, bringt die vier Gläser zum Vorschein, eine Flasche Cognac, füllt die Gläser, reicht sie herum, nicht ohne dazu eine JUNO anzubieten, wartet, bis Maurer das Glas hebt, der aus dem Augenwinkel den Kollegen aus Berlin fokussiert, bis schließlich Uta Neckler anlächelt, den anderen beiden zuprostet und ihr Glas leert. Neckler ist etwas verlegen, Maurer pustet Rauch aus und beginnt wieder von vorne. *Der Genosse Kühn wollte noch einmal von dir, Genossin, wissen, was sich auf der Frühjahrsmesse in Leipzig ereignet hat.*

Uta läuft vor mir über den alten Marktplatz. Sie bewegt sich nicht besonders schnell, schaut sich kaum um, findet trotz des Gedränges leicht einen Weg hindurch. Vorne ist eine große Bühne aufgebaut, und überall stehen Biertische. *Leipziger Weinfest 2019,* steht auf dem Schild über der Bühne. Obwohl es ein eher kühler Nachmittag ist, sind die meisten Reihen bereits gefüllt. Vor den Leuten steht literweise Bier, und eine Frau in eng geschnürter Kleidung zwängt sich an uns vorbei, während sie auf einem Tablett zwei in Fett gebackene Hühner balanciert. Auf der Bühne steht ebenfalls eine junge Frau, gegen den Wind in eine Daunenjacke gehüllt, versucht sie, ihre Stimme über die eingespielte Musik von Nena zu jagen. Als wir durch das Gröbste durch sind, bleibt Uta am Rand stehen und zeigt mit ihrem Finger nach unten. *Hier drunter war das alles.* Sie sagt das nicht zu mir, vielmehr einfach so vor sich hin, als würde sie es jedes Mal tun, wenn sie einkaufen geht. Wir schauen nicht nach, was jetzt unter dem Platz liegt, einzig in der Mitte kann man noch immer das niedrige Portal aus Rochlitzer Porphyr sehen, glattes, rotes Vulkangestein, das, im Jugendstil gestaltet, den Weg unter den Platz eröffnet. In den Anfängen der Messe eröffneten die Aussteller ihre Stände auf dem Marktplatz. Irgendwann wurden sie damit zum Ärgernis der Stadt, weil der Platz zu eng wurde. Die Aussteller wollten aber die Lage auf dem Marktplatz nicht aufgeben, das Problem wurde letztlich im Interesse des Marktes gelöst, kurzerhand eine Grube für die Aussteller ausgehoben. Der Markt blieb so um eine Ebene erweitert, und die Aussteller der Messe waren unter der Erde, über der als Letzter Woyzeck seinen Kopf hatte hergeben müssen. Heute befindet sich in den Resten der unterirdischen Hallen ein S-Bahnhof. Mir bleibt keine Zeit, eine Nachfrage zu stellen, Uta hat sich bereits wieder umgedreht, läuft weiter, durch eine schmale Gasse, vorbei an restaurierten Altbauten. *Für die Pelzmessen* war sie dort unten, sagt sie, weniger als verspätete Antwort auf meine nicht gestellte Frage, als dass der Platz sie wie jeden Tag dazu zu bringen scheint, *was sie da eigentlich gemacht hat.* Sie biegt um eine Ecke. Hier hört die Innenstadt auf, vor einer viel befahrenen Straße gibt es einen schmalen Grünstreifen. Kaum sichtbar zwischen zwei Rhododendronbüschen steht eine Parkbank. *Hier bin ich morgens hingegangen, wenn ich nicht schlafen konnte.* Wir rauchen eine Zigarette. *Da habe ich dann Whiskey getrunken, mit Wasser verdünnt, damit mein Kopf wieder klarer wird.* Über der Nische zwischen den Büschen wächst ein Götterbaum, *im 18. Jahrhundert aus Asien importiert, um Seidenspinner als Nutztiere in Europa einzuführen.* Später dann *als Zierpflanze für Parks kultiviert.* Angeblich hat die Baumart sich erst *nach dem Krieg richtig ausgebreitet,* weil dann überall Freiflächen waren, ist verstärkt auf den Trümmerflächen gewachsen und hat sich inzwischen *wie ein Ring um die Innenstadt gelegt.*

Uta holt aus ihrer Tasche Getränke. *Trink doch auch mal wieder ein Bier mit. Ich habe dir extra eins mitgebracht. Es war sogar vorher bei mir im Kühlschrank.* Der Götterbaum blüht immer erst Ende Juli, Anfang August. Jetzt lässt er seine Blüten auf uns fallen. Uta hat zwei neue Ringe, an jeder Hand einen. Über einen Freund kann sie günstig die Waren eines Secondhandladens kaufen. Manchmal hält er ihr Dinge zurück, bevor sie in den Verkauf gehen oder aussortiert werden. Ihre Ringe klacken, wenn sie ihre Hand um die Flasche legt. An jedem Finger, außer an den Daumen, trägt sie mindestens einen Ring. Nachdem sie aus der Flasche getrunken hat, fährt sie schnell ihren Lippenstift nach, presst ihre Lippen auf ein weißes Taschentuch und streicht danach ihre Finger daran ab. *Es ist ja nur Modeschmuck, aber das sieht man nicht immer auf den ersten Blick*, sagt sie und zeigt mir noch ihre neue Kette. *Das hat mich alles nicht mehr als zehn Euro gekostet.* Dann holt sie eine Plastiktüte aus ihrer Tasche. *Das ist für dich und deine Freundin und für euren kleinen Sohn. Du kannst dir nicht vorstellen, was die Leute bei uns im Haus so alles wegschmeißen.* Es sind zwei Seidentücher und ein Lockenstab, Butterkekse und zwei Strampler. *Die haben die beim Martin auf der Arbeit einfach aussortiert. Vielleicht könnt ihr das ja gebrauchen.* Ich esse einen Keks und verstaue die Tüte in meinem Rucksack. *Heute bin ich überhaupt nicht in der Stimmung, was zu erzählen*, sagt sie. *Lass uns einfach für heute Schluss machen, und wir schauen, ob mir beim nächsten Mal wieder was einfällt.*

Am 11.3.74, es kann auch am 10.3.74 gewesen sein, lernte ich anläßlich der Leipziger Frühjahrsmesse gegen 18.00 Uhr im Hotel *Am Ring* in Leipzig den amerikanischen Staatsbürger
    (schwarzer Balken)
    wh.: (schwarzer Balken)
kennen.

Diese Angaben entnahm ich seiner Visitenkarte, die er mir übergab. (schwarzer Balken) sagte mir, daß er in Leipzig geschäftlich zu tun habe. U. a. erwähnte er, daß er mit niederländischen, brasilianischen und australischen Firmen verhandelt.

Meine Freundin (schwarzer Balken) und ich wurden von ihm in die Bar »Goldener Hirsch« eingeladen. Wir waren dort zum Abendessen und anschließend zum Tanz. (schwarzer Balken) erzählte viel von seinen Reisen und erwähnte, daß er auch in Westdeutschland viel zu tun hätte. Während des Gesprächs stellte er mir Fragen zu »russischen« Militärobjekten. Er interessierte sich besonders dafür, ob das »russische« Militär unserer Polizei unterstellt sei bzw. ob es selbständig handelt. (schwarzer Balken) wollte in diesem Zusammenhang wissen, ob in Leipzig während der Messe »russisches« Militär stationiert ist. Er machte mir größere Geschenke, u.a. Goldschmuck, Kleidung, Lebensmittel usw. Im weiteren Verlauf der 1. Zusammenkunft mit (schwarzer Balken) am 11. oder 12.3. ergab sich seinerseits mir gegenüber die Frage, ob er mit mir weiter zusammensein könnte. Ich stellte die Frage, ob es nicht besser sei, in sein Quartier zu gehen, was er sehr verneinte. Daraufhin erklärte ich mich bereit, daß wir beide in mein Quartier gehen könnten. Zwischenzeitlich war es 3.00 Uhr morgens geworden. Nach dem Barbesuch suchten wir mein Quartier auf, wo er bis gegen 5.00 Uhr weilte. Zwischen mir und (schwarzer Balken) kam es zu sex. Beziehungen. Er sagte, daß er mich gern wiedersehen möchte. Er käme öfter überraschend nach Westberlin. Er wolle mich in diesem Falle anrufen, und ich sollte dann nach Berlin kommen, um mich mit ihm zu treffen. (schwarzer Balken) sagte mir, daß ich einen großen Koffer mitbringen sollte, damit ich seine Geschenke mitnehmen könnte. Dafür müßte ich ihm auch die Konfektionsgröße von mir und meinem Kind angeben. (schwarzer Balken) interessierte sich sehr für meine persönlichen Verhältnisse. So fragte er mich nach meiner Arbeitsstelle, meinem Verdienst, Wohnanschrift, Familienstand usw. Vor allem wollte (schwarzer Balken) wissen, ob in meinem Wohngebiet bzw. in der Nähe viel Wald ist. Bevor er sich verabschiedete, machte er mir noch Geschenke im Wert von 500,– Mark.

Über (schwarzer Balken) möchte ich folgende Einschätzung treffen:

In der Unterhaltung mit ihm konnte ich immer wieder bemerken, daß er nichts Unüberlegtes sagt und seine Handlungen und Gedanken übereinstimmen.

In den übrigen Diskussionen stellte er das westliche Leben als bedeutend besser gegenüber uns heraus. Er erzählte, daß ein Schwarzer in den USA in einer Wellblechbaracke wohnen würde, aber trotzdem einen Kühlschrank, eine Waschmaschine, einen Farbfernseher und ein Auto besitzen würde. Er erzählte, daß das Nachtleben in Frankfurt (Main) beispielsweise anders als bei uns in Leipzig sei. Er wollte damit immer wieder zum Ausdruck bringen, daß das Leben in den westlichen Ländern viel begehrenswerter sei.

In Zusammenhang mit einer Unterhaltung über meinen engen begrenzten Wohnraum fragte er mich, ob er mir ein Schlafzimmer schenken könnte. Ich sagte, daß dies über den Genex-Geschenkedienst möglich sei. Des weiteren fragte mich (schwarzer Balken), ob es möglich sei, ein Konto für mich im Intershop einzurichten.

In den ersten Apriltagen schickte mir (schwarzer Balken) eine offene Postkarte. Diese habe ich bereits auftragsgemäß übergeben. Aus dem Inhalt geht hervor, daß er demnächst nach Westberlin kommt. Einen konkreten Termin nannte er noch nicht. Ich nehme an, daß er eine Einladung telefonisch aus Westberlin vornimmt.

Am 18.4.1974 in der Zeit von 19.00 bis 24.00 Uhr fand im Beisein des Leiters des Dez. M der Abteilung IV der BDVP Karl-Marx-Stadt, Genosse Hauptmann Maurer, im TQ »Tisch« mit dem IM »Anna« des Dez. M ein Treff statt. Die Zielsetzung dieses Treffs bestand darin, ausgehend von der bereits vorliegenden Information des IM »Anna« vom 12.3.74 eine Konkretisierung bzw. Präzisierung vorzunehmen und eine entsprechende Instruierung für weitere Zusammenkünfte mit dem USA-Bürger (schwarzer Balken) zu geben.

Es konnte bei der Durchsicht der Protokolle festgestellt werden, daß in der schriftlichen Abfassung des Genossen Maurer der Sachverhalt in einigen Teilen nicht richtig wiedergegeben wurde. Deshalb wurde von dem IM »Anna« der konkrete Sachverhalt nochmals auf Tonband gesprochen.

Tauglichkeit:

Auf Grund einer geführten Aussprache ist zu erwarten, daß die Obengenannte gewillt ist, perspektivisch mit uns zusammenzuarbeiten. Es ist vorgesehen, daß die Lohtner zu den Leipziger Messen eingesetzt wird. Die Einsatzrichtung kann auf der Linie WK sowie auch AK erfolgen.

Möglichkeiten:

Die Obengenannte ist alleinstehend. Die Möglichkeit der konspirativen Zusammenarbeit und die Durchführung einer zielgerichteten inoffiziellen Arbeit ist mit der Lohtner jederzeit gegeben. Die Lohtner hat eine eigene Wohnung, die nicht in der Nähe ihrer Eltern liegt. Da sie niemandem rechenschaftspflichtig ist, wie sie ihre Freizeit verbringt, besteht die Möglichkeit, sie zur Überwachung von Schwerpunktgaststätten einzusetzen bezw. sie mit gezielten Aufträgen zur operativen Arbeit im Sektor Handel zu beauftragen.

Der Abend in der Wohnung am Schloss dauert bis in die Nacht hinein. Als es lange dunkel ist, klingelt es erneut zweimal, ein weiterer Genosse aus Berlin wohnt ihrem Treffen bei, Uta hat durch die Gardinen die Scheinwerfer kommen sehen, ihm wird Kaffee in der ausgewaschenen Tasse von Neckler gereicht, und er sichert Uta die *rückhaltlose Unterstützung ihrer Tätigkeit in der Hauptstadt der DDR* zu. In einen Umschlag verpackt, überreicht er ihr 200,– Mark, lässt sich noch mal eine kurze Version der Ereignisse in Leipzig erzählen, wobei die anderen Männer zustimmend nicken, Kühn mit einem Stift etwas im Protokoll vermerkt, und Uta sich diesmal sicher ist, zu welcher Uhrzeit sie gemeinsam die Hotelbar verlassen haben. Der Neue schaut auf die Notizen seiner Kollegen, bespricht sich kurz mit Kühn in der Küche, wobei sie den Wasserhahn aufdrehen, setzt sich dann Uta wieder gegenüber, sagt, *wir sind uns aller Wahrscheinlichkeit nach sicher, dass wir es hier mit einem amerikanischen Agenten zu tun haben,* um ihr anschließend die Frage zu stellen: *Bist du dieser Rolle gewachsen?* Uta bejaht das, verweist auf ihre *bereits seit Jahren bestehende erfolgreiche Zusammenarbeit mit der Polizei,* unterlässt es jedoch zu fragen, ob sich an der Art ihrer Zusammenarbeit etwas ändern wird. Maurer pflichtet ihr bei, legt die von ihm unterschriebenen Protokolle auf den Tisch, sagt, dass es *bisher in der Zusammenarbeit keinerlei Beanstandungen gegeben habe* und dass er *zuversichtlich sei bezüglich einer weiteren erfolgreichen Zusammenarbeit. Waren Sie schon einmal in Berlin,* schaltet sich Kühn wieder ein. Woraufhin Uta erzählt, wie ihr Vater im Sommer 1959 seine Familie überraschte, als er alle in einen LKW des VEB Wolle und Garn setzte, mit ihnen Richtung Karl-Marx-Stadt fuhr und dann vier Tickets für einen der ersten Linienflüge der neuen Interflug organisiert hatte. Mit der Antonow An-2 flogen sie von

Karl-Marx-Stadt nach Berlin, wo sie dann zwei Stunden neben der Rollbahn saßen und Uta Speiseeis bekam, um ihren vom Druckausgleich schmerzenden Hals zu beruhigen, flogen dann weiter in einer Iljuschin Il-14 nach Barth an der Ostsee. Für den Rückweg nahmen sie den Zug. Als sie nach Berlin hineinfuhren, zeigte ihr Vater aus dem Fenster, erzählte von diesem *Gebäude* da und wer dort mal *gewohnt hat,* beschrieb seinen Kindern und seiner Frau, wie die Stadt sich um die Fabriken herum geformt habe, für sie überraschend, hatte sie doch nie mitbekommen, dass er jemals in Berlin gewesen war. Die Männer sind nicht beruhigt, stellen aber auch keine weiteren Fragen. Der Zu-spät-Gekommene gibt ihr sachliche Ratschläge, wie sie sich in jeweiligen Situationen zu verhalten habe, worauf sie bei ihrem kommenden Berlinbesuch achten solle, welche Dinge sie keinesfalls vergessen dürfe. Uta hört ihm aufmerksam zu, auch wenn kaum Neuigkeiten für sie zu hören sind. Es werden keine konkreten Beispiele besprochen, keine expliziten Handlungsanweisungen gegeben. Am Ende schließt der Mann mit derselben Formulierung wie Maurer vor sieben Monaten, *hol dir, was du kriegen kannst, Genossin.* Danach zeigt er auf Kühn, sagt, *wende dich bei allen weiteren Fragen an den Genossen,* löscht seine Zigarette im Kristallaschenbecher und übergibt das Wort an Kühn, der sich selbst jetzt einen Namen gibt, sich als *dein Kontaktmann in dieser Angelegenheit* vorstellt und ihr eine Telefonnummer nennt, unter der sie ihn jederzeit erreichen kann. Sobald sich »Herr Walter« aus Westdeutschland wieder mit ihr in Verbindung setzt, soll sie ihm davon Meldung machen. Uta überlegt, wo bei ihr im Dorf der nächste Telefonanschluss ist, nickt, sichert ihm zu, mit niemandem über das hier stattgefunden habende Gespräch zu sprechen, *auch wenn Ihr Vater oder Ihre beste Freundin Sie fragt,* und verspricht, sich innerhalb von zehn Tagen unter der angegebenen Nummer zu melden. Gegen null Uhr, nach über sechs Stunden, verlassen alle Beteiligte nacheinander die Wohnung, Uta als Erste, danach die beiden Herren aus Berlin, Maurer zögert kurz, ob er Uta anbieten soll, sie nach Hause zu fahren, nimmt dann aber angesichts der Kollegen Abstand von der Idee, verlässt schließlich mit Neckler als Letzter die Wohnung, wobei Neckler zuvor noch darauf besteht, die Uhr in der Anrichte noch einmal aufziehen zu müssen, wodurch das Zählwerk gespannt in die Nacht geht, und Maurer beim Abwasch in der Küche eine Tasse zerspringt. Uta kennt die Zeiten der Nachtbusse auswendig, hat noch etwas Zeit, entscheidet sich, ein Stück spazieren zu gehen, schaut auf ihrem Weg in der *Astro-Bar* vorbei, trifft dort Gisi und verpasst auch den zweiten Nachtbus, schläft stattdessen bei der Freundin im Wohnzimmer.

Zehn Tage später ruft Uta die angegebene Nummer an. Sie telefoniert aus einem Café in Zwickau. Beinahe hat sie die Vereinbarung vergessen, hat sich doch in der Zwischenzeit aus ihrer Sicht wenig Aufregendes ereignet. Kurzerhand entschließt sie sich, sich für den Nachmittag krankschreiben zu lassen, wegen einer Magenverstimmung, und ruft auf dem Weg zur Bushaltestelle die notierte Nummer an. Kühn meldet sich, stimmt ohne weitere Nachfragen einem Treffen noch am selben Tag zu, überrascht Uta dann jedoch, als er ihr als Ort ihres Treffens eine Adresse in Karl-Marx-Stadt nennt. Wider Erwarten muss sie in den Zug steigen, fährt die anderthalb Stunden bis zum Hauptbahnhof und läuft einige Straßenzüge entlang, bis sie vor einem großen, neuen Gebäudekomplex steht, *Café Kiew* prangt darüber, das Hauptportal ist etwas von der Straße zurückgesetzt, wodurch zwischen den beiden Seitenflügeln eine windgeschützte Freifläche entstanden ist, mit kleinen, abgezäunten Rasenstücken zu jeder Seite, aus Speckstein gearbeiteten Skulpturen, weiße Stühle und Tische aus Edelstahl sind dazwischen platziert, und durch die großen Schaufenster kann Uta sehen, dass sich das Café innen über eine Wendeltreppe bis zur ersten Etage erstreckt. Kühn sitzt unter einem trotz des ausbleibenden Sonnenscheins aufgespannten blauen Sonnenschirm an einem runden Tisch rechts der Eingangstür und winkt sie zu sich heran. Das Treffen dauert keine Stunde, es gibt kaum Neuigkeiten, Uta trinkt eine Schokoladenmilch, dann verlassen sie gemeinsam das Café, machen einen kurzen Spaziergang, sind nach wenigen Schritten schon auf der *Straße der Nationen*, laufen vorbei am Hotel *Chemnitzer Hof*, bis sie zu den kleineren Hausnummern kommen, bei denen Kühn nicht stehen bleibt, dennoch mit dem Kopf auf die andere Straßenseite zeigt und ihr eine Wohnung in der zweiten Etage als ihren zukünftigen Treff »Carola« benennt. Uta zählt die Häuserblocks bis zur nächsten Kreuzung, sind die Gebäude von ihrer Gestaltung doch alle identisch und ist sie sich nicht sicher, ob sie Kühns Hausnummer richtig verstanden hat. An der Kreuzung Karl-Marx-Allee verabschieden sie sich, Kühn geht rechts, Uta links, um gleich darauf wieder links in die Otto-Grotewohl-Straße abzubiegen. Erst jetzt, auf dem Rückweg ins Erzgebirge, wird ihr klar, dass keine Treffen mit Maurer mehr stattfinden werden. Sie begegnet ihm noch zweimal zufällig in Zwickau, beide Male setzt er jedoch seinen Weg ohne eine Geste des Grußes fort. Währenddessen blättert Kühn in den ihm von Maurer überreichten Akten, macht sich an unterschiedlichen Stellen am Rand einen Vermerk und setzt ein von Maurer, im Nachgang zu ihrem letzten gemeinsamen Treffen, begonnenes Schreiben fort, wobei er den ersten Teil der vorformulierten Einschätzung des Kollegen übernimmt, einen unteren Abschnitt jedoch hinzufügt, das Blatt unterschreibt und den Vorgang noch am Abend seinem Vorgesetzten auf den Tisch legt, versehen mit dem Wunsch der zeitigen Gegenzeichnung.

Der IM »Anna« des Dez. M des VPKA Zwickau arbeitet seit dem Jahre 1972 auf der Basis der Überzeugung mit der Arbeitseinrichtung I zur Kriminalitätsbekämpfung und -vorbeugung inoffiziell zusammen. Die Durcharbeitung der Personal- und Arbeitsakte und auch die Durchführung des Treffs mit dem IM »Anna« ergab, daß dieser IM nach meiner Auffassung sowohl von ihren privaten Kontakten und Verbindungen als auch von ihrer beruflichen Tätigkeit ausgehend keine Voraussetzungen für die Kriminalitätsbekämpfung und -vorbeugung hat. Der Treff am 18.4.74 mit dem IM »Anna« zeigte aber, daß dieser IM für eine inoffizielle Zusammenarbeit mit dem MfS durchaus über entsprechende Möglichkeiten und Voraussetzungen verfügt.

In der Folgezeit wäre zu entscheiden, ob eine Übernahme durch das MfS erfolgt. Für die Entscheidung einer Übernahme des IM »Anna« als IM des MfS ist es noch erforderlich, entsprechende konspirative Persönlichkeitsaufklärungen und Überprüfungsmaßnahmen auf Ehrlichkeit und Zuverlässigkeit vorzunehmen, sowie eine weitere Testung der Möglichkeiten und Voraussetzungen und Perspektiven dieses IM vorzunehmen.

Durch das Kennenlernen des IM »Anna« beim Treff am 18.4.74 kann eingeschätzt werden, daß es sich beim IM »Anna« um einen Inoffiziellen Mitarbeiter handelt, der über brauchbare Möglichkeiten und Voraussetzungen und Fähigkeiten und Fertigkeiten eines IM verfügt, mit Interesse die inoffizielle Zusammenarbeit durchführt und nach meiner Auffassung auch dazu in der Lage ist, komplizierte Aufgaben zu lösen.

Der IM, so konnte bei diesem Treffen festgestellt werden, zeigt Bereitwilligkeit, ist einsatzbereit und kann auch zu beliebigen Zeitpunkten sowohl im als auch außerhalb des Bezirks Karl-Marx-Stadt zum Einsatz kommen.

Meinerseits wurden entsprechende Festlegungen zur konspirativen Persönlichkeitsaufklärung sowie zur Überprüfung auf Zuverlässigkeit und Ehrlichkeit des IM »Anna« eingeleitet.

Der erste Verbindungsmann, das habe ich schnell gemerkt, der war verliebt in mich. In einer konspirativen Wohnung haben wir uns immer getroffen, die war in einem der Neubauten direkt an der Straße der Nationen, nicht weit vom Marx-Denkmal entfernt, und da war auch direkt die Parteizentrale. Die hat man gesehen, wenn man in der Wohnung aus dem Fenster geschaut hat. In einem Café, so wie in Zwickau, haben wir uns nie getroffen – das wäre ihm viel zu auffällig gewesen. In der Wohnung wohnte auch noch eine ältere Frau. Die hat sich in der Küche aufgehalten, wenn wir uns getroffen haben. Ich weiß nicht, ob sie uns gehört hat oder ob sie vielleicht taub war. Gesehen habe ich sie so gut wie nie. Ganz selten hat sie uns mal einen Tee oder einen Kaffee gebracht. Meistens aber hat er die Getränke mitgebracht in seiner Aktentasche. Nur Hartalk. Da war ich oft ziemlich besoffen, wenn ich mich mit dem getroffen habe. Und dann kam es, wie es kommen musste. Ich habe mich von dem überreden lassen – also gefallen hat der mir nicht. Er war zwar gut gekleidet und hat immer gut gerochen, aber er hatte Segelohren und war eher klein und gedrungen, also überhaupt nicht mein Typ. Auf jeden Fall ist er dann mit mir ins Hotel *Am Küchengarten* gefahren und hat sich mit mir ein Zimmer gemietet. Am nächsten Tag hab ich mich geärgert. Da dachte ich: Wenn ich nicht so besoffen gewesen wäre, wäre ich niemals mit dem im Bett gelandet. Normalerweise hätte ich den nie eines Blickes gewürdigt. Wenn der nicht in der Position gewesen wäre, wäre der nie an mich rangekommen. Aber wem hätte ich das sagen sollen? Dabei nehme ich an, dass das bei denen auf jeden Fall verboten war. Beim nächsten Mal wollte er wieder mit mir ins Hotel. Er hatte wieder Schnaps dabei – aber ich hatte vorgesorgt, hatte mir extra Wein mitgebracht. Noch mal ist mir das auf jeden Fall mit dem nicht passiert. Der hat zwar immer wieder versucht, mich zum Saufen zu animieren, und ich bin in der Regel nach dem Treffen auch nicht nüchtern nach Hause gegangen, aber ich habe keinen Hartalk mehr mit ihm getrunken.

Trotz der geweckten Erwartungen dauert es bis Ende Mai 1974, bis Uta wieder in den Zug in Richtung Karl-Marx-Stadt steigt. Ihre Schreiben in die USA kommen über das Postamt VII Zwickau-Süd nicht hinaus. Über drei Wochen hat Kühn auf ihren Anruf gewartet, unsicher, ob er nicht kurzfristig die Kollegen in Zwickau informieren soll, im Möbelgeschäft nach Uta Ausschau zu halten, dann hilft ihm der von ihm eingeleitete *Vorgang zur konspirativen Persönlichkeitsaufklärung*. Am Donnerstagabend, kurz vor Ladenschluss, steht ein auffallend gut aussehender junger Mann im Möbelgeschäft, schaut sich kurz um, ist offensichtlich jedoch nicht an den ausgestellten Waren interessiert und spricht eine der jungen Verkäuferinnen an. Sie dreht sich kurz, schaut sich in den großen Räumen um, entdeckt Uta im hinteren Bereich, vertieft in ein Gespräch mit einem Kunden, zeigt auf sie, woraufhin der junge Mann etwas zu ihr sagt, die Verkäuferin sich einen Weg durch den Raum bahnt und Uta von hinten auf die Schulter tippt. Diese beendet ihr Gespräch, folgt der Kollegin in den vorderen Bereich, sieht von weitem schon die ebenen Gesichtszüge des jungen Mannes, seine braune Wildlederjacke und das schräg nach hinten gekämmte Haar. Er hat die oberen Knöpfe geöffnet und trägt ein gelbes T-Shirt darunter, das zu seinen braunen Augen passt. Am äußeren Rand seiner Augen haben sich schmale Falten gebildet, die davon zeugen, dass er oft mit dem ganzen Gesicht lacht. Uta ist mehr als angetan. Die Kollegin tuschelt. *Er hat nach dir gefragt*. Sie gibt ihm die Hand. *Hallo*, sagt er, und, dass er gerade in der Gegend war, sie gerne mal wiedersehen wollte, und ob sie sich denn nicht an ihn erinnert, ihr letztes Treffen vor knapp zwei Jahren in der *Astro-Bar*. Er musste gerade in den letzten Tagen oft daran denken. Am nächsten Tag ruft Uta die Nummer in Karl-Marx-Stadt an. Kühn zeigt sich überrascht, vereinbart aber bereits für Sonntag ein Treffen mit ihr.

Am 28.05.1974 von 18.00 bis 22.15 Uhr fand im Treffquartier »Carola« mit dem IM »Anna« ein außerplanmäßiger Treff statt. Der IM bat telefonisch um diese Begegnung, da er in einer Angelegenheit beraten sein wollte. Im Ergebnis des Vorgebrachten kann folgendes eingeschätzt werden:

1. Der IM berichtete über das Aufsuchen eines gewissen (schwarzer Balken) auf der Arbeitsstelle des IM mit der Zielsetzung, den IM privat einzuladen und kennenzulernen. Dazu wurde ein ausführlicher Treffbericht eingearbeitet. Es kann zu dieser Information eingeschätzt werden, daß »Anna« klug und überlegt handelte, sich bei dieser Begegnung mit (schwarzer Balken) gründliche Gedanken machte und absolut sicher davon ausging, daß sie diesen (schwarzer Balken) noch nie gesehen bzw. kennengelernt habe und

somit eine ihrer Meinung nach gezielte Verbindungsaufnahme sehr wahrscheinlich ist.

2. Sie übergab während des Treffs 2 Postkarten. Die erste Postkarte wurde geschrieben von (schwarzer Balken) vom 8. Mai 1974, abgeschickt aus angeblich Chicago. Er entschuldigte sich für sein Nichterscheinen in Berlin und machte Hoffnung auf ein weiteres Zusammentreffen während des Sommers. Die zweite Postkarte kommt von (schwarzer Balken) aus Österreich und hat lediglich einen kurzen Kartengruß zum Inhalt.

Es konnte festgestellt werden, daß der IM sich anfänglich, wie er auch sagte, mit Zweifel trug, ob sie über diese Begegnung den Mitarbeiter informieren solle. Auf Grund ihrer festen Überzeugung, den (schwarzer Balken) nicht persönlich zu kennen, habe sie sich entschlossen, in Verbindung mit der am gleichen Tag eingegangenen Postkarte des (schwarzer Balken) den Mitarbeiter zu informieren und um eine Zusammenkunft zu bitten. In keiner Phase des gesamten Treffs konnte festgestellt werden, daß der IM Gedanken hegt, daß die Begegnung mit (schwarzer Balken) eine Überprüfungsvariante unsererseits sein könnte.

Am Donnerstag, den 23.05.74, erschien gegen 18.00 Uhr o. g. Person bei mir im Geschäft, gab vor, mich vor 2 Jahren in Zwickau kennengelernt zu haben und wäre zufällig hier auf der Durchreise, und da fiel ihm plötzlich ein, mir einen Besuch abzustatten. Anschließend lud er mich zum Abendessen in das Restaurant *Am See* ein. In diesem Lokal verweilten wir ca. 3–4 Std. und führten eine anregende Unterhaltung zu Themen wie Kunst – Theater – Musik – Urlaub – Autos – Kleidung – Hobby – Antiquitäten usw. Danach fuhren wir mit seinem

Dienstwagen zu mir und ich bat ihn, noch eine Tasse Kaffe bei mir zu trinken. Bei mir in der Wohnung bat (schwarzer Balken) dann um einen Kognak, doch ich hatte keinen im Haus, worauf er noch mal 2 Flaschen mitbrachte. Im Laufe des Abends machte (schwarzer Balken) mir den Vorschlag, mit ihm am kommenden Wochenende wegzufahren ins Interhotel *Moskwa* nach Frankfurt (Oder).

(schwarzer Balken) ist ca. 32 Jahre alt, ca. 1,83 m groß, gute Erscheinung, besitzt ein umfassendes Allgemeinwissen, hat ein selbstsicheres Auftreten. Er ist geschieden und hat drei Kinder, die bei seiner ehemaligen Frau leben.

Im Verlauf des Abends übergab er mir eine beiliegende Bestellkarte mit der Bemerkung, daß sich darauf seine Adresse befindet und seine Telefon-Nr.; u. a. gab er an, daß er sich schon zum 2. mal neu einrichten würde und daß er seine Kleidung nur im »Intershop« einkaufen würde. Eine exakte Einschätzung seines Charakters kann ich zur Zeit noch nicht richtig treffen; er verhielt sich völlig normal und ich kann seine Art als nett einschätzen. Mein Verhalten ihm gegenüber war anfänglich reserviert und zurückhaltend, lockerte sich im Verlauf des Abends und endete, wie bereits beschrieben, bei einem netten Abend. Es ergaben sich ganz zwanglos intime Beziehungen, die normal verliefen.

In unserem Gespräch über Autos sagte ich, daß ich auch gerne einen Wagen haben möchte, darauf erwiderte (schwarzer Balken) – ich solle mir keinen »Trabant« kaufen, da dieser nicht zu mir passen würde, und bot mir an, sein Auto abzukaufen.

Wenn ich die gesamte Begegnung mit (schwarzer Balken) einschätze, komme ich zu folgender Meinung:

1. Ich möchte mit 100 %iger Sicherheit behaupten, daß ich mit (schwarzer Balken) noch nicht bekannt gewesen bin, wie er angibt. Seine gesamte Person und sein Auftreten waren durchaus mein Typ. Bei einer früheren Begegnung hätte ich zumindest einzelne Details in Erinnerung gehabt;

2. Aus dem gemeinsamen Abend kann ich keine Einschätzung darüber treffen, was (schwarzer Balken) mit der Verbindungsaufnahme zu mir bezweckt;

3. Der in der 1. Karte des (schwarzer Balken) angekündigte Besuch blieb aus, aber am gleichen Tag, als mich (schwarzer Balken) aufsuchte, kam eine neue Karte von (schwarzer Balken), daß aus der vorgesehenen Reise nichts geworden sei und sie zu einem späteren Zeitpunkt noch stattfindet. Ob es eine gezielte Verbindungsaufnahme von (schwarzer Balken) im Zusammenhang mit (schwarzer Balken) gewesen ist, kann ich nicht beurteilen. Ich weise nur auf eine solche Möglichkeit hin.

Als Kühn am Dienstag die Informationen der vergangenen Tage auswertet, ist er angetan von dem exakten Zusammenspiel unterschiedlichster Akteure. Er blättert weiter und liest im zweiten Bericht:

Auftragsgemäß suchte ich am 23.5. gegen 17.30 Uhr das Möbelhaus in Zwickau auf und traf dort auf Frau Lohtner. Eingangs des Gesprächs sagte ich ihr, daß sie sich nicht verändert habe gegenüber ihrem Aussehen vor ca. 1 1/2 Jahren in der *Astro-Bar*. Sie reagierte auf diesen Sachverhalt so, daß sie meinen Namen nicht mehr wußte, sich an meine Person evtl. aber erinnert habe. Im Verlauf dieses 1. Dialogs unterbreitete sie mir den Vorschlag, daß wir uns doch in meinem PKW noch etwas näher unterhalten könnten. 10 Minuten nach 18.00 Uhr kam sie zu meinem Wagen und dort setzten wir unsere Unterhaltung fort. Ich nahm Bezug auf (schwarzer Balken), worauf sie nun sicher erwiderte, daß wir uns doch kennen müßten. Ich unterbreitete Frau Lohtner den Vorschlag, daß wir zusammen essen gehen könnten; worauf sie mir sagte, daß sie einverstanden sei und die Parteiversammlung »sausen lassen« wollte.

Während der abendlichen Unterhaltung einigten wir uns auf die Anrede der »Du-Form«. Von Frl. Lohtner kam selbst der Vorschlag, nach Verlassen der Gaststätte einmal zu ihr zu fahren. Wir betraten anschließend ihr Wohnhaus; es ist ein 2-Familien-Haus von weniger angenehmen Äußeren, die Wohnung jedoch ist sehr modern eingerichtet. Nach ihren eigenen Angaben wohnt in diesem Haus noch ein älterer alleinstehender Herr, mit dem sie intime Beziehungen pflegt und von ihm materielle Vorteile entgegennimmt. Frl. Lohtner ist geschieden und lebt, nach ihren Äußerungen zu urteilen, über ihre Verhältnisse. In der gesamten Wohnung waren überall westdeutsche Erzeugnisse anzutreffen – Konsumgüter wie Genußmittel. Frl. Lohtner bot mir von sich aus die Übernachtung bei ihr an. In dieser Nacht hatten wir mehrfach gemeinsam GV. Auf meine Frage, woher all diese vorhandenen Konsumgüter und Genußmittel stammen, gab sie mir folgende Antwort: Vor 3 Jahren zu ihrer letzten Ungarnreise will sie dort Italiener kennengelernt haben, die sie auch danach in der DDR zur Messe in Leipzig noch getroffen hat. Mit einem dieser Italiener steht Frl. Lohtner in ständiger Korrespondenz.

Uta Lohtner will in Leipzig auch eine Freundin haben. Bei dieser Freundin hat sie sich vom 25.5. bis 26.5. aufgehalten. Zu diesem Zeitraum wollte sie mit einigen Geschäftsleuten zusammentreffen. Sie äußerte mir gegenüber relativ unverblümt, daß sie dort sei, um Geld zu verdienen.

Im Verlauf des weiteren Gesprächs kam zum Ausdruck, daß sie in ihrem Möbelgeschäft Trinkgelder entgegennimmt, die sie für Mangelware in Höhe bis zu 500,– M empfängt. Frl. Lohtner beabsichtigt, sich umgehend einen PKW, Typ »Wartburg« oder »Skoda«, zu kaufen, und bat mich um Unterstützungsmöglichkeiten. Sie bezog sich darauf, um die lange Wartezeit zu umgehen, da sie bis jetzt keine Anmeldung laufen hat.

Ich schätze ein, daß Frl. Uta Lohtner zu mir vollstes Vertrauen geschöpft hat. Es kam auch darin zum Ausdruck, daß sie mir am Morgen des nächsten Tages beim Verlassen des Hauses erotische Magazine anvertraute, die ich mit nach Hause nehmen durfte.

Frl. Lohtner ist 26 Jahre alt, von Beruf Verkäuferin, ist groß, schlank, hat kastanienbraunes Haar und ist eine verhältnismäßig attraktive Erscheinung. Ich schätze Frl. Lohtner als sehr intelligent, z. T. auch sehr raffiniert ein. Im Verlauf des Abends konnte ich feststellen, daß Frl. Lohtner sehr viel raucht und auch viel Alkohol verkonsumiert. Frl. Lohtner pflegt eine gute Umgangsform und besitzt eine sehr intelligente Ausdrucksweise. Ihr Auftreten im Möbelhaus und mit mir im Verlauf der Nacht ist trotz allem relativ arrogant von ihrer Seite aus. Sie besitzt ein durchaus selbstsicheres Auftreten und ist sehr schlagfertig.

Ich habe Frl. Lohtner am heutigen Dienstag angerufen und ihr mitgeteilt, daß ich noch im Verlauf dieser Woche bei ihr zu Besuch erscheinen werde. Sie brachte ihre Freude zum Ausdruck, und verband gleichzeitig damit die Frage, ob ich evtl. auch Pfingsten für sie Zeit habe.

Am 21. August rufe ich sie über mein Handy an. Es ist früher Abend, und ich stehe in Oberitalien vor dem Bahnhof irgendeiner Kleinstadt. Die nächste Bahn in die Berge fährt in einer Stunde, am Rand sitzen ein paar Männer vor einer Bar, trinken Espresso, Campari auf Eis aus sehr hohen Gläsern. Als beim Spiel das erste Tor fällt, muss ich auf die andere Seite des Vorplatzes weichen. Es klingelt immer noch. Bei meinem ersten Anruf vor einer Stunde hat sie nicht abgenommen, jetzt aber höre ich auf der anderen Seite der Leitung ein neues Geräusch. *Hallo?* Die Verbindung ist sehr schlecht, ich forme mit meiner Handfläche eine Kugel und halte sie vor Mund und Mobiltelefon, damit die Lautstärke meiner Stimme mich selbst nicht erschreckt. Sie redet ganz ruhig. *Ich war den ganzen Tag dort, von morgens um neun bis nachmittags um fünfzehn Uhr, bin zwischenzeitlich nur einmal nach Hause gegangen, weil ich mir eine Lupe holen musste. Ich konnte nicht alles lesen.* Ich versuche, mir vorzustellen, wie sie zu Hause bei sich auf dem Sofa sitzt, kann mich aber nicht auf den Raum konzentrieren, weil der Überlandbus lautstark vor mir zum Stehen kommt. Stattdessen höre ich immer wieder das Echo meiner Stimme aus dem Telefon, das ihre Sätze unterbricht, überdeckt und verschwimmen lässt. Mein Kopf wird heiß. Auch bei ihr muss es noch immer heiß sein. Wahrscheinlich sind ihre Fenster von innen mit Pappkartons verdeckt, um die Wärme des Tages draußen zu halten. *Es waren vier Akten. Drei waren gut gefüllt, die vierte bestand mehr aus einer losen Blättersammlung – aber es war ja nur die erste Hälfte. Die zweite bekomme ich, wenn die Sachbearbeiterin aus dem Urlaub wieder da ist.* Beim Fußball scheint jetzt Halbzeit zu sein, die Männer kommen aus der Bar, vertreten sich auf der Straße die Beine, rauchen ihre Zigaretten. Zwischen dem Telefon und meinem Ohr hat sich Schweiß gesammelt. Utas Stimme kommt aus meinem Kopf. Ich halte mir das andere Ohr zu. *Zwischendurch habe ich ein paar Rauchpausen gemacht, und dann habe ich Kopfschmerzen bekommen, so doll, dass ich jetzt eine Tablette genommen habe. Das mache ich sonst nie. Außerdem habe ich mir direkt ein Bier dorthin mitgenommen. Ich dachte, ich muss sofort danach saufen. Jetzt habe ich es aber nicht einmal bis zur Hälfte ausgetrunken.* Die Verbindung bricht ab, ich korrigiere die Sätze, überlege, wie es weitergehen könnte: *Was soll ich dir noch dazu sagen?* Ich wähle ihre Nummer noch mal. Sie klingt müde, oder es erscheint mir nur so, weil nur jeder zweite Satz vollständig bei mir ankommt. *Kann ich etwas für dich tun?* Ich bin mir nicht sicher, ob sie das gehört hat. Ich bin mir nicht sicher, wer das gesagt hat. Umständlich hole ich aus meiner Hosentasche ein Stück Papier und einen Stift. Während im Telefon nur Rauschen zu hören ist, mache ich mit der linken Hand ein paar unlesbare Notizen auf dem Zettel. Der Untergrund ist uneben. Der Stift sticht durch das Papier, macht ein Loch hinein. *Danach war ich noch im Handyladen und habe mir eine neue Prepaid-Karte geben lassen. Ich hab mir die davor vor drei Wochen im Supermarkt gekauft, aber sie hat irgendwie nicht funktioniert.* Die Anzeigetafel zeigt eine Gleisänderung für meinen Zug an. Von den Gleisen her kann ich die Stimme der Ansagerin zwischen den parkenden Autos hören. *Irgendwas musste ich mir einfallen lassen.*

Das habe ich gleich gewusst, woher der kommt. Der sah aus wie ein amerikanischer James-Bond-Darsteller, Single, Betriebsdirektor eines kleinen Betriebs in Schneeberg irgendwo, tolles Auto. Dass ich den vergessen hätte? Natürlich hätte ich mir den gemerkt, wenn ich den schon mal vorher gesehen hätte. Aber ich dachte: Was bringt es dir, jetzt zu sagen, *ich kenne Sie nicht*. Dann schicken sie sofort einen anderen. Und da er mir auch gefiel, habe ich *ja* gesagt. Und dann habe ich mit dem über Jahre ein, sagen wir, lockeres Verhältnis gehabt, wo keiner an Ehe dachte oder so. Wir haben uns halt mal einen schönen Abend gemacht, er hat Getränke mitgebracht, wir sind ins Bett gegangen. Oder wir haben mal mit meinem Kind einen Ausflug gemacht, zum Badesee, oder sind gemeinsam ins Kino gegangen. Sein Deckname war Oliver. Dabei hat der ganz offenbar Sachen über mich erfunden. Wahrscheinlich, um bei der STASI besser dazustehen, und um mehr Geld zu bekommen. Damals wohnte ich noch in dem Haus am Hang. Das Haus gehörte einem älteren Ehepaar, strenggläubig waren die. Ich wohnte im Erdgeschoss. Ganz oben gab es eine kleine Treppe aus der zweiten Etage direkt in den Garten. Die oben hatten ein eigenes WC. Aber unten hatten wir das gemeinsam mit den Vermietern nicht. Wir hatten ein Plumpsklo. Da musste man hinten raus, in so eine Art Kellergarten. Und einmal bin ich mit Oliver zu mir nach Hause gekommen, da kam gerade der alte Vermieter aus dem Plumpsklo. Da hat Oliver den gesehen – und später bei der STASI angegeben, ich hätte eine Affäre mit dem. Der war über sechzig und ich 28! Und der war sehr aktiv in der Kirche! Und hat mit seiner Frau in der Etage über mir gewohnt! Wie lächerlich!

In jedem Bericht, den er verfasst hat, hat er davon berichtet, dass ich ihm erzählt hätte, mit wem ich alles intim gewesen sei. Glaubst du im Ernst, ich würde so was machen? Wenn ich mich mit einem Mann auf einen angenehmen Abend treffe, dass ich dem dann erzähle, mit wem ich alles intim bin? Ich dachte, mich haut es um.

Mein Hauswirt muss sich auch seinen Teil gedacht haben. Denn es gab keinen Briefkasten, sondern er hat mir meine Post in meinen Vorraum gelegt. Der war nie abgeschlossen, weil wir uns das Bad geteilt haben. Und da hat er dann gesehen: Die bekommt Post aus Norwegen, USA, Ansichtskarten aus New York. Ich kam mal gelaufen, und da stand mein Hauswirt mit dem Nachbarn. Die hatten mich nicht kommen sehen, und da hat er gerade gesagt: *Und was die für eine Korrespondenz führt, das kannst du dir nicht vorstellen.* Das habe ich richtig gehört. Da haben die bestimmt darüber gerätselt, was ich für eine Spionin bin, ob ich jetzt für den KGB oder die CIA arbeite oder vielleicht doch einfach nur für die Westdeutschen?

Oliver kommt schon eine Woche später wieder zu Besuch. Mit seiner schwarzen Limousine steht er am Fuß des Hangs, hupt, winkt aus dem offenen Fenster und läuft dann die wenigen Meter hoch zu ihrer Wohnung. Das Hupen zur Begrüßung untersagt Uta ihm auch gegen das explizite Wohlgefallen ihres Kindes, zu sehr schallt es zwischen den Bergen, scheint ihr das Tal für Minuten nicht zu verlassen, und wie aus dem Augenwinkel sieht sie jedes Mal, wie das Licht in der Küche ihrer Eltern eingeschaltet wird. Nicht selten holt Oliver sie auch direkt von der Arbeit ab, steht, wie bei seinem ersten Besuch, kurz nach sechs mit seinem Wagen auf dem Parkplatz und wartet auf sie, und sie gehen gemeinsam erst essen und danach nicht selten noch in die *Astro-Bar*. Kühn sieht sie in diesen Wochen kaum, einmal, nach dem ersten Besuch Olivers, haben sie ein ausführliches Treffen, sie bleibt bis weit in die Nacht, am nächsten Tag erscheint sie müde und verkatert auf der Arbeit, im Anschluss aber kommen keine weiteren Briefe aus Westdeutschland, ihr Postfach ist weitestgehend ungenutzt, nur Oliver legt manchmal kurze Schreiben hinein, mit Ankündigungen seiner nächsten Besuche. Uta arbeitet, erfüllt im Möbelhaus ihr Soll, bleibt unregelmäßig die Nächte in Zwickau, fährt dann erst am nächsten Abend zurück, trifft ihr Kind, das zur Betreuung bei den Großeltern in der Wohnstube sitzt, und bemerkt immer stärker Ingrids anklagendes Schweigen, wenn sie die Wohnung der Eltern betritt. Sowohl Ingrid als auch Heinz haben mittlerweile ihre Lohnarbeit eingestellt und werden nicht mehr bezahlt für ihre Tätigkeit, die Pflege ihres Enkelkinds haben sie für sieben Tage in der Woche eingeplant, und Heinz kommt es bald schon fast komisch vor, wenn er allein im Garten ist. Ingrid schweigt und macht Uta schließlich unverhohlen Vorwürfe darüber, wie ihr die Blicke der anderen Dorfbewohnerinnen im Ort noch immer zusetzen, wie Uta ihren Ehemann nicht länger hätte bei sich halten können, wieso sie nicht ihr, als Mutter, etwas weniger Kummer bereiten könne. Uta kennt keine Antworten, sieht nur hinter dem Fenster und über das Tal hinweg ihren ungepflegten Garten sich schräg über den Hang ergießen. Ingrid hört nicht auf mit ihren Anklagen, auch nicht, als Utas Kind im Sommer in die Schulfreizeit fährt. Zu diesem Zeitpunkt verändert sie ihre Strategie, bringt Utas Bruder wieder in das Gespräch, in jedes, und wie glücklich er ist, mit Frau und Kindern, und dass die Autos vor der Tür seiner Wohnung ihm gehören und nicht Fremden. Uta kennt keine Antworten, da Ingrid keine Frage stellt, kennt nur die Reaktion ihrer Mutter und verhindert jede weitere Eskalation. In ihrer Wohnung sammeln sich hingegen Geschenke, für die Ingrid kaum ein Auge hat, erst die Gäste, die am Abend kommen, können die Atmosphäre schätzen, nehmen Utas Cognacflaschen aus dem Schrank, drehen und wenden sie und stellen sie mit anerkennenden Gesten zurück an ihren ursprünglichen Platz. Dennoch trifft sich Uta selten in ihrer Wohnung mit Leuten, die meisten Freundschaften im Ort sind ihr abhandengekommen, nur wenige, die aus den Nachbarhäusern zu ihr hinübersehen und ihr winken, selten kommt jemand vorbei, sie geht kaum raus, und wenn, dann nach Zwickau oder gleich Karl-Marx-Stadt, wo die Männer blaue Mäntel tragen und manchmal nur ein wenig Englisch mit ihr reden wollen. Kühn trifft sie dort nicht, zu oft hat sie ihm erzählt, in welchen Bars und Lokalen sie verkehrt, und er vermeidet unbeabsichtigte Begegnungen stärker als viele seiner Kollegen, stärker als andere hat er auch die Möglichkeit, sich zurückzuziehen, wartet einfach auf den Anruf Utas, auf ihren nächsten Bericht. Uta schreibt kaum, hat sich an die Ausflüge mit Oliver gewöhnt und fährt in den Sommerurlaub mit ihrer Freundin Grete nach Bulgarien, an das Meer bei Burgas. Währenddessen überarbeitet Kühn die Planung bezüglich des IM-Vorgangs »Anna«. Seine Umgestaltung beginnt bereits im Sommer, ab 26.07.74.

*Foto von Uta und Grete am Strand von Burgas*

Im Ergebnis dieser geführten Unterhaltung mit dem IME »Anna« bei diesem Treff erklärte sich der IM »Anna« bereit, eine Tätigkeit in der BDVP K.-M.-Stadt aufzunehmen; alle damit in Zusammenhang stehenden Konsequenzen beim Besuch eines 6monatigen Dienstanfängerlehrgangs im StVK K.-M.-Stadt durchzuführen; nach Karl-Marx-Stadt zu verziehen und alle Aufgaben und Aufträge, die ihr als IM aufgetragen werden, zu erfüllen.

Im weiteren Verlauf des Treffs wurden insbesondere eine Anzahl Regimefragen in der Deutschen Volkspolizei, speziell der BDVP Karl-Marx-Stadt, diskutiert. Eine erste Grundfrage war das Vertrautmachen mit Dienstgraden. Der IM berichtete, daß sie keinerlei Kenntnisse über Dienstgrade und Dienstränge in den bewaffneten Organen habe. Sie wurde deshalb dazu geschult, um bereits für die kommende Tätigkeit gewisse Voraussetzungen zu haben. Im weiteren wurden im zweiten Hauptkomplex Probleme diskutiert, die mit Dienststellungen, Unterstellungsverhältnissen, schlechthin Dienstverhältnissen in der BDVP im Zusammenhang stehen. Weiterhin wurde festgestellt, daß der IM »Anna« auftragsgemäß die gegenwärtig bestehende Verbindung zu dem männlichen Bürger aus Jena gelöst hat.

Uta geht vor mir über eine frisch gemähte Wiese. Es ist das erste Mal, dass wir gemeinsam für ein paar Tage verreist sind. Den gepflasterten Weg haben wir schon einige Meter hinter uns gelassen. Vor uns liegt eine weiß gestrichene Backsteinmauer, dreißig oder vierzig Meter lang, sie ist leicht geschwungen und begrenzt zwei Meter hoch das Gelände. Ich kann das Ende der Mauer nicht sehen. Links führt eine Umgehungsstraße an der Mauer entlang. Hinter dem Grundstück sind Bäume zu sehen, durch die vereinzelt alleinstehend Häuserdächer leuchten. Auf der anderen Seite der Mauer sind Garagen und ein großer Innenhof. Weiter vorne, wo wir unser Auto geparkt haben, ist das Hauptgebäude. Ein langgezogenes Gebäude, weiß verputzt und mit Kameras bestückt. Früher war dies das Hauptgebäude der Bezirksdirektion der Volkspolizei (BDVP) in Karl-Marx-Stadt, jetzt ist die Polizeidirektion Chemnitz hier untergebracht. In etwa 1,80 Meter Höhe sind rechteckige Fenster in die Mauer eingelassen, fast quadratisch, etwa vierzig mal fünfzig Zentimeter, mit blauem Rahmen. Darüber erstreckt sich ein schwarz gedecktes Dach. Bei jedem Fenster führt ein Blitzableiter herab. Uta versucht, in eines der Fenster hineinzuschauen, ist aber nicht groß genug, sie stellt sich auf die Zehenspitzen und sackt im vom Regen aufgeweichten Boden ein, gerät aus dem Gleichgewicht, kann sich dann aber wieder fangen. Hinter den Fenstern brennt nirgendwo Licht, die frühherbstliche Sonne spiegelt sich in ihnen, wirft unsere Schatten klar umrissen als bewegliche Figuren auf die weiße Wand. *Dort oben waren die Umkleiden, ein Raum für die Frauen und einer für die Männer.* Sie macht noch einen Schritt zurück. Zählt die Fenster. *Unten im Gebäude gab es auch eine betriebseigene Sauna. Da sind wir oft nach Dienstschluss alle zusammen reingegangen. Manchmal haben wir dann da auch die Frau des Obersts oder des Generals getroffen, das war schon merkwürdig. Die haben sich auf den Hof fahren lassen und die Betriebssauna einfach privat genutzt.* Wir gehen ein Stück an der Mauer entlang. *Hinter den drei Fenstern war die Großküche. Da habe ich angefangen. Am Anfang habe ich ganz schön gestaunt, was wir da so zubereitet haben. Die Marmeladen, der Käse, die Butter. Das war nicht das, was es im normalen Konsum zu kaufen gab.* Wir waren eigentlich schon auf dem Rückweg, sie war sich nicht mehr sicher, ob sie das Gebäude wiederfinden würde, konnte sich nur an eine Straße mit leeren, später dann verfallenen Häusern erinnern, hatte dann einen Kosenamen der Bediensteten für die Straße wieder im Ohr. So ähnlich heißt die Straße dann immer noch. Hinter einigen Brachen, ein paar neuen Häusern und einigen alten finden wir ihre alte Arbeitsstelle. Der Parkplatz ist schon leer. Niemand beschwert sich, als wir über die gemähte Wiese vor dem Gebäude laufen. *Dort oben war das Zimmer vom Oberst, und da, in der ersten Etage, war der Konferenzraum. Da musste ich denen immer Frühstück servieren.* Überall vor dem Gebäude stehen Kameras. Als wir quer über den Rasen dicht an die Mauer heranlaufen und versuchen, in die Fenster zu blicken, kann ich aus dem Augenwinkel sehen, wie sie sich bewegen. *Der Innenhof ist riesig. Da waren die ganzen Unterkünfte, und weiter hinten waren noch große Sportanlagen.* Wir gehen wieder zurück in Richtung

Parkplatz. Als wir am Haupteingang vorbeikommen, versuche ich, einen Blick auf den Pförtner zu werfen. Hinter dickem, spiegelndem Panzerglas schaut er verwundert von seinem Bildschirm empor, fixiert uns, schaut dann wieder auf seinen Bildschirm. Uta lächelt kurz in seine Richtung. Was er wohl von uns denkt? Uta hakt sich kurzerhand bei mir ein, wir laufen wieder über die Wiese. Dann steigen wir zurück in das Auto und fahren durch Chemnitz, jetzt auf der Suche nach dem Flughafen.

Uta kommt aus Bulgarien zurück. Vor dem Urlaub hat sie noch einen jungen Mann aus Jena kennengelernt, anders als sonst nicht in der *Astro-Bar*, sondern im *Jägerhaus*, wo die Bärte der Männer weniger sorgfältig gestutzt sind, und zu ihrer Überraschung präsentiert ihr an einem späten Abend dieser Mann einen Revolver. Er hatte ihr schon kurz von seinem Gefängnisaufenthalt erzählt, in seiner Wohnung aber konnte sie kaum etwas entdecken, das ihr Interesse entfachte. Als *Jan* hatte sich der junge Mann vorgestellt, er sprach schneller als die Männer, die Uta sonst kennengelernt hatte, rief sie dafür aber nicht an, begegnet ihr stattdessen wieder, diesmal in der *Astro-Bar*, hat plötzlich auch hier seinen deutlich gebrauchten Revolver dabei, wobei in seiner Version der Geschichte der Colt mal von der Mutter im Garten gefunden, mal von einem Freund beim Militärdienst entwendet wurde, die Munition ihm jedoch in beiden Varianten bei einem nächtlichen Spaziergang von Jena Paradies in Richtung Teufelslöcher in die Saale gefallen ist. Uta ist seine ungestüme Art zu trocken, sein Humor für ihren Geschmack zu derb, doch die Abende mit ihm nehmen meistens unterhaltsame Wendungen. Zweimal versetzt sie Oliver, weil Jan ihr in Zwickau über den Weg läuft. Er kündigt Uta einen ausgearbeiteten Plan an, bei dessen Befolgung sie beide finanzielle Unabhängigkeit für einen längeren Zeitraum erlangen würden. Zur näheren Erläuterung des Planes kommt es aber nicht, Kühn interveniert auf seine Weise, fordert Uta nicht auf, weitere Ermittlungen zu Jans Vorhaben anzustellen, sondern gibt ihr umgekehrt die Anweisung, andere Etablissements aufzusuchen und *den jungen Mann aus Jena ab sofort strikt zu meiden*. Uta folgt der Anweisung. Sie ist bereits drei Wochen zuvor im Möbelhaus versetzt worden und nicht gewillt, weitere Unannehmlichkeiten auf sich zu nehmen.

Kühn schätzt ihre Loyalität und verschafft ihr ein Vorstellungsgespräch in Karl-Marx-Stadt. Uta geht zur Polizei. Oberst Wenzel mustert sie, ein kleingewachsener Mann mit prallem Bauch und dürren Beinen, Leiter der BDVP Karl-Marx-Stadt, er stellt ihr Fragen nach ihrer Qualifikation und ihren Zielen, hakt zweimal nach, warum sie das Erzgebirge und Zwickau verlassen will, und ist mit der Erklärung mehr als zufrieden, als sie ihm die Gegebenheiten in ihrem Dorf beschreibt, seine Enge, und gleichzeitig ihr Bedürfnis, endlich in einer Großstadt zu leben, dass Karl-Marx-Stadt ihr dabei als vorbildliche Stadt des sozialistischen Aufbaus erscheint, und sie sich schon seit ihren Tagen in der FDJ wünscht, für die DVP zu arbeiten. Wenzel ist überzeugt, reicht ihr die Hand, begrüßt sie bei der Volkspolizei und übergibt ihr die offiziellen Dokumente für eine Einstellung als Serviererin in der Großküche.

Sie nimmt ihre Tätigkeit im Herbst 1974 auf, muss morgens um kurz nach fünf am Seiteneingang erscheinen, erhält Dienstkleidung, die, nach Bedarf, zweimal in der Woche frisch bedampft und gebügelt über ihrem Kleiderbügel hängt, hat auf den Saunabereich und den Friseur der DVP Zugriff und erfüllt ihre Aufgaben zur Zufriedenheit aller. Kühn ist nicht ganz überzeugt, entspricht ihr Einsatzort doch nicht seinen Erwartungen, lediglich morgens und mittags ist sie für wenige Augenblicke in den Zimmern der ranghohen Angestellten der BDVP, insbesondere zu Oberst Wirczek kann sie keinerlei nähere Beziehung aufbauen, da sie durch ihre Tätigkeit als Serviererin an die Küche im unteren Stockwerk des Nebengebäudes gebunden ist. Dabei gilt Wirczek die Aufmerksamkeit des Genossen Kühn, neigt dieser doch als jüngster Oberst mit aussichtsreichen Aufstiegschancen auf eine Offizierslaufbahn und engen familiären Kontakten in die USA zu auffallendem Verhalten. Kühn warnt Uta eindrücklich, ihm gilt Wirczek als aufbrausend und impulsiv, aber auch als *attraktiver Schönling*, kein Wunder also, *warum er eine so schöne Ehefrau zur Seite hat*, die Kontaktaufnahme jedoch gelingt in den ersten Wochen wider Erwarten nicht, und bei Kühn entsteht der Eindruck, den Operativen Vorgang »KIESEL« anderweitig bearbeiten zu müssen. Uta wiederum ist überrascht von seiner Diskretion. Sie ist immer noch davon überzeugt, für die Kriminalpolizei Zwickau tätig zu sein. Umso mehr ist sie verwundert, Kühn nicht in dem Gebäudekomplex im Stadtteil Sonnenberg anzutreffen, stattdessen finden ihre Verabredungen weiterhin in der kleinen Wohnung in der Straße der Nationen statt. Im Winter 1974 noch, Uta arbeitet erst etwas mehr als zwei Monate in der Großküche der BDVP, ruf Oberst Wenzel sie zu sich in sein Arbeitszimmer, lobt ihre bisherige Tätigkeit, ihre Zuverlässigkeit und Pünktlichkeit, ihre freundliche Art im Umgang mit den Angestellten der Volkspolizei, und schlägt ihr eine Modifizierung ihrer Arbeit vor. Etwas außerhalb von Karl-Marx-Stadt, im Ortsteil Kappel, oberhalb der Chemnitz, steht der DVP eine großzügige Gästehausvilla zur Verfügung. Chef des Protokolls dort ist Oberst Gerber, der gemeinsam mit seiner Frau das Haus leitet und dort ebenfalls wohnt. Dem habe *er*, Wenzel, *sie*, Uta, nun *übertragen*, was für sie den Vorteil berge, dort ebenfalls wohnen zu können, eigene Räumlichkeiten unter dem Dach des Gästehauses zu beziehen und dann gemeinsam mit Oberst Gerber und seiner Frau für die Bewirtung und Versorgung der ranghohen Gäste zuständig zu sein. Kühn besteht darauf, dass sie sich von nun an alle zehn Tage treffen.

Zweckmäßigkeit:

Die Zweckmäßigkeit der Werbung der IM-Kandidatin ergibt sich aus der Notwendigkeit und Bedeutung der Bearbeitung des OVL »KIESEL«. In diesem Zusammenhang wurde deshalb veranlaßt, daß die IM-Kandidatin ohne Einflußnahme des MfS als Serviererin in das Gästehaus der BDVP Karl-Marx-Stadt eingestellt wurde, damit sie im Blickpunkt des Verdächtigen steht, um darauf aufbauend entsprechende Kontakte anzuknüpfen, um die Zielstellung, vertrauliche Beziehungen zu dem Verdächtigen zur Erarbeitung inoffizieller und offizieller Beweise entsprechend der Bearbeitungsrichtung erfüllen zu können.

Die IM-Kandidatin ist geschieden. Auch bei einem möglichen Umzug nach Karl-Marx-Stadt ist das Kind der IM-Kandidatin kein Hinderungsgrund für eine konspirative und erfolgreiche Zusammenarbeit mit dem MfS. Die IM-Kandidatin ist gegenüber keiner Person rechenschaftspflichtig, unterliegt keiner Kontrolle und hat gegenwärtig nicht die Absicht, erneut zu heiraten. Sie ist zu jeder Tages- und Nachtzeit einsetzbar und kann auch überörtliche bzw. überbezirkliche Aufgaben durchführen.

*Lageplan Erdgeschoss des Gästehauses, gezeichnet von Uta, 1975*

Das Gästehaus liegt am Ende einer schmalen Straße, dreißig, vielleicht vierzig Meter lang, links und rechts stehen Wohnhäuser, zweigeschossige Putzbauten über annähernd quadratischen Grundrissen mit leichten Vor- und Rücksprüngen, alle mit schiefergedeckten Walmdächern. Uta war dieser Teil von Karl-Marx-Stadt bisher unbekannt. Die meisten Straßen in dem Gebiet müssen erst noch gebaut werden oder sind überzogen mit dem Schlamm und Dreck der Bagger und LKWs, die mühsam versuchen, die staatliche Entscheidung wider die Wohnungsnot in die Tat umzusetzen. Nicht selten sieht sie am Wochenende neugierige Fußgänger über den lehmigen Boden und vorbei an den Pfützen balancieren, die versuchen, einen Blick auf den neuen Stadtteil zu werfen. Über 90 000 Wohneinheiten sollen neu entstehen. Hier und dort wird mit dem Finger auf ein Loch oder eine Brache verwiesen. Häufig sind das dann junge Paare, oft bereits begleitet von einem oder zwei Kindern. Woraufhin Uta die Tage zählt, die sie ihr Kind nicht mehr gesehen hat, die Stunden überschlägt, die sie bräuchte, bis sie bei ihren Eltern im Erzgebirge wäre, um den restlichen Nachmittag Mutter zu sein. Doch die Neubauten um das Gästehaus herum sind bisher nur auf dem Papier entstanden. Nach wie vor wandert Utas Blick über leere Flächen, aufgewühlte Erde und mit Regenwasser gefüllte Baulöcher. Schon als sie das zweite Mal herausfährt, findet sie den kurzen Trampelpfad von der letzten Straßenbahnhaltestelle bis zum Gästehaus ohne größere Umwege, kommt am Haus an, unter dem Arm die Tasche mit ihren Habseligkeiten für die ersten Tage, begrüßt Oberst Gerber, lässt sich von ihm das Gepäck abnehmen und folgt ihm hinauf in das zweite Obergeschoss, wo sie ein kleines Zimmer mit Erker bewohnen wird. Neben ihrem Zimmer sind drei weitere Räume für Bedienstete vorgesehen, derzeit jedoch unbewohnt, selten nächtigt hier ein zusätzlicher Koch, schläft dort ein Fahrer für die Dauer des Aufenthalts seines Dienstherrn, wohnt da die Mechanikerin vom Dienstwagen Gerbers. Vorerst bleibt Uta im Erzgebirge wohnhaft, sie soll sich erst einmal an das Gästehaus in Karl-Marx-Stadt gewöhnen, später will man ihr in einem der umliegenden Häuser eine Wohnung zur Verfügung stellen, *damit auch ihr Kind in der wachsenden Stadt einen Platz findet.* Gerber leitet die neue Angestellte an.

13.11.1974

Quittung

> Für die Durchführung von Aufträgen für das MfS und für meine bisher geleistete gute Arbeit in der inoffiziellen Zusammenarbeit mit dem MfS und als Beweis für meine Bereitschaft auch komplizierte Aufgaben für das MfS zu lösen erhalte ich heute 300,– Mark (dreihundert).

Wir finden den von ihr beschriebenen Ort nicht. Uta sitzt neben mir auf dem Beifahrersitz, schaut aus dem Fenster, versucht, sich zu konzentrieren, versucht, sich vorzustellen, wie es hier ausgesehen hat, als all die Gebäude noch nicht da waren. Es ist über vierzig Jahre her, dass sie das letzte Mal hier war. Wir suchen die Endhaltestelle der Straßenbahn. Als ich auf die Karte schaue, kann ich die Straßenbahnlinie mit meinem Finger nachfahren, an der *Wolgograder Allee* endet mein Finger, *Hutholz* steht daneben. *Ich wusste gar nicht, dass das jetzt auch zu Chemnitz gehört,* sagt sie. *Irgendwo an der Stollberger Straße,* hat sie gesagt, als wir losgefahren sind. Jetzt stehen wir auf dem Parkplatz eines Supermarkts und schauen auf die letzten Ausläufer einer Schrebergartensiedlung. Auf der anderen Seite des Autos beginnt der Wald. *Das Viertel wurde genau in der*

*Zeit gebaut, als ich dort gearbeitet habe.* Wir probieren es noch mal. *An diese Häuser kann ich mich auf jeden Fall noch erinnern.* Wir fahren wieder über eine Autobahnbrücke in Richtung Innenstadt, wenden, fahren auf der Stollberger Straße stadtauswärts. *Nein, ich glaube, es waren die Häuser da hinten. An denen musste ich immer vorbei, wenn ich von der Straßenbahnhaltestelle kam.* Es ist später Samstagnachmittag, am kommenden Montag scheint ein Feiertag zu sein. Auf den Straßen drängen die Autos in Richtung Einkaufszentrum. *Das hier ist bestimmt die Einkaufsmöglichkeit, bei der ich mir immer mal noch was zu essen oder trinken gekauft habe.* Wir gehen noch mal die Gegebenheiten durch. *Es muss eine kleine Straße sein, mit einzelnen Häusern, Einfamilienhäusern, eine Sackgasse. Von der Stollberger Straße muss man rechts abbiegen.* Ich versuche, irgendeinen Anhaltspunkt in meinem fragmentierten Wissen zu diesem Ort zu finden, aber das, was ich mir vorstelle, kann ich nirgendwo sehen. Wir fahren weiter, ich wende noch mal. Mir fällt ein, dass sie mir mal die Geschichte erzählt hat, es hätte dort in der Nähe eine Bar gegeben, keine normale Bar für ein Wohnviertel, zu teuer sei sie gewesen, daher eigentlich auch kaum Kundschaft, dafür aber war fast die gesamte Inneneinrichtung aus Edelstahl. *Wie in einem Flugzeug sah es da aus, und auch das Gebäude, in dem die Bar war, sah aus wie ein Flughafengebäude.* In Chemnitz gibt es keinen Flugplatz, der Verkehrslandeplatz Chemnitz/Jahnsdorf ist über zwölf Kilometer entfernt, hier, mitten im Wohngebiet, das sich heute schwerfällig über die Hügel zieht, scheint ein Flugplatz unvorstellbar.

Die Straßeneinfahrt liegt auf der anderen Seite der Gleise. Ein kleines Stück verläuft die Straße parallel zur Stollberger Straße, macht dann eine scharfe Rechtskurve und entspricht erst dann meiner Vorstellung. Als wir hinter der Kurve zum

Stehen kommen, können wir den Rest des Wohngebiets hinter den Häusern nicht mehr sehen. Uta trinkt den letzten Schluck des Kakaos, den ich ihr gerade an der Tankstelle gekauft habe, und wir steigen aus. Die Straße ist leer. So habe ich mir den Ort vorgestellt, ich bin überrascht, wie genau meine zuvor verfasste Beschreibung zutrifft. Durch die hohen Bäume wird der Lärm der Hauptstraße in unserem Rücken gedämpft. Obwohl es anfängt zu dämmern, brennt in keinem der Häuser Licht. Ich mache ein Foto von Uta, wie sie vor mir auf das Ende der Sackgasse zuläuft. *Da oben war mein Zimmer,* sagt sie.

An der Pforte des Gartenzauns stehen zwei Namen auf den Klingelschildern. Wir denken nicht einmal daran, einen der beiden auszuprobieren. *Nur in den Garten würde ich gerne noch mal gehen, der war wunderschön.* Wir kehren aber um, setzen uns wieder ins Auto. Uta möchte noch Blumen kaufen, da wir am nächsten Tag zum Friedhof fahren. Im Einkaufszentrum kauft sie bei der Floristin einen Strauß Rosen. Kurz bevor wir am nächsten Tag im Dorf am Friedhof ankommen, stellt sie fest, dass sie die Rosen im Zwickauer Hotelzimmer vergessen hat. Gegenüber der Bushaltestelle, unterhalb der Kirche, räumt zufällig die Verkäuferin am Sonntag ihren Blumenladen aus. Uta kauft Winterheide in einem kleinen Topf.

15.11.1974

Übernahme des IM »Anna« des Dezernats M der Abteilung Kriminalpolizei der BDVP Karl-Marx-Stadt.

Ich, Uta Lohtner, geb. Krahl, am 09.05.1945, verpflichte mich mit dem Ministerium für Staatssicherheit auf inoffizieller Basis zusammenzuarbeiten.

Am 7.2.1975 fand im Gästehaus der BdVP eine Feier anläßlich der Ernennung zum Verdienten Militärflieger der DDR des Oberstleutnant (schwarzer Balken) statt. Es waren anwesend der (schwarzer Balken) der BdVP, die (schwarzer Balken) BdVP, Oberst (schwarzer Balken), Oberst (schwarzer Balken), Oberst (schwarzer Balken), Oberst (schwarzer Balken), Oberstleutnant (schwarzer Balken), Oberstleutnant (schwarzer Balken). Ferner war ein General der VP anwesend, der mir namentlich nicht bekannt ist, anwesend war außerdem Major (schwarzer Balken). Im Verlauf des Abends fand ein Preisskaten statt und es wurde nach einem kleinen Imbiß reichlich Alkohol genossen. Ich erwähne das deshalb, weil allgemein bekannt ist, daß (schwarzer Balken) nicht besonders freigiebig, um nicht zu sagen geizig ist. Als erster Preis, den Oberst (schwarzer Balken) gewann, war eine Spielkartenkollektion von Altenburg ausgesetzt. (schwarzer Balken) sagte mir später, daß er die Spielkarten mit Aktbildern aus dieser Kollektion entnahm, da er diese für einen anderen Anlaß benötigte.

Im Verlauf des Abends kam (schwarzer Balken) in leicht angetrunkenem Zustand in die Küche, um mit uns eine Unterhaltung, das heißt mit dem Ehepaar (schwarzer Balken) und mir, zu führen. Aus seinen Bemerkungen konnte ich feststellen, daß ich ihm sympathisch bin. Bei dieser Gelegenheit küßte mich (schwarzer Balken) im Beisein des Ehepaares (schwarzer Balken).

Nachdem die Gäste gegangen waren, forderte (schwarzer Balken) Gen. (schwarzer Balken) und mich auf, sich mit ihm im Klubraum etwas zusammenzusetzen und einen Wodka zu trinken. (schwarzer Balken) erzählte uns über seine oftmaligen Auslandsreisen. Außerdem erzählte er uns über seine dienstlichen Erlebnisse, z. B., daß er den Einsatz zum Schiffsunglück bei Rügen geführt habe. Des weiteren erzählte (schwarzer Balken) noch, daß er das Hobby habe, größere Unfälle und Katastrophen im Bild festzuhalten und in einem Album zusammenzufassen.

Bei dieser Unterhaltung teilte (schwarzer Balken) auch mit, daß er nicht gern zu den sowjetischen Freunden in die Leninstraße gehe, er begründete es damit, daß die sowjetischen Freunde stark nach Knoblauch riechen, die sowjetischen Frauen auf der Bühne bis zu einer Stunde ihre Lieder singen und außerdem finde er ihre Kleidung nicht besonders attraktiv.

Am darauffolgenden Tag, gegen 16:00 Uhr besuchte mich Gen. (schwarzer Balken), der mir sehr freundschaftlich gesinnt ist, in meiner Wohnung. Ich hatte den Eindruck, daß (schwarzer Balken) im Auftrag von (schwarzer Balken) mich besucht, um festzustellen, wie ich wohne.

Gerber ist dankbar über die neue Angestellte, macht keine konkreten Aussagen, bleibt aber gerne abends, wenn die notwendigen Pflichten im Haus getan sind, länger mit ihr im Salon sitzen, trinkt mit ihr einen Cognac und schaut aus dem großen Fenster hinaus in den finsteren Garten, während aus dem Obergeschoss zu hören ist, dass seine von Krankheit gezeichnete Frau sich zuerst im Badezimmer aufhält und dann die Tür des gemeinsamen Schlafzimmers öffnet, nicht aber vollständig hinter sich schließt. Uta ist erleichtert, wenn der Tag so weit vorangeschritten ist, kann selten neben der Ehefrau Gerber entspannen, hört zu sehr die Stimme ihrer Mutter, sieht durch die geschlossene Tür, wie die ihr fremde Frau in der Küche die Reste der Erdbeermarmelade vom Teller auf den Boden kratzt, um sie dann herbeizurufen und darauf aufmerksam zu machen, dass der Boden der Küche in diesem Zustand keinesfalls als gereinigt bezeichnet werden kann. Uta pariert, aber Ehefrau Gerber ist als Leiterin des Gastronomiebereichs des Gästehauses protokollarisch ihre Vorgesetzte. Beim Eindecken des Frühstückstischs kommt es zum Streit, Frau Gerber kritisiert, wie Uta die hart gekochten Eier in die Eierbecher getan hat. *Sie gehören mit der Rundung nach oben hinein.* Uta ist vom Gegenteil überzeugt, fügt sich dennoch der Kritik. Nach dem Frühstück hört sie die Gäste im Eingangsbereich mit Frau Gerber lachen. *Die Neue weiß noch nicht einmal, wie rum die Eier in den Eierbecher gehören. Die kommt wirklich vom Dorf.*

Die beiden Frauen beharken sich bei der Erfüllung ihrer Arbeit, Gerber weist Uta schließlich die Aufgabe der Serviererin zu, übergibt seiner Frau damit die vollständige Küche, wo sie sich zwischen Abwasch und Vorratskammer abmüht, und lässt Uta am Abend wissen, dass die Generäle und Oberste sich sichtlich über ein neues und junges Gesicht als Bedienung gefreut haben.

Uta deckt den Tisch ein, schlägt die Servietten um, poliert die Gläser, füllt die geleerten wieder auf. Gerber unterweist sie in der Reihenfolge, sie lernt die Schulterstücke auswendig, achtet auf die Tisch- und Servierordnung. Wer noch kein Major ist, wird nicht bedient. Als hohe Gäste aus der Sowjetunion kommen, bedient Uta als Erstes den Generaloberst der NVA, füllt danach ordnungsgemäß die leeren Gläser rechts neben ihm, umrundet den Tisch und wird mitten im Dienst von Gerber in der Küche abgefangen. Aufgebracht erklärt er ihr, dass der Generaloberst nicht der ranghöchste Mann am Tisch ist, der links neben ihm sitzende sowjetische Gast, Leiter des stattfindenden Zusammentreffens des *Rates für gegenseitige Wirtschaftshilfe,* Armeegeneral der Sowjetarmee ist, und soeben von ihr stets als Letzter in der Runde bedient wurde. Uta kann schwerlich im laufenden Gespräch der Männer um Entschuldigung bitten, korrigiert ihren Fehler und hat für den restlichen Abend das Glas des Armeegenerals fest im Blick, serviert auch zu späterer Stunde den Männern in der Kellerbar Schnäpse, schlägt die Aufforderung des Generals nicht aus, trinkt mit der Runde zwei Wodka auf den *erfolgreichen Verlauf der freundschaftlichen Gespräche* und verabschiedet schließlich, am Ende des Abends, fröhlich winkende Männer in leicht zerknautschten Uniformen, die von ihren müden Fahrern in das Hotel in der Innenstadt kutschiert werden.

An vielen anderen Tagen liegt Stille über dem Haus, nicht jeden Tag kommt Besuch über die Stollberger Straße, und Gerbers haben nicht selten selbst in der Stadt zu tun, verlassen das Grundstück am Nachmittag und kommen erst spät in der Nacht zurück, die Scheinwerfer des Wagens leuchten dann oben in Utas Dachzimmer hinein, oder sie bleiben die Nacht über aus, wobei Uta nicht sicher ist, ob die noch immer erkrankte Frau Gerber den Oberst bei allem begleitet. Uta hat das Haus dann für sich, kann, wenn kein Besuch angekündigt ist, das über dem Salon gelegene große Gästezimmer im ersten Obergeschoss bewohnen, mit zwei großen mehrflügligen Fenstern nach Nordosten und einem Farbfernseher in der Schrankwand, oder sie sitzt im Erdgeschoss, hört Schallplatten und trinkt die Reste des Cognacs vom letzten Empfang. Die Abgeschiedenheit des Gästehauses ist auch Oberst Henschel geläufig, er kommt regelmäßig vorbei, verzichtet dabei auf jede Anmeldung, grüßt lediglich seinen Freund Gerber und zieht sich mit seiner jeweiligen Begleitung in die Kellerbar zurück. Uta nimmt dann, falls die Treffen länger dauern als gedacht, im Erdgeschoss die besorgten Anrufe seines Büros entgegen, kann zu ihrem Bedauern allerdings keine Auskünfte über den Verbleib Oberst Henschels geben und vertröstet ebenso ein ums andere Mal die nach ihm suchende Ehefrau, die sich aus Scham als Sekretärin ihres Mannes vorstellt. Kühn sieht sie wie gewöhnlich. Im Herbst 1974 übermittelt er ihr die Informationen zum OVL »KIESEL«, bleibt in der Beschreibung der Details jedoch wie oft sparsam, gibt ihr nur das Notwendigste, präzisiert sich im Winter noch einmal und informiert sie im Januar darüber, dass die Ehefrau des auszuspähenden Oberst Wirczeks seit Kurzem *am Unterleib erkrankt* sei. Wirczek ist als Mitglied der Volkspolizei dienstlich bei fast allen Empfängen im Gästehaus anwesend und hat auch im Kommissariat im Sonnenberg sein Büro. Zum Gästehaus kommt er stets in Begleitung seines Fahrers, Heiko, beide Männer annähernd im selben Alter, und Uta stellt schnell fest, dass Heiko die engste Vertrauensperson des schnell aufsteigenden Obersts ist, der sich überraschend unberührt zwischen den misstrauischen Blicken seiner Genossen bewegt.

1. (schwarzer Balken) der seinerseits an weiteren freundschaftlichen Beziehungen mit Ihnen interessiert ist und Ihnen bereits kleine Gefälligkeiten erwies, müssen Sie in kleinere, unerlaubte und komplizierte Situationen bringen, die kleinere Verstöße gegen die Befehle und Weisungen im MdI, u. a. Verstöße gegen Sparsamkeitsmaßnahmen, darstellen oder veranlassen, aus der Souvenirproduktion der DVP Gegenstände zu beschaffen und Ihnen zu schenken, wozu (schwarzer Balken) nicht berechtigt ist.
2. Während Ihrer Tätigkeit im Gästehaus der BDVP nutzen Sie die Ihnen gebotenen Möglichkeiten, insbesondere wenn Oberst (schwarzer Balken) allein oder mit untergeordneten Gästen anwesend ist, um den bereits angebahnten Kontakt

auszubauen oder durch eine geschickte Gesprächsführung zu erreichen, daß (schwarzer Balken) Interesse an einem näheren persönlichen Kennenlernen verstärkt geweckt wird. Oberst (schwarzer Balken) muß von Ihnen den Eindruck gewinnen, daß Sie in Ihrer Tätigkeit als Serviererin sehr vertrauenswürdig sind und auch bei einem außerehelichen Kontakt durch (schwarzer Balken) mit Ihnen die Diskretion nicht brechen.

Auf keinen Fall gehen Sie intime Verbindungen oder Beziehungen im Gästehaus der BDVP ein, sind ständig auf Ihren Ruf bedacht und versuchen, die sich anbahnenden Kontakte und Zusammenkünfte mit (schwarzer Balken) wenn möglich außerhalb von Karl-Marx-Stadt bzw. außerhalb des Bezirks Karl-Marx-Stadt durchzuführen. Richten Sie Ihr Verhalten so ein, daß Sie durch (schwarzer Balken), der eine enge Verbindung mit Oberst (schwarzer Balken) hat, gut beleumundet werden.

Kühn passt der Rhythmus ihrer Treffen nicht. Er würde Uta gerne häufiger sehen, erst recht, nachdem sie nun in Karl-Marx-Stadt wohnt. Es erscheint ihm plausibel, sich auch abseits der vereinbarten Termine zu begegnen. Dabei ist ihm die Wohnung an der Straße der Nationen zu eng, zu dienstlich, und er legt Uta daher wieder nahe, mit ihm gemeinsam in das Hotel *Am Küchengarten* zu gehen, und sei es auch nur für ein paar Stunden. Er präzisiert die Aufforderung nicht, legt nicht den Klang einer Dienstanweisung in seine Stimme, lässt aber auch keine Zweifel daran, dass ihm ein informelles Treffen gelegen käme und er sich durchaus als in Freundschaft mit ihr verbunden versteht. Uta lehnt ab und hat sich als Serviererin die Finesse angeeignet, sich selbst mit Wasser verdünnten Schwarztee einzuschenken anstatt des ansonsten ausgeteilten Whiskeys. Bei der Anwendung des Täuschungsmanövers bei Kühn ist sie vor die Herausforderung gestellt, dass sie allein mit ihm im Raum ist und kaum einen Anlass hat, die Gläser am Servierwagen zu füllen, weshalb sie dazu übergeht, sich ihre eigene Flasche Branntwein mitzubringen, woraufhin er aber bereits beim zweiten Treffen dieser Art kurzerhand seine Nase in ihr Glas steckt und danach zur strengen Befolgung des Protokolls übergeht. Zur besseren Übersicht tippt er die an sie erteilten Aufträge von nun an detaillierter ab. Seit Uta im Gästehaus angestellt ist, werden seine Berichte häufiger gegengelesen. Ende Februar vermerkt er in seinem Bericht, Uta den Auftrag erteilt zu haben, die Belegschaft des Gästehauses *Am Flughafen* am kommenden Wochenende in das andere Gästehaus der DVP Karl-Marx-Stadt zu begleiten. Dort findet ein Wochenende lang ein Treffen der obersten Ränge der DVP Karl-Marx-Stadt statt, zur dienstlichen Besprechung der nächsten Monate hat Oberst Wenzel seinen gesamten Stab eingeladen, ein paar Tage in dem weit abgeschiedenen Haus in den Wäldern des Erzgebirges zu verbringen, wenige Kilometer von der tschechoslowakischen Grenze entfernt, oberhalb der Schneegrenze und in Sichtweite des privaten Gästehauses des Ersten Sekretärs der Sozialistischen Einheitspartei Deutschlands. Kühn vermerkt weiter, dass er sich, als Utas Kontakt- und Vertrauensperson, im wenige Kilometer entfernten Oberwiesenthal ein Zimmer im Hotel anmieten wird, um sie möglichst intensiv während dieses Auftrags zu betreuen und sich im gegebenen Fall während der Tage dort mit Uta konspirativ treffen zu können. Uta ist überrascht über Kühns fehlende Ortskenntnisse, weiß sie doch, dass es keine öffentliche Fahrmöglichkeiten vom Gästehaus nach Oberwiesenthal gibt und einzig der Fußweg übrig bleibt, die Wetterlage Anfang März jedoch jede Wanderung durch die Berge erschwert, vor allem vor dem Hintergrund, ein mögliches Treffen mit Kühn vor den anderen Hausbewohnern geheim zu halten. Eine längere Abwesenheit ihrerseits vom Gästehaus würde in jedem Fall für Aufsehen sorgen. Kühn ist dennoch überzeugt von seinem Vorhaben, übergibt Uta 300,– Mark zum Erwerb von passender Kleidung und verabschiedet sich nicht von ihr, ohne sie auf die neu ausgebaute Wintersportanlage in Oberwiesenthal aufmerksam zu machen, bei der sich eine Besichtigung *allemal lohnen* wird. Ziel ihres Auftrags bleibt Wirczek. Ihre Anwesenheit bei diesem bedeutsamen, polizeiinternen Treffen ist kaum zu unterschätzen, gleichzeitig betont Kühn, dass Ort und Zeit strengster Geheimhaltung unterliegen, sie, Uta, in keinem Fall irgendwem von ihrer Anwesenheit im Gästehaus erzählen darf, einzig er ihr zur Seite steht, jederzeit für sie erreichbar ist und stets in ihrer Nähe sein wird. Uta beendet das Treffen, geht die zwei Stockwerke hinab und tritt aus dem Haus. Es ist ein kalter, aber sehr klarer Januartag. Oskar Fischer, nicht Brunhilde Hanke, ist vor wenigen Stunden zum neuen Minister für Auswärtige Angelegenheiten erklärt worden. Uta lässt die Hausnummer 36 hinter sich, geht schräg über die Straße der Nationen, betritt gegenüber im neugebauten Flachbau den Exquisit-Laden. Sie stöbert kurz zwischen den Sachen umher, entscheidet sich dann aber schnell für einen Echthaarmantel, Biber, Fellware aus Leipzig, lässt diesen an der Kasse nicht einpacken, sondern wirft ihn sich über und klappt mit beiden Händen den Kragen hoch, sodass ihre kurzgeschnittenen Haare nahtlos in das glänzende Fell übergehen.

Am 28.2.75 fand im Gästehaus der BdVP eine Zusammenkunft mit leitenden Offizieren der BdVP Karl-Marx-Stadt statt. Daran nahmen Oberst (schwarzer Balken), Oberst (schwarzer Balken), Oberst (schwarzer Balken), Oberstleutnant (schwarzer Balken), Oberstleutnant (schwarzer Balken) und Oberstleutnant (schwarzer Balken) teil. Die Feierlichkeit fand statt anläßlich der Auszeichnung des Oberst (schwarzer Balken) zum 25. Jahrestag des MfS. Nachdem Generalmajor (schwarzer Balken), stellvertr. Innenminister, das Gästehaus verlassen hatte (gegen 23:00), wurde in fröhlicher Runde im Klubraum des Gästehauses weitergefeiert. (schwarzer Balken) erzählte uns, daß 4000 Gefangene für ihn arbeiten würden und Kunstgewerbeartikel herstellen würden. Und er machte Andeutungen, daß er dadurch in der Lage sei, Geschenke zu machen. Er bot mir auch an, mit ihm gemeinsam zu einer kleinen Stofffabrik zu fahren, die besondere Stoffe produziere, um mich entsprechend als Serviererin einzukleiden. Gen. (schwarzer Balken) sagte mir noch, daß ich solche Stoffe noch nie gesehen hätte. Des weiteren erzählte (schwarzer Balken) in seiner mitteilsamen Art, daß 4 mit Maschinenpistolen bewaffnete Banditen zur Zeit in der DDR gesucht würden. Bereits in angetrunkenem Zustand erkundigte er sich nach meinem Geburtstag, mit der Begründung, ein entsprechendes Geschenk vorbereiten zu müssen. Mehrmals forderte er mich auf, sollte ich persönliche Sorgen, Probleme usw. haben, könnte ich mich gerne an ihn wenden. Entsprechend der mir mündlich erteilten Instruktion werde ich die Gelegenheit wahrnehmen, um dem Wunsch (schwarzer Balken) nachzukommen.

Den Kollegen (schwarzer Balken), tätig als (schwarzer Balken), kenne ich seit Ende Dezember 1974. (schwarzer Balken) unternahm bereits mehrfach den Versuch, mit mir in einen näheren Kontakt zu treten, bot mir das »Du« an und sprach mir gegenüber schon mehrfach Einladungen aus zu einem gemeinsamen Besuch der Gaststätte *Leipziger Hof*. (schwarzer Balken) erzählte mir, daß er eine wertvolle Briefmarkensammlung geerbt habe. (schwarzer Balken) erwähnte mir gegenüber noch, daß er viel Geld habe und es ihm auf einen 50,– Mark Schein nicht ankäme und er gerne mit mir eine Flasche Wein trinken möchte. Bisher habe ich die Annäherungsversuche von (schwarzer Balken) lediglich zur Kenntnis genommen und keine weiteren Aktivitäten meinerseits entwickelt.

*Zeichnung vom Schlafzimmer, erstes Obergeschoss, Oberwiesenthal 1975*

Kurz darauf kam ich in das andere Gästehaus, in das Gästehaus direkt neben dem Gästehaus vom Honecker. Da wollte Kühn sich dann mit mir treffen. Vielleicht war das bei Oberwiesenthal, auf jeden Fall dort in der Ecke, mitten im Erzgebirge. Aber ich habe gesagt: Ich weiß nicht, ob ich von dort wegkomme. Dazu ständig dieses starke Schneegestöber. Es war ja noch mitten im Winter. Hätte ich irgendwen von den Polizisten fragen sollen: Kannst du mich zum Treffen mit meinem STASI-Offizier fahren, damit ich ihm in Ruhe Bericht über euch erstatten kann? Das wäre doch sehr auffällig gewesen. Er nahm wohl an, das Treffen findet in der nächstgrößeren Stadt statt, am besten gleich in einem Hotelzimmer, und dann kann er mich direkt auf das Bett werfen.

Und dann nehme ich an, der hat mich da angerufen – obwohl er gar nicht den Auftrag dazu hatte. Verstehst du? Die zwei-, dreihundert Mark, die der mir immer gegeben hat – vielleicht hat er die auch aus seiner privaten Tasche bezahlt. Auf jeden Fall war der verschwunden, als ich wieder zurückkam, und es kamen zwei andere Verbindungsmänner, und die habe ich gefragt: Wie könnt ihr mich denn da draußen anrufen lassen? Da waren die ganz verdutzt, die haben sich ungefähr so angeguckt.

*Wir haben dich nicht angerufen,* haben die gesagt. Den anderen habe ich nie wieder gesehen.

Es ist Winter. Die Straßen sind im Schnee verschwunden. Wirczeks Wagen bewegt sich wie ein Schlitten beinahe gleitend durch den Wald, einzig die dunkelbraunen Stämme und ihr Wurzelwerk sind noch zu unterscheiden von Schnee und weißem Himmel, sie scheinen sich an beidem festzuhalten. Es leben Wildschweine hier draußen und angeblich auch wieder Wölfe. Die Schneedecke auf den Ästen der Bäume versiegelt die Täler. Die Berge scheinen verschwunden. Behutsam windet sich der Wagen um ihre Kuppen. Selbstbewusst steuert der Fahrer durch die weißen Flächen. Die Ortschaften tragen keine Namen mehr. Es sind die Ferienhäuser der Republik, jede Beschilderung ist überflüssig geworden.

Hinter einer Kurve steht ein Fuchs auf der Spur. Der Wagen stoppt. Der Fuchs schaut in Richtung des Autos. Der Fahrer stellt den Motor aus. Im Wagen sitzt an Männern neben ihm und Wirczek ein junger Polizist, Unterwachtmeister, später wird er Hauptwachtmeister in Reichenbach, auf Grund versehentlicher Schreibfehler auch Reichenberg genannt, dann, ab Juni 1991, arbeitssuchender Kriminalhauptassistent. Wirczek sitzt auf der Rückbank, er hat sich einen Schal um die Schultern gelegt, sodass die drei gelben Rechtecke auf seinem Schulterpolster nur zu wissen sind. Er sitzt beinahe seitlich zur Fahrzeugkabine, seinen linken Arm ausgestreckt auf der ansonsten leeren Hutablage. Neben ihm sitzt Uta. Es ist eher Zufall, dass sie mit im Auto ist, eigentlich war ihre Anreise bereits früher geplant, gemeinsam mit Gerber, um das Haus vor den ankommenden Gästen in Ordnung zu bringen. Als ein *entspanntes Wochenende* hat ihr Vorgesetzter es ihr angekündigt und eine *nicht geringe Entlohnung* in Aussicht gestellt. Die Anreise ist dabei nicht zur Sprache gekommen, ebenso wenig der ausufernde Schneefall der vorherigen Tage. Schön sei es, ein Landhaus sei es, eine Abwechslung zur regulären Tätigkeit sei es. Uta schaut aus dem Fenster, den Fuchs noch nicht recht gewahr, zu lautlos hat sich das Auto über die Spur bewegt. Erst jetzt merkt sie, dass das Fahrzeug sich nicht mehr bewegt. Die Männer schweigen, dann glucksen sie. Der Oberst öffnet die rechte hintere Tür, stellt seinen rechten Stiefel still auf den Schnee, löst aus seiner Gürtelhalterung seine Makarow, stützt den Arm auf die Tür und legt das Tier rücklings in den Schnee. Wie eine Versprechung verteilt sich das Blut auf dem Schnee, vielleicht fünfundzwanzig, dreißig Meter vom Fahrzeug entfernt. Utas Finger werden kalt. Während sie ihre Hände aneinanderreibt, läuft der Fahrer die vierzig Schritte zum Fuchs. Kleine Tropfen Blut zeichnen seinen Weg nach, als er den Torso aus der Spur trägt und die nahe gelegene Böschung hinabwirft. Nach ein paar Metern ist der Fuchs unter einer von ihm selbst ausgelösten Schneelawine begraben. Der Fahrer hat sich bereits wieder auf den Weg zurück zum Wagen begeben, die Tür geschlossen und den Motor gestartet. Nach einigen wenigen weiteren Kurven haben sie das Landhaus erreicht, es ist eingeräumt, aber noch ungeheizt. Der Fahrer macht sich im Keller an den Kohlen zu schaffen. Wirczek und der Unterwachtmeister nehmen die Räume in Augenschein.

Uta wird von Gerber eingewiesen, der heute ebenfalls zum ersten Mal hier ist. Dabei waren sie schon einmal zusammen in einem anderen Landhaus, drei Monate zuvor. Damals wurde die Reisegruppe am Samstagnachmittag von Admiral Gleit besucht, in seiner Begleitung befand sich ein Kamerateam des Deutschen Fernsehfunks. Gleit stand wenige Wochen vor seiner Pensionierung. Für seine Jagd im Wald hatte Oberst Voigt bereits am Vortag einen Hirsch geschossen. Später, als Uta den Beitrag mit den anderen im Gästehaus im Fernseher sah, konnte man tatsächlich nicht sehen, dass der Hirsch bereits vor der Jagd tot war. Jetzt, an der tschechoslowakischen Grenze, betreten sie und Gerber Neuland. Er kennt sich im Haus nicht aus, öffnet auf Anfrage die falschen Schränke, serviert den eintreffenden Polizisten Sekt in Weingläsern. Uta findet sich schneller zurecht, kocht Kaffee, während sie die Kekse auf Tellern ausbreitet, Zuckerdosen und Aschenbecher auf den Tisch stellt und dem von ihr auszuspähenden Wirczek erklärt, auf welcher Seite vom Haus das getrocknete Holz für den Kamin vermutlich lagert. In den letzten Wochen hatte sie kaum Zeit, ihn in Augenschein zu nehmen. Während der Arbeit im Gästehaus *Am Flughafen* ist es oftmals unruhig, finden ihre Begegnungen mit ihm einzig bei öffentlichen Empfängen statt und bieten ihr kaum Platz, ihn so wie jetzt in Ruhe zu beobachten, während er vor dem Kamin sitzt und sie den Tisch für das Abendessen eindeckt. Sie findet Gefallen an ihm, mit der Selbstverständlichkeit, mit der er die Möbelstücke begutachtet. Seine Ehefrau ist bei den Kindern. Einmal nur hat Uta sie kurz gesehen, ihr bei einem Empfang an der Garderobe ihren Mantel abgenommen und ihn auf einem gesonderten Bügel verwahrt, hat die junge Frau doch darauf bestanden, dass sie sorgsam mit dem neuen Echthaar umgehen solle. Schön wie der Oberst war sie nicht, fand Uta, und abgeschreckt schaute sie ihr zu, wie sie jeweils zwei Semper aus ihrem Etui nahm, sich beide Zigaretten in den Mund steckte, sie anzündete und eine ihrem Mann weitergab. Diese Begegnung ist jetzt schon einige Monate her, und Utas Erinnerung an die Frau verblasst zusehends. Wirczek brachte seine Frau in der Folge nicht mehr mit zu den Empfängen. *Mutterleiden,* sagt Gerber am Abend nach Dienstschluss zu Uta und will ihr damit eine Krankheit diagnostizieren, für die ihm die Worte fehlen. Wirczek äußert sich nicht und überlässt das Spekulieren Gerber, dessen Frau inzwischen ebenfalls krank ist und die obere Etage des Gästehauses nur noch verlässt, wenn alle anderen fort sind oder schlafen. Sobald Uta abends ins Bett gegangen ist, hört sie Frau Gerber unten die Küche und den Keller putzen, das Wohnzimmer auslüften und die Teppiche im Garten klopfen. Hierher, ins Erzgebirge, an die Grenze, ist sie für das Wochenende nicht mitgekommen. Uta ist die einzige Frau im Haus. Nach und nach trifft die gesamte Führungsriege der Kriminalpolizei Karl-Marx-Stadt ein, zehn, zwölf Männer, ihre Fahrer, zwei Funker, Gerber und Uta. Bis zum Sonntag werden die Männer hier ihre Dienstbesprechungen abhalten und Fragestellungen klären, für die im alltäglichen Betrieb kein Platz geblieben ist, *Ideologische Nachschulung,* hat Gerber im Vorfeld gesagt, und Uta war klar, dass sie sich dieser Begrifflichkeit nicht würde bedienen dürfen. Einige der Männer haben ihre Jagdgewehre mitgebracht, Oberst Kortes lässt aus dem Kofferraum seines Autos eine Kiste sowjetischen Sekt in die Küche tragen, Oberst Sauer hat von den *bulgarischen Genossen* Kaviar in schwarzen Konservendosen mitgebracht, und Oberst Voigt schickt seinen Fahrer zurück in die Ortschaft, als er hört, dass zwar Rotwein, nicht aber Weißwein im Haus vorrätig ist. Uta räumt den niedrigen Couchtisch leer, die Männer haben es sich um ihn herum auf den Sesseln und Couchen bequem gemacht, naschen von den servierten Keksen, trinken Sekt und planen ihr gemeinsames Wochenende.

Das Telefon klingelt. Das Haus liegt weit draußen, in den Wäldern, in dieser Jahreszeit in meterhohem Schnee. Das letzte Haus davor, an das Uta sich erinnern kann, ist mindestens fünfzehn Autominuten entfernt, die nächste Bushaltestelle wird im letzten Ort sein, vielleicht fünfunddreißig, vierzig Minuten zu

Fuß von hier. Still geht Uta weiter ihrer Tätigkeit nach, schiebt sich zwischen den Beamten hindurch, die tiefer in ihre Möbel gerutscht sind und einer nach dem anderen mit dem Rauchen begonnen haben. Es wird geplaudert, gescherzt, getrunken. Gerber ist in der Küche, vom Wohnzimmer getrennt durch eine kleine Anreiche, dadurch kann sie seinen Oberkörper sich bewegen sehen. Ein Teil der Fahrer hat sich nach oben in die Schlafzimmer zurückgezogen, drei von ihnen sind im Garten. Unregelmäßig kann Uta hören, wie sie Holz spalten, wie die Axt niedersaust und die Scheite zerspringen, und wie sie dann Jubellaute von sich geben, als wären sie zum ersten Mal in ihrem Leben im Wald. Neben der Küche, durch die Anreiche nicht ganz zu sehen, befindet sich ein kleiner, fensterloser Vorratsraum, nur mit einer Schwingtür abgetrennt. Dort klingelt das Telefon, hört dann auf. Gleich daneben haben die Funker ihre Gerätschaften aufgestellt, und Uta hört es rauschen, wenn sie Gerber Gläser in die Durchreiche stellt. Wenn die Männer zeitgleich an ihren Zigaretten ziehen, kann man die Antworten aus den Funkgeräten bis ins Wohnzimmer hören.

Das Telefon klingelt erneut. Diesmal wird Uta von einem der Funker in das kleine Nebenzimmer gerufen. *Frau Lohtner, ein Anruf für Sie*, sagt er durch die Anreiche. Die zwei Beamten sitzen rechts, direkt neben ihnen, auf einem winzigen Tisch, steht das Telefon. Uta hat keine Bekannten, keine Verwandten, niemanden, der sie hier anrufen dürfte. Kühn ist am Apparat. Er präzisiert ihren Auftrag. Sie ist still, stellt keine Fragen, sagt nur *ja* oder *nein*. Die Beamten schauen nicht auf, aber sie hören, wie draußen der Schnee fällt.

Der Einsatz wird nicht abgebrochen. Doch die Tage im Wald vergehen still. Kaum jemand im Haus redet mehr. Das Haus atmet. Es wird in Ruhe getrunken, im Keller, ein wenig gescherzt.

Die beiden Funker bleiben das gesamte Wochenende im Dienst. Am Tisch wird über die Jagd gesprochen, über das gute Essen und die kommenden Feiertage im Kreis der Familien. Auf dem Rückweg aus dem Ferienhaus fragen die beiden Funker, Polizisten aus dem Kommissariat Karl-Marx-Stadt, Uta, was sie arbeitet und bei wem sie angestellt ist, wenn sie nicht bei der Polizei aushilft. Uta hat keine passende Antwort, erzählt vom Gästehaus im Fritz-Heckert-Gebiet und lädt die beiden Funker ein, sie dort einmal zu besuchen, was diese höflich ablehnen.

Es ist ihr letzter Auftrag in diesem Landstrich. In beidseitigem Einverständnis gibt sie ihre Anstellung bei der BDVP auf, für die sie abends in den Ministerapartments fernsehen durfte, wenn kein anderer Gast im Haus war. Sie räumt ihre kleine Dachstube, geht die Treppen hinab, steht vor dem Gebäude mit den quadratischen Glasfenstern im Eingangsbereich. Vorher aber muss die Kriminalpolizei einen Weg finden, das Arbeitsverhältnis mit Uta offiziell zu beenden. Kühns Nachfolger, die beiden Beamten Bulling und Recknitz, haben ihr bereits eine neue Arbeit vermittelt. Sie läuft bis zur Haltestelle Irkutsker Straße, der Ausbau der Linie 5 vom Südring über die Wladimir-Sagorski-Straße bis zum Ende der Stollberger Straße wird erst in vier Jahren abgeschlossen sein, und steigt dort in das Auto der beiden Männer. Vorbei am Johannisplatz und über die Friedrich-Engels-Straße geht es nach Sonnenberg. Dort lassen die Männer Uta wieder aussteigen, geben ihr eine neue Telefonnummer mit und *ein bisschen Wechselgeld* für die kommenden Tage. Unweit des Zeisigwalds, in Sichtweite zur Kasernenanlage der sowjetischen Armee, nimmt sie in der Leninstraße einen Bus und fährt zurück in Richtung Innenstadt. An der Haltestelle Karl-Marx-Allee steigt sie aus und läuft von Osten auf den riesigen Hotelneubau zu.

*Foto von Phillippes zitronengelbem Citroën DS*

Teil 1

# Ein Bild

Spätestens ab November setzt im Erzgebirge der Schneefall ein. Dann sind bald die Zufahrtsstraßen zum Dorf gesperrt, wenn überhaupt kommen die Leute zu Fuß aus den anderen Ortschaften. Meist aber halten sie still. Die Tage werden dann heller, weil die Maschinen im VEB langsamer laufen. Dann brennt schon früh in der Stube der Ofen, und Uta schmilzt Schnee in ihrem Becher. Vor etwas mehr als zehn Jahren hat die Rote Armee den Frieden zwingen müssen, auch in diesen Landstrich zu kommen. Drei Wochen noch wird es so ruhig sein, dann wird sich langsam in der Mitte der Stube ein künstlicher Berg erheben, das Erbstück der Familie Krahl, bereits übergeben von der Mutter an den Sohn, wobei sich Ähnliches in fast allen Wohnungen um sie herum vollzieht, *ein alter Brauch*, sagt Utas Vater, und ihre Mutter schüttelt nur leise den Kopf. Uta baut mit ihrem Vater über die Wochen bis Weihnachten den Berg mit seinen gestützten Stollen und dampfbetriebenen Hebevorrichtungen immer höher. Wieder und wieder holen sie dieselben kleinen Papierknäule aus seinem Inneren hervor, die das Holz während der Lagerung vor Feuchtigkeit schützen sollen. Vorsichtig schieben sie Holzwolle in die Hohlkörper des anwachsenden Bergs, die sie danach sorgsam verkleiden, kleine Löcher bohrt ihr Vater in die Bretter und stabilisiert Ebene um Ebene mit schmalen Rohren aus Metall. Dann legen sie gemeinsam einen Teppich aus Schnee und Gestein, genäht aus grobem Stoff, über das Gerüst, um der Landschaft einen anderen Anblick zu geben.

Mit zwei winzigen Figuren hat Uta ihre Sammlung begonnen, Bergwerksmännern mit von Kohle und Eisen verfärbten winzigen Bärten, die sie auf den Berg stellt, wenn sie

sie nicht hertauscht oder handelt. Denn mit ihrem Vater geht Uta wie jedes Jahr von Haus zu Haus und betrachtet zunächst durch die Fenster, wie die Berge überall in den Stuben wachsen, wie die Männer aus ihren Kisten geholt und mit Werkzeugen und Instrumenten bewaffnet auf ihnen postiert werden. Lieblingsfiguren hat sie dabei, Gesichter, auf die sie das ganze Jahr sehnsüchtig wartet. Spielmannszüge gibt es, tapfere Mannschaften müder Bergarbeiter im Schatten ihrer Maschinen, kunstvoll verziert mit dem nie schmelzenden Schnee, bringen sie die Schätze des Bodens zum Vorschein. Unermüdlich, Jahr für Jahr, ohne Pause, ohne Hunger, ohne Durst glänzen die Männer in ihren Uniformen auf den stetig wachsenden Bergen, und Uta und ihr Vater machen sich einen Spaß daraus, Wertungen über die Berge der Nachbarschaft abzugeben und Entwicklungen zu verzeichnen, immer auch auf die Gefahr hin, das eigene Gebilde den wertenden Blicken der anderen zu überantworten, sich schwer nur schützend vor den eigenen Berg stellen zu können.

Dann aber kommt Weihnachten, und sie schauen tagelang, Abend für Abend, über Stunden auf den Berg, verlieren sich im neugebauten Fluss am Steilhang, im neuen Sägewerk, wo offenbar ein Unfall war. Aus der Küche stören einzig die Geräusche der Arbeit ihr Treiben in der Stube, fast verschüttet ist die Mutter in der Küche zwischen ihren Töpfen. Zwei Tage zuvor war es in Hof und Garten zu Jagdszenen gekommen, als die Männer aus der Nachbarschaft den Bestand der Gänse abzählten, diese mit Schlagwerkzeugen und Geräuschen zusammentrieben und dann in der Scheune verschwanden, verfolgt von den neugierigen Blicken von Uta und den übrigen Kindern. Schließlich hören sie nur die Väter in der Scheune geschäftig schnattern, während die Gänse nacheinander verstummen.

Irgendwann ist der Berg in der Stube wieder verschwunden, verrutscht und in seine Bestandteile zerlegt. Am Ende des langen Flures, wo dieser sich bedrohlich verengt, verstaut die Mutter die Einzelteile im großen Schrank, und Uta vergisst, wie tief ihre Stollen waren.

Im Frühling 1947 wurde sie geboren. Im Erzgebirge hatte es im Sommer 1946 nichts mehr zu essen gegeben, und die Mutter, zu diesem Zeitpunkt nur Mutter eines neunjährigen Sohnes, Bernd, der die Ehe von Heinz und Ingrid zierte, folgte ihrem Mann, nicht in die Kriegsgefangenschaft, aber in jenes Arbeitsverhältnis, das aus dieser gewachsen war. Anfang Juni erreichte sie mit Utas Bruder den Hof, wenige Kilometer von der Nordsee entfernt, auf auch im Sommer morastig weichen Straßen. Utas Vater Heinz hatte es zuvor geschafft, sich lange Zeit vor direkter Teilnahme am Krieg zu verstecken. Als gelernter Gerber fand er mal hier, mal dort Anstellung bei kriegswichtigen Betrieben, wobei die von Männern besetzten Stellen zusehends weniger wurden und die anfangs großspurig von ihm behauptete Produktion von Produktionsfehlern nach wie vor keine Unterstützung kannte. Vorher schon hatte sich, zu seinem Missfallen, eine Vielzahl jener, die die erste, zweite, dritte und alle anderen Wellen der Verhaftungen und des Verschwindens überstanden hatten, dazu entschieden, wenn nicht sich die doppelte Rune anzustecken, dann zumindest im grünen Overall gen Westen zu marschieren. Seit zwei Jahren war da bereits Krieg. Heinz hatte die Auseinandersetzungen, die darüber geführt worden waren, lange aber schon nicht mehr stattfanden, noch im Ohr, die Gesichter noch vor Augen. Die ehemaligen Genossen, wenn sie nicht Briefe von der Front schrieben, hatten sich rechtzeitig hochgedient und machten bei seiner erneuten Verhaftung vorerst eine Ausnahme. Die letzte Sitzung der Ortsgruppe ihrer Partei hatte im Mai 1933 stattgefunden, im Hinterzimmer der Gaststätte *Zur Post*, konfrontiert mit der Tatsache, dass einzig noch zwei Genossen vorhanden waren. Wortlos waren sie wieder auseinandergegangen. Utas Vater hatte diesem Treffen schon nicht mehr beiwohnen können, war er doch, wie bis auf die zwei alle übrigen im Ort Verbliebenen seiner Gesinnung, am 21. April 1933 auf Viehkarren verfrachtet worden. Ebenfalls wortlos, aber zum Singen gebracht, rollten sie dann ohne Verdeck die Auerbacherstraße hinab die sechzehn Kilometer bis nach Zschorlau, unter den neugierigen Blicken der Nachbarschaft, von manchen darunter wohlwollend als *Osterprozession* missverstanden. Das Volk jubelte dieser *Selbstreinigung* zu. In Zschorlau hatte vorausschauenderweise die Firma August Wellner und Söhne AG zwei Fabrikhallen leergeräumt, um den jetzt ankommenden 207 Herren Unterkunft bieten zu können. Die Hallen waren blank, weniger gefegt als voller Splitter und zurückgebliebener öliger Spuren der früheren Maschinen, welche ihre Hosen und Oberhemden nun aufsogen, sich tränkten, sie unfreiwillig in die Nähe der Maschinen brachten. Morgen für Morgen wurden die Verschleppten zum neuen Ort der Maschinen gezogen, anfänglich unkoordiniert, dann immer reibungsloser liefen sie die sechs Kilometer in den nächsten Ort, wo sie den Walzen und Stanzen zugeordnet wurden. Heinz roch nicht mehr das im Ofen erhitzte Argentan, hatten sie ihm doch bereits vorher schon das Nasenbein zu Splittern verarbeitet, er sah aber, wie einzelne Finger, Zehen und Füße im Glanz des entstehenden Neusilbers erstrahlten. Die Leute starben jetzt auch von außen. Die Wachmannschaften brauchten keine lange Einweisung, junge, wissbegierige Kerle, die intuitiv die sich ihnen bietenden Möglichkeiten erfassten, wilde Typen, die noch kaum ein Auge darauf hatten, welch große Karriere ihnen bevorstand. Hatten sie nur eine Ahnung gehabt, kam es hier zu einer zunehmenden Professionalisierung, nicht wenige, die hier ihr Wissen erlernten, sollten es später unweit von Ettersburg weitergeben. Buchenwald war zu diesem Zeitpunkt nicht mehr als ein Vorort von Goethes Weimar. Hier aber, im Erzgebirge, in der Albenauer Straße 2, gab es keine Jahreszeiten, und es war ihr Glück, dass Buchenwald noch fern war. Schließlich hatten die Wachmannschaften ausgelernt und verfrachteten die Überreste der früheren 207 Häftlinge nach Zwickau. Heinz aber kam dort nicht an, blieb auf der Strecke, dem Zufall entsprungen, gelang ihm bei offenem Verdeck die Flucht. Siebenundzwanzig Jahre ist er, 83 Tage älter als zuvor, als er wieder im Dorf vor seiner Wohnung auf der Straße steht. Ingrid, als Angestellte ihres Vaters unter dessen Obhut als Schneiderin in dessen Betrieb mit dem Einkanten von Decken befasst, nimmt ihn wieder bei sich auf und pflegt ihn drei Monate. Danach heiraten sie, und sie wird ihre gemeinsame Ehe ab diesem Moment *ihre Pflichten* nennen. Sechzehn Jahre später wird Uta geboren.

In Eibenstock, Richtung Süden, hatten sich Ingrid und Heinz das erste Mal getroffen. Sie, fünf Jahre jünger als er, des Lesens und Schreibens in der Schule müde, folgte dem Rat ihrer Mutter und hielt Ausschau nach einem Mann, der wenigen Ansprüchen Genüge tragen sollte. Sie würde ohnehin Anstellung im Betrieb ihres Vaters finden, wurde aber von der eigenen Mutter gedrängt, einen passenden Mann für dieses Leben zu suchen. Dabei war die Auswahl begrenzt, doch ihr gefiel, dass Heinz auch an diesem Tag sein Parteiabzeichen am Revers trug, nicht aus dem anderen Teil des Erzgebirges kam und sie sich offenbar gut unterhalten konnten. Sie mochte seine schmalen Schultern und die leichte Schrägstellung seiner Augen. Heinz vergaß den Abend. Ingrid aber, eine kleingewachsene Frau mit großen Händen, hatte ihn nicht vergessen und wanderte daher bereits am folgenden Dienstag zu seinem Betrieb.

Ingrid ist 22, als sie sich im März 1934 vor dem väterlichen Betrieb in Szene setzen. Schiefe Fachwerkhäuser sind im Hintergrund zu sehen, davor eine leicht zu überschauende Hochzeitsgesellschaft, hatten seine Eltern doch Abstand davon genommen, am Fest teilzunehmen, zu sicher waren sie sich, Anlass für die Festnahme aller Gäste zu werden oder auch nur Vergleichbares mit ansehen zu müssen. Manch anderer Verwandter war nicht länger erreichbar gewesen, weder postalisch noch ideologisch. Und so umrahmt das Brautpaar einseitig die Familie der Frau und einige wenige Angestellte aus dem Betrieb des Vaters, teilnahmslos belustigt. Davor das Brautpaar, nach einem entbehrungsreichen Winter sichtbar bemüht um eine gefasste Erscheinung, Heinz noch immer leicht vornübergewellt, daneben Ingrid mit weit geöffneten Augen, wie an einer Schnur emporgezogen, steht sie mit angespannten Oberarmen an der Seite ihres Mannes. Ihre Lippen sind schmal und fest aufeinanderliegend, es ist kaum eine Öffnung auszumachen. Gleichzeitig brechen ihre beiden Körper aus dem Hintergrund hervor, Metamorphit des Erzgebirges, vertikal durch das Bild verlaufende Steinadern, die für einen kurzen Augenblick den Eindruck entstehen lassen, sie stünden nicht mehr oder für alle Zeit in diesem Hof. Erst die Augen von Ingrids Vater weisen wieder den Blick in die Gebäude, sein Refugium. Er hatte kurzerhand die Tochter seines Vorgängers geehelicht und damit den Fortbestand eines gut laufenden Betriebes gesichert – auf dem Hochzeitsfoto zu sehen in aufwendiger Kleidung, wenn auch in den Details bereits etwas verwahrlost, lassen sich die ersten Anzeichen seiner Leidenschaft für Hochprozentiges, Frauen und Glücksspiel sowohl an seinem Gesicht als auch an dem seiner Frau ablesen.

Ingrid und Heinz werden Teil dieses Betriebs. Sie bleibt als Schneiderin im Haupthaus beschäftigt, er unterstützt den Schwiegervater bei der Qualitätskontrolle und den Absprachen im Einkauf. Während im Norden Spaniens deutsche Flieger über Durango ihre neuste Technik testen, bringt Ingrid ihren ersten Sohn zur Welt. Zu dritt bewohnen sie ein Zimmer in der Wohnung ihrer Eltern, an der schmalen Hauptstraße, wo der selten angesteuerte Bahnhof noch Beweglichkeit verspricht. Fünfunddreißig Jahre später wird das Eisenbahnmuseum Stuttgart den einstmals hier stationierten kohlebetriebenen Zug mit dringend benötigten Devisen erwerben.

Im Garten des Hauses halten sie ein paar Hühner, selten ein Schaf dazwischen, und im Schuppen hausen drei Schweine, weil Maria, Ingrids Mutter, das müde Röcheln der Tiere direkt unter ihrem Fenster nicht länger aushalten wollte. Das Haus aber, in dem Uta aufwachsen wird, ist noch von anderen bewohnt. Sein Besitzer hatte frühzeitig die Möglichkeit erkannt, dünnwandige Konservendosen im Erzgebirge produzieren zu lassen. Die Züge mit den dünnen Stahlblechen schepperten durch das Gebirge. Bereits kurz darauf aber modifizierte er den Betrieb leicht und ließ kleine Töpfe aus dünnwandigem Stahlblech mit Gewindeaufsatz herstellen. Die Idee, Plünderungen deutscher Soldaten durch ihre gute Versorgung mit Essen in Konservendosen überflüssig zu machen, war nur notdürftig verfolgt worden. Spätestens mit dem 22. Juni 1941 nahm Deutschland endgültig Abstand davon. Nun wurde auch im Erzgebirge die Produktion auf Stielgranaten umgestellt. Doch der Betrieb der

Familie Krahl handelte weiterhin mit Lederwaren, und so fuhr Heinz mit seinem Schwiegervater unregelmäßig nach Böhmen. Damals schon hatte er die Hand auf dem Portemonnaie, wenn sie mit dem Eigentlichen abgeschlossen hatten und der Schwiegervater dazu drängte, *wegen der guten Geschäftsbeziehungen* noch einen Pflaumenbrand in der Gaststätte zu kosten. *In kleinen Mengen genossen*, fördere dieser die Gesundheit und verlängere das Leben, sagte der Einladende, und alle konnten sich ein Lächeln kaum versagen: Wer wusste jetzt gerade, wie lang ein Leben ist?

Als am 13. Mai 1943 der Oberbefehlshaber der Heeresgruppe Afrika, Generaloberst von Arnim, gemeinsam mit seinem Stab bei Tunis in britische Gefangenschaft geht, ist für Heinz die Zeit als Prokurist vorbei. Über Reichenberg wird er zur 275. Infanterie-Division in die Bretagne verbracht, über Falaise, Cambrai und Mons marschieren schließlich 800 Mann rückwärts kurz vor Aachen über die Maas. Am 15. Februar 1945 wird die Truppe als *Division 33 Welle* bei Flensburg neu organisiert, von dort folgt sie Generalleutnant Hans Schmidt bis in den Unterspreewald, zwischen Teupitzer See und Glower See soll jetzt endgültig das Vaterland verteidigt werden. Am 29. April bricht der Überrest des Ganzen, eine Truppe aus nichts als Kindern, Versehrten und alten Männern, aus und klopft sich den Dreck der vergangenen Jahre aus den Kleidern. Bei Tangermünde nutzen sie die Trümmer der Elbbrücke, um sich den herannahenden amerikanischen Truppen zu übergeben. Für viele ist es die Rettung vor der eigenen Vergangenheit. Heinz ist in der Zwischenzeit zweimal befördert worden, nicht nur auf Grund der hohen Ausfallquote. In den Trümmern der Stahlkonstruktion über dem Fluss verliert auch er seine Schulterklappen. Anfang

Mai wird er mit anderen Gefangenen weiter nach Norden transportiert, entlang der Elbe, wo Dönitz auf der anderen Seite noch an der deutschen Zukunft feilt. Präventiv gibt SS-Standartenführer Hans Hinsch, als Polizeipräsident von Flensburg, dort neue Namen aus. In Mürwik werden abgetragene Wehrmachtsuniformen an die SS verteilt. Die Gefangenenlager südlich der Elbe füllen sich immer weiter, interniert wird in den Sperrgebieten Eiderstedt und Fehmarn/Ostholstein. In den Lagern fallen die Leute in den Uniformen nicht weiter auf. Die aufkommende Bundesrepublik erwartet ihre Söhne. Rudolf Höß, als Marinemaat Franz Lang, kann im August schon wieder zur Apfelernte ausrücken. Auch Heinz wurde jetzt offiziell den Briten übergeben, wird halbherzig in den Akten des Lagers vermerkt, und einzig wegen *der Schlacht bei Halberstadt* befragt. Seine Erinnerung flirrt, die ersten Tage des Sommers sind extrem warm, er kann kaum identifizieren, in wessen Gesellschaft er ist, zu viele Gesichter liegen zwischen Zschorlau und dem *Internierungsgebiet G*. Am 12. Oktober 1945 sind die letzten der 410 000 Gefangenen auf das umliegende Gebiet verteilt. Die Bauern reichen den entlassenen Söhnen des Landes Spaten und Rechen, die reife Ernte der Felder nicht dem Regen zu überlassen. Heinz kommt nicht weit. Ihm wird Arbeit auf einem Hof bei Oldenswort zugeteilt, einem Gehöft mit niedrigem Dach und Kühen und noch einem Pferd. Er bezieht nicht das Lager seiner Vorgänger, einer auch vom Bauern bereits vergessenen Anzahl sowjetischer Kriegsgefangener, sondern erhält ein Zimmer im Haus des Landwirts, der Teile seiner Familie dem eben vergangenen Krieg übergeben hat. Der Bauer lebt nun allein neben einer Frau und zwei Kindern. Heinz zählt die Räume, kann sich kaum ein Bild der Familienkonstellation machen und kapituliert, als der Sohn und die Ehefrau des Bauern wieder auf dem Hof stehen. Die Frauen bleiben beide, denn die Kühe geben Milch, und der Spätsommer hat dem Hof vier Hühner beschert. Heinz furcht das Land, hebt die Saat der Wintergerste unter, erntet im Schnee Grünkohl und lauscht aus seinem Zimmer, wie der Kamin in der Wohnstube knistert. Im Frühjahr geht eine der beiden Frauen *zurück*, sagt sie, und weder Heinz noch der Rest des Hofes kann das verorten. Heinz schreibt ins Erzgebirge, dass es hier im Norden Arbeit gäbe und frische Milch, und noch immer Rote Beete und Kartoffeln im Vorrat lägen.

Ingrid ist das eine willkommene Einladung. Kurz entschlossen folgt sie mit ihrem Sohn dem Brief bis nach St. Peter-Ording. Von dort müssen sie laufen und kommen so Anfang Juni durch das von Kanälen durchfurchte Gelände nach Oldenswort. Ingrid freundet sich mit der Frau des Landwirts an, kaut genüsslich auf dem ersten Speck seit über drei Jahren, und auch sonst scheint sich ihr Körper darauf umzustellen, dass der Krieg vorbei ist, was ihr eine lang anhaltende Magenverstimmung einbringt und ihr anfänglich das Ausbleiben ihrer Menstruation erklärt. Als sie im September 1946 wieder zurück ins Erzgebirge muss, bringt sie ihrem Vater nicht nur Äpfel und Speck mit, sondern auch die Nachricht, dass er erneut Großvater werden wird. Ingrid ist 36 Jahre alt, als sie im Frühjahr 1947 im Kreißsaal des Krankenhauses Hartsteiner Wald innerhalb von vier Stunden und mit Hilfe von zwei in den Periduralraum induzierten Schmerzstillern und einer Zangenvorrichtung eine Tochter zur Welt bringt. Die beiden durch einen Stoffvorhang von ihr getrennt neben ihr liegenden Frauen benötigen für denselben Vorgang drei beziehungsweise vierzehn Stunden.

Für die kommenden Strapazen wird dem letzten verbliebenen Schwein aus dem Hinterhaus der Hals aufgeschnitten. Als

Heinz im Sommer 1948 von der Nordsee ins Erzgebirge zurückkommt, geben die zwei ihrer Tochter endgültig den Namen Uta.

*Hochzeitsfoto von Ingrid und Heinz 1934*

Dreiundsechzig Jahre später wird Uta von ihrer Kindheit sprechen wie von einer Ortschaft im Erzgebirge: »Das Haus meiner Eltern war eine alte Fabrikbesitzervilla. Ganz oben unter dem Dach haben wir gewohnt. Es war ein längliches Haus, und die Wohnung war in zwei Hälften getrennt. Auf der einen Seite wohnten wir, auf der anderen zog später eine Flüchtlingsfamilie aus Schlesien ein. Früher hatte im ganzen Haus mal der Besitzer der Fabrik gewohnt. Jetzt arbeiteten meine Eltern in der Fabrik. Mein Vater war Küchenchef geworden, auch wenn er mal Stellmacher gelernt hatte. Meine Mutter saß unten im Haus in der Großküche und schälte mit zwanzig anderen Frauen Kartoffeln. Sie kochten für den gesamten Betrieb und beinahe für das gesamte Dorf, denn mein Vater belieferte auch andere Betriebe, Kindergärten und Krippen mit dem Essen. Nach dem Krieg war der ehemalige Besitzer davongejagt worden, und mein Vater hatte Weber werden wollen. Stattdessen zogen meine Eltern mit meinem Bruder in den vorderen Teil der beiden Wohnungen. Die Wohnung hatte eine Heizung, was eine Besonderheit im Dorf war, und angesichts der langen, schneereichen Winter äußerst hilfreich. Doch die Heizung war zentral geschaltet. Wenn unten im Betrieb nicht geheizt wurde, dann war es auch bei uns zu Hause kalt. In der Küche stand ein Kohleofen mit Wasserpfanne. Darum scharten wir uns, wenn sonntags die Kälte in die Wohnung kroch. Alle Zimmer waren schräg, bis auf das Wohnzimmer. Hier gab es ein großes, rundes Fenster, das Licht hereinließ, um die gesamte Etage der Länge nach zu beleuchten. Daran schloss sich ein riesiger Flur an. Weiter hinten auf dem Grundstück waren noch die Fabrik und das Lager. Wollballen lagerten da. Auf ihnen konnte man herumspringen und sich mit viel Mühe hinein vergraben.«

Die neuen Nachbarn von Uta und ihrer Familie heißen Klausen. Sie erzählen, dass sie aus Schlesien haben fliehen müssen. Ihre Großmutter haben sie zurückgelassen, doch oft kommt sie zu Feierlichkeiten oder einfach nur, weil ihre Enkelkinder Obst für sie pflücken. Im gesamten Haus wird sie *Woiwode* genannt. Weder Uta noch die anderen Kinder können sich den Namen übersetzen. Eine alte Frau sehen die Kinder, in einem vom Leben verbogenen Körper, und mit vierhundert Falten im Gesicht. Sie fürchten, von ihrem Blick die Treppe hinuntergestoßen zu werden. Wenn die *Woiwode* sie emporsteigt, rasselt ihre Atmung, und die Kinder rennen durch die Wohnung davon. Aus ihren Verstecken beobachten sie sie. Dann stößt die alte Frau lautstark Flüche aus, in einer Sprache, die außer ihr niemand hier sprechen kann. Solange die *Woiwode* im Haus ist, sind die Kinder unterhalten.

Zwei Söhne in Utas Alter haben die Klausens. Während die Eltern abends gemeinsam auf all den Betriebsfeiern sind, kriechen die beiden wieder aus ihren Betten, wecken Uta durch leises Kratzen an der Spanischen Wand und schaukeln im Flur, bis sie sich vor Schwindel fast übergeben. Ihr Lachen schiebt sich zwischen die Balken. Dann muss Thomas, der Ältere der beiden, zum Militär. Nach zwei Monaten steht ein Offizier vor der Tür. Seine Eltern brechen sofort auf. Es sind nur wenige Kilometer bis zum Militärkrankenhaus. Noch bevor sie im Krankenhaus ankommen, verstirbt ihr Sohn. Bei einer Feldübung im

Freien war den Soldaten zusätzliche warme Unterwäsche nicht ausgeteilt worden. Sein Nierenbecken hatte sich entzündet.

Zur Beerdigung kommt auch die *Woiwode*. Nachts kann Uta nicht schlafen, weil sie in ihrer Vorstellung neben Thomas läuft, bei Regen durch die Wälder bei Schneeberg, im Schlamm liegend Deckung sucht vor einem imaginierten Feind, und plötzlich nicht mehr aufstehen kann. Sie schreckt hoch und sucht Zuflucht in der Wohnung der Klausens. Sie will sich zu Andreas ins Zimmer legen. Doch als sie im Dunkeln die Decke zurückschlägt, sieht sie nichts. Stattdessen ergießt sich ein Reigen wüster Beschimpfungen über sie. Aus dem Grab der Dunkelheit schmettert ihr die *Woiwode* unverständliche Sätze entgegen. Alle im Haus werden wach. Doch die *Woiwode* kann nicht ohne Zweifel identifizieren, wer oder was ihr da in der Nacht begegnet ist. Bestürzt ziehen sich alle von dem losbrechenden Wahnsinn der Großmutter zurück. Uta schämt sich, dass sie Zuflucht in einem anderen Bett gesucht hat. Sie behält die Aufklärung für sich, zu sehr fürchtet sie plötzlich, dass Andreas ihre Annäherung falsch verstehen könnte. Trotzdem wird sie bald schwanger sein.

Im Herbst 1957 ist Uta zwölf, steht auf den Treppen vor dem Rathaus und hält alles in der Hand: *Weltall Erde Mensch*. Im VEB Leipziger Großbuchbinderei endgefertigt, wurden vor drei Tagen die zwei Kisten angeliefert, das hat sie sehen können aus dem Küchenfenster, schließlich kannte sie schon das Siegel des VEB, von den Werken Marx', Lenins, Stalins, die der Vater im Regal hat. Wie von Tisch und Fußboden auch wischt die Mutter am Haushaltstag den Staub von den Buchrücken. Stalin ist erst später dazugestoßen, das ist noch zu erkennen, Lenin und Marx hat der Vater beim Parteieintritt 1921 erhalten. Vierzehn ist er zu diesem Zeitpunkt gewesen. Abends stellt Uta sich vor, wie es in der verrauchten Gaststätte *Zur alten Post* ausgesehen haben muss, als fünfzehn- oder sechzehnjährige Jugendliche ihrem Vater feierlich die Bücher überreichten, ihm das kleine rot-goldene Parteiabzeichen aus Messing ans Revers steckten und ihn über seine Aufgaben und Pflichten unterrichteten. Das große »K« dieser Trikolore gefällt ihr als Letter am besten. Während sie abends einschläft, hört sie ihren Vater über das reden, was sich hinter »P« und »D« verbirgt.

Später findet sie heraus, dass im Regal längst nicht mehr die Bücher stehen, die er damals geschenkt bekam. Verstecken hat er diese müssen, und dann später eingetauscht gegen die kommentierte Neuauflage von 1953. Für ihn machen die beiden Ausgaben keinen Unterschied. Die gestrichenen und geänderten Sätze sind ihm 1947 nicht aufgefallen. Uta kann nicht helfen, blättert nun bloß, von ihrer Jugendweihe ermüdet, in ihrer Ausgabe von *Weltall Erde Mensch*. Am Nachmittag gab es Geschenke und Kuchen im Gasthaus. Auch noch Jahre später kann sie sich selbst unmittelbar auf den Fotografien ausmachen, als Einzige in einem hellblauen Cocktailkleid, des einsetzenden Regens wegen teilweise verdeckt von einem olivgrünen Damenmantel aus Greysin. Am Nachmittag hat ihr Vater Schnaps getrunken, wieder und wieder ist er von Gast zu Gast gegangen und hat sein Glas gehoben, bis er schließlich bei ihr ankam, ihr Glas füllte, seines erhob, um dann etwas zu sagen, das sie nicht recht verstand, um dann dennoch ebenfalls ihr Glas zu heben und die klare, leicht schmierige Flüssigkeit in sich hineinzukippen. Jetzt schläft er in der Küche oder ist noch immer mit den anderen in der Gaststätte.

Utas Bruder Bernd ist immer seltener zu Hause. Er kommt abends spät. Sie kann ihn hören, wenn er sich mit seinen schweren Schuhen müde die zwei Stockwerke nach oben schleppt und schnaufend in das Bett neben ihr fallen lässt. Obwohl es meist bereits stockfinster ist, reflektiert das Blau seiner Jeans ihre Blicke. Er trägt den Geruch von Alkohol in das schlafende Kinderzimmer, und nicht als jenen dumpfen Geruch der Wohnstuben und Gaststätten, sondern als unbekannte Süße, mit einer leicht giftigen Note.

Ohne viel Aufsehen beendet Bernd die Schule und bleibt bei dem, was ihn ohnehin die letzten Jahre interessiert hat. Er wird Kraftfahrer. Anfänglich macht er kleinere Dienstfahrten, später fährt er einen roten IFA H3A, einen Dreieinhalbtonner, gebaut im VEB Sachsenring Kraftfahrzeug- und Motorenwerk Zwickau. In unregelmäßiger Abfolge arbeitet er für den VEB Möbelstoffe und Plüschwerke, für den VEB Kombinat Textima Karl-Marx-Stadt oder den VEB Zwickauer Kammgarnspinnereien. So kommt er von Ort zu Ort, lernt hier und da andere Jugendliche kennen. Er transportiert Hemden und Jeans auf dem Beifahrersitz. Viermal findet er einen Vorwand, um von Hirschberg nach Rudolphstein zu fahren, dabei hat er auf dem Rückweg Rüschenhemden und Kreppschuhe dabei, eingewickelt in riesige Wollballen, deren Mitte selbst die langen Arme der Grenzsoldaten nicht ertasten können. Am Abend strahlen dann die jungen Männer in ihren Hemden, nicken sich in ihren Kulturpalästen still zu und verstehen sich als überaus heiratswürdig. Bernd selbst lässt sich Zeit mit seiner Wahl, so viel, dass seine Mutter ungeduldig wird und selbst beginnt, im Ort Ausschau zu halten. Bis er eines Abends eine junge Frau mitbringt. Ab jetzt schläft Uta wieder im Zimmer ihrer Eltern. Die junge Frau heißt Doris. Noch bevor sie und Bernd sich geeinigt haben, ob sie heiraten wollen, wird ihr erster Sohn geboren. Jetzt wohnen sie zu sechst in den vier Zimmern.

Im Winter 1960 kommt das zweite Kind zur Welt, ein weiterer Sohn. Im Sommer darauf ist Uta vierzehn und sieht ihre Stunden auf der Schaukel im Flur dahinschwinden. Doris' Erstgeborener findet längst selbständig seinen Weg dorthin, überwacht und verfolgt von seiner Mutter, ein zweites Kind in der Armbeuge, sieht sie überall Fallen. Doch freie Wohnungen sind knapp, und auch die Hochzeit hat die Vergabe nicht beschleunigen können. Utas Bett ist mittlerweile zur doppelgeschossigen Kinderherberge aufgestockt, was Uta schon als Anblick nicht erträgt. Fast täglich gerät Uta mit Doris aneinander. Während der Großteil der Familie nicht im Haus ist, ringt sie mit der nur sechs Jahre älteren Frau um jeden Zentimeter zwischen Küche und Stube. Hilfesuchend wendet sie sich an ihren Vater, der aber sichtbar froh ist, eine junge Frau in der Wohnung zu haben, und jede Streiterei im Keim erstickt, in der Hoffnung, von weiteren Entscheidungen befreit zu werden. Doris weiß um ihren Vorteil. Utas Mutter Ingrid zeigt die gewohnte Reaktion und schreit herum, nicht als regulierende Kraft, sondern selbst darum bemüht, nicht in den sich schnell verschiebenden Schichtungen innerhalb der Wohnung unterzugehen. Bernd kommt nur noch am Wochenende von seinen Fahrten nach Hause, kaum ansprechbar, noch weniger willens, sich der Probleme seiner pubertierenden Schwester anzunehmen. Uta lässt immer mehr Platz frei werden und zieht sich zunehmend hinter die Spanische Wand zurück, wo das Klo beginnt und der Durchgang zur nächsten Wohnung ist.

Dreiundvierzig ist Heinz, als er im Herbst 1947 zum ersten Mal seine Tochter auf den Arm nimmt. Sie kann noch nicht fixieren, die schmalen Lippen von ersten Zuckungen erregt, die sich später zu einem Lachen entwickeln werden. Paul, Utas Großvater, ist noch für den Vertrieb zuständig, sein Zustand aber lässt immer weiter nach. Die Zeit nach dem Krieg hat ihm zugesetzt, zu viele Männer sind dann doch in die Ortschaft zurückgekehrt, und er neigt dazu, überall für mindestens einen Trinkspruch zu verweilen. Das hat sich mit der Zeit verselbständigt, und so, wie er kaum jemals seine Lippen geschlossen halten kann, verstummt seine Frau zusehends, ist höchstens mal am Fenster zum Hof zu erspähen.

1951 fährt Paul zum Großhändler nach Reichenbach im Vogtland. Nachdem die beiden sich ein wenig über die Geschehnisse seit dem letzten Aufeinandertreffen ausgetauscht haben, wollen sie die Stoffballen auf seinen Transporter hieven. Paul hebt den Ballen, kommt aber nicht aus den Knien, hustet in sein Taschentuch. Blut ist auf dem Stoff zu sehen. Paul hustet weiter, lehnt den Kopf gegen die Wolle, hustet noch zweimal Blut auf die Straße und sackt dann endgültig in sich zusammen. Seine Magenschleimhaut hatte den Giften nichts mehr entgegenzuhalten. Seine Frau Anna übersteht ihn für zwei Jahre, die sie, wie auch die Zeiten davor, still in Ausübung ihrer häuslichen Pflichten verlebt. Der Betrieb ist beim Öffnen der Bücher maßlos verschuldet. Trotz ertragreicher Jahre ist das erwirtschaftete Geld nicht in ihm, sondern auf den Spieltischen in Karlovy Vary, Františkovy Lázně und Hof gelandet. Von der Schneiderei ist nicht mehr viel übrig. Sie wird kurzfristig eingestellt, dann überführt in den VEB Spinn und Zwirn Erzgebirge.

Utas Vater ist mittlerweile Leiter der Betriebsküche, beliefert auch die Schule, zu der sie jeden Morgen den Berg emporgeht. Sechs Tage in der Woche lernen sie Gemeinschaftskunde, Sachkunde und Biologie. Am sechsten Tag findet das Lernen in den VEBs und LPGs statt. Uta hat Glück und kommt nicht zu einer der wenigen LPGs in der näheren Umgebung, sondern hilft bei einem kleinen Metallverarbeitungsbetrieb im Ort aus. Die Männer und Frauen an den Drehbänken sind freundlich. Uta stanzt das gewellte Blech, fegt Metallsplitter vom Boden. Sie genießt die Tage im Betrieb, schaut am liebsten morgens den Damen in der Umkleide zu, wie sie ihre langen Haare geschickt unter den geforderten Haarnetzen verbergen, straff und streng sehen sie danach aus. Manchmal fällt es Uta auch schwer, sie überhaupt wiederzuerkennen nach der Verwandlung, die sie an sich vollziehen. Am nächsten Tag, zurück in der Schule, weiß Uta die luftigen Netze zu schätzen, wenn ihre Mitschülerinnen und Freundinnen erzählen, wie im Regen ihre Arme im Kartoffelacker versunken sind oder sie in den aufgerollten Fäden im VEB schier ihre Augen verloren haben.

*Frontalansicht Utas Elternhaus, Mai 1962*

Uta ist fünf oder sechs Jahre alt. Mittlerweile sind ihre glatten, blonden Haare weit über die Schulter gewachsen. Jedem Besuch hält ihr Vater dieses Leuchten entgegen. Es ist sein Erbe an die Tochter. Alle, die kommen, müssen sie bewundern. *Schaut euch meine Uta an,* sagt er. *Schaut euch meine Uta an!* Und dann fährt er ihr mit der Hand durchs Haar. Glatt und fein sind sie. Wie ein Vorhang hängen sie über das Kind. Die meisten Besucher können die Begeisterung nicht verstehen. Uta ist ein normales junges Mädchen, wie jedes andere auch. Spätestens beim zweiten

Besuch nicken die Gäste, noch bevor der Vater präsentiert. Doch sie weiß, was es bedeutet, wenn Gäste kommen. Sie unterbricht ihr Spiel, kommt aus dem Garten gelaufen oder über die Straße geeilt und stellt sich so ins Licht, dass alle gut sehen können. Dann streicht sie sich mit der Hand ihr Haar hinter das Ohr. Ganz langsam macht sie das. Ihre Mutter hasst diese Geste, noch ehe sie perfektioniert ist. Nur der Anflug von Besuch lässt Ingrid bereits erschaudern. *Wehe,* sagt sie, *wenn du dich heute wieder so danebenbenimmst.* Uta aber gehorcht ihrem Vater. Die Mutter wagt es nicht, ihm zu widersprechen. Niemals würde sie an den Haaren ihrer Tochter ziehen, sie schneiden, verdecken oder färben. Ihre Maßregelungen kommen heimlich, abseits des Blickes des Vaters, wenn er das goldblonde Haar nicht schützen kann, wenn Uta nicht vorzuzeigen ist. Dann ruft Ingrid Uta herbei und lässt sie im Reden vor ihren Freundinnen ihre spezielle Mutterliebe spüren: *Die wollten wir eigentlich gar nicht haben. Die hat uns an die Grenze vom Ruin getrieben. Wir hatten doch nichts. Wir konnten uns das gar nicht erlauben.* Auch hierbei nicken die Gäste bereits nach dem zweiten Satz, ob aus Zustimmung oder Ablehnung lassen sie das Kind nicht merken. Uta wiederum kann sich nicht verstecken, weder im Flur noch im Kinderzimmer. Sie versucht, in sich zu verschwinden. Während die Kuchen und Schnäpse in den Mündern der Erwachsenen versinken, höhlt sie sich aus. Immer dünner werden ihre Arme, immer weniger werden ihre Beine. »Meine Arme und Beine«, sagt sie dreiundsechzig Jahre später, »sind auf dem Entwicklungsstand eines Kindes stehengeblieben. Noch immer sind sie so dünn. Nicht wenige Männer fanden das später attraktiv.«

Sie isst jetzt meistens alleine. Morgens ist ihr Vater bereits im Betrieb und die Mutter in Gedanken an den Töpfen der Großküche, mittags freuen sich die anderen Kinder in der Schule über jede zusätzliche Portion, abends kommt sie spät. »Ich habe schon gegessen. Bei Omi.« Ihre Mutter ist dankbar über den nicht notwendigen Abwasch, die übrige Portion. Uta wird öfter krank, hat Husten, Fieber, Müdigkeit. Plötzlich findet Heinz seine Tochter zu dünn, besorgt wendet er sich an ihre Mutter. Uta wird auf die Waage gestellt. Zum ersten Mal streiten sich ihre Eltern vor ihr. Für Ingrid ist klar, dass das Essen in der Schule mangelhaft sein muss, zu wenig Nährstoffe, nicht appetitlich, nicht genug Fleisch. Heinz wird wütend und schreit, seine Küche kocht für alle Schulen, *das Essen ist absolut ausreichend, jeder in diesem Staat bekommt genug zu essen.* Aus Sorge vor weiterem Streit mit ihrem Mann bemüht sich Ingrid um das leibliche Wohl ihrer Tochter. Über Verwandte im Westen gelingt es ihr, einen tönernen Krug zu ergattern. Neugierig streckt Uta ihre Nase in die Richtung. Als ihre Mutter das erste Mal den winzigen Korken aus dem Hals zieht, zuckt das Kind zusammen. Ein dünnes, hellgelbes Öl ist im Krug. *Lebertran,* sagt ihre Mutter und entscheidet, dass sie nach jeder Mahlzeit einen Löffel davon nehmen muss. Uta isst jetzt noch langsamer. Schon bei dem Gedanken daran, danach die ausgekochte Fischleber auf der Zunge zu spüren, wird ihr schlecht. Ingrid vergisst keine Ration. »Es ist das Beste für dich«, sagt sie. »Damit du wieder ganz gesund wirst und deine Haare weiter so schön glänzen.« Als Ingrid einen Nachmittag bei Utas Großeltern ist, klagt Uta ihrem Vater ihr Leid. Sie zeigt ihm ihre Arme und Beine, sie vermessen und wiegen. Heinz kann seinen Würgereflex kaum unterdrücken, als Uta ihm das Öl unter die Nase hält. Kurzerhand kippt er die sämige Flüssigkeit in den Trog der Schweine. Die leere Flasche stellen sie zurück in die Küche. Als Ingrid am Abend zurückkehrt, wird ihr Kopf rot, und Uta kann durch den ganzen Raum hören, wie sie Luft in ihre Lungen saugt. Erst am nächsten Morgen, als Heinz schon arbeitet, lässt sie alles entweichen. »Der teure Tran aus dem Westen! Was fällt dir ein! Hast du eine Ahnung, wie schwierig es war, überhaupt welchen zu bekommen? Kannst du dir vorstellen, wie viele Kinder dankbar dafür wären, so etwas Kostbares zu kriegen?« Ingrid muss sich setzen und wieder schnappend durchatmen.

Uta ist gerne bei den Nachbarn. Dann zeigen die älteren Söhne ihre Hemden und Schuhe, nicht selten auch einen Schlips. Und Uta muss an ihre blaue Uniform denken, an die festen Zöpfe der Frauen, die Haarnetze und Abzeichen. Dann ist sie froh, hier zu sitzen, auch wenn die Tanzveranstaltungen sich noch nur in ihrem Kopf abspielen. Mit den beiden jüngeren Söhnen sitzt sie nach dem Essen auf dem Boden und malt sich hinein in diese Welt. Klausens haben die besonders guten Stifte aus Polen und manchmal auch die schönen Schablonen und Formen aus der Sowjetunion. Tagelang können sie hier vor sich hin malen, bis ihnen die Knie schmerzen oder ihre Finger voll sind mit Splittern vom Holz der Dielen, und beim Versuch, sie wieder herauszuziehen, brechen sie ab, und Blut tropft auf den Boden. Ganze Landschaften malen sie, die auf dem Papier ihre Wohnungen miteinander verbinden, die Räume verschwinden lassen. Ingrid findet sich in diesen Landschaften nicht zurecht. »Lass die diebischen Arbeiten sein«, sagt sie zu ihrer Tochter. »Mach etwas Vernünftiges! Irgendwas, das dir etwas bringt, Mädchen. Lern doch Stricken oder zumindest Sockenstopfen.« Schließlich kommt Ingrid einfach, nimmt ihrer Tochter die Stifte aus der Hand, stellt einen Besen neben sie und zeigt auf die Stube. Später wird Uta Frauen mit langen Fingernägeln kennenlernen, und aufgeklebten Verlängerungen. »Das gefällt mir bis heute, aber die brechen immer sofort ab, sobald man irgendeine Arbeit damit macht. Schon wenn ich damit was in meiner Handtasche suche, habe ich nur noch Splitter an den Fingern.«

*Foto von Uta in Prag 2019*

Uta lernt Schießen. Anfangs mit kleineren Handfeuerwaffen, geringen Kalibern, die auch in ihrer Hand Platz finden, später kommen Flinten und Gewehre dazu, vorgeführt und erklärt am nordwestlichen Ausgang des Ortes, wo der Jugendverband seinen Schießstand hat. Alle übrigen Pflichten im Jugendverband hingegen erfüllt sie mit weit weniger Enthusiasmus, was ihren Vater an einem der Schieß-Nachmittage für Erwachsene in die Notwendigkeit bringt, Erklärungen für ihr Verhalten zu finden. Am Ende einigen sich die Herren darauf, es dabei zu belassen und das Mädchen im Umgang mit den kleineren und größeren Kalibern zu bestärken, auch wenn kaum Aussicht besteht, ihr mehr als Jugendorden dafür zu verleihen. Immerhin ist sie mittlerweile sechzehn Jahre alt, im Freien Deutschen Gewerkschaftsbund, in der Gesellschaft für Deutsch-Sowjetische Freundschaft und im Demokratischen Frauenbund Deutschlands. Uta zielt also weiterhin alle zwei Wochen samstags auf Tontauben, kleine bedruckte Papiere oder auch große selbstgebaute Holzaufsteller, die ihrer Form nach weit weniger abstrakt sind.

Die Schule ist beendet, und Uta geht in die Ausbildung in das Einzelhandelskaufhaus *Möbel und Haushaltswaren Schellmer* nebenan. Vermittelt wird ihr das Handwerk, zu handeln und zu feilschen, zu listen und zu verschieben, Möbelstücke anpreisend, die mitunter erst im kommenden Jahr, und selbst dann nur bei rechtzeitigem Erscheinen, abzuholen oder auszuliefern sind. Uta arbeitet vorne am Tresen, wo alle sie sehen können. Die jungen Frauen sind zwischen den Küchenmöbeln überrepräsentiert. Geschäftsführer Schellmer ist zufrieden mit ihr, lobt sie, lässt sie ihre Ausbildung mit Auszeichnung abschließen und überantwortet ihr eine Festanstellung. Sie ist im Verkauf tätig, der Einkauf fällt bald ebenfalls in ihr Aufgabengebiet, als Schellmer Schuhe und Kleider in den Vertrieb aufnimmt. Die umliegenden Konsumgenossenschaften auf den anderen Dörfern können ein solches Warenangebot nicht aufweisen. Für neue Schuhe, warme Jacken oder feste Gardinen kommen die Leute vom Berg herab.

Dann zieht Utas Bruder aus. Er, Doris und die zwei Kinder haben eine Wohnung zugesprochen bekommen, zwei Dörfer weiter westlich. Uta kann ihr Glück kaum fassen. Sie ist jetzt neunzehn, erhält ein eigenes Zimmer in der Wohnung ihrer Eltern, wodurch ihr die Miete erspart bleibt, und findet beim Tanz die Liebe ihres Lebens.

Und wird schwanger, noch ehe sie 1969 heiraten. Auf der Hochzeitsfeier ist sie die Ausgelassenste. Sie heißt jetzt Lohtner, nicht mehr Krahl. Sechs Wochen später wird ein gesundes Kind auf die Welt kommen. Jörg ist drei Jahre jünger als sie. Eben erst mit der Schule fertig, wird er bald eine Ausbildung zum Maschinenbauer beginnen und diese dann als Studium in Gera fortsetzen, was dazu führen wird, dass er nur noch an den Wochenenden bei ihr ist. Jetzt aber ist sie Anfang 20, arbeitet im Möbelgeschäft und wird von dessen Leiter zu den Verkaufsmessen nach Zwickau, K-M-Stadt und Leipzig geschickt. Sie wohnen bei ihren Eltern, sie, Jörg und ihr Kind. Die Großeltern erfreuen sich am Enkelkind, das viel Zeit in der Betriebstagesstätte des

Großvaters verbringt. Im Möbelgeschäft werden währenddessen Modenschauen organisiert. Anfangs hilft Uta am Einlass, aber bald schon kann sie immer mehr Fachwissen einbringen, dass sie sich auf ihren Städtereisen bei den Modemessen der großen Bekleidungsgeschäfte angeeignet hat. Bei den Modeschauen präsentieren jetzt junge Frauen die Kleidung, sie ist eine von ihnen. Um mehr Kunden zu erreichen, wirbt Schellmer in den lokalen Zeitungen. Auf großformatigen Fotografien kann man Tage vorher die Frauen in ihren Kleidern sehen, mehrmals ziert Uta die erste Seite des Lokalteils des *Neuen Deutschland*. An Samstagen lässt Schellmer die Ausstellungsfläche im Erdgeschoss seines Ladens freiräumen, stellt bis zu sechs Reihen Stühle auf und kennzeichnet auf dem Boden mit einem roten Teppich den Weg, den die Frauen gehen werden. Es gibt Sekt und Häppchen. Uta steigt wieder in der Organisation auf. Offiziell leitet sie nun den Bereich für Damenoberbekleidung und wählt gemeinsam mit Schellmer die Frauen für die Modeschauen aus. Im Dorf ist die Auswahl dafür nicht sehr groß, doch die Reihenfolge der Auftritte wird zum Gradmesser. Jede Frau bekommt eine Nummer. Diese und ihr Name werden ausgerufen, bevor sie in das Licht der aufgestellten Strahler tritt und ihre Runde auf dem ausgerollten roten Teppich drehen darf. So haben die Kunden Gelegenheit, sich Notizen zu machen für später, und dann auf Schellmer zuzutreten und ihre Bestellungen und Wünsche zu äußern. Am besten verkaufen sich Hosen und Hüte, auch Schmuck, wenn sich Feiertage nähern. Sorgsam gekleidet geht Uta Morgen für Morgen die wenigen Meter aus dem Garten ihres Elternhauses über die Hauptstraße zur Arbeit. Männergeschichten werden ihr angedichtet. Ihr Ehemann bekommt von alldem nur wenig mit. Er hat Militärdienst und Ausbildung beendet und studiert nun in Gera. Wochentags wohnt er dort zur

Untermiete bei einer älteren Frau, die ihm abends auch das Essen macht und morgens den Ofen heizt. Er hat das Zimmer ihres Sohns, der samstags manchmal früh kommt, ihn im Türrahmen begrüßt und sonntags wieder fährt. Jörg wiederum kommt samstagmittags im Dorf an, wenn Uta oft noch im Geschäft die letzten Pullover und Oberhemden zur Anprobe zusammenlegt. Dann isst er mit seinen Schwiegereltern und seinem Kind zu Mittag, geht raus in die Wälder, hilft Heinz bei kleineren Renovierungsarbeiten und trifft Uta schließlich, wenn sie später aus dem Geschäft kommt. Mit Heinz und Ingrid verbringen sie ihre Abende in der Wohnstube, trinken ein, zwei Flaschen Bier und schauen im Fernsehen den Fernsehfilm der Woche, bis alle nacheinander auf dem Sofa vor dem Ofen einschlafen.

Im Frühling 1971 kommt Post. Das Schreiben ist adressiert an Jörg, der erst Samstag wiederkommt. Uta wendet das Schreiben ein paarmal, kennt den Stempel bisher nur aus Erzählungen. Das Papier ist sehr dünn, der Brief ganz leicht. Nur ein Blatt wird darin sein. Sie kann sich denken, was darauf steht. Sie beschließt, Jörg am Freitag überraschend zu besuchen, nimmt sich ab dem Nachmittag frei und lässt das Kind für den Abend bei ihren Eltern. Als sie bei der Adresse ihres Ehemanns ankommt, öffnet die ältere Frau ihr die Tür. Der junge Untermieter sei bereits ins Wochenende gefahren, so wie jede Woche, pünktlich um kurz nach zwölf am Freitagmittag. Unverrichteter Dinge lässt Uta die verwunderte Vermieterin zurück, reist zurück und verbringt die restliche Zeit ihres Kurzurlaubs alleine in ihrem Ehezimmer. Samstagmittag kommt Jörg, erzählt kaum etwas, nur, dass die Woche wie gewöhnlich anstrengend war, er Zeit mit seinem Kind verbringen will und unbedingt zeitig zu seinen Eltern muss, da er seinem Vater beim Holzscheiteln zur

Hand gehen soll. Uta sieht sich nicht gezwungen zu erklären, warum sie an diesem Tag nicht zur Arbeit muss, warum die Hauswirtschaft bereits erledigt ist, und erklärt einzig nachts, auf Grund ihrer Monatsblutung nicht *zur Verfügung* zu stehen. Jörg reist wieder ab, begründet den Brief vom Gesundheitsamt mit Nachuntersuchungen der Volksarmee.

Vier Tage später gibt Uta ihr Kind an ihre Eltern und sagt, dass sie die Nacht bei einer Freundin verbringen wird. Statt das aber zu tun, steckt sie sich den Schmuck der letzten Modenschau auf die Finger, schlägt sich ein silbernes Tuch um den Hals und fährt nach Zwickau in die *Milchbar*.

Auf Grund des Verdachts der häufig wechselnden Geschlechtspartner melden Sie, Jörg (schwarzer Balken), sich am (schwarzer Balken) auf dem Gesundheitsamt Schneeberg, Kreis Erzgebirge, zur Vermeidung der Weiterverbreitung und Ansteckung fremder Personen zur Untersuchung nach der Verordnung zur Bekämpfung der Geschlechtskrankheiten vom 11.12.1947, ZVOBL 1948, Seite 45. Sollten Sie dieser Aufforderung nicht nachkommen, droht Ihnen eine Geldstrafe oder Gefängnis bis zu einem Jahr (§ 5 der VO).

Bitte legen Sie zur Unterstützung der Untersuchung eine Liste aller Ihrer Geschlechtspartner der letzten sechs Monate an.

In der *Milchbar* ist an diesem Abend, wie jeden Abend, viel Betrieb. Es dauert nicht lange, und Uta sitzt bei einer größeren Gruppe Männern mit am Tisch. Es sind sowjetische Maschinisten, die in der naheliegenden Papierfabrik die Maschinen warten. Begleitet werden sie von einem Dolmetscher aus Armenien, einem jungen Mann mit schwarzem Haar, fein getrimmt an den Schläfen und in seinem Nacken, genauso sind seine Wangen glattrasiert, und ebenso sein Kinn, das seinen zierlichen Hals keineswegs überformt, der auffallend lang ist, sich geradezu aus dem hellblauen Kragen seines Hemdes streckt, zu dem er, trotz vorgerückter Stunde, einen tiefgrünen Seidenschlips trägt, das passende Sakko hängt über die Lehne seines Stuhls geschlagen hinter ihm, beim Gehen später wirft er es sich mit einer Hand über die rechte Schulter. Der Geruch ungewohnter Rasierwasser umgibt ihn, süßlich, mit einer kaum zu missachtenden Schwere, ist es selbst über die Rauchschwaden der sowjetischen Zigaretten hinweg nur in kurzen Zügen einzuatmen. Uta nennt ihn *Jerewan,* so wie die Stadt, aus der er kommt. Er hat zwar einen anderen Namen, hört aber im Laufe des Abends bereitwillig, wie sich seine Neubenennung am Tisch etabliert. Uta erzählt er von Armenien und Persien, spricht auf Farsi, Russisch, Griechisch, Deutsch und Englisch zu ihr, übersetzt den Maschinisten ihre Witze und hilft ihr schließlich in den Mantel, als sie alle das Lokal verlassen. Die Rechnung der *Milchbar* hat wie selbstverständlich er übernommen, bis zu seinem Hotel sind es nur ein paar Schritte. Am darauffolgenden Freitag treffen sie sich bereits wieder, Jerewan schenkt ihr zur Begrüßung eine Flasche Cognac, die ihren Vater am nächsten Vormittag staunen lassen wird. Jerewan lockert auch diesen gesamten Abend weder seinen Schlips einen Spalt, noch versäumt er es, ihr die Tür aufzuhalten, und gibt ihr vielmehr am folgenden Morgen nach dem Frühstück die fehlenden Münzen für die Rückfahrt ins Erzgebirge. Nach dem dritten gemeinsam verbrachten Abend entscheidet sich Uta, ihre Mutter ins Vertrauen zu ziehen. Die aber scheint bereits vor dem ersten Zusammentreffen Kenntnis gehabt zu haben, quittiert das schüchtern vorgebrachte Geständnis ihrer Tochter einzig mit einem schulterzuckenden *hab ich mir schon gedacht,* einem *wurde Zeit,* um direkt im Anschluss die Warnung auszusprechen: *Verbock es nicht.* Damit allerdings ist nicht die neue Zuneigung zum zuvorkommenden Armenier gemeint, sondern die vor Gesetz und Dorfgemeinschaft eingegangene Partnerschaft mit dem abwesenden deutschen Maschinenbaustudenten. Jörg kommt seltener, entschuldigt sein Fernbleiben mit nahenden Prüfungen. Uta hört ihm höchstens halbherzig zu, entwirft sich vielmehr ihr eigenes Bild von den Aufgaben und Schwierigkeiten, vor denen er steht, und verbringt ihre Wochenenden in Zwickau. Sonntags kehrt sie mehrfach mit einer großen Tasche voller Wäsche zurück, hat sie doch jetzt, da Jörg nicht mehr kommt, freie Kapazitäten, und Jerewan angeboten, seine Wäsche zu machen. Damit hat sie sich selbst einen Grund geschaffen, auch an mehreren Dienstagen noch mal nach Zwickau zu fahren. Schließlich nähert sich die Tätigkeit der Sowjets in der Papierfabrik ihrem Ende, was zwangsläufig auch zur Abreise ihres Dolmetschers führen wird. Einmal aber noch geben sie ein großes Fest, Silvester 1970. Alle gemeinsam feiern sie in der zehnten Etage des Hotels *Kolbe,* weit oberhalb der schrägen Dächer der Stadt, und begrüßen das neue Jahr. Uta weiß, dass Jerewan schon Ende der folgenden Woche nach Moskau zurückkehren wird und Jörg noch bis zum zehnten Januar Urlaub hat, erst dann zurück nach Gera fährt. Uta gluckst kurz, fährt dem Mann neben ihr durch sein schwarzes Haar und hat sich entschieden. Im Januar reicht sie die Scheidung ein.

Der Frühsommer ist voller Streitereien. Ingrid kennt keine Ruhe, konfrontiert mit dem Gedanken, dass ihre Tochter mit nur 24 eine geschiedene Frau sein wird, alleinerziehend noch dazu, bereits jetzt nahezu endgültig vom ihr zugedachten Weg abgekommen. Sie warnt und droht und ist dabei doch längst von der Bürokratie abgehängt worden, hat Uta doch bereits vor Wochen die Scheidungsunterlagen bei dem zuständigen Amt vorgelegt und in nur kurzen Sätzen ihre Beweggründe umrissen. Seine Verteidigungsrede lässt Jörg ausfallen, holt vielmehr sein Kind am Gartentor ab, wenn er auf direkter Wochenenddurchreise zu seinen Eltern ist, kann dafür aber kaum an anderen Stellen davon lassen, über Uta zu reden. Von den Spielgefährten der Kindheit lässt sich kaum noch jemand bei ihr blicken. Im August werden den beiden die Scheidungsunterlagen zugestellt. Ingrid verstummt, wird erst am Ende des Jahres wieder mit Uta sprechen, wobei diese da bereits drei Monate nicht mehr bei ihren Eltern wohnt, hat das Amt Utas Wohnungsgesuch doch im September stattgegeben. Uta zieht ein paar Straßen weiter, den Abhang hinauf. Von ihrer neuen Wohnung aus kann sie fast das gesamte Tal überblicken, bis zur gegenüberliegenden Anhöhe, bis in die Dachgeschosswohnung ihrer Eltern. Uta weiß, was sie haben will, und lässt sich aus Rostock einen Couchtisch kommen, vom VEB Möbelkombinat Eisenberg eine Anrichte und eine Vitrine, Gardinen gibt es im Ort und auch einen Tischlerei- und einen Malereibetrieb, die ihr die Stube nach ihrem Geschmack herrichten. Ende 1971 hat sie sich in ihrer neuen, ersten eigenen Wohnung eingerichtet. Sie kündigt bei Schellmer und erhält nahtlos eine neue Anstellung bei einem großen Möbelhaus in der Altstadt von Zwickau. Zum 1. Januar 1972 tritt Uta der Partei bei, ist doch ihr neuer direkter Vorgesetzter Parteisekretär und legt ihr nahe, *wenn du bei uns im Geschäft noch was werden willst …* Ein paar Wochen später aber fällt sie bereits durch ihre Abwesenheit bei den Sitzungen auf, finden diese doch in der Regel an Dienstagabenden statt, die sie lieber mit einer ihrer Kolleginnen in Zwickaus *Astro-Bar* verbringt. Dennoch grüßt sie der Parteisekretär jeweils am nächsten Morgen freundlich, eilt ihr doch im Möbelhaus ein Ruf als umsatzsteigernde Verkäuferin voraus.

In Zwickau ist sie wieder im Verkauf tätig, führt und verwaltet die Bestelllisten im Bereich *Kleinere Einrichtungsgegenstände Wohnstube/Wohnzimmer,* hat aber Schwierigkeiten, sich in diesem größeren Verkaufshaus zurechtzufinden. Alles hat sich verändert, hier finden schon länger keine Modenschauen mehr statt, stattdessen ist Samstag ein regulärer Verkaufstag. Als Mutter wird ihr ein Haushaltstag zugesprochen und die Erlaubnis, das Geschäft bereits kurz vor 18 Uhr zu verlassen, damit sie pünktlich um 18:06 den Bus Linie 2 nehmen kann, um so wenigstens ein wenig Zeit am Tag mit ihrem inzwischen vierjährigen Kind zu verbringen. Mit ihren Kolleginnen Martha und Anne geht sie am Wochenende aus. Jeden Samstag bleibt ihr Kind bei den Großeltern, und die drei gehen in die *Milchbar* oder in das *Café Chemnitz,* in das *Ring-Café* oder *Zum goldenen Hirsch,* manchmal tun sie das auch freitags oder dienstags. An einem Abend im Spätsommer 1971 ist Uta mit Martha, die ebenfalls aus ihrem Dorf nach Zwickau pendelt, im *Ring-Café* in der Schumannstraße. Sie sitzen in der oberen Etage, schauen hinaus auf den ehemaligen *Schulgraben,* trinken Sekt und geraten bald in ein Gespräch mit zwei Franzosen.

Phillippe, Mathis und drei weitere Franzosen arbeiten als Monteure in Zwickau. Sie installieren und warten Entwässerungs- und Belüftungssysteme in größeren Betrieben, teilen sich zu fünft die von ihrer Firma in Nantes angemietete Wohnung in der Nähe des Schwanenteichparks, in dem sie abends zusammensitzen und sich Witze über ihre Frauen und Kinder erzählen, ungeduldig darauf wartend, dass einer von ihnen für ein paar Tage in den Süden fahren und Briefe, Fotografien, Wein und Waschmittel aus Frankreich mitbringen kann. Anders als Mathis ist Phillippe nicht verheiratet, soweit Uta begreift, da Phillippe die englischen Worte der Zeit fehlen, seine Sätze nur die Gegenwart kennen und jede Geschichte am folgenden Tag von vorne beginnt. Das *Französische Haus*, wie Uta und Martha es bald nennen, hat einen Balkon an der Vorderfront, wo sie, freitags oder samstags nach Dienstschluss, ein erstes Glas Wein trinken und filterlose Zigaretten rauchen, mit Sicht auf den Park und die Haltestelle, an der Uta jeden Morgen mit dem Bus ankommt. Morgen für Morgen geht sie von dort aus vorbei an dem massiven Backsteingebäude in der Schillerstraße, an dessen Vorderseite in der Humboldtstraße *Amts- und Landgericht Zwickau*, an der anderen Seite *Justiz Vollzugsanstalt* steht, und ihr aus den Fenstern, zwischen den Gitterstäben hindurch, zugewunken und zugejohlt wird. Uta winkt den Inhaftierten morgens meist zurück, sich heimlich angesichts der Gesichter fragend, wie es die Grüßenden an ihren Ort verschlagen hat, und abends, auf dem Weg zu Phillippe, wedelt sie nicht selten mit der eben gekauften Flasche Wein. Phillippe ist fast doppelt so alt wie sie, Anfang vierzig, und hat müde, vom Schrauben gegerbte Finger, ist aber, wie Uta findet, eine äußerst gepflegte Erscheinung. Die Zigaretten hält er beim Rauchen zwischen drei Fingern, gestützt von Daumen und justiert von Zeige- und Mittelfinger, was sie bisher nur in französischen Filmen gesehen hat, genauso wie den aufgestellten Kragen seines Mantels. Wie Mathis ist auch er zum wiederholten Mal in Zwickau, gesandt von der Firma in Nantes, die seit 1946 im Erzgebirge tätig ist und gerne auch Vertreter der kommunistischen Confédération générale du travail hierherschickt, teils, um sich ihrer temporär zu entledigen, teils um die Zusammenarbeit innerhalb der Zwickauer Belegschaften nicht zu gefährden, dadurch aber auch spätestens seit dem Mai vor drei Jahren der Politik ins Auge fällt. Im *Französischen Haus* ist das alles kein Thema. Uta, Phillippe und die anderen beratschlagen ausgiebiger, wohin sie zum Tanzen gehen sollen. Phillippe hat seinen Wagen aus Nantes mitgebracht, durch den sie gemeinsam Nachmittage am See verbringen, nach Bad Klosterlausitz fahren oder Mittweida. Einen zitronengelben Citroën DS fährt er, auf dessen Rückbank die großgewachsenen Frauen bei den Ausflügen ihre Köpfe leicht nach vorne beugen müssen. Uta gefallen besonders die hellen Frontscheinwerfer gut, wenn sie spätnachts durch die schmalen Straßen Zwickaus fahren. Sie liebt dieses Auto. Der Wagen erinnert sie an Szenen aus Filmen, derer Namen sie nicht aussprechen kann. Phillippe kommt immer häufiger auch zu ihr zu Besuch, zwängt den breiten Wagen die ersten Male die schmale Straße empor und versperrt dann parkend die gesamte Fahrbahn. Weithin leuchtend steht der Citroën, die *Göttin* in Gelb, bei ihr vor dem Haus, schräg am Hang, oberhalb vom VEB Wolle und Garn, über das Tal gegenüber der elterlichen Wohnstube. Uta hält Phillippe an, den Wagen am Fuß des Hangs abzustellen, jenseits der Häuser, auf dem Parkplatz der Besiedlungsfläche, und das letzte Teilstück zu Fuß zu gehen, hat doch ihr Vater sie an einem Sonntag angesprochen und sich darüber beschwert, sich rechtfertigen zu müssen beim Einkauf, beim Schießen und beim Kochen. *Was die Tochter, die Mutter seines Enkelkindes,* für Umgang habe, *eben erst geschieden, den Mann kaum aus dem Haus,* könne hier, hell leuchtend, das ganze Dorf sehen, *woran all ihre Liebe zerbrach.*

## Teil 2 (2)

# Leben

Daran kann ich mich erinnern, das war einer meiner ersten Einsätze. Dabei ist es komisch, dass ich mich genau an diesen erinnere, weil der eigentlich damit endete, dass ich enttarnt wurde. Aber niemand wollte etwas dazu sagen, niemand wollte es ansprechen. Ich glaube, alle hatten es mitbekommen, doch alle hatten zu viel Angst vor dem, was passieren würde. Das war ein Wochenende, an dem die örtliche Polizeidienststelle irgendetwas feiern wollte. Dazu war dann auch ein sehr junger Offizier eingeladen, der würde aus der Kreisstadt zu den Feierlichkeiten kommen. Er war wirklich sehr jung, nicht viel älter als ich. Angeblich hatte er Verwandtschaft im Westen und von dort, glaube ich, auch Geld geerbt. Jedenfalls, das wurde mir erzählt, gab es offensichtlich genug Indizien, die dafür sprachen, dass er als Spion für den Westen tätig war. Eines Abends kam ein Mann zu mir und zeigte mir ein Bild von dem. Er sah sehr gut aus. Ich willigte sofort ein. Als ich dann, am Freitag, hinausfuhr, mit zwei Polizeibeamten im Auto, wurde mir schon etwas komisch zumute. Es gab dort in der Nähe nichts. Außerdem hatte ich ihn und seine Frau erst vor kurzem gemeinsam im Freibad getroffen. Zu meiner Beruhigung begann ich sogleich mit der Arbeit. Als er ankam, schien alles gut zu laufen. Er hat schnell mit mir geliebäugelt, aber solche Gelegenheiten kommen ja nicht so oft. Gegen Abend klingelte das Telefon. Es konnte unmöglich für mich sein. Ich hatte nicht einmal gewusst, dass es hier ein Telefon gab. Aber auf einmal kam der Leiter dieses Gästehauses zu mir an den Tresen und sagte: *Frau Lohtner, Telefon.* Ich dachte, ich versinke im Boden. Er rief mich zu sich in einen kleinen Raum, hinter der Küche. Es war der Funkraum. Dort stand das Telefon, und der Leiter und die beiden Funker saßen dort und tranken. Unter ihren Augen ging ich ans Telefon. Ihnen muss sofort klar gewesen sein, dass das kein privater Anruf war. Niemand kannte die Telefonnummer von diesem Haus. Ihnen muss auch sofort klar gewesen sein, dass der Anruf von oberster Stelle kam und ich nicht einfach nur so dort war. Sie haben nichts gesagt. Der Funker saß da, ein paar Meter von mir entfernt, drehte an seinem Funkgerät, und ich stand direkt daneben. Mir war es himmelangst.

Ich weiß bis heute nicht, warum sie mich damals dort angerufen haben. Ihnen muss klar gewesen sein, dass dadurch meine Tarnung aufflog. Ab da machte ich einfach nur meinen Job als Kellnerin. Nach dem Wochenende musste ich die Gegend verlassen. Ich kündigte meine Arbeit und zog endgültig nach Karl-Marx-Stadt. Ich habe weder von den Polizisten noch von dem jungen Offizier jemals wieder etwas gehört. Ich hatte versucht, mir in Gedanken Notizen zu machen, hatte versucht, mir die Gesichter und Namen zu merken. Ein paar der Namen weiß ich noch heute, die gehen mir einfach nicht mehr aus meinem Kopf. Da war ein Oberst Wilhelm, ich weiß nicht, was später aus ihm wurde, und ein Major Sauer, und der Junge, der Unterleutnant, wegen dem ich eigentlich dort war, hieß Mittag. Er ist dann später rüber in den Westen – oder wurde verhaftet. Das ist mir nicht klar. Ich habe nur die Namen – auch mitten in der Nacht, wenn ich wach werde, als hätten die Namen mich damals schützen können. Keine Spur mehr.

Karl-Marx-Stadt 18.3.75

Erklärungen

Ich wurde darüber belehrt, daß ich dem mir bekannten Mitarbeiter des MfS, mit dem ich auf einer ehrlichen und kameradschaftlichen Art und Weise zusammenarbeite, jegliche Kontaktversuche bespw. Verbindungen zu Personen kap. Staaten zu melden habe und mein Verhalten so einzurichten, damit ich nicht gegen die dienstlichen Bestimmungen des Ministeriums des Inneren, insbesondere der Geheimhaltungsordnung des MfS und andere für Zivilbeschäftigte geltende Bestimmungen verstoße.

Durch die bisherige inoffizielle Zusammenarbeit mit dem MfS ist mir bewußt, daß ich nur Kontakte und Verbindungen zu Bürgern der BRD/WB und anderer kapitalistischer Staaten unterhalten darf, wenn dazu die Notwendigkeit und Genehmigung des mir bekannten Mitarbeiter des MfS vorliegt.

Ich wurde darüber belehrt, daß ich auch in diesen Fällen, sollte dies meinen Vorgesetzten oder anderen Mitarbeitern des BdVP bekannt werden, keine Auskünfte darüber geben darf, daß ich diese Kontakte oder Verbindungen im Interesse des MfS unterhalte, sondern wenn erforderlich dafür entsprechende Begründungen anführe, die keine Schlußfolgerung über meine inoffizielle Verbindung zum MfS zulassen.

Auch bei komplizierten Situationen, und sollte ich noch so bedrängt werden, werde ich niemals, bewußt oder unbewußt, Schlußfolgerungen ermöglichen, daß ich inoffizieller Mitarbeiter des MfS bin. Persönliche Probleme, damit meine ich auch materielle Schwierigkeiten und Sorgen, werde ich nie dazu ausnutzen bzw. werde erteilte Aufträge des MfS in erster Linie immer unter dem Gesichtspunkt sehen, mögliche Feinde der DDR unschädlich zu machen. Sollte ich materielle oder persönliche Schwierigkeiten haben, erkläre ich mich bereit, sie in einer offenen, ehrlichen und kameradschaftlichen Weise anzusprechen, die Tragweite dieser Sorgen nicht zu bagatellisieren oder zu unterschätzen und in Tatsachen voll inhaltlich anzusprechen.

Ich erkläre mich bereit, auf freiwilliger Basis ohne jeglichen Druck oder Beeinflussung anderer Personen meine Pflichten und Rechte als Mitglied der Partei und in der Überzeugung, als Bürger der DDR eine patriotische Leistung zu vollbringen, die mir übertragenen Aufgaben als Mitarbeiter des MfS gewissenhaft und zuverlässig zu erfüllen.

Ich werde stets die mir übertragenen Weisungen mit einer hohen Verantwortung zuverlässig erfüllen.

Unterschrift
Uta Lohtner,
»Anna«

Nach dem Wochenende im Erzgebirge arbeitet Uta noch fünf Wochen für die Kriminalpolizei im Gästehaus *Am Flughafen*. Still aber ist es geworden. Gerber sitzt kaum noch abends mit ihr nach Dienstschluss im Wohnzimmer, die Empfänge enden immer noch in der Kellerbar bei Schnaps und Zigaretten, doch die Einladungen der Polizisten an die Serviererin, mit ihnen ein Glas zu trinken, werden merklich weniger. Einzig Wirczek bleibt unverändert, raucht mit ihr auf der Terrasse seine Zigaretten, kommt auch zu später Stunde hoch zu ihr in die Küche, trinkt dort mit ihr, während Gerber unten zwischen den anderen sitzt und sein *besonderes* Kartenspiel herausgeholt hat, sie skaten, bis die Obersten spät in der Nacht als Kolonne aus der Sackgasse rollen. Kühn ist abgetaucht, für Uta nicht erreichbar. In der Wohnung in der Straße der Nationen öffnet ihr einzig die freundliche ältere Dame die Tür, bittet sie herein, kann aber auf die Frage, wann Kühn das letzte Mal bei ihr gewesen ist, keine Antwort geben. Von März bis Mai gibt es keine Protokolle, keine Aktennotizen, erst, als Kühn durch Bulling und Recknitz ersetzt wird, werden wieder Protokolle abgeheftet. Ihr Wochenende im Erzgebirge gibt Uta nirgendwo zu Protokoll, und auch Bulling und Recknitz haben, als sie die Treffen mit ihr wieder aufnehmen, wenig Interesse daran, ihre Erzählung zu vermerken. Kühn, eigentlich nah am Geschehen, verzichtet vollständig darauf, die Ereignisse zu notieren, für zwei Monate legt er die Akte »Anna« zur Seite, bis sie an anderer Stelle hervorgeholt wird, da hat er seinen Ausflug nach Oberwiesenthal bereits aus der Liste der Vorkommnisse gestrichen. Für Recknitz gibt es keinerlei Nachweise seines Aufenthaltes im Hotel *Am Fichtelberg* mehr zu finden, und Bulling kann nur Mutmaßungen über das anstellen, was vorgefallen sein könnte, sodass sich Kühns weitere Tätigkeit auf den Innendienst konzentriert.

Und da haben sie sich was ganz Schlimmes ausgedacht, wie sie mich da wieder wegkriegen konnten. Da war ich mal wieder mit der Brigitte in Karl-Marx-Stadt in der *Moskau Bar*, und nachts fuhr nur einmal in der Stunde ein Bus. Und da hält mich am Busbahnhof plötzlich ein Mann fest, ein junger Mann, den ich schon öfters da in Kneipen rumlungern gesehen habe. Langes Haar, so eine Art Zuhälterfrisur, der hält mich fest. Ich war damals auch zu blöde. Er hat mich einfach nicht wieder losgelassen. Er wollte mit mir nach Hause gehen. Die Brigitte rief die ganze Zeit: *Wann kommst du denn endlich?* Ich sage, *der lässt mich nicht los*. Ich hätte bloß laut um Hilfe schreien müssen, wenn ein paar andere Leute gekommen wären, hätte der schon loslassen müssen. Der hat mich derart festgehalten, ich konnte nicht weg – aber im Prinzip hat er mir auch wieder gefallen. Und ich bin dann mit dem nach Hause, das war nicht weit zu laufen bis zu dem, und habe dann bei dem geschlafen, natürlich mit ihm zusammen. Das war alles abgekartete Sache. Kurz drauf hatte ich Tripper. Das hatte der bestimmt schon vorher. Ob es wirklich stimmt, weiß ich nicht. Aber ich wurde mit einem Brief aufgefordert, zum Arzt zu kommen, Haut- und Geschlechtskrankheiten, und sollte dann auch die Sexualpartner des letzten Vierteljahres angeben, und das waren gar nicht viele, und unter anderem von dem hatte ich nur den Vornamen, aber ich wusste genau die Adresse, und da war eine Art Fürsorgerin, die machte diese ganzen Sachen mit den Adressen, nicht die Ärzte oder die Schwestern, und die sagte, *an der Adresse, die Sie angegeben haben, wohnen zwei alte Damen*. Da habe ich gesagt, *das ist mir egal, ich war in der Wohnung, mit dem jungen Mann zusammen*. Und da hat die gesagt, *zeichnen Sie mal einen Grundriss der Wohnung auf*. Habe ich genau aufgezeichnet, und da wusste die, dass ich da drinnen gewesen war, und dann hat sie mich eine Woche später noch mal einbestellt und gesagt, *ich habe gefragt: Und der Herr Sowieso, ist der auch manchmal hier? Ja, ja,* haben die gesagt. *Das ist unser Neffe*. Die waren wahrscheinlich verreist, und da hatte der einen Schlüssel. Dann hat sie mir natürlich geglaubt, dass ich mit dem dort war. Ob ich wirklich die Syphilis oder Tripper hatte, kann ich natürlich nicht nachprüfen. Gespürt oder gesehen habe ich überhaupt nichts und musste trotzdem damit zwölfmal zum Abstrich, und kurz darauf wussten die das auch. Da habe ich meine Arbeit gemacht, früh in der Küche der Bezirksbehörde, und auf einmal kommt der Chef und sagt: *Sie sollen mal zum Oberst Wenzel kommen*, zum Chef des Protokolls. Da dachte ich, was mag der jetzt von mir wollen. Ich hatte kein gutes Gefühl. Und der hat mir dann auch gleich auf den Kopf gesagt: *Sie sind angesteckt. Geht natürlich nicht, wenn Sie hier für uns arbeiten.*

Und dann hat er gesagt: *Waren Polizisten dabei?* Ich hatte nie mit einem Polizisten was Sexuelles. Ich hatte überhaupt sehr selten damals Sex. Bloß mit dem jungen Mann mal, dem Westdeutschen, und sonst war ich immer in meinem Zimmer, dort im Gästehaus. Und dann mit dem. Das waren die zwei Einzigen in den letzten sechs Monaten gewesen. Aber er hat immer wieder gebohrt: *Waren Polizisten dabei?* Und da habe ich gesagt: *Oberst Wenzel, um sich anzustecken, reicht ein Einziger. Das müssen nicht hunderte sein.* Der hat mich hingestellt, als hätte ich jeden Tag mit zwanzig Leuten … Und dann war ich mit einem Schlag entlassen, sofort, weil die sich von der STASI nicht in ihre Sachen reinschauen lassen wollten.

Niemand hat mir was gesagt. Die Ärzte, ob die was von der Geschichte wussten? Die haben schon verstanden, warum ich zu denen geschickt worden war. Sie hatten ihren Befund so oder so, da musste ich gar nicht lange auf irgendein Testergebnis warten. Spritzen hat man dann bekommen. Ich weiß nicht, was da drin war, und Medikamente haben die mir auch mitgegeben. Davon sollte ich was nehmen, dreimal am Tag. Natürlich habe ich das gemacht. Wo hätte ich mir denn eine zweite Diagnose herholen sollen?

Wahrscheinlich hat die Polizei immer Listen vorrätig gehabt, wer an welcher Krankheit erkrankt ist. Tripper, nicht Syphilis, und dann konnten die einfach hin und wieder die Leute vorladen oder direkt ins Krankenhaus bringen. Die schriftliche Vorladung kam vom Gesundheitsamt: Ein Mann hätte sich angesteckt, und unter seinen Geschlechtspartnerinnen wäre auch ich gewesen. Da stand natürlich kein Name oder so was, aber mir war schon klar, um wen es ging. Sehr viele kamen nicht in Frage, und ein westdeutscher Mann war mit Sicherheit nicht auf deren Liste.

Der Leiter der BDVP Karl-Marx-Stadt, Oberst Wenzel, stellt Uta frei. Er wartet nicht ab, bis die weiteren Ergebnisse der Untersuchungen da sind, ihm reicht das vorliegende Material aus, um seine Entscheidung zu treffen. Während er noch in den vorläufigen Ergebnissen blättert, ist er überrascht, wie naheliegend dieser Ausgang für ihre Problemstellung scheint. Schon als Uta bei ihnen anfing, vor knapp acht Monaten, hat ihm der Kollege aus Zwickau gesagt, dass es sich bei ihr um eine *umtriebige junge Dame handelt,* die mit Sicherheit auch in seinem Laden für *etwas Wirbel sorgen* werde. Wenzel erinnert sich jetzt an das Einstellungsgespräch, das er mit ihr geführt hat, und ihren Satz, dass sie schon immer arbeiten wollte für die, die die Losung *Alle Kraft für das Wohl der Werktätigen – für das Glück des Volkes* verteidigen und schützen. In der Rückschau kommt ihm das fast wie eine selbstgemachte Prophezeiung vor, er ärgert sich, während er über seinen Schreibtisch schaut, mustert Uta noch zweimal, die Lippen und die Ohrringe, die fein getrimmten Augenbrauen, und ist sich sicher, dass er es hätte erkennen müssen.

Dabei hatte er nur anfänglich vermehrt mit Uta zu tun, als sie noch im Haus in der Hainstraße arbeitete und morgens Marmelade und in Wasser eingelassene Butter servierte. Kurz nur ist er irritiert über die Widerrede, die er von Seiten Utas zu hören bekommt, erklärt ihr jedoch unter Verweis auf seine langjährige Tätigkeit und die damit verbundene Erfahrung in der Leitung dieser, seiner Abteilung, dass nach § 249 StGB, *Gefährdung der öffentlichen Ordnung durch asoziales Verhalten,* ihr

Handeln der letzten Wochen schwerwiegende Konsequenzen nach sich ziehen könne, und dass gerade sie, als eine junge, attraktive Frau, sich darüber bewusst sein solle, dass für eine Person mit *HWG* der weitere Weg keineswegs leicht sein müsse. Der Ordnung halber buchstabiert er es ihr vollständig aus: *Person mit häufig wechselnden Geschlechtspartnern.* Nach einem weiteren kurzen Blick in ihre Akte, und dabei fällt ihm vor allem *Krahl, Heinz* ins Auge, rät er ihr, sich bei Zweifel und Fragen an die Parteigenossen ihrer Kreisgruppe zu wenden und sich an jenen Werten zu orientieren, *für die Männer wie Ihr Vater gekämpft haben.* Als *Mutter* und als *Sozialistin* habe auch sie, Uta, die Aufgabe, die Weiterverbreitung gefährlicher Krankheiten zu verhindern, und werde, notfalls durch das Gesetz, also seine Polizeieinheit, davor bewahrt werden, *Krankheit und Unfrieden in der sozialistischen Gesellschaft zu stiften.* Uta ist sprachlos. Hat sie bei ihrer ersten Widerrede noch versucht, sich an den Ereignissen der letzten Wochen zu orientieren, kann sie gegen diese Einwände Wenzels nichts vorbringen. Sie geht. Verlässt das Gebäude, geht die Hainstraße runter und durch die Gießerstraße bis zum Hauptbahnhof. Sie versucht, den Busbahnhof in der Kurt-Fischer-Straße zu meiden, sucht den Weg in Richtung Haltestelle Schillerstraße, bis ihr auffällt, dass es sich dabei um ihre Haltestelle in Zwickau handelt, sie gegenwärtig aber noch in Karl-Marx-Stadt ist, wendet deshalb und läuft über die Otto-Grotewohl-Straße zurück zum Bahnhof, nimmt dort den nächsten Zug, steigt zweimal falsch um und erst gegen Abend in Zwickau in den Bus, der sie die wenigen Kilometer zurück ins Erzgebirge fährt. Zwei Tage später meldet sich Kühn ohne größere Umschweife aus seiner nicht angekündigten Abwesenheit zurück, spricht nur wenige Sätze am Telefon, benötigt offenbar keine Erklärung der Situation und besteht auf einem baldigen Treffen, womit er dem langgehegten Wunsch Utas endlich nachkommt. Am Ende der Woche treffen sie sich wieder in der Wohnung, Straße der Nationen, Hausnummer 36. Kühn hat die Vorhänge zugezogen, während draußen ein erster frühlingshafter Nachmittag ist, und weder er noch Uta greifen nach den Gläsern, die er für sie beide, mehr der Gewohnheit nach, kurz nach ihrem Eintreffen gefüllt hat. Er lässt sie nicht ihre Situation erklären, versucht vielmehr, bei seiner Sache zu bleiben, bestärkt sie darin, dass es sich um haltlose Unterstellungen handelt, fern jeder Realität, und trifft die Entscheidung, mehr über den unbekannten jungen Mann in Erfahrung bringen zu wollen. Er lässt Uta die Szenerie beschreiben, bis zur Einrichtung der Wohnung. Über eine mögliche Verbindung zu Wirczek befragt er sie, sieht schon die Valuta, die der junge Mann vom Klassenfeind für sein Handeln erhalten hat, und schickt Uta los, mehr über ihn herauszufinden. Mit Brigitte soll sie wieder in die Bars gehen, in denen sie ihn schon einmal gesehen hat, soll am nächsten Samstag wieder zu einer ähnlichen Uhrzeit den Nachtbus nehmen und auch unter der Woche an der Wohnung gucken, ob sie Kontakt mit ihm aufnehmen kann. Jetzt hebt Uta ihr Glas und trinkt es in einem Zug leer.

Uta macht das alles nicht. Von einer Ärztin lässt sie sich sechs Wochen krankschreiben. Die verabreichten Medikamente lösen bei ihr Schwindel und Appetitlosigkeit aus, sie leidet zum ersten Mal unter Schlafstörungen und wird den Eindruck nicht los, dass ihr Sichtfeld eingeschränkt ist, es ihr schwerfällt, sich bei Dunkelheit zu orientieren. Sie bleibt im Bett. Heinz kommt den kurzen Weg herüber, kümmert sich um ihr Kind, bringt mittags Essen und abends die Tageszeitung, wenn er mit ihr fertig ist.

3. Ausgehend von der mündlichen Berichterstattung des IMV »Anna« am 3.5.75, wo der IMV mitteilte, daß sie offensichtlich durch eine unberechtigte Anzeige im Krankenhaus Karl-Marx-Stadt zur Untersuchung bestellt wurde, obwohl nachweislich keine (schwarzer Balken) vorliegt, wird sie diesen Umstand nutzen, um eine erneute Zusammenkunft mit der männlichen Person (schwarzer Balken) durchzuführen. Die Zielstellung besteht vor allem darin, (schwarzer Balken) durch den Umstand in die Enge zu treiben und ihm zu unterstellen, daß er der Anzeigenerstatter ist, um tatsächlich die wahren Gründe dafür zu erforschen.

Die Lohtner rief mich am 16.5. in meinem Betrieb an. Wir freuten uns beide, wieder etwas voneinander zu hören. Sie sagte mir dabei, daß sie krank gewesen wäre. Während des Gesprächs vereinbarten wir, uns in Kürze zu treffen.

Ich traf am 21.5. gegen 18.30 Uhr die Lohtner dann auch in der »Cantina« allein an einem Tisch vor einem Glas Sekt an. Sie trug eine helle Perücke, eine supermoderne Sonnenbrille, einen langen Rock, war also insgesamt auffällig und nach der neusten Mode gekleidet. Wir begrüßten uns wie gute Freunde, die sich längere Zeit nicht gesehen haben. Insgesamt waren wir ca. 5 Stunden zusammen und bei den geführten Gesprächen teilte sie mir folgendes mit:

Eingangs fragte mich die Lohtner, ob ich in den Ehestand getreten sei. Ich verneinte und sie bemerkte dazu, daß wir wohl beide nicht die Typen zum Heiraten wären.

Auf meine Frage, warum sie bei der VP wieder aufgehört hat, sagte sie mir erst zögernd, daß dafür verschiedene Gründe vorhanden sind. Sie habe keine Freiheiten besessen und über jeden Schritt Rechenschaft ablegen müssen. Frühere Freunde hat sie durch ihre Arbeitsaufnahme bei der VP verloren. Ich hätte sie seit dieser Zeit auch gemieden. Dazu äußerte ich, daß mir ihr Schritt selbstverständlich zu Gedanken Anlaß gegeben hat. Ich hätte tatsächlich etwas Abstand gewinnen wollen. Scherzhaft sagte ich ihr direkt, ich hätte sozusagen Vorsicht walten lassen. Die Lohtner sagte mir in diesem Zusammenhang, sie hätte tatsächlich mit solchen Leuten zu tun gehabt, welche sie nur ausfragten.

Oberst Wirczek wäre noch der vernünftigste und korrekteste der dortigen Obrigkeit. Der greife ihr wenigstens nicht unter den Rock oder klatsche ihr auf den Hintern. Andere wären unter Alkoholeinfluß hemmungsloser und entpuppten sich als die größten Schweine. Sie habe Abends oder Nachts bedient, wenn Besucher aus dem MdI Berlin da waren. Es habe sich um solche mit roten Streifen an den Hosen gehandelt und es würde niemand glauben, welche Raritäten und Delikatessen dort aufgetischt würden. Sie dürfe darüber nichts erzählen, wäre eine Geheimnisträgerin. Auch ich sollte die Angelegenheit für mich behalten.

Über Oberst Wirczek sagte mir die Lohtner wiederum nach langem Zögern, daß er ihr unter erheblichem Alkoholeinfluß eine für sie äußerst bedeutungsvolle Angelegenheit ausgeplaudert habe. (schwarzer Balken) hätte ihr offenbart, daß sie durch das MfS überwacht und beobachtet würde. Dieser Umstand habe sie dazu bewogen, nach einer Möglichkeit zu suchen, so schnell als möglich von dieser Arbeitsstelle weg zu kommen. An dieser Stelle brachte ich befriedigt zum Ausdruck, während der Zeit ihrer Arbeit bei der BDVP mit ihr nicht eng liiert gewesen zu sein.

Ihre Erlebnisse und Erfahrungen, die sie in der kurzen Zeit in der BDVP machte sowie die Tatsache, daß sie viele Freunde verloren hätte, wären der Beweggrund für ihr Aufhören bei der BDVP. Ihr Arbeitsvertrag sei wegen gesundheitlichen Gründen aufgehoben worden und sie wohne jetzt fast eine Woche arbeitslos im Hotel »Leipziger Hof«.

Am 22.05.75 erschien in meiner Wohnung Gen. Hptm. Weiler von der Kaderabteilung der BDVP und übergab mir den Restlohn bis 05.05.75 und meine Beurteilung, die positiven Charakter trägt. Gleichzeitig wurde durch Gen. Hptm. Weiler der Aufhebungsvertrag meiner Anstellung bei der BDVP KMSt. ab 05.05.75 abgeschlossen. Hptm. Weiler bedauerte mehrfach meine Entlassung und enthielt sich jeglicher Begründung für diese. Ich hatte den Eindruck, daß Weiler von mir gerne die Gründe dieses Arbeitsverhältnis in Erfahrung bringen wollte. Zu dieser Meinung komme ich, da Weiler in seinen Verhaltensweisen einen solchen Eindruck hinterließ. Weiterhin sagte er zu mir, daß ich ja Geheimnisträger sei und bei einer längeren Unterbrechung keinen Versicherungsschutz habe. Ich hatte den Eindruck, daß Hptm. Weiler und offensichtlich der BDVP lieber gewesen wäre, wenn ich mein neues Arbeitsverhältnis in Zwickau aufgenommen hätte. Diese Feststellung entnahm ich dem Verhalten von Hptm. Weiler, da er mir mehrmals erklärte, daß – wenn ich in KMSt. verbleiben würde, er mir möglicherweise ein Zimmer besorgen würde. Ich lehnte dieses Angebot von Hptm. Weiler ab und erklärte ihm, daß ich eine neue Arbeitsstelle in Aussicht habe, erwähnte dabei, evtl. im Interhotel ›Kongreß‹ arbeiten zu wollen.

Plötzlich ist vor uns ein riesiger Bauzaun, dichtgenagelte Palisaden, wobei hier und da ein Plakat oder Werbung angeschlagen ist. Wir können überhaupt nichts sehen. Uta biegt erst nach mir um die Ecke, ich kann hören, wie die Spannung in einem schnaufenden Seufzer aus ihr weicht. *Hier war immer eine riesige, freie Fläche. Da konnte man bis zum Roten Turm gucken.* Wir sind gerade erst in Chemnitz angekommen. Fünfundzwanzig Jahre war sie nicht hier. Hinter dem Bauzaun gibt es nichts zu entdecken. An einer Stelle ist ein Balken zur Hälfte herausgebrochen, und wir können ihn runterbiegen und auf das schauen, was dahinter liegt. Ein riesiger Kran steht bewegungslos am Rand eines vielleicht sechs Meter tiefen Lochs. Unten hat sich eine Mischung aus Regenwasser und Sand abgelagert. Andere Passanten haben offenbar Gegenstände über den Bauzaun in das Loch geworfen. Uta dreht sich noch mal um. *Dahinten war früher ein kleiner Imbiss, da konnte man die ganze Nacht Frikadellen und Rührei essen. Wenn nachts kein Bus mehr fuhr, konnte man da hingehen oder morgens, ganz früh, auch.* Es ist sehr windig. Der halbe Holzbalken wird von einer Böe wieder hochgedrückt. *Auf der anderen Seite der Straße war ein kleiner Hutmacher. Der Besitzer war steinreich. Im hinteren Teil des Ladens hatte der eine kleine Werkstatt. Da stand auch so eine große, russische Couch. Der hat immer direkt 100,– DM gegeben, wenn ich mit dem nach der Kneipe dahin bin.* Wir gehen ein Stück weiter, auf der Straße herrscht fast kein Betrieb. Am Ende der Kurve, wo die Palisaden aufhören, wird das Blickfeld auf einmal frei für das riesige Gebäude, das in der Mitte des Platzes steht. Die Platanen auf dem Vorplatz haben ihre Blätter abgelegt, und Uta und ich können durch ihr Geäst bis hinauf zur 29. Etage schauen. Wir laufen um den eckigen roten Vorbau aus Rochlitzer Porphyr. Uta bleibt immer wieder stehen, legt den Kopf in den Nacken und schaut hoch. Dabei raucht sie, und der ausgestoßene Rauch zieht über ihr Gesicht, über das Kopftuch, das sie sich vorhin umgebunden hat, um ihre Haare vor dem Wind zu schützen, und zerstäubt irgendwo hinter dem Bauzaun über dem Loch. Dann läuft sie wieder um den eckigen Vorbau herum zurück. *Offensichtlich gibt es von dieser Seite gar keinen Eingang mehr,* sagt sie dann zu mir. *Früher war hier eine riesige Treppe, die hat direkt in die große Eingangshalle in der ersten Etage geführt. Von den Seiten gab es Auffahrten für die Autos und unten, am Treppenabsatz, standen immer Pagen, die einem das Gepäck abgenommen haben. Der Eingang für die Bediensteten war aber etwas weiter auf der Seite, über den Haupteingang durften wir natürlich nicht immer ein- und ausgehen.* Der Eingang zum Hotel ist auf der Rückseite des Vorbaus, eine einfache Doppeltür aus Glas, auf der auf mittlerer Höhe ein Aufkleber angebracht ist. *Ziehen,* steht darauf. Der Eingangsbereich ist ein schmaler Flur, an dessen Ende auf der rechten Seite ein Tresen ist. Dahinter läuft auf zwei Fernsehern derselbe Werbefilm für das Hotel, das wir soeben betreten haben. Uta bleibt kurz in der Tür stehen, geht dann doch hinein, schaut sich die auf den Anrichten ausliegenden Prospektheftchen an. Aus dem Eingangsbereich führt einzig der Aufzug weiter hinein in das Hotel, ohne Zimmerkarte ist er aber nicht zu benutzen. Die junge Frau hinter der Rezeption sagt uns lächelnd *Guten Tag,* sie ist 28, vielleicht 29. *Ich habe früher hier gearbeitet, zuerst in der Küche und später oben, in der* Jalta Bar. *Wir wollten uns das nur alles mal wieder anschauen.* Die junge Frau mustert uns. *Die* Panorama-Bar *hat leider geschlossen. Sie ist nur montags bis freitags geöffnet, von elf Uhr dreißig bis dreizehn Uhr und von siebzehn Uhr dreißig bis neunzehn Uhr. Und samstags und sonntags mittags bis vierzehn Uhr und abends bis einundzwanzig Uhr.* Uta klappt ein Faltheft auseinander. *Unglaubliche Aussicht,* steht darauf. *Es sieht bestimmt alles ganz anders aus.* Sie legt das Faltheft wieder zurück auf den Tresen. *Ja, es hat sich bestimmt alles verändert,* erwidert die Frau vom Empfang. Uta geht auf die Toilette. Ich warte draußen. Von außen sieht man, dass die unteren zehn, zwölf Etagen aller Wahrscheinlichkeit nach leer sind, erst weiter oben kann man ein einheitliches Muster der Gardinen erkennen. Uta macht sich wieder eine Zigarette an. *Komm,* sagt sie, *ich zeig dir, wo die Wohnung war, in der ich mich immer mit meinem ersten Verbindungsmann von der STASI getroffen habe.* Wir gehen einmal um das hohe, schmale Gebäude herum, das im Sommer 1974 feierlich eröffnet wurde, als Repräsentation einer neuen Wirtschaftspolitik, als weithin sichtbares Signal auch an die Gäste aus dem westlichen Ausland, sich auf den 97 Metern zu amüsieren, ihr Geld nach Möglichkeit dazulassen und die ungehinderte Aussicht auf die vierzig Tonnen kerbelscher Bronze zu genießen. Auf der Rückseite des Hochhauses, zur Brückenstraße hin, sind noch immer im unteren Teil des Gebäudes Geschäfte untergebracht. Das Hotel geht hier nahtlos über in eine Verkaufszeile mit Imbissen, kleinen Boutiquen, Souvenirläden. Uta bleibt stehen. *Da, direkt gegenüber, war die Parteizentrale.* Auf der anderen Straßenseite fotografieren sich zwei Motorradfahrer vor dem massiven Kopf des Philosophen. Utas Arm wandert nur ein paar Zentimeter weiter nach rechts. *Da hinten, in dem Gebäude, in der zweiten Etage, war die Wohnung, in der wir uns am Anfang immer getroffen haben, als ich ganz frisch aus dem kleinen Dorf im Erzgebirge hierher in die große Stadt gezogen war.* Das Fenster gehört zu einem weißen Plattenbau, der ehemaligen Parteizentrale nicht unähnlich. Für einen Moment, wenn ich die breite Straße zwischen den beiden Gebäuden vergesse, könnte das eine Gebäude die Verlängerung des anderen sein. In den Souvenirläden gibt es Postkarten, auf denen zu sehen ist, wie es hier vielleicht einmal ausgesehen hat. Umzüge mit tausenden von Menschen sind darauf zu sehen, die genau dort vorne an der Kreuzung in die Straße der Nationen eingebogen sind. Daneben ist eine andere Karte, vom 9. Oktober 1971. Das Gebäude im Hintergrund ist nur bis zur unteren Hälfte beleuchtet, darüber wird es immer dunkler. Der beleuchtete Platz unten vor dem Gebäude ist fast komplett leer, nur ganz vorne, an der Kante, stehen zwei Reihen Menschen. Der Haaransatz von Karl Marx ist dadurch ziemlich genau die Bildmitte. Zu Füßen des Bronzemonuments liegen Nelken. So gut ist das Foto nicht, dass ich sie einzeln erkennen kann, aber man kann es trotzdem sehen. Daneben, auf der gleichen Höhe, steht eine aus Holz gebaute Tribüne. Man kann nicht wirklich sehen, wie groß sie ist, geschweige denn, wer darauf ist. 250 000 Menschen sollen bei der Einweihung anwesend gewesen sein, steht auf der Rückseite der Karte. *Könnte doch sein, dass ich auch drauf bin,* sagt Uta.

Am 1.6.75 beginnt Uta ihre neue Arbeit. Zwei Wochen hat sie sich bei ihren Eltern erholt, hat die Nebenwirkungen der Medikamente mehr oder weniger über sich ergehen lassen und ist weitestgehend von Streitigkeiten mit ihrer Mutter verschont geblieben, hat doch in solchen Fällen meist Heinz maßregelnd interveniert, sprach mehrfach davon, dass es sich um eine Ausnahmesituation handle, in der alle Mitglieder seiner Familie nach Möglichkeit zusammenstehen sollten. Uta ist sich nicht sicher, was genau er damit meint, belässt es aber dabei, Ingrid so gut es geht aus dem Weg zu gehen, was ihr durch die ärztlich angeordnete Bettruhe erleichtert wird. Ihr Bruder und seine Frau suchen in dieser Zeit nur zweimal die Wohnung der Eltern auf, wobei Doris nicht davon lassen kann, durch Flur und Küche hindurch Utas Zustand als notwendige Konsequenz asozialen Verhaltens zu klassifizieren. An weiterer Einflussnahme am Heilungsprozess der Schwägerin hindert Bernd seine Ehefrau, indem er sie drängt, das Elternhaus wieder zu verlassen. Nach zwei Wochen hat sich Utas Gesundheitszustand normalisiert, Schwindel und Sichtfeldeinschränkungen hat sie nur noch bei extremer Müdigkeit, Appetitlosigkeit und Schlafstörung gehören ebenfalls der Vergangenheit an. Ende Mai trifft sie sich, nach fast sechs Monaten, zum ersten Mal wieder mit Oliver, sie haben sich während ihrer Arbeit für die BDVP aus den Augen verloren, wobei es Uta im Nachhinein schwerfällt zu rekonstruieren, von wem diese Nachlässigkeit innerhalb ihrer doch intensiven Freundschaft ausging. Sie ruft in seinem Betrieb an, erreicht ihn, er freut sich, sie vereinbaren ein Treffen. Als sie sich wiedertreffen, versteht Uta noch weniger, warum sie sich einen so langen Zeitraum aus dem Weg gegangen sind. Oliver kommt gerade aus einem Urlaub in Bulgarien zurück und hat Wein und Melonen mitgebracht. Wieder erinnert er sie an einen ihr unbekannten Filmstar. Kurz ist Uta in den folgenden Wochen überrascht, wie schnell sich ihre Trennung vom Gästehaus der Volkspolizei vollzieht. Bulling und Recknitz sehen diese Entwicklung mit Bedauern, halten sie doch sorgfältig angelegte Akten des Kollegen in den Händen, in denen der weitere Verlauf des IMV-Vorgangs vorgezeichnet zu sein scheint, und, in dessen weiteren Verlauf sie, Bulling und Recknitz, eine Quelle im nächsten Umfeld des Operativen Vorgangs »KIESEL« hätten postieren können, womit nicht nur ein bedeutender Schritt bei der *Abwehr der Gefahr der Unterwanderung der Volksarmee durch fremde Kräfte,* sondern auch ein nicht unwesentlicher Schritt innerhalb ihrer Karriere erreicht worden wäre. Die Einstellung von Utas Arbeitsverhältnis bei der BDVP können sie aber nicht rückgängig machen. Unerwarteterweise kommen Wirczek hier Widerstände zur Hilfe, die in den Planungen Kühns, Bullings und Recknitz' nicht vorgesehen waren.

Recknitz wird fündig und verweist Uta in ihrer Arbeitssuche an Bruno Kohl, Leiter der gastronomischen Abteilung des vor zehn Monaten neu eröffneten *Interhotel Kongreß*. Ohne weitere Vorlaufzeit kann Uta am 1.6.75 in der Großküche anfangen. Wirczek wird sie an diesem Ort nicht begegnen, doch durch die Unterbringung im Wohnheim des Hotels hat sie weiterhin eine Wohnmöglichkeit in Karl-Marx-Stadt, was Bulling und Recknitz als Voraussetzung ihrer weiteren Tätigkeit erachten. Die in der 26. Etage des Hotels gelegene *Jalta Bar* erlangt schnell einen Ruf als Anziehungspunkt von Geschäftsreisenden, Ausländern, jungen Frauen und anderen Gestalten eines regen Nachtlebens. Direkt gegenüber und zugleich weit oberhalb der Parteizentrale nimmt der Devisenhandel seinen eigenen Lauf.

Am 1.6. beginnt Uta nicht nur ihre neue Tätigkeit in der Großküche des *Interhotels,* sie bezieht auch ihr Zimmer im Wohnheim des Hotels. Jenseits vom ehemaligen Exerzierplatz und auf dem Gelände der trockengelegten Lindenteiche, an deren Rändern zuvor ein kleines Fischerdorf stand, entdeckte die Stadtverwaltung für ihre Projekte zehn Jahre früher ganze Straßenzüge, die nicht wiederaufgebaut werden mussten, nur hier und da kleinerer Ausbesserungen bedurften, und im Zuge größerer Renovierungsarbeiten entstand ein Viertel mit vielen Cafés, Restaurants, kleinen Läden und Hotels. Zwischen der Kurt-Fischer-Straße und der Unteren Aktienstraße wird im Hotel *Sächsischer Hof* mit Pelz- und Lederwaren gehandelt, Uta wohnt nur drei Häuser weiter, sitzt, wenn sie erst zur Spätschicht in der Küche sein muss, im Freisitz des Cafés *Am Brühl* und genießt es, Dorf und Kleinstadt verlassen zu haben. Nachts, nach Dienstschluss, geht sie meistens über die Straße der Nationen, nicht den kürzeren Weg über die Mühlenstraße, weil sie dann noch an der *Moskau Bar* vorbeikommt, am *Schlauch,* der ersten Schwulenbar von Karl-Marx-Stadt, auch wenn Uta das erst nach ihrem dritten Besuch auffällt, dann schräg über den Schillerplatz unter den Platanen entlang, vorbei am Busbahnhof, und auf der Ecke der Georgstraße kann sie schauen, ob in der *Brieftaube* noch Betrieb ist. Die Eröffnung der *Jalta Bar* räumt ihr zudem die Möglichkeit ein, einfach Kontakt zu Männern aus dem westlichen Ausland zu knüpfen. Die Bar ist rund um die Uhr geöffnet, nicht selten sitzen hier auch tagsüber Geschäftsmänner, die die Pause ihrer Dienstreise für einen Cinzano und den Ausblick nutzen. Sie kommt manchmal dort mit dem einen oder anderen ins Gespräch, hält sich aber eher selten hier auf, weil auch das restliche Personal des Hotels mitteilsam ist und die Bekanntschaften mit den Männern wenig ertragreich sind, weder für sie noch für Bulling und Recknitz. An ihren freien Tagen fährt Uta ins Erzgebirge, hat noch immer die kleine Wohnung am Hang, verbringt dort die Tage mit ihrem Kind, nicht selten kommt Oliver dazu, und sie machen zu dritt einen Ausflug. Insgesamt sieht sie Oliver jetzt wieder häufiger, nicht jedes der Treffen findet dabei aber geplant statt, zufällig trifft sie ihn in diesem Sommer zweimal, mehr aus der Ferne, mit einer gemeinsamen Bekannten in der *Astro-Bar* in Zwickau. Ihr war vorher schon bei gemeinsamem Zusammensein aufgefallen, dass die beiden sich keineswegs abneigend gegenüberstehen, und noch vor einem Jahr hätte sie eine weitere Annäherung der Freunde begrüßt. Jetzt aber haben sich ihre Umstände verändert. Seit zwei Wochen ist ihre Menstruation überfällig. Sie ruft Oliver an, ruft ihn zu sich. Als er sein Auto am Ende der Straße auf dem Parkplatz abstellt, steht sie in der Tür, schaut ihm entgegen. Er hält in jeder Hand eine Flasche Sekt. Uta hatte nie vor, ihn zu heiraten, sie waren sich immer einig darüber und haben es sich wechselseitig versichert, dass es sich bei ihrer Beziehung lediglich um eine ausgeprägte Freundschaft handelt, jetzt aber ist ihr alles zu unruhig. Sie stellt Oliver ein Ultimatum. Zehn Tage später treffen sie sich wieder, und Uta rudert zurück. In der Aufregung hatte sie vergessen, was ihr erster Eindruck von Oliver war. Sie sieht ihn in Gedanken vor sich, wie er in der *Moskau Bar* mit Kühn an einem der hinteren Tische sitzt, einen Eisbecher isst und ihrem Verbindungsmann erzählt, dass sie keine Kraft mehr für ihren Lebenswandel hat. Sich selbst sieht sie in ihrer Vorstellung nicht einmal. Sie nimmt ihr Ultimatum zurück, verlangt von Oliver keine Entscheidung mehr, bietet ihm den einfachen Fortbestand ihrer bisherigen Freundschaft an und teilt ihm mit, dass sie sich gegen das gemeinsame Kind entschieden hat und er die ausgeliehenen Erotikmagazine aus dem Westen noch eine Weile behalten kann.

In der kommenden Woche beendet sie unter der Anleitung einer Ärztin namens Dr. Martina Nähle im Heinrich-Braun-Krankenhaus in Karl-Marx-Stadt ihre Schwangerschaft. Nachdem der Krankenpfleger sie entlassen hat, nimmt sie den Bus und fährt zu ihren Eltern. Sie ist fünf Tage krankgeschrieben. Nicht einmal Heinz sagt sie, weswegen. Bulling und Recknitz bekommen erst nachträglich von den Vorgängen mit, zeitversetzt kommen der Bericht von IMV Oliver und dann, krankheitsbedingt später, die Sichtweise von Uta bei ihnen an. Utas Ausführungen sind knapp gehalten, ihr Ausbleiben begründet sie mit einer Blasenentzündung, nimmt dafür ihre Beziehung zu Oliver ins Auge, sichert zu, sich auch weiterhin mit ihm zu treffen. Oliver erzählt von Utas Zweifeln, von dem, was er denkt, mitbekommen zu haben. Bulling versucht, im Krankenhaus Näheres in Erfahrung zu bringen, stößt dabei jedoch keineswegs auf offene Ohren. Dr. Nähle weiß sich den Patientinnen verpflichtet, erklärt Bulling dafür ausführlich den medizinischen Eingriff zur Schwangerschaftsunterbrechung und dessen mögliche Nebenwirkungen und Folgen. Sie zeigt ihm Schautafeln des weiblichen Unterleibs. Auf dem Dienstweg umgeht Bulling die Beziehung zwischen Ärztin und Patientinnen und verschafft sich Einblick in Utas Krankenakte, einzig, um dort ausgeschrieben zu finden, was Dr. Nähle ihm bereits in anderen Worten mitgeteilt hat. Er versucht, sich aus dem Bild von der Schautafel und dem fensterlosen Behandlungszimmer eine eigene Vorstellung zu formen. In der darauffolgenden Woche steht Uta bereits wieder sechs Abende in der Küche des *Interhotels* und schält Erbsen aus ihren Schoten.

Anfänglich habe ich im *Inter Kongreß* in der Großküche gearbeitet, genau wie meine Mutti früher. Aber das *Inter* war das feinste Hotel im ganzen Bezirk und keine Betriebskantine im hintersten Erzgebirge. Da war immer Betrieb, rund um die Uhr musste gekocht, gebacken oder dann halt geputzt werden. Und weil das Hotel noch nicht einmal ein Jahr geöffnet war, brauchten die natürlich noch Leute. Riesig war die Küche. Teilweise haben da zwanzig Leute gleichzeitig gearbeitet. Hier hat wer Pasteten gebacken, da hat jemand Kartoffelsalat gemacht, und da hinten haben sie Pückler-Eis serviert. Da konnte man unmöglich die Übersicht behalten. Angefangen habe ich an einer Schneidestation. Den ganzen Tag Erbsen, jeden Tag, wochenlang nur Erbsen. Dabei wirst du verrückt, das kannst du dir vorstellen. Da ich aber meine Arbeit gut gemacht habe, habe ich schnell auch andere Aufgaben zugewiesen bekommen. Wenn wir Frühschicht hatten, haben wir morgens um fünf schon angefangen. Das war nicht gerade einfach, wenn du am Abend vorher noch in der Kneipe warst und vielleicht nur zwei, drei Stunden geschlafen hattest. Aber ich war erst 28, da bekommt man so was noch besser hin. Ich habe morgens dann immer ganz früh schon angefangen, Eierschecken zu backen, damit die zum Frühstück fertig waren. Das war herrlich, wenn der ganze Raum danach gerochen hat. Oder dir ist von dem Geruch direkt schlecht geworden, weil du immer noch besoffen warst. Meistens konnten wir die Reste vom Frühstück, oder eben dann vom Abendessen, mit heimnehmen. Dadurch war ich die ganze Zeit eigentlich ziemlich gut versorgt. Köstliche Jagdwurst gab es da, die habe ich geliebt.

Einmal gab es eine kurze Phase, da gab es weder Eier noch Speck. Das ist alles nach Russland geschickt worden. Und zu der Zeit hat ein junger Mann bei uns in der Küche gearbeitet. Der kam gerade aus dem Gefängnis, nichts Politisches, glaube ich, eher hatte der wegen Asozialität gesessen, und der musste bei uns als Topfwäscher arbeiten. Der hätte das mit den Eiern und Speck – Eier und Speck? Ja, doch, Eier und Speck – gar nie mitbekommen, wenn der nicht bei uns im Hotel gearbeitet hätte. Und dann hat der das morgens in der Straßenbahn in einer Lautstärke erzählt, einfach so, vor sich hin. Und da ist einer hinter ihm in der Bahn aufgestanden und hat ihn festgenommen. Wir haben ihn nie wiedergesehen.

Am 8.09.75 fand durch Beauftragte der Direktion der IHK im Wohnheim eine Kontrolle statt. Im Zimmer der Geno. Lohtner wurde u. a. festgestellt, daß mehrere Gegenstände westlicher Herkunft vorhanden waren. So hatte sie in einem Regal 2 Spray's, 2 Stück Seife, Parfüm, ein Tuch, einen Miniknirps und 2 goldene Ringe aufbewahrt. Sie gab an, diese schon vor ca. 3 Jahren von BRD-Bürgern geschenkt bekommen zu haben.

Diese Feststellungen waren Anlaß, mit ihr durch den Parteisekretär Gen. (schwarzer Balken), Kaderleiterin (schwarzer Balken) und (schwarzer Balken) am 24.09. eine Aussprache zu führen. Da sich an einem der goldenen Ringe noch ein Preisschild befand bzw. es in der Schachtel lag, wurde ihr zunächst unterstellt, daß es sich hierbei nicht um Geschenke handeln könnte, wie sie es begründete und es nach ihren Angaben auch den Tatsachen entspricht, da beim Verkauf von goldenen Ringen im Intershop die Preisschilder entfernt werden und die Nr. notiert wird. Sie erklärte, daß sämtliche vorgefundenen Gegenstände Geschenke sind.

Obwohl Karl-Marx-Stadt im Jahr 1975 mit 304000 Einwohnern die größte Stadt im Bezirk ist, sind auch hier an manchen Stellen die Wege kurz. So trifft Bruno Kohl, Leiter der Küche im *Interhotel Kongreß*, einmal die Woche beim Schwimmtraining des SC Karl-Marx-Stadt in der Halle in Helbersdorf den fünfzehn Jahre jüngeren Manfred Cali. Die restliche Zeit der Woche ist Cali tätig als Obermeister der Volkspolizei, angestellt im Bereich KFZ, zuständig für die Wartung und Reparatur der Dienstautos der Kriminalpolizei Karl-Marx-Stadt, die meiste Zeit seiner Tage verbringt er in den Autowerkstätten des Kommissariats in der Hainstraße. Die Fahrer der Dienstwagen, die mit ihren funktionsuntüchtigen Gefährten bei ihm in die Halle kommen, nutzen den Zeitraum der Reparatur oftmals, um sich mit Manfred ›Calli‹ Cali über die Chancen des Schwimmerteams der DDR bei der nächsten Weltmeisterschaft auszutauschen. Hin und wieder erzählen sie auch etwas von ihrer Arbeit. Kohl ist nicht begeistert von den wenigen Gerüchten, die ihm sein junger Freund nach dem Schwimmtraining berichtet, sieht sich allerdings in seinen Handlungsmöglichkeiten eingeschränkt, ist er doch nur der Leiter der Küche, und Bullings Bitte, Uta einzustellen, will er auch nachträglich nicht widersprechen. Unter den Möglichkeiten, die er in den folgenden Wochen immer wieder durchgeht, überzeugt ihn keine. Nach einer Mitgliederversammlung der *SED-GO* des *Interhotel Kongreß* nimmt er die Genossin Kaderleiterin Ines Hübner zur Seite und bespricht mit ihr die Problemstellung. Hübner stimmt ihm in seinem Drängen zu, etwas gegen *die unhaltbaren Zustände* zu unternehmen, rät jedoch zur Vorsicht angesichts der unübersichtlichen Ausgangslage. Sie erbittet sich Bedenkzeit, kommt drei Tage später wieder auf Kohl zu mit der Anregung, sich doch einmal das Zimmer der Genossin im Wohnheim genauer anzusehen, und geht mit ihm zum Genossen Parteisekretär Joachim Awinger, um ihm diesen Vorschlag zu unterbreiten. Als Ausgangspunkt ihres gemeinsamen Verdachts geben sie dabei die fortwährende Abwesenheit Utas bei Parteisitzungen an. Awinger pflichtet ihnen bei, kaum jemand von ihnen kann sich erinnern, wann Uta in den letzten vier Monaten einmal an einer Parteisitzung teilgenommen hat. Awinger leitet den entsprechenden Vorgang ein, wobei er sich bei der genaueren Ausgestaltung die Freiheit herausnimmt, kurzerhand eine Durchsuchung aller Zimmer des Wohnheims anzuordnen. Während Uta, und die meisten anderen Bewohnerinnen und Bewohner des Wohnheimes, am Vormittag des 9.8.75 bei ihrer

Arbeit im *Interhotel Kongreß* sind, findet durch die Leiterin des Heims Ulrike Lange in Begleitung des Parteifunktionärs Herbert Schröder eine Durchsuchung der Zimmer statt. Als Leiterin des Heims verfügt Lange über sämtliche Schlüssel, sowohl für die Zimmertüren als auch für entsprechende Schubladen und Schranktüren, sodass die Durchsuchung des gesamten Gebäudes in weniger als zwei Stunden abgeschlossen ist. Vom Ergebnis der Durchsuchung erfährt Uta schriftlich.

Natürlich war ich Mitglied in der Partei, was hätte ich denn sonst machen sollen? Mein Vati war Mitglied, meine Mutti natürlich auch. Mein Bruder und seine Frau waren auch in der Partei, soweit ich weiß, aber auf dem Dorf ist das auch noch mal was anderes gewesen. In den ersten Jahren hat mir das auch noch Spaß gemacht. Ich kannte ja nichts anderes, und fast alle meine Freunde und Freundinnen waren mit mir in der FDJ, und viele sind dann auch später mit in der Partei gewesen. Da sind wir zusammen zu den Sitzungen gegangen und danach manchmal auch noch was trinken gewesen. Aber spätestens ab der Arbeit in Zwickau empfand ich es die meiste Zeit als Belastung. Es hat mich einfach nicht mehr interessiert, dahinzugehen, gerade abends hatte ich meistens was anderes vor. Spätestens in Chemnitz hat es mich dann aber nur noch gelangweilt, da bin ich dem schon häufiger ferngeblieben. Außerdem wohnte ich ja die meiste Zeit in dem Gästehaus, weit draußen. Da war es auch nicht immer ganz einfach, pünktlich zur Parteisitzung zu erscheinen, und wenn es spät wurde, hatte man manchmal Pech, und es fuhr keine Straßenbahn mehr. Dann musste ich hoffen, dass irgendwer mich mitnimmt. Außerdem gab es da ein paar, die sich wahnsinnig wichtig genommen haben. Die wollten einfach im Hotel Karriere machen und wussten, dass das nur mit der Partei im Rücken geht. Mit denen waren die Sitzungen immer besonders anstrengend, vor allem, wenn alle drei von denen da waren. Die haben die ganze Zeit versucht, sich darin zu überbieten, wer die Regeln genauer weiß, wer noch ordentlicher alles befolgt. Das war absolut nichts für mich. Da waren dann kaum noch Leute, mit denen man sich auch mal amüsieren konnte. Die meisten sind da, glaube ich, einfach nur so hingegangen. So wie ich vorher eben auch.

Trotzdem war der Parteiausschluss heftig für mich, damit hatte ich gar nicht gerechnet. Außerdem ging es doch bloß um zwei Stückchen Seife, ein Parfüm und ein bisschen Westgeld, das sie bei mir gefunden haben. Mich deswegen direkt aus der Partei auszuschließen – das habe ich überhaupt nicht verstanden. Und alles, was ich denen gesagt habe, um mich zu erklären, wollten die gar nicht hören. Die haben mir einfach nicht geglaubt, als ich denen die Wahrheit erzählt habe, wo ich das alles herhabe. Also, fast.

Mein Vati durfte das auf gar keinen Fall erfahren. Der wäre wahnsinnig enttäuscht gewesen. Gleichzeitig wusste der aber auch, dass ich nach wie vor überzeugt davon war.

Mit dem Parteiausschluss war auch klar: Eine andere Arbeit wirst du so schnell nicht wieder finden. Es war überhaupt überraschend, dass ich weiterhin im *Inter* arbeiten durfte, ja, dass ich sogar noch eine bessere Stelle bekam. Kurz danach nämlich habe ich als Serviererin oben in der Nachtbar, der *Jalta Bar*, angefangen. Das war natürlich viel schöner, da oben zu arbeiten, wo auch die ganzen Manager und Firmendirektoren aus dem Westen saßen. Von daher war der Parteiausschluss für mich gar nicht so schlecht. Eigentlich passte der sogar ganz gut, auch für meine Tätigkeit bei der STASI, das haben die mir zumindest so erklärt. Ganz im Sinne meiner Tarnung war es natürlich unauffälliger, wenn ich nicht in der Partei war. Dann konnten die Leute noch weniger vermuten, dass ich für die STASI arbeite. Dafür hat mich mein Verbindungsmann immer wieder gelobt. *Uta,* hat er gesagt, *es kommt schon vor, dass hin und wieder jemand von unseren Leuten dekonspiriert wird, aber bei dir hatte noch nie jemand einen Verdacht.*

Obwohl wir ihr klargemacht haben, daß dies eine strafbare Handlung sei und einen groben Verstoß gegen das Devisengesetz unserer Republik darstellt, erklärte Frau Lohtner, daß sie sich darüber nicht bewußt war und daß sie auch weitere Kellner und Empfangssekretärinnen kennt, die auf diese Weise zu Valuta gekommen sind. Namen dazu gab sie uns keine. Die Appellierung an ihr politisch-ideologisches Verhalten und ihr Verantwortungsbewußtsein als Genossin blieb erfolglos. Da Geno. Lohtner keine weiteren brauchbaren Aussagen dazu machte, wurde ihr eindringlich gesagt, daß sie die Konsequenzen für ihr Verhalten tragen und sich ebenfalls als Mitglied unserer Partei verantworten muß.

Bulling und Recknitz haben sich seit dem Spätsommer darauf eingestellt, dass Uta das Wohnheim wird verlassen müssen, haben sich schon für Anfang September einen Vermerk gemacht, dringend für *die weitere Unterbringung* der IMV zu sorgen. Bulling hat dem Kollegen eigentlich zugesichert, vor seinem späten Sommerurlaub eine Lösung parat zu haben, bleibt jedoch, auf Grund einer Erkrankung seiner Tochter, bereits eine Woche früher als geplant der Arbeit fern und kann erst Ende September seine ganze Aufmerksamkeit der Wohnungssuche widmen. Dann haben sie auf einmal gleich mehrere Wohnungen zur Auswahl und besprechen, ob es zielführend ist, Uta eine Wohnung mit einem weiteren Zimmer zu vermitteln, damit auch ihr Kind nach Karl-Marx-Stadt ziehen kann. Sie entscheiden sich für eine Wohnung mit zwei Schlafzimmern, einem geräumigen Wohn- und Esszimmer, einer Küche und einem Bad mit einem kleinen daran anschließenden Balkon. Die Wohnung liegt im untersten Stockwerk eines Mehrfamilienhauses, auf der Rückseite kann man im Vorbeigehen Badezimmer, Küche und Balkon einsehen, zur vorderen Straßenseite haben die beiden Schlafzimmer jeweils ein Fenster. Die Vormieterin ist noch keine drei Wochen ausgezogen und lebt jetzt unter der Führung der Kollegen in Berlin, sie hat, zur Erleichterung Utas, die festinstallierten Schrankwände nur geringfügig verwohnt und auch in der Wahl von Wandfarbe, Tapete und Gardine nicht gänzlich am Geschmack ihrer Nachmieterin vorbei entschieden. Uta unterschreibt beim Treffen am 23.9.75 die Quittung zum Erhalt der Wohnung. Zusätzlich, Bulling ist noch keine zwei Tage aus seinem Urlaub zurück, entscheiden die beiden Männer, ihr zum Einzug einen Herd zu schenken. Als Uta im Hausflur der Nachbarin begegnet, erzählt diese, dass die Vormieterin ihren Herd eines Tages *ziemlich demoliert* auf die Straße geschafft habe und danach wohl auf den Ofen zurückgegriffen habe, um Wasser zu erhitzen. Am Gasanschluss in der Küche sind allerdings für Uta keine Spuren einer Gewalteinwirkung zu erkennen. Noch bevor der Oktober zu Ende geht, zieht Uta mit ihrem Kind in der Vetterstraße 23 ein. Vom 25. August bis 10. September 1905 fand hier die zweite Erzgebirgische Gartenbauausstellung statt. Die zwei Hektar Ödland zwischen Bernsdorfer-, Reichenhainer- und Wartburgerstraße waren dafür vom erzgebirgischen Gartenbauverein hergerichtet worden. Jetzt, im Herbst 1975, schenken ihr Bulling und Recknitz noch mal 200,– Mark zusätzlich, sind erleichtert, dass sie ihrem Rauswurf aus dem

Wohnheim haben zuvorkommen können, was mehr oder weniger notwendigerweise die Beendigung ihres Arbeitsverhältnisses im Hotel zur Folge gehabt hätte, und betrachten das erzielte Ergebnis als einen wortlos ausgehandelten Kompromiss mit der Leitung des Hotels. Dort weiß man selbstverständlich nichts von dieser Einschätzung, will aber keine weiteren Maßnahmen gegen Uta ergreifen. Sie bekommt eine Stelle als Serviererin in der *Jalta Bar* zugewiesen. Hier hat sie, anders als in der Küche, weniger mit den anderen Angestellten des Hotels zu tun und legt nun ihre Hauptaufmerksamkeit auf die ausländischen Gäste, in der Regel männliche Geschäftsreisende aus dem westlichen Ausland.

Bei den Nachbarinnen dort war ich irgendwie als *die Schlampe* verschrien. Es ist auch schon mal vorgekommen, dass ich mit einem Mercedes vorgefahren wurde oder mit einem Was-weiß-ich. Oder die STASI hat einen Wagen geschickt, mit dem ich abends um zehn noch irgendwohin gefahren werden sollte. Das war aber eher später. Die Nachbarn kannten mich noch gar nicht und haben trotzdem alles andere als freundlich reagiert. Schon als wir eingezogen sind – die haben zwar geholfen, aber, weißt du, niemand von denen ist danach noch auf ein Bier geblieben, wie man das eben macht, um sich ein bisschen kennenzulernen. Vielleicht, weil die vorher schon gehört hatten, *die arbeitet in der* Jalta Bar, und dann hatte ich immer gute Klamotten an, sah immer sehr modisch und modern gekleidet aus. Natürlich haben die Leute das mitbekommen. Das war der Neid. Die haben mitbekommen: *Die führt ja ein ganz anderes Leben als wir.* Wurde das mal von irgendwem offen angesprochen? Nein, nein. Das wurde mir nur zugetragen. Mich selbst hat das nicht so gestört, ich hatte ja genug andere Leute, mit denen ich eine gute Zeit verbringen konnte, wenn ich wollte. Aber mein Kind hat sehr darunter gelitten. Die Eltern haben das ihren Kindern erzählt, und die haben dann immer geredet, auf dem Spielplatz oder auf dem Schulweg, hinter dem Haus. Kinder haben da nicht solche Hemmungen, die fragen einfach – oder sagen verletzende Sachen.

Mich hat das nicht weiter gejuckt, wenn die mich alle schief angeguckt haben. Und immer war es auch nicht so. Die Hausverwalter hatten einen Sohn, der war so ähnlich alt wie mein Kind. Die haben sich angefreundet, und wir haben uns auch gut verstanden. Ich sollte mal deren Küche entgegennehmen, da haben sie mir sogar einen Schlüssel gegeben für ihre Wohnung. Aber die Möbelträger wollten die Küche nicht in den dritten Stock hochtragen, da habe ich sie gebeten, die Küche bei mir unterzustellen, bis die wiederkamen – so eine Küche, Möbel überhaupt, da hast du manchmal drei Jahre drauf gewartet, und die Haustüren konnte man nicht abschließen. Die Küche wäre sofort geklaut worden, deshalb waren die am Abend sehr dankbar, als sie die bei mir abholen konnten.

Die Frau über mir war über achtzig, und ich habe öfter für sie eingekauft. Die hat mir dann manchmal erzählt, was die Leute so über mich reden. An allen Ecken habe ich das zu hören bekommen. Selbst in der VEB meiner Freundin Ulrike haben die über mich geredet.

*Du hättest nur Kubaner,* hat die zu mir gesagt. Ich wusste gar nicht, wann ich mich mal mit einem Kubaner abgegeben hätte … Mit so was hätte ich mich damals gar nicht abgegeben. Selbst, wenn die mich angesprochen hätten, hätte ich das nicht gemacht. Die hatten sowieso kein Geld, die Kubaner. Mich hat es nicht gestört, wie die Leute geredet haben – aber wenn mein Kind mir gesagt hat: *Das und das haben die Leute über dich er-*

*zählt*. Das hat mich sehr getroffen. Nur: Man führt eben nicht nur ein Leben als Mutter, man führt auch ein Leben als Frau.

In einem Gespräch mit der IMK-Inhaberin »Wilhelm« wurde bekannt, daß im Haus Vetterstraße 23 die Erdgeschoßwohnung rechts eine MfS-Wohnung ist. Im Haus wird erzählt, daß sowohl die jetzige Inhaberin dieser Wohnung

Lohtner, Uta

geb. 17.05.47

als auch die Vorgängerin

(schwarzer Balken)

und

(schwarzer Balken)

Mitarbeiter des MfS seien bzw. für das MfS arbeiten würden. Ausgangspunkt dieser Gerüchte ist das Verhalten des (schwarzer Balken) gegenüber dem Hausvertrauensmann, Frau (schwarzer Balken). (schwarzer Balken) weigerte sich, bei seinem Auszug den Wohnungsschlüssel dem Hausvertrauensmann zu geben und erklärte, daß er diesen bei seiner Dienststelle abgibt. Ein gleiches Verhalten hätte der (schwarzer Balken) bei seinem Umzug gezeigt.

Allgemeines Aufsehen und unwürdige Diskussionen über das MfS löste das Verhalten der jetzigen Mieterin

Lohtner, Uta

aus. Die Lohtner würde einen äußerst lockeren und zum asozialen Verhalten hinzielenden Lebenswandel führen. Häufig wechselnde Männerbekanntschaften, (schwarzer Balken), kein Interesse an der Hausgemeinschaft usw. runden das Bild der Hausbewohner der Lohtner ab.

Da die Hausbewohner annehmen, diese Wohnung sei eine Wohnung des MfS, schlußfolgern sie, die Lohtner arbeite für das MfS. In Diskussionen wurde zumindest die Verwunderung kundgetan, daß das MfS mit solchen zur Unmoral und zum Asozialen tendierenden Personen zusammenarbeitet. Der Quelle wurde mitgeteilt, daß die Lohtner auf Grund ihres Auftretens und ihres Lebenswandels nichts mit uns zu tun haben kann. Die Quelle sah dies ein und hat in Diskussionen im Haus entsprechend argumentiert. Trotzdem konnte sie bestehende Meinungen nicht verwischen. Die Tatsache, daß die Lohtner im Interhotel »Kongreß« beschäftigt ist, wurde als Tarnung und Abdeckung hingestellt.

*Uta auf dem Balkon ihrer Wohnung, Winter 1975*

Wir nähern uns der Wohnung durch den Hinterhof. Uta will sich erst einmal umschauen, bevor wir zum eigentlichen Haus gehen, und so tritt sie vorsichtig durch einen Toreingang. Wir kommen in den Hof, die Sonne scheint gerade noch über die Dächer der gegenüberliegenden Häuser und teilt den Hof in eine helle, fast blendende, und eine dunklere Seite. Kurz müssen sich die Augen daran gewöhnen, um überhaupt die Wände der anderen Häuser ausmachen zu können. Uta geht unter den Wäschestangen hindurch in die Mitte des Hofs, wo links und rechts ein paar Bäume wachsen, niedrige Sträucher, die auch jetzt im Herbst noch Blätter tragen. Ein paar Kinder rennen an uns vorbei, spielen Fangen. Auch als sie am anderen Ende des Hofs sind, können wir jedes einzelne ihrer Worte verstehen, zwischen den Häuserwänden hallt selbst ihr Geflüster bis zu uns. Als wir den Hof einmal durchquert haben, bleibt Uta stehen, schaut sich um und zeigt dann auf den letzten Balkon in der Reihe, Hochparterre. *Da haben wir gewohnt*. Im Stehen sind der Balkon und das danebenliegende Badezimmer gut einzusehen. Ich dreh mich im Kreis, versuche zu überschlagen, wie viele Wohnungen um uns herum sind, wie viele Küchenfenster über uns sind, mit Blick auf den Hof, auf die Balkone. *Alleine ist man da nie,* sagt Uta. Die Kinder sind nun durch das Tor raus auf die Straße gerannt. Im Hof ist es absolut still.

*Hinter dem Balkon ist direkt das Badezimmer. Das war im Winter immer bitterkalt, weil es die Außenwand hatte und weil es überhaupt nicht isoliert war. Das scheiß Klo ist ständig eingefroren, weil die Kälte von unten hochgezogen ist.* Uta versucht, auf den Balkon zu gucken, ist aber nicht groß genug dafür. *Ich war froh, als ich endlich ausgezogen bin. Ich hab die Wohnung gehasst. Aber immerhin war sie in der Stadt.* Wir gehen hinter den Kindern her durch das Vordertor auf die Straße. Hier kann man sehen, dass der Komplex aus roten Backsteinen errichtet ist, vermutlich Ende der zwanziger, Anfang der dreißiger Jahre, ähnlich wie derartige Straßenzüge in Eilbek, Winterhude, Linden, Plagwitz oder Wedding, große Wohneinheiten am Rand der Stadt mit kurzen Wegen zu den Arbeitsstellen. Von diesen ist hier wenig übrig. Die Maschinenbaubetriebe sind abgebaut, leere Grundstücke sind zurückgeblieben, die Universität wurde ausgebaut, der Friedhof erweitert. *Sächsische Maschinenfabrik,* steht an einem Gebäude noch dran, andere große Gebäude des *VEB Trikotagen* sind abgerissen, ein Reifenhändler versucht dort jetzt sein Glück.

Wir gehen um das Haus herum, stehen vor der Eingangstür. *Fast zwanzig Jahre habe ich hier gewohnt, mit einigen Unterbrechungen natürlich.* Uta schaut auf die Klingelschilder. *Die wohnen ja immer noch da. Die haben hier schon gelebt, als ich eingezogen bin – vor über vierzig Jahren jetzt.* Sie zieht den Kopf wieder zurück und macht drei Schritte rückwärts, schaut auf die Eingangstür, als wäre es unvorstellbar, dass diese sich auch öffnen könnte, tritt noch weiter zurück, legt den Kopf in den Nacken und guckt am Gebäude hoch. *Da war mein Schlafzimmer.* Als sie das sagt, streckt sie ihren Arm aus, und es fehlt nicht viel zwischen ihren Fingerspitzen und dem Fensterbrett. *Und direkt nebenan war das andere Schlafzimmer.* Man kann von außen wenig erkennen. Die Fenster im Häuserblock gleichen sich, nur vereinzelt sind Gardinen angebracht oder stehen Blumen auf den Fensterbänken. *Schon merkwürdig, wie dicht die Wohnungen beieinanderliegen und wie unterschiedlich die Leben darin sein können,* sagt Uta. Dann geht sie wieder um die Ecke. Wir kommen auf eine breite Straße, die leicht ansteigend ist. Am oberen Ende macht die Straßenbahn eine Schleife. Dahinter erstreckt sich ein riesiger Friedhof, er ist durch die breite Straße unterbrochen. Rechts, hinter der Friedhofsmauer, kann man die Leichenhalle sehen, ein niedriger Bau mit einem schwarzen Dach. Weil auf dem oberen Teil des Friedhofs kein Platz mehr ist, werden die Leute inzwischen im neueren, linken Abschnitt beerdigt. Der Trauerzug führt dann aus der Leichenhalle durch das Tor über die große Straße hinein in den unteren Teil des Friedhofs. Von der Aufregung des Vormittags hat Uta Hunger bekommen. *Das ist ein einfaches Wohngebiet. Nur weiter Richtung Innenstadt gab es früher ein paar Gaststätten.* Gegenüber vom Friedhof aber ist ein Restaurant. Sie isst Zanderfilet mit Salzkartoffeln. Wir sind die einzigen beiden Mittagsgäste. Die anderen Tische sind zu großen Tafeln zusammengeschoben. Für bis zu 30 Personen ist jeweils eingedeckt. Teller mit fünf verschiedenen Kuchensorten stehen da, und Teller mit halbierten Brötchen, belegt mit Kochschinken, Käse oder Salami. Winzige eingelegte Gurken liegen auf den Salamischeiben. Nach und nach kommen die Trauergesellschaften durch die Tür. Bei zweien von ihnen kann man sehen, wer fehlt. Plötzlich ist der

Raum voll mit schwarzen Hosen, Jacken und Kleidern. Nach und nach, wenn die Männer ihre Jacketts ablegen, kommen weiße Hemden zum Vorschein. Uta sitzt mir gegenüber, und während sie von ihrer Wohnung erzählt, kann man hören, wie die Trauernden die Brötchen kauen und den Kaffee trinken. Nur die Kinder naschen die Kirschen vom Kuchen. *Ich weiß nicht, ob ich zum Sterben noch mal wiederkommen möchte,* sagt Uta plötzlich. Ich zahle unser Essen, und wir machen noch einen Spaziergang über den Friedhof. Uta zeigt links und rechts in die Büsche. *Da und da habe ich früher heimlich Schnapsdepots versteckt. Meine zweite Wohnung war nicht weit von hier, und wenn ich von zu Hause fliehen musste, vor dem Rolf, hatte ich hier immer was zu saufen.*

Der IMV »Anna« erschien zur vereinbarten Zeit zum Treff und berichtete, daß auf Grund eigenen Verschuldens die geplante Urlaubsreise in die UVR nicht durchgeführt wurde, da der Antrag zur Erteilung eines Visums beim VPKA zu spät eingereicht wurde. Deshalb führte der IMV »Anna« vom 21.07. bis 29.07.75 eine Urlaubsreise in die ČSSR (Prag) durch.

Das erste Mal in Prag sind wir herumgeirrt, und nirgendwo haben wir Ausländer kennengelernt. Man hat ja schon miteinander gesprochen, wenn auch nicht viel. Vor allem die Frauen, die ich manchmal zur Leipziger Messe getroffen habe – die haben alle erzählt: *Fahr nach Prag! Wenn du gut bist, kannst du in ein paar Tagen über tausend Dollar verdienen.* Ehrlich gesagt, hatte ich überhaupt keine Vorstellung, wie viel Geld das sein würde. Klar habe ich auch schon mal bei der Messe 300,– Dollar verdient, aber nie so viel auf einmal. In den ersten Jahren auf der Messe habe ich auch oft gar kein Geld genommen. Ich war sehr naiv. Stattdessen haben die Männer einem dann am nächsten Tag was geschenkt, oder sie sind mit einem in den Intershop gegangen, haben Parfüm oder Schmuck oder Kleidung gekauft. Wenn ich direkt immer gesagt hätte, *das kostet das* und *das kostet das,* dann wäre das eine ganz andere Sache gewesen. Die Geschenke haben sie uns ganz von selbst gegeben, das war ganz normal für die, dass sie einer Frau mal etwas Schönes kaufen. *In Prag,* haben die anderen Frauen gesagt, *da bekommt ihr richtig viel Geld,* aber geschenkt wurde einem das nicht.

Auf jeden Fall haben wir uns anfänglich gar nicht zurechtgefunden. Damals konnten wir beide noch kein Tschechisch, ich nur ein bisschen Englisch von den Messebesuchen und meiner Arbeit in der *Jalta Bar*. Du konntest aber auch schlecht einfach so irgendwen fragen. Wir haben ein paar Bars ausprobiert, aber da saßen nur Tschechen, und die hatten genau wie wir auch kein Geld. Daran waren wir nicht interessiert. Wir sind dann weiter durch die Altstadt gelaufen und eher zufällig auf die Pařížská, die Pariser Straße, gekommen. Da haben wir erst mal Augen gemacht, was es da für Geschäfte gab. Prada gab es da und Rolex, Tiffany und Dior, und nur solche Läden, von denen wir zwar schon gehört, sie aber noch nie gesehen hatten. Natürlich wussten wir, was es da für Sachen zu kaufen gab und wie teuer die waren. Manches hatte man schon mal im Intershop gesehen oder hat es von einem Ausländer geschenkt bekommen. Aber die ganzen Läden nebeneinander, Boutique neben Boutique, das war schon sehr besonders. Die Straße sind wir erst mal weiter hochgegangen, haben uns alles angeguckt und vor allem auch die Menschen gesehen, die da eingekauft haben. Gut gekleidet waren die alle und elegant – wie billig wir daneben ausgesehen haben müssen. Auf DDR-Bürger haben die eh schon schlecht reagiert. Wenn irgendwer in Prag gehört hat, du bist aus der DDR, haben die sich gleich weggedreht. Auf der Pariser Straße aber waren nur Luxusautos, nur ausländische Kennzeichen. Russen, Engländer, Italiener, Westdeutsche, Amerikaner, lauter Geschäftsmänner, die zum Arbeiten in Prag waren. Wir sind dann noch weitergegangen und da, fast ganz am Ende, kurz vor der Tschech-Brücke, steht das riesige Interhotel. Da war klar, wo wir suchen mussten. Unten im Erdgeschoss, direkt neben dem Empfang, gab es eine Bar. Feine Ledermöbel standen da, leicht erhöht, und alles war eher dunkel und in gedeckten Farben. Die Bar hatte 24 Stunden geöffnet, und es saß eigentlich immer irgendwer dort.

Da haben wir direkt zwei Spanier kennengelernt. Ich sprach, wie gesagt, nur wenig Englisch, aber das war denen völlig egal. Der eine sah toll aus!! 48 war der, oder über 50, und ich 28, und ich habe mich sofort ein bisschen in den verliebt. Der hatte so ein herrliches Halstuch um, solchen Stoff gab es gar nicht bei uns, und solche Farben! Der eine hat irgendwann, als er unsere Begeisterung für Mode mitbekommen hat, gefragt: *Warum kommt ihr nicht mal zur Textilmesse nach Barcelona? Ich lade euch auch ein. Ihr könnt bei mir wohnen.* Die wussten einfach nicht, dass wir nicht reisen konnten. Trotzdem hat der mir sehr gut gefallen, da habe ich es auch umsonst gemacht. Morgens dann hat er telefoniert und mir den Rücken zugedreht, und auf dem Nachttisch lag eine goldene Klemme, nur 100-Dollar-Scheine. Und ich dachte: *Sollst du dir jetzt da was rausnehmen?* Und ich habe so rekapituliert, wie man das in Filmen sieht, und dann habe ich mir 300,– Dollar genommen. Das waren tolle Männer, die Spanier. Ich hätte auch umsonst alles mit ihm gemacht. Die konntest du einfach mit DDR-Männern nicht vergleichen, das Auftreten, das Parfüm, die Kleider. Die waren auch viel selbstbewusster, die wussten, was sie von uns wollten – und wie sie es bekommen konnten. Sabine hat seinen Freund genommen. Der konnte das gar nicht aussprechen. Der hat sie einfach den ganzen Abend *Sarah* genannt. Sie hat das, glaube ich, gar nicht weiter gestört. Oft habe ich mich auch als *Julia* vorgestellt. Das konnten die meisten Männer sagen, egal ob sie aus Italien, Westdeutschland oder Amerika waren. *Uta* habe ich nur zu den Westdeutschen gesagt, und meistens auch nur, wenn wir uns ein zweites oder drittes Mal getroffen haben. Spätestens, wenn sie anfangen wollten, mir Karten zu schreiben oder Pakete aus dem Westen zu schicken, habe ich ihnen meinen richtigen Namen gesagt. Dann haben sie gemerkt, dass ich es ernst meine.

In der Zeit vom 21.07. bis 29.07.75 war ich in Prag. Während meines Aufenthalts übernachtete ich am 22., 23. und 24.07. in einem Privatquartier, und zwar bei Herrn

(schwarzer Balken) – Praha 3, (schwarzer Balken)

Während meines Aufenthaltes in Prag lernte ich den belgischen Staatsbürger

(schwarzer Balken)
– ca. 39 Jahre alt
– internati. technische Produkte GmbH Co KG
Lüttich

und den bei der gleichen Fa. tätigen BRD-Bürger mit dem Vornamen (schwarzer Balken) – Nachname unbekannt – kennen. Mit (schwarzer Balken) hatte ich intimen Kontakt und wohnte einen Tag in seinem Zimmer im Hotel *Continental.* (schwarzer Balken) hatte ein stark ausgeprägtes Geltungsbedürfnis, ist überheblich und arrogant. (schwarzer Balken) ist ca. 43 Jahre alt, gebürtig aus Eisenach und verließ, entsprechend seinen Angaben, die DDR 1955 auf ungesetzlichen Wegen. Von (schwarzer Balken) erhielt ich 30,– DM und eine hochwertige Vase, die er mir in einem Tuzex-Laden kaufte.

Auf Grund des arroganten Verhaltens von (schwarzer Balken) löste ich diesen Kontakt und ging auf das Angebot des Belgiers (schwarzer Balken) ein, mit ihm in näheren Kontakt zu treten. Bei (schwarzer Balken) wohnte ich anschließend 2 Tage in seinem Hotelzimmer, ebenfalls im Hotel *Continental*. (schwarzer Balken) ist 39 Jahre alt, verheiratet, und ich hatte mit ihm ebenfalls intimen Kontakt. (schwarzer Balken) ist ein ruhiger besonnener Charakter, intelligent und zeigt Interesse an einem weiteren persönlichen Kontakt. Er hat mich zur Leipziger Messe eingeladen, wo er als Vertreter seiner Fa. anwesend ist. Der Ausstellungsstand befindet sich in Halle Nr. 8. (schwarzer Balken) schenkte mir 45,– DM und ebenfalls eine hochwertige Vase. Während meines Aufenthaltes in Prag lernte ich den Libyer (schwarzer Balken), der sich mir gegenüber als Geschäftsmann ausgab, kennen. (schwarzer Balken) ist ca. 30 Jahre alt, nach seinen Angaben ledig, und hat nach seinen Angaben mehrere Kaufhäuser und handelt mit Lebensmitteln, Kosmetik, Textilien. Ich wohnte 1 Tag in seinem Apartment im Hotel *Continental*. (schwarzer Balken) übergab mir eine Geschenkpackung mit Kosmetikartikeln und lud mich zur Leipziger Herbstmesse ein.

Der Kontakt mit Oliver ist im Verlauf des Sommers fast gänzlich zum Erliegen gekommen. Zu ihrem Einzug in die Vetterstraße 23 schickt er eine kurze Grußkarte, findet aber nicht die Zeit, selbst in der neuen Wohnung vorbeizukommen. Uta antwortet nicht auf das Schreiben, stellt die Blumen in der Küche nah ans Fenster und sieht nach zwei Tagen, dass ihnen die erste Kälte des herannahenden Winters zugesetzt hat. In der Wohnung zieht es. Das kleine Klo hat zwei Außenwände und eine dritte Wand, die zum Treppenhaus führt, wo die Haustür stets offen ist und der Wind von der Straße bis in den Hof zieht. Im Dezember friert zum ersten Mal die Spülung ein. Wenn Uta abends von der Arbeit kommt, macht sie als Erstes den Ofen in der Küche an. Zwei Eimer Kohlen holt sie jeden zweiten Tag aus dem Keller. Während die Küche warm wird, das Wasser auf dem Ofen langsam kocht, macht sie die anderen Öfen an, erst im Kinderschlafzimmer, dann in ihrem Zimmer. Nach einer Stunde knistert es in fast allen Räumen, warm ist es trotzdem nicht. Und die Wärme zieht schnell wieder ab. Lüften braucht sie nicht, die Isolierung der Fenster bröckelt von deren Rändern herab. Nach zwei Monaten verzichtet sie darauf, in ihrem Zimmer zu heizen, schläft, wenn es gar nicht anders geht, in der Wohnküche. Wenn sie Glück hat, friert die Spülung dann nicht fest. Sie ist selten zu Hause, arbeitet entweder in der Nachtschicht oder früh morgens, bleibt nach der Arbeit nicht selten in der Stadt, in der *Jalta Bar* oder der *Moskau Bar*, im *Schlauch* oder in der *Brieftaube*. Ihrem Kind hinterlegt sie den Schlüssel bei den Nachbarn oder sagt gleich, dass es sich *nach der Schule* oder *am Abend am besten direkt bei denen melden* soll. Das Kind ist acht Jahre alt, kommt in die zweite Klasse. In der dritten Etage wohnt der offizielle *Hausvertrauensmann*, Frau Scherber. In der Regel ist Frau Scherber, Mitte sechzig, zu Hause.

Als Serviererin in der *Jalta Bar* verdient Uta ihren Lebensunterhalt, 890,– Mark. Miete zahlt sie 90,– Mark im Monat, 120,– für Lebensmittel, Zigaretten bekommt sie oft abends in der *Jalta Bar* von Gästen aus dem Ausland geschenkt, größerer Anschaffungen für die Wohnung bedarf es nicht. Anders als in den Wohnungen neben und über ihr wartet Uta nicht ungeduldig auf ein Auto, hat doch weder ihr Vater noch ihre Mutter es für notwendig erachtet, ihr das Fahren beizubringen, was ihr angesichts der Vielfahrerei des Bruders kaum wie ein Verlust erscheint. Bei allen Familienfeierlichkeiten allerdings, auch in diesem Jahr bekommt Uta es von Ingrid zu hören, wird ihr klargemacht, dass man erst ein Mensch ist, wenn man Haus und Auto besitzt. Sie geht aber zu Fuß, lässt sich gerne von anderen im Auto mitnehmen, nutzt jeden Tag die neugebaute Straßenbahnlinie 3. Die meisten Ausgaben hat sie abends. Schmuck und Mode sind ihr wichtig. Gerade am Wochenende, wenn ihr Kind und sie als Kleinfamilie zu ihren Eltern in das Erzgebirge fahren, sieht sie vorher schon die neugierigen Blicke der Nachbarschaft von hinter den Gardinen und freut sich dann über jede neue Kette, die sie sich umhängen kann, um die Blicke abzuleiten. Auch für Kleider lässt sie Geld, für Tücher, Hüte, Perücken. Am Ende des Monats bleibt trotzdem oft noch etwas übrig, aber aus Zwickau hat sie sich eine Leidenschaft für Altes und Seltenes mitgebracht, Porzellan, Glas, Vasen und Figuren aller Art, die es als Antiquitäten in Karl-Marx-Stadt in jeder Qualität zu kaufen gibt. Die Dollars und D-Mark, die sie abends verdient, tauchen nicht auf in ihren Rechnungen.

Im Spätsommer 1975 fährt sie zum ersten Mal mit ihrer Freundin Sabine nach Prag, Hauptstadt der ČSSR. Die beiden Frauen kennen sich schon seit ein paar Monaten. Sabine wohnt nur wenige Straßen weiter, in der Nähe des Südbahnhofs. Sie ist etwas kleiner als Uta, hat dunkleres Haar und eine Leidenschaft für Elektroarbeiten. Ihren Ehering trägt sie wegen ihrer Arbeit als Kellnerin in einer Bar schon seit Jahren nicht mehr. Als die beiden Frauen nach acht Tagen wieder zurück nach Karl-Marx-Stadt fahren, hat Uta 680,– Dollar, 230,– D-Mark und 1500,– Kronen verdient. 4820,– Mark könnten das sein, je nachdem, wo sie das Geld wechselt.

Da gibt es so viele Fehler, die du machst, vor allem am Anfang. Sabine hat eine Nacht einen Mann aus Belgien mit auf ihr Zimmer genommen. Der hat die ganze Zeit gesagt, dass er nicht genug Bargeld dabeihat, dass er sich am nächsten Tag abends einfach wieder mit ihr trifft und dann das ganze Geld mitbringt. Als wir dann an der Imbissbude am Wenzelsplatz auf den gewartet haben, ist er natürlich nicht gekommen. Die Sabine wollte es die ganze Zeit nicht glauben. Die meinte, der *kommt noch, der kommt noch*. Dabei war mir das von Anfang an klar gewesen. Zum Glück kamen dann zwei Österreicher vorbei. Die waren schon ziemlich besoffen, hatten sich aber trotzdem im Souvenirshop gerade solche 1,5-Literflaschen Bier gekauft. Mit denen sind wir ins Gespräch gekommen, haben zusammen das Bier getrunken und haben die schließlich mit auf unser Zimmer genommen. Die mussten dann halt ein bisschen mehr bezahlen, aber das war denen ohnehin völlig egal, so besoffen waren die. Für Sabine war das auf jeden Fall eine Lektion. Die hat sich ab dem Tag immer zuerst das Geld zeigen lassen, bevor sie mit irgendwem mitgegangen ist. Ich war da nicht so streng, meistens bin ich eh nur mit Männern mitgegangen, von denen ich wusste, die haben viel Geld. Als wir zum ersten Mal ankamen, hat uns direkt am Bahnhof eine ältere Frau angesprochen, Tschechin. Sie hat erkannt, dass wir aus der DDR waren, und uns wohl für Touristinnen gehalten. Auf jeden Fall hat sie uns zu verstehen gegeben, dass wir bei ihr wohnen konnten. Das war natürlich viel billiger als jedes Hotel, und sie hat sich so ein bisschen was zu ihrer kleinen Rente hinzuverdient. Die wohnte gar nicht weit vom Bahnhof entfernt, am Rand der Altstadt, zusammen mit ihrer Tochter. Die Tochter war vielleicht vierzig und hat als Tierärztin gearbeitet. Deshalb gab es bei denen, und das war selten, fast jeden Tag Fleisch zu essen. Hühnchen, Ente,

Gans, manchmal auch Schwein. Die alte Frau hat gekocht, aber wir waren die meiste Zeit eh nicht da.

Ich weiß nicht, ob die alte Frau verstanden hat, was wir in Prag vorhatten. Ihre Tochter hat es auf jeden Fall spätestens am zweiten oder dritten Tag gewusst. Wir waren nicht die ersten Frauen aus der DDR, die auf diese Idee gekommen sind. Gesagt hat sie aber nie etwas. Wieso hätte sie auch etwas sagen sollen? Wir müssen alle über die Runden kommen, und außerdem haben wir unser Zimmer bei denen auch weiterhin bezahlt – und am Ende ein ordentliches Trinkgeld gegeben, obwohl wir fast keine Nacht da geschlafen haben. Da haben sie sich riesig gefreut und gesagt, dass wir immer gerne wiederkommen können, jederzeit bei ihnen willkommen sind. Wir sind aber nie wieder bei denen gewesen. Für uns war es nämlich viel sinnvoller, direkt ein Zimmer im *Interconti* zu mieten. Dann war alles viel einfacher, wir mussten das Hotel im Grunde überhaupt nicht mehr verlassen. Aber alleine hätte ich mich das niemals getraut. Bei meinem zweiten Besuch bin ich mit der Monika gefahren, das war eine gute Freundin aus Karl-Marx-Stadt. Die kannte ich aus der *Moskau Bar*. Als wir nach Prag gefahren sind, hat die direkt gesagt, wir nehmen uns ein Zimmer im *Interconti*. Das Zimmer hat ungefähr 1000,– Kronen pro Nacht gekostet, das sind über 300,– Mark gewesen, und wir hatten durch unseren Umtauschkurs höchstens 60,– Kronen pro Tag, sind dort aber trotzdem direkt eingezogen. Die hat gesagt: *Wir ziehen hier ein. Wir werden schon genug Männer finden, die das bezahlen.*

Wir haben genug Männer kennengelernt.

Monika hat immer direkt Geld verlangt. Ich war noch nicht so weit, vom Geschenke-Bekommen zum Geld-Verlangen. Dann hat die aber irgendwann zu mir gesagt: *Es hat sich rum-*

*gesprochen, dass du es für umsonst machst! Du musst Geld verlangen! Wie sollen wir das hier alles bezahlen, wenn du kein Geld verlangst? Wir sind hier nicht zum Spaß! Das ist kein Urlaub!* Richtig zusammengeschissen hat sie mich. Dabei habe ich aus Scham kein Geld verlangt. Heute habe ich keine Scham mehr. Heute weiß ich, dass die Männer sich ins Fäustchen lachten, wenn sie mich umsonst hatten. Wenn sie eine brauchen, müssen sie dafür bezahlen. Ich hatte einfach noch ein ganz normales Schamgefühl.

Tagsüber wollte Monika immer gerne ins Kino gehen. Sie hat sich am liebsten amerikanische Filme angeschaut. Von daher, hat sie gesagt, hatte sie auch die Idee, für Sex Geld zu verlangen. Denn in den Filmen bezahlen die Männer immer alles für die Frauen, und die Frauen müssen nicht arbeiten, und das hat sie auf sich gemünzt, das wollte sie für sich haben. Da ist sie auf die Idee gekommen, sich für Sex beschenken zu lassen.

Einmal lernten wir einen Mann in der Nachtbar vom *Interconti* kennen. Der sah unscheinbar aus, aber man hat gemerkt, es ist ein Geschäftsmann. Mir hat der gefallen, und ich bin irgendwie bei ihm hängengeblieben. Morgens hat er Frühstück bestellt und gesagt: *Hast du dir denn schon mal die Geschäfte hier angesehen?* Hatte ich. Und da hatte ich ein sehr schönes Armband gesehen, auch in einem Devisengeschäft, und da hat er gesagt: *Da ist meine Brieftasche, nimm dir, was du brauchst, ich bin auf dem Klo.* Und in der Brieftasche waren nur 500-D-Mark-Scheine. Chef einer Lebensmittelfirma war der, das hat er zumindest erzählt. Aber als DDR-Bürgerin dachte ich: Chef einer Lebensmittelfirma ... Das kann ja nichts Großes sein. Bei uns konnte der Leiter einer Bäckerei nicht mit Fünfhundertern um sich schmeißen. Ich hatte ja keine Ahnung, dass da Millionen dahinterstehen. Als ich das viele Geld gesehen habe, dachte ich, hier triffst du keinen Armen. Da habe ich mir ein bisschen mehr genommen.

1975 ist das Internationale Jahr der Frau, bis 1985 folgt offiziell sogar die Dekade der Frau, ausgerufen von den Vereinten Nationen. Im Herbst 1975 spürt Uta wenig Auswirkungen dieser Entscheidung. Die Herbstmesse muss sie, anders als im letzten Jahr, nicht krankheitsbedingt ausfallen lassen, über Bulling hat sie eine offizielle Anfrage erhalten, am Stand IV in Halle 8 als Betreuung der Gäste tätig zu sein, was zu ihrer Freistellung in der *Jalta Bar* geführt hat und ihr einen pinkfarbenen Anstecker in Dreiecksform beschert, sie hat Zugang zu fast allen Bereichen. Sie fährt mit Monika und Sabine mit dem Zug nach Leipzig, wobei die beiden Freundinnen keinesfalls merken dürfen, dass sie sich mindestens einmal am Tag mit Bulling trifft, meistens im *Café am Brühl.* Ihr gefällt vor allem der Name, erinnert er sie doch an ihr liebstes Café in Karl-Marx-Stadt, das sie inzwischen allerdings kaum noch aufsucht, zu dicht liegt es am Wohnheim der Angestellten vom *Intercontinental Hotel.*

Im Zug nach Leipzig sind sie bereits nicht die einzigen Frauen, und Uta hat keine Vorstellung, welche Szenen sich zeitgleich in den Abteilen der Züge aus Berlin abspielen. Inzwischen hat sich bis Görlitz, Plauen und Erfurt herumgesprochen, wo Frauen in wenigen Tagen im September den Lohn von drei Monaten Arbeit einstreichen können. Die drei Frauen aus Karl-Marx-Stadt aber fahren nicht zum ersten Mal zur Messe. Ähnlich wie in Prag schlägt Monika vor, direkt ein Zimmer im Hotel *Astoria* zu beziehen, alles Weitere werde sich fügen. Das Hotel ist jedoch mit über 460 Gästen vollständig ausgebucht, was die Frauen zwingt, wenige Straßen weiter in einer kostengünstigeren Unterkunft unterzukommen. Hier beziehen sie zu dritt ein Zimmer, das ihnen ohnehin in den kommenden Tagen vornehmlich als Gepäckablage dienen soll, zudem besitzt das *Hotel Heinrich*, am oberen Ende der Nordstraße gelegen, weder Portier noch hauseigenes Sicherheitspersonal, den Frauen drohen also für den seltenen Fall, dass sie das Zimmer nutzen, keine unangenehmen Fragen. Nach wie vor steht die von ihnen angebotene Dienstleistung unter Strafe, wird aber mit unterschiedlicher Intensität und ortsspezifisch verfolgt. Die weniger erfahrenen Frauen und jene, denen ihr Vorhaben scheinbar bereits anzusehen ist, haben unruhige Tage vor sich, denn die Portiers und Aufpasser der Hotels und Bars haben ein strenges Reglement zur Hand bekommen. Sie wissen, welche Kundschaft im Inneren ihrer Hotels erwünscht ist und welche Kleider, Moden, Ketten und Schminken in keinem Fall dem jeweiligen Selbstverständnis entsprechen. Gerade im *Astoria*, wo in diesen Tagen neben vielen Wirtschaftsvertretern auch Minister, Staatssekretäre und Abgeordnete der Volkskammer erwartet werden, unterliegt der Einlass einer strengen Kontrolle. Uta und Monika wiederum wissen aus den Vorjahren und von ihrer Arbeit in Karl-Marx-Stadt, worauf die Herren am Eingang Wert legen. Schon am zweiten Abend kennt Uta den Namen des Einlassers der Abendschicht, am Morgen des dritten Tages, auf ihrem Weg zurück in ihr Hotelzimmer, drückt sie ihm 100,– Mark Trinkgeld in die Hand. Weiter achtet sie darauf, egal, wie wenig Männerbekanntschaften sie hat, stets genügend Geld in der Handtasche zu haben, um sich auch selbständig einen Drink an der Bar des *Astoria* leisten zu können. So verbringt sie die Wartezeit auf die ersten Gäste am Nachmittag an der Bar im Erdgeschoss des 1913 errichteten Gebäudes, nippt behutsam an einem ersten Old Fashion und schaut der jungen Bedienung beim Polieren der Gläser zu. Der große

Raum ist ansonsten leer, Monika hat ihr für eine Stunde Gesellschaft geleistet, versucht jetzt aber ihr Glück in der Tagesbar in *Specks Hof*, wo mit Schmuck und Galanterien gehandelt wird und die Männer auch schon tagsüber für ein Glas Sekt an den Tresen kommen. Uta ist es dort zu unruhig, sie genießt es, die einzige Frau im *Astoria* zu sein, und ist nicht in Eile.

Zu den anderen Frauen meidet sie jeden Kontakt. Die, die es am Einlass nicht schaffen, stehen am Anfang der Nordstraße, auf dem Platz der Republik oder in der Rudolf-Breitscheid-Straße. Auch hier kommen die Männer auf ihrem Weg zum *Astoria* vorbei und lassen sich in seltenen Fällen davon abhalten. Häufiger aber passieren Mitglieder der Volkspolizei, gerade jetzt, während der Tage der Messe, in denen auch viele ausländische Journalisten in der Stadt sind, ist man darauf bedacht, den Eindruck der sozialistischen, klassenlosen Gesellschaft aufrechtzuerhalten. Mal für Mal kehren die vertriebenen Frauen aber bereits nach Minuten an ihre Straßenecken zurück. Uta, Monika und Sabine bekommen wenig mit von diesem ritualisierten Vorgang, was sich hinter der Eingangstür des *Astoria* zuträgt, liegt außerhalb der Zugriffsmöglichkeiten der VPs, stattdessen speisen und trinken hier Männer mit Einfluss, und an den Tischen und in den Zimmern finden die gewünschten Devisen ihren Weg in die DDR. Uta spricht mit dem Einlasser, der ihr versichert, dass *heute tagsüber viele bereits abreisen*, daher weniger Betrieb sein wird, am Abend aber wieder *ein großer Empfang eines Automobilherstellers aus Westdeutschland im unteren Restaurant* stattfinden wird. Darauf probiert Uta doch kurz ihr Glück in *Specks Hof*, triff jedoch nur auf geschäftige Lederwarenhändler, die ihr überteuerte Taschen und Jacken verkaufen wollen. Sie fasst das eine oder andere ins Auge, belässt es aber dabei, nichts von den angebotenen Waren zu kaufen, und trifft sich stattdessen mit Bulling in der *Milchbar*. Über zwei Stunden hinweg berichtet sie ihm, was sich in den vergangenen zwanzig Stunden seit ihrem letzten Treffen ereignet hat, nimmt dabei vor allem auch Bezug auf eine junge Frau, die sie am Freitag im Zug von Karl-Marx-Stadt nach Leipzig kennengelernt hat, tauscht sich mit Bulling über die weiteren Gäste der Messe aus. Er weiß bereits, wer am Abend im *Astoria* sein wird, in welchem Zimmer welcher Vertreter seine Nacht verbringt, und rät Uta, auf diesen oder jenen zuzugehen. Uta merkt sich die Personenbeschreibungen, bekommt von Bulling noch zwei Westzeitschriften überreicht und hat bis zum Abend Zeit, die neusten Informationen zu Motorsport und westdeutschem Fußball zu studieren.

Monika und Sabine sieht sie in den folgenden zwei Tagen nicht, denn sie lernt bereits gleich an dem Abend weit nach 23 Uhr in der Nachtbar des *Astoria* einen westdeutschen Geschäftsmann kennen, der sie einlädt, die restlichen Tage der Messe bei ihm zu wohnen. Sie nimmt das Angebot an und begleitet ihn am nächsten Morgen in den großen Frühstückssaal des Hotels, wo es frischgepressten Orangensaft und aufgeschnittenen Lachs gibt, nachmittags treffen sie sich in der *Milchbar* am Markt, wofür sie ein Treffen mit Bulling kurzfristig absagt. Für den Abend ist sie wieder verabredet mit dem Westdeutschen, zum Abendessen im *Weinkeller* in der Kupfergasse. Hier bestellt er für 500,– Mark Wein und überreicht Uta die Ledertasche, die sie sich am Nachmittag gemeinsam angeschaut hatten. Am Ende der zwei Tage gibt er ihr knapp 600,– DM, Uta kalkuliert kurz, wie viele Stunden sie mit ihm verbracht hat, hält den Preis dann für akzeptabel und willigt ein, Uwe ihre Adresse in Karl-Marx-Stadt zu geben. Sie verabschieden sich unter dem Vordach des *Astoria*.

Analsex habe ich immer abgelehnt. So was hab ich nie gemacht. Die meisten Männer wollten einfach nur ganz normalen Sex oder manchmal auch nur Gesellschaft. Meistens aber eben ganz einfachen Sex. Ist ja auch schön. Irgendwelche Extrawünsche oder sonderliche Dinge kamen selten vor. Gruppensex habe ich auch immer abgelehnt. Das war mir viel zu riskant. Das würde ich niemals machen. Alleine mit einer Horde Männer, und die sind alle geil? Niemals, das ist mir viel zu gefährlich. Das weiß ich aber auch erst jetzt.

Auch, wenn einer mich für einen Junggesellenabschied oder so was einladen wollte, habe ich immer abgesagt. Privat, ja. Das kam schon mal vor. Aber ich gehe nicht freiwillig und alleine zu einer Gruppe Männer, die dann alle an mir rummachen wollen. Auch wenn einer gefragt hat, ob nicht seine Frau dabei sein könnte, habe ich das immer abgelehnt. Was weiß ich, was die vorhaben. Und am Ende klaut dir irgendwer von denen dein Geld? Nein, danke. Von daher war es in den Hotels relativ sicher. Da gab es immer Wachpersonal, Leute, die aufgepasst haben, dass es da gesittet und ruhig zuging. Und in der Regel haben sich die Geschäftsmänner auch gut verhalten. Die haben ja bekommen, was sie wollten. Unsicher gefühlt habe ich mich dort nie, ich hätte außerdem sofort das Wachpersonal rufen können. Die wussten, dass wir da sind und was da abgeht.

Das mit dem ganzen SM-Zeug kam erst später. So was gab es bei uns in der DDR gar nicht, auf die Idee wären die Männer noch nicht einmal gekommen. Das kam erst in den neunziger Jahren. Da haben die das auf einmal im Kino gesehen oder irgendwie sonst davon gehört, und wollten das auch. Dabei hatten die gar keine Ahnung, was das eigentlich ist. Da riefen dann auf einmal Typen an, die haben gefragt, ob ich auch so was mache. Aber ich hatte damals auch überhaupt keine Ahnung, musste mir das erst mal alles aneignen. Am Anfang ging das ganz gut, da konnte ich den Männern einfach sagen, *so oder so ist das*. Die wussten ja gar nicht, wie es richtig geht, und waren erst mal total dankbar, dass ihnen jemand was Neues gezeigt hat. Mit der Zeit habe ich dann auch ein bisschen Erfahrung gesammelt und mein Wissen erweitert, aber das wurde nie intensiver. Ich war da auch schon Mitte fünfzig.

Während der Herbstmesse 1975, am 4.9.75, lernte ich in der Nachtbar *Postkutsche* den BRD-Bürger (schwarzer Balken), tätig bei den Blendax Werken, R. Schneider GmbH Mainz, kennen. (schwarzer Balken) ist ca. 50–55 Jahre alt, verheiratet, gut aussehend, graues Haar. Mit (schwarzer Balken) war ich während der Messe zweimal zusammen, intimer Kontakt fand nicht statt. Mit (schwarzer Balken) führte ich mehrstündige Gespräch, wo wir uns über die Lebensverhältnisse in beiden deutschen Staaten unterhielten. Aus dem weiteren Gesprächsverlauf konnte ich entnehmen, daß (schwarzer Balken), er brachte bestimmte Gegenüberstellungen zwischen Reisegelegenheiten in der BRD und DDR zum Ausdruck und wollte dazu meine Meinung wissen. Z. B. sagte er mir, daß ihm die Grenzen noch nie so deutlich geworden seien, wie hier in Leipzig. Bei diesem Gespräch erzählte er, daß er vor einiger Zeit eine Frau auf legalem Weg in die BRD gebracht hat, wobei ihm seine guten Beziehungen zum Ministerium sehr von Nutzen waren. Er erzählte mir weiterhin, daß die Übersiedlung etwa 26 000 DM gekostet hatte. Auf seine Frage, was würdest du sagen, wenn ich im November komme und dir sage, ich habe alles fix und fertig und ich nehme dich mit und du arbeitest in meiner Firma? Antwortete ich wie folgt: Ich sagte (schwarzer Balken), daß dabei auch zu bedenken sei, daß ich ein (schwarzer Balken) habe, ließ jedoch ihm gegenüber auch anklingen, daß ich mich nicht ablehnend verhalten würde.

In diesem Zusammenhang möchte ich noch ergänzend mitteilen, daß (schwarzer Balken) bezüglich der Republikflucht der vorgenannten DDR-Bürgerin mir sagte, daß dies mit einem BRD-Pass geschehen sei.

Aufträge

1. Im Zusammenhang mit dem vorliegenden Verdacht der Ausschleusung der (schwarzer Balken), tätig gewesen in der Bar »Zum goldenen Hahn«, durch ausländische Staatsbürger, erhielt »Anna« den Auftrag, mit der (schwarzer Balken) Verbindung aufzunehmen. Der IMV wurde beauftragt, nach erfolgter Kontaktaufnahme mit der (schwarzer Balken) ihre Unzufriedenheit über ihre gegenwärtige berufliche Tätigkeit zum Ausdruck zu bringen, zu sagen, daß sie gekündigt hat und sie gegenwärtig einen großen Tiefpunkt habe. »Anna« wird sich gegenüber der (schwarzer Balken) beschweren, daß sie gegenwärtig nicht weiß, wo sie arbeiten soll, jedoch Geld benötigt, und ebenfalls zum Ausdruck bringen, daß sie andere Lebenserwartungen hat, wie sie gegenwärtig in der DDR ihr erfüllt werden können. In diesem Zusammenhang bringt »Anna« zum Ausdruck, daß man zwar als DDR-Bürger nach der ČSSR, Ungarn, Bulgarien fahren könne, jedoch ihr ein besuchsweiser Aufenthalt in Italien, Frankreich lieber wäre, was natürlich für einen DDR-Bürger nicht möglich ist.

Am 10., 11., 12. und 13. August 1975 kommt es in der Erfurter Innenstadt zu pogromartigen Ausschreitungen. Jugendliche, bewaffnet mit Holzlatten und Eisenstangen, machen an diesen vier aufeinanderfolgenden Tagen Jagd auf algerische Arbeiter, die im Zuge der engen *wirtschaftlichen und freundschaftlichen Beziehungen* der beiden Staaten seit einigen Jahren in der Stadt leben. Dem vorangegangen waren den Sommer über kleinere Auseinandersetzungen zwischen algerischen, ungarischen und deutschen Jugendlichen. In den wenigen Tagen vor den Pogromen wird die Stimmung innerhalb der DDR-Bürgerschaft von einigen Personen gezielt durch die Verbreitung fehlerhafter Informationen über die Algerier angeheizt. Keine der Aussagen kann belegt werden. Nur der Einsatz der Volkspolizei verhindert, dass es dem Mob gelingt, eine oder mehrere Personen zu erschlagen. In der Konsequenz der Vorfälle kommt es zur fast vollständigen Rückführung der algerischen Arbeiter aus der DDR durch die algerische Regierung.

Offiziell erfährt Uta von den Ereignissen in Erfurt nichts. Eine Freundin erwähnt ihr gegenüber nur, dass *diese Algerier in Erfurt eine Schande für die DDR* seien und sie *auf sich Acht geben* solle, vor allem abends und besonders, wenn sie am *Paprikaturm,* dem Haus der Kubaner in Karl-Marx-Stadt, vorbeilaufe. Uta ist dieses Hochhaus durchaus geläufig, sieht sie es doch annähernd jeden Tag auf dem Weg zu ihrer Arbeit aus dem Straßenbahnfenster, sie hat jedoch kaum weitere Berührungspunkte mit den dort lebenden Kubanern. In der Stadt, in den Bars, in den Parteisitzungen sind sie nicht sichtbar und präsent, einzig in der *Jalta Bar* wird ihre Anwesenheit in der Stadt zweimal bei der Dienstbesprechung thematisiert, da der Einlasser die Finanzmittel der eintreffenden Kubaner aufmerksamer kontrollieren soll, weil schon mehrfach vorgekommen sei, dass sie *für die bestellten Getränke nicht hätten aufkommen können.* Bulling legt in seinen Besprechungen mit Uta keineswegs Schwerpunkt auf die Beobachtung der Kubaner, nur Recknitz erlaubt sich einmal die Bemerkung, dass in seinem Turnverein ebenfalls eine Gruppe Kubaner Sport mache, was Uta allerdings vor allem angesichts des unförmigen Körpers des Staatssicherheitsbediensteten seltsam anmutet. Als sie abends in der *Moskau Bar* mit Monika darüber redet, malen sich die beiden Frauen stillschweigend aus, wie sich Recknitz und der Genosse Generalsekretär in ihren Trainingsjacken bei der sportlichen Betätigung abmühen. Dass auch Monika von sich aus bei Utas Beschreibung eines ungelenkigen Mannes mittleren Alters an Recknitz denkt, kann Uta nicht bemerken. Uta hat sich der neuen Kollegin wegen auf den Weg zur *Moskau Bar* gemacht, die sich bereits zweimal nach Dienstschluss ausgiebig darüber ausgelassen hat, diesem Land endgültig den Rücken zuzukehren. Mittlerweile sagt sie es mit einer Selbstverständlichkeit, die Uta aufhorchen lässt und sie trotzdem wenige Minuten später bereits wieder vergessen hat. Sie ist müde nach dem Sommer. Monika spricht weiter und weiter, spricht von Bayern und der Arbeit, die sie dort machen könnte, in einer Gaststätte in einem kleinen Dorf unweit der österreichischen Grenze. Ohne, dass sie sich eine konkrete Vorstellung machen kann, hat Uta zwangsläufig ein kleines Dorf im Erzgebirge vor Augen und sieht sich durch dieses Dorf voll bekannter Gesichter irren, ohne einen Mann, ohne ein Haus und ohne ein eigenes Auto. Monika erzählt währenddessen, dass sie einen Mann aus Westdeutschland kennengelernt und er ihr angeboten habe, sie mitzunehmen, sie zu heiraten, dass sie auf der anderen Seite endlich ein neues Leben anfangen könne, ohne die Strenge, die Zwänge, die ganzen Regeln, die sie hier aufhalten würden. Uta muss an ihre gemeinsame letzte Reise nach Prag denken und daran, dass sie lieber nach Ungarn gefahren wäre, sich aber zu spät für ein Visum gemeldet hat und daher nur bis in die ČSSR reisen durfte. Als die *Moskau Bar* leer ist, zieht Monika ein Foto des Westdeutschen aus ihrer Jacke. Etwas unscharf ist darauf ein Mann in einer beigen, langen Jacke zu erkennen, der am Rand eines Feldwegs steht. Weder Jahres- noch Tageszeit sind zu erkennen, es könnte Herbst sein oder Winter oder spät am Abend im Sommer. Uta scheint der Mann nicht besonders ansprechend, kaum ein Unterschied zu den vielen anderen, die sie in Prag oder Leipzig kennengelernt hat. *Wie heißt denn der?* fragt sie. *Ich wäre ja schön blöd, wenn ich euch das sagen würde.*

Der IMV »Anna« weilte in der Zeit von Mai '76 bis 1.10.76 im Bezirk Usedom und arbeitete als Serviererin. Aus diesem Grund konnte in diesem Zeitraum mit dem IMV »Anna« kein Treff durchgeführt werden. Der IMV »Anna« meldete sich am 2.10.76 und es wurde ein Treff für den 5.10.76 in der IMK »Forstwirtschaft« vereinbart. Die Zielstellung dieses Treffs besteht vor allem darin, den IMV »Anna« über den Zeitraum Mai bis Oktober abzuschöpfen und gleichzeitig zu prüfen, ob eine weitere inoffizielle Zusammenarbeit erachtenswert erscheint, da offensichtlich »Anna« gegenwärtig sich stark mit dem Gedanken trägt, einen Mann fürs Leben zu finden.

In der Personalkantine habe ich dann Gerhard kennengelernt, ein junger Kerl. Der sah unglaublich gut aus, hatte so ein ganz markantes Kinn, und schlank war der und muskulös. Da hab ich mich richtig in den verknallt. Der fuhr damals einen Opel, trug Wildlederwesten und hörte Platten von Alice Cooper. Alles aus dem Westen. Da habe ich gedacht, da habe ich das große Los entdeckt. Aber er hat mir erzählt, dass er im Gefängnis war, wegen Unterschlagung, und gleichzeitig arbeitete er als Hauswart beim VEB-Sanitärporzellan. Zum Sommer wollten wir gemeinsam an die Ostsee fahren, dort arbeiten. Ich habe schon gemerkt, dass da irgendwas nicht stimmt – aber wenn man verliebt ist, will man Dinge nicht wahrhaben. Deshalb habe ich erst mal meine Arbeit im *Interhotel* gekündigt und bin mit ihm nach Usedom.

Ich weiß nicht mehr, ob ich auch Kontakt zur STASI hatte, während ich mit dem Gerhard zusammen war – aber ich weiß noch, dass ich zur Leipziger Messe bin, also muss ich wohl noch für die gearbeitet haben. Gerhard war dann zu Hause und hat mein Kind betreut.

In Usedom ging es leider nicht lange gut. Gerhard konnte überhaupt nicht kellnern, und da gehört schon was dazu. Er hat es auch einfach nicht gelernt, egal, wie sehr ich versucht habe, es ihm beizubringen. Wenn man damals ein Kännchen Kaffee serviert hat, musste man immer Unterteller und Tasse, Löffel, Kännchen, Milch und Zucker mit servieren. Das stand nicht auf dem Tisch, sonst wäre das geklaut worden. Der Gerhard hat immer nur Unterteller und Kännchen zum Tisch gebracht, den Rest hat er vergessen. Da haben sich die Leute natürlich die ganze Zeit beschwert, und wir haben uns nur noch gestritten. Zum Glück waren wir nicht zusammen untergebracht. Wir waren zwar im selben Haus, aber jeder von uns hatte sein eigenes Zimmer. Ich habe mich dann sehr schnell von dem getrennt. Ich bin mir ziemlich sicher, dass er mich beklaut hat, dass der das Trinkgeld, das eigentlich für mich war, eingesteckt hat, ohne es mit mir zu teilen. Plötzlich fehlte überall Geld, und auch wenn ich keine Zeit hatte, irgendwas einzukaufen, wäre ich schon gerne mal abends in eine Bar gegangen. Aber dafür hatten wir auf einmal gar kein Geld – obwohl wir die ganze Zeit am Arbeiten waren. Da war erst recht klar, dass ich mich von dem trennen musste. Drei Tage später wurde der entlassen und ist direkt wieder abgereist. Ich hab nie wieder was von dem gehört.

Ich habe dort die Saison einfach weitergearbeitet, bis zum Schluss. Und es war ja nicht so, dass es dort keine anderen Männer gegeben hätte. Wenn man die ganze Zeit zusammenarbeitet und noch direkt nebeneinander wohnt, lernt man sich schnell kennen. Vielleicht so zwei oder drei Wochen, nachdem der Gerhard abgereist war, habe ich einen anderen Kellner kennengelernt. Der kam wirklich aus dem Westen, hatte früher mit seiner Frau in Duisburg gewohnt, wo die im Rotlichtviertel in einer Bar gearbeitet hatte, und er war als Buchbinder tätig. Die waren vor ein paar Jahren zum Urlaub in den Osten gefahren, wo der Cousin von der Frau wohnte. Als die bei dem im Urlaub waren, muss der die Frau so sehr bearbeitet haben, dass sie nicht mehr zurückwollte. Die wollte einfach dableiben! Irgendwann hat er gesagt, *gut, dann bleib eben hier,* und wollte wieder zurückfahren in den Westen. An der Grenze aber haben die gesagt: *Nee, Ihre Frau bleibt ja hier. Und alleine dürfen Sie auch nicht ausreisen. Dann müssen Sie auch hierbleiben.* Und so ist er dann im Osten geblieben – hat sich natürlich trotzdem sofort von der Frau getrennt und eben auf Usedom erst mal als Kellner gearbeitet.

Bezahlt hat der natürlich nicht, wir waren einfach für die Monate in Usedom ein ganz normales Paar. Nach dem Sommer bin ich dann wieder zurück nach Karl-Marx-Stadt gegangen, ohne ihn selbstverständlich. Der hatte irgendwas anderes vor. Da habe ich aber schon gemerkt, dass ich gerne ein normales Leben hätte, einen Mann vielleicht, eine Familie. Ich wollte nicht, dass es wieder so wird wie vorher.

Bei der Arbeitsvermittlung haben die mir angeboten, in einem Gardinengeschäft den Einkauf zu übernehmen. Das fand ich eigentlich gut, und Erfahrung hatte ich ja auch. Immerhin habe ich fast fünf Jahre im Möbelgeschäft gearbeitet und mich dort auch um den Einkauf gekümmert. Zwei Tage später sollte ich wieder zur Arbeitsvermittlung, um alles festzumachen. In dem Raum war noch ein zweiter Schreibtisch. Als ich da war, meinte die Beraterin darum: *Kommen Sie bitte mal mit mir nach draußen*. Dann hat sie sich draußen mit mir in eine Sitzecke gesetzt, es sollte niemand was hören. Und da hat sie mir gesagt, dass meine Fähigkeiten nicht ausreichen würden, um den Laden zu übernehmen. Früher war ich die Chefeinkäuferin vom Konsum, und jetzt? Die hat versucht, mich zu vertrösten, aber ich habe es gar nicht verstanden. Ein paar Tage später habe ich dann einen Brief erhalten: im *Hotel Stefanie* könne ich sofort als Bardame anfangen. Was sollte ich denn anderes machen? Natürlich habe ich das Angebot angenommen. Sie wollten eben, dass ich viel abends rausgehe und mich in Bars aufhalte. Und dann haben die immer gefragt: *Was gibt es Neues? Wen hast du getroffen?*

Am 13.11.76 lernte ich in der *Milchbar* den (schwarzer Balken) kennen, wh.: (schwarzer Balken). (schwarzer Balken) fährt einen Lada.

(schwarzer Balken) ist vorbestraft und war schon zweimal in einer Strafvollzugsanstalt wegen Körperverletzung und Republikflucht. (schwarzer Balken) hat zu sehr vielem Personal der Gaststätten und Bars in KMSt. und Umgebung enge Verbindungen. Bis jetzt war er im Konsum (schwarzer Balken) tätig, hat aber jetzt gekündigt und will im Dezember nach Oberwiesenthal, um in der Saison als Kellner zu arbeiten. (schwarzer Balken) betreibt auch viele Schiebergeschäfte, vor allem mit Teppichen, Rauch- und Lederwaren. Aus seinen Äußerungen entnahm ich, daß (schwarzer Balken) auch im Besitz einer Waffe ist. Zu dieser Annahme komme ich deshalb, da (schwarzer Balken) bei einem Fernsehfilm – einem Krimi – sich so äußerte, daß der Angestellte nicht einmal eine Waffe habe. Auf meine Frage, du hast wohl eine Waffe, reagierte er mit einem Lächeln. (schwarzer Balken) ist immer noch sehr interessiert daran, die DDR zu verlassen.

Am 21.11.76 in der Zeit von 19–21.45 Uhr wurde mit dem IMV »Anna« ein Treff in der IMK »Forstamt« durchgeführt. Der IMV »Anna« berichtete bei diesem Treff, daß er ein enges freundschaftliches und intimes Verhältnis zu dem mehrfach vorbestraften

(schwarzer Balken)

wh.: (schwarzer Balken)

eingegangen ist und (schwarzer Balken) bereits mehrfach wöchentlich den IMV in der Wohnung aufsucht. In diesem Zusammenhang brachte der IMV »Anna« zum Ausdruck, daß er beabsichtigt, möglicherweise die Ehe mit (schwarzer Balken) einzugehen. Ich führte daraufhin mit dem IMV »Anna« ein ausführliches Gespräch, in dessen Ergebnis zwei Alternativen gestellt wurden:

1. (schwarzer Balken) zu ehelichen und damit die inoffizielle Zusammenarbeit zu beenden.

2. die inoffizielle Zusammenarbeit mit dem MfS fortzuführen und aus eigenem Entschluß von einer möglichen Ehe mit (schwarzer Balken) abzugehen.

Nach einem längeren Gespräch teilte der IMV »Anna« mit, nachdem sie alles abgewogen hatte und aus den bisherigen Verhaltensweisen des (schwarzer Balken) auch entnehmen konnte, daß es sich bei (schwarzer Balken) um einen Hochstapler handelt, von ihren Eheabsichten abzugehen.

Dieser Entschluß von »Anna« entstand auf freiwilliger Basis, ohne daß »Anna« meinerseits dazu aufgefordert oder gezwungen wurde.

Quittung

Anläßlich des Geburtstag des IMV »Anna« Reg. Nr. XXIV 266/48 wurden ihr Blumen im Wert von
5,– M.
(fünf)
überreicht.

Im Spätsommer 1976 kommt Uta von der Ostsee zurück nach Karl-Marx-Stadt. Die Wohnung in der Vetterstraße hat die Sommermonate über leer gestanden, hinter der Tür, als Uta sie öffnet, liegen ein paar vereinzelte Postkarten, Rechnungen, kaum nennenswerter Schriftverkehr, den sie auf dem Küchentisch ablegt, ehe sie die Rollläden und Fenster öffnet, um den Geruch der Leere aus der Wohnung abziehen zu lassen. Der Verdienst des Sommers reicht noch für die kommenden acht Wochen zum Leben, und sie hat keine Eile, eine neue Arbeit zu finden, aber bei der Arbeitsvermittlung wird sie ein paar Tage später trotzdem vorstellig, da sie unter allen Umständen vermeiden will, zu den über 12 000 nach § 249 Strafgesetzbuch der DDR für asoziales Verhalten Verurteilten hinzugezählt zu werden. Es wird nie zu einer Strafermittlung in diesem Zusammenhang gegen sie kommen. Erst mit einem gültigen Arbeitsnachweis in der Tasche kann sie auch wieder zur Messe nach Leipzig und zum Kurzaufenthalt nach Prag.

Die Nachbarn sehen sie auf dem Balkon, wenn sie morgens zur Arbeit gehen und wenn sie abends wieder nach Hause kommen. Dann erst macht sich Uta auf den Weg in die Stadt, trinkt im *Goldenen Hirsch* ein erstes Glas Wein und schaut, wer von ihren Bekanntschaften sich in den Bars auffinden lässt. In der *Moskau Bar* trifft sie Monika wieder, die immer noch am Tresen die Nachtschichten leitet, seit Juni aber in einer festen Beziehung ist und nur reserviert auf die Frage Utas reagiert, im Oktober einen gemeinsamen Ausflug nach Prag zu unternehmen. *Die Gegebenheiten*, sagt sie, *haben sich etwas geändert*, stimmt dann aber der Idee zu, im Oktober zwei Nächte nach Leipzig zu fahren, abseits der Messe, denn *im* Astoria *ist immer was los*, und ihr Mann ist damit *bestimmt einverstanden*.

In den anderen Bars begegnet Uta wenigen bekannten Gesichtern. Hier und da grüßt wenigstens das Tresenpersonal sie. Viele der Gäste sind geschäftlich in der Stadt und nach ein paar Tagen wieder fort. Uta meidet auch die eine oder andere Bar ihrer Vergangenheit. Weder in die *Jalta Bar* noch zur *Brieftaube* führt sie ihr Weg, neben der *Moskau Bar* und der *Bar im Roten Turm* bleibt so nur noch die Bar im *Chemnitzer Hof* als möglicher Ort, ausländische Männer kennenzulernen. Außerhalb dieses klar umgrenzten Terrains ist es nahezu ausgeschlossen, den von Uta anvisierten Personenkreis zu treffen. Anders als in Westdeutschland sind darüber hinaus in den letzten Jahren den Stundenhotels nach und nach die Konzessionen entzogen worden, zum Vollzug ihrer *Betriebsehen* begeben sich die Leute in ihre Datschen, die Möglichkeit, gewerbliche Kontakte zu Männern aufzunehmen, ist auf wenige Hotels beschränkt.

Jetzt aber, im Frühherbst, sind ohnehin wenig Gäste in der Stadt, und diese haben in der Regel Logis genommen in dem riesigen, schmalen Block in der Mitte der Stadt, dem *Intercontinental Hotel*. Uta schlägt Schleifen um das ihr so vertraute Gebäude. Im *Schlauch* kann sie ungestört einkehren und sich ein paar Abende lang langsam der Stadt wieder nähern, zum ersten Mal genießt sie als Frau die Vorzüge einer Schwulenbar. In den kommenden Jahren werden sie in vielen unübersichtlichen Nächten ihre Rückzugsorte sein – ob in Karl-Marx-Stadt, Leipzig oder Prag. Kaum hundert Meter vom *Schlauch* entfernt ist die Bar auf der Rückseite des *Chemnitzer Hofs*, in dem sich mit etwas Glück die spendableren Genossen der Sozialistischen Einheitspartei aufhalten. Nach einer Woche kennt Uta alle Einlasser und hat über die folgenden Monate Kontakt zu mindestens zwei Männern, die sie regelmäßig dort trifft.

Nach zwei Wochen wiederum, Anfang September, wählt sie wieder die bekannte Telefonnummer und trifft sich vier Tage später mit Bulling, erst in der Bar *Die Tulpe*, einer langgezogenen, holzvertäfelten Kneipe in der Nähe der sowjetischen Kaserne im Stadtteil *Sonnenberg*, wo bereits tagsüber reger Betrieb herrscht und vom Barpersonal nicht zwischen Soldaten, Polizisten, Zivilisten und Frauen unterschieden wird. Danach fahren sie gemeinsam in die Innenstadt, gehen aber nicht in die Wohnung in der Straße der Nationen, Bulling zeigt ihr vielmehr ihren neuen Treffpunkt, in der dritten Etage des Rosenhofs. Bis vor ein paar Jahren als *Holzmarkt* bezeichnet, ist dort, am Ufer der Chemnitz, in kurzer Zeit ein großer Gebäudekomplex entstanden, ein durchlässiges Quartier mit Innenhof und Wasserspiel, in dem sowohl Wohn- als auch Einkaufsmöglichkeiten untergebracht sind, ein Kino soll es angeblich geben, eine Bar und ein Café kann Uta bereits auf dem Weg zur Wohnung ausmachen, und unten auf dem Innenplatz blühen auch jetzt noch die viertausend namensgebenden Rosen. Uta und Bulling gucken kurz nacheinander vom Balkon hinunter auf das nachmittägliche Treiben und sind sich einig, dass das Arrangement wirklich *ein Zugewinn für Karl-Marx-Stadt* ist, vor allem *in dieser Lage,* und dass sich all jene, die hier wohnen dürfen, *glücklich schätzen* können.

Unverblümt teilt Bulling ihr dann mit, dass er sich *freut, sie wiederzusehen,* der Sommer ohne sie nicht langweilig gewesen wäre, die Treffen mit ihr ihm jedoch *immer eine gewisse Freude* bereitet hätten. Uta bleibt länger als gewöhnlich, trinkt mit Bulling noch die zweite Flasche Wein, erzählt ihm von Gerhard, von Usedom, von den Stränden und dem Sommer, vom Meer, das sich im Stettiner Haff so angenehm aufheize, von den vielen reichen Leuten, die in Stolpe, Rankwitz und Balm fast die gesamten Sommermonate verbringen könnten, ohne arbeiten zu müssen. Ein detailliertes Protokoll dieses Treffens wird Bulling nicht anfertigen, einzig eine Quittung über ein nachträgliches Geburtstagsgeschenk abheften, das er Uta am Ende ihres Treffens überreicht.

Später habe ich mich meinem Vati anvertraut. Ich war von Anfang an überzeugt vom Kommunismus. Er hatte mir das alles ja beigebracht, erzählt, wie sehr er dafür kämpfen musste. Auch deswegen habe ich das gemacht. Aber ich habe nie Leute angeprangert, die mal einen politischen Witz erzählt haben oder so. Das hat mich nicht interessiert. Und das haben die auch nicht verlangt. Es ging entweder um Betriebsdirektoren, wo sie Betrug witterten, oder um Spionage. Mit Kleinkram habe ich mich nie befasst.

Mein Vati hat mich immer sehr unterstützt. Er hat abends oder nachts auf mein Kind aufgepasst. Wenn ich irgendwohin fahren musste, dann kam er aus dem Erzgebirge, er oder mit meiner Mutti zusammen. Darüber haben sich mein Bruder und seine Frau aufgeregt, aber mein Vati hat das niemandem verraten. Mit 73 ist er gestorben. Da war mein Kind zehn Jahre alt, 1977 war das. Er war gerade erst, mehr oder weniger, in Rente gegangen, und leider hat meine Mutti ihn lange überlebt. Ihr war ich immer schon ein Dorn im Auge, eine zusätzliche Belastung in ohnehin schwierigen Zeiten. Als Kind verstehst du das überhaupt nicht, weißt gar nicht, was gemeint ist. Von ihr aber kenne ich nur einen Tonfall: Gebrüll. Egal, was war, sie hat immer nur gebrüllt. Entweder hat sie mich angeschrien oder meinen Vati. Auch meinen Bruder hat sie angeschrien, aber der war schon älter und hat sich das nicht mehr so gefallen lassen, wenn du verstehst, was ich damit meine.

Ob es Gewalt gab? Ja, natürlich. Meiner Mutti ist schnell mal die Hand ausgerutscht. Vorher hat sie immer nur geschrien. *Mach dies! Mach das!* Es kam niemals etwas Nettes von ihr. Klar hat mein Vater mich auch mal geschlagen, aber das war etwas ganz anderes. Der war kein aufbrausender Mensch, sondern ein sehr ruhiger. Zurückgeschlagen habe ich sie nicht. Das habe ich mich nicht getraut. Vielleicht mit vierzehn, fünfzehn mal, aber das war keinesfalls die Regel. Was hätte mein Vati dann auch machen sollen?

Selbst als ich in Karl-Marx-Stadt gewohnt habe, hatte ich noch viel Kontakt mit denen. Es gab sonst niemanden. Zu wem hätte ich mein Kind denn die Monate im Sommer geben sollen, als ich an der Ostsee war? Ich hatte versprochen, dass ich es nachhole. Da wusste ich noch nicht, dass es mit dem Gerhard so schnell wieder auseinandergehen würde. Meinem Vati hat es gut gefallen, sein Enkelkind einen Sommer bei sich zu haben. Ich weiß nicht, ob er damals schon was geahnt hat. Auf jeden Fall hat er dem Gerede im Dorf keinen Glauben geschenkt, hat mich immer gegen dieses Gequatsche verteidigt. Meiner Mutti muss es ganz schön zugesetzt haben, sie ist damit fast nicht fertiggeworden. Wenn ich mal zu Besuch kam, hat sie gleich wieder wütend reagiert. Aber das war mir egal. Ich glaube, am Anfang hat mein Vati nur mitbekommen, dass ich viel in Nachtbars unterwegs war, dass ich dort gearbeitet habe. Was genau ich da gemacht habe, wusste er nicht. Und dass ich im Auftrag der STASI da war, wusste er erst recht nicht. Das hätte ihn bestimmt stolz gemacht. Irgendwann später hat er mich mal besucht, und da hat er eine Einladung von der persischen Botschaft gesehen. Da hat er Augen gemacht! *Meine Tochter beim Empfang in der persischen Botschaft!* Da habe ich ihm alles erzählt. Also nicht das mit dem Sex, aber, dass ich da für die STASI hingehe, in deren Auftrag, und dass ich schon seit vier Jahren für die arbeite. Da war er stolz! Damit hatte er gar nicht gerechnet. Danach hat er natürlich noch ein bisschen lieber auf mein Kind aufgepasst.

Am Abend kommen wir zurück nach Zwickau. Obwohl der Tag anstrengend war, wir mit dem Auto ins Erzgebirge und an die tschechische Grenze gefahren sind, entschließen wir uns, nach dem Essen noch in eine Bar zu gehen. Neben uns am Tresen sitzen drei junge Leute, sonst ist niemand in dem großen Raum. Weiter hinten, um die Ecke, kurz vor den Toiletten, sitzt anscheinend noch ein Pärchen, in den Gesprächspausen kann man sie laut streiten hören. Als die Frau dieses Pärchens kurze Zeit später das Lokal verlässt und am Tresen vorbeigehen muss, verabschiedet sie sich beim Wirt: *Bis morgen,* sagt sie, und er erwidert: *Dann hat er sich bestimmt auch wieder beruhigt.* Der Mann geht kurz danach auch, hat ein müdes Gesicht, stellt beim Verabschieden sein halbvolles Bier auf den Tresen und vergisst es. Uta bestellt Sekt in einer kleinen Flasche. Als sie dazu nach einem Glas fragt, der Wirt aber nur auf seinen Kühlschrank voller Flaschenbier schaut, blicken die drei jungen Leute endgültig zu uns herüber. *Darf ich fragen, wo Sie herkommen?* Uta gibt bereitwillig Auskunft. *Wir waren noch unterwegs und haben eine gemütliche Bar gesucht, in der man rauchen kann.* Kurz wird über das Verschwinden von Raucherkneipen gesprochen, fast nostalgisch werden sechs Zigaretten zeitgleich angezündet. Dann siegt wieder die Neugier: *Darf ich fragen, was Sie hier machen in Zwickau?* Uta schaut mich an, als müsse ich eine mögliche Antwort autorisieren. *Wir sind zu Besuch. Wir wohnen in der Innenstadt im Hotel, gar nicht so weit von hier. Wir schauen uns einfach die Stadt an.*

Gezielt gibt sie danach noch drei weitere Antworten, die präzise etwas an der Frage vorbeigehen, jedoch in keinem Fall so knapp gehalten sind, dass die Fragenden in ihrem Bestreben zurückschrecken. Als Uta sagt, *ich wollte meinem jungen Begleiter mal die Stadt zeigen,* ist mein Bier leer. Immer wieder entstehen Pausen nach Utas Antworten, in denen die Fragende sich zurückzieht und über das eben Gehörte nachdenkt, während sie wieder mit ihren beiden Begleitern spricht. Uta redet währenddessen mit mir über das WGT, das *Wave Gotik Treffen,* zu dem sie jedes Jahr geht, und darüber, dass sie und ich dort im kommenden Jahr unbedingt gemeinsam zum viktorianischen Frühstück gehen müssen.

*Ich bin übrigens Johanna,* sagt irgendwann unser Gegenüber, und auch die beiden anderen stellen sich vor. *Uta,* sagt Uta, die gar nicht *Uta* heißt, dann aber ebenfalls ihre Flasche hebt und auch dem Wirt zuprostet. Nachdem sie dann ihr Alter preisgegeben und dem Wirt angeraten hat, auch in seinem Alter seine Frau mindestens einmal in der Woche zu verführen, um so jung und fit wie sie zu bleiben, trinken wir alle eine Runde Schnaps, bis auf Uta.

*Uta,* sagt Johanna, *darf ich fragen, was du gearbeitet hast?*

*Oh,* sagt Uta, *eine Menge habe ich gearbeitet. Ich hatte nämlich ein wirklich interessantes und abwechslungsreiches Leben. Im Einzelhandel habe ich gearbeitet, als Leiterin des Einkaufs, in einem Blumenfachhandel, als Vertreterin für Gardinen und Stoffwaren, als Serviererin bei Staatsempfängen und als Abteilungsleiterin in einem Möbelgeschäft.* Johanna und die anderen schauen sie gespannt an. *Jetzt bin ich offiziell Rentnerin.* Uta macht sich eine Zigarette an. *Aber ich bin auch Künstlerin. Manchmal verkaufe ich auch etwas.*

Auf dem Nachhauseweg später wird sie darüber zu mir sagen, dass *das ja auch stimmt,* denn ein paar der Bilder und Figuren, die sie in der Klinik und danach gemalt und getöpfert hat, seien tatsächlich verkauft worden. Jahre später, sagt sie, habe sie eine ihrer Figuren im Schaufenster eines An- und Verkaufs in der Dresdener Straße gesehen. In der Bar noch quittiert Johanna Utas Antwort mit einem zustimmenden Nicken, stellt keine weiteren Nachfragen. In der Zwischenzeit ist ein neuer Gast in die Bar gekommen und hat sich neben Johanna gesetzt. Als er ihr weismachen will, dass Frauen besser keinen Alkohol trinken sollten, wird sie laut. Als sie ihm kurz darauf mitteilt, dass sie als studierte Chemikerin an einem wissenschaftlichen Institut Forschung betreibt, scheint für ihn eine Welt zusammenzubrechen. Betreten schaut ihm die ganze Runde zu, wie er still und zügig erst seinen Schnaps und dann sein Bier austrinkt.

Spätestens jetzt, zu einer Tresengemeinschaft gewachsen, wird entschieden, den Abend an dieser Stelle nicht zu beenden. Johanna und ihre Begleiter sind dabei sichtbar angeschlagen, Uta hingegen bester Laune. Sie insistiert. *Außer mein junger Begleiter möchte schon nach Hause.* Ich willige ein, und wir machen uns auf den Weg. An der Bar decken wir uns schließlich mit Bier ein, verlassen die Kneipe, gehen über die Straße, biegen zweimal ab und stehen vor der Haustür eines der jungen Männer. Oben auf dem Balkon gibt es Flaschenbier für alle, und Uta erzählt ausführlich von ihrem Leben. Im Halbkreis sitzen die drei um uns herum, stellen Zwischenfragen, hören in erster Linie aber gespannt zu. Immer wieder gibt es Momente, in denen Uta innehält und mir das Wort übergibt, weil sie vielleicht keine Lust auf die gestellte Frage hat, oder auch, weil es geheimnisvoller ist, wenn ihre Geschichte von einer dritten Person nacherzählt wird, während sie in der Dunkelheit an ihrer Zigarette zieht. *Hast du eigentlich andere Frauen bei der Arbeit kennengelernt*, fragt Johanna.

*Es gab nur einen Abend, an dem ich andere Frauen kennengelernt habe, die sicher auch für die STASI gearbeitet haben. Ich habe die aber nie wiedergesehen, wahrscheinlich waren die auch von woanders hergebracht worden, sodass wir uns auf gar keinen Fall irgendwo zufällig wiedertrafen. Geredet haben wir natürlich nicht miteinander. Man wusste ja, alles, was ich denen erzähle, kann ich auch gleich der STASI sagen.*

Am 31. Jahrestag der Befreiung durch die Rote Armee wird Ulrike Meinhof tot in der Justizvollzugsanstalt Stammheim aufgefunden. Wenige Monate später schickt der große Vorsitzende in Peking die Volksrepublik mit seinem Tod in eine ideologische Selbstfindungsphase. Ein paar Tage später wird Uta abends von einem Auto mit abgedunkelten Fenstern abgeholt. Ihr Kind schaut der Limousine hinterher und wird dann von einem Mitarbeiter des Ministeriums zum Würfeln herausgefordert. Zwei Wochen danach wird Helmut Schmidt als Bundeskanzler der BRD im Amt bestätigt. Die zuvor bereits eingeleitete Annäherung an die DDR wird damit fortgesetzt. Die wechselseitigen Besuche werden nun offizieller.

Im Vorfeld ist Uta gebeten worden, sich *für einen besonderen Anlass* zu kleiden. Die Nachbarn schauen aus den Fenstern, sowohl auf Uta als auch auf das Auto. Die Limousine fährt auf die Landstraße, vorbei an Borna und Böhlen geht es in den Leipziger Norden. Schließlich hält sie vor einem großen Anwesen, hohe, alte Bäume rahmen das Gebäude ein. Der Garten hat Zugang zur Elster, die Auffahrt ist zurückhaltend beleuchtet. Das sei das Haus des Generalstaatsanwalts, wird ihr erklärt. Dann wird Uta zum Seiteneingang geleitet. Durch die großen Fenster kann sie sehen, dass im Salon noch verhandelt wird. In der Küche sitzen drei weitere Frauen. Alle vier warten sie, lange. Ihnen wird alles gebracht, was sie beim Hauspersonal bestellen. Es gibt Weißwein, Würstchen und Kartoffelsalat, Pudding und Kaffee. Als es bereits spät ist, werden die Frauen in die Kellerbar geleitet. Hier sitzen drei Westdeutsche, der *Generalstaatsanwalt* und vier Politiker aus dem Osten. Alle sprechen sich mit Vornamen an. Schnell stellt sich heraus, *wer mit wem in welches Zimmer geht.* Im oberen Bereich des Hauses stehen für alle Gästezimmer zur Verfügung. Am nächsten Morgen bekommt Uta 500,– D-Mark. Sofort soll sie einen Bericht verfassen, bekommt Frühstück und Sekt zur Auflockerung. *Vor allem, was noch im Zimmer geredet wurde, ob der Westmann irgendwas gesagt hat über die Verhandlungen oder sonst irgendwas.* Dann bekommt sie noch mal 200,– Mark und 200,– D-Mark. *Aber der*

*Mann hat natürlich gar nichts gesagt, der wäre ja schön blöd gewesen, wenn er mit mir über was gesprochen hätte. Der wollte einfach nur Sex, und das war es.*

Von der Vernehmung wird sie direkt zur Arbeit gefahren. Von Sekt und Lohn beschwingt geht Uta ihrer Tätigkeit nach: *Wenn manch eine hier wüsste, was ich heute Nacht erlebt habe …*

Bulling trifft sich eine Woche später mit Uta, von jetzt an immer im Gebäude gleich am Ufer der Chemnitz. Zu fast jeder Tages- und Nachtzeit sind im Rosenhof Menschen unterwegs. Die Wohnung, die Bulling ihr öffnet, ist unbewohnt. Uta registriert, wie sich ihr Verbindungsmann mehr und mehr in den Zimmern einrichtet. Recknitz ist nicht bei jedem Treffen dabei, kommt manchmal gegen Ende ihrer Gespräche oder verlässt die Wohnung, kurz nachdem sie angekommen ist. Wenn Uta abends auf dem Weg zur *Brieftaube* oder zum *Optiker* an dem Komplex vorbeikommt, sieht sie oft im Fenster das Licht brennen.

Im Wohnungsflur hat Bulling eingerahmte Stickereien aufgehängt, Kunsthandwerk, wie sie es aus dem Erzgebirge kennt. Kurze Sprüche stehen darauf: *Der Mensch stolpert über Maulwurfshügel, nicht über Berge,* oder *Glück entsteht nicht von allein, es muss hergestellt werden.* Wenn Uta sich ihre Jacke anzieht, muss sie sich vorstellen, wie Bullings Schwester diese Stickereien für ihn anfertigt. Im Wohnzimmer, wo sie sitzen, hat er zwei Kunstdrucke aufgehängt: Eine Bergarbeiterstadt ist auf dem einen zu sehen. Links und rechts, am Bildrand, ziehen sich bewaldete Berge hoch. Merkwürdigerweise aber scheint hinter der Stadt eine flache Ebene zu beginnen, sehr weit sieht man einen tiefliegenden Himmel. Auf dem Bild fehlen die Menschen. Das andere Bild ist abstrakt gehalten. Es besteht aus farbigen, kleinen Quadraten, die die gesamte Bildfläche überziehen. Um manche Quadrate sind dunklere Schatten gelegt, sodass der Eindruck entsteht, sie würden von den anderen überragt werden. Das Bild passt gut zur Tapete und dem eckigen Couchtisch und dem Wohnzimmerschrank, der auf der anderen Seite an der Wand steht. Es ist in einem aufwendig aus Holz geschnitzten Rahmen, wohingegen die Landschaft von einem schwarzen Kunststoffrahmen eingefasst ist. Die Bilder sind beinahe gleich groß. Als es draußen zum ersten Mal schneit, hat Bulling zwei Zimmerpflanzen im Wohnzimmer aufgestellt. Die große Staude, direkt am Fenster, gefällt Uta, auch wenn einige der Blätter Risse von der Kälte haben. Bulling reicht Glühwein und Plätzchen.

Bei diesem Treffen im Dezember sitzt neben ihm ein junger Mann, den Uta sofort wiedererkennt, ohne genau sagen zu können, woher ihr sein Gesicht bekannt ist. Als *Herr Andreas* wird er ihr vorgestellt. Sie verschiebt das Rätseln über *Herrn Andreas* auf einen späteren Zeitpunkt, gibt Bulling vorerst bereitwillig und detailliert Auskunft über die Ereignisse der vergangenen Wochen, erwähnt, dass über den weiteren Verbleib der jungen Frau aus der *Moskau Bar* nichts weiter in Erfahrung zu bringen war, zählt auf, was sie über Monikas Freund hat herausfinden können, beschreibt mehrfach, wie plump und vulgär Sabine sich Männern nähere, sobald sie Alkohol getrunken habe. Plötzlich, während Uta erzählt und Herr Andreas sich vorbeugt, um ihr Gesagtes auf dem niedrigen Tisch zu protokollieren, erkennt sie ihn im Profil an seiner schmalen Unterlippe wieder. Er muss drei oder vier Jahre jünger sein als sie, in jedem Fall war er zwei Klassen unter ihr, saß dadurch in der Grundschule nur wenige Tische von ihr entfernt und heißt mit vollständigem Namen Johannes Gleit. Sie hat seine Jacke vor Augen und wie er im Sportunterricht über die Aschenbahn rennt. Viel

Kontakt hatten sie nie, obwohl nicht abgelehnt von den anderen Kindern, war er meistens allein unterwegs. Sein Vater und der Vater ihrer Freundin Iris kannten sich aus der Vereinigung der Verfolgten des Naziregimes, Uta traf ihn erst in der FDJ wieder. Am 1. Mai lief sie drei Reihen hinter ihm, konnte über die Köpfe der anderen Jugendlichen seine schmale Unterlippe im Profil sehen und verlor ihn dann aus den Augen. Und jetzt also sitzt er ihr als *Herr Andreas* schräg gegenüber, den Rücken fast wie eine Kugel gebogen, und notiert ihre Aussagen. Als Uta ihren Bericht beendet hat, übergibt Bulling das Wort an ihn, denn er hat zusätzlich zu den ihr bereits erteilten Aufträgen eine neue Aufgabe für Uta, geht ohne größere Erklärung dazu über, ihr von einem Mann in Schneeberg zu erzählen, zu dem es einige Verdachtsmomente gibt, und bei dem sie begründet davon ausgehen, dass es ihr, Uta, möglich sein könnte, weitere Informationen über ihn in Erfahrung zu bringen. Andreas übergibt ihr die Adresse und skizziert in einigen Sätzen die vorzufindende Szenerie, nimmt dann wieder Bezug auf Uta und sagt, dass die Legende der Kontaktaufnahme *mit der gemeinsamen Geschichte einfach und schlüssig zu begründen* sei, sie kenne zwei der Freunde des Mannes, und es könne *ein Leichtes für sie* sein, in Kontakt mit ihm zu treten. Eine Fotografie des Mannes kann Andreas Uta nicht vorlegen, protokolliert aber ihr Einverständnis, sich der Aufgabe anzunehmen.

Im Zusammenhang mit meinem Auftrag am 12. und 13.12.76 in Schneeberg, wo ich Telefongespräche von einem (schwarzer Balken) entgegennahm bzw. (schwarzer Balken) sich mir am 12.12. mit seinem Nachnamen (schwarzer Balken), von Beruf Bäckermeister, vorstellte, erinnerte ich mich an folgenden Sachverhalt:

Im Jahr 1971 oder 1972, ich war noch verheiratet, fuhr ich mit (schwarzer Balken) zu Bekannten nach Schneeberg und wir verbrachten dort eine Woche Urlaub. (schwarzer Balken) ging täglich in die damalige Gaststätte »Tränk«, meist zwischen 18.00 und 19.00 Uhr, und wir waren deshalb »gezwungen«, ebenfalls mitzugehen. Dadurch lernten wir mehrere Personen kennen, die im Vereinszimmer – meist 12–14 männliche Personen – zusammenkamen. Ich kann mich noch genau daran erinnern, daß sich in diesem Personenkreis dieser Bäckermeister befand, da mich dieser, mit Unterstützung von Frau (schwarzer Balken) in diese Werkstatt mitnehmen wollte, um mir etwas zu schenken. Mir war zwar klar, daß er dies nicht nur aus Gefälligkeit tun würde, ahnte jedoch nicht, daß es sich hierbei um einen sehr brutalen Menschen handelte. Nachdem wir in der Werkstatt angekommen waren, versuchte er auf eine so brutale Art und Weise, mit mir Geschlechtsverkehr durchzuführen, daß ich mich wehrte und ihn zurückstieß, so daß mehrere Töpfe und Schüsseln zerbrachen.

Entsprechend des Auftrags am 13.12. in Schneeberg kann ich berichten, daß es sich in diesem Fall zweifelsfrei um diesen (schwarzer Balken) handelt. Ich kann mich noch erinnern, daß in diesem Vereinszimmer fast täglich diese Männer zusammenkommen. Außer (schwarzer Balken) waren noch ein KFZ-Meister und ein Vertriebsleiter täglich anwesend. Der Personenkreis ist ungefähr zwischen 35–55 Jahre alt. Ich bin jedoch nicht in der Lage, Namen zu nennen, da mir diese inzwischen entfallen sind. Zu (schwarzer Balken) kann ich noch berichten, daß er mir besonders auch deshalb auffiel, da er dort der Wortführer war, oft ziemlich vulgäre und politische Witze erzählte und auch oft für alle Personen spendierte.

Der Friedhof liegt auf einem winzigen Hügel, als hätte der Berg an der Stelle eine Beule. Als ich das Auto parke, steht es so schräg am Hang, dass ich fast von alleine aussteige, als ich die Tür öffne. Uta muss gegen die Steigung aussteigen, was ihr erst beim dritten Anlauf gelingt. Obwohl es bereits September ist, ist es angenehm warm. Der Wind treibt die Wolken schnell weiter ins Gebirge, der angekündigte Regen lässt auf sich warten. Der Friedhof ist klein. Am Eingang stehen zwei, drei hohe, alte Kiefern, dahinter sind die Gräber reihenweise angeordnet, die meisten säuberlich gepflegt. Dazwischen wachsen kleinere Büsche. Eine Kirche ist nicht zu sehen, auch eine Trauerhalle oder ein vergleichbares Gebäude scheint es hier oben nicht zu geben. Erst bei der Abfahrt, auf der anderen Seite des Hügels, werden wir die Kirche passieren. Uta geht durch das kleine Gatter. Sie versucht, sich an den Kiefern zu orientieren, läuft zwei, drei Reihen hoch, verharrt und geht wieder zurück. Am Ende der untersten Reihe bleibt sie stehen. *Hier ist es,* sagt sie, und zeigt auf ein schmales Grab mit einem geschliffenen Naturstein. In bronzenen Lettern stehen die Namen von zwei Personen darauf. Uta geht in die Hocke und stellt die mitgebrachten Blümchen an den Rand des Grabes, die Plastiktüte steckt sie in ihre Jackentasche. *Jetzt kann man auch sehen, dass wir hier waren,* sagt sie, und ich hake ihren Arm unter, damit sie sich besser wieder aufrichten kann. *Ich weiß nicht, ob meine Mutti ein glückliches Leben hatte. Ich kann es mir eigentlich nicht vorstellen. Immer nur arbeiten und sonst halt kochen und sich um die Kinder kümmern.* Die anderen Gräber will sie auf dem Friedhof nicht suchen. *Selbst als sie alt war, hat sie sich ständig Sorgen um das Geld gemacht. Und einsam war die hier im Dorf wahrscheinlich auch. So richtig rausgekommen ist die ja nie.* Uta nimmt jetzt den anderen Ausgang des Friedhofs. *Es könnte sein, dass dort vorne noch eine Bekannte aus meiner Schulzeit wohnt.* Vor jedem zweiten Haus bleibt sie stehen und erzählt, wer früher dort gelebt hat. Auf manchen Klingelschildern steht noch derselbe Name. *Meinem Vati hätte ich gewünscht, dass er noch ein paar Jahre lebt. Dem hat es gefallen, Rentner zu sein. Endlich hatte der Zeit mit seinen Enkelkindern. Und arbeiten, klar war das für den wichtig als Sozialist – aber der hat auch gerne Zeit mit seinen Freunden verbracht. Bier trinken, Skat spielen, was man eben so macht in seinem Leben.* Vom Haus ihrer Eltern ist nichts mehr zu sehen. Das, was früher Scheune und Schweinestall war, ist heute ein Wohnhaus. Die Torbögen der Garage sind noch zu sehen, zugemauert, der Straße abgewandt, liegen sie jetzt auf der Rückseite eines neuen Gebäudes. Einzig ein paar Bäume der alten Fallobstwiese glaubt Uta im neuen Garten dieses Neubauhauses ausmachen zu können. Wo früher das Haus ihrer Eltern stand, ist jetzt eine Landstraße, oder *vielleicht war es auch ein Stückchen weiter da drüben, wo jetzt der Supermarkt ist.* Auch der Großbetrieb, für den sowohl ihr Vater als auch ihre Mutter gearbeitet haben, ist abgebaut. Ein Lebensmittelmarkt und ein Drogeriemarkt befinden sich jetzt dort, davor ein großer Parkplatz. Über das Tal hinweg zeigt Uta auf den gegenüberliegenden Hang. *Da ist meine erste Wohnung gewesen. Von da aus bin ich immer nach Zwickau gefahren. Da ging es los.* Uta macht sich eine Zigarette an. *Und da oben an dem Denkmal für die Bergarbeiter habe ich als Kind immer gespielt.* Bevor wir wieder ins Auto steigen, kaufen wir uns eine Flasche Kakao und zwei Schokoriegel im Supermarkt. *Schade auch,* sagt Uta, als wir den Ort verlassen, *dass ich alle Fotos von meinem Vati verloren habe. Durch die ganzen Umzüge und mein unruhiges Leben ist davon nichts übrig geblieben. Alles unterwegs verloren.*

Heute möchte ich über eine mir schon seit längerer Zeit bekannte Person berichten. Es handelt sich um die Angestellte

(schwarzer Balken),

ledig, wohnhaft in (schwarzer Balken).

Sie hat sehr viele Männerbekanntschaften im kap. Ausland. Sie verreist gerne nach Prag, Budapest und spekuliert darauf, eines Tages einmal einen ledigen Mann, der auch finanziell gut steht, kennenzulernen, um zu heiraten und ins kap. Ausland überzusiedeln. Sie spricht perfekt Englisch und möchte gerne noch Französisch lernen. In KMSt. hat sie oft flüchtige Bekanntschaften, wo sie, bevor sie intime Beziehungen eingeht, einen genauen Preis für die Nacht festlegt, der zwischen 200,– und 300,– M. liegt.

Zuhause hat sie eine ansehnliche Schmucksammlung im Wert von circa 15 000,– bis 20 000,– M. Sie besitzt eine komplett eingerichtete Wohnung. Die (schwarzer Balken) spekuliert z. Zt. darauf, eine Weiterbildung beginnen zu können. Sie steht finanziell sehr gut da und geht nur zum Schein arbeiten, um nicht aufzufallen. Zur Zeit arbeitet sie nur zwei Tage die Woche. Schon seit mehreren Jahren nimmt die (schwarzer Balken) während der Leipziger Messe ihren Urlaub und trifft sich in Leipzig mit ihren Bekannten.

(schwarzer Balken) war vom 10.11.76 bis zum 15.11.76 in Prag. Der einzige Zweck ihrer Reise war es, Ausländer kennenzulernen und sich von diesen kostspielige Geschenke machen zu lassen. Sie lernte u. a. zwei Westdeutsche kennen, mit denen sie intimen Kontakt hatte und verabredete sich mit diesen zur Leipziger Messe.

Von ihrem Bekannten erhielt sie für eine Nacht 500,– DM. Sie hat von ihrem 5tägigen Aufenthalt in Prag ca. 2000,– DM mitgebracht. (schwarzer Balken) hat, wie ich ihren Äußerungen entnahm, schon so viel Geld in DM im Haus, daß sie sich gut ein Auto leisten könnte. Ihr einziger Lebensinhalt ist es, Geld zu verdienen, und mir ist nichts bekannt, was sie an unsere Republik binden könnte.

Während der Herbstmesse nahm die (schwarzer Balken) an einem Empfang des iranischen Botschafters im IH »Astoria«, zu dem ich ebenfalls eingeladen wurde, teil. Daran nahmen ca. 150 Personen, davon 7 bis 10 Frauen teil. Die (schwarzer Balken) hatte die Bekanntschaft des Dolmetschers dieses Botschafters, mit dem sie mehrfach intim verkehrte, bereits 14 Tage vor Beginn der Messe gemacht. Dieser Dolmetscher heißt (schwarzer Balken) oder ähnlich, ist ca. 35 Jahre alt und arbeitet bei der iranischen Botschaft in Berlin.

Gegen Ende des Jahres 1976 beginnt Uta wieder zu arbeiten, anfangs nur ein paar Tage die Woche, nach vier Wochen Probephase wird die Stundenzahl auf das normale Niveau gehoben, und sie muss wieder fünf Tage zur Früh- oder Spätschicht, einmal im Monat gibt es einen Haushaltstag. Hat sie anfänglich kurz mit dem Gedanken gespielt, eine reguläre Tätigkeit in der Konsum-Filiale Bernsdorf zu übernehmen, nimmt sie davon Abstand und lässt sich bald an das Hotel *Steffi* in der Nähe des Hauptbahnhofs vermitteln. Bei der Arbeitsvermittlung begrüßt man diesen Schritt, angesichts ihrer vorherigen Tätigkeiten im *Interhotel Kongreß* und dem Hotel *Schloßhotel Stolpe* wird ihr Fachkenntnis im Bereich Service- und Serviertätigkeiten bescheinigt. Das Hotel *Steffi* ist ein wenig prunkvoller Jugendstilbau gegenüber dem Hauptbahnhof, auf fünf Etagen können knapp 220 Personen untergebracht werden, im Hochparterre gibt es einen geräumigen Frühstückssaal mit riesigen, einfach verglasten Fenstern mit Aussicht auf die Baulücke zur

Straße der Nationen. Wenn Uta morgens das Frühstück aufträgt, hat sie so freie Sicht auf die von ihr ehemals mitgenutzte Wohnung in der Straße der Nationen, Hausnummer 6. Auf der Rückseite grenzt das Hotel *Steffi* an ein kleines Theater, in dem nicht selten nach den Vorstellungen die Schauspieler und Schauspielerinnen im Keller kleinere Feierlichkeiten abhalten, zu denen sie regelmäßig Uta und das andere Personal des *Steffis* einladen, was dazu führen kann, dass Uta aus dem Keller direkt wieder zur Frühschicht geht.

Im Keller wie im obersten Stockwerk gibt es im *Steffi* eine Bar. Von Anfang an wird Uta abwechselnd zu Früh- und Spätdienst eingeteilt, morgens ab fünf Uhr Frühstück bereiten oder abends ab 17 Uhr in der Kellerbar Spirituosen und Kleinigkeiten servieren. Das Publikum ist gemischter als in den vorherigen Etablissements. Auch hier hat sie Kontakt zu geschäftlich Reisenden, die Herkunftsorte der Gäste sind dabei jedoch weit weniger entfernt von Karl-Marx-Stadt, als es im *Inter* der Fall war. Grimma, Altenburg, Meißen, Pritzwalk, Grabow, Wolgast. Daneben Familien mit Kindern, die auf dem Weg nach Ungarn oder in die ČSSR Zwischenstopp machen. Uta findet sich rasch zurecht, lässt sich aber dennoch bereits Anfang November beurlauben, um gemeinsam mit Sabine nach Prag fahren zu können.

Die Freundin hat sie eher zufällig in der Bar des *Chemnitzer Hofs* getroffen. Ein paar Wochen später sitzen die beiden Frauen bereits wieder im Zug, wobei Uta Sabine tadelt, da sie ihren Kleidungsstil für den Anforderungen nicht angemessen hält. Der unaufmerksam aufgetragene Lippenstift und der zu kurz genähte Jeansrock entsprechen weder Utas Vorstellungen noch den durch sie vertretenen Vorstellungen des Einlassers des *Interhotels*. Kurzerhand kleidet sie die Freundin im Zug um, gibt ihr Bluse und Hose von sich, verleiht die von ihr mitgenommene zweite Zigarettenspitze und begrüßt in Prag den Einlasser bei seinem Vornamen. In vier Tagen verdienen die beiden über 2000,– DM, hinzu kommen kleinere Beträge in Kronen, Schilling und Schweizer Franken. Nicht unerheblichen Anteil an diesem florierenden Geschäft hat das Personal des Hotels, kennt es doch die unterschiedlichen Arten der Gäste und kann gezielt Verbindungen entstehen lassen oder das Verhalten einzelner sanktionieren. Wann immer Uta ein Zimmer verlässt, ist wie zufällig der Hoteldetektiv auf dem Flur. Sie gibt ihm Dollars, DM, Kronen, Zigaretten oder Whiskey. Auch im Lift arbeitet eine freundliche und hilfsbereite Person, ebenso an der Bar, an der Rezeption und am Einlass. Als Uta nachts mit dem Detektiv alleine ist, wünscht er sich von ihr bei ihrem nächsten Besuch ostdeutsche Wurstwaren und Nachfüllpatronen für Gasfeuerzeuge. Im Januar dann, als Uta mit Sabine und Monika wiederkommt, hat sie in ihrer Tasche vier luftgetrocknete Salami, eingeschweißten Schinken und zwei Patronen Feuerzeuggas. Sabine schenkt der jungen Frau von der Rezeption sechs Tafeln Schokolade und Marzipaneier. Die Verabredungen florieren. Als Uta und Sabine an der Bar sitzen, raunt ihnen der Detektiv vom Eingang kommend zu: *Ganze Horde Amerikaner!*, nennt Zimmernummer und Etage. In diesem Fall kassiert er doppelt. Schon die amerikanischen Herren haben ihm ein Trinkgeld zugeschoben, mit der Bitte, für ein wenig *Gesellschaft* zu sorgen. Im *Inter*, das weiß Uta, sind sie gefragt. Vor der Tür dagegen stehen die tschechischen Frauen, vom Einlasser meist abgewiesen mangels englischer Sprachkenntnisse, für ihn mühelos erkennbar am Erscheinungsbild. Wird ihnen doch Zutritt zum Gebäude gewährt, müssen sie in der Lobby Platz nehmen und warten in der Bar vergebens darauf, bedient zu werden, da das Personal zu wissen glaubt, dass das mögliche Trinkgeld weit geringer und aller Wahrscheinlichkeit nach in Kronen statt *Valuta* ausfällt. Uta tritt nicht in Kontakt mit diesen Frauen, ihr würde sofort das gleiche Schicksal zuteilwerden. Noch aber ist sie ein inoffiziell erwünschter Gast.

Ehefrauen? Die haben nie angerufen, geschweige denn, dass die mit waren. Was hätten die auch die ganze Zeit machen sollen. Zu Hause, wenn deren Männer weg waren, hatten die doch viel mehr Freiheiten. Einmal, da war ich morgens im Bad, da habe ich gehört, dass jemand telefoniert hat aus dem Hotelzimmer. Gesagt haben wird er es ihr mit Sicherheit nicht. Ich kann mir überhaupt nicht vorstellen, dass irgendeiner von den Männern seiner Frau das zu Hause erzählt hat. Und wie hätten die das mitbekommen sollen? Die Arbeitskollegen fragen? Damit deren Frauen dann auch noch Bescheid wussten? Das blieb alles schön unter Verschluss. Diskretion war absolut wichtig. Für uns schließlich auch. Immerhin war das illegal, was wir gemacht haben, und stand offiziell unter Strafe.

Einer hat mal erzählt, dass er beim letzten Besuch seine Ehefrau dabeihatte. Die hat dann gemerkt, wie ihn andere Frauen in der Lobby und in der Bar begrüßt haben. Die konnte sich dann alles denken. Aber anstatt dass sie wütend geworden ist oder so was, hat sie die anderen Frauen mit zum Tisch eingeladen und sich einfach nett mit denen unterhalten. Das war ein sehr respektvoller Umgang. Aber auch das Personal war meistens respektvoll mit uns. Die wussten zwar, die ist aus der DDR, die kann sich das Zimmer eigentlich nicht leisten – aber spätestens morgen hat die genug Geld, und wir alle profitieren davon. Deshalb haben die sich immer gefreut, wenn wir da waren, man hat sich ausgetauscht und so weiter. Die haben auch gesagt: *Es ist nicht schlimm, wenn du zwischendurch mal ein Glas Cola mit Wasser trinkst, damit du nicht so schnell besoffen wirst, wenn du den ganzen Abend mit irgendwelchen Männern in der Bar sitzen musst.* Alle haben für sich gesorgt – gegenseitig, alle haben was abbekommen. Was die Männer für eine Nacht im Zimmer bezahlt haben, so viel haben die Kellner nicht in einem ganzen Monat verdient. Kein Wunder wollten die was abhaben.

Einmal habe ich einen Fiesling kennengelernt, das waren keine Geschäftsmänner, sondern einfache Touristen. Der hat mir einfach seinen Hotelzimmerschlüssel gegeben, und ich sollte schon mal in sein Zimmer gehen – er käme gleich nach. Ich habe sein Zimmer aber nicht gefunden, bin durch die Gänge geirrt. Aus irgendeinem Grund muss ich einen Schutzengel gehabt haben. Als ich wieder in die Nachtbar oben bin, stand er direkt vor dem Fahrstuhl. Ich sage zu ihm: *Ich habe deine Zimmernummer nicht gefunden.* Da sagt er direkt wütend: *Komm! Wir fahren runter und gucken nach, ob was fehlt.* Ich habe natürlich *Nein* gesagt. *Ich geh nicht mit. Ich geh nicht in dein Zimmer.* Er wollte mich zwingen, hat versucht, mich in den Fahrstuhl zu drängen, hat mich festgehalten und an mir gezerrt. Da habe ich ein Theater gemacht! Habe laut geschrien – da ist er abgezogen. Der hatte auch keine Lust, vom Hausdetektiv rausgeschmissen zu werden.

Nachdem Uta und Sabine aus Prag zurückgekehrt sind, beschließen sie, vor dem Jahreswechsel noch einmal nach Leipzig zu fahren, außerhalb der Messe wird dort zwar weniger Betrieb herrschen, dennoch hat Uta bisher gute Erfahrungen mit solchen Kurzaufenthalten gemacht. Von Freitag bis Montag halten sich die beiden Frauen Anfang Dezember in der Messestadt auf. Sabine hat sich dafür von einem befreundeten Arzt krankschreiben lassen, Uta kann auf restliche Urlaubstage zurückgreifen. Über ihre Ehe redet Sabine während der Tage anfangs spärlich, dann immer ausführlicher, sagt, dass die körperliche Anziehung rasant nachgelassen habe, sie mit ihrem Mann seit Monaten keine Zärtlichkeiten mehr austausche, sich stattdessen in ihrer Erinnerung an ihre kurzweilige *Betriebsehe* im Sommer ergehe. Dem gemeinsamen Bekannten aus der *Moskau Bar* waren im Juli jedoch Bestrebungen zur Republikflucht nachgewiesen worden, er ist seit September für knapp ein Jahr inhaftiert. Seitdem unterhält Sabine keinen Kontakt mehr mit ihm, nimmt sich aber vor, im Februar eine Karte an ihn zu schreiben, gibt darauf Utas Adresse an, und am 8. und 12. Februar kommt jeweils ein Antwortschreiben vom Kaßberg. Als Uta die Briefe öffnet, ist sie sich sicher, dass sie nicht die Erste ist, die ihre Finger auf der Rückseite in den Briefumschlag einführt. Sabine weint kurz, als sie den ersten Brief bei der Freundin in der Küche liest.

Sabine sieht keine Notwendigkeit, mit ihrem Ehemann über ihre Tätigkeiten in Leipzig im Dezember das Gespräch zu suchen, er ist ohnehin aus beruflichen Gründen bis zum 2. Januar in Greifswald. Im Hotel *Astoria* lernen Uta und Sabine zwei Italiener kennen, beide 42, sind die beiden für einen längeren Aufenthalt in der DDR, geschäftlich zuerst in Leipzig, zu Weihnachten und Silvester dann in Karl-Marx-Stadt, ihrer Darstellung nach sind sie tätig für einen großen Landmaschinenhersteller, dem im Zuge der Wirtschaftsverhandlungen seit 1972 in der DDR Absatzmärkte eröffnet werden. Kurzerhand verabreden sie sich, die Weihnachtstage gemeinsam bei Uta in der Wohnung zu verbringen. Die Italiener bringen Wein mit, während Uta aus dem Erzgebirge eine halbe Gans organisiert. Am 24. sitzen sie alle zusammen in der Wohnküche der Vetterstraße, trinken Rotwein, essen Rotkraut und scherzen über Utas einstmalige Angewohnheit, das große Modell eines Bergwerks aus Holz im familiären Wohnzimmer zu errichten. Begeistert hört Uta, wie die Italiener das Wort *Lametta* aussprechen. Es wird Utas Lieblingswort an diesem Abend. Schon in Prag aber war sie nach zwei Tagen von der Freundin genervt, und jetzt stößt ihr das Verhalten endgültig auf. Die Freundin hat nicht gekocht, hat nicht eingekauft, nicht die Wohnung zur Verfügung gestellt, nicht den Kontakt mit den Italienern aufrechtgehalten und sich auch nicht darum gekümmert, dass die Kinder versorgt sind. Dafür steht sie schon vor dem Nachtisch auf und will sich mit einem der Männer in ein Schlafzimmer zurückziehen. Außerdem haben die Italiener Uta 100,– DM für das Essen gegeben, und Sabine fordert wie selbstverständlich die Hälfte davon. Uta platzt der Kragen. Egoismus wirft sie Sabine vor, nur *das Eigene im Sinne*, keine Augen für die Bedürfnisse anderer und nicht einmal ein Wort des Dankes dafür, dass sie Sabine stets mitnimmt nach Prag, Leipzig oder in die *Moskau Bar*. Billig und vulgär sei sie, primitiv und pervers, ob sie denn nicht merke, dass die Männer abgeschreckt und angewidert von ihr seien. Uta zeigt auf die beiden regungslosen Italiener in ihrer Mitte, die kaum ein deutsches Wort verstehen, wartet nicht ab, sondern fährt in ihrer Beschimpfung fort. Alles kaputt machen würde sie mit ihrem gierigen Verhalten. Sabine brüllt zurück, fragt, wofür sie sich bedanken soll, der Rotkohl schmecke ohnehin nach *gar nichts*, Uta sei feige, und den Männern gefiele Sabines direkte Art doch gut, das könnte sie jeden Tag wieder feststellen. Auf eine solche Freundin, die ihr nur im Weg stehe, könne sie getrost verzichten. Uta schmeißt Sabine raus. Die Italiener bleiben noch zur Nachspeise und ziehen sich danach in ihre Hotelzimmer zurück.

Als Uta am 4. Januar Bulling und Recknitz von diesen Vorfällen berichtet, zeigen die sich wenig beeindruckt. Bereits im Vorfeld hat Uta auf den zweifelhaften Klassenstandpunkt der Freundin aufmerksam gemacht, und gleich am 25.12. ein ausgiebiges Gedächtnisprotokoll angefertigt, um nach Möglichkeit die gesamte Bandbreite der von Sabine geäußerten Beschimpfungen zu erfassen. Mit Bulling und Recknitz geht sie die Sätze noch einmal durch, wobei diese ihr im Detail erläutern, woran sich die kritische Einstellung Sabine gegenüber dem Staat der DDR belegen lässt. Deutlich wird in dem Gespräch aber trotzdem auch, dass der stattgefundene Streit und die danach vollzogene Trennung alsbald und nach Möglichkeit in Gänze rückgängig zu machen sind. Außer Frage steht dabei jedoch, dass eine Entschuldigung einzig von Sabine zu erbringen ist und Utas Aufgabe eher darin bestehen wird, auf die Rückkehr der Freundin zu warten, sie aber über Ecken wissen zu lassen, dass eine Aussprache denkbar ist.

Mitte Januar wird die von Sabine angestrebte Teilnahme an einer Weiterbildungsmaßnahme abgelehnt. Stattdessen erhält sie von ihrer Vorgesetzten die Mitteilung, dass mehrfach Fehler in Teilen ihrer Fertigung festgestellt worden seien und sie daher unter erhöhter Aufmerksamkeit der Betriebsleitung stehe. Ebenfalls wird ein weiterer geplanter Arbeitsaufenthalt ihres Mannes in Greifswald kurzfristig abgesagt, was zur Konsequenz hat, dass er überraschenderweise den gesamten Januar in der gemeinsamen Wohnung ist. Ende Januar bereits klingelt Sabine bei Uta, hat eine Flasche Sekt dabei, entschuldigt ihr *fehlerhaftes* und *unangemessenes* Verhalten, und die beiden Frauen planen noch für den Februar eine Reise nach Prag.

In der Zwischenzeit war ich mit der (schwarzer Balken), auf Grund unserer privaten und beruflichen Kontakte, mehrmals zusammen, das heißt: wir waren gemeinsam in den verschiedensten Tanzlokalen in KMSt. In der letzten Zeit konnte ich mehrfach und wiederholt feststellen, daß (schwarzer Balken) vor allem BRD-Bürgern oder Bürgern anderer kap. Staaten nach meiner Meinung zum Teil vor allem unter starkem Alkoholeinfluß ziemlich unkontrolliert, primitiv und anmaßend Geldforderungen für ein intimes Beisammensein stellt. Dafür spricht beispielsweise auch der Ausspruch der BRD-Bürger, daß (schwarzer Balken) ihnen zu ›professionell‹ sei. Festgestellt habe ich, daß (schwarzer Balken) Geldforderungen in Höhe von 100,– bis 300,– DM stellt, wobei es auch Gelegenheiten gibt, wo sie auf ehemalige Bekanntschaften zurückgreift, wenn der von ihr gewünschte Typ, vor allem unter finanziellen Gesichtspunkten, nicht anwesend ist. In der letzten Zeit konnte ich wiederholt feststellen, daß die (schwarzer Balken) unter oftmals sehr starkem Alkoholeinfluß steht, vor allem seit den letzten vier Monaten. Als charakteristische Verhaltensweisen zeigen sich bei der (schwarzer Balken), auch mir gegenüber, ein starkes Geltungsbewußtsein, Überheblichkeit und der Drang, vor allem intime Beziehungen zum Erhalt von finanziellen Mitteln einzugehen, wobei das Aussehen und das Alter ausländischer Bürger nicht entscheidend ist. Ab und zu hat die (schwarzer Balken) auch intime Beziehungen zu DDR-Bürgern, die ihr eine Gefälligkeit erweisen, wie z.B. ihre Wohnung vorrichten usw. Durch meine Bekanntschaft mit der (schwarzer Balken) stellte ich fest, daß die (schwarzer Balken) nicht bereit ist, in irgendeiner Form zu teilen. So ist mir bekannt, daß (schwarzer Balken) es ablehnt, Gruppensex durchzuführen oder bespw. nicht bereit ist, daß ich, als ihre beste Freundin bei ihrer Anwesenheit mit einem Mann in ihrer Wohnung nächtige.

Ende Januar besuchte ich die (schwarzer Balken). Während unseres Beisammenseins wurde ziemlich viel Alkohol genossen. Dabei erzählte mir (schwarzer Balken), daß sie nichts mehr hier binde und fragte mich, wie ich dazu stehe, ob, wenn sich die Gelegenheit bietet, ich mit ihr gemeinsam nach drüben gehe. Dieses Gespräch war so eindeutig, daß ich annehmen mußte, daß mit ›drüben‹ die BRD gemeint ist. (schwarzer Balken) sagte mir, daß sie keine Weiterentwicklungsmöglichkeit sieht und deshalb diesen Weg beschreiten möchte.

Während unseres gemeinsamen Aufenthalts in Prag, vom 10.11.–15.11., lernte die (schwarzer Balken) den BRD-Bürger (schwarzer Balken) kennen. Mit diesem unterhält die (schwarzer Balken) seitdem engen Kontakt. So kam es auch während unseres Besuchs in Leipzig und während unseres Aufenthalts in Prag vom 18.2.–23.2. erneut zum Kontakt zwischen der (schwarzer Balken) und dem (schwarzer Balken). Die (schwarzer Balken) teilte mir auch mit, daß dieser BRD-Bürger auf einem Sparkonto ein Guthaben von 68 000 DM hat und daß sie ihm die Hälfte, vermutlich 5000 DM ihres Geldes mitgab. Wie sie mir dazu mitteilte, hat sie sich schriftlich abgesichert. Die für Ostern angekündigte Verlobung fand aber nicht statt. Offensichtlich hat die (schwarzer Balken) Zweifel an der Glaubhaftigkeit dieser Person, da sie mir sagte, daß das genannte Sparkonto auch einer Frau mitgehört. Gegenwärtig hofft sie, daß sie bald in die BRD kann.

Schon im Winter 1976 hat Uta das erste Mal von Sabine von einem befreundeten Arzt gehört, der der Freundin unregelmäßig Krankschreibungen ausstellt. Manchmal nur für einen

Tag, manchmal direkt für eine Woche befreit er sie damit von ihrer Arbeit. Ohne zu fragen, ist Uta klar, dass diese Krankschreibungen nur für erbrachte Gegenleistungen zustande kommen, sie unterlässt es aber, Sabine nach näheren Details zu fragen. Als Sabine und sie im Februar in Prag weilen und auf Einladung von Matthias ein Zimmer im *Interconti* bewohnen, das er ihnen auch nach seiner Abreise weiterhin zur Verfügung stellen will, da ohnehin seine Firma die Kosten übernimmt, schlägt Sabine vor, ihren Aufenthalt über die geplante Dauer zu verlängern, und tritt zu diesem Zweck telefonisch in Kontakt mit Johannes, seiner Beschreibung nach niedergelassener Hausarzt aus Rabenstein, der ohne Umschweife einwilligt, entsprechende Schreiben aufsetzt und sie den Frauen zur Unterschrift nach Prag schickt. Angesichts der nun bescheinigten Lebensmittelvergiftung, eines anschließenden Krankenhausaufenthaltes im Všeobecná fakultní nemocnice und einer kurzen, abschließenden Behandlung in der Praxis in Rabenstein bleiben Uta und Sabine vier weitere Tage im *Interconti*.

Als Uta am 28.2.77 wieder im Hotel *Steffi* zur Arbeit erscheint, wird sie von ihrem Vorgesetzten mit sorgenden Fragen begrüßt. Ob die Erkrankung nun wieder vorbei sei und ob es nicht eine schreckliche Erfahrung sei, in einem tschechischen Hospital zu liegen? Ihre Angaben stimmen mit denen des Krankenscheins überein, einzig an die korrekte tschechische Bezeichnung des Gerichts, das sie am Samstagabend gegessen hat, kann sie sich nicht mehr erinnern. Ein orangefarbener Eintopf sei es gewesen, woraufhin man sich einigt, dass es sich um eine Rote-Beete-Suppe mit Fischinhalt gehandelt haben müsse. Uta nutzt die Krankschreibung, um im Rahmen einer kleineren Feierlichkeit zu Hause bei Sabine am 8.3.77 Matthias kennenzulernen. So heißt der Arzt jenseits der Berichte.

Der junge Mann hat, obwohl erst 37 Jahre alt, bereits schütteres Haar. Bei ihrem ersten Gespräch fällt Uta auf, dass der Arzt dazu neigt, jede Person, mit der er redet, im Verlauf der Unterhaltung zu berühren. Anfangs ist es ihr unangenehm, dass er seine Hand auf ihrer Schulter legt, nach wenigen Sätzen aber hat sie die Geste beinahe vergessen, wird erst wieder daran erinnert, als er sich von ihr abwendet. Weiter bleibt ihr wenig von diesem Abend in Erinnerung, einzig ein Gespräch, das sie mit Sabine und den anderen führt und in dessen Verlauf der Arzt zum allgemeinen Gelächter der anderen einwirft, dass *wir so was wie Prostitution gar nicht brauchen. Wir haben ja den 8. März! Am Frauentag bekommt man die Frauen doch sehr leicht rum – am leichtesten die verheirateten!* Er verlässt die Party zum späteren Zeitpunkt nicht in Begleitung seiner Ehefrau, sie ist ohnehin nicht zur Feierlichkeit erschienen, da die Geburt des zweiten Kindes kurz bevorsteht.

Drei Tage später trifft Uta sich wieder mit Bulling und Recknitz, die sichtbar beruhigt sind, dass ihre Verbindung zu Sabine an Intensität wieder zugenommen hat, bei dem angegebenen BRD-Bürger waren bei zwei Grenzkontrollen keine Besonderheiten feststellbar, daher sind sie über jede andere Möglichkeit des Zugriffs dankbar. Uta berichtet ausführlich, lässt jedoch außen vor, dass ihr Aufenthalt in Prag eine Verlängerung erfahren hatte, ihr scheint dies eine zu vernachlässigende Information. Stärker fokussiert sie sich auf die Wiedergabe der Aussagen Sabines, die ihr auf die konkrete Bestrebung der Republikflucht der Freundin hinauszulaufen scheinen. Recknitz pflichtet ihr bei, wendet seine Aufmerksamkeit auf das strafrechtlich relevante Verhalten der Freundin und betont die nun noch einmal umso wichtigere erhöhte Aufmerksamkeit im Umgang mit dieser, auch angesichts all dessen, was der Sozialismus für sie getan habe. Gerade als junge Frau und Mutter sei es von außerordentlicher Wichtigkeit, und auch im Sinne der politischen Führung, dem gemeinsamen Staat zu Dienst zu stehen. Zum Abschluss ihres Gesprächs klärt Recknitz Uta über die Rolle der Frau im kapitalistischen System auf, weist sie noch mal darauf hin, dass Schwangerschaftsunterbrechungen in der DDR bereits seit 1972 möglich sind, dass die Gleichstellung von Mann und Frau ohnehin grundlegender Bestandteil des antifaschistischen Kampfes ist, dass Uta tagtäglich von diesem Selbstbestimmungsrecht der Frau Gebrauch machen könne und es für sie, anders für viele Frauen in Westdeutschland, unwiderlegbare Normalität sei, durch ihre Arbeit ihre Unabhängigkeit zu sichern. In Westdeutschland, wird Uta unterrichtet, und es sei davon auszugehen, dass ihrer Freundin Sabine nach ihrer illegalen Republikflucht ein gleiches Schicksal bevorstehe, fristeten die meisten Frauen ein zurückgezogenes und fremdbestimmtes Dasein als Ehe- und Hausfrauen, einzig darauf beschränkt, dem kapitalistischen System weitere Lohnabhängige zu gebären und diese in mühevoller und unbezahlter Arbeit isoliert aufzuziehen. Während Recknitz fortfährt in seinen Ausführungen, muss Uta sich die Freundin in dem grünen Mercedes Benz des BRD-Bürgers vorstellen, und wie sie Zugriff hat auf das mit 68 000,– DM gefüllte Sparkonto bei der Sparkasse Oberursel. Bei all diesen Beschreibungen und Vorstellungen fällt ihr auf, dass sie sich noch nie mit einer Frau aus Westdeutschland unterhalten hat. Bulling hingegen, der die Erläuterungen des Kollegen bereits Anfang der Woche bei einem anderen Termin verfolgen durfte, vermerkt in seinem persönlichen Protokoll über ihr Treffen zur Leipziger Messe: *Der überwiegende Teil der Unterhaltung erstreckte sich über das Züchten von Blumen.*

Am 23.3.77 in der Zeit von 19. bis 21.30 Uhr wurde mit dem IM »Anna« ein Treff in der IMK »Forsthaus« durchgeführt. Der IMV »Anna« berichtete bei diesem Treff nach erfolgreicher Rückkehr von der Leipziger Frühjahrsmesse zu folgenden Personen und Sachverhalten:

2. Bericht über den BRD-Bürger (schwarzer Balken), Frankfurt a.M. mit einer vorgesehenen möglichen Schleusung des IMV »Anna«.
3. Bericht über den Empfang der indischen Botschaft im Hotel »Stadt Leipzig«.

Maßnahmen:
1. Bericht über (schwarzer Balken) abschriftlich an Genossen Hauptmann Taufer zur Einleitung von politisch-operativen Maßnahmen, insbesondere zur Vorbereitung und Durchführung einer konspirativen Durchsuchung.

2. Bericht über (schwarzer Balken) abschriftlich an Genossen Hauptmann Taufer, Anlage eines Entwicklungsmaterials, Feststellung der Personalien des BRD-Bürgers, Einleitung der Postkontrolle bzw. PZF, Überprüfung in Speichern der Abteilung VIII und VI sowie Einleitung Einreisefahndung.

Die Sabine hatte doch keine Ahnung. Abends in der Bar hat sie immer gesagt: *Die geben zu viel Trinkgeld!* Die hatte Angst, dass die westdeutschen Männer kein Geld mehr für uns übrig hätten. Da habe ich sie aber unter dem Tisch getreten. Die wusste einfach nicht, wie es läuft! Wenn die Kellner das gehört hätten … Es war ja gut für uns, dass die viel Trinkgeld bekamen an den Tischen, an denen wir saßen. Wenn die gehört hätten, was die gesagt hat, die hätten uns rausgeschmissen oder am nächsten Tag einfach nicht mehr in die Bar gelassen. Die hat gesagt, *ich habe Angst, ich bekomme dann weniger*. Da hab ich der gesagt, *die Männer sind so reich, das kannst du dir gar nicht vorstellen. Und meistens bezahlen das auch noch die Firmen, was die hier ausgeben. Denen ist das eh egal. Sag ja nie wieder, dass die zu viel Trinkgeld geben*. Ich hab ihr dann alles erklärt: *Wenn du den Detektiv siehst, steck ihm Geld zu!* Da war sie stolz, als sie ihm das erste Mal Geld zugesteckt hatte. Genug haben wir ja schnell verdient. Als wir wieder nach Hause kamen, sagten ihre Kinder: *Mutti, das war wie Ostern und Weihnachten an einem Tag, als du wiedergekommen bist! Das musst du öfter machen!*

Dann aber hat die Sabine in Zwickau einen Schwulen kennengelernt und sich mit dem angefreundet. Mit dem wollte sie dann alleine nach Prag fahren. Da war ich sauer, aber ich habe nichts gesagt, dachte nur, das hast du alles von mir gelernt, das habe ich mir alles aufgebaut. Und dann bin ich doch drei Tage später hinterhergefahren. Im Zug saßen drei Jugoslawen, die hatten gute Kleidung, Kleider aus dem Westen, hättest du nicht gedacht, dass die aus dem sozialistischen Lager kamen. Als wir in Prag ankamen, sind die direkt mit mir ins Hotelzimmer, haben mir ein Zimmer angemietet, und von jedem habe ich noch 1000,– Kronen bekommen. Die wollten mit mir Sex haben, und dann sind sie gegangen, dann war ihre Gier eben befriedigt. Am Abend habe ich mich zurechtgemacht und bin in Richtung *Interconti*. Als ich ankam, habe ich die Sabine schon von weitem in einer Nebenstraße gesehen. Sie durfte sich nicht reinsetzen, weil sie kein Geld hatte, um sich drinnen was zu trinken zu bestellen. Deswegen wollte sie draußen schnell Kundschaft finden – aber es kam mir so vor, als stünde sie da schon mindestens drei Stunden. Ich bin dann zu ihr hin und habe ihr meine Story erzählt und habe sie zum Essen eingeladen. Da hat sie sich geärgert, das kannst du mir glauben.

Für den Abenden hat sie sich dann wieder an mich rangehängt – und wir haben beide direkt 500,– Dollar verdient. Am nächsten Tag ist sie dann wieder mit dem Schwulen nach Hause gefahren – sein Urlaub war zu Ende. Da war ich endgültig sauer. Als ich wieder zu Hause war, hatte ich erst mal keinen Kontakt mehr mit ihr.

Und dann hat Sabine die Karla in der Stadt getroffen – in den Kleidern, die mal ihr gehört hatten. Ihr hatten die Sachen nicht mehr gepasst, da hatte sie sie mir gegeben. Ich hatte die aber an die Karla billig weiterverkauft. Daher hat Sabine die erkannt. Mit der Karla wiederum hatte ich in der Zwischenzeit auch schon keinen Kontakt mehr, die hatte mich hinter meinem Rücken bei den Männern schlechtgemacht. *Die Uta geht nur mit Arabern ins Bett,* hat sie gesagt. Deshalb hatte ich den Kontakt abgebrochen. Auf jeden Fall trafen die beiden sich zufällig in der Stadt, und da hat Sabine sie angesprochen, und sie sind dann zusammen nach Prag gefahren. Später habe ich mich mit der Sabine wieder vertragen, da hat sie mir erzählt, wie es mit der Karla in Prag war. Die war sehr geizig, hat nie Trinkgeld gegeben und war immer sehr direkt. Spätestens beim dritten Satz hat die gesagt, *der Preis ist so und so*. Sabine und Karla haben dann in Prag bei ihrem Aufenthalt kein Trinkgeld gegeben, und irgendwann kam der Sicherheitsmann vom Hotel, der hatte immer zwei Hunde dabei, und hat sich hinter die gestellt, und die beiden Hunde haben so laut gebellt, dass sie gehen mussten – und er hat sie bis zum Hinterausgang verfolgt. Gebrüllt hat er dann noch: *Kommt ja nie wieder!* Das hat sie mir erzählt, als wir uns wieder vertragen hatten.

Beim nächsten Mal bin ich wieder mit ihr gefahren, aber wir haben nicht mehr im *Inter* gewohnt, sondern bei einer Freundin von ihr. Die war Tschechin, und mit der zusammen hatten wir nicht so gute Chancen bei den Männern. Die wollten Frauen aus der DDR. Es ist nie wieder so geworden wie früher.

Mit der Sabine war das so: Zuerst wurde ihr die Weiterbildung abgesagt, auf die sie jahrelang gewartet hatte. *Sie sind für einen sozialistischen Leitungskader nicht geeignet,* haben die gesagt. Dann wurde sie aus der Gaststätte versetzt, in der sie gearbeitet hat. Dort war gehobenes Publikum, und jetzt wurde sie in so eine Säuferbude am Rand der Stadt versetzt. Da waren wirklich nur noch Säufer und billige Nutten, die für Sex vielleicht sechs Mark und einen Schnaps genommen haben. Solche Leute waren wir überhaupt nicht gewohnt. Klar hat man die mal gesehen vielleicht, irgendwo abends auf dem Nachhauseweg oder am Straßenrand. Aber in solchen Bars haben wir nicht verkehrt, da gab es gar nicht das, was wir gesucht haben. Von dort heraus wurde sie tatsächlich in eine noch billigere Kaschemme versetzt, und sie sah für ihr Leben keine Zukunft mehr in der DDR. Da habe ich sie eigentlich auch gar nicht mehr gesehen, die Bar war nichts für mich – und dann war ich Jahre später doch fast immer dort.

Sie hat dann diesen Mann kennengelernt – und ihm nur noch nach dem Mund geredet und sich so gegeben, wie es für ihn passte. Und er war ja schon was älter und hat sich gedacht: *Das ist die perfekte Ehefrau, so eine finde ich nie wieder.* Der war bestimmt mindestens zwanzig Jahre älter. Es hat auf jeden Fall geklappt. Sie war da so 32, 33, und dann ging alles ganz schnell. Die haben geheiratet, und weg war sie.

Ein paar Jahre später ist sie mal zu Besuch gekommen, hatte sich in der Zwischenzeit aber kein einziges Mal gemeldet.

Sie ist direkt mit ihrem Mann zu mir gekommen. Ich hatte extra Kuchen gebacken und mich gefreut. Immerhin haben wir in Prag und Leipzig so ziemlich zusammen was erlebt. Aber sie war früher schon geizig, hatte sich immer beschwert, wenn ich im *Inter* zu viel Trinkgeld gab oder wenn die Männer zu viel Trinkgeld gaben. Auf jeden Fall war ihre Geizigkeit durch den Umzug in den Westen noch viel schlimmer geworden. Sie hat nicht einmal eine Tafel Schokolade mitgebracht, keine Jeans, keine Strumpfhose! Und dabei hat sie genau gewusst, wie gierig wir waren, wie bedürftig. Kein abgetragenes Kleid, keine Bettwäsche, nichts! Ich hab den Kuchen nicht serviert. Sie hat gesagt, *hier riecht es aber gut nach Kuchen*. Und ich hab einfach nur geantwortet: *Nee, das kann nicht sein.*

Die gesamte Fahrt bis Prag ist Uta aufgeregt, hängt kaum einen Satz an den anderen, lässt dennoch keine Pause im Reden, steht spätestens ab Dresden immer wieder auf, schaut aus dem Fenster auf die steilen Wände der Sächsischen Schweiz, auf die Elbe und das gegenüberliegende Ufer, und sagt bei jedem neu ins Sichtfeld rückenden Haus, *jetzt sind wir über die Grenze!* Ausschlaggebend ist die Farbe der Wände, *die Tschechen lieben dieses Gelb*, erklärt sie mir, und dann schauen wir gemeinsam, wie die Häuser langsam ihre Farbe verstellen. Erst als die Wälder wieder weniger werden und die ersten Industriebrachen von unserer nahenden Ankunft in Prag künden, wird sie ruhiger. Dabei musste ich sie nicht überzeugen, mich nach Prag zu begleiten, ist doch sie es, die die Ortschaft kennt, sich der Wege erinnert, wiedererkennt, was von mehr als dreißig Jahren überdeckt ist. Im Bahnhof fallen ihr einzelne Worte Tschechisch vor die Füße, Bruchstücke anderer Geschichten, dabei hat sie kaum Tschechisch gelernt, um es zu sprechen, hat hier in der Stadt stattdessen besonders ihren englischen Wortschatz erhalten und erweitert. Sie hustet. Die Erkältung hat sich auf die Lunge gelegt. Trotzdem besteht sie darauf, dass wir abends noch einen kleinen Spaziergang machen, dabei hat sie kaum Kraft für mehr als zwei Straßenzüge, lässt sich dann nieder auf der schmalen Freifläche mitten im Wohngebiet, holt eine kleine Plastikflasche aus ihrer Tasche mit einer genau austarierten Wasser-Wein-Mischung, trinkt einen Schluck und stellt mit Erschrecken fest, dass selbst das heute nicht mehr hilft. Der Regen wird nicht stärker, mit der Zeit sammeln sich winzige Tropfen in den Haaransätzen, laufen langsam die Stirn hinab und verfangen sich in den Augenbrauen. Für heute gehen wir zurück in das Hotel. Sie findet keine Ruhe, kann nicht schlafen in Prag, steigert die gewöhnliche Dosis ihrer Schlafmittel auf das Dreifache und ist trotzdem ab vier Uhr wach. Als ich morgens um kurz nach sieben aus dem Fenster meines Zimmers schaue, kann ich sie auf ihrem Balkon sehen. Im Morgenmantel steht sie da und trinkt eine lauwarme Flasche Bier, *magenschonend sei das,* sagt sie, raucht, schaut auf die noch dunklen Hotelzimmer auf meiner Seite. Am Nachmittag erfragen wir in den Apotheken die Preise tschechischer Schlafmittel. In ihrer Erinnerung waren die Tabletten billiger.

Uta besteht darauf, dass wir uns das Glockenspiel der Astronomischen Uhr ansehen, bei der, sobald sich die Fenster im Kirchturm geöffnet haben, die heiligen Apostel zum Gruß vorbeiziehen, bis der Tod den Fenstern läutet, sich zu schließen. Danach ist es nicht mehr weit bis zum *Intercontinental.* Der Platz vor dem Hotel ist leer, als wir ankommen, Uta bleibt stehen und schaut an dem Gebäude hoch. Die Sonne steht in unserem Rücken, auf einigen Fenstern blitzt das reflektierende Licht. *Ich weiß gar nicht, ob ich da noch mal reingehen möchte,* sagt sie. Wir bleiben einfach stehen und schauen uns das Gebäude weiter an. Wie ein großer, rechteckiger Kasten auf Stelzen aus Beton steht es vor uns. Senkrechte und waagerechte Linien beherrschen es, Glas, Beton und Fensterbänder mit roter Fliesenverkleidung lassen den Blick wie an einem Gitter über die Fassade gleiten. Hier am Ufer der Moldau war es Anfang der siebziger Jahre zwischen die hohen Gebäude hineingeplant und konstruiert worden, die unterschiedlichen Stile der umliegenden Gebäude mitaufzunehmen, sich einzufügen in ein Arrangement unterschiedlicher Vergangenheiten. Die Wohnhäuser, die zuvor an dieser Stelle existiert hatten, standen, nach dem Versterben ihrer Bewohner, ungeachtet leer. Mit dem 1974 eröffneten Hotel wollte die Regierung der ČSSR diesen Teil der Stadt wieder nutzbar machen.

Unter dem Vorbau hindurch sieht man die Čech-Brücke und die Anhöhen am anderen Ufer mit ihrem schwachen Grün. Über die Brücke kommt ein Reisebus gefahren. Hier, am linksseitigen Brückenkopf, über dem schmiedeeisernen Geländer, fügte sich Georg Bendemann seinem Urteil. Der Reisebus bleibt vor uns stehen, etwa vierzig Touristen kommen heraus, laufen um uns herum, einige machen Fotos von dem Hotel, die Frau mit dem gelben Regenschirm sagt, *ein wunderschönes Beispiel für Brutalismus,* und weist auf das Gebäude. Ich schaue Uta an, wir folgen der Bewegung der großen Gruppe näher an den Block heran. *Ich gehe aber nicht durch den Haupteingang rein,* sagt sie. Wir lassen die Gruppe weiterziehen und laufen in einem großen Bogen zum Seiteneingang des Hotels. Zwischen den beiden Drehtüren steht ein großer, schwerer Mann in schwarzer Jacke. Er schaut uns kurz hinterher. Im Erdgeschoss herrscht reger Betrieb. Neben der Rezeption gibt es ein kleines Café, einen Lederwarenladen, einen Schmuckladen, einen

Kosmetikladen, ein Geschäft einer italienischen Edelautofirma. Das Personal ist mit seinen Servicetätigkeiten beschäftigt, sowohl Uta als auch ich merken aber, dass wir nicht für lange hier in der Lobby erwünscht sind. Solange wir den ausgelegten Teppich nicht verlassen und vor den Schaufenstern der Geschäfte den anderen Gästen nicht die Sicht versperren, können wir aber noch unserer Neugier nachgehen. *Früher waren hier noch viel mehr Geschäfte*, sagt Uta, *und auch die Bar und der Eingangsbereich sahen ganz anders aus.* Mein Blick wird ungenau. Der Mann vom Eingang kommt ein paar Meter hinter uns her. *Hinter der Tür war die zweite Tagesbar, und dahinter war der große Frühstücksraum. Wenn man da saß, konnte man direkt auf den Fluss gucken, und hoch bis zum Schloss. Vor der Tür standen immer die tschechischen Frauen. Die durften nicht weiter als bis zu der Tür. Wenn die Männer vom Essen zurückgekommen sind oder abends aus der Bar, sind sie an denen vorbeigelaufen und haben der einen oder andern mit einem Blick mitgeteilt, dass sie mitkommen soll. Manchmal haben sie auch einfach nur kurz ihren Schlüssel gezeigt, wo die Zimmernummer draufstand. Da kam es natürlich auch oft zu Missverständnissen.* Uta hat genug gesehen. Als wir aus dem Haupteingang herauskommen, schauen wir direkt auf das Dach der Altneu-Synagoge. Ich krame in meinem Rucksack und hole zwei Äpfel vom Frühstücksbuffet heraus. Während ich Uta neben mir kauen höre, lassen wir das Hotel hinter uns. Ihre Kraft reicht heute für einen längeren Spaziergang, durch die 17. Listopadu, vorbei am *Four Seasons*, durch die Husova, Národní, Jungmannova und Vodičkova und schließlich bis zum Wenzel-Denkmal. *Da drüben vor dem Gebäude*, sagt Uta und zeigt auf das Neue Nationalmuseum, *war früher ein riesiges Loch.* Die Beschilderung weist die angegebene Stelle als U-Bahnstation aus. *Das Loch war bestimmt zwanzig Meter breit und mindestens genauso tief. Da sollte die neue Zentrale der U-Bahn entstehen. Die konnten das aber ganz lange nicht fertig bauen. Die gesamte Technik dafür kam aus Westdeutschland, und die haben sehr lange gebraucht, bis sie das Geld zusammenhatten, um sie zu kaufen. Und dann gab es noch jahrelang Schwierigkeiten mit der Einfuhr. Ich weiß das alles, weil der Mann, der dafür verantwortlich war, im* Inter *wohnte. Ein alter Nazi war das, früher bei der SS, und das hat er auch allen immer erzählt, dass er früher die Panzer in Prag befohlen hat und jetzt die U-Bahn auf ihn hört. Die Hand des Kellners hat gezittert, als er dem Sekt eingeschenkt hat, daran kann ich mich noch erinnern. Bei dem kleinsten Fehler ist der nämlich immer direkt ausgerastet. Von einer westdeutschen Firma war der und hat die ganze Zeit unfassbar viel Geld verdient. Immer wieder hat der sich von der tschechischen Regierung noch mehr Geld geben lassen, damit es angeblich jetzt endlich schneller geht. Hat natürlich trotzdem noch Jahre gedauert. Widerlich war der, noch dazu hat der abends, wenn er angesoffen war, immer seine alten* Naziorden *rausgeholt und in der Bar damit angegeben. Eigentlich wollten sie den die ganze Zeit rausschmeißen, aber die Regierung hat halt mit dem Geschäfte gemacht. An den kann ich mich irgendwie noch sehr genau erinnern. Zum Glück aber setzt meine Erinnerung aus, als ich mich bei ihm ins Bett lege.*

Es fängt langsam an zu nieseln. Uta ist müde. Wir haben uns hingesetzt, erschöpft rutscht sie neben mir ein klein wenig tiefer in sich zusammen, legt ihren Kopf statt in den Nacken auf der eigenen Brust ab, hustet kurz und trocken, schaut auf den lehmfarbenen Kies vor uns. Die im Halbkreis um den kleinen Platz herumstehenden Straßenlaternen leuchten den Boden gleichmäßig aus und überziehen alles mit einem stumpfen Orange, so gleichmäßig auf uns niederscheinend, dass kein Kieskorn mehr einen Schatten hat. Ich sehe es anfangs gar nicht, erst als ich wie hypnotisiert an ihr vorbei auf die sich plötzlich bewegenden Scheibenwischer eines Autos starre, merke ich, dass wir jetzt im Regen sitzen. Es ist noch nicht spät, 21, vielleicht 22 Uhr, Uta hustet noch einmal, sagt dann, *gut, dass ich doch gefahren bin,* und meint damit ihre aufkommende Erkältung, von der sie sich nicht hat abhalten lassen, die Reise anzutreten. Sie hatte vor ihrer Haustür auf mich gewartet, neben sich zwei schwere Koffer, die ich dann hinter uns her über das Kopfsteinpflaster zog, auf dem Weg zum Bahnhof.

Am 05.10.1976 lernte ich in Prag, Hotel »Intercontinental« den westdeutschen Bürger (schwarzer Balken) kennen. Angeblich fungiert er als (schwarzer Balken) beim EGH-Konzern. Er ist ca. 55 bis 60 Jahre alt. Im angetrunkenen Zustand erzählte er mir sehr viel von seiner Zeit, wo er als Panzermajor bei der Hitlerarmee tätig war. Er hat eine sehr hohe Auszeichnung erhalten »Ritterkreuz mit Eichenlaub und Schwertern«. Darauf ist er sehr stolz und vergißt nicht, es bei jeder Gelegenheit zu betonen.

Er hat des öfteren in Prag Geschäfte und im Hotel »Interconti« ist immer ein Apartment reserviert. Er zeigte mir Akten und Unterlagen, woraus hervorging, daß die Stadt Prag mit einigen 100 000,– DM an ihn verschuldet sei. In seiner angetrunkenen Art, um mir zu imponieren, erzählte er mir noch, daß die ČSSR mit einigen Millionen Mark bei seinem Konzern verschuldet sei. Er erzählte mir, daß er vor 2 Tagen eine Dame aus der DDR kennenlernte, die ihm aus dem Zimmer 2000,– DM gestohlen hat, und durch seine guten Beziehungen zum westdeutschen Geheimdienst hat er die Adresse der Dame schon erfahren.

(schwarzer Balken) hat meine Adresse verlangt, und dabei sagte er, daß er mich vielleicht eines Tages mal treffen möchte. Als ich am Morgen allein in seinem Apartment weilte, klingelte das Telefon, worauf ich den Hörer abnahm und der tschechische Handelsminister war am Apparat.

Den Sommer 1977 über hat Uta wenig Kontakt mit Sabine. Es kommt immer wieder zu kleineren Meinungsverschiedenheiten zwischen den beiden Freundinnen. Zweimal fahren sie zusammen nach Prag, dreimal gemeinsam nach Leipzig, wobei sie ihre Streitigkeiten für die Dauer ihrer Reisen ruhen lassen, um sie spätestens bei den Nachbetrachtungen der Tage wieder aufzunehmen. Sabines Kontaktversuche zu dem Mann aus der BRD werden nicht mehr erwidert, dabei hatte es für Ostern einen angedachten Termin einer Verlobung gegeben. Die Scheidung von ihrem Ehemann hätte Sabine im Anschluss daran eingereicht, offenbarte Uta aber schon im März erste Zweifel daran, ob der Plan zur Übersiedlung in die BRD mittels Hochzeit nicht zum Scheitern verurteilt sei. Sabine erwehrt sich jedoch ihrer aufkommenden Zweifel und wartet noch drei Monate auf Antwort aus Oberursel.

Ihr Ehemann trennt sich im August von ihr, mit der Begründung, dass er bereits seit November eine Freundin habe, die wie er regelmäßig in Greifswald arbeiten muss. Utas markanteste Erinnerung an ihn sind einige Bemerkungen, die er bei einem gemeinsamen Abendessen über die Brüste seiner Ehefrau gemacht hat, was bei ihr anhaltend ablehnende Gefühle bewirkte. Vor Gericht wird ihm die Schuld für das Scheitern der Ehe zugesprochen, was keinen nennenswerten Vorteil für Sabine zur Folge hat, außer, dass sie mit sofortiger Wirkung allein für drei Kinder *sorgen darf*. Uta erfährt davon durch eine Freundin, sie selbst hat Sabine zum letzten Mal im Juli gesehen, trifft sie dann erst Anfang September in der *Moskau Bar* wieder, wo sie sich verabreden, gemeinsam zur Leipziger Herbstmesse zu fahren. Auf dem Weg erzählt Sabine zum ersten Mal offen, dass sie trotz der bisherigen Fehlversuche *auf jeden Fall* an dem Bestreben festhält, in die BRD auszureisen, und dass sie jetzt in Leipzig die Augen nach einem neuen Mann aufhalten will, der sie vielleicht als Ehefrau in den Westen mitnehme, da weder ihre jetzige Arbeitsstelle noch mögliche Weiterbildungen sie dauerhaft glücklich machen können. Außerdem, und da sei ihr die Scheidung durchaus gelegen gekommen, finde sie derzeit keine sexuelle Befriedigung, und die Männer, die sie kennenlerne, seien nicht in der Lage, ihr zu bieten, was sie suche. Nur mit Thomas, wegen Vorbereitung eines illegalen Grenzübertritts noch bis Oktober in Verwahrung auf dem Kaßberg, hätte sie andere Erfahrungen gemacht, so lange aber könne sie nicht warten. Daher, Uta weiß das auch bereits von anderen Stellen, ist Sabine nach wie vor in intensivem Kontakt mit dem Arzt, der ihr auch für diese Leipziger Messe Krankenscheine ausgestellt habe, dafür aber neue sexuelle Praktiken in einem Ausmaß von ihr verlange, das ihr schwer in Worte zu fassen falle. Im September kann Uta sich zweimal selbst einen Eindruck vom Arzt machen, wobei es auf Grund der äußeren Umstände, Treffen in einem Café, öffentlicher Raum und in Anwesenheit der Kinder, bei rein sprachlichen Annäherungsversuchen bleibt, Matthias aber deutlich macht, welche Wünsche und Erwartungen er nun an die beiden Frauen hat. Für den Winter kündigt er an, sie für kleinere Feierlichkeiten in sein Privathaus einladen zu wollen, wo er eine Kellerbar hat und es nach seiner Beschreibung zu vorgerückter Stunde freizügig zugeht. Uta ist nicht abgeneigt und bietet ihm als jetzige Leistung pornografische Magazine an, die sie während der Leipziger Messe über Kontakte erhalten hat. Sabines Suche beschränkt sich währenddessen auf ältere Männer. Für ihre Zukunft sollen sie Bürger der BRD sein und über die notwendigen finanziellen Sicherheiten verfügen, ihr in den ersten Jahren ihres neuen Lebens unter die Arme greifen zu können. Im Vergleich zum Vorjahr hat sich Sabines Anspruch an ihre Gegenüber funktionalisiert, in keinem anderen Jahr kommt sie nach der Messe mit einer so hohen Summe an DM, Dollars, Franken und Gulden zurück nach Karl-Marx-Stadt. Bis sie findet, was sie sucht, werden neun weitere Monate vergehen.

In der Zwischenzeit geht Uta ihrer Arbeit im Hotel *Steffi* nach, zweimal kommt es dabei vor, dass sie ihren Dienst nicht pünktlich antreten kann, da die Vergiftungserscheinungen des Vorabends noch nicht endgültig abgeklungen sind. An ihrer Dienststelle ist das kein Alleinstellungsmerkmal, Bulling spricht sie dennoch bei einem ihrer Treffen darauf an und bedeutet ihr, dass es für sie, als Mitarbeiterin der Staatssicherheit, von Bedeutung ist, stets die Kontrolle über sich und die Situation zu behalten, und Kontrollverlust immer auch die Gefahr der Dekonspiration birgt, was zur Folge hätte, dass ihre Zusammenarbeit mit sofortiger Wirkung einzustellen wäre. Uta ist sich keiner Schuld bewusst und erklärt, dass der Konsum von Alkohol gewissermaßen eine notwendige Randerscheinung ihrer beruflichen Tätigkeit sei. Weder Bulling noch sie sind sich in dem Augenblick sicher, auf welche ihrer Tätigkeiten sich diese Aussage bezieht, zu einer Klärung kommt es aber nicht. Außerdem, nun schaltet Recknitz sich ein, sei ihnen zu Ohren gekommen, dass sie ihren Sorgfaltspflichten als Mieter der Vetterstraße 23 nicht in vollem Maße nachkomme. Als Uta darauf verweist, dass sie in den letzten Wochen außerordentlich eingespannt war, sowohl im Hotel *Steffi* als auch durch ihre Aufenthalte in Prag und Leipzig, und es nur dadurch durchaus zu Verzögerungen gekommen sein könne, entgegnet ihr Recknitz, dass eine solche Nachlässigkeit beispielsweise bei ihrer Freundin Sabine nicht zu beobachten sei. Abermals bereut Uta das gemeinsame Weihnachtsessen mit den Italienern, vergleicht ihre häusliche Unordnung mit der eingebauten Fernwärme in der Wohnung der Freundin, wobei sie ihren Gedanken nicht laut äußert, hat Bulling ihr doch bereits vor zwei Monaten deutlich gemacht, dass ein anderes Wohnobjekt derzeit nicht für sie zur Verfügung steht. Die beiden Männer erinnern die Problematik schlecht isolierter Badezimmer und kohlebetriebener Öfen kaum, da sie beide seit über zehn Jahren nicht mehr in einer so ausgestatteten Wohnung wohnen. Als Uta am Abend nach Hause kommt, zählt sie die Minuten, die sie damit verbringt, die Küche, die Schlafzimmer und das Badezimmer einzuheizen. Bulling und Recknitz wiederum erteilen ihr zum Ende des Treffens den Auftrag, noch einmal mit Sabine nach Prag zu fahren, um mögliche Kontakte zu Männern aus der BDR zu forcieren.

Quittung Nr. 50
Walter Paulsen
Gartenbaubetrieb
Neukirchen/Erzg.

1 – Orchidee
Mark: Sieben fünfzig
Blumenpräsent zum Internationalen Weltfrauentag

In der Zeit vom 27.2. bis zum 6.3.78 war ich mit meiner Freundin (schwarzer Balken) in Prag. Am 3.3. war ich in der Nachtbar des Hotel »Jalta«. Gegen 2.00 Uhr verließ ich alleine diese Nachtbar und wollte mit einem Taxi in meine Unterkunft in der Školská fahren. Während ich auf ein Taxi wartete, kam ich mit einem dort wartenden männlichen ČSSR-Bürger ins Gespräch. Nach einiger Zeit rief er mich zu einem ein paar Meter entfernt parkenden PKW. Ich war in der Annahme, daß es sich um ein Taxi handelt, deshalb begab ich mich zu diesem PKW. Ich stellte dabei fest, daß neben dem Fahrer bereits eine weitere Person in dem PKW Platz genommen hatte und neben dem bereits erwähnten ČSSR-Bürger eine weitere Person sich neben diesem PKW aufhielt. Der mir bekannte ČSSR-Bürger stieg in den PKW ein und forderte mich auf, ebenfalls einzusteigen. Da mir daran lag, ein Taxi zu bekommen, lehnte ich dieses Angebot ab. Daraufhin wurde ich in diesen PKW hineingestoßen. Da ich ziemlich angetrunken war, habe ich zuerst diese Angelegenheit nicht voll wahrgenommen bzw. bemerkte sie erst, als ich bereits in einer Wohnung war. Als ich diese Wohnung wieder verlassen wollte, wurde ich daran gewaltsam gehindert. Eine der männlichen Personen verschloß die Tür und nahm den Schlüssel an sich. Es wurde Tee getrunken. Konkret kann ich nicht sagen, ob diesem Tee Alkohol oder ein Mittel beigegeben wurde, um mich gefügig zu machen. Ich kann mich nur noch erinnern, daß ich mit einer dieser männlichen Personen im Bett lag und GV hatte. Mir wurde dieses deshalb bewußt, da eine weitere männliche Person diesen eben genannten wegstieß, um mit mir ebenfalls GV durchzuführen. Auf Grund dieser Brutalität wehrte ich mich nicht und es kam wieder zum GV. Zwischenzeitlich wurden mir meine Kleidungsstücke weggenommen und auch nach mehrmaliger Aufforderung meinerseits nicht wiedergegeben. Durch eine dieser männlichen Personen wurde ich in das Bad gezogen und er hinderte mich längere Zeit daran, dieses zu verlassen. Offensichtlich wurde in dieser Zeit meine Handtasche durchsucht. Ich verblieb in der Wohnung bis zum nächsten Morgen (7.00). Kurz vor Verlassen dieser Wohnung bemerkte ich, daß aus meiner Handtasche 1000 Kronen, 100 Schweizer Franken und 500 Schilling entwendet waren. Beim Verlassen der Wohnung merkte ich mir das Namensschild, (schwarzer Balken), und begab mich zur ČSSR Miliz, wo ich Anzeige erstattete. Dort wurde mit Hilfe eines Dolmetschers die Anzeige aufgenommen und ein ausführliches Protokoll gefertigt. Die Vernehmung dauerte von 8 bis 15.00. Durch die Milizangehörigen, denen ich zuvor konkrete Personenbeschreibungen abgab, wurde mir erklärt, daß die 3 ČSSR-Bürger festgenommen werden. Durch eine Gegenüberstellung könne ich die betreffenden Personen identifizieren. Bis zu meiner Rückreise in die DDR war der Sachverhalt noch nicht restlos geklärt und noch keine Hausdurchsuchung durchgeführt. Das mir gestohlene Geld wurde mir deshalb noch nicht zurückgegeben. Die ČSSR Kriminalisten erklärten mir, daß sie den DDR-Organen nichts melden würden. Bis zur Zeit habe ich noch nichts von dieser Sache gehört.

Uta sitzt vor mir auf einem beigen Sessel. Ihre Schlafcouch hat sie zusammengeklappt, damit wir beide Platz in ihrem Zimmer haben. Der Fernseher läuft, wobei sie den Ton abgestellt hat, als wir uns zusammen hinsetzten. Ich wollte ihr die ersten Seiten des Manuskripts bringen, habe mich dann doch kurzfristig dagegen entschieden, weil der Text noch nicht so weit ist. Bei irgendeinem unserer Treffen hat Uta gesagt, dass sie es ohnehin niemals lesen will, *vielleicht einen Ausschnitt*, aber *im Grunde kenne ich die Geschichte ja.*

Uta hat zwei Flaschen Bier gekauft. Die eine hat sie in den Kühlschrank geräumt, die andere steht oben auf dem kurzen Regal in der Kochzeile. *Warmes Bier schlägt mir nicht so auf den Magen,* sagt sie, als sie zwei Gläser auf den Couchtisch stellt, in das eine füllt sie das kalte Bier, schiebt es zu mir herüber, in das andere Glas schenkt sie sich ein. Sie hat sich eine Dokumentation über den Weltraum angeschaut. Auf dem Bildschirm, in meinem linken Augenwinkel, zoomt die Kamera erst auf den Mars und dann auf den Saturn. Wir gleiten durch das Universum. *Eigentlich hab ich dir ja jetzt alles erzählt,* sagt Uta. *Mehr fällt mir auch nicht ein.* Wir schauen zusammen auf den stummen Bildschirm. Auf dem Couchtisch liegen noch zwei Pinsel, am Rand steht noch etwas Farbe. Sie hat gemalt, bevor ich gekommen bin. *Bei dem Bild komme ich seit Monaten nicht weiter.* Sie holt eine Leinwand hinter ihrem Sessel hervor. Die Ansicht einer Bucht ist darauf zu sehen. Auf der linken Seite wachsen ein paar Bäume, dahinter zieht sich die Küstenlinie in einem sanften Schwung um die Kurve und endet am rechten Bildrand in einer kleinen Hafenstadt mit weißen Wänden und roten Ziegeldächern. Das Meer ist ganz ruhig. *Am Anfang wollte ich hier Felsen malen, aber die sind mir völlig missglückt. Jetzt sind da die Bäume – fällt gar nicht auf, oder?* Ich konzentriere mich auf die Rinde der Äste und stelle mir die Felsen dahinter vor. *Wie können denn solche Bäume auf Felsen wachsen?*, frage ich. Uta ist irritiert. *Wie kommst du denn darauf?* Die kleine Stadt, das kann man sehen, ist mehrfach überarbeitet, an manchen Stellen schimmert noch die Grundierung durch. *Die Kurve war ganz einfach, aber dahinten, wo man es nicht so genau erkennen kann, damit tu ich mich noch sehr schwer.* Sie zeigt mit dem Finger auf Stellen, wo die Dächer der Häuser in die Wände der dahinterliegenden Häuserreihen übergehen. Die Schatten der nachmittäglichen Sonne haben sich wie ein Gitter über die Ortschaft gelegt, sich zwischen den Häusern zu orientieren, scheint nur von hier aus möglich. Die Sonne scheint, ohne dass wir es bemerkt haben, während unser Blick vom Vordergrund in den Hintergrund gewandert ist, über uns hinweggezogen zu sein. Die Bäume am linken Bildrand werfen uns ihre Schatten entgegen, während wir den Schatten der Ortschaft folgend weiter aufs Meer hinausgeleitet werden. *In dem Video sah das alles so einfach aus,* sagt Uta und deutet auf die DVD-Hülle neben ihr auf dem Boden. *Bis auf die eine Stelle hat ja auch alles gut funktioniert, aber das mit den Schatten habe ich mir tausendmal angeguckt – und es trotzdem nicht richtig hinbekommen.* Die Farbe der Häuser ist noch nicht ganz trocken. Als Uta mir das Bild herüberreicht, reflektiert es das Licht aus dem Fernseher. Teile der Dokumentation spiegeln sich darin. *Ich sitze jetzt schon seit Wochen an dem Bild, lege es immer mal wieder zur Seite und hole es dann wieder hervor. Ich weiß nicht, wie lange ich noch brauche, bis ich damit fertig bin.*

Fast alle Bilder, die bei ihr in der Wohnung hängen, hat sie selbst gemacht. *Und ein paar mehr noch, aber du siehst ja, hier ist nicht viel Platz zum Aufhängen.* Wo sie die anderen lagert, kann ich mir kaum vorstellen. *Manchmal verwende ich die Leinwand auch einfach ein zweites Mal. Sind ja teuer.* Seit über zwanzig Jahren malt sie, hat in der zweiten Therapie damit begonnen. Sport, Kunst oder Musik stand zur Auswahl. *Und Sport ist wirklich überhaupt nicht meine Stärke.* Gemalt hat sie schon immer gerne – *nur keine Zeit dafür gehabt.* In der Therapie *hatte man ja nichts anderes zu tun.* Auch Töpferarbeiten hat Uta gemacht, mit Speckstein gearbeitet oder mit Glas. *Die meisten Sachen, die man so macht, sind aber zu groß, von denen muss man sich irgendwann halt trennen.* Von ihren ersten Bildern hat sie nur noch eines aufgehängt. Es ist draußen vor der Wohnung auf dem Flur an der Wand angebracht, direkt neben ihrer Wohnungstür. Wenn man dort steht, kann man es aber trotzdem fast nicht sehen, gut versteckt hinter einer üppig gewachsenen Topfpalme, kann man durch die Blätter nur einzelne Ausschnitte erfassen. Das Bild ist nicht größer als eine Postkarte. *Erst später habe ich mich an die größeren Formate herangewagt.*

Der Sommer 1978 ist in Karl-Marx-Stadt extrem verregnet. Im Mai besucht Erich Honecker das Neubaugebiet an der Stollberger Straße, wenige Schritte von Utas Wohnung entfernt. Fast zeitgleich macht Mario Moretti achtmal von seiner tschechoslowakischen Maschinenpistole Marke »Skorpion« Gebrauch und erschießt den christdemokratischen Politiker Aldo Moro. Uta feiert währenddessen den zwölften Geburtstag ihres Kind. Ihre gemeinsamen Besuche mit Sabine bei dem Arzt Matthias finden nur unregelmäßig statt. Uta kann ihr Unbehagen ihm gegenüber nicht vergessen, greift trotzdem im April, Mai und August auf seine Dienste zurück und lässt sich für kürzere Aufenthalte in Prag, Leipzig und noch mal Prag krankschreiben. Sabine begleitet sie nur zum Arzt, nicht nach Leipzig oder Prag, es ist ihr lästig geworden, mit Uta alle Schritte und Handlungen vor Ort abstimmen zu müssen, sie genießt die Freiheit, auch an ihren offiziell kranken Tagen ihr Glück in Karl-Marx-Stadt zu versuchen, fährt dann wider aller Ankündigungen alleine nach Leipzig oder schickt Uta überraschende Grüße aus Prag. In der Vetterstraße 23 sammelt Uta die Karten, hebt auch eine Vielzahl der Grußkarten flüchtiger Bekannter auf, die ihr, manchmal verspätet, manchmal entschuldigend, ihr Ausbleiben mitteilen oder einen kommenden Besuch samt ausgiebiger Besichtigung der Ladengeschäfte in *Specks Hof* ankündigen. Vor allem die Postkarten aus den USA und Frankreich gefallen ihr, drei Lieblingskarten hat sie. Eine kommt aus New York, ein gelbes Boot ist auf ihr zu sehen, während sich im Hintergrund auf einer schmalen Insel riesige Gebäudekomplexe in den Himmel strecken. *The State Island Ferry, a landmark of New York City, passes before the skyscrapers of lower Manhattan. The ferry carries some 20 million passengers a year, averaging between 23,000 and 30,000 a day*, steht auf der Rückseite gedruckt. Uta weiß nicht mehr, von wem sie die Karte erhalten hat, findet beim Lesen des handschriftlichen Grußes keinen Hinweis auf ein stattgefundenes Treffen. Das Gelb des Schiffs auf der Vorderseite aber leuchtet vor dem blauen und grauen Wasser-Beton-Stahl-Hintergrund so sehr, dass sie die Karte jedes Mal beim Durchblättern des Postkartenstapels in die Hand nehmen muss. Direkt dazu passt eine andere ihrer Karten, aus Kanada. *A bird's-eye view of the Canadian span of the 1000 Islands, International Bridge at Ivy Lea, Ontarion, Canada in its winter coating*, steht darauf. Darüber hat Marc, ein Geschäftsmann aus Vancouver, den sie ein Jahr zuvor in Prag kennengelernt hatte, mit Bleistift geschrieben: *Die richtige Antwort ist nicht hier. An den Felsen vergnügt sich das Meer*. Uta hatte ihm bei ihrem Zusammensein erzählt, dass sie einige Zeit auf Usedom gearbeitet habe, woraufhin er ihr erzählte, dass seine Familie ursprünglich von dort komme, aber 1935 über Bremerhaven und Cobh zuerst nach Montreal und dann weiter in den Westen ausgewandert sei. Auf der Vorderseite der Karte ist eine Luftaufnahme eines kanadischen Waldes zu sehen. In den Lichtungen zwischen den Bäumen liegt Schnee. Die Art der Bäume ist aus dieser Distanz nicht genau zu bestimmen, doch durch das unter den Bäumen hervorschimmernde Weiß geht von dem Bild eine unsagbare Ruhe aus. Natürlich sind Uta die Ansichten eines winterlichen Waldes aus dem Erzgebirge mehr als geläufig, hier jedoch handelt es sich um einen kanadischen Wald, auf dem Bild keineswegs zu erkennen, wohl aber ausgewiesen durch die abgedruckte Beschreibung auf der Rückseite. Die dritte Karte, die ihr beim Durchsehen meistens ins Auge sticht, ist aus Paris. Thomas, als Vertreter einer westdeutschen

Automobilfirma hat er sich vorgestellt, hat sie ihr nur ein paar Tage nach ihrer Zusammenkunft auf der Leipziger Messe geschickt. Wie bei dem Bild aus Kanada ist die Fotografie aus erhöhter und distanzierter Position aufgenommen, weit über den Straßen schwebte die Kamera im Moment ihres Auslösens. Auf dem Bild entspannt sich das feingliedrige System der Verkehrsführung um den L'Arc de Triomphe. *COULEURS ET LUMIERE DE FRANCE* heißt die Karte. *75 – En survolant PARIS L'Arc de Triomphe et la Place Charles-de-Gaulle – L'Etoile »Vu du ciel par Alain Perceval« 36 75 0180*, steht darauf.

Uta hebt die Karten in der Schublade ihres Küchenschranks auf, vierzig Stück sind es vielleicht, versandt und empfangen in den letzten drei Jahren, manche auch älter und noch an ihre Adresse im Erzgebirge verschickt. Uta hat die bedruckten Pappen gesammelt, ohne den Überblick zu behalten, ohne nach Alter oder Herkunft zu sortieren. So kommt ihr oft, wenn sie die Schublade hervorzieht, eine andere Karte als Erste entgegen, schiebt sie die Karten ohne Sorgfalt zur Seite, übereinander, nebeneinander, bis die von ihr gewünschte zum Vorschein kommt. Dabei geht es ihr nie darum, eine der Karten genauer in Augenschein zu nehmen, sich ein bestimmtes Bild wieder zu vergegenwärtigen, sie stöbert einfach, wühlt, schiebt und verwirft. Die Bilder rutschen herum, so wie sie mit ihrer Hand zwischen ihnen herumfährt. Die Gewissheit der Anwesenheit der Bilder in der Küchenschublade beruhigt Uta und erinnert sie gleichzeitig daran, in den nächsten Wochen einmal wieder nach Prag zu fahren.

Am 19.04.78 fand bei (schwarzer Balken), in der Zeit von 20.30 Uhr bis gegen 24.00 Uhr eine sogenannte Party statt. (schwarzer Balken) suchte mich wenige Tage zuvor in meiner

Wohnung auf und lud mich dazu ein. Der Zeitpunkt war deshalb günstig, da die Ehefrau des (schwarzer Balken) zu dieser Zeit noch im Krankenhaus lag (Geburt ihres Kindes). Zu dieser Sex-Party war eigentlich geplant, daß ich mit seiner Freundin lesbisch verkehrte. Bei dieser Freundin handelt es sich um eine körperbehinderte und sehschwache Frau namens (schwarzer Balken). Die (schwarzer Balken) zog sich nach unserem Erscheinen sofort aus. Auch (schwarzer Balken) entkleidete sich. Zunächst wurde sich bei Getränken in der Kellerbar unterhalten. Die (schwarzer Balken) hatte dann einen Anfall, der ca. 1 1/2 Stunden andauerte. (schwarzer Balken) kümmerte sich nicht um die (schwarzer Balken), sondern war bemüht, mit mir Geschlechtsverkehr durchzuführen, zu dem es dann auch später kam. Mit (schwarzer Balken) habe ich vereinbart, daß er mich für die Messezeit wieder krankschreibt. Er ist damit auch einverstanden, fordert aber neben dem Geschlechtsverkehr noch eine Flasche Whiskey. Wie mir (schwarzer Balken) sagte, habe er sich von der (schwarzer Balken) zurückgezogen, da sie sich beim Verkehr zieren würde und im Bett auch nicht so gut sei. Außerdem erscheint sie ihm mit ihren vielen Verbindungen zu Männern nicht vertrauenswürdig.

Zweimal hatte ich Sex mit einer Frau – einfach, weil ich mich in die verguckt hatte. So ein Abend lässt sich aber nicht wiederholen. Die eine Frau hat sich dabei aber direkt in mich verliebt. Die war von mir begeistert – dabei hatte ich gar keine Ahnung davon, mit Frauen Sex zu haben. Die zweite, das war in Leipzig, viel später. Da hatte ich eine schwarze Hose an und eine schwarze Bluse, mehr nicht, und war sehr doll geschminkt. Die hat mich zum Tanzen aufgefordert. Dabei war das eine ganz zarte Person, mehr ein Mauerblümchen, unscheinbar. Irgendwann am Abend hat sie gesagt, sie würde mir 300,– Euro zahlen. Offensichtlich habe ich ihr so gut gefallen, und da ich da direkt um die Ecke wohnte, dachte ich: *Ach, das Geld verdiene ich mir.* Das war auch noch nicht die Zeit, wo ich das wieder ernsthaft als Beruf gemacht habe, sondern eher nebenbei. Die hat einfach von sich aus Geld angeboten. In dem Lokal war es auch üblich, dass dort Frauen für Geld zu haben waren und auch Männer. Das wussten die schon, die da hingingen.

Auch ich habe schon mal für einen Mann bezahlt, weil ich den haben wollte! Da lachst du? Aber genau so ging es mir: Ich wollte den unbedingt haben! Wer sich mit dem Geschäft auskennt, der weiß: Ich bin der Ältere – oder in dem Fall die Ältere –, ich muss bezahlen. Das hat fast immer mit dem Alter zu tun. Und ob man bezahlen muss oder nicht – das erkennt man, am Ort, an den Leuten, daran, wie das Gespräch ist und so weiter. Man erkennt es einfach. Der Mann hat sich mir auch nicht bewusst vorgestellt oder irgendwas verlangt.

In Prag habe ich den kennengelernt, im *Hotel Europa.* Das war damals die Hochburg der Schwulen. Aus ganz Europa sind die da hingefahren. Da gab es Männer ohne Ende. Für viele bedeutete es ja Schwierigkeiten, wenn sie das bei sich zu Hause ausgelebt haben. Aber dort im *Hotel Europa* wussten alle, was Phase ist, und sind scharenweise gekommen. Es war immer voll dort, sehr viel Betrieb. Wir sind da oft abends hingegangen, wenn wir fertig mit der Arbeit waren oder wenn wir uns auch einfach mal amüsieren wollten, ohne von irgendwem angesprochen zu werden. Da hatten wir einfach nur Spaß. Fast alle Freunde, die ich in Prag über die Jahre hatte, habe ich dort kennengelernt. Klar ist man auch mal mit irgendwem nach Hause gegangen, aber dann auf jeden Fall nicht für Geld. Die meisten waren ja eh stockschwul.

In der Zeit habe ich in Prag immer bei einem gewohnt, der hieß *Tschürga*, der wollte mich auch heiraten ... Bei dem konnte ich kostenlos wohnen, wenn ich in Prag war und nicht im *Inter* schlafen wollte, oder nicht genug Geld hatte. Der war auch schwul und wollte mich heiraten, damit er in der DDR sein kann. Bei dem habe ich damals gewohnt. An dem Abend war ich mit drei Westdeutschen unterwegs. Einer von denen war schwul, mit den anderen beiden hatte ich die Nächte vorher schon Sex. Und dann haben die gesagt: *Unser Freund will auch mal zum Zug kommen, mach doch mal was klar*. Und dann sind wir eben in das *Hotel Europa,* in die Bar, haben uns an den Tisch gesetzt, eine Flasche Wodka und zwei Flaschen Saft, und: *Ziehen Sie gleich noch mal zwei Tische mit an unseren ran, denn die Männer da an der Bar sind bei uns eingeladen*. Im Nu saß der ganze Laden bei uns am Tisch. Es war noch Vormittag und nicht wirklich viel los. Der Mann hieß Helmut. In den schwulen Kreisen war ich bekannt, bei denen war eine andere Stimmung. Wenn ich im *Inter* mein Geld verdient hatte, bin ich immer in eine Bar. In der trafen sich fast nur schwule Männer, und da konnte ich dann endlich machen, was ich wollte. Da habe ich getanzt und gefeiert, und den Helmut hatte ich dort schon öfter gesehen. Der ging mir bloß bis hierher, oder vielleicht sogar noch kürzer. So ein kleiner, zierlicher Arsch, weiße Stiefelchen, cremefarbene Hose, cremefarbenes Oberteil. Im Gesicht sah er aus wie Michael Jackson, so schöne lange Wimpern, nach oben gebogen. Ich war hin und weg.

Ich hatte mir eine neue Jacke gekauft, weißer Pelz, passende Tasche, passender Hut. Ich sah aus wie aus London, und da saß der Helmut am Nachbartisch und hat sich umgedreht und gesagt: *Deutsche Hure, klasse!* Und der war eigentlich aus Ungarn oder Bulgarien, und hat das mit so einem wunderschönen

Singsang gesagt! Ich habe das den ganzen Abend immer wieder vor mich hin gesummt: *Deutsche Hure, klasssssееее!*

Später haben wir uns in einer anderen Bar wiedergetroffen, und da hingen wir dann direkt aneinander wie die Kletten, haben getanzt, und er ist dann mit mir nach Hause gefahren. Ich habe ihn gleich gefragt. Wir waren verliebt. Sex konnte der mit einer Frau gut. In der Frühe habe ich ihm 500,– Kronen geschenkt und habe gedacht: Der hätte heute Nacht noch mindestens 2000,– Kronen bei irgendwelchen Männern verdient, aber er hat seinen Verdienst fallen gelassen, um mit mir zu gehen. Das war das erste und einzige Mal. Helmut war Zigeuner, und als Tschürga morgens mitbekommen hat, dass ein Zigeuner bei ihm in der Wohnung war, hat er gebrüllt: *Zigeuner? In meiner Wohnung? Mach das ja nie wieder!* Ausgerastet ist der. Das hat der Helmut gemerkt, und wir haben uns nie wiedergesehen. Es war das einzige Mal, dass ich für einen Mann bezahlt habe. Ich habe es nicht bereut.

Maßnahme

1. Bericht über (schwarzer Balken) abschriftlich an Genossen Hauptmann Städler zur Einleitung von politisch-operativen Maßnahmen, insbesondere zur Vorbereitung und Durchführung einer konspirativen Durchsuchung.

Als Anlage übersenden wir Ihnen eine Auftragsstruktur für den IMV »Anna« entsprechend der mündlichen Absprache am 11.1.1978 zwischen Ihnen und Gen. Major Stass, Stellvertreter des Leiters der KD Cottbus.

Am 26.8.1976 und 23.11.1976 erhielt unsere KD durch ihre Abteilung politisch-operativ bedeutsame Informationen über die Personen

(schwarzer Balken)
geboren: (schwarzer Balken)
wohnhaft gewesen: (schwarzer Balken)
beschäftigt gewesen: (schwarzer Balken)
und
(schwarzer Balken)
geboren: (schwarzer Balken)
wohnhaft: (schwarzer Balken)

(schwarzer Balken) verließ im September 1977 ungesetzlich die DDR nach WD. Sie wird in einer OPK durch unser KD bearbeitet. Die Zielsetzung der operativen Bearbeitung besteht in der Aufklärung der Mittel und Methoden der Tatausführung sowie in der Herausarbeitung des Charakters der Rückverbindungen. Aus den politisch-operativ bedeutsamen Informationen geht hervor, daß der IMV »Anna« ein Vertrauensverhältnis zu (schwarzer Balken) unterhält. Aus diesem Grund bitten wir Sie, zwecks der Beschaffung von Informationen zur Klärung des oben genannten Sachverhaltes den IMV »Anna« entsprechend seinen Möglichkeiten nach folgenden Punkten abzuschöpfen:

- (schwarzer Balken)
- Aus welchen Mitteln bestreitet er seinen Lebensunterhalt?
- Gibt es Hinweise, von welcher Fernsprechstelle aus er Anrufe tätigt oder erhält?
- (schwarzer Balken) ist sehr beunruhigt, daß (schwarzer Balken) Kenntnis von der Telefonnummer von (schwarzer Balken) hat
- Welche Verbindungen unterhält der (schwarzer Balken) im Wohngebiet sowie im Freizeitbereich, wie ist der Charakter derselben?

- Welche Charaktereigenschaften hat der (schwarzer Balken) und wie steht er zu seinen Kindern?

Ergänzung zur Auftragsstruktur für IMV »Anna«

Aus den vorliegenden politisch-operativ bedeutsamen Informationen kann geschlußfolgert werden, daß (schwarzer Balken) bis zum 30.09.78 eine Ausschleusung der (schwarzer Balken) vorbereitet. Da der IM »Anna« zur Verdächtigen im Wohngebiet bereits Kontakt hergestellt hat, macht es sich im Rahmen der weiteren politisch-operativen Bearbeitung erforderlich, daß der IM erneut zur Verdächtigen Kontakt aufnimmt und diesen ausbaut.

Im Sommer 78 ändert sich die Befehlslage in Karl-Marx-Stadt. In Bad Blankenburg hat es ein Gewaltverbrechen gegeben. Mühsam sind die lokalen Behörden damit beschäftigt, die Berichterstattung darüber zu kontrollieren. Auch bei den Gesprächen der Anwohnerinnen hören sie genau zu. Bis nach Karl-Marx-Stadt dringen nur Bruchstücke. In Bad Blankenburg gibt es Unruhe. Zu allem Überfluss liegt der Fundort des Leichnams der jungen Frau in Sichtweite der Bezirksparteischule Rosa Luxemburg der SED-Bezirksleitung Gera, und Überreste ihrer Kleidungsstücke wurden auf dem Weg zum Gebäude gefunden. Eine Verbindung von Gewaltverbrechen und Ortschaft gilt es unter allen Umständen zu vermeiden. Gleichzeitig soll der Öffentlichkeit innerhalb möglichst kurzer Zeit eine glaubhaft schuldige Person präsentiert werden. Neben einem zehnzeiligen Zeugenaufruf in der Tageszeitung vom 27.7.78 findet keinerlei Informationsweitergabe zwischen den Ermittlungsbehörden und den Anwohnerinnen statt, gleichzeitig haben die Angehörigen des Opfers fast jeden Tag Besuch von Angestellten der Staatsmacht. Bulling und Recknitz fahren innerhalb einer Woche zweimal nach Bad Blankenburg, da unter den Schülern der Parteischule schon früh ein möglicher Tatverdächtiger identifiziert worden ist, der trotz der 150 Kilometer Distanz ihren Zuständigkeitsbereich tangiert.

In der Vetterstraße 38, schräg gegenüber von Uta, wohnt Brigitte. Für die kommenden fünfzehn Jahre wird sie Utas engste Freundin werden. Jetzt aber fällt sie Bulling und Recknitz ins Auge, da notiert ist, dass sie seit über drei Jahren eine lose Bekanntschaft zu Ernst pflegt, Parteischüler in Bad Blankenburg, der, nach gewissen Gesichtspunkten, als dringend tatverdächtig gilt. Die frühere Liebschaft zwischen den beiden hat sowohl unter der Distanz als auch unter der fehlenden Bereitschaft, sich zu binden, gelitten. Brigitte, so viel kann Uta aus ihrem Küchenfenster sehen, wohnt mit ihrem Ehemann, erzählt aber, worauf Bulling in den Akten stößt, Arbeitskolleginnen noch immer gerne von ihrem Zusammensein mit Ernst, dessen Humor und Aussehen sie weiterhin lobend erwähnt. In den Ermittlungsakten erhält Ernst den Decknamen »Zettel«. Innerhalb kurzer Zeit finden sich mehrere Eintragungen von Frauen, denen »Zettel« ehemals eng verbunden war und durch die nach wie vor eine Kontaktaufnahme möglich erscheint. Vorerst wird die Entscheidung getroffen, sich in Karl-Marx-Stadt auf die Verbindung der jungen Sekretärin zu ihrem ehemaligen Vorgesetzten zu konzentrieren. Brigittes Ehe, das ist aus anderer Quelle ersichtlich, befindet sich in einem Selbstauflösungsprozess, dessen Abschluss in nicht zu ferner Zukunft zu liegen scheint. Zur Lösung der Problemlage »Zettel« werden die notwendigen Schritte eingeleitet.

1. Etappe: Visuelle Kontaktaufnahme durch IM »Anna« auf dem Arbeitsweg zu (schwarzer Balken).
2. Etappe: Gemeinsame Fahrt nach Seiffen. Ein genauer Zeitplan wird noch festgelegt. Grundlage für die Kontaktaufnahme auf dem Arbeitsweg ist die Ermittlungsarbeit der Abt. IV. Die Legende wird mit dem IM »Anna« vereinbart.
3. Legende für die Fahrt der (schwarzer Balken) nach Seiffen:
Am 17.05.1978 telefonierte der (schwarzer Balken) vom Telefon der Familie (schwarzer Balken) mit dem VPKA. Dieser Drohanruf wurde festgestellt und durch die (schwarzer Balken) wurde der Anrufer dem VPKA mitgeteilt. Im Ergebnis der Untersuchung wird der (schwarzer Balken) verurteilt und er wird eine längere Haftstrafe antreten. Die (schwarzer Balken) ist damit an der Klärung des Vorfalls aktiv beteiligt. In der Regel wird für solche Leistungen durch die VP ein Präsent übergeben.
Ablauf:

> Der Gen. Oberstleutnant Heinzig sucht die (schwarzer Balken) im Betrieb auf. Über den Betriebsleiter wird der (schwarzer Balken) der Dank für die geleistete Hilfe ausgesprochen. Ihr wird eine 3-Tagesreise nach Seiffen übergeben. Der (schwarzer Balken) wird empfohlen, ein Wochenende zu nehmen, damit sie ihre Kinder mitnehmen kann. Sollte ihr Ehemann die Reise mit durchführen wollen, muß dieser als Privatperson an der Reise teilnehmen und diese auch selbst finanzieren. Nach erfolgter Abstimmung wird die Reise organisiert.

4. Kontaktaufnahme durch die IM »Anna«
Die IM »Anna« kennt bereits die (schwarzer Balken) durch gemeinsame Fahrten in der Straßenbahn. Sie wird deshalb direkt

auf die (schwarzer Balken) zugehen bzw. es so organisieren, daß die (schwarzer Balken) sie anspricht. Mit der (schwarzer Balken) ist der gemeinsame Aufenthalt in Seiffen zu vereinbaren und zu verbringen. Eine inhaltliche Zielsetzung wird gesondert erarbeitet.

Nachstehende Instruktionen wurden vorgenommen, um den IM auf den Einsatz in der Zeit vom 16.8.–20.8. vorzubereiten.

Grundsätzlich: Da enttäuscht von der großen Liebe – kein Interesse sich wieder zu binden –

Motto:

Leben und leben lassen

politisch keine Bindung und kein Interesse; nicht negativ und hetzen; Nicht in erster Linie als leichtes Mädchen zeigen; Man lebt und liebt;

Andeutung:

bei den Männern ist es doch immer dieselbe Masche; keinem fällt etwas ein – die Westgermanen sind dabei schon etwas anders; Kommt das Gespräch auf solche konkreten Fragen dann – es käme auf den Versuch an – probieren geht über studieren; Richtige Freunde gibt es noch zu wenig – alle sind erst für sich da; Frauen sind oft einsam, ohne daß sie es wahrhaben wollen. Die (schwarzer Balken) ist ihr sympathisch und es könnte eine Freundin werden; Sie braucht jemanden, dem sie vertrauen kann und nicht nur für gute Zeiten; die (schwarzer Balken) nicht drängen, eine Bekanntschaft einzugehen

Einzelfragen:

Fahrt erfolgt auf Grund einer Vereinbarung mit einem Westdeutschen; Westdeutscher ist ein weitläufiger Verwandter; zufällig zur Messe wiedergesehen und die Einladung angenommen; über intime Verhältnisse mit Westgermanen nicht sprechen; läßt sich Zimmer neben der (schwarzer Balken) geben – Verwandter hatte alles schon bestellt; im Hotel sich Zimmernummer geben lassen und verabschieden – hoffentlich sehen wir uns wieder – einmal sehen, ob uns der Verwandte mit dem Auto nach KMSt fahren kann? während der Anreise auch deshalb nicht auf Pläne der (schwarzer Balken) eingehen – man hat ja andere Pläne – Nachdem die (schwarzer Balken) das Zimmer bezogen hat, eigenes Zimmer mieten – aber erst gegen 15.00–16.00 Uhr beziehen – bei der (schwarzer Balken) klopfen und ihr mitteilen – Verwandter noch nicht da und will bis Sonnabend warten und dann evtl. abreisen; später ändert sich der Entschluss und man reist mit der (schwarzer Balken) zurück; am Abend immer noch auf den Verwandten warten – die (schwarzer Balken) nur einbeziehen, damit man nicht alleine ist – den Abend finanzieren, keine Bekanntschaften, da man noch warten muß; Unterhaltung so steuern, daß die (schwarzer Balken) sich zu erkennen gibt – d. h. man muß Angriffspunkte finden und sich danach richten; nicht auf sie einreden, sondern kommen lassen – bei dem Auftauchen von anderen Personen auch diese Linie fahren, aber mehr auf hilfsbedürftig machen; nicht in jedem Fall alle Ausgaben bezahlen am Freitag beim Warten – da die (schwarzer Balken) ja nicht für sich wartet; Am Sonnabend in der Bar eine Flasche Sekt, alles andere der Situation überlassen – Männer finden und ausnehmen;

Zeigen Sie der (schwarzer Balken) auf, daß es für Sie in der Vergangenheit zwar schwierig war ein Leben ohne Ehemann zu führen, es anderseits aber auch gewisse Vorteile mit sich brachte, z. B. nicht gebunden, niemandem rechenschaftspflichtig, man kann machen, was man will. Über Ihre bisherigen Bekanntschaften schildern Sie der (schwarzer Balken) nur soviel, wie sie bereits von Ihnen weiß. Dabei darf sie jedoch nicht den Eindruck gewinnen, daß Sie diese Bekanntschaften aus finanziellen Gründen suchten, sondern vielmehr dadurch einen Freund zu finden, ohne sich fester zu binden.

Im Sommer habe ich die Brigitte kennengelernt. Das war vorher alles abgesprochen, bis ins kleinste Detail haben die mir gesagt, was ich zu ihr sagen soll. Die hat damals als Sekretärin in einem großen Sportzentrum gearbeitet, da haben die Schulungen und Weiterbildungen, Lehrgänge und Jugendfreizeiten organisiert. Der ehemalige Leiter von dem Zentrum war aus Rostock, glaube ich. Ernst hieß der, das weiß ich noch wie heute, weil daran scheiterte auch später dann die Ehe von der Brigitte. Sie war seine Sekretärin und natürlich auch seine Liebhaberin.

Damit wir uns kennenlernen, haben die bei ihr einen Einbruch fingiert. Die hat in einer alten Villa gewohnt, etwas am Stadtrand. Im Erdgeschoss sind sie durch ein Buntglasfenster eingestiegen. Feines Glas – das war sehr selten. Wahrscheinlich wollte denen das einfach ein Mitarbeiter der STASI kaputt machen oder war neidisch auf so einen seltenen Fensterschmuck. Bei der Aufklärung des Einbruchs hat sie dann geholfen, und damit konnte der Täter gefasst werden. Dafür hat sie eine Auszeichnung von der Polizei bekommen. Konnte sie ja nicht wissen, dass der ebenfalls von der STASI war. Als Preis für ihre Mitarbeit hat sie eine Reise mit ihren Kindern geschenkt bekommen. Ihren Mann sollte sie dabei natürlich am besten zu Hause lassen. Immerhin sollten wir uns in dem Hotel kennenlernen und auch die eine oder andere Männerbekanntschaft machen.

Mit ihren Kindern durfte sie dann drei oder vier Tage ins Hotel ins Erzgebirge – und dort bin ich mit meinem Kind auch hingefahren und sollte sie ansprechen und kennenlernen. Das Hotel war schön, mitten im Wald, ganz neu, mit zwei Restaurants und drei Bars, Schwimm- und Sportanlagen für die Kinder. Leider hat es fast die ganze Zeit geregnet, weshalb wir nicht einmal eine lange Wanderung machen konnten.

Ich sollte schon im Zug mit ihr in Kontakt treten. Ich hatte ein Foto gesehen und lief dann durch den Zug. Da sah ich eine Frau mit zwei Kindern und dachte: Die ist es. Als ich dann anfing, mich mit ihr zu unterhalten, und sie mir genauer ansah, merkte ich, sie ist es gar nicht. Ich musste dann so tun, als würde ich schon aussteigen, und habe dann einfach das Abteil gewechselt und mich wieder auf die Suche gemacht. Als ich sie dann gefunden habe, waren aber neben ihr keine Plätze mehr frei. Sonst war der Zug aber fast leer, deshalb wäre es aufgefallen, wenn ich einfach neben ihr stehen geblieben wäre. Kinder sind da aber manchmal auch ganz hilfreich, die kommen einfach ins Gespräch und denen ist es egal, wo du stehst oder sitzt. Dann hatte ich extra HB-Zigaretten dabei, die waren selten. Davon habe ich ihr angeboten, und meine Klamotten, die sind ihr auch schnell aufgefallen, das habe ich gemerkt, und für die Kinder hatte ich Westschokolade eingepackt – da war es im Hotel nicht mehr sehr schwer, mit ihr weiter in Kontakt zu kommen und sich für die kommenden Tage zu verabreden. Aber irgendwie musste ich auch meine Anwesenheit rechtfertigen. Da habe ich gesagt: Ich habe hier mit einem Westdeutschen zu tun, der hat hier geschäftlich zu tun und hat mich hierher eingeladen, für ein paar Tage. Da hat sie gelacht: Was ein Zufall! Wir sind auch eingeladen, von der Polizei! Spätestens da war klar, dass wir ein ganz nettes Wochenende miteinander verbringen werden.

Dabei ging es um einen Mann, mit dem sie mal eine Affäre hatte. Der wurde des Mordes verdächtigt. Bei der Vorbereitung und auch später haben die mir immer wieder ziemlich viel über den erzählt – aber bewiesen wurde letztlich nichts. Trotzdem konnte ich mir schon denken, dass der Ernst die Achtzehnjährige umgebracht hat. Die hatte in der Nähe gearbeitet und wurde tot auf einem Feld gefunden, direkt neben den Bahnschienen, obwohl es nicht einmal ihre richtige Station war. In der Nähe wurde Erbrochenes gefunden mit Bockwurst drin, und mir wurde immer gesagt, dass der Ernst gerne Bockwurst isst. Brigitte habe ich irgendwann gefragt, ob das stimmt, und die hat natürlich *ja* gesagt. Ich weiß es nicht genau, ich glaube, der Mord wurde später auch aufgeklärt, aber was die mir so gesagt haben, erschien mir das schon zu 95 Prozent glaubhaft, dass er der Mörder war.

Es war dann so, dass sie abends mit mir in die Bar ist. Unsere Kinder mochten sich. Ich bin immer wieder zur Rezeption und habe gefragt, ob mein westdeutscher Freund schon angekommen ist. Er ist natürlich nicht gekommen. Irgendwann am Abend wurde ich ausgerufen. *Telefon für die Frau Fuchs*. Das war natürlich alles gefälscht, aber so konnte ich es ihr erklären. Er kann nicht kommen. Was blieb ihr anderes übrig, als mir zu glauben. Wir haben uns angefreundet, und nach und nach wurde unsere Freundschaft immer enger – aber ihre Affäre mit dem Ernst war schon längst zu Ende, und wegen dem hatte ich sie ja überhaupt kennenlernen sollen. Der Auftrag war, sie dazu zu motivieren, wieder Kontakt zu ihm aufzunehmen, sich mit ihm zu treffen, vielleicht auch zu dritt, und dann wäre das schon spannend geworden. Aber der war ja auch kein Dummer, der hat schon verstanden, was ich wollte und wer ich war. Als ich Brigitte nach dem Urlaub wiedergetroffen habe, hat sie erzählt, dass sie wieder mit ihm in Kontakt ist, dass sie sich treffen und so weiter. Und auch, dass sie ihm von mir erzählt hat und er sehr genau nachgefragt hat: Wer ist das? Woher kennst du die? Wie hast du die kennengelernt? Wahrscheinlich hatte der solche Sachen auch auf der Parteischule gelernt.

Am 16.08. fuhr ich mit dem Zug, 9.17 Uhr, von Karl-Marx-Stadt nach Seiffen. Ich konnte schon am Bahnhof die mir bekannte Person bemerken. Allerdings war ein Kennenlernen im Zug nicht möglich, da der Waggon, in dem Frau (schwarzer Balken) Platz nahm, sehr überfüllt war. Aus Versehen passierte mir das kleine Mißgeschick, daß ich anstatt in Seiffen schon eine Station vorher ausstieg. 15 Minuten später kam ein Zug, der in der gleichen Richtung weiterfuhr. Ab Bahnhof fuhr ein Bus in Richtung Seiffen, in dem Frau (schwarzer Balken) schon Platz genommen hatte. Wir konnten schon im Bus einen leichten Kontakt schließen.

Ich erzählte ihr, daß ich verabredet bin und bis jetzt versetzt wurde. Frau (schwarzer Balken) nahm regen Anteil an meinem Mißgeschick.

Nach dem gemeinsamen Abendessen gingen wir auf das Zimmer zurück, wobei sich Frau (schwarzer Balken) von mir die Haare machen ließ. Sie sagte daraufhin, daß sie leider nichts zum Anziehen mitgenommen hätte, um ihren Mann nicht irgendwie unsicher zu machen. Ich schlug ihr vor, ein Kleid von mir anzuziehen, was sie auch machte. Sie machte sich ganz besonders hübsch zurecht. Ihr gefielen sehr gut meine Kleidungsstücke, insbesondere die aus Westdeutschland. Sie sagte, daß sie auch gerne so etwas besitzen würde. Ich erzählte Frau (schwarzer Balken), daß dies alles Geschenke von meinem Freund wären, der mich ja ab und zu hier besuche, woraufhin sie äußerte, so einen Freund würde sie sich auch gerne zulegen.

Abschließend sagte Frau (schwarzer Balken), sie würde gern einmal in eine Bar gehen, es fehle ihr bisher nur die Bekannte. Weiterhin sagte sie, sie wäre nicht abgeneigt, nebenbei einen Freund zu besitzen, der sie beschenkt. Wir vereinbarten, uns gelegentlich mal zu treffen, um zusammen einen Barbesuch zu machen.

Am nächsten Abend trafen wir uns gegen 19.00 Uhr. Übergangslos kam Frau (schwarzer Balken) plötzlich auf ihr Telefon zu sprechen, von dem sie der Meinung ist, daß es abgehört wird. Sie sagte mir, ihr Mann hätte den Hörer abgenommen und ein Tonband laufen gehört. Darauf nahm sie den Hörer und hörte nichts. Sie setzte die Hörbrille ihres Manns auf und hörte auch das Tonband. Sie sagte mir, jetzt wisse sie auch, warum sie damals mit ihrem Freund ständig überwacht worden sei, und warum die Staatssicherheit über alle ihre Schritte unterrichtet worden sei, da sie vieles telefonisch vereinbart hatten. Des Weiteren erzählte sie mir, wie unzufrieden sie ist, weil sie mit ihrem Mann kaum intime Beziehungen habe, und einen Liebhaber habe sie zur Zeit auch nicht. Ich sagte zu ihr: An deiner Stelle würde ich mal richtig fremdgehen. Worauf sie antwortete: Bei der nächsten Gelegenheit, die sich ihr bietet, wird sie es auch wahr machen.

In der weiteren Unterhaltung erzählte Frau (schwarzer Balken) von ihrem Freund, der einmal angedeutet habe, daß er früher für die Staatssicherheit gearbeitet habe und deshalb sich ständig unter Beobachtung fühle. Ihr Freund habe immer gedacht, daß sie diejenige sei, die ihn bespitzelt. Wie Frau (schwarzer Balken) auf die Staatssicherheit kam, ging aus dem Gespräch nicht hervor. Außerdem erzählte sie mir, daß sie, obwohl sie wußte, daß wenn sie nachts nach Hause kommt, sie von ihrem Ehemann geschlagen wird, wäre sie immer wieder zu ihrem Freund hingegangen. Sie hätte alle Schwierigkeiten in Kauf genommen, nur um sich mit ihm zu treffen. Weiter erzählte sie, daß ihr Mann ihr heute noch mißtraut. So fragte er sie, ob bei ihr auch so viele anonyme telefonische Anrufe ankamen. Er sagte, wenn das Telefon klingelt und ich melde mich, wird immer gleich wieder aufgelegt. (schwarzer Balken) versuchte, ihn zu beruhigen und sagte, sie hätten sich nur verwählt. Weiter sagte sie, daß ihre Ehe vor einiger Zeit kurz vor der Scheidung stand, und ihr Mann ihr einen Brief geschrieben habe, den sie sich gut aufgehoben habe. In diesem Brief schrieb er, daß er eine Kindheit ohne Liebe gehabt habe, und er sich vorstellen kann, was sie mit ihm durchmachen mußte. Aber sie solle ihm doch verzeihen, denn er kann nicht anders sein.

Im weiteren Verlauf des Gesprächs berichtete (schwarzer Balken), daß der Scheidungstermin für Dienstag 6.4. festgesetzt ist. Die (schwarzer Balken) ist der Meinung, daß es zu keinem zweiten Termin kommen wird, sondern gleich die Scheidung erfolgt. Vor Gericht beabsichtigt sie, die Wohnungsverhältnisse zu klären, d. h. sie stellt die Forderung, daß ihr Ehemann nach der Scheidung zu seiner Bekannten zieht. Der (schwarzer Balken) sieht für seine persönliche Entwicklung durch die Scheidung Schwierigkeiten, insbesondere was seine Kandidatur als Kreisabgeordneter anbetrifft.

Das Anliegen des Treffs bestand neben der Berichterstattung des IM über das gegenwärtige Verhältnis zur (schwarzer Balken) und der sich daraus ergebenden Maßnahmen und Verhaltensweisen insbesondere in der Auseinandersetzung über Motive und Gründe der gegenwärtig zu verzeichnenden mangelhaften Arbeitsergebnisse und Arbeitsbereitschaft des IM. Zu der bisherigen Zusammenarbeit betreffs der op. Bearbeitung »Zettel«, insbesondere aber seit einem Zeitraum von 3 Monaten, wurde wiederholt festgestellt, daß der IM zu spät zu festgelegten Treffs bzw. überhaupt nicht erschien, sowie in ihren Ergebnissen der Auftragserfüllung keinerlei Fortschritte aufwies. Um aber die konkrete und gezielte Bearbeitung des »Zettel« fortzuführen, machte sich eine Auseinandersetzung mit dem IM erforderlich.

Eindeutig kam vom IM zum Ausdruck, daß sie gewillt ist, die ihr übertragenen Aufträge zu (schwarzer Balken) auch weiterhin ordnungsgemäß zu erfüllen und daß am »Wollen« kein Zweifel zu sehen ist. Vielmehr trägt sie sich bereits seit längerer Zeit mit persönlichen und familiären Problemen, aus denen sie gegenwärtig keinen Ausweg sieht, und mit ihr darüber bisher kein Genosse des MfS gesprochen bzw. danach gefragt hat. Ihre Zusammenarbeit mit dem MfS bestand bisher nur in der Aufgabenerteilung und -abrechnung der Ergebnisse.

2. Entsprechend des gegenwärtigen Einsatzes des Genossen der Abt. K/II wird geprüft, inwieweit dieser Genosse geeignet ist die Sorgen des IM in seelischer Hinsicht zu unterstützen. Damit wäre gleichzeitig eine Legende gegenüber der (schwarzer Balken) als auch deren Kindern gegeben.

3. Es soll geprüft werden, ob dem IM zum Kauf einer Sesselgarnitur ein Betrag von 1500,– M geliehen werden kann.

Im Laufe des nächsten Jahrs sind wir dann beste Freundinnen geworden. Die STASI wollte dann aber, dass ich mich an den Ernst heranmache, und mit dem Sex habe und den aushorche. Dann habe ich den aber überhaupt mal gesehen – und der war überhaupt nicht mein Typ. Ich habe gar nicht verstanden, was Brigitte an dem fand, ihr Ehemann sah zehnmal besser aus, aber Ernst hatte halt Umgangsformen, die ihr Ehemann nicht hatte. Der hatte Weltgewandtheit wie ein Westdeutscher, das hat uns schon begeistert! Und die Kleidung ... Für Brigitte war er vielleicht einfach nur ein Ausbruchsversuch, und es war ganz zwanglos bei ihr. Bisschen was trinken und so. Als sie auf dem Klo war, habe ich ihm meine Adresse gegeben und gesagt: Besuchen Sie mich doch mal! Aber ich dachte, wenn ich mit dem schlafen muss, muss ich abkotzen. Für die STASI hätte ich es trotzdem gemacht.

Bevor du jetzt fragst: Angst hatte ich keine vor dem. Der war zwar ein gesuchter Verbrecher, also tatverdächtig, aber auf seine Art und Weise irgendwie doch auch ziemlich harmlos. Wie gesagt, der war nicht so wie die Männer aus der DDR. Der war höflich und konnte gut reden, wusste unheimlich viele Dinge, war elegant und nicht so steif und verstockt wie viele von den Männern, die wir sonst kennenlernten. Und egal, wie kompliziert das zwischen ihm und Brigitte war – er hat sie nie schlecht behandelt, wurde nie ausfallend oder grob. Klar hat er auch ein bisschen mit ihr gespielt, er hat ja gemerkt, wie sehr sie ihn wollte, aber er hat das nicht ausgenutzt. Sie wollte halt unbedingt ihn – da musste sie eben auch damit klarkommen, dass er sie mal versetzt oder nicht erreichbar ist. Gefallen hat der mir trotzdem nicht. Als Freund ja, aber Sex? Nein, danke. An den aber galt es heranzukommen. Allein bei dem Gedanken daran musste ich schon anfangen zu saufen.

Sonntagsfrüh, ich habe gerade Mittagessen gekocht, war aber keineswegs hergemacht oder so, klingelt es an der Tür. Der Ernst! Aber mein Kind war da, also musste ich es bitten, mal rauszugehen. Das war mir peinlich. Zehn Jahre alt. Natürlich kann es sich da denken, was wir da jetzt machen. Aber dazu ist es nicht gekommen. Der Ernst hat genau gemerkt, wie das Spiel läuft, der war nur da, um seine Ahnung zu bestätigen. Der hat mich nur ausgehorcht, saß zwei Stunden bei mir in der Küche, hat Kaffee getrunken und Fragen gestellt. Dabei kannten wir uns da schon eine ganze Weile. Er wollte einfach sehen, wie ich reagiere, wenn er überraschend bei mir vor der Tür steht. Er wollte einfach noch mal überprüfen, ob seine Ahnung stimmte, und natürlich war der ein Spion, das habe ich sofort gespürt. Wenn man selber so was macht, dann merkt man das bei anderen sehr schnell. Außerdem wusste der so gut Bescheid – was die konspirative Tätigkeit anbelangt und wie man sich unterhält und an welchen Orten man sich aufhält. Der hat ganz direkte Fragen gestellt, *wo ich mich mit denen treffe* oder, *ob ich nicht auch versuchen könnte, eine neue Küche für Brigitte zu bekommen*, solche Sachen.

Danach habe ich den nie wiedergesehen! Eine so mühsam angekurbelte Sache – einfach den Bach runtergegangen. Mehr als ein Jahr haben wir versucht, an den heranzukommen, und dann zerplatzt alles innerhalb von so kurzer Zeit. Alle Mühen, alles Geld, alle Anstrengungen umsonst. Selbst meine Freundschaft zu der Brigitte beruhte ja einzig darauf, näher an Ernst heranzukommen. Alles umsonst. Dabei wird der auch die Brigitte ausgefragt haben, wo und wie sie mich kennengelernt hat.

Dadurch hat der sich ein Gesamtbild gemacht und wusste, dass ich nur auf ihn angesetzt bin. Von wegen Freundschaft.

Vielleicht war ich auch einfach nicht sein Typ, aber hätte er an dem Tag mit mir ins Bett gehen wollen – ich hätte es für die STASI getan. Mit keinem Mann, mit dem ich im *Intercontinental* ins Bett gegangen bin, hat es mich Überwindung gekostet. Die sahen alle gut aus! Oder die waren zumindest gepflegt und charmant.

Ernst bin ich nie wieder begegnet. Er war dann für uns einfach verschwunden, hat sich nicht mehr bei Brigitte gemeldet, und auch sonst haben wir ihn nie wiedergesehen. Der Mord, für den er verdächtigt wurde, wurde erst Mitte der Achtziger aufgeklärt. Es war am Ende doch irgendein anderer Mann. Ich glaube, es war ein Nachbar von dem Opfer oder einer aus der Verwandtschaft, ganz genau weiß ich es aber nicht mehr.

Bulling und Recknitz wissen von ihrem zähen Geschäft. Als sie im Sommer 1978 den Auftrag erhalten, die vorhandenen Informationen über Brigitte zu festigen und nach Möglichkeit zu vertiefen, und gar in Betracht zu ziehen, über sie einen Kontakt zu Ernst herzustellen, gehen sie ihre Optionen durch, finden auf dem Feld *Aktuelle Anschrift* die Vetterstraße vermerkt und wenden sich direkt an Uta. Der Weg aber ist zu einseitig, die Unsicherheiten im Auftreten Utas und ihre Unberechenbarkeit bei der Erfüllung von erteilten Aufträgen, von ihrer Pünktlichkeit und Zuverlässigkeit in der letzten Zeit ganz zu schweigen, bestärken sie darin, sich der Angelegenheit von mehreren Seiten zu nähern. Bulling übernimmt die meisten Treffen mit Uta, sein wohlwollender Tonfall ist in den Protokollen auch für Recknitz nicht zu übersehen, der keinesfalls Einwände dagegen hegt, sich aber nicht genötigt fühlt, an der bestehenden

Dynamik Änderungen vorzunehmen, da, auch das entnimmt er den Protokollen, die bisherige Zusammenarbeit von einem produktiven wie freundschaftlichen Charakter gezeichnet ist, und ihnen daran gelegen ist, eine langjährige Mitarbeiterin, die in einem so sensiblen Bereich tätig ist, keinesfalls unkontrolliert zu verstoßen oder zu verlieren. Immer wieder werden sie noch dazu von ihrem Vorgesetzten angehalten, die bestehenden Kontakte zu den wenigen weiblichen IMs aufrechtzuerhalten, *die Frau* sei schließlich vollständig anerkannter und gleichberechtigter Teil der sozialistischen Gesellschaft. Gleichzeitig verfügen sie jederzeit über einen möglichen Maßnahmenkatalog zur Sanktionierung, falls Uta sich nicht an die Verschwiegenheitsverpflichtung hält, dennoch ist Recknitz klar, dass, sollte Uta beispielsweise ihrem Vater, seit bald fünfzig Jahren in der Kommunistischen Partei und als ehemaliger Betriebsrat innerhalb seiner Ortschaft nach wie vor hohes Ansehen genießend, von ihrer Tätigkeit und der Rolle ihrer Institution, dem Schild und Schwert der Partei, ausführlich Bericht erstatten, ein kaum zu überblickender Schaden entstünde, der weitreichende Folgen nach sich ziehen und das Dasein dieses älteren Herren erheblich aus dem Gleichgewicht bringen würde. Im Sinne dieses wohlverdienten Vorkämpfers des Sozialismus erscheint es Recknitz umso wichtiger, das produktive Verhältnis zu Uta nicht abreißen zu lassen, in ihrer Zusammenarbeit höhere Sorgfalt walten zu lassen und den privaten Problemstellungen, die sich bei dem IM auf Grund ihrer Tätigkeit entwickelt haben, nachzugehen. Welcher Zukunft bei Scheitern entgegenzusehen wäre, davon zeichnen die Genossen in Berlin kontinuierlich ein nicht notwendig weiter zu illustrierendes Bild. Etwas überrascht haben die Parteiführung die Ergebnisse des Instituts für Bedarfsforschung. Trotz aller Versuche, Alltag und Haushalt der Frauen durch die Bereitstellung neuester technischer Errungenschaften zu erleichtern, ist im Vergleich zum Jahr 1969 im Verhältnis der Anteile von Arbeitszeit und Freizeit bei Männern und Frauen kaum eine Veränderung abzuzeichnen. 74,65 Stunden stehen Frauen pro Woche für Erholung, Schlaf und Freizeit zur Verfügung. Demgegenüber bleiben dem Mann 109,25 Stunden. Allem Anschein nach haben die Anschaffungen neuer Gerätschaften nicht zur Entlastung geführt, da die grundlegende Verteilung der Arbeit gleich geblieben ist, den Frauen nun auch noch die Aufgabe der Wartung und Nutzung von Wäscheschleudern und Kühlschränken überantwortet wurde.

Kurz glaubt Bulling sich in der Verantwortung, wird dann aber von seinem Kollegen wieder auf die älteren Protokolle, die schon Herausforderungen in der Zusammenarbeit mit dem IM schildern, aufmerksam gemacht, sieht die Notwendigkeit der sichernden Maßnahmen und versteht sich in Konsequenz als Verteidiger und Fürsprecher Utas. Passend dazu haben die beiden für sich die Regelung getroffen, als *leichtes Mädchen* von ihr zu sprechen, die Abkürzung *HWG* für *Häufig wechselnde Geschlechtspartner* ist selbst Bulling zu formalistisch, nur in den offiziellen Schreiben an andere Dienststellen oder Vorgesetzte macht er von dieser Bezeichnung Gebrauch, kann dabei allerdings keinen Zusammenhang zwischen diesem Kürzel und der jungen Frau aus der Vetterstraße herstellen. Die zurückkommenden Schreiben, die vor gesundheitlichen Risiken warnen und die entsprechende Meldepflicht betonen, überfliegt er in der Regel unkonzentriert, registriert, dass sich an der grundlegenden strafrechtlichen Situation seit geraumer Zeit keinerlei Änderungen vollzogen haben, und weiß, dass, ausgehend von der Vielzahl der Protokolle, es ein

Leichtes wäre, Uta nach § 249, wo im Abschnitt zu »Sexualverbrechen« neben Exhibitionismus, Vergewaltigung, Nötigung und sexueller Missbrauch auch Prostitution unter Strafe gestellt wird, für einige Zeit aus dem Verkehr zu ziehen. Bis zur Anwendung dieser Maßnahmen scheint es Bulling noch ein weiter Weg zu sein. Er ist nicht unzufrieden damit, wie sich der IM-Vorgang nach der missglückten Vorarbeit des Kollegen Kühn entwickelt hat, und weiß von den Möglichkeiten, die in ihrer Zusammenarbeit noch ausstehen. In Karl-Marx-Stadt ist die Anzahl vergleichbarer IMs überschaubar, weder Bulling noch Recknitz haben einen genauen Überblick, eher selten kommt es zum Austausch mit anderen Angestellten und Abteilungen, bei ihnen im Stockwerk und auch auf den übrigen Etagen im Gebäude ist man darauf bedacht, die Verbreitung unnötiger Details der eigenen Arbeit zu vermeiden. Es reicht ihnen völlig aus, zur Abschreckung die protokollierten Witze und Abschriften anderer IMs und Ermittlungen zu lesen, in denen nicht selten die gesamte Institution verunglimpft oder aus Ohnmacht oder immer noch vorhandenem Unverständnis mit Missachtung und Misstrauen überzogen wird. Bulling geht die ihm vorliegenden Aufzeichnungen durch. Außer ihm und Recknitz kennt alle Details aus den Protokollen zu Uta nur Frau Kohl, Stenotypistin und einzige auf ihrem Stockwerk angestellte Frau, wobei Bulling hierbei die Reinigungskräfte nicht mitzählt, die das Gebäude viel früher als er am Morgen betreten und die alle der Abteilung *O XII Inneres* unterstellt sind, jenen Leuten also, die nach Möglichkeit sämtlichen Kontakt zu anderen Kollegen meiden und in der Regel ihre Arbeitsplätze in anderen Gebäuden haben, damit auch zufällige Zusammentreffen auszuschließen sind. Weiterführende Maßnahmen im Umgang mit dem IM »Anna« werden dienstlich erörtert, wobei Bulling eine Zusammenfassung der letzten Ergebnisse vorbereitet, auf deren Grundlage die Folgeschritte besprochen werden. Der Kollege Brinkmann holt die Zeitschrift *Guter Rat* hervor, Ausgabe 1/76, und weist auf die angeführte Statistik hin, *daß jede berufstätige Frau mit Kindern außer ihrer Arbeitszeit im Beruf ungefähr 50 Stunden wöchentlich zur Hausarbeit benötigt. Dazu gehören Kochen, Putzen, Einkaufen und natürlich auch das Wäschewaschen.* Weiter regt er an, auf Grundlage dieses neuen Wissens die *nähere Betrachtung der privaten Umstände* des IM ins Auge zu fassen. Bulling ist darauf vorbereitet, legt ein Schreiben der Lehrerin von Utas Kind auf den Tisch, zwei weitere Berichte von Nachbarn aus der Vetterstraße, die sich ebenfalls über den schlechten Zustand der Wohnung beschweren, wobei er nicht zu erwähnen braucht, dass die Schreiben nicht an ihn, sondern an die Wohnungsbaugenossenschaft Karl-Marx-Stadt-Süd gerichtet sind, und stimmt mit dem Kollegen darin überein, dass sie in der vergangenen Zeit ihr Augenmerk zu wenig auf die äußeren Umstände des IM gelegt haben. Anhand der zugeschickten Dokumente aus der Schule kann er eine Entwicklung nachzeichnen, in deren Interpretation sich die Männer einig sind. Für sich macht Recknitz eine Notiz: *Gerät auf die schiefe Bahn; vernachlässigt Haushalt und Kind; nachlässige Pflichterfüllung*. Man ist sich einig, dem IM zur *Bewältigung schwerer Seelenlagen* eine männliche Person zur Seite zu stellen. Auch bei der Auswahl der möglichen Kandidaten im Bereich Vetterstraße herrscht schnell Einigkeit.

Im Zusammenhang mit der weiteren inhaltlichen Gestaltung des Kontaktes des IM »Anna« zur (schwarzer Balken) macht sich der Einsatz eines männlichen IM erforderlich.

Die Anforderungen an diesen männlichen IM werden bestimmt durch die gegenwärtige Situation im Verhältnis Anna-(schwarzer Balken). Beide haben ein gutes Verhältnis, aber durch fehlende Gemeinsamkeiten, unterschiedliche persönliche Bindungen und Ziele und andere Umstände kann dieses Verhältnis nicht so aktiv gestaltet werden, wie es operativ erforderlich wäre. Durch den männlichen IM soll das bestehende Verhältnis weiter ausgebaut und entsprechend der Legenden weiter konspirativ abgesichert werden. Die Beweglichkeit des IM (Besitz von einem PKW) garantiert eine weitere inhaltliche Gestaltung von Zusammenkünften zwischen (schwarzer Balken) und Anna. Auch ist es möglich, die einseitig sichtbare finanzielle Seite des Verhältnisses (schwarzer Balken)/Anna zu Gunsten der operativen Aktivitäten zu gestalten. Durch den männlichen IM können finanzielle Zuwendungen sowohl an die Anna als auch an die (schwarzer Balken) gegeben werden.

Grundlage des Bekanntseins »Anna«/»Ulf« ist ein zu früherer Zeit bestandenes intimes Verhältnis zwischen dem FIM und der »Anna«.

Der IM »Ulf« wurde 1960 durch die KD Gera als ehrenamtlicher IM geworben. Seit 1965 arbeitet er hauptberuflich für unser Organ. Im Oktober 1968 wurde der IM von der Abteilung K an die Abteilung L der BV-Zwickau übergeben. Bei der Abteilung L wurde der IM hauptsächlich für Kontaktierungsaufgaben eingesetzt. Seit Mai '76 ist er im Gebiet der Ermittlung tätig. Hierzu ist einzuschätzen, daß der FIM mit den ehrenamtlichen Ermittlern auf Grund seiner Menschenkenntnis und operativen Erfahrung eine gute Arbeit leistet.

Der IM eignet sich für Kontaktierungen, auch zu weiblichen Personen und zu Aufgaben im Rahmen operativer Kombinationen verbunden mit Beobachtungen und anderen über den allgemeinen Rahmen der inoffiziellen Arbeit hinausgehenden Aufgaben. Durch sein ruhiges und umsichtiges Auftreten, seinem guten Äußeren, geistiger Regsamkeit und seinem bestimmenden Wirken verfügt er über die Mentalität und Charaktereigenschaften, die Grundlage und Voraussetzung zur Durchführung komplizierter Aufgaben sind.

Ulf stellt sich Uta als Uwe vor. Ein nicht besonders großgewachsener Mann, *nicht auffallend gut aussehend*, beschreibt ihn Uta ihrer Freundin. Er ist ihr aber schon mehrfach über den Weg gelaufen, wenn auch das letzte Zusammentreffen schon eine längere Weile her ist. Schwarze Haare trägt er, meist über der Stirn etwas hochgekämmt, und längere, krausende Koteletten, die wie Pfeile auf den überproportional großen Hemdkragen weisen, aus dem sein rundlicher Kopf hervorragt. Einen leicht vorgeschobenen Kiefer hat er, alles in allem eine nicht auffallende Erscheinung. In Utas Erinnerung sind keineswegs schlechte Erlebnisse mit seinem Auftauchen verbunden. Sie freut sich, als er von der anderen Straßenseite auf sie zukommt, *lange nicht gesehen* ruft, ihr dann direkt einige ihrer Einkäufe aus der Hand nimmt und sie fragt, *wie geht's dir*, und *und wie geht's deinem Kind*, und ihr dann lange zuhört, zwischendurch aus der Innentasche seiner Lederjacke ein Päckchen Zigaretten herausholt, Uta eine anbietet, danach selbst mit dem Mund eine Zigarette aus der Schachtel zieht, ihre anzündet und dann erst selbst graue Rauchwolken in den Karl-

Marx-Stadt-Nachmittagshimmel pustet. Als sie auf die Uhr schaut, fällt ihr auf, dass sie noch hoch zum Konsum in der Bernsdorferstraße muss, er geht ohne weiteres Nachfragen mit ihr dorthin. Danach trägt er ihr den zusätzlichen Sack Kartoffeln in die Küche, die gesamte Vetterstraße hoch, und fragt sich dabei still, auf welche Art Uta diese Anstrengung zuwege gebracht hätte, wäre ihm nicht ihre exakte Ankunftszeit an der Straßenbahnhaltestelle *Reichenhainer Straße/Friedhof* mitgeteilt worden. Danach verabschiedet er sich, ist allerdings drei Tage später wieder zufällig an der Straßenbahnhaltestelle, als sie von der Arbeit kommt, diesmal lädt sie ihn auf einen Wein ein, ihr Kind ist schon für das Wochenende bei den Großeltern, Uwe bleibt länger und lernt später am Abend im *Tonkrug* Brigitte kennen, die auf Verabredung mit Uta an einem der hinteren Tische sitzt. Nicht von einer festen Verabredung mit dem jungen Mann hat Uta ihr gegenüber gesprochen, doch ausdrücklich die Möglichkeit betont, dass es zu einem erneuten Zusammentreffen zwischen ihnen kommen könnte. Auch Brigitte ist von dem neuen Bekannten angetan, verabschiedet sich jedoch recht bald, da ihr Ehemann von der Arbeit nach Hause kommt und sie kein weiteres Aufsehen erregen will, hat sie doch auf Utas Anraten hin seit ein paar Wochen wieder telefonischen Kontakt mit Ernst, ihrem ehemaligen Geliebten, zu dem sie zum Wohle ihres Ehelebens den Kontakt vor etwas über einem Jahr eingestellt hatte. Uwe hört nur mit einem Ohr zu, pflichtet Uta allerdings bei, als sie der Freundin rät, endlich die Scheidung zu forcieren und *ganz auf das eigene Herz* zu *vertrauen*, was weitere Zusammentreffen mit Ernst bedeuten würde. Obwohl Uwe, aus Utas Sicht, zum ersten Mal von der gesamten Problematik erfährt, ist sie überrascht, wie einig sie sich in der Auslegung der Situation sind. Sie fühlt sich in den Sympathien bestätigt, die sie dem jungen Mann entgegenbringt.

Zwei Nachmittage später bringt Uwe seinen Cousin Dieter mit, der ebenfalls nur ein paar Straßen weiter wohnt und gelernter Heizungsmonteur ist, jetzt aber als Schlosser im Schichtbetrieb tätig ist, woraus sich die Möglichkeit ergibt, dass er auch am Wochenende mal nach den Mängeln in Utas Wohnung sehen kann, die Griffe ihrer Fenster repariert, das Klo wieder abdichtet, das Schloss ihrer Wohnungstür auswechselt. Uta kann, was auch immer anfällt, den kurzen Weg zwischen den Wohneinheiten hindurch nehmen und trifft mit etwas Glück Dieter bei sich zu Hause an oder kann seinen Kindern eine Nachricht hinterlassen. Bei einer dieser Gelegenheiten erzählt ihr Uwe, dass er auch ein Auto besitzt und sie doch gemeinsam mit Brigitte einen Ausflug unternehmen könnten, ein paar Tage ins Erzgebirge fahren, jetzt, da Sommer ist und die drückende Wärme des Jahres 1978 fast die gesamte Stadt lahmlegt. Uta gefällt der Vorschlag auf Anhieb, gerade auch, da sich ihr Kind und Brigittes Kinder immer besser anfreunden, ebenfalls den kurzen Weg zwischen den Wohnungen nutzen und auf den freien Grünflächen des Zentralfriedhofs ausgelassen spielen. Außerdem erzählt ihr Brigitte, dass sie am vergangenen Freitag einen zweiten Nervenzusammenbruch erlitten hat, dass die unveränderte Situation mit ihrem Ehemann und ihr Verlangen nach einem Treffen mit Ernst sie dermaßen anstrengen würden, dass sie in der Hitze kollabiert sei, sich zwar nach wenigen Minuten bereits wieder erholt habe und normal ihre Arbeit habe fortsetzen können. Der Aussicht, schlussfolgert Uta, auf einige freie Tage im Erzgebirge wird sie keineswegs abgeneigt sein.

Gegen 18.30 Uhr erschien sie. Sie war angemalt, geschminkt und in einem langen Kleid, und sagte, als ich gerade gehen wollte, sie möchte mich einladen und mit mir mal ein Bier trinken gehen. Ich ließ mich überreden, und wir gingen gemeinsam in die Bierklause. Die Kneipe war sehr gefüllt, und es waren gerade noch zwei Plätze frei. Wir setzten uns an einen Vierertisch und kamen ins Gespräch. Im Laufe des Gesprächs erzählte sie mir aus ihrem Leben sehr viel.

Wir hatten kaum 10 Minuten gesessen, da bekam sie vom bedienenden Kellner einen Mocca-Edel hingestellt und der Kellner sagte: Er dürfe nicht verraten, von wem der ausgegeben wurde. Ich vermute, es war von einem anderen Kellner aus dem Café. Sie fragte mich dann etwas aus, und ich antwortete entsprechend. Uta Krahl erzählte mir dann belanglose Dinge. Anschließend bezahlte sie die gesamte Zeche. Ich schaffte sie dann noch zur Wohnung, und auf dem Weg dahin erzählte sie mir, daß sie im Dezember letzten Jahres, als sie vom Spätdienst kam und Schneematsch auf der Straße war, von einem Mann angefallen wurde, der sie vergewaltigen wollte. Er hätte sie an der Ecke, wo die Poliklinik ist, in den Schnee gedrückt, sie hätte geschrien, aber es wäre kein Fenster aufgegangen, er hätte dann von ihr abgelassen und sie hätte Anzeige erstattet.

Am 30.5. traf ich Uta Krahl wieder. Ich hatte eine Schachtel Pralinen mit und überreichte sie ihr mit dem Hinweis, daß mir der Abend sehr gefallen hat und ich mich bedanken möchte.

*An viele Sachen konnte ich mich noch gut erinnern.* Uta und ich treffen uns das erste Mal nach längerer Zeit wieder, unsere gemeinsame Reise nach Prag und Zwickau ist knapp sieben Monate her. Sie hat in der Zwischenzeit Akteneinsicht gehabt. Im Vorfeld hatte ich die Befürchtung, dass es sie überfordern oder verunsichern würde. Doch ist das nicht in vollem Ausmaß eingetreten, oder sie verschweigt es mir. Wir sitzen wieder auf unserer Parkbank im grünen Gürtel der Leipziger Innenstadt. Der Boden ist, wie immer zu dieser Jahreszeit, klebrig. *Vor Jahren schon mal, Anfang der Neunziger, haben die mir ein Schreiben geschickt. Da waren ein paar Seiten aus meiner Akte drin, quasi als Probe, damit ich den ganzen Rest bestelle. Ich hab es damals aber nicht gemacht. Ich hatte kein Geld, war alles die Kehle runtergeflossen, und außerdem wollte ich von dem ganzen Zeug auch einfach nichts mehr wissen. Ich hatte ohnehin schon genug Schwierigkeiten, überhaupt mein Leben auf die Reihe zu kriegen. Da gab es überhaupt keinen Platz, sich jetzt auch noch mit diesem Zeug zu beschäftigen. Deshalb habe ich einfach gar nicht auf das Schreiben reagiert.* Aus diesem Grund galt Utas Fall als bearbeitet, als ich vor acht Monaten bei der Behörde anfragte. Es müsse ein zweiter Antrag gestellt werden. Sie beantragte als Privatperson Akteneinsicht. Zwei Monate später stellte ich, mit der Absicht einer publizistischen Tätigkeit, ebenfalls einen Antrag. Mehrfach wurde mir am Telefon zugesichert, dass meine Akteneinsicht kurz bevorstehe. *Du bekommst die Akten erst zu sehen, nachdem ich sie durchgesehen habe,* sagte Uta mir bei einem Treffen im Mai fast beiläufig. *Sie haben gefragt, was sie alles schwärzen sollen. Am Anfang habe ich ein paar Seiten rausnehmen lassen, von denen ich nicht wollte, dass du sie liest. Aber im Grunde weißt du ohnehin alles, oder ich erzähl es dir, so wie es mir eben wieder einfällt. Daher habe ich am Ende fast gar nichts mehr schwärzen lassen.* Die Nummerierung der Seiten, die ich schließlich bekomme, ist dennoch nicht durchgängig. Von Seite 126 wird zu 143 gesprungen, von 335 auf 337. In einem Jahr findet Utas Geburtstag statt, im nächsten wird er übersprungen. Es sind mehrere Ordner. Teilweise befassen sich zwei Akten mit demselben Zeitraum. Die Geschichte läuft zwischen ihnen parallel. Je nach Lesart fügen sich dann die Teilstücke aus den beiden Akten zu einem Bild zusammen, teilweise aber laufen beide Spuren ins Leere. Auf wen die Streichungen zurückgehen, ist auf dem Papier nicht absehbar. An manchen Stellen bricht der angefangene Bericht ab, aus den Überresten davor und danach lassen sich dann mühsam einzelne Szenen rekonstruieren. Einzelne Figuren werden ausführlich vorgestellt, zu anderen wieder fehlt jede Beschreibung. Als Leerstellen tauchen sie immer wieder auf, verschlucken ganze Abschnitte der Akten, sind handelnde Objekte und bleiben über Seiten erschreckend unnahbar. Andere Figuren werden mit Fotos vorgestellt, Passbilder vom Führerschein oder private Schnappschüsse einer Reise nach Ostberlin. Von »Bulling« und »Recknitz« ist nur die Unterschrift zu sehen, gleichzeitig entfaltet sich über hunderte Seiten das Bild ihres Handelns, das mögliche Rückschlüsse auf sie zulässt. Vielleicht würde ich sie im Telefonbuch der Stadt Riesa sogar noch finden. Sie könnten mir ihre persönlichen Erinnerungen schildern. Ich entscheide mich dafür, Utas Geschichte weiterhin mit ihr alleine zu erzählen. »Bulling« und »Recknitz« bleiben als Protokollanten der Geschichte am Rand. Als ich weiter hinten in den Akten sehe, dass sich der Name im Feld *Unterschrift Protokollant* sogar noch mal ändert, nehme ich endgültig Abstand von meinem Gedanken.

*Bei den meisten konnte ich mich daran erinnern, wer sie waren.* Uta wischt sich mit einem nassen Tuch über die Hände. Es ist wieder ein sehr heißer Sommer. *Nur bei einem,* sagt sie, *da war ich wirklich überrascht. An den konnte ich mich nur noch ganz schwer erinnern, es war fast alles verblasst. So unscheinbar war der. Dass der für die STASI gearbeitet hat, hätte ich wirklich nicht gedacht. So ein ruhiger und freundlicher Typ. Von dem wüsste ich schon gerne den Klarnamen, deshalb habe ich jetzt noch mal einen Antrag gestellt. Das ist doch auch wichtig für uns, wie der richtig heißt, oder?*

Wirklich hilfreich kann ich ihr bei ihrer Aufarbeitung nicht sein. Für diese Art der Anfrage müsste sie als Opfer der SED-Parteidiktatur anerkannt sein. Offiziell ist Uta aber nicht nur als Opfer, sondern auch als *Begünstigte der Staatssicherheit* gelistet. Auf große Bereiche der Akten, die sie betreffen, besser: *die in Zusammenarbeit mit ihr erstellt worden sind,* hat sie daher keinen Zugriff. Es handelt sich um Täter*innenwissen, das aus Opferschutzgründen ihr nicht zugänglich gemacht werden darf. *Du durftest doch viel mehr über mich erfahren als ich, und die an der Uni auch.* Ich erzähle ihr von den Lücken in den Akten, die ich bekommen habe, von den möglichen Geschichten, die sich in den Zwischenräumen zugetragen haben, und davon, diese auf die eine oder andere Art und Weise erzählerisch zu schließen oder gerade nicht. *Dadurch weiß ich immer noch nicht, wer mich damals überwacht hat,* sagt Uta. Ich kann ihr nichts erwidern. Plötzlich scheinen unsere Motivationen, ihre Geschichte zu erzählen, so weit auseinander zu liegen wie niemals zuvor.

Bevor wir unser Treffen beenden und in unterschiedliche Richtungen gehen, gibt sie mir Gummistiefel und zwei Packungen Schokolade mit, für mein Kind.

2. Vom IM wurde eine Skizze sowie eine Beschreibung der Wohnung der (schwarzer Balken) angefertigt.

Am 10.3.79 wurde durch die Genossen Oberstleutnant Brinkmann und Leutnant Bulling ein Treff mit dem IM »Anna« in der IMK »Blechtrommel« in der Zeit von 10.00 Uhr bis 12.00 Uhr durchgeführt. Das Anliegen des Treffs bestand in der Berichterstattung des IM über durchgeführte operative Maßnahmen in der Bearbeitung der (schwarzer Balken) sowie der Festlegung über das weitere Vorgehen. Darüber hinaus bildete eine Aussprache über persönliche Probleme und Verhaltensweisen des IM den Hauptanteil am Treff. Dem IM wurde anfangs eine Einschätzung ihrer operativen Ergebnisse in der Bearbeitung der (schwarzer Balken) mitgeteilt, wo einzuschätzen ist, daß durch die persönliche Initiative des IM in den letzten 4–5 Wochen echte operative Ergebnisse erreicht werden konnten. Nicht zuletzt dadurch, daß der Zeitraum zwischen Auftragserteilung und Berichterstattung nach Möglichkeit kurz gehalten wurde. Eine weitere Bedingung stellte die Krankheit des IM dar, und die ihr dadurch zur Verfügung stehende Zeit.

Ihr wurde dargelegt, daß aber insbesondere der persönliche Einsatz des IM Bedingung war zur Erreichung dieser guten operativen Ergebnisse. Im Anfangsstadium der Aufnahme der Bearbeitung der (schwarzer Balken) zeigten sich Lücken beim IM dahingehend, daß sie in erster Linie ihren persönlichen Interessen nachging und zweitrangig die ihr übertragenen operativen Aufgaben löste. Bedingung und Voraussetzung für eine weitere Zusammenarbeit und der Erreichung operativer Ergebnisse bilden die Unterordnung der persönlichen Interessen des IM. Dieser Einschätzung stimmte der IM zu und vertrat die Meinung, daß sie gegenwärtig starkes Interesse an der operativen Arbeit, insbesondere was die Herstellung eines Vertrauensverhältnis zu der (schwarzer Balken) betrifft, besitzt.

Zur Frage einer Neubauwohnung wurde ihr mitgeteilt, daß gegenwärtig Maßnahmen eingeleitet sind. Über den Zeitpunkt und den Ort wurden ihr keine Versprechungen gemacht. Gleichzeitig wurde hier die Frage ihrer Männerbekanntschaften angesprochen, die einen häufig wechselnden Charakter tragen. Ihr wurde aufgezeigt, daß mit einem evtl. Wohnungswechsel sie auch in dieser Hinsicht Einschränkungen erreichen muß, nicht zuletzt, um die Konspiration zu wahren. Damit erklärte sich der IM einverstanden.

In Abständen von 4 Wochen werden mit dem IM weitere Gespräche gleichen Inhalts geführt, um im Ergebnis die operative Arbeit zu aktivieren und den IM noch stärker an das MfS zu binden.

Im Mittelpunkt des Treff stand erneut eine Diskussion über die Disziplin und Verhaltensweisen des IM »Anna«. Der IM kam wieder eine halbe Stunde zu spät zum Treff und hatte sich nicht an die von uns festgelegte Linie zur weiteren Kontaktierung der (schwarzer Balken) gehalten. Durch uns wurde zwischenzeitlich eine Überprüfung in der Abt. 26 eingeleitet und diese hatte zum Ergebnis, daß der IM die Ursache war, daß das für den 8.4. vereinbarte Treffen mit der (schwarzer Balken) nicht stattgefunden hat. Der IM bezog zu unseren Vorhaltungen eine kritische Haltung aber war insgesamt schon oft bereit einzusehen, daß sie alle Kraft anstrengen muß, um die von uns festgelegten Aufgaben gewissenhaft durchzuführen.

Der IM wurde erneut aufgefordert, ihre persönlichen Interessen umzustellen. Dies ist notwendig, um einen größeren Einfluß auf (schwarzer Balken) zu haben. Es ist auch im Interesse des Verhaltens des IM notwendig. Eindringlich wurde dem IM erläutert, daß sie vor allem auf (schwarzer Balken) Rücksicht nehmen muß. Sie muß die Freizeit nutzen, um diese nicht mit irgendwelchen Männerbekanntschaften durchzubringen, sondern um sich (schwarzer Balken) zu widmen. Aus den bisherigen Erfahrungen heraus wurde festgelegt, daß in Zukunft konkrete Vereinbarungen mit der (schwarzer Balken) zu treffen sind. Festlegungen wie, »du kannst mich mal besuchen«, oder »du kannst mich mal anrufen«, sind nicht mehr zu treffen.

Es ist erforderlich, kurzfristige Treffs mit dem IM durchzuführen. Im Monat Mai ist zu prüfen, ob eine Kontrolle des IM erforderlich ist, um die Sicherheit in der operativen Bearbeitung der (schwarzer Balken) zu erhöhen.

Es genügen zwei Telefonate, und Bulling hat einen Aufenthalt in Oberwiesenthal für die beiden Frauen arrangieren lassen, die Zimmer werden für fünf Tage von Frau Kohl gebucht, inklusive Vollpension, dazu überreicht er Uta noch 300,– Mark Taschengeld, *für jede Art der Unternehmungen,* und tritt sogleich in Kontakt mit IM »Ulf«, der sie nach Möglichkeit begleiten soll, gegenwärtig allerdings noch in eine andere Sache involviert ist und daher erst mit zwei Tagen Verspätung anreisen kann, im Gegenzug Bulling aber mitteilt, dass er innerhalb dieser Woche sich noch zweimal mit Uta treffen wird, um ihr passende Tipps und Empfehlungen für den Aufenthalt in Oberwiesenthal zu geben. Gleichzeitig reicht Recknitz die notwendigen Dokumente weiter, um den Einbau entsprechender Technik in Utas Wohnung einzuleiten, dabei ist vorgesehen, dies während der Arbeitszeit von ihr umzusetzen. Bei der Durchführung der Maßnahme kommt es jedoch zu ungeahnten Komplikationen, der Vorgang muss auf den Zeitraum ihres Aufenthalts in Oberwiesenthal verschoben werden. Ulf merkt in diesem Zusammenhang an, dass es für den IM »Anna« auch erstrebenswert erscheinen könnte, wenn kleinere Renovierungsarbeiten in der Wohnung vorgenommen würden. Schließlich, Ulf hat darüber bereits mehrfach mit Uta gesprochen, ist ihre Wohnung derzeit in keinem wirklich vorzeigbaren Zustand, erst recht nicht für den Fall, dass sie *Besuch von einem Parteischüler erwartet,* sowohl Küche als auch Bad und Wohnzimmer könnten jeweils kleinere Ausbesserungen dringend gebrauchen. Uta pflichtet ihm bei, ist dankbar für den Zuspruch und wendet sich bei ihrem nächsten Treffen offen an Bulling, *selbst mein Nachbar hat bereits angemerkt, dass meine Wohnung in einem entsetzlichen Zustand ist.* Bulling bleibt gelassen, pflichtet ihr aber bei, dass, wenn schon der Nachbar etwas sagt, er nun sein Möglichstes versucht, um schnellstens einen Handwerker ausfindig zu machen. Uta sagt, bei ihr in der Nachbarschaft *würde einer wohnen*: Dieter heißt der. Dieter wird ein zweites Mal zur Wohnung geschickt.

Ablauf:

Der IM und die (schwarzer Balken) halten sich vom 17.05.–22.05 in Oberwiesenthal in einem Bungalow auf.
Während dieses Aufenthaltes erfolgen durch den IM gezielte Maßnahmen wie

- Vorschlag, den Bekannten der (schwarzer Balken) in ihre Wohnung einzuladen
- Übergabe des Wohnungsschlüssels der Wohnung des IM »Anna« an die (schwarzer Balken).

Maßnahmen, die sich in Vorbereitung dieser Maßnahmen ergeben:

1. Beschaffung Schlüsselabdruck der Wohnung des IM »Anna« unter der Legende, Anfertigung eines Zweitschlüssel für die (schwarzer Balken).
2. Vorbereitung der Durchführung der Maßnahme – B – in der Wohnung des IM »Anna«.

Entsprechend der geplanten Maßnahmen wurde der IM beauftragt, der (schwarzer Balken) am 17.05. einen Wohnungsschlüssel von ihrer Wohnung mit der Bemerkung zu übergeben: Daß sie jederzeit die Möglichkeit hat, bei Zusammenkünften mit ihrem Bekannten (schwarzer Balken) die Wohnung des IM aufzusuchen.

Uta und Brigitte fahren für fünf Tage nach Oberwiesenthal. Schon als sie ankommen, regnet es in Strömen. Ihr Hotel liegt etwas oberhalb vom Pöhlbach, aus dem Fenster ihres Zimmers kann Uta das Grün der tschechischen Uniformen erkennen. Im Hotel ist kaum Betrieb, trotz der Feiertage sind fast keine anderen Gäste da, nur vereinzelt sieht man sich am Frühstücksbuffet oder am Abend zwischen den senffarbenen runden Sesseln, die vor dem Panoramafenster aufgestellt sind. Die Kinder langweilen sich bereits am zweiten Tag, Uta versucht einmal, mit ihnen, fest verschnürt unter wasserdichter Kleidung, die ersten Meter des Fichtelbergs zu besteigen, nimmt allerdings bereits nach zehn Minuten wieder Abstand von diesem Vorhaben. Obwohl auch Brigitte sichtbar unterbeschäftigt ist, sind es die ersten Stunden seit ihrer Scheidung, in denen sie nicht kontinuierlich von deren Auswirkungen umgeben ist. Uta bedauert es ein wenig, sich für die Woche hier entschieden zu haben, mitten im Mai, *da regnet es meistens eh,* hat sie gesagt, konnte mit dem Einwand allerdings keine Veränderung des Termins mehr bewirken, Bulling hatte die Buchungen über Frau Kohl bereits vornehmen lassen. *Ein ausgezeichnetes Hotel,* sagte er, und *wirklich schön da, ich hatte immer wunderbare Tage dort.* Das letzte wirklich ausgezeichnete Hotel, an das sich Uta erinnern kann, ist das *Interconti* in Prag, mit den großen Fenstern zur Moldau und dem geschulten Personal, das stets zuvorkommend, nie aber aufdringlich den Gästen scheinbar *ihre Wünsche an der Nase ansieht,* dazu das Restaurant, in dem neben dem großen Aquarium Granatäpfel und Foie Gras serviert werden. Ihr letzter Aufenthalt dort ist allerdings schon mehrere Monate her, die mitgebrachten Dollars, Kronen und Schilling sind längst umgetauscht in Essen, Kleidung und Miete, hat sie sich doch nie wirklich dafür entschieden, sparsam mit dem Erwirtschafteten umzugehen, stellt aber doch bei genauerer Überlegung fest, dass sich zu Hause im Kleiderschrank eine recht ansehnliche Sammlung an Ringen, Ketten und Amuletten befindet, daneben Kleider in sämtlichen Farben und Schnitten, viele davon werden ihr in den kommenden Jahren notwendige Finanzmittel einbringen. Jetzt aber sucht sie einen Umgang mit dem angerichteten Rührei, erkennbar angerührt aus Eipulver, garniert mit einem Strauch Petersilie und einer geviertelten Tomate, *farblich gut passend,* denkt Uta, bevor sie die Gabel an den Mund führt und sich das Ei auf der Zunge so anfühlt wie der Regen auf der Jacke. Die Servietten auf dem Tisch gefallen ihr, die Form der Messer erscheint ihr schlicht, aber unaufgeregt modern. Die restliche Inneneinrichtung des Hotels entspricht ihrer Erwartung von Oberwiesenthal, wobei das Bild in ihrer Vorstellung von einer Vielzahl Wintersportwilliger bestimmt wird, die sich am Buffet stärken, um anschließend körperlichen Ertüchtigungen nachzugehen und ihre Körper für den sozialistischen Aufbau zu regenerieren. Von ebendiesem Ansturm kann gegenwärtig nicht die Rede sein, Hotel und Personal verbleiben als Bild auf Utas Vorstellungswelt beschränkt. In der Schwimmhalle im Kellergeschoss ist sie morgens die Einzige und kann, wider der angegebenen Ordnung, statt Bahnen Kreise schwimmen. Brigitte beschäftigt währenddessen die Kinder. Am Abend, während die Ruhe noch immer nicht aus dem Gebäude gewichen ist, trinken sie zu zweit Wein an der Hotelbar und sehen der Dunkelheit zu, wie sie sich langsam zwischen den Bergen hervorschiebt.

Vom IM wurde der (schwarzer Balken) mitgeteilt, daß sie vermutet, daß man in ihre Wohnung einbrechen wollte. Festgestellt habe sie dies dadurch, daß sie nach Dienstschluß ihre Wohnungstür nicht mehr aufschließen konnte. Weiterhin habe sie in den Abendstunden, nach dem Besuch einer Gaststätte mit dem IM »Ulf«, in ihrer Wohnung Licht gesehen. Am Balkon lehnte eine Leiter, und die Tür zur Wohnung war geöffnet. Nachdem beide Personen die Wohnung betreten hatten, konnte sie jedoch keinerlei Personen feststellen. Durchgeführte Überprüfungen auf fehlende Gegenstände ergaben, daß sich alles noch auf seinem Platz befand.

Nachdem der IM der (schwarzer Balken) dies mitgeteilt hatte, äußerte die (schwarzer Balken), daß sie jetzt auch in ihrer Wohnung ein neues Schloß beabsichtige einzubauen, da der ehemalige Mieter noch im Besitz eines Schlüssels zu ihrer Wohnung ist. Der IM unterbreitete der (schwarzer Balken) den Vorschlag, daß ihr Bekannter (IM Dieter) die Möglichkeit besitzt, ein neues Schloß bei ihr einzubauen. Der IM wollte sich aber vorher noch telefonisch danach erkundigen. Die (schwarzer Balken) war sofort bereit, bei positivem Ergebnis, durch den Bekannten des IM sich ein neues Schloß einbauen zu lassen. Sie sagte dem IM, daß dies in den Abendstunden möglich sei. Mit dem IM wurden anschließend Maßnahmen durchgesprochen, die die Gestaltung des gemeinsamen Urlaub mit der (schwarzer Balken) betrafen.

Maßnahmen:

2. Durch den IM »Dieter« erfolgt bis zum 17.5. der Einbau eines Sicherheitsschloß in der Wohnung der (schwarzer Balken).
3. Um nach dem Urlaub des IM und der (schwarzer Balken) Voraussetzungen für einen Besuch der (schwarzer Balken) und (schwarzer Balken) in der Wohnung des IM zu ermöglichen, wird über den IM »Dieter« geprüft und eingeleitet, daß bis zum 25.5. die Renovierungsarbeiten in der Wohnung des IM »Anna« abgeschlossen sind.
4. Vorbereitung und Durchführung des Einsatzes der Technik – B – in der Wohnung des IM. Als Termin bietet sich hierfür der 21.5. an.
5. Der IM »Ulf« wird beauftragt, sich am 20.5. nach Oberwiesenthal zu begeben und dort mit dem IM und der (schwarzer Balken) einen Ausflug in das Vogtland zu unternehmen. Die Maßnahme dient einerseits der operativen Kontrolle des IM und der (schwarzer Balken) während der Maßnahme Einsatz Technik – B – sowie darüberhinaus der Kontrolle der Realisierung der Aufgabe des IM »Anna«.

Entsprechend der festgelegten Maßnahmen (Renovierung ihrer Wohnung) wurde dem IM vorgeschlagen, während ihrer Abwesenheit diese Arbeiten fertigzustellen. Entsprechende Vereinbarungen mit dem Maler (IM Dieter) wurden bereits getätigt. Der IM »Anna« zeigte sich über diese Maßnahmen sehr erfreut. Sie übergab dem Mitarbeiter von sich heraus ihren Wohnungsschlüssel. Der IM wurde beauftragt, zumindest bei der Hausverwaltung die Legende zu verbreiten, daß während ihres Urlaub ihr Cousin die Fertigstellung der Renovierungsarbeiten in ihrer Wohnung übernimmt.

Anstatt aber darauf zu warten, dass das nächste Treffen mit dem Ernst klappt, bin ich mit Brigitte losgezogen. Fast jeden Abend in irgendwelche Bars in der Innenstadt, um Männer kennenzulernen. Klar, dass du dann auch mal den Termin am nächsten Tag verschläfst.

Einmal hat mich deshalb der eine von denen angeschrien: *Weißt du eigentlich, was ich die Stunde verdiene? Und du versetzt mich? Ich verdiene die Stunde 80 Mark!* Seinen Dienstgrad konnte er mir gegenüber ja nicht als Autorisierung benutzen, sonst hätte ich zu viel über ihn erfahren. Deshalb hat er das so komisch formuliert. Dabei hatte ich einfach nur verschlafen, weil ich am Abend vorher mit der Brigitte noch in der Bar war. Sonst waren sie aber meistens freundlich, haben versucht, so neutral wie möglich zu sein. Natürlich merkt man, wer von denen einen mag und wer dich eher abschätzig betrachtet. Aber die wollten ja nach wie vor was von mir, und da haben sie eben versucht, das so gut es geht irgendwie unter Kontrolle zu haben. Dabei hast du die auch oft einfach so getroffen. Die haben aber immer klargemacht: *Wenn du irgendwo wen von uns triffst – wir kennen uns nicht. Und wenn dir irgendwann mal was passiert – beruf dich nicht auf uns. Wir kennen dich nicht.* In der *Jalta Bar* oder in der *Moskau Bar* war es ja meistens ruhig, aber in den anderen Lokalen konnte es auch schon mal zum Streit kommen. Und selbst wenn dann einer von denen mit im Raum gewesen wäre, die hätten niemals irgendwas für mich getan. Und wenn ich dann was gesagt hätte, wäre alles am Ende gewesen. Aber es ist schon schwierig, so zu tun, als würde man jemanden nicht kennen, wenn man sich in Wirklichkeit alle zwei Wochen trifft.

Wie zum Ausgleich haben die mich irgendwann gefragt, *gibt es irgendwas, das wir für dich tun können? Ja,* habe ich gesagt, *wenn ich aus dem Ausland komme, aus Prag, bringe ich nur*

*Devisen mit. Ihr könntet dafür sorgen, dass mir die an der Grenze nicht abgenommen werden.* Das fanden die gut. Die hatten ja schließlich auch was davon, wenn Devisen ins Land kommen.

Vorher musste ich immer die Dollars oder das Westgeld in Papier wickeln und auf dem Klo verstecken, damit mir das an der Grenze nicht abgenommen wird oder ich, wenn es gefunden wird, auch noch eine fette Strafe dafür kriege. Einmal war ein Westberliner mit im Zug. Auf der Fahrt hatten wir jede Menge Spaß, haben ziemlich viel getrunken. Und auf einmal sehe ich, wie die Reinigungskräfte schon durch den Zug gehen und alle Mülleimer ausleeren. Da habe ich eine Panik bekommen! Mein Geld! Zum Glück lag es aber noch in dem Mülleimer, in den ich es gelegt hatte. 1500,– Dollar wären sonst einfach weg gewesen.

Dass ich nicht mehr durchsucht werde, das haben sie immer eingehalten. Selbst als ich bei denen aufgehört hatte. Offensichtlich haben sie das nicht aus der Akte gestrichen, und es stand immer noch drin. Auf jeden Fall haben die Grenzpolizisten mich nicht mehr kontrolliert. Die Brigitte hat das später gemerkt und gesagt, *du, Uta, man merkt das immer noch, dass die dich an der Grenze nicht durchsuchen.* Da war es aber schon Jahre her, dass ich für die STASI gearbeitet hatte. Mit dem Geld, das ich so verdient habe, konnte ich gut leben.

Am 29.2.79, 11.00 Uhr reisten mit dem Ex 75 (Hungaria-Ausreise) über die GÜSt Bad Schandau die DDR-Bürgerinnen

(schwarzer Balken)
geb.: (schwarzer Balken)
wh.: (schwarzer Balken)
Beruf.: (schwarzer Balken)

Fam.-St.: (schwarzer Balken)
PA.-Nr.: (schwarzer Balken)
PKZ.: (schwarzer Balken)

und

(schwarzer Balken)
geb.: (schwarzer Balken)
wh.: (schwarzer Balken)
Beruf.: (schwarzer Balken)
Fam.-St.: (schwarzer Balken)
PA.-Nr.: (schwarzer Balken)
PKZ.: (schwarzer Balken)

im Wechselreiseverkehr für 5 Tage nach der ČSSR aus. Beide hatten für diese Reise je KCS 600,– bei der Staatsbank der DDR eingetauscht. Bei der Kontrolle gaben sie als Reiseziel Prag und Brno an. Bei der Zollkontrolle wurde festgestellt, daß es sich bei den mitgeführten Bekleidungsgegenständen und Kosmetika der (schwarzer Balken) vorwiegend um Erzeugnisse aus NSW-Produktion handelt.

Feststellung/Beanstandung
1 Stange Zigaretten
1 Flasche Cognac
8 Paar Strumpfhosen
2 Visitenkarten aus der Schweiz

Am 1.8. wurde mit dem IM »Anna« in der Zeit von 11.00–13.00 in der KW »Blechtrommel« ein Treff durchgeführt. Der Treff diente insbesondere der Bindung des IM in der Zeit von

11.00–13.00, da in dieser Zeit durch die Abteilung 26 Überprüfung der Technik in der Wohnung des IM vorgenommen werden mußte. Nach Eintreffen des IM in der KW wurde durch den Mitarbeiter die Abteilung 26 in Kenntnis gesetzt, die anschließend die Wohnung des IM konspirativ betrat.

In einem danach stattgefundenen Gespräch äußerte sich der IM positiv über die ihr zuteil gewordene Unterstützung und zeigte selbst Initiative zur Verbesserung ihrer Wohnverhältnisse. Sie brachte zum Ausdruck, daß es ihr seit der Renovierung besser in ihrer Wohnung gefällt und sie sich auch im Gegensatz zu früher dort wohlfühlt.

Dem IM wurde eindeutig anhand von festgestellten Mängeln dargelegt, daß sie umgehend ihren Lebenswandel ändern muß, um nicht eines Tages auf die »schiefe Bahn« zu gelangen. Ihr wurden Vorschläge zur Ausgestaltung ihrer Wohnung unterbreitet, ebenfalls was ihren Lebenswandel betrifft. Der IM äußerte, daß sich bisher niemand so um ihre persönlichen Belange gekümmert habe. Ihr wurde vorgeschlagen, finanzielle Unterstützung ihr zuteil werden zu lassen. Auf diesen Vorschlag reagierte der IM positiv.

Konzerte oder Veranstaltungen oder Hotelzimmer: Ich habe immer was gekriegt. Ich hab gesagt, ich will da und da ins *Interhotel*. Da haben die dann Zimmer reserviert. Da brauchte ich mir nicht die geringsten Gedanken drüber zu machen. Mein Leben war nur noch Amüsieren, Trinken, Rauchen, Sex. Ich fühlte mich irgendwann leer. Ich war gar nicht mehr in der Lage, ein ganz normales Leben zu führen. Ich hatte dann auch Allüren. Und dann haben manche Männer, die ich kennengelernt habe, auch gedacht, eine ganz normale Frau ist das nicht. Ich hatte alles aus dem Westen. Ich hatte teuren Schmuck: alles später durch die Gurgel gejagt. Als Schluss war mit der STASI, musste ich alles verkaufen. Der Durst ist halt geblieben.

Durch meine Trinkerei bin ich nicht mehr auf die Arbeit gegangen. Da war aber mit der STASI schon Schluss. Ich habe auch meine politische Meinung geändert, war in der Tschechoslowakei und in Ungarn, und da merkte man, dass wir als DDR-Bürger nur Bürger zweiter oder dritter Klasse waren. Und was bei uns los war. Meine Eltern waren alte Kommunisten, auch die waren längst nicht mehr einverstanden, was in der DDR passiert ist. Ich meine alles, die ganzen Umstände. Dafür hatten sie nicht gekämpft.

Hochzeit, Jugendweihe, Kindertaufe. Das gab es alles bei mir nicht. Es gab einfach fast nie einen Anlass, in meinem Leben so ein richtiges Familienfest auszurichten, wo du dann viel von allen anderen geschenkt bekommst. Dabei hatte ich nie was dagegen, dass mein Bruder und seine Familie so viel bekommen haben von meiner Mutti. Manchmal hat mir meine Mutti auch außer der Reihe was geschenkt, da hat aber dann die Frau von meinem Bruder direkt geschrien: *Wir wollen das Gleiche.*

Aber wenn du Alkoholikerin bist und ein schlechtes Gewissen hast und auch keine Kraft, dich um die Mutti zu kümmern, dann kannst du dich fast nicht wehren. Außerdem war ich immer alleine. Bei allen Auseinandersetzungen waren die zu viert, später zu fünft. Wie sollte ich mich da gegen die behaupten? Stattdessen habe ich versucht, das alles von mir fernzuhalten, den Kontakt so gering wie möglich zu halten, und noch mehr gesoffen. Aber das geht natürlich auch nicht. Als mein Vati gestorben ist, habe ich versucht, das alles zu verdrängen. Ich wollte das nicht an mich heranlassen, hatte überhaupt keine Kraft mehr dafür, mich damit zu beschäftigen, und habe versucht, so gut es geht, mich zu distanzieren. Aber das ist nicht einfach. Vor allem, wenn du dir das nicht selber ausgesucht hast. Gleichzeitig haben die direkt neben meiner Mutti gewohnt. Ich musste immer mindestens zwei Stunden fahren, um die zu pflegen. Außerdem war meine Mutti auch eine sehr nervige Person. Wenn ich da war, musste ich Tag und Nacht mit ihr in einer Einraumwohnung aushalten. Im Dorf gab es ja fast nichts. Das hätte ich nie geschafft.

Eine Weile nach dem Tod meines Vatis, da hat meine Mutti noch in der alten Wohnung gewohnt, kam dann der nächste Streit. In der Wohnung hing ein Bild, das hatte meine Tante von einem Kunstmaler malen lassen. Eine Katze sitzt an einem Baum, und daneben läuft ein großer Hirschkäfer vorbei, und sie greift nach dem Käfer. Und dahinter ist Wald, Bäume, alles sehr dicht zugewuchert. Das Bild war wirklich wertvoll. Das habe ich aber erst viel später herausgefunden, als ich es zu Geld machen musste wegen der Sauferei.

Auf jeden Fall hatte mir meine Tante das zum ersten Geburtstag geschenkt. Und einmal war ich mit meinem Kind bei meiner Schwägerin, und da habe ich gesehen, dass sie auf einmal ganz viele Bilder aus dem Haus meiner Eltern dort hängen hatte, und da dachte ich: Als Nächstes wird sie sich das Katzenbild schnappen. Da bin ich schnell zu meiner Mutti, noch am selben Tag, und habe es mir geholt. Mein Kind ist über das Wochenende bei meiner Mutti geblieben, und als ich es abgeholt habe, hat es gesagt: *Mutti, du hattest Recht: Die Doris kam am nächsten Tag und hat geschrien und getobt: Wo ist das Katzenbild? Ich wollte das haben! Tja,* hat meine Mutti gesagt, *das hat die Uta mitgenommen.* Da haben wir schon ein bisschen gelacht.

*Da vorne fahren wir besser nicht lang,* sagt Uta. Sie sitzt neben mir auf dem Beifahrersitz, hat die Hände zwischen den Knien und schaut seitlich aus dem Fenster auf die letzten Vororte von Zwickau. Vor der Fahrt haben wir gemeinsam ihren Sitz in eine aufrechtere Position gebracht, weil ihr vom Vortag der Rücken schmerzt. *Das ist der Weg, den ich früher jeden Tag zweimal mit dem Bus gefahren bin. Da vorne ist gleich die Trainingsstrecke für die Kanuten.* Es ist Sonntag. Außer uns ist niemand auf den Straßen unterwegs. *Bieg besser hier schon links ab. Da vorne ist das Haus, in dem früher mein Bruder gewohnt hat.* Vor einem Jahr war sie das letzte Mal hier, hat mit einem Bekannten Blumen zum Grab ihrer Eltern gebracht. Danach sind sie weiter in Richtung Tschechien gefahren, *Tagesausflug,* sagt Uta. Als sie ihre Blumen am Grab abgestellt hat, verlassen wir den Friedhof durch den oberen Ausgang. *Es kann sein, dass dort noch eine alte Freundin wohnt. Vor vierzig Jahren vielleicht ist sie da eingezogen. Ich weiß nicht, ob sie noch lebt.*

*Hallo,* knistert es durch die Gegensprechanlage. *Hallo, ich bin's, die Uta.* Ohne auf eine Antwort zu warten, geht sie durch das niedrige Gartentörchen, hinter mir höre ich noch ein leises *Oh* aus der Gegensprechanlage rauschen. Uta geht einmal um das Haus herum und auf der Rückseite durch einen gläsernen Vorbau. Eine ältere Frau kommt uns die Treppe herunter entgegen. *Nein?!,* sagt sie. *Ja!,* sagt Uta und *Ich war gerade in der Gegend, da dachte ich, ich komme mal vorbei.* Wir werden auf eine Limonade in das Wohnzimmer eingeladen. Die ehemalige Freundin pflegt mittlerweile eine Angehörige in der Wohnung, ist mitten zwischen den Kochtöpfen, unterbricht ihren Tagesablauf, zusammen essen wir die erste Weihnachtsschokolade. Wir rauchen. Schnell aber ist Uta wieder in Eile, drängt darauf, weiterzufahren. *Einen langen Weg haben wir noch vor uns,* sagt sie, während ihre Freundin ansetzt, mir detailliert die Lebensgeschichte ihrer Eltern zu erzählen. Ich versuche, mich zu entschuldigen, folge Uta die Treppe hinunter, bleibe kurz hinter der Türschwelle stehen, suche nach abschließenden Worten für ein noch nicht wirklich begonnenes Gespräch, während Uta bereits winkend vor mir aus dem Garten läuft. Als wir am Auto ankommen, beginnt es zu regnen. *Ich glaube,* sagt Uta, *der schnellste Weg von hier nach Johanngeorgenstadt ist über Schneeberg.* Auf der anderen Seite der Grenze, in einem notdürftig zusammengebastelten Shop zwischen anderen solchen Shops, kauft sie eine Stange Zigaretten. *Tschechenmarkt,* nennen die Leute aus Johanngeorgenstadt das. Danach machen wir uns zurück auf den Weg in unsere Unterkunft in Zwickau.

Als ich abends bei ihr an die Zimmertür klopfe, eine halbe Stunde vor der verabredeten Zeit, sehe ich im Türspalt, im gebrochenen Licht des Flurs, ein mir fast unbekanntes Gesicht. Erst als sie die Tür weiter öffnet, verstehe ich, was für einen Aufwand es für sie bedeutet, vor die Tür zu gehen. Ich warte im Hof. Von unten kann ich an der Fensterfront erkennen, wie das Licht im Badezimmer eingeschaltet wird, stelle mir vor, wie Uta sich die Haare kämmt, wie sie nach und nach die Ringe auf ihre Finger stülpt, wie sie den Lippenstift aufträgt und sich die Bluse umlegt. Als sie die Treppe herunterkommt, ist sie fest in ihren Mantel gehüllt. Jetzt können wir uns gegenseitig wieder ansehen. Obwohl es erst Ende September ist, wird es eine kalte Nacht in Zwickau. Ich schenke uns beiden ein Glas Sekt ein. Wir stoßen an auf die gemeinsame Reise. Zum Abendessen gibt es für sie Fisch mit Salzkartoffeln und Senfsauce. Als wir danach noch eine Bar suchen, ist Bedingung dieselbe wie am Vorabend: *Man muss darin rauchen können.* Im Innenstadtbereich kann dies kein Etablissement bieten. In der Nähe vom

Bahnhof soll es zwei Kneipen geben, in denen geraucht werden darf, wir machen eine davon ausfindig. Außer unserem Tisch ist nur ein weiterer besetzt. Am Tresen im Nachbarraum, für uns nicht einsehbar, sitzen ebenfalls Personen. Wenn der Wirt Getränke an den Nachbartisch bringt, spricht er die Kundschaft mit ihrem Vornamen an, sagt dann, dass bereits Ende des Monats ist. Die Runde aus fünf Personen lässt sich davon nicht beeindrucken. *Was darf's bei euch sein,* fragt der Wirt. *Ein Bier und* – sage ich. Uta schaut sich im Raum um – *eine kleine Flasche Sekt bitte. Und bitte ein Glas dazu.* Der Wirt schaut uns jetzt zum ersten Mal wirklich an. *Sektgläser haben wir nicht,* sagt er. Uta lässt sich einen Moment Zeit mit ihrer Antwort. *Dann nehm ich es halt so,* sagt sie.

Im kurzen Moment vor ihrer Antwort ist am Nachbartisch Ruhe eingekehrt. Alle fünf Personen versuchen zu verbergen, dass sie zu uns herüberschauen. Der Kräuterlikör lässt ihre Tarnung auffliegen: *Was die wohl von uns denken. So eine elegant gekleidete Dame und ein junger Mann, alleine in dieser Bar.* Uta würdigt das Publikum keines Blicks. Ich bin irritiert, versuche mit einem Ohr, dem Gespräch am Nachbartisch weiter zu lauschen, kann nur Fetzen auffangen, von denen nicht klar ist, in welchem Zusammenhang sie stehen. Die Blicke sind ausreichend. *Ach, lass sie doch reden,* sagt Uta und dreht dem Raum den Rücken zu. Wirklich entspannen können wir uns aber beide nicht. Während sie ihren Sekt trinkt, muss ich mir vorstellen, wie sie früher in den Bars und Kneipen von Karl-Marx-Stadt saß, welcher Wirt sie beim Vornamen angesprochen hat, wie dicht die Tische dieser Bars beieinanderstanden. *Komm, wir gehen nach Hause,* sagt sie. *Man muss es ja nicht immer erzwingen.*

Die Maßnahmen zum Einbau der Technik im Mai 1979 funktionieren reibungslos. IM Dieter kann mit Hilfe zweier seiner Freunde die Renovierungsarbeiten in Utas Wohnung fristgerecht beenden, während der letzten Ausbesserungen der Küche am 20. Mai, die er allein vornimmt, ist es ihm ein Leichtes, die Haustür von innen zu öffnen, um den Kollegen die vorher in Augenschein genommenen Stellen in Wohnzimmer, Küche und Schlafzimmer zu zeigen, an denen die Technik installiert werden soll. Selbst der Nachbar stört nicht, ein zurückhaltender, dennoch überaus neugieriger älterer Herr, der das Vorfahren eines ihm unbekannten Wagens beobachtet und daraufhin zuerst im obersten Stock an den Treppenabsatz tritt, um sich danach langsam bis in die erste Etage vorzutasten, an Utas Haustür zu klopfen und von Dieter darüber informiert zu werden, dass auch dies ebenfalls Handwerker seien, *Freunde von ihm*, die ihm bei den letzten Arbeiten behilflich sein werden, *und auch*, und nun zwinkert er dem älteren Mann zu, *gut wissen*, wo *in diesen schwierigen Zeiten* das entsprechende Material zu beschaffen ist. Dem kann der hinzugekommene Hauswart nur seine Zustimmung geben, er schaut voller Hochachtung den beiden Herren entgegen, als sie die wenigen Stufen von der Haustür heraufkommen, sich freundlich grüßend an ihm vorbeizwängen und hinter Dieter in der offenen Wohnungstür verschwinden, was dieser zum Anlass nimmt, das Gespräch höflich zu beenden und die Tür zu schließen. Der eigentliche Einbau der Technik ist ein schneller, da routinierter Vorgang. Nach getaner Arbeit verbleiben die Herren noch einen Augenblick in der Wohnung, um nicht den Eindruck zu erwecken, mit fehlender Sorgfalt vorgegangen zu sein, Dieter, der sich in den Räumlichkeiten mittlerweile bestens auskennt, serviert einen kleinen Schluck Cognac Martell, 35,– Dollar pro Flasche, ein Geschenk von Utas letzter Reise nach Prag, und sie verlassen die Wohnung gemeinsam gegen 17.30 Uhr, offizieller Dienstschluss. Als Uta ein paar Tage später aus dem Urlaub zurückkehrt, geht sie, direkt nachdem sie ihre fertig renovierte Wohnung gesehen hat, mit einer Falsche Sekt in der Hand die wenigen Meter bis zu Dieter, klingelt, dankt ihm, stößt mit ihm an und erzählt fragmentarisch von ihrem Aufenthalt in Oberwiesenthal, der zu ihrer vollsten Zufriedenheit verlaufen ist. *Schönes Wetter, ja, das gab es,* und das Hotel hat ihr gut gefallen, *es waren leider nur ein paar andere Gäste da,* sodass man sich *aber auch mal mit anderen Leuten unterhalten konnte.* Dieter nickt, erzählt von seinem Aufenthalt in Oberwiesenthal vor zwei Jahren, *leidenschaftlicher Wintersportfreund* ist er, jetzt aber geht das nicht mehr, *das Herz,* sagt er und verabschiedet Uta in die Sommernacht.

Durch kindliches Ungeschick fällt drei Wochen später eine Vase auf das im Wohnzimmer installierte Mikrofon. Zuerst sind Bulling und Recknitz irritiert über das gleichbleibend hohe Geräusch in Utas Wohnzimmer, bis sie mit Hilfe der Aufnahmen die Geschehnisse rekapitulieren können, woraufhin sie kurzfristig die Entscheidung treffen, noch am selben Tag die Technik überarbeiten zu lassen, und innerhalb weniger Stunden die entsprechenden Vorgänge in die Wege leiten, müssen dann aber, eines grippalen Infekts des Tontechnikers wegen, den Eingriff auf den kommenden Tag verschieben. Bulling ruft Uta während ihrer Spätschicht im Hotel *Steffi* an, fragt kurz nach ihrem Befinden, verabredet ein Treffen mit ihr für den morgigen Tag, Donnerstag, 1.8., zehn Uhr, und beendet das Telefonat. Abermals wird die Technik gewartet, Bulling und Recknitz bestätigen schriftlich eine fehlerfreie Funktionstätigkeit, müssen dann aber in den kommenden Wochen lediglich mit anhören, wie Termin um Termin mit Ernst nicht zustande kommt. Genaue Erklärungen werden für sie nicht hörbar. Zweimal lässt Bulling die Tonaufnahmen transkribieren, muss danach aber in einem Fall seine Entscheidung entschuldigen, da es sich auf der Aufnahme nicht um die von ihm vermutete Person handelt. Die andere Abschrift lässt er in die Akten übernehmen, um den Einsatz der Technik vorerst rechtfertigen zu können. Der Parteischüler aus Bad Blankenburg kreuzt nicht auf, stattdessen hören Bulling und Recknitz andere Männer das Wohnzimmer betreten und wieder verlassen, kaum einer davon kann namentlich zugeordnet werden, und auch ihre Hoffnung auf einen Zufallsfund jeglicher Art wird beim Abhören der Bänder enttäuscht. Unregelmäßig ist Brigitte zu hören, dazwischen Kinderstimmen, Geräusche von ausgelassenem Spielen, von Langeweile, Stille, Frust, eine fluchende Uta, die gegen den herannahenden Winter die Öfen langsam wieder in Schwung bringt. Immer wieder erklärt sie bei Treffen in der Wohnung über dem Rosenhof, dass die Schwierigkeit darin besteht, Ernst telefonisch zu erreichen. Nur Brigitte verfügt über einen Telefonanschluss, und der befindet sich an ihrer Arbeitsstelle, wo sie, unter den Blicken und Ohren der Kolleginnen, in den Pausen versuchen kann, eine Verbindung nach Bad Blankenburg herzustellen. Sie fühle sich dabei *etwas gehemmt*, versucht Uta vorsichtig, den inneren Konflikt der Freundin zu umschreiben, Bulling und Recknitz bieten ihre Hilfe an, und so stellt Uta am 1.10.79 bei der Deutschen Post Fernmeldewesen einen Antrag auf die Einrichtung eines Telefonanschlusses. Zur Begründung der Dringlichkeit notiert sie: *Da ich aus beruflichen Gründen, Angestellte im HOGaststättenwesen, jederzeit erreichbar sein muß, beantrage ich hiermit die Einrichtung eines Telefonanschlusses in meiner Wohnung*. Ende Oktober steht im

Wohnzimmer ein Apparat, Marke Variant, in grau. Bulling und Recknitz drängen nun aber auch von anderer Seite auf Ergebnisse. In der Parteischule können zwei weitere IM in der Nähe von Ernst positioniert werden.

Das mit dem Saufen ist immer schlimmer geworden. Damals habe ich das wahrscheinlich gar nicht richtig gemerkt, aber im Nachhinein sieht man es dann doch anders. Eigentlich bin ich fast jeden Abend ausgegangen oder direkt nach der Arbeit noch in der Stadt geblieben. Irgendwen findet man immer zum Trinken. Das war nie ein Problem. Dabei fällt einem noch nicht so richtig auf, wie dreckig es einem schon geht. Die Brigitte hat mich oft begleitet, und mindestens zweimal ist die mit mir nach Prag gefahren – und die hat auch immer kräftig mitgesoffen, das kann man schon sagen –, aber mir war auch bewusst, dass die ein normales Leben führt und dass ich in kein normales Leben mehr zurückfinden kann. Oft bin ich auch ohne die losgezogen. Die hatte ja noch immer ihre reguläre Arbeit. Ich habe zwar auch gearbeitet, aber wenn du jeden Abend in einer Bar arbeitest, da kommt es dann schon öfter vor, dass du mit den Kollegen einen trinkst. Bei den Treffen mit der STASI gab es auch immer was zu trinken, und dann haben die mich in die Bars geschickt oder zur Messe, gesagt, *geh dorthin, triff dich mit dem*. Und dabei ging es dann auch immer ums Trinken. Natürlich hat das auch eine ganze Zeit Spaß gemacht, und irgendwie gewöhnt man sich sehr schnell daran. Es kam dann aber immer öfter vor, dass ich nicht mehr pünktlich zur Arbeit gegangen bin oder dass ich mich überhaupt habe krankschreiben lassen. Und was, meinst du, habe ich in meiner freien Zeit gemacht?

Es musste erst noch alles passieren, mit dem Absturz und der Alkoholkrankheit, um dann die neue Persönlichkeit aufzubauen, die ich jetzt geworden bin. Damals war irgendwann auf jeden Fall mein Selbstbewusstsein in Grund und Boden. Natürlich haben die mir auch immer weiter Vorwürfe gemacht, weil das mit dem Ernst nicht geklappt hat. Woher sollte ich denn wissen, dass es nicht an mir lag? Trotzdem hat mich das ziemlich mitgenommen, und meistens kommt man dann, in solchen Phasen, auch an Menschen, die auch am Boden sind, mit denen kann man dann einfach noch mehr saufen. Ich habe irgendwann auch einfach festgestellt, dass ich keine normalen Bekanntschaften mehr machen konnte. Egal, welchen Mann ich kennengelernt habe, nach kurzer Zeit ist es wieder in die Brüche gegangen. Irgendwie bin ich halt mit jedem x-beliebigen Mann ins Bett gegangen, nicht selten auch, um dafür Geld zu kriegen. Dadurch, dass ich das so oft gemacht habe, zählte das bei mir zur Normalität. Ich habe nicht mehr gemerkt, wie es eigentlich sonst normal ist. Ich wusste auch überhaupt nicht mehr, was ich eigentlich wollte.

Dazu wurde es mit meiner Mutti immer schlimmer. Seit mein Vati tot war, hat sie sich nur noch auf mich konzentriert. Jedes Mal, wenn ich sie getroffen habe, hat sie mich gefragt, wann ich denn endlich wieder heirate? Dass die erste Ehe mit dem Jörg aufgelöst worden war, hat sie mir nie verziehen. Stattdessen hat sie mir jedes Mal vorgehalten, was mein Bruder für ein gutes Leben führt, wie richtig und normal da alles ist und was die sich mittlerweile alles leisten können. Dabei dachte ich nur: jeden Tag Auto fahren für irgendwen, und am Wochenende noch das eigene Auto reparieren? Langweiliger geht es ja wohl nicht?

Dem IM wurde vorgehalten, daß nach monatelanger operativer Arbeit und Aufwendung gegenwärtig in der Bearbeitung des (schwarzer Balken) der Zeitpunkt herangereift ist, konkrete Schritte durchzuführen, zu denen der IM bei Treffs immer wieder beauftragt wurde. Während des Treffs äußerte der IM, daß sie auf Grund dessen, daß der Kontakt mit (schwarzer Balken) bisher nicht geklappt hat, mit ihrer operativen Arbeit sehr unzufrieden sei. Mehrere Male habe sie mit den Mitarbeitern versucht, operative Ergebnisse zu erzielen, dabei habe sie immer gedacht, daß es nun endlich klappt. Der IM brach dabei in Tränen aus. Sie äußerte weiter, daß sie auch durch (schwarzer Balken) beweisen will, daß sie gewillt ist, jeden Auftrag zu erfüllen. Der IM wurde nach den Gründen ihres Verhaltens konkret befragt. Sie gab daraufhin zu verstehen, daß sie die Absicht hat, noch dieses Jahr die Ehe einzugehen und ihren zukünftigen Ehepartner seit 14 Tagen kennen würde. Dies sei der Hauptgrund, daß sie der Zusammenarbeit ausgewichen ist.

Weiter führte sie an, daß sie auf ihrer Arbeitsstelle Schwierigkeiten bekommen habe, da sie durch Kollegen während ihrer »Krankheit« in Gaststätten gesehen wurde. Gleichzeitig führte sie an, daß sie im Auftrag des MfS Aufträge in Gaststätten durchzuführen hatte. Ihr wurde daraufhin unmißverständlich dargelegt, daß sie Aufträge hatte, wie z. B. Aufsuchen der Gaststätte »Brieftaube«, diese Aufträge sich aber auf die Tagesstunden bezogen. Selbst berichtete der IM aber, daß sie ihren Aufenthalt in der »Brieftaube« genutzt habe, um eine dort stattfindende Tanzveranstaltung zu besuchen, und sich erst in den späten Abendstunden nach Hause begeben hat.

Dem IM wurde die Frage gestellt, ob sie weiterhin mit dem MfS zusammenarbeiten will, oder ob sie die Zusammenarbeit einzustellen beabsichtigt. Bei letztgenannter Konsequenz habe sie auch die entsprechenden Schlußfolgerungen zu ziehen. Der IM äußerte dazu, daß sie gewillt ist, weiter mit dem MfS zusammenzuarbeiten und den Auftrag (schwarzer Balken) bis zu Ende durchzuführen.

Es kann eingeschätzt werden, daß der IM »Anna« gegenüber dem MfS offen und ehrlich ist, das beweist ihre Äußerung, daß sie Angst gehabt hat, die Zusammenarbeit mit ihr würde abgebrochen. Sie äußerte, daß sie nach wie vor bereit ist, alle ihr übertragenen Aufträge zu erfüllen, insbesondere was die Bearbeitung des (schwarzer Balken) anbetrifft.

Es war festzustellen, daß sich der IM nach diesem Gespräch erleichtert fühlte.

Als Erster äußert Recknitz den Verdacht. Uta, und diese Vermutung pflegt er bereits seit Frühjahr 1979, verheimlicht ihnen eine Affäre mit einem Mann aus dem Westen, der sie, ähnlich wie ihre ehemalige Freundin, in den anderen Teil Deutschlands bringen soll. Weder er noch Bulling können dafür einschlägige Beweise liefern, überprüfen mehrfach die Akten, suchen, ob sie etwas übersehen haben, sind sich allerdings auch abseits der Aktenlage darin einig, dass sie entsprechende Indizien finden werden, sollten sie ihre Suche nur ausgiebiger und gründlicher fortführen. Bulling hat bis in den Sommer hinein Bedenken, konkrete Einwände zu formulieren, fällt ihm jedoch zusehends schwieriger, denn auch er kann seine Frustration im Umgang mit diesem IM nur noch schwerlich verheimlichen. Recknitz gibt ihm noch zwei Monate, weilt den Treffen mit Uta nur selten bei, möchte, dass der Kollege selbst den Entscheidungsprozess durchläuft, und ist sich dabei sicher, dass dies bei Einzeltreffen und einer nicht unwesentlichen Zahl versäumter Termine von Seiten Utas innerhalb kurzer Zeit der Fall sein wird. Gegen Ende des Sommers nehmen die Ausführungen von Bulling in den Akten ab, nicht weiter notwendig erscheint es ihm, ausführlich zu notieren, über welche persönlichen Probleme er bei dem Treffen mit dem IM gesprochen hat, trotzdem hält er den Turnus von regelmäßigen Verabredungen aufrecht. Im September äußert Recknitz erstmals offen seinen Verdacht, wobei Bullings Auffassungsvermögen genügt, sofort die Absicht des Kollegen abzusehen. Letztmalig kann er durchsetzen, Uta 2000,– Mark zu überreichen, damit sie sich eine neue Couchgarnitur kaufen kann, als Zeichen seiner Zuwendung. *In Leipzig,* sagt Recknitz, *hat sie einen Westdeutschen kennengelernt, von dem sie niemandem erzählt, und hofft, dass er sie bald heiraten wird. Über das Telefon,* so viel kann Bulling erwidern, *hält sie keinen Kontakt zu ihm.* Daher, und das wird in der Dienstbesprechung deutlich, muss alsbald eine konspirative Durchsuchung stattfinden, um die notwendigen Beweise sicherzustellen, eine Republikflucht zu verhindern und den dann ehemaligen IM der entsprechenden Straftaten zu überführen. Der letzte Punkt des Maßnahmenkatalogs stößt Bulling auf, hat er doch im Laufe der Jahre eine, im Rahmen des Möglichen, freundschaftliche Beziehung zu Uta entwickelt und kann nicht abstreiten, dass er Sympathien für sie empfindet. Recknitz drängt, legt Bulling den vorformulierten *Vorschlag für die konspirative Durchsuchung* vor, hat bereits das Einverständnis des Vorgesetzten eingeworben und koordiniert nun gemeinsam mit Bulling die Ausführung. Drei Wochen später überreicht Bulling Uta einen handschriftlichen Auftrag, bei dem es sich um die Observation einer Person aus Zwickau handelt. Im Gespräch breitet er eine Vielzahl von Beweisen aus, die zweifelsfrei nahelegen, dass diese Person ein westdeutscher Spion ist, der nun dazu übergeht, in seinem Umfeld weitere Personen für eine Tätigkeit dieser Art anzuwerben. Zu diesem Zweck sei es notwendig, dass sie, während ihres nächsten Aufenthalts im Erzgebirge, einen Abend in der Bar *Zum goldenen Hirsch* in Zwickau verbringe, um zu observieren, mit welchen Personen der Verdächtige in Kontakt trete. Uta willigt ein, betont, dass sie, obwohl sie schon längere Zeit nicht mehr in Zwickau wohnt, noch immer viele Leute dort kenne, insbesondere im Umfeld der besagten Bar, und daher bestens geeignet sei. Im Gegenzug wird ihr zugesichert, dass die letzten ausstehenden Ausbesserungen in ihrem Wohnzimmer, der erste Frost hat die Reparaturen vom Sommer bereits wieder revidiert, nun durchgeführt werden. IM Dieter, zu dem Uta seitdem freundschaftlichen Kontakt pflegt, ist damit beauftragt. Bevor Uta aufbricht, übergibt sie Dieter ihren Wohnungsschlüssel und bedankt sich im Voraus für seine Arbeit. Am 28. Juni 1979 bekommt der § 249 des Strafgesetzbuchs folgende, nur unwesentlich veränderte Neufassung:

§ 249. Beeinträchtigung der öffentlichen Ordnung und Sicherheit durch asoziales Verhalten.

1) Wer das gesellschaftliche Zusammenleben der Bürger oder die öffentliche Ordnung und Sicherheit beeinträchtigt, indem er sich aus Arbeitsscheu einer geregelten Arbeit entzieht, obwohl er arbeitsfähig ist, wird mit Verurteilung auf Bewährung, Haftstrafe oder mit Freiheitsstrafe bis zu zwei Jahren bestraft.
2) Ebenso wird bestraft, wer der Prostitution nachgeht oder in sonstiger Weise die öffentliche Ordnung und Sicherheit durch eine asoziale Lebensweise beeinträchtigt.

3) In leichten Fällen kann von Maßnahmen der strafrechtlichen Verantwortlichkeit abgesehen und auf staatliche Kontroll- und Erziehungsaufsicht erkannt werden.
4) Ist der Täter nach Absatz 1 oder 2 oder wegen eines Verbrechens bereits bestraft, kann auf Freiheitsstrafe bis zu fünf Jahren erkannt werden.
5) Zusätzlich kann auf Aufenthaltsbeschränkung und auf staatliche Kontroll- und Erziehungsaufsicht erkannt werden.

Es ist Spätsommer in Leipzig. In der Luft liegen ein paar Gewitter, die aber seit Tagen auf sich warten lassen. In Utas Wohnung sind alle Fenster weit geöffnet. Auch die Eingangstür soll ich nicht schließen, nachdem ich eingetreten bin. Im langen Hausflur hat sie ebenfalls die Fenster geöffnet, und aus der Wohnung und über den Flur zieht die Hitze wellenförmig durch das Gebäude. *Abkühlung verschafft es nicht, aber durch den Luftzug hat man wenigstens nicht mehr das Gefühl, in den eigenen vier Wänden zu ersticken.* Uta sitzt auf ihrem Sessel und fächert sich Wind zu. *Die Hitze macht mir sehr zu schaffen. Nachts kann ich nicht schlafen, und tagsüber fühle ich mich nur schlapp und müde.* Mein T-Shirt klebt an meinem Rücken, und die Ledercouch klebt an meinem T-Shirt. Von der Wärme dröhnen die Ohren. Meine Augen bewegen sich sehr langsam. *Dass die eine Wohnungsdurchsuchung bei mir gemacht haben, davon habe ich erst durch die Akten erfahren. Natürlich habe ich mir das immer gedacht, aber es dann schwarz auf weiß zu sehen, ist schon noch mal was anderes. Außerdem stand da, dass die Durchsuchung 1979 war. Von den ganzen Sachen später habe ich nichts gefunden. Aber wahrscheinlich wurde das gelöscht, oder die Akten sind vernichtet worden.* Uta macht eine kurze Pause. Das Reden fällt ihr sichtbar schwer. Unter dem dünnen, weißen Hemd kann ich sehen, wie sich ihre Atmung langsam wieder normalisiert. Mit beiden Händen stemmt sie sich etwas aus dem Sessel, richtet ihren Rücken auf. Die heiße Zugluft drückt auf ihren Körper. *Das kannst du dir nicht vorstellen, was die fotografiert haben. Alle Schränke in der Küche haben die aufgemacht und reinfotografiert, selbst meinen Besenschrank haben sie von innen fotografiert, da sind ein Besen, ein Eimer und ein Wischmopp auf dem Foto. Weiß Gott, wozu das gut sein soll.* Sie macht sich eine Zigarette an und bläst den Rauch aus. Schnell wird die graue Wolke aus der Wohnungstür getragen. Ein Freund hat ihr eine Stange Zigaretten geschickt, aus Polen, *die billigen,* damit kommt sie die nächsten Monate über die Runden. *Diese kaufe ich mir nur, wenn ich ausgehe.* Uta legt die weiße Packung zurück auf den Tisch, lange, dünne Zigaretten sind darin zu sehen. Der Aschenbecher füllt sich im Laufe des Abends mit diesen abgeknickten, dünnen Pappröhrchen, von deren Rand mir das abgetragene Rot ihrer Lippen entgegenblickt. *Nur eine gute Seite hat das mit der Wohnungsdurchsuchung. Die haben nämlich auch alle Fotos, die ich damals in der Wohnung hatte, abfotografiert. Fotos von meinem Vati und meiner Mutti, von unserem Haus, von meinem Kind. In der Akte konnte ich die jetzt wieder sehen. Denn ich habe fast alles weggeschmissen – oder bei den ganzen Umzügen verloren. In den neunziger Jahren musste ich ja ständig umziehen. Da schmeißt man schnell solche Sachen weg. Deshalb habe ich fast alle Fotos verloren – und die haben nun noch Kopien. Die haben gesagt, dass sie mir Abzüge machen können. Nur ein paar Fotos habe ich über all die Jahre behalten.* Mittlerweile ist es draußen fast dunkel geworden. Durch das offene Fenster kann man hören, wie im Hof ein paar Leute zu grillen beginnen. Uta steht auf und holt aus ihrem Wandschrank einen Umschlag. Vielleicht dreißig Fotos sind darin.

*Und das hier ist im Betreuten Wohnen. Da habe ich meinen fünfzigsten Geburtstag gefeiert, wie ein kleines Mädel sehe ich da aus. Der Pulli, das weiße Krägelchen, da sehe ich wirklich aus wie ein kleines Mädchen, wirst du gleich sehen.*

Es dauert einen Moment, bis ich Uta auf dem Bild identifizieren kann. Müde und erschöpfte Augen hat sie. In einem orangefarbenen T-Shirt sitzt sie an einem Tisch, vor ihr steht ein kleiner Kuchen mit einer Kerze in der Mitte. Um sie herum sitzen sechs Männer. Ein paar von ihnen schauen Uta dabei zu, wie sie versucht, in die Kamera zu lächeln. An einen einzigen Namen kann sie sich nicht mehr erinnern.

*Das war, als ich in New York war.* Sie legt ein anderes Foto vor mir auf den Tisch. *Wann war denn das? Wann ist meine Mutti gestorben? Das war 2005, als ich dort war. Neun Tage bin ich nach New York gefahren. Das Foto ist kurz vor meiner Schifffahrt rund um die Halbinsel Manhattan aufgenommen, mit Fünf-Gänge-Menü und abends Tanz. Das war toll. Bevor ich da auf das Schiff ging, wurde das Foto gemacht, und wenn du vom Schiff runterkamst, waren die Bilder fertig.* Sie hat das Erbe ihrer Mutter für die Kosten der Reise verwendet. *Alle haben gesagt, warum machst du denn das? Warum legst du denn nicht was zur Seite? Du hast doch eigentlich gar nichts. Aber man lebt doch nur einmal, und was bringt mir ein neues Auto?* Uta steht am oberen Rand einer Gangway. Im Hintergrund ist vor einer Hecke ein Schild zu sehen, *Roundtrip New York* steht darauf. Uta lächelt. Beinahe sieht es aus, als wollte sie ihren rechten Arm gerade heben, um freundlich in Richtung der Kamera zu grüßen. Mit der linken Hand hält sie eine beigefarbene Handtasche an ihre Brust. *Das ist auch wirklich schön getroffen. Der Jürgen hat gesagt: Mit wem flirtest du denn da? Und ich flirte da wirklich mit jemandem. In dem Moment sind nämlich ein paar Seeleute vorbeigekommen, und die haben mich angelächelt, und da habe ich zurückgelächelt. Das hat er sofort erspäht, dass ich nicht nur ins Blaue lächle. Mein größter Wunsch aber war das Natural History Museum, das riesige Skelett, das die da haben – das wollte ich unbedingt sehen.*

Auf dem Foto steht sie in einem der Räume des Museums. Utas Gesicht ist kaum zu erkennen, so dunkel ist es im Vordergrund. Hinter ihr ist eine Waldlandschaft zu erkennen. Ein Hirsch, ein Adler und ein Bär sind auf engem Raum beieinander. Auf dem Foto ist nicht zu erkennen, ob eines der Lebewesen echt ist. Utas Oberkörper befindet sich mitten zwischen den Ästen, auch in die Tiefe ist dem Diorama durch das Foto kaum ein Ende gegeben. Wo das Bild aufhört und wo die Konstruktion beginnt, ist nicht mehr endgültig zu unterscheiden. *Und hier ist das von der Butterfly-Ausstellung.* Uta macht sich eine Zigarette an. *Die Glaskästen standen auf Tischen, etwa so groß, aber man konnte da nicht rein. Pflanzen waren auch drin, oder manchmal nur ein Ast. Aber durch den Glaseffekt, von außen, konnte man keine guten Fotos von den Schmetterlingen machen. Egal, wie oft ich versucht habe, ein gutes Bild von denen zu machen, auf den Fotos kann man sie kaum ausmachen. Im Nachhinein erscheint es dann natürlich total bescheuert, überhaupt Fotos davon gemacht zu haben, wenn man eh nicht das sieht, worum es eigentlich geht.*

Dann legt sie ein letztes Bild auf den Tisch. *Hier auf dem Foto bin ich 56 geworden. Da war meine Mutti noch da, und ja, das ist hier in der Wohnung. Gut sehe ich da aus auf dem Bild, und glücklich. Alle anderen Sachen, Fotos, Geschenke, Erinnerungen, habe ich weggeschmissen. Ich konnte nichts davon mehr ertragen*. Bevor ich spät am Abend ihre Wohnung verlasse, gibt Uta mir noch eine Tüte mit einem Fächer und Schwimmflügeln für mein Kind mit. Als ich zwei Monate später die Kopien der STASI-Unterlagen in den Händen halte und durch die Fotos der Wohnungsdurchsuchung blättere, kommt mir kurz der Gedanke, dass dies jetzt Utas Familienalbum ist.

Am 18.10.1979 wurde die Wohnung in der Zeit von 11.10–12.15 konspirativ durchsucht. Während der Maßnahme konnten zahlreiche Ansichtskarten, Fotos, Kontoauszüge, Zettel und ein Notizheft mit handschriftlichen Vermerken aufgefunden und dokumentiert werden.

Am 18.10.1979 begaben sich nach Einleitung entsprechender Sicherungsmaßnahmen gegen 11.10 Uhr zwei MA unserer DE zur Wohnung der Verdächtigen. Auf ein vereinbartes Zeichen hin wurde die Wohnungstür geöffnet. Im Schreibfach wurden ein Farbfoto in sehr schlechter Qualität und mit dem Vermerk auf der Rückseite »Das war unsere Urlaubstruppe vom Goldstrand. Nationalitäten: DDR, BRD, Bulgarien. Die drittletzte bin ich.«, Kontoauszüge mit Kontostand von 655,02 M (Stand 19.05.1979), ein Brief vom 31.9.78 mit Unterschrift von (schwarzer Balken), 14 Ansichtskarten (Fotokopie 10–24), ein Brief vom 06.04.77 mit verdächtigem Absender, ein Briefkuvert mit innenliegender Einladung des (schwarzer Balken) des iranischen Pavillons auf der Leipziger Messe '78 (Fotokopie 30), ein Schreiben des Instituts für Fachschulwesen der DDR (Fotokopie 31–33), ein Schreiben der Chemnitzer Hausbaugesellschaft (Fotokopie 34), ein Schreiben des VEB Plasticart KMSt. (Fotokopie 35) und zwei Geburtstagskarten gefunden.

Im linken Teil der Schrankwand befinden sich fünf Schubkästen. Im vierten von oben wurden zahlreiche Fotos gefunden, von denen die aussagekräftigsten dokumentiert sind (Fotokopie 46–64). Im gleichen Schubkasten wurde eine Ansichtskarte aus Köln (Fotokopie 65), eine Geldbörse, in der die Verdächtige einen Scheck der Forum-Außenhandelsgesellschaft GmbH über 1 M. und verschiedene Zettel mit Adressen und Telefonnummern aufbewahrt (Fotokopie 69–76) aufgefunden. In einer Papiertüte wurden weiterhin 5 Polaroid-Fotos festgestellt (Fotokopie 77–81). Ein Passbild (Fotokopie 82), ein Notizheft mit handschriftlichen Notizen (Fotokopie 83–118), eine ärztliche Bescheinigung (Fotokopie 133). Auf dem linken Teil der Schrankwand neben der Zimmerantenne war ein Briefständer mit zahlreichen Ansichtskarten, die vollständig dokumentiert wurden (Fotokopie 119–132).

*Bild 1: Teil der Küche, Pfeil zeigt auf Tür zum Flur*

*Bild 14: untere Schublade, Nachtschrank im Schlafzimmer*

*Bild 22: fest eingebauter Besenschrank in der Küche*

Gegen 12.15 Uhr mußte die konspirative Durchsuchung beendet werden. Die geöffneten Räumlichkeiten und Behältnisse wurden wieder ordnungsgemäß verschlossen und entsprechende Spuren beseitigt. Die zwei MA der Durchsuchungsgruppe verließen die Wohnung, während die MA der Abt. 26 in der Wohnung verblieben. Eine Dekonspiration unserer Maßnahme war nicht zu verzeichnen.

Von der Durchsuchung habe ich gar nichts mitbekommen. Ich hatte einfach auch andere Sachen im Kopf. Mein Vati war gerade gestorben, und es gab immer nur Streit, wenn ich zu meiner

Mutti gefahren bin. Mit meinem Bruder ging dann auch die Streiterei wegen dem Erbe los. Die wollten mir nichts davon geben, weil sie dachten, die versäuft das eh alles nur. Aber mir stand es ja zu. Mein Vati hatte ein kleines Stückchen Land bei denen im Dorf gekauft. Früher war da seine Gartenlaube, so ein winziges Häuschen. Das Gebäude war völlig wertlos, aber auf dem Grundstück wollte die Stadt jetzt bauen. Deshalb hat es schon etwas Geld eingebracht. Und es konnte denen ja egal sein, wenn ich alles versaufe. So ist es leider auch gekommen, aber erst gab es die ganzen Streitereien mit meinem Bruder. Da dachte ich auch, wenn der Vati noch mitbekommen würde, was sein Sohn für ein geldgeiler Arsch geworden ist, er würde sich im Grabe umdrehen. Nichts mehr mit Sozialismus, die waren nur noch am Geld interessiert. Ich wollte eigentlich nur meine Ruhe, habe aber auch nicht eingesehen, warum ich nichts von dem Geld haben sollte. Am Ende haben sie es nicht geschafft, mich zu enterben, und ich bekam die Hälfte. Das waren immerhin 3000,– Mark, glaube ich. Davon konnte man schon eine Weile über die Runden kommen.

Regulär zur Arbeit gegangen bin ich fast gar nicht mehr. Ich habe es einfach nicht mehr geschafft. Außerdem war mein Chef ein richtig ekliger Typ. Tagsüber hat er mich nur herumgescheucht, gemotzt und geschimpft, und abends, wenn er besoffen war, hat er gesagt, *ich will dich,* und versucht, mit mir ins Bett zu gehen. Im Hotel war immer ein Zimmer reserviert für die Angestellten. Da konnte man schlafen, wenn nichts los war oder man den Bus verpasst hat. Und da hat er dann mitten in der Nacht geklopft, als ich geschlafen habe, und wollte bei mir ins Zimmer. Deshalb war ich über jeden Tag froh, den ich krankgeschrieben war und nicht zur Arbeit musste. Ich war völlig kaputt, hatte ja keine Ahnung, dass alles noch schlimmer werden würde. Aber es war auch klar, dass es so nicht mehr weitergehen konnte. Egal, was ich versucht habe, um da rauszukommen – es hat alles nicht geklappt. Die Treffen mit denen von der STASI sind auch seltener geworden. Die haben wahrscheinlich auch gemerkt, die will nicht mehr so richtig. Aber du kannst ja auch nicht einfach aufhören. Die wissen alles von dir – und hätte ich damals schon gewusst, dass die eine Wohnungsdurchsuchung bei mir gemacht hatten – ich weiß nicht, ob ich dann noch den Mut gehabt hätte. Durch meine Arbeit hatte ich auch Einblick und wusste, wozu die alles in der Lage waren und was sie mit Leuten machen, die etwas gegen sie haben. Damals hätte ich noch nicht gedacht, was sie alles mit mir machen würden. Aber ich habe schon gemerkt, dass die großen Einfluss auf mein Leben hatten und dass, wenn ich versucht habe, eine Beziehung einzugehen, sie mir das wieder kaputt gemacht haben.

Und als ich denen gesagt habe, dass ich vielleicht aufhören will, haben die gesagt, dass ich dann meine Freundschaft mit der Brigitte beenden muss. Schließlich hatte ich die ja nur über die STASI kennengelernt. Dabei war das meine beste Freundin. Natürlich wusste die nicht, dass ich für die STASI arbeite, aber über fast alles andere haben wir miteinander geredet. *Die,* haben sie gesagt, *darfst du dann nicht mehr treffen.* Mit wem hätte ich mich dann treffen können? Ich hätte niemanden mehr gehabt.

Auf der Straße, im Frühling 1980, lernt Uta Kito kennen. Der junge Mann ist vor fünf Monaten aus der Hauptstadt der Vereinigten Republik Tansania Dodoma nach Karl-Marx-Stadt gekommen, um sein technisches Wissen über das Konstruieren von Maschinen zur Stahlverarbeitung weiterzuentwickeln.

Nur wenige Straßen entfernt von der Vetterstraße liegen am Rand der Stadt die Fakultät für Maschinenbau und auch die Wohnheime, in denen die ausländischen Studierenden untergebracht sind. Bald schon trifft sich Uta fast jeden Tag mit Kito. Die übrigen Bekannten, Dieter oder Uwe, lassen sich schon seit längerer Zeit nicht mehr bei ihr blicken. Als sie zweimal versucht, Dieter zur Rede zu stellen, weicht dieser ihr aus, entschuldigt sich, schiebt eine verschleppte Grippe vor und verabschiedet sich. In der *Brieftaube* oder der *Moskau Bar* warten andere Bekanntschaften.

Kito hat erst nachmittags Zeit, dafür hat er in der Regel am Wochenende frei, lässt sich von Uta die Stadt zeigen. Nach dem dritten Treffen ist sich Uta endgültig sicher, dass er homosexuell ist, woraufhin sie nicht das Gespräch mit ihm sucht, sondern umso mehr seine Gesellschaft genießt. Auch bei ihren weiteren Treffen lenkt sie nicht das Gespräch auf dieses Thema, sieht aber, als sie mit ihm zum Sommerfest seiner Fakultät geht, dass alle Angestellten ihre Frauen oder Freundinnen mitgebracht haben. Kito stellt sie an diesem Abend zum ersten Mal einem Kollegen als *meine Freundin* vor. Uta ist sich nicht sicher, auf welche Weise das zu verstehen ist, hakt sich bei ihm unter und geht mit ihm zum kalten Buffet. Beim Tanzen küsst Kito sie auf den Mund. Viel erzählt er nicht, weder über sich noch über Tansania oder seine Familie. Uta genießt diesen Zustand, eine Entspannung, deren Selbstverständlichkeit sie lange vergessen zu haben glaubt.

Das Sommersemester nähert sich dem Ende. Für die Monate zwischen den Semestern hat Kito einen Forschungsaufenthalt in Moskau bewilligt bekommen. Als Teil einer Gruppe von Maschinenbauern aus der DDR soll er von Juli bis August nach Moskau fliegen. Danach, denkt Uta, könnten sie heiraten, und sie hätte die Möglichkeit, nach dem Wintersemester mit ihm zusammen zurück nach Tansania zu gehen. Die Vorstellung, dorthin mit einer Frau aus der DDR zurückzukommen, gefällt Kito. Er willigt in den Vorschlag ein und schenkt Uta als Zeichen seiner Verbundenheit ein zitronengelbes Sommerkleid. Während sie im Hof darauf wartet, dass sich der Sommertag gegen Abend etwas abkühlt, telefoniert er aus ihrem Wohnzimmer mit seiner Familie. Als am 24. Juni sowjetische Medien einen Teilabzug der in Afghanistan stationierten Truppen melden und das Politbüro in seiner Sitzung unter Tagesordnungspunkt 23 über die Vertretung des Genossen E. Honecker während seiner Abwesenheit abstimmt, verabschiedet Uta Kito am Bahnhof Karl-Marx-Stadt in den Zug nach Berlin.

Zwei Wochen, nachdem er in die UDSSR gereist ist, kommt es im Wohnheim auf Veranlassung von Abteilung *IV*, Staatssicherheit, zur Durchsuchung unterschiedlicher Wohneinheiten. Auf der Liste der Beamten steht auch die Zimmernummer von Kito. In den vom Hauswart aufgeschlossenen Schränken, Schubladen und Kisten können die Beamten kaum etwas Verwertbares finden, sehen sich dennoch genötigt, die Vertretung der Botschaft von Tansania über den Vorgang zu informieren, wodurch das Ereignis der Durchsuchung bis nach Moskau bekannt wird. Kito kann nicht zurückreisen, ist an den Ablauf der Forschungsreise gebunden. Da er weder in Moskau noch schließlich zurück in der DDR für ein Gespräch vorgeladen wird, kann er sich kein Bild vom Ermittlungsstand machen. Den anderen Mitgliedern seines Instituts jedoch ist klar, warum ihn die Durchsuchung ereilt hat. *STASI* ist ein neues Wort, das er lernt, während ihm ein Kollege erklärt, dass nicht selten *Frauen, vor allem in Bars,* für ebendiese Institution tätig sind. Kito kann ihm unmöglich seine Beziehung zu Uta erklären.

Monate später kommt er noch einmal zurück nach Karl-Marx-Stadt, einzig allerdings, um die wenigen Sachen abzuholen, die er in seinem Zimmer gelagert hatte. Das Wohnheim spricht ihm einen Verweis aus, von der Vertretung der Botschaft erhält er ein drohendes Schreiben. Von der sofortigen Einstellung der Unterstützung ist die Rede, von einer Schande für seine Republik und von einem Schatten, den sein Verhalten über die gesamte Familie werfe. Kito bittet schriftlich um Entschuldigung, und obwohl die Vertretung, entgegengesetzt zu ihrer Behauptung, keineswegs ausführlich über seinen Fall informiert worden ist, wird ihm der Wunsch nach Versetzung in eine andere Stadt gewährt. In Berlin entdeckt er wenige Monate später in der Schönhauser Allee 44 eine kleine Bar namens *Die Schoppe*. Durch sie und das Treiben der Männer dort stellt er fest, dass er hier in Berlin keine Frau wird heiraten müssen. Uta schreibt er zwei lange Briefe, schon im August hat er Fotos von sich vor den renovierten Mauern am Ufer der Moskwa geschickt, kann ihr jedoch kaum die Situation erklären. Erst im September schreibt er ihr erneut. Er entschuldigt sich, dass er sie nicht noch einmal hat besuchen können, bittet um Verständnis und schlägt ein Treffen in Berlin vor. Der Brief wird Uta nie erreichen. Für sie verschwindet Kito spurlos. Zwischen seinen sie nicht erreichenden Briefen und seiner Abwesenheit kann sie keine Verbindung herstellen, auf Nachfrage im Wohnheim teilt ihr der Portier mit, dass Kito schon seit Anfang August dort offiziell nicht mehr wohnhaft ist, sein Zimmer ist bereits seit drei Tagen weitervermietet. Kurz nachdem Julius Kambarage Nyerere als Staatspräsident von Tansania zurücktritt, kehrt Kito nach Dodoma zurück.

Meine Bekannte, Uta Krahl, wohnhaft KMSt, ehemals tätig im Gemüseladen Bernhardstr., erzählte mir, daß sie für einige Tage nach Prag gefahren sei, um sich dort finanziell aufzubessern. Ebenfalls sagte sie, daß sie von ihren Absichten, die Ehe mit einem afrikanischen Bürger einzugehen, Abstand genommen hat, da er ihr zu geizig wäre. Dies begründete sie damit, daß er im WB und Leningrad weilte und keinerlei Geschenke mitgebracht habe. Sie ließ auch verlauten, daß sie einen Wohnungswechsel vorhabe. Sie habe eine Wohnung in Leipzig in Aussicht. Um finanzielle Vorteile zu erhalten, möchte sie dort einen Teil der Wohnung vermieten.

Z. Zt. lebt die Krahl von dem Geld, welches sie aus Prag mitgebracht hat. Die Krahl verdiente dort etwa 2000,– DM. Seit der Rückkehr aus Prag im April 1980 bis zum heutigen Datum ging die Krahl keiner Arbeit nach.

Am 21.8.1980 wurde durch einen Anruf des IMB »Anna« bekannt, daß diese sich den Fuß gebrochen habe. Daraufhin suchte Unterzeichner den IM in seiner Wohnung auf. Tatsächlich hat sich der IM den linken Fuß gebrochen. Nach dem Hergang befragt, äußerte sie, daß sie am 16.8. bei einem Arbeitskollegen zu einer Gartenparty eingeladen gewesen war. Für den Nachhauseweg wollte sie sich von der Haltestelle Flughafen ein Taxi nehmen, bekam jedoch keins. Ihr wurde von einer männlichen Person, welche mit einem »hellen« Trabant anhielt, angeboten, sie nach Hause zu fahren. Der IM nahm dieses Angebot an. Als sie sich im PKW befand, bemerkte sie, daß die männliche Person nicht die Richtung nach Bernsdorf fuhr, sondern in Richtung Autobahn. Daraufhin forderte der IM, daß sie aussteigen möchte. Dieser Forderung kam die männliche Person nicht nach. Nach Schilderung des IM hielt er seinen PKW in der Nähe der Autobahn an. Vom IM wurde versucht, sich vom PKW zu entfernen, dabei kam sie zu Fall. Von der männlichen Person wurde sie verfolgt und in den PKW eingeladen. Auf die Bitte des IM, sie nach Hause zu fahren, fuhr er sie dorthin. Zu Hause versuchte der IM, die Wohnung allein aufzusuchen, wurde aber durch die männliche Person daran gehindert. Nach ihrer Schilderung wurde sie erneut in den PKW gezerrt, und die männliche Person sei wieder in Richtung Autobahn gefahren. Da sie Angst hatte, bat sie, daß die männliche Person sie nach Hause fahren soll und versprach, daß sie ihn in ihre Wohnung mit einlädt. Dort kam es dann auf Drängen der männlichen Person zum GV. Danach verließ dieser die Wohnung des IM mit der Bemerkung, daß er sie erneut aufsuchen wird.

Name sowie polizeiliches Kennzeichen des PKW sind dem IM nicht bekannt geworden. Der IM wurde beauftragt, dazu einen schriftlichen Bericht zu fertigen und daß sie bei einem erneuten Besuch versuchen soll, den Namen und das polizeiliche Kennzeichen des PKW in Erfahrung zu bringen.

Weiter berichtete der IM, daß sie an (schwarzer Balken) einen Brief geschrieben habe, welcher beinhaltet, ob nicht die Möglichkeit besteht, sie auf Grund ihres Unfalls im Pflege- und Altersheim für 14 Tage aufzunehmen. Sollte ein positiver Bescheid eingehen, wird der IM dies in Anspruch nehmen. Bei negativem Bescheid wird (schwarzer Balken) erneut angeschrieben. Der Inhalt des Briefes wird mit dem IM noch abgestimmt.

Am 17.8.1980 suchte (schwarzer Balken) den IM in ihrer Wohnung auf. Im Gespräch äußerte er sich erneut über sexuelle Probleme und forderte dem IM auf, ob sie einverstanden wäre, daß er mit ihr Porno-Aufnahmen tätigt. Er wolle sich dazu in der Woche vom 25.8.–29.8.80 bei dem IM melden. Der IM berichtete, daß (schwarzer Balken) die Absicht hat, diese

Pornos weiterzuverkaufen. Gegenüber (schwarzer Balken) erklärte sich der IM bereit, an solchen Aufnahmen mitzuwirken.

Mit dem IM wurde kein Treff vereinbart, sondern es wurde so verblieben, daß sie der Mitarbeiter in ihrer Wohnung wieder aufsuchen wird.

Ich habe aufgehört.

Quittung

Zum Krankenbesuch bei dem IMV »Anna« Reg. Nr. XXV 208/75 wurde ihr ein Präsent im Wert von

21,– M

(einundzwanzig)

übergeben.

## Teil 3

# Weiter-

Ich konnte nicht mehr. Egal, was ich versucht habe, sie haben alles kaputt gemacht. Jede Beziehung, jedes Mal, wenn ich dachte, dass ich da vielleicht wieder rauskomme, ist alles sofort wieder zu Bruch gegangen. Egal, wen ich kennengelernt habe – nach ein paar Wochen war alles wieder hinüber, sonst wäre ich ja nicht mehr für die Arbeit zu gebrauchen gewesen. Mir war klar, dass die STASI dafür verantwortlich war, aber mir war nicht klar, dass es danach so weitergehen würde. Ich wollte einfach nur noch, dass es aufhört. Dabei habe ich immer mehr getrunken. Irgendwann habe ich gemerkt: Ich möchte eigentlich mal wieder ein normales Leben führen, also auch eine feste Beziehung. Mein Kind war schon dreizehn, vierzehn Jahre alt, und ich hatte gerade eine größere Summe Geld von meinen Eltern geerbt, und da bin ich zu denen gegangen und habe gesagt: *Ich will das nicht mehr machen. Ich höre auf! Hier ist euer Geld*. Das waren nicht die ganzen 2000,– Mark, ein bisschen was hatte ich schon ausgegeben – aber immerhin so 800. Die hielten das für einen Scherz, es ging hin und her, und wir stritten uns, und ich sagte: *Eines Tages werden die Leute Steine nach euch schmeißen*. Ich hatte auch meine politische Meinung geändert. Es war nicht mehr nur das Private, auch politisch wollte ich nicht mehr für die arbeiten.

Und meinst du, die waren überrascht, als ich es denen gesagt habe? Ihr Geld wollten sie wiederhaben, bis zum nächsten Frühling sollte ich es zurückzahlen. Zum Glück haben die das aber vergessen. Ich war eh vollständig kaputt, was hätte ich da noch zurückzahlen können?

Und meinst du, die hätten versucht, mich davon abzubringen, bei denen aufzuhören? Die wollten nur ihren eigenen

Arsch retten. Unterschreiben musste ich, dass ich niemals irgendwem davon erzähle, dass ich für die gearbeitet habe, und was ich genau gemacht habe. *Geheimnisverrat,* haben die gesagt, wäre das, und ich würde ins Gefängnis kommen, wenn sie mitbekämen, dass ich es irgendwem erzähle, und mein Kind ins Heim. Wem aber hätte ich das denn erzählen sollen? Das hätte mir ohnehin niemand geglaubt. Oder wenn ich es irgendwem erzählt hätte, dann wäre auch die Beziehung noch kaputt gewesen. Es war ja klar, dass ich über alle um mich herum berichtet hatte.

Daraufhin wurde dem IM eine schriftliche Erklärung abverlangt, aus der die Motive des Abbruchs einer inoffiziellen Zusammenarbeit ihrerseits hervorgehen, des weiteren eine terminliche Festlegung über die Rückzahlung eines Kredits in Höhe von 2500,– Mark. Darüber hinaus verpflichtet sich der IM, 1000,– Mark an das MfS zurückzuzahlen, die ihr im Laufe der Zusammenarbeit als finanzielle Unterstützung gezahlt wurden.

Der IM wurde darauf hingewiesen, daß sie über die inoffizielle Zusammenarbeit mit dem MfS und ihr dabei bekannt gewordene Fakten, Personen und Probleme gegenüber jedermann, auch ihren nächsten Angehörigen, strengstes Stillschweigen bewahren werde. Sie wurde darauf hingewiesen, daß sie bei Verletzung dieser Schweigepflicht gemäß Paragraph 245 StGB strafrechtlich zur Verantwortung gezogen werde.

Sie wurde darauf hingewiesen, daß eine Entscheidung über den Abbruch der Zusammenarbeit das MfS trifft. Ein erneuter Treff wurde für den 28.10.1980 vereinbart.

Ergänzend zu meiner, am 23.9.1980 bereits abgegebenen Erklärung, möchte ich noch hinzufügen, daß ich während der Zusammenarbeit mit dem Ministerium für Staatssicherheit stets höflich und ordentlich behandelt wurde. Aus der Zusammenarbeit mit dem MfS ergaben sich für mich keinerlei persönliche Nachteile, im Gegenteil, mir wurde jede Unterstützung, auch in materieller Hinsicht, gewährt.

Mit Brigitte musste ich mich ab da heimlich treffen. Wenn sie von der Arbeit kam, habe ich sie am Südbahnhof abgeholt, in der Vorhalle ist das nicht weiter aufgefallen, obwohl die eigentlich ziemlich klein ist. Manchmal sind wir dann direkt in das Lokal im Bahnhof gegangen und haben an unterschiedlichen Tischen gesessen, damit nicht auffällt, dass wir zusammen unterwegs sind. Damals wusste ich auch schon, dass ein Abhörgerät in meiner Wohnung war, und auch in ihrer. Woher ich das weiß? Das möchte ich nicht erzählen.

Auf jeden Fall wurden wir ständig bespitzelt. In jedem Lokal, in dem wir waren, haben sie Leute an unseren Nachbartisch gesetzt. Sie hat trotzdem zu mir gehalten, und wir sind einfach auf die andere Seite der Stadt gefahren, Richtung Kaßberg, und haben uns dort getroffen. Zuerst hat sie das nur für ein Spiel gehalten und fand es lustig, auch mal andere Kneipen auszuprobieren. Später musste ich es ihr dann irgendwie erklären.

Dass ich bei der STASI war, habe ich ihr aber erst viel später gesagt. Das war Ende der Achtziger, und wir kannten uns mittlerweile schon über zehn Jahre. Natürlich war sie wütend. Unsere Freundschaft ist trotzdem nicht zu Bruch gegangen. Sie konnte es ja auch verstehen, wusste, in welcher Situation ich gewesen war, und ich habe nie irgendetwas Schlimmes über sie berichtet. Außerdem glaube ich, hatte sie es sich immer schon gedacht.

Zu der Zeit hatte ich kurz einen Untermieter aus dem Irak. Ich hatte mit dem kein Liebesverhältnis oder so. Er hat mir erzählt, er hätte Lungenprobleme, und das Klima in Deutschland bekäme ihm gut. Er sagte, er wäre längere Zeit da, und das Hotel wäre ihm zu teuer, ob ich niemanden wüsste, der privat vermietet. Da dachte ich: *Das Geld verdiene ich mir*. Zwanzig Dollar pro Tag hat er gezahlt. Das hat erst mal eine Weile zum Leben für mich und mein Kind gereicht. Qusai hieß der. Dabei ist er nicht direkt, nachdem er sich das Zimmer angeguckt hat, eingezogen, sondern erst zwei Tage später. An dem Tag, ich hatte das Zimmer geputzt, bin ich gegenüber in die Kneipe. Es war später Nachmittag. In der Kneipe war noch überhaupt kein Betrieb. Nach kurzer Zeit kam eine junge Frau rein und setzte sich an einen Tisch. Dann lächelte sie immer wieder her zu mir – es waren vielleicht vier Tische besetzt. Ich lächelte auch mal zurück. Irgendwann kam sie herüber. *Ich bin hier fremd, kann ich mich zu Ihnen setzen?*, hat sie gesagt. *Klar*, sagte ich. Dabei war das in der Eckkneipe, irgendwo jenseits des Zentrums, wo niemand einfach so mal unterwegs ist. Sie erzählte dann, dass sie Ärztin ist, demnächst hier anfängt zu arbeiten, aber noch eine Wohnung sucht, wo sie wohnen könnte. Sie sagte, dass sie knapp wäre mit dem Geld. *Ob ich nicht ein Zimmer kenne, in dem sie übernachten könne.*

So ein Zufall dachte ich mir: Mein Zimmer ist ja heute noch frei, mein Gast kommt erst übermorgen. Da habe ich es ihr angeboten für eine Nacht.

Am Abend meinte die Ärztin, nachdem ich meinem Kind Essen gemacht hatte: *Na, dann könnten wir ja heute Abend auch mal ausgehen!* Also sind wir zusammen wieder in die Bar im *Interhotel*, haben da getanzt und getrunken. Natürlich war die von der STASI geschickt. Wer hätte denn sonst wissen können, dass ich gerade mein Zimmer geputzt hatte? Die sollte mich wieder zum Saufen animieren.

Einen andern Abend saß ich dann in der Kneipe, und offenbar saß jemand mit bei mir am Tisch, der mich nicht kannte. Der hat dann laut erzählt: *Da in der Vetterstraße muss eine wohnen, da gehen Araber ein und aus.* Der wusste einfach nicht, wer ich bin, und offensichtlich haben die Leute im Viertel darüber geredet. Da habe ich dann noch ein bisschen gebohrt. Hat mich ja schon interessiert, was die Leute so über mich reden. Sie hatten gar keine Ahnung.

Mit mir ging es aber weiter bergab, immer mehr gesoffen. Die Arbeit im Hotel habe ich nicht wegen der STASI verloren, sondern wegen der Sauferei.

Nur die Freundschaft mit der Brigitte hat bis in die neunziger Jahre gehalten. Dann haben wir uns aus den Augen verloren. Plötzlich mussten alle alleine mit der Situation fertigwerden. Irgendwo habe ich noch ihre Adresse. Sie wohnt gar nicht so weit von mir entfernt. Aber jetzt ist es auch über 25 Jahre her, dass wir uns das letzte Mal gesehen haben – wo soll man da weitermachen?

Uta steht am geöffneten Fenster in der vierten Etage ihres Wohnhauses. Als ich mein Fahrrad vor der Tür anschließe, lehnt sie sich heraus und ruft mir zu, dass ich doch erst mal zu ihr hochkommen soll. In der kleinen Wohnung ist das Jahr über nur Platz für Sommer- oder Wintergarderobe. Im oberen Stockwerk des Wandschranks in ihrem schmalen Flur lagern zwei riesige Koffer. Jetzt ist der Zeitpunkt gekommen, die Kleider zu wechseln. Mühsam hebe ich die Taschen nacheinander aus dem Wandschrank. *Den Rest schaffe ich alleine,* sagt sie. Seit bald vier Wochen herrscht eine Kontaktsperre. Jedes, nicht absolut notwendige Zusammentreffen mit einer anderen Person gilt es zu vermeiden. Uta hat seit über drei Wochen mit kaum einer Person gesprochen, einzig zum Einkaufen und zweimal am Tag für einen Spaziergang hat sie ihre Wohnung verlassen. Die anderen Wohnungen in ihrem Haus sind leer. Die Leute, die hier sonst unter der Woche leben, sind zu ihren Familien zurückgekehrt. Manche wohnen nur außerhalb der Stadt, andere wohnen viel weiter entfernt, in einem anderen Bundesland oder auf der anderen Seite des Atlantiks. Still ist es im Haus. Schnell holt Uta aus einem der Koffer eine dünne Jacke hervor, und wir verlassen ihre Wohnung. Draußen gehen wir ein Stück zusammen durch die Sonne.

Sie entscheidet sich gegen Eiscreme. Zur Feier des Tages trinkt sie aus einer kleinen Flasche Sekt. Wir laufen durch die leere Stadt. Im Park, und überall, ist das Sitzen auf Parkbänken verboten. Außer uns sitzt nur ein älterer Mann hier, lange, wilde, weiße Haare ranken um seinen Kopf. Neben ihm auf der Bank scheint alles zu lagern, was ihm durch die kommenden Wochen helfen soll.

Uta erzählt von ihrem Alltag, von Isolation und Kontaktsperre, von Einsamkeit und Infektionsangst, davon, wie sie versucht, mit der Situation zurechtzukommen. *Die letzten Ausschnitte, die du mir zu lesen gegeben hast,* sagt sie, *haben mir gut gefallen.* Ich weiß nicht, was ich darauf erwidern soll. *Nur die Stellen mit meiner Mutter gefallen mir nicht. Sie hat niemals versucht, meine erste Ehe zu retten.* Im Kopf suche ich die entsprechende Stelle. *Sie hat mir die Schuld daran gegeben, dass die Ehe zu Bruch gegangen ist. Verständnis für meine Situation hätte ich vergeblich von ihr erwartet.* Der Mann neben uns auf der Bank ist in der Nachmittagssonne eingeschlafen. Seine Locken fallen als scharfe Schatten über sein Gesicht. *Und so früh, wie du schreibst, bin ich niemals zur Messe gefahren. Bloß, weil es in den Akten steht, muss es nicht stimmen. Aber das stört mich alles nicht.* Auch im Sitzen versuchen wir, den verordneten Mindestabstand einzuhalten. Während Uta weiterredet, kipple ich auf der Kante der Sitzfläche.

*Die Isolation setzt mir nicht so sehr zu, ich bin es ja gewohnt, allein zu sein. Aber das Geld,* Uta macht eine kurze Pause, *ist jetzt schon knapp. Und wir haben noch nicht mal den Fünfzehnten.* Weil auch die Grenze nach Polen geschlossen ist, muss sie in Deutschland Zigaretten kaufen. Statt 3,20 kostet jede Packung jetzt 5,60. 67,20 Euro mehr im Monat. *Und mein Stammkunde, der seit über zwölf Jahren zu mir kommt, darf natürlich auch nicht mehr raus. Das hat immerhin jeden Monat 150,– Euro eingebracht. Aber wie soll er denn jetzt seiner Frau erklären, dass er in die Gartenlaube geht?* Uta lacht. Der Mann neben uns schläft immer noch. Hinter ihm, durch die noch kahlen Äste der Bäume sichtbar, steht das Denkmal Richard Wagners. Im Schlaf ist der Oberkörper des Mannes zur Seite gesackt, Kopf und Haare werfen nun ihre Schatten auf die Tüten und Taschen, die sein Hab und Gut beherbergen. Für einen kurzen Moment sieht es aus, als hätte er seinen Kopf dem jungen Wagner auf die Schulter gelegt. Wagner aber ist weit von uns entfernt. Wir stehen auf und laufen ein Stück. Uta mag das Denkmal gerne. *Früher bin ich oft in diese Grünanlage gekommen, zum Trinken morgens, vor der Arbeit. Hier ist man allein, und es stört einen niemand, auch wenn hier früher viele Junkies waren. Seitdem das Denkmal da ist, sind die verschwunden.* Vorbei an der Statue ist der Blick frei auf den Gebäudekomplex *Dittrichring 24*. Von dieser Seite, zwischen den niedrigen Hecken und dem noch kahlen Gestrüpp, kann man bis in den Innenhof der ehemaligen STASI-Zentrale blicken. Der dunkle Anbau zur *Großen Fleischer-*

*gasse* hin ist zwischen den Jahren 1978 und 1985 dazugekommen. Fast 800 Leute haben im gesamten Gebäude zeitgleich gearbeitet, einen Kinosaal gab es, eine Kegelbahn, eine Poliklinik und einen Konsum-Markt auf dem Gelände. Im Kellergeschoss soll ein Luftschutzbunker gewesen sein, der knapp 550 Personen Platz bot. Ich muss mir vorstellen, wie zehn Meter unter dem jungen Wagner Menschen in einem Betonbunker sitzen und auf das Vorübergehen der atomaren Apokalypse warten. In der obersten Etage gab es einen Seitenflügel, den nur die obersten Befehlshaber betreten durften. Auch für die Kontaktleute des KGB waren hier eigene Büros vorgesehen. Wenig davon ist von außen zu sehen. Der zur Fleischergasse gelegene, dunkle Neubau steht fast vollständig leer, im Erdgeschoss befinden sich die Überreste einer pleitegegangenen Après-Ski-Bar.

Durch den Grünstreifen gehen wir an dem bereits 1958 an das STASI-Gebäude angegliederten sogenannten Saalbau vorbei, in dem sich noch immer ein Kino befindet. Manche der angeschlagenen Filme behaupten die Linearität von Geschichte vor dem Hintergrund nicht vergleichbarer Verbrechen. Alles ist verschlossen. Als wir um die Ecke gebogen sind, setzen wir uns auf die Bank, auf der wir uns sonst immer treffen. Uta kippt den letzten Schluck Sekt hinunter. Nach ein paar Minuten kommt der Mann mit den weißen Haaren und dem Bart nach und setzt sich wieder auf die Bank neben uns.

*Als ich dir letztens gesagt habe, ich hätte die Klarnamen, war das gelogen. Ich wollte einfach, dass wir uns mal wieder treffen.* Uta sagt das ganz selbstverständlich. *So langsam aber müssten sie wirklich mal kommen. Als ich im Oktober nachgefragt habe, wann ich sie bekomme, haben sie gesagt: in zwei Monaten. Das ist nun wirklich schon deutlich länger her.* Nach über vierzig Jahren hat sie sich entschlossen nachzufragen, wer sie damals für die Staatssicherheit bespitzelt hat. Strafrechtlich verfolgt wurden von den 1989 gelisteten 91 015 Hauptamtlichen und 189 000 inoffiziellen Mitarbeitern 251 Personen, in 87 Fällen erfolgte ein Urteil. *Es kommen zu viele in meiner Erinnerung in Frage,* sagt Uta. *Die haben sich doch alle auffällig verhalten, im Nachhinein.* Diesmal schläft der Mann neben uns nicht ein, und Uta möchte sich noch ein Stück bewegen. *Der verfolgt uns doch,* sagt sie mühsam lächelnd zu mir, als wir uns in Bewegung gesetzt haben. Anstatt sie zur Verabschiedung in den Arm zu nehmen, versichere ich ihr, sie in sechs Tagen wieder zu besuchen. Auf dem Rückweg kaufe ich ihr goldene Osterhasen aus Zartbitterschokolade.

Anderthalb Jahre nachdem Uta und ich ihre Akten beantragt haben, gilt der Vorgang offiziell als abgeschlossen. Auch auf die dritte Nachfrage erhalte ich dieselbe Antwort:

> *Lieber Herr B,*
> *inzwischen habe ich alle Akten zu Ihrem Antrag abgegeben. Grundsätzlich (auch aus der Erinnerung heraus) kann ich Ihnen folgendes sagen:*
> *Sie haben von mir alle Unterlagen erhalten, die für Ihr Forschungsthema relevant sind und die Ihnen nach StUG § 32 zustehen. Aktenmaterial, das aus der Anwendung von Technik entstanden ist, war nicht gesondert vorhanden. Möglich, dass es solches gibt, aber es nicht auffindbar ist.*
> *Ich hoffe, Ihnen weitergeholfen zu haben, stehe Ihnen zur Beantwortung weiterer Fragen gern zur Verfügung und verbleibe mit herzlichen Grüßen*

Ich komme etwas zu spät zum vereinbarten Treffen. Uta sitzt auf ihrem angestammten Platz, im hinteren Bereich der schmalen Bar, auf einem Barhocker an einem hohen Holztisch. Neben sich, auf dem Heizkörper, hat sie drei Gläser deponiert, zwei Weingläser, wobei das eine zur Hälfte geleert ist, und ein großes Glas mit Leitungswasser. Vor sich, auf dem Tisch, steht ebenfalls ein großes Wasserglas, gefüllt mit ihrer Mischung aus Weißwein und lauwarmem Wasser. Seit knapp zwei Jahren treffen wir uns, meistens an diesem Tisch, immer zu dieser Uhrzeit. Während ich Aufnahmegerät und Schreibutensilien auf den Tisch lege, stellt die Kellnerin meine Bestellung vor mir ab. Uta wartet, bis ich sie begrüße, sie nach ihrem Befinden befrage, dann erstattet sie ausführlich Bericht.

Schließlich klemmt sie sich ein Hustenbonbon zwischen die Zähne, setzt das Weinglas an ihre Lippen, kippt es, spült den Wein die Kehle hinunter und den Bonbon in die linke Backe. Fast zwei Stunden sind vergangen. *Gibt es noch irgendetwas, das du wissen willst?* Ich zögere kurz. *Wenn dir für heute nichts mehr einfällt, kann ich auch erst mal anfangen, in den kommenden Wochen das Material zu sortieren.* Uta drückt ihre Zigarette aus. *Oh, es gibt noch viele Geschichten, die ich dir nicht erzählt habe.* Ich bin müde. *Vielleicht reicht es erst mal? Und wir treffen uns wieder, wenn es was Neues gibt?* Langsam beginne ich, meine Materialien wieder in den Rucksack zu packen. An der Bar zahle ich die Rechnung. Als ich die Jacke anziehen will, schaut Uta mich an. *Es macht mir keinen Spaß mehr, mich mit dir zu treffen. Früher hast du auch mal ein Bier mit mir getrunken. Jetzt kommst du einfach nur hierher, bestellst dir einen Kaffee, machst dieses blöde Gerät an und musst dann immer direkt wieder gehen.* Ich ziehe die Jacke wieder aus. *Jetzt muss ich aber auf meinen Sohn aufpassen,* versuche ich, mich zu erklären. *Mach das,* sagt Uta. *Beim nächsten Mal,* sage ich. Wir nehmen uns kurz in den Arm, dann verlasse ich die Kneipe.

Am 1. Januar 1992 nimmt die *Schwerpunktstaatsanwaltschaft zur Verfolgung politisch motivierter und unter Missbrauch politischer Macht begangener Straftaten der DDR* für das neu entstandene Bundesland Sachsen in Dresden ihre Arbeit auf. Die dreizehn Dezernenten sind angewiesen, nicht vergangenes Unrecht zu sühnen. Schon bei der Zusammensetzung der Mitarbeiter zeigt man sich gegenwartsbezogen. Fast alle sind Berufsanfänger. Es soll vermieden werden, durch den Einsatz von ehemaligen DDR-Staatsanwälten politische Angriffsfläche zu bieten. Insgesamt werden in der erweiterten BRD 75 000 Ermittlungsverfahren wegen DDR-Unrecht eingeleitet, gegen circa 100 000 Personen. Gegen 1286 Angeschuldigte wird tatsächlich ein gerichtliches Hauptverfahren eröffnet. Nur 750 Männer und Frauen werden verurteilt. Vierzig Personen erhalten eine Freiheitsstrafe ohne Bewährung. 12 606 dieser Verfahren werden in Sachsen eingeleitet, 8826 davon werden eingestellt, 3514 in der Statistik unter »Sonstiges« aufgeführt, darunter fallen auch Weiterleitungen in andere Gerichtszuständigkeiten oder Zusammenführungen von Prozessen. 48,7 Prozent der erhobenen Anklagen fallen dabei in den Bereich der Rechtsbeugung. Verfahren dieser Art können ausschließlich auf Aktengrundlage basieren, es bedarf nicht zwangsläufig einer Zeugenbefragung. Es sind Verfahren über das Verhalten bei der Auslegung von Recht.

14,7 Prozent der Angeklagten fallen in die Deliktgruppe »MfS«. 38 Angeklagte dieser Gruppe erhalten eine Freiheitsstrafe. Bei 36 davon wird diese zur Bewährung ausgesetzt.

Nachweise einer Tätigkeit der Schwerpunktstaatsanwaltschaft gibt es bis zum 31.12.2000. Mit dem 3. Oktober 2000 tritt für sämtliche Delikte – außer Mord – die absolute Verjährung ein. Unrecht kann von da an nicht mehr verurteilt werden. Gleichzeitig kommt es auch im Vorfeld dazu bereits zu für die Ermittler überraschend wenigen Anzeigen gegen ehemalige und gegenwärtige Staatsbedienstete. Die Großzahl der geführten Ermittlungsverfahren geht auf bereits vorher geführte Vorermittlungen zurück.

Eine Zentrale Beweismittel- und Dokumentationsstelle zur Sammlung und Einleitung von Ermittlungsverfahren für in der DDR begangene Verbrechen wurde bereits am 24. November 1961 auf Initiative des regierenden Bürgermeisters von Westberlin, Willy Brandt, gegründet. Nur wenige Tage später wurde in Jerusalem Adolf Eichmann zum Tode verurteilt.

In seinem Fernschreiben an alle westdeutschen Ministerpräsidenten schreibt Willy Brandt: *Wegen der nahezu völligen Identität der jetzt vom SED-Regime in der Zone und in Ostberlin angewandten Methoden mit denen des Nationalsozialismus dürfte die Ludwigsburger Zentrale Stelle für die nunmehr erforderlichen Ermittlungen besonders gut geeignet sein.* Ludwigsburg aber verweigert den Dienst, sieht sich mit der Aufgabe endgültig überfordert, und es kommt zur Institutionalisierung der *Zentralen Beweismittel- und Dokumentationsstelle der Landesjustizverwaltungen* in Salzgitter. *Die Verurteilung von Deutschen soll nie wieder in die Hände einer anderen Justiz übergeben werden müssen,* heißt es vor der Gründung der neuen Ermittlungszentrale. Schon zu diesem Zeitpunkt ist man sich zwischen Berlin, Salzgitter und Bonn sicher, auf der richtigen Seite der Geschichte zu stehen. Selbstverantwortliches Handeln und Urteilen wird den Menschen zwischen Rostock und Zwickau abgesprochen. Vierzigtausend Vorermittlungen zu Bürgern eines anderen Staates werden bis 1990 eingeleitet und gesammelt. Noch 1993, die Beweismittel- und Dokumentationsstelle ist bereits wieder geschlossen, ihre Vorermittlungen sind übergeben an die neuen Kollegen in Ost- und *Mitteldeutschland,* erklärt der ehemalige Leiter Franz-Josef Filbing: *Die DDR war kein Bundesland. Manche Politiker haben zwar erklärt, wenn die DDR kein Inland sei, dann sei sie doch ganz selbstverständlich Ausland. Aber auch das war die DDR bekanntlich nicht. Die DDR war ganz schlicht ein Teil Deutschlands. Es hat ja nicht zwei deutsche Völker gegeben, sondern es hat das deutsche Volk gegeben.*

Der Erste, der diese praktizierte Volksgemeinschaft zu spüren bekommt, ist der Stabsgefreite Fritz Hanke. Im Februar 1963 gelingt ihm der Grenzübertritt im Thüringischen Wald, er wird aber von ehemaligen Kameraden bei den westdeutschen Grenzern als *Todesschütze aus dem Thüringer Wald* denunziert. In Salzgitter gibt es dazu bereits eine Vorermittlung: Im Sommer 1962 wurde der zwanzigjährige Peter Reisch bei dem Versuch der Grenzüberschreitung von drei Projektilen in Rücken und Hinterkopf getroffen. Sechs Wochen später erlag er seinen Verletzungen. Die Ermittlungen in Salzgitter stützen sich auf Mutmaßungen und Zeugenaussagen von Anwohnern auf der westlichen Seite der Grenze. Einen Obduktionsbericht gibt es nicht, selbst der genaue Todeszeitpunkt kann nicht bezeichnet werden, es herrscht Uneindeutigkeit, woran und zu welchem Zeitpunkt Peter Reisch verstarb. Der geflohene und festgenommene Grenzer Hanke wird zu Protokoll geben, dass er mit den Auszeichnungen, die ihm als *Schützer der Republik* zuteilwurden, nicht länger habe leben wollen und er sich daher für eine Flucht in die BRD entschieden habe. Er wird, als Todesschütze, zu fünfzehn Monaten Haft verurteilt, das Verfahren am Stuttgarter Strafgericht dauert weniger als vier Werktage. Strafmildernd wirkt der erteilte Schießbefehl. Dennoch urteilt ein deutsches Gericht über einen *deutschen Soldaten* im Dienst: *Um wieviel mehr hätte Hanke erkennen müssen, daß er einen verbrecherischen Befehl nicht auszuführen brauchte, bei dem es um ein Menschenleben ging.* In der Zentralen Ermittlungsstelle in Ludwigsburg soll derweil als Leiter ein Soldat der *Ostfront* die Verbrechen seiner Kameraden aufklären. *Hanke war ein dem sowjetzonalen Zwangsregime unterworfener Befehlsempfänger, der sich bei der Begehung eines ihm anbefohlenen Verbrechens in der verwirrenden Lage befand, vom eigenen Staat zu einem Verbrechen gezwungen zu werden. Trotz seiner geringen Intelligenz hätte der Angeklagte bei gehöriger Gewissensanspannung erkennen müssen, daß ein Befehl nicht bindet, der die Grundsätze des allgemeinen Rechts- und Sittlichkeitsempfindens verletzt,* heißt es im Urteil aus Stuttgart. Schon zwei Jahre vorher, bei der Gründung der Zentralen Beweismittel- und Dokumentationsstelle der Landesjustizverwaltungen in Salzgitter, kündigte der Justizminister von Niedersachsen, Arvid von Nottbeck, an: *Wir werden nichts vergessen, und es wird auch nichts verjähren.*

Im Juni 1998 wird das Vorermittlungsverfahren gegen Recknitz eingestellt. Ab jetzt könnten wir auch seinen Vornamen nennen. Der Bundesgerichtshof hat bereits 1994 Angeklagte damit wieder freigesprochen, sie seien in das DDR-System der Rechtsprechung eingebunden gewesen, hätten keinen Spielraum gehabt und sich somit nicht strafbar gemacht. In Art. 103 Abs. 2 des Grundgesetzes heißt es: *Eine Tat kann nur bestraft werden, wenn die Strafbarkeit gesetzlich bestimmt war, bevor die Tat begangen wurde.* Um dem Scheitern eines Prozesses gegen Recknitz zu entgehen, wird das Verfahren gegen ihn nach § 153 der Strafprozessordnung eingestellt. *Hat das Verfahren ein Ver-*

*gehen zum Gegenstand, so kann die Staatsanwaltschaft mit Zustimmung des für die Eröffnung des Hauptverfahrens zuständigen Gerichts von der Verfolgung absehen, wenn die Schuld des Täters als gering anzusehen wäre und kein öffentliches Interesse an der Verfolgung besteht.*

Während ich im Urlaub bin, schreibt Uta mir mehrfach. *Müssen uns dringend treffen, bin sehr depressiv, habe eine Doku gesehen, jetzt weiß ich wieder, was sie alles mit mir gemacht haben.* In jeweils weniger als 160 Zeichen deutet sie mehrfach einen besorgniserregenden Zustand an. Als wir uns acht Tage später an unserer gewohnten Stelle im Park treffen, hat sich ihre Aufregung etwas gelegt. Ausführlich spricht sie vom Treffen mit ihrem Kind, weiß von den Auswirkungen, die ihre Lebensführung auf dessen Verhalten aller Wahrscheinlichkeit nach hatten, und kommt erst nach einer Dreiviertelstunde auf die von ihr versendeten Textnachrichten zu sprechen. Ein paar Wochen vorher hatte sie Geburtstag. In der Nacht davor konnte sie nicht schlafen, hatte Angstzustände, Panikattacken. Bilder einer Dokumentation, die sie ein paar Tage zuvor gesehen hatte, gingen ihr nicht mehr aus dem Kopf. *In der Doku war all das zu sehen, was die auch mit mir gemacht haben,* sagt sie. *Da wurden Sachen verstellt in der Wohnung, Bilder umgehängt, Möbel verrückt, nur um die Menschen verrückt zu machen.* Uta versucht, sich ein bisschen zu beruhigen. *Und dann bin ich am Morgen meines Geburtstags direkt zur Ärztin gegangen. Ich hatte auch ein bisschen in meinen Geburtstag hineingefeiert und war deswegen wohl auch noch ein bisschen verwirrt, als ich bei der Ärztin war. Über meine Depressionen habe ich geklagt und erzählt, dass ich jetzt wieder weiß, was die alles mit mir gemacht haben. Die Ärztin hat mir wahrscheinlich kein einziges Wort geglaubt. Stattdessen hat sie mir eine Überweisung zur Psychologin ausgestellt.*

Bevor Uta aus der Praxis ging, schaute sie auf den Zettel. Als Diagnose stand dort »F20.0« vermerkt, nach der Klassifikation des ICD-10: paranoide Schizophrenie. *Schizophrenie ist eine Krankheit, die viele Menschen haben können, ohne dass es jemand mitbekommt. Das kann alles mal ein Schub sein, und die anderen denken, der ist besoffen oder verwirrt,* sagt die Ärztin. Uta geht sofort in eine Bar, um zu *saufen*. Schon um Weihnachten gab es eine ähnliche Phase. Dieses Mal aber will Uta sich in Behandlung begeben.

*Es war ja auch so: Früher war ich weit oben, Westgeld, Amerikaner, von dem Hotel in das Hotel, von dem Geld geschenkt bekommen und von dem. Einmal hatte ich einen Freund, der war Fleischer und sehr reich. Wenn ich mit dem irgendwohin kam, war immer alles möglich, und der hat leidenschaftlich gewettet. In Berlin hat er gewohnt und hatte dort auch seine Frau, und auf der Rennbahn hatte er zwei Pferde, »Traumtänzer« und »Zigeunermut«, und der hat mir immer viel Geld geschenkt. Da habe ich noch im* Café am Brühl *gearbeitet, und da war er zu Besuch, und ich habe mit seinem Geld Pferdewetten für das nächste Rennen abgegeben: 200 Mark auf »Zigeunermut«. Am Wochenende hat er mich dann im Café angerufen, und alle haben gelauscht, der ganze Saal, und ich habe 600 Mark gewonnen!*

*Am nächsten Morgen sind wir zum Einkaufen nach Leipzig gefahren, und er hat mir Kleidung für 1000 Mark gekauft, eine lind-olivgrüne Seidenjacke, einen Overall mit Spaghettiträgern und einen hellbeigen Spitzenrock, und danach bin ich zur Arbeit nach Chemnitz. Die anderen haben Augen gemacht! Und dann haben sie gesagt: »Die macht's fürs Geld.« Da habe ich gesagt: »Das ist doch ganz normal, dass ein Mann einer Frau mal was schenkt.« Aber auch, wenn ich mal arbeiten musste, ist er einfach zu meinem Chef gegangen und hat dem 50,– Mark geschenkt, also West, und dann kam mein Chef zu mir und hat gesagt:* Sie haben noch Überstunden, machen Sie jetzt mal lieber frei. *Dann bin ich unten zur Garderobe, habe meinen Schlüssel aufgehängt, und alle haben gefragt: »Was ist los? Ich habe noch Überstunden«, habe ich gesagt. »Ich mache jetzt frei.« So haben die geguckt!*

*Es ging dann aber auseinander. Der Fleischermeister sagte: »Ich würde dir ja jetzt gerne bei mir in Berlin eine Wohnung einrichten. Aber was machst du dann mit deinem Kind? Das kannst du doch nicht alleine lassen.« So ging es dann eben nicht.*

*Und dann hatte ich nur noch Abstürze. Es hätte so viele Stellen gegeben, etwas anders zu machen, damit nicht das passiert, was passiert ist. Aber wo hätte ich anfangen sollen? Und das zu wissen, was bringt mir das heute?*

Aus ihrer Handtasche holt Uta einen Zettel. Mit einem Kugelschreiber ist er von beiden Seiten handschriftlich eng beschrieben. Manche Worte sind schwierig zu entziffern, die Groß- und Kleinschreibung ist nicht einheitlich, die Zeichensetzung scheinbar beliebig, die Schrift kritzelig und unsauber. *Das habe ich in der Nacht geschrieben, in der ich die Doku gesehen habe. Dabei musste ich auch wieder an das Buch mit der Frau denken. Die ist später im Krankenhaus aufgewacht, war aber gar nicht operiert worden – und hat auf ihre Fragen keine Antworten bekommen. Sie hat immer gefragt, »was habt ihr gemacht? Warum habt ihr mich narkotisiert, wenn ihr mich gar nicht operiert habt?« Du hast das Gefühl, langsam verrückt zu werden. Dein Selbstvertrauen soll zerstört werden, das stand da. Und dann ist mir wieder eingefallen, dass mal zwei Birnen bei mir in der Obstschale lagen. Und am nächsten Tag waren beide einfach weg.*

*Dabei weiß ich genau, dass ich sie nicht gegessen habe. Knochenhart waren die. Und die Plüschtiere habe sie umgedreht. Die haben auf einmal alle mit dem Gesicht zur Wand geguckt, als ich wieder nach Hause kam. Und die Bilder haben sie umgehängt, vom Wohnzimmer in die Küche und zurück. Aber wem willst du das erzählen? Und wer sollte dir glauben, wenn du für alle nur die Alkoholikerin bist?*

heute Nacht ist mir durch die Fernsesendung Vieles eingefallen, was die Stasi mit mir gemacht hat. Man wollte mich systematisch in den Wahnsinn treiben, und da fing ich auch an Flaschen weiße Schnaps zu trinken trinken. Sachen wurden in d. Wohnung um gestellt, dadurh wurde das Selbstvertrauen zerstört, fing damals an tägl. zu trinken konnte Leben nur noch mit Alk. ertragen hatte so wenig Selbstbewusstsein, ohne Alk. gar nicht Mehr rausgehen konnte Standig gin was kaputt, Abflusswasser kam in d. Badewanne hoch, stand voll mit Abwasser, Klospülung Kaputt, Regenrinnenwasserdrinnen kam auf Balkon raus rein Erdgesch. Balkon. stand 20 cm hoch voll voll mit Schmutzwasser lief durch Balkontür. ins Bad. Warmwasser Boiler kaputt – gleich darauf Gasofen kaputt, Klospühlung eingefroren. Mußte. Ständig Handwerker mit Westgeld schmieren. Klospülung kaputt. Dann Zum Rolf – hat bezahlt. Reperaturen. und ist gleich bei mir eingezogen, danach ging nie mehr was kaputt. Rolf kam mir damals vor wie rettender Engel hatte 100 000 Mark auf dem Konto. Ständig hatte ich Herzbeschwerde Herzrhytmusstörung Herzklopfen – Herzrasen schmerzen Todesangst. wahn viel desw. beim Arzt – Notarzt. Essen. wurde vergiftet, Medikamente vertauscht, Solche Beschwerden kann man auch mit Medikamenten hervorrufen. Seit ich dann mit Rolf zusammen wahr, hatte ich bis zum heutigen Tag nie ein einziges Mal. mehr Herzbeschwerden? Meine ärzte damals Dr. SCHOLZ. Poliklinik Juri-Gagarin-Str. und Dr. GROTHE. Vesslerstr. Müssen doch auch noch unterlagen da sein. Mehrmals früh um 4. Kamen 3 Polizisten schauten in alle Zimmer, Wandschränke, nahmen mich mit zu Abt. Inneres dort musste ich bis 8 Uhr warten unter Bewachung warum ich nicht zu arbeit gehe sobald ich eine Arbeit gefunden hatte wurde mir von Stasi gleich wieder zerstört stand damals mehrmals kurz vor dem Suizid. habe dann ein Bibelstudium. gemacht, daß gab mir Halt. Meine letzte feste Arbeit vor Rolf im Silber u. Platinenwerk Dort wurde ich nur gemobbt, kein Mensch hat mit mir geredet. Nehme an, daß Da auch Leute gegen Geld, mir das Leben zur Hölle machten. Warf dann alles hin. dort konnte das mobbing nicht Ertragen.

Und in dieser Zeit 1984. wahr ich dann schwanger, aber in den drei std. die ich damals mit dem kind zusammenwahr konnte ich daß ja ihm alles nicht erzählen aber ich wollte ihm das leben schenken hätte auch abtreiben können nur das Leben mehr konnte ich ihm nicht geben

Im Januar 1976 unterschreibt der eben mit der Fritz-Heckert-Medaille ausgezeichnete Minister für Staatssicherheit Erich Mielke den unter Mitwirkung der Juristischen Hochschule in Eiche-Golm und dort vor allem des 1965 gegründeten Lehrstuhls für *Operative Psychologie* erarbeiteten *Maßnahmenkatalog zur Bearbeitung Operativer Vorgänge*. Das Dokument wird als *Richtlinie 1/76* Eingang in die Praxis jeder einzelnen Bezirks- und Kreisabteilung finden. Vermeintlich verbindlich festgehalten werden in ihm Maßnahmen und Mittel zur psychischen Destabilisierung von Einzelpersonen, zu den am häufigsten verwendeten Formen zählen dabei die *systemati-*

*sche Diskreditierung des öffentlichen Rufes, des Ansehens und des Prestiges* sowie die *systematische Organisierung beruflicher und gesellschaftlicher Mißerfolge zur Untergrabung des Selbstvertrauens einzelner Personen.* Die in dem Papier aufgeführten Methoden sollen nur Verwendung finden *zum Abschluß Operativer Vorgänge oder im Zusammenhang mit anderen Abschlußarten.* Voraussetzung für die Anwendung der Maßnahmen bleiben damit die bereits festgehaltenen Richtlinien für einen *Operativen Vorgang.* Die schriftlich fixierte Erweiterung der bis dahin gewohnten Vorgehensweise ist dem Bedürfnis geschuldet, nach außen sichtbare Repressionsmaßnahmen auf ein Minimum zu beschränken. 1972 ist es kurz nach dem allgemein begrüßten Wechsel an der Spitze des die Sozialistische Einheitspartei steuernden Zentralkomitees gelungen, Verhandlungen mit dem westlichen Nachbarstaat zu beginnen, die im Juni 1973 in Bonn und Ostberlin ratifiziert werden. Am 18. September 1973 werden zwei Staaten, beide ihrem Selbstverständnis nach *deutsch,* in die Vereinten Nationen aufgenommen. Im selben Zeitraum holen Frankreich, Großbritannien und die USA nach, was eine Vielzahl von Staaten bereits in den späten vierziger und den fünfziger Jahren vollzogen haben, Ägypten, Irak, Syrien, Algerien und die Volksrepublik Kongo bis 1969: den Beginn diplomatischer Beziehungen mit der Deutschen Demokratischen Republik. Die weitestgehende Anerkennung als souveräner Staat ist Voraussetzung für die Teilnahme an den erstmals blockübergreifenden Verhandlungen der Konferenz über Sicherheit und Zusammenarbeit in Europa (KSZE). Am 1. August 1975 unterschreiben in der Finnlandia-Halle in Helsinki 35 Herren, angereist als Staats- und Regierungschefs unterschiedlicher Länder Europas, der USA und der Sowjetunion, deren Schlussakte. Unter VII heißt es:

*Achtung der Menschenrechte und Grundfreiheiten, einschließlich der Gedanken-, Gewissens-, Religions- oder Überzeugungsfreiheit*

*Die Teilnehmerstaaten werden die Menschenrechte und Grundfreiheiten, einschließlich der Gedanken-, Gewissens-, Religions- oder Überzeugungsfreiheit, für alle ohne Unterschied der Rasse, des Geschlechts, der Sprache oder der Religion achten. Sie werden die wirksame Ausübung der zivilen, politischen, wirtschaftlichen, sozialen, kulturellen sowie der anderen Rechte und Freiheiten, die sich alle aus der dem Menschen innewohnenden Würde ergeben und für seine freie und volle Entfaltung wesentlich sind, fördern und ermutigen.*

Dem vorangestellt ist unter VI die *Nichteinmischung in innere Angelegenheiten*. Darin sichern sich die Staaten gegenseitig zu, dass sie sich *ungeachtet ihrer gegenseitigen Beziehungen jeder direkten oder indirekten, individuellen oder kollektiven Einmischung in die inneren oder äußeren Angelegenheiten enthalten, die in die innerstaatliche Zuständigkeit eines anderen Teilnehmerstaates* fällt. Vor Erich Honecker unterschreibt der ehemalige Wehrmachtsoffizier und Träger des Eisernen Kreuzes 2. Klasse, Helmut Schmidt. Zum Abschied versichern sich die Herren eine gegenseitige, regelmäßige Überprüfung der Einhaltung der formulierten Vereinbarungen. Etwa zwei Jahre später, am 29. Oktober 1976, wählt die Volkskammer Erich Honecker zum Vorsitzenden des Staatsrates und damit nun auch formell zum Staatsoberhaupt der DDR. Seine Politik der Einheit von Wirtschaft und Sozialem sowie das Streben nach internationaler Anerkennung findet so ihre innenpolitische Bestätigung. Um diesen Fortschritt nicht aufzuhalten, lässt der

Minister für Staatssicherheit Erich Mielke im Januar 1976 die *Richtlinie 1/76* mit seiner Unterschrift wirksam werden. In der Konsequenz wird sein Status von der Kandidatur in eine stimmberechtigte Vollmitgliedschaft des Politbüros angepasst.

Am 16. November 1976 beschließt das Politbüro, dem ausgereisten Musiker Wolf Biermann die Wiedereinreise in die DDR zu verweigern. Nicht nur in der DDR bringt eine Vielzahl von Menschen ihren Unmut über diese Entscheidung zum Ausdruck. Das mühsam aufgebaute Vertrauen westlicher Regierungsvertreter zu den DDR-Apparaten erleidet einen schweren Schaden. Von nun an wird daher verstärkt auf die Maßnahmen der *Richtlinie 1/76* zurückgegriffen. Vor allem zeichnet es sie aus, dass sie oftmals nicht belegbar sind, von außen unsichtbar und primär psychische statt körperliche Folgen haben. Viele der benannten Techniken sind bereits in älteren Denkschriften, Aufsätzen, Diplomarbeiten und Exposés in Eiche-Golm formuliert worden, mit dem nun ratifizierten Papier erlangen diese Einzelarbeiten jedoch allgemeine Gültigkeit, wobei gleichzeitig der Kreativität der Ausführenden sämtliche Feinheiten überlassen bleiben. Kernpunkt der Richtlinie sind die erstmals schriftlich festgehaltenen Maßnahmen der *Zersetzung*:

2.6.2. Formen, Mittel und Methoden der Zersetzung

Die Festlegung der durchzuführenden Zersetzungsmaßnahmen hat auf der Grundlage der exakten Einschätzung der erreichten Ergebnisse der Bearbeitung des jeweiligen Operativen Vorganges, insbesondere der erarbeiteten Ansatzpunkte sowie der Individualität der bearbeiteten Personen und in Abhängigkeit von der jeweils zu erreichenden Zielstellung zu erfolgen.

Bewährte anzuwendende Formen der Zersetzung sind:

- systematische Diskreditierung des öffentlichen Rufes, des Ansehens und des Prestiges auf der Grundlage miteinander verbundener wahrer, überprüfbarer und diskreditierender sowie unwahrer, glaubhafter, nicht widerlegbarer und damit ebenfalls diskreditierender Angaben;
- systematische Organisierung beruflicher und gesellschaftlicher Mißerfolge zur Untergrabung des Selbstvertrauens einzelner Personen; zielstrebige Untergrabung von Überzeugungen im Zusammenhang mit bestimmten Idealen, Vorbildern und die Erzeugung von Zweifeln an der persönlichen Perspektive;

Bewährte Mittel und Methoden der Zersetzung sind:

- das Heranführen, der Einsatz von IM, legendiert als Kuriere der Zentrale, Vertrauenspersonen des Leiters der Gruppe, übergeordnete Personen, Beauftragte von zuständigen Stellen aus dem Operationsgebiet, andere Verbindungspersonen;
- die Verwendung anonymer oder pseudonymer Briefe, Telegramme, Telefonanrufe; kompromittierender Fotos, von stattgefundenen oder vorgetäuschten Begegnungen;
- die gezielte Verbreitung von Gerüchten über bestimmte Personen einer Gruppe, Gruppierung oder Organisation;
- gezielte Indiskretionen, das Vortäuschen einer Dekonspiration von Abwehrmaßnahmen des MfS;
- die Vorladung von Personen zu staatlichen Dienststellen oder gesellschaftlichen Organisationen mit glaubhafter oder unglaubhafter Begründung.
- […]

Diese Maßnahmen können zum Einsatz kommen, *wenn in der Bearbeitung Operativer Vorgänge die erforderlichen Beweise für das Vorliegen eines Staatsverbrechens oder einer anderen Straftat erarbeitet wurden und der jeweilige Operative Vorgang aus politischen und politisch-operativen Gründen im Interesse der Realisierung eines höheren gesellschaftlichen Nutzens nicht mit strafrechtlichen Maßnahmen abgeschlossen werden soll.*

Noch mal trete ich mit der Behörde in Kontakt. In den mir ausgehändigten Kopien sind Sprünge, Auslassungen, Leerstellen, darin verborgen Intimitäten und Details zu Uta, deren Einsichtnahme mir rechtlich nicht zusteht. *Zum Schutz der Persönlichkeitsrechte von Frau Krahl,* heißt es. Auskünfte dieser Art sind aber nicht der Anlass meiner Anfragen. Sondern aus den eingesehenen Akten wird keine Bearbeitung des »IM Anna« über den August 1981 hinaus sichtbar. Und auch bis zu diesem Zeitpunkt sind in den mir kopierten Akten keine Vermerke über eine gesonderte Überwachung zu finden. *Zu Frau Krahl konnte ich keinen Operativen Vorgang finden,* sagt mir eine Vertreterin der Behörde am Telefon. *So wie es aussieht, ist auch keine OPK-Akte angelegt worden. Sollte sich dennoch etwas finden, werde ich mich natürlich bei Ihnen melden.* Resigniert beende ich das Telefonat. Um die Anwendung von *Maßnahmen der Zersetzung* nachweisen zu können, müsste ich irgendwo in den Akten wenigstens einen Verweis auf eine *Operative Personenkontrolle* oder gar einen *Operativen Vorgang* finden. Kurze Zeit später kommt die schriftliche Bestätigung. *Wie gerade telefonisch besprochen, sehe ich momentan keine Möglichkeit, weiteres Material zu finden.* Die Akten bieten keinen Anlass zu einer weiteren Suche.

Als Uta von ihrer Akteneinsicht zurückkommt, ist auch sie resigniert. *Am Ende habe ich die Frau gefragt, warum das alles nicht in den Akten steht, was die mit mir gemacht haben. Es kann sein,* sagt Uta, *dass die Akten vernichtet worden sind.* Sie ist sichtbar unbefriedigt von dieser Auskunft. Was aber, wenn es die Akten niemals gegeben hat? Uta hat an diesem Nachmittag keine Zeit für solche Überlegungen. *Als ich irgendwann begriffen hatte, dass die mich nie mehr wieder in Ruhe lassen werden, wollte ich nicht mehr leben. Ich bin in die Apotheke bei mir um die Ecke gegangen und wollte mir Schlafmittel kaufen. Die Apothekerin muss aber irgendwas gemerkt haben. Auf jeden Fall hat sie mir keine Schlafmittel verkauft. Stattdessen hat sie mir eine Mixtur zur Beruhigung gemischt und mir das als Schlafmittel verkauft. Geheult habe ich, als ich gemerkt habe, was ich eigentlich vorhatte. Und dann habe ich es ja auch mal wirklich gemacht. Hier.* Uta weist mir ihren linken Arm vor und zieht den Ärmel ihrer Bluse hoch. Unter dem Stoff kommen zwei längliche Narben zum Vorschein. Die Haut ist dort ganz glatt, nur am Rand der Narben haben sich ein paar Falten gebildet, fast verschwommen sieht der Übergang aus. Die neue Haut ist noch immer strukturlos. *Aber ich habe sehr tiefliegende Adern. Da kam gar kein Blut raus. Dabei denkt man doch, dass es bei einer Alkoholikerin nur so sprudeln müsste. Meine Freundin hat dann den Arzt gerufen. Ich konnte es nicht mehr. Der Arzt hat mich zur psychiatrischen Kur nach Augustusburg geschickt.* Immer noch halte ich Utas linken Arm mit beiden Händen. Sie hat sich schon wieder abgewendet, nimmt nun ihren Arm wieder hoch, zieht die Bluse herunter, steht auf und geht im gegenüberliegenden Café auf die Toilette.

*Möglich ist es natürlich schon,* sagt mir eine Vertreterin der Behörde am Telefon, *aber wir haben auch im Zentralregister keinen Anhaltspunkt für das Anlegen einer OPK-Akte finden können.* Grundsätzlich zuständig für solche Angelegenheiten war die Abteilung XII des MfS, Zentrale Auskunft und Speicher. Sie war das interne Archiv des Ministeriums. Schon vor 1989 gab es, unter Einhaltung strikter Regularien, die Möglichkeit der Ungültigkeitserklärung von archiviertem Material durch Mitarbeiter. Im Laufe des Jahres 1989 werden die bürokratischen Anforderungen stetig verringert. Am 13. November verfasst Werner Irmler, Leiter der Zentralen Auswertungs- und Informationsgruppe, ein Rundschreiben an die Bezirksverwaltungen. Darin fordert er die Mitarbeiter auf, mit den Aktenauflösungen fortzufahren und diese sogar auszuweiten, und betont, dass auch für die Zukunft auf den *zuverlässigen Quellenschutz und die Gewährleistung und Geheimhaltung spezifischer operativer Mittel und Methoden bzw. Arbeitsergebnisse des MfS* zu achten ist. Dabei sind ebenfalls *solche Dokumente einzubeziehen, die für die künftige politisch-operative Arbeit keine Bedeutung* haben werden. Zwischen den Häusern der Jagdschänkenstraße 56, Bezirksverwaltung der Staatssicherheit für den Bereich Karl-Marx-Stadt, werden mehrere hundert laufende Meter von Hand zerrissener Akten auf einem großen Haufen gestapelt und tagelang von Mitarbeitern der Staatssicherheit mit Wasser übergossen. Der am 1. Dezember überraschend einsetzende Frost vollendet die begonnene Arbeit. Den Hauptteil der Arbeit jedoch übernehmen zwei Verkollerungsmaschinen, Feuchtschredder, die in den leergeräumten Garagen stehen und Tag und Nacht ihrer Arbeit nachgehen. Der entstehende Papierbrei wird in den Kofferräumen der Dienstautos eimerweise vom Gelände gebracht und auf einer nahegelegenen Deponie entsorgt. Vereinzelt kommt es durch oppositionelle Gruppen zu Versuchen, den Abtransport durch Blockaden oder Kontrollen zu behindern.

Am 4. Dezember besetzt die Gruppe »Frauen für Veränderung« die Bezirksverwaltung des MfS in Erfurt. In vielen Städten wird diesem Beispiel gefolgt. Über 16 000 Säcke vorvernichteten Materials können so zusätzlich gesichert werden. Bis Dezember 2018 können aus 500 dieser Säcke 1 630 000 Blatt Schriftgut rekonstruiert werden.

Am 4. Dezember 1989 um 15.30 Uhr befiehlt Wolfgang Schwanitz, seit 21. November Leiter des nun in *Amt für Nationale Sicherheit* umbenannten MfS, in einem Fernschreiben allen Bezirks- und Kreisämtern, *ab sofort jegliche Vernichtung und jeglichen Transport, einschließlich Kurierfahrten von dienstlichen Unterlagen zu stoppen.* In manchen Bezirksverwaltungen finden, teilweise unter Anwesenheit oppositioneller Gruppen, bis ins Frühjahr 1990 nur schwer nachzuvollziehende Aktenauflösungen statt.

Zwei Jahre habe ich in den achtziger Jahren als Prostituierte gearbeitet. Das war, als ich bei der STASI aufgehört hatte. Ich habe keinen anderen Job mehr bekommen. Es gab nur noch das – und von irgendwas musste ich leben. Und dabei ist es dann wichtig, dass du immer genug Geld hast, dass du abends in die Kneipe gehen kannst. Sonst kannst du auch keine Männer kennenlernen. Andere Orte gab es nicht, und auf die Straße stellen kam für mich gar nicht in Frage. Darüber habe ich damals noch nicht einmal nachgedacht. Irgendwie bin ich damit immer über die Runden gekommen. Es gab auch noch ein bisschen Erspartes, Kleider, Schmuck, Antiquitäten. Das ist aber im Laufe der Zeit alles die Kehle runter. Irgendwie habe ich mich und mein Kind alleine durchgebracht – das war damals schon älter, konnte abends auch mal alleine sein, so zwölf oder dreizehn Jahre. Aber, ja, ich habe es auch sehr oft allein gelassen. Ich war eben auch eine Frau und wollte was erleben, und Geld musste ich auch ranschaffen – und ohne abends aus dem Haus zu gehen, hätte es kein Geld gegeben. Annonce und Telefon ging ja nicht. Es tut mir heute auch einfach viel leid, dass ich es so viel allein gelassen habe.

Da kommen mir die Tränen.

Er musste viel unter mir leiden. Aber es war auch aufregend. Ich wollte nie so ein spießbürgerliches Leben führen. Das war nie mein Bestreben: nach Geld oder eigenem Haus oder so was. Das hat mich nicht interessiert. Ich habe das Abenteuer gesucht. Wenn ich so ein Leben geführt hätte, würde sich heute niemand für mich interessieren.

Wenn das Geld alle war, habe ich zu Hause erst mal eine Flasche Wein aufgemacht und bin dann so gegen elf oder zwölf los, mit dem Taxi in die Stadt zum *Interhotel*. Ich wusste, es klappt immer, und wenn du 200,– D-Mark bekommen hattest und 1:5 getauscht hast, konntest du davon erst mal eine ganze Weile leben. Aber alles ging immer weiter den Bach runter durchs Trinken, und irgendwann sollten die im Hotel mich nicht mehr bedienen. Ich kannte die alle noch von früher, hatte dort gearbeitet. Irgendwann nahm der Manager den Barkeeper zur Seite und sagte: *Die soll nicht mehr bedient werden*. Und der sagte: *Was soll das denn? Die benimmt sich doch*. Beim nächsten Mal haben mich dann aber schon die Einlasser aufgehalten. *Du darfst hier nicht mehr rein*. Klar war ich auch mal in einer Bar, habe dort jemanden kennengelernt. Aber was sollte ich denn mit Männern aus der DDR? Die hatten genauso wenig Geld. Und dann war der Rolf meine große Rettung. Ich war wirklich ganz unten, als ich den kennengelernt habe, und der war verwahrlost, ein richtiger Messie. Aber Geld hatte der! Er war früher Matrose gewesen und hatte damit für seine Verhältnisse viel Geld verdient. Vor allem hatte er keine Möglichkeit, es auszugeben. Über 30 000,– Mark hatte der auf dem Konto, glaube ich. Nur konnte in seiner Wohnung kein Mensch leben. Deshalb habe ich erst mal darauf bestanden, dass er sich rasiert, dass er saubere Klamotten anzieht, dass er sich wäscht. Und schon haben seine Kollegen auf der Arbeit wieder mit ihm geredet, sich zu ihm an den Frühstückstisch gesetzt. Vorher hatte er immer nur eine Knackwurst und einen Kanten Brot, auf einmal hatte er geschmierte Schnitten mit auf der Arbeit. *Ja,* hat er dann zu denen gesagt, *ich habe jetzt eine Frau.* Die müssen gestaunt haben. Gleichzeitig hat er damals schon sehr viel gesoffen. Und wir, zusammen, konnten richtig viel weitersaufen. Dass wir später geheiratet haben, haben wir mit Sicherheit nicht wegen der Liebe gemacht. Wir haben uns gegenseitig gerettet – zumindest eine Zeitlang.

Einmal hat er mir erzählt, wie die auf dem Meer waren und drei Monate keine Fischschwärme hatten. An Bord konnten sie nur würfeln und saufen und würfeln. Die Flasche Goldkrone hat bei denen eine Mark gekostet. *Matrosentod,* haben sie das genannt. Und als sie da warteten, haben sie eine Wette gemacht: Wer jetzt eine Flasche auf ex trinkt, bekommt 100,– Dollar. Niemand war so blöd, keiner wollte das machen, nur ein zwanzigjähriger Matrose hat das gemacht. Er ist sofort umgefallen, war tot, im Hafen von Mexiko. Danach hatten sie nur bürokratische Komplikationen und mussten noch länger da warten. Sogar die Eltern von dem mussten aus Wismar kommen, um ihn zu identifizieren, und dann wurde die Leiche mitgenommen. Der Fischfang ging ja weiter.

Ansonsten hat er nicht viel von der Fischerei erzählt. Nur, dass der Kapitän und der Parteisekretär, es war nämlich immer einer von der Partei mit auf jedem Boot, ihnen vor der Abfahrt gesagt haben, dass sie nicht ins Bordell dürfen in fremden Häfen, wegen Krankheiten und überhaupt, weil sie als sozialistische Arbeiter so etwas ohnehin nicht interessiert. Als sie dann im ersten Hafen endlich das Bordell gefunden hatten, saßen der Kapitän und der Parteisekretär natürlich schon längst drinnen.

Weder für Bulling noch für Recknitz ist die Akte des IM »Anna« mit der am 17.10.1980 abgegebenen zusätzlichen handschriftlichen Erklärung zur Beendigung der Zusammenarbeit abgeschlossen. Zwei Wochen später bereits heftet Bulling das Protokoll eines erneuten Treffens ab. Bei dem Verfassen auch der kommenden Protokolle ist er nachlässig, überspringt Argumentationswege und Erzählstränge, lässt sichtbare Lücken im Wissen, dass der Kollege Recknitz diesen nicht weiter nachgehen wird, bahnt sich doch bei diesem eine Beförderung in eine andere Bezirksverwaltung an. Ohnehin wird die Zusammenarbeit mit Personen, die illegale Tätigkeiten ausüben, zwar bis zum Ende des Jahrzehnts fortgesetzt, langsam aber setzt sich die Erkenntnis durch, dass die erzielten Ergebnisse nicht den gewünschten Vorstellungen entsprechen. Reagierten die Geschäftsmänner aus dem Westen früher noch schamvoll auf das Präsentieren von Beweisfotos, so quittieren sie selbiges immer häufiger mit teilnahmslosem Achselzucken. *Bei uns ist es normal, dass Männer in meiner Position Affären haben,* notiert Bulling eine jener exemplarischen Aussagen, die seine Vorannahmen zum Gesprächsverlauf auf den Kopf stellen. Die Anwerbung hochrangiger Wirtschaftsvertreter als Agenten für den nun seit fast zehn Jahren so betitelten *real existierenden*

*Sozialismus* scheitert an den veränderten Moralvorstellungen der BRD-Öffentlichkeit. *Als weiteres,* notiert Bulling seine Erfahrungen, *kann vermerkt werden, daß, gegen die angestrebten Erwartungen, die Zielpersonen in der entsprechenden Situation keinerlei relevante Informationen offenbarten.* Fast verwundert stellt man im Büro der Leitung sowie in der Abteilung VIII, Beobachtung und Ermittlung, fest, dass die Geschäftsmänner zu vorgerückter Stunde mit den angeworbenen IMs keine nutzbaren Intimitäten austauschen. Das vielfach angefertigte Ton- und Bildmaterial ist einzig als in der DDR nach wie vor verbotenes pornografisches Material weiterzuverwenden. Für derartige Geschäfte fehlen Bulling jedoch sowohl Fantasie als auch Energie.

Mit seiner Beförderung zum Oberleutnant verlagert sich ohnehin der Schwerpunkt seiner Tätigkeit. Bereits im Jahr 1977 musste das MfS in einem internen Schreiben einräumen, dass es eine *anhaltend steigende Tendenz der Verbreitung neofaschistischen Gedankenguts unter Teilen jugendlicher Personenkreise* gibt. Landesweit, und so auch im Kreis Karl-Marx-Stadt, ist zunehmend von Fußballfans die Rede, *Rowdys, negativ-dekadente Jugendliche*. Bis 1986 wird ein Viertel aller Ermittlungsverfahren des MfS wegen staatsfeindlicher Hetze auf *neofaschistische* Delikte zurückzuführen sein. Im Sommer 1978 gründen zehn Vierzehn- bis Siebzehnjährige einer Kinder- und Jugendsportschule einen *Club ostdeutscher Nazis*. Bulling wird ab Herbst 1981 auf dieses Milieu angesetzt. Er ist keineswegs unzufrieden mit der Versetzung. Anders als zuvor erscheinen ihm die neuen Objekte der Überwachung disziplinierter, zuverlässiger und freundlicher, mehrfach notiert er: *höflich*. Sowohl mit dem Vorgehen als auch dem Erscheinungsbild der jungen Leute kann er sich leichter als mit den *Asozialen* identifizieren, findet einen einfacheren Zugang zur neu entstehenden Szene. Bis 1989 werden DDR-weit fast 6000 *Rowdys* erfasst, 1000 davon werden als *rückfällig dauergewaltbereit* eingestuft. In den letzten Jahren des Staates werden monatlich bis zu 500 Straftaten diesem Milieu zugeordnet. Trotz unterschiedlichster Konzepte, von Ignorieren über Infiltrieren und Unterwandern bis zu Tolerieren oder aber Verhaften, ist kaum ein Effekt der Bearbeitung zu verzeichnen. Bereits zuvor, im Frühling 1983, wird Bulling zum Hauptmann befördert. Trotz weiterer Anstrengungen und kontinuierlicher Pflichterfüllung muss er bis 1988 warten, bis er eine weitere Beförderung zum Major erfährt. Zu diesem Zeitpunkt ist Recknitz schon über sechs Jahre Leiter der Bezirksverwaltung Leipzig. Mit nur 47 Jahren wurde er bereits am 1. Mai 1982 zum General befördert. Vorläufiger Endpunkt seiner Karriere ist dann der 5. Dezember 1989, als er gegen 18.30 Uhr einer kleinen Gruppe Oppositioneller unaufgefordert seine Dienstwaffe übergibt. Seit circa 17.30 Uhr versuchten die Demonstrierenden, in das Gebäude der Bezirksverwaltung einzudringen. Auf einem der letzten Fotos, das Recknitz im Dienst zeigt, steht er in Anzug und Krawatte, auf dem Flur seiner Bezirksverwaltung, er ist den Demonstrierenden wenige Schritte entgegengekommen. Das Blitzlicht der Kamera lässt sein Gesicht fast weiß erscheinen, neben ihm fallen kräftige Schlagschatten auf die Wand. Alle Arme, die ins Bild ragen, tragen Uhren. Zwischen Recknitz verschränkten Händen schaut der Rest einer Zigarette hervor. Knapp drei Monate später, am 15. Februar 1990 kurz nachdem Materialien aus seinem privaten Tresor entwendet wurden, die belegen, dass er auf Befehl des ehemaligen Staatsoberhaupts, Erich Honeckers, Ermittlungen über das nun gegenwärtige Staatsoberhaupt, Egon Krenz, mit dem Verdacht des Hochverrats angestellt hat, bleibt

Recknitz gehorsam und tritt sich in seinem Haus an der Elster aus dem Leben. In den folgenden Tagen bestätigt die Obduktion seines Leichnams dessen Identität eindeutig und entkräftet damit erste Gerüchte über die Verwendung eines fremden Körpers zur Ermöglichung einer Flucht.

Neun Jahre vorher, im Sommer 1981, bestätigt dieser Recknitz mit seiner Unterschrift die erneute Durchsuchung von Utas Wohnung. Anlass dafür ist, dass Uta einem jungen Mann aus dem Irak ein Zimmer in ihrer Wohnung zur Verfügung stellt. Für Bulling ist damit in wenigen Sätzen zu erklären, warum eine erneute *Wartung der Technik* vorgenommen werden muss. Neben den rein technischen Arbeiten sind die zwei Mitarbeiter der Abteilung 26 auch angewiesen, nach *belastendem Material* zu suchen, keine konkrete Ausführung ist an diese Anweisung gebunden, doch dem fotografischen Dokumentationswillen sind damit keine Grenzen gesetzt. Neben neuen Postkarten und Familienfotos werden die Innenräume der Wohnung auch sonst akribisch abgelichtet, einzelne Positionen von Gegenständen, Tassen, Kissen, Dekorationsartikel jeder Art werden aus unterschiedlichen Winkeln festgehalten. Neben zwei der Fotos macht Bulling handschriftliche Notizen, bevor er sie in der Akte abheftet. *Neue Vase,* schreibt er an das Ende eines dünnen schwarzen Pfeils, der in die Mitte eines der Bilder weist. *Parallel zur Wand liegender Teppich,* schreibt er neben ein anderes Bild.

Es ist vollkommen windstill. Uta steht nach vorn gebeugt, den rechten Arm auf die massive Balustrade der Brücke gestützt. Hinter ihrem Kopf lugt vom anderen Ufer das Palais Lichtenstein hervor. Seit zwei Tagen sind wir jetzt in Prag. Im unteren Rand von Utas Sonnenbrille spiegelt sich das Wasser der Moldau. Ziellos lässt sie ihren Blick von Westen nach Osten schweifen, schaut kurz über meinen Kopf hinweg der bronzenen Statue von Lutgard von Tongern ins Gesicht und zeigt dann auf eine andere Bronze. *Das ist der heilige Christophorus. Ein Riese, der Jesus über das Wasser getragen hat, Schutzpatron der Reisenden und Kaufleute. Dabei ist gar nicht klar, ob es ihn wirklich gegeben hat. Aber seine Geschichte gefällt den Leuten so gut, dass sie sie sich bis heute gegenseitig erzählen.* Hunderte Menschen strömen an uns vorbei, Reisegruppen und Liebespaare, Kleinfamilien und Sicherheitskräfte. Uta hat sich gewünscht, diesen Ort zu besuchen. In keiner der Geschichten, die sie mir bis jetzt erzählt hat, spielt er eine besondere Rolle. Auf der gegenüberliegenden Seite, vor dem Kruzifix, musiziert eine fünfköpfige Band. Die letzten Töne der Trompete wehen zu uns herüber.

*Vorher hatte ich schon mal eine Abtreibung, als ich noch für die STASI gearbeitet habe. Es war zum Glück relativ einfach und legal bei uns. Trotzdem musste ich einen Arzt finden, der es macht. Das hat mir die STASI vermittelt. Die wussten, wenn ich jetzt noch ein Kind bekomme, dann bin ich für sie nutzlos. Deshalb haben sie mir einen Arzt gesagt, zu dem konnte ich einfach gehen, ohne lange Wartezeiten. Im Vorzimmer hat die Schwester noch zu mir gesagt, dass es aussichtslos ist gerade, und da ging die Tür auf, und er hat nur den Kopf rausgestreckt, mich angeguckt, gefragt, ob ich Frau Krahl bin, und dann hat er die Tür vom Behandlungszimmer aufgemacht, und ich war direkt die Nächste. Da hat die Schwester geguckt! So einfach war es aber beim nächsten Mal nicht.* Eine Kutsche rollt über das Kopfsteinpflaster. Bei jedem Schritt schlagen die Hufe der Pferde laut auf die Steine. Die eisenbeschlagenen Räder kippen von Stein zu

Stein, nicht rollend, sondern, als würden die Räder vorwärtsstolpern.

*Klar war Verhütung immer ein Thema, für mich und als Frau sowieso, trotzdem kann immer was passieren. Das war mit einem Geschäftsmann aus Kanada, ein gut aussehender Mann, und höflich. Zwei Tage waren wir zusammen in Prag. Dann musste er weiterreisen, und ich bin noch drei Tage in Prag geblieben. Du weißt ja nicht direkt, dass du schwanger bist. Zu der Zeit hatte ich keine Arbeit in Chemnitz, das Geld aus Prag musste erst mal eine Weile ausreichen, und als ich dann gemerkt habe, dass ich schwanger bin, hatte ich einfach nur noch Angst. Ich war total fertig, habe nur noch getrunken und wollte nicht mehr leben. Für das Kind, dachte ich, bekomme ich das alles wieder auf die Reihe. Ich dachte, es wird alles besser dadurch. Aber ich hatte keine Kraft, keine Kraft, noch ein Kind aufzuziehen, deshalb habe ich mich entschlossen, es direkt nach der Geburt zur Adoption freizugeben. Ich wollte ihm das Leben schenken. Mehr konnte ich nicht geben.*

Die Band macht eine Pause.

*Danach wurde natürlich trotzdem alles noch viel schlimmer, weil du merkst, dass das alles nicht stimmt, dass sich eben doch nicht alles so einfach verändert. Damals war ich ganz knapp vor dem Selbstmord – und wenn ich nicht schwanger gewesen wäre, hätte ich es auch gemacht. Aber ich habe immer wieder gedacht: Du trägst ein neues Leben in dir, da kannst du dich nicht selber wegräumen. Und ein zweites Kind hatte ich schließlich auch, und wir haben damals auch noch zusammengelebt. Der war damals 16, 17, wollte aber davon gar nichts wissen, hatte kein Verständnis für meine Probleme. Das ist natürlich mehr als nachvollziehbar. Der hat mich dann immer nur trinken gesehen, und gesehen, wie dreckig es mir ging. Keine Arbeit, keine Perspektive, und dazu die ganzen Drangsaleien. Wie hätte ich in der Welt noch ein Kind kriegen sollen?* Neben uns auf dem Bürgersteig breiten zwei Händler ihre Waren aus. Große, gelbe Tücher haben sie, auf denen Sonnenbrillen, Uhren und Schmuck angeboten werden. An jeder Ecke des Tuches ist ein Bindfaden befestigt. In jedem Augenblick kann es notwendig sein, dass sie an den Schnüren ziehen, sich das Tuch auf den Rücken werfen und wegrennen müssen.

*Und dann habe ich versucht, es zu verheimlichen. Ich wollte nicht, dass alle im Haus schon wieder über mich reden, dass sie irgendwelche Spekulationen anfangen und am Ende mein Kind fragen. Ich hätte es nicht ausgehalten, mit meiner Familie darüber zu reden. Meine Mutter wäre nur enttäuscht gewesen, hätte alle ihre Befürchtungen und die ganzen Behauptungen bestätigt gesehen – und geholfen hätte mir am Ende wahrscheinlich doch keiner. Weite Kleider habe ich angezogen und Mäntel, bin fast nicht mehr vor die Tür gegangen, um es so gut wie möglich zu verstecken. Und dann war es mir wieder egal. Ich habe versucht, einfach alle um mich herum zu ignorieren, das ganze Gerede, die Vorwürfe und Behauptungen, einfach nicht mehr hinzuhören.*

Das Lied ist vorbei. Einige Leute applaudieren der Band, andere werfen kleinere Geldbeträge Richtung Boden. Die Leute gehen weiter. *Was für ein trauriges Lied,* sagt Uta. *Warum spielen die nicht auch mal was zum Tanzen? Damit würden die bestimmt auch mehr Geld verdienen.* Einer der Musiker macht eine kurze Ansage, dann setzen sie zu einem neuen Lied an. *Einundzwanzig Jahre konnten wir uns nicht sehen. Dann erst dürfen die Behörden die Kontaktadressen weitergeben.*

Im Aufnahmegerät ist zu hören, wie eine Person leise zu weinen beginnt. Alles andere ist ganz still. Glucksen, Schlucken – undeutlich, wie Trost klingt. Es ist zu hören, wie eine Person aufsteht, ein paar Schritte macht. Worte sind zu hören, zu leise, um sie zu verstehen. Eine Person schnäuzt sich. Die Tonaufnahme läuft weiter. Weder von der Band noch von der Brücke ist etwas zu hören. Plötzlich sitzt sie wieder in ihrem Zimmer, das Gespräch auf der Brücke, so konkret es war, ist weg. Viel zu laut wäre es dort auch für ein solches Reden gewesen, zu dicht gedrängt die Leute. Utas Raum ist mit Pappkartons abgedunkelt. Dennoch kommt die Hitze herein. Das Gesicht des heiligen Christophorus verschwindet, die Schatten und Falten der Pappkartons kehren zurück. *Seitdem haben wir unregelmäßig Kontakt.* Uta schaltet den Fernseher ein.

*Die STASI-Mitarbeiter habe ich nie wieder gesehen nach der Wende. Nur einer der Männer hat in Chemnitz ein Antiquitätengeschäft geöffnet. Da habe ich ihn öfter getroffen. Jahrelang habe ich den alle zwei Wochen getroffen, geredet, getrunken – meinst du, der hätte so getan, als würden wir uns kennen? Keine Spur. Die anderen habe ich nie wieder gesehen.* Uta schaut kurz auf den Fernseher, macht sich eine Zigarette an. Dann beantwortet sie selbst ihre Frage:

*Rache? So was ist mir fremd.*

Morgens um halb fünf kommt die Polizei. Sie müssen nicht bei Uta klingeln, da der Hauswart der Vetterstraße einen Schlüssel zur Verfügung stellt. Die Haustür bleibt ohnehin seit einigen Tagen auch nachts geöffnet, da im Stadtteil in diesen ersten Wochen des März 1981 in einigen Häusern Feuer im Treppenhaus ausgebrochen sind. Die offene Tür, so steht es in der Stadtteilverordnung, soll den Menschen die Flucht erleichtern. Uta schläft noch. Als die Volkspolizisten sie die wenigen Stufen zur Haustür hinabführen, werden in den oberen Etagen die Wohnungstüren wieder geschlossen. Bis zum Mittag wird sie auf der Wache festgehalten. Zweimal versucht Watzke, ein junger

Leutnant, im Verhör weiterführende Informationen zu erhalten. *Warum haben Sie keine Arbeit,* ist dabei die wiederkehrende Frage, einziger Fixpunkt, Ausdruck seiner Ohnmacht. Uta gibt unterschiedliche Erklärungen. Noch hat scheinbar keine Weitergabe von Materialien innerhalb der Behörden stattgefunden. Die Volkspolizei bezieht sich auf *Auskünfte, Hinweise,* und legt Uta einzig die Aufkündigung ihres letzten Arbeitsverhältnisses vor. Das von Bulling und Recknitz gesammelte Material findet keine Verwendung. Erst im Nachgang des zweiten Verhörs stellt Watzke über seinen Vorgesetzten einen Antrag auf Aktenauskunft beim MfS. Die Polizisten entlassen Uta, sind im Archiv der Kollegen aus Zwickau fündig geworden und verändern ihre Vorgehensweise.

Zwei Wochen später trifft Uta in der *Jalta Bar* einen jungen Mann. Seiner Beschreibung nach ist er auf der Rückreise nach Österreich durch eine Autopanne aufgehalten worden. Auf Grund der vorgerückten Uhrzeit ist er nicht mehr in der Lage, Geld zu tauschen. Uta lädt ihn auf eine Flasche Sekt ein. Die Bar schließt. Sie fahren gemeinsam mit dem Taxi in die Vetterstraße. Am nächsten Morgen bietet Uta ihm an, ihm noch etwas Geld für die Straßenbahn zu geben. Er lehnt dankend ab, *ein bisschen frische Luft wird mir guttun,* sagt er, ein *Morgenspaziergang.* Er hat es eilig. Als Uta gegen Mittag einkaufen will, fehlen in ihrem Portemonnaie 600,– Mark. Statt einzukaufen, geht sie zur Volkspolizei und erstattet Anzeige gegen einen unbekannten Reisenden. Als sie die Wache wieder verlassen hat, leitet der diensthabende Kommissar ihr Gedächtnisprotokoll an seinen Vorgesetzten weiter, dieser blättert kurz die Dokumente durch, erinnert sich dann an ein Schreiben, dass erst wenige Wochen zuvor auf seinem Schreibtisch lag, und vermerkt unter Utas Protokoll: *Durch den Vorfall kann ein legendiertes*

*Kontaktgespräch geführt werden.* Weitere Ermittlungen bezüglich des reisenden Österreichers werden nicht erfolgen, die entstandene finanzielle Notlage jedoch bietet Leutnant Watzke eine willkommene Möglichkeit, ein erneutes Gespräch mit Uta zu führen. Aus der Abteilung XX des MfS werden die Akten überstellt.

Entsprechend der beiliegenden Mitteilung (Form KNA 12) beabsichtigt die DVP die Person
Krahl, Uta,
geb. am 3.8.48
für eine inoffizielle Zusammenarbeit zu gewinnen. Ich bitte Sie, die Einstellung dieser vorgesehenen Bearbeitung sowie die Übersendung des bei der DVP vorliegenden Materials zu veranlassen.

Einschätzung zur Person

Die Krahl verfügt über ein gutes Allgemeinwissen und erlernte den Beruf einer Verkäuferin. Seit ca. 10 Jahren ist die Krahl geschieden und hat seitdem nicht wieder geheiratet. In dieser Zeit machte sie häufig Männerbekanntschaften und ist dadurch in der Lage, Personen objektiv einzuschätzen. In einem legendiert durchgeführten Kontaktgespräch verhielt sie sich gegenüber dem Sachbearbeiter aufgeschlossen und berichtete selbständig zu den aufgeworfenen Problemen. Es konnte eingeschätzt werden, daß sie zur Arbeit der Kriminalpolizei eine positive Haltung bezog. Des weiteren ist sie sehr redegewandt und aus diesem Grund sehr kontaktfreudig.

Begründung der Auswahl

In ihrer Freizeit verkehrt die Kandidatin in operativ interessanten Gaststätten wie HOG Silber Saal, Roter Turm, Neues Heim. In diesen Gaststätten sucht sie sich Männer, mit denen sie intime Beziehungen eingeht. Da in diesen Gaststätten auch vorbestrafte, asoziale und kriminell gefährdete Personen verkehren und die Kandidatin bei ihrer Auswahl von Männerbekanntschaften keine Unterschiede macht, ist geplant, daß die Krahl ihre bestehenden Kontakte zu dem genannten Personenkreis aufrechterhält bzw. neue Kontakte herstellt und somit gewährleistet, daß dieser Personenkreis unter Kontrolle genommen wird, um Straftaten aufzudecken bzw. vorzubeugen. Des weiteren ist geplant, die Kandidatin so einzusetzen und abzuschöpfen, daß sie in der Lage ist operativ interessante Informationen zu Stimmungen und Meinungen unter der Bevölkerung zu erarbeiten.

Kurz habe ich dann noch im *Café am Roten Turm* gearbeitet. Vielleicht zwei Jahre, vielleicht auch länger, aber das ging nicht lange gut. Ich musste auch tagsüber jetzt immer häufiger trinken. Die Volkspolizei hat dann wieder versucht, mich anzuwerben. Die wussten ja, dass ich keine Arbeit habe und dass mir das Geld ausgeht. Gedroht haben sie, dass sie mich festnehmen, dass ich ins Gefängnis muss, wenn sie mich wieder erwischen. Ich habe trotzdem nicht bei denen angefangen. Eingesperrt haben sie mich nicht. Was hätte mir das denn gebracht, wenn jetzt alles wieder von vorne angefangen hätte? Die konnten sich das gar nicht vorstellen, und während die noch darauf gewartet haben, dass ich mich entscheide, bin ich schwanger geworden. Da war eh klar, dass es so nicht weitergehen wird.

Und dann habe ich eben den Rolf kennengelernt. Ich weiß gar nicht mehr, wo wir uns zum ersten Mal begegnet sind. Bei manchen Sachen bin ich auch froh, dass ich mich daran nicht mehr erinnere. Wir haben sehr schnell geheiratet, nachdem wir uns kennengelernt haben. Ich habe dann auch seinen Nachnamen angenommen und hieß ab da *Naumann* und bin auch zu ihm in die Wohnung gezogen. Der wohnte nicht weit von mir, nur ein paar Straßen weiter, direkt an einer großen Straße, in der zweiten Etage. Die Wohnung war nicht viel größer als meine, aber so konnte mein Kind jetzt alleine wohnen, der war immerhin schon achtzehn, vielleicht sogar 20, und bis wir eine andere Wohnung bekommen hätten, hätte es womöglich Jahre gedauert. Beim Rolf war es nicht so kalt, die Klospülung ist nicht dauernd kaputtgegangen, und es konnte auch nicht die gesamte Nachbarschaft auf deinen Balkon gucken. Hinter dem Haus war direkt der Friedhof, mit lauter alten Bäumen und Bänken.

Anfänglich war es, glaube ich, noch ganz ok, aber er ist dann immer mehr verrückt geworden. Richtig schlimm wurde es erst später, als ich aus dem Gefängnis wieder rauskam. Da waren wir vielleicht vier oder fünf Jahre verheiratet. Die ganze Sauferei hatte sein Gehirn zerfressen. Richtig paranoid wurde er, hat angefangen, die Fenster abzudunkeln, hat die von innen mit Folie abgeklebt. Bei den ersten Malen fand ich es auf eine Art noch aufregend. Da war er sich einmal zum Beispiel sicher, dass er beschattet wird, von der STASI, und wir mussten durch die Hintertür und über den Hof unser Haus verlassen. Beim nächsten Mal waren sie schon bei uns im Haus, und wir mussten die Wohnung über das Dach verlassen, über das Treppenhaus im Nachbarhaus wieder runter und dann durch den Hof. Dabei hat sich wahrscheinlich niemals irgendwer für den interessiert, und er hat sich das alles einfach nur eingebildet. Aber für ihn war diese ganze Verfolgungssache sehr real. Er litt immer mehr darunter. Zuerst ging es nur gegen *die da draußen*, irgendwann aber dachte er auch, dass ich ihn vergiften will. Er hat dann nichts mehr von dem gegessen, was ich für uns gekocht habe. Im Keller hatte er eigene Lebensmittel, die er vor mir versteckt hat, damit ich ihn da nicht vergifte. Gleichzeitig hat er mir das Haushaltsgeld gestrichen – ich hatte also fast gar kein Geld mehr. Arbeiten gehen konnte ich nicht mehr wirklich, bei den meisten Arbeiten wurde mir bald schon wieder gekündigt. Er hatte noch Arbeit, ist morgens aus dem Haus und kam abends wieder, meistens schon total besoffen. Zu Hause hat er dann die Reste getrunken oder ist ausgerastet oder beides. Für mich ist da meistens nichts übrig geblieben. Deshalb habe ich irgendwann angefangen, mir geheime Trinkdepots auf dem Friedhof anzulegen. Da hatte ich so meine zwei, drei Verstecke, da hat immer was zu trinken gelagert, für den Fall, dass es zu Hause nichts mehr gibt oder ich aus der Wohnung abhauen muss. Meine Post hat er mir auch vorenthalten, hatte als Einziger die Schlüssel für unseren Briefkasten, und ich war zu schwach, mich dagegen zu wehren. Da sind dann viele Freundschaften kaputtgegangen. Währenddessen hat der Rolf immer weniger mitbekommen. Einmal bin ich ihm auf dem Bürgersteig entgegengekommen, zwischen unserer Wohnung und dem Arbeitsamt, ein ganz schmaler Bürgersteig, die Straße war ansonsten völlig leer, keine anderen Menschen, aber er ist einfach an mir vorbeigegangen, so als hätte er mich gar nicht gesehen. Nur zu Hause, da hat er mich immer erkannt, denn da konnte es niemand anderes sein.

Später dann, nach der Wende, haben sie Rolf 30 000,– Mark Entschädigung angeboten. Damit sollte er quasi freiwillig in den Frühruhestand gehen, aufhören zu arbeiten, ohne sich groß darüber aufzuregen. Was wir damit alles hätten machen können. Ich wollte schon einen kleinen Kiosk eröffnen, Zigaretten, Zeitungen, vielleicht noch Bockwurst. So was brauchen die Menschen immer. Er aber hat abgelehnt, wollte lieber weiterarbeiten – als ob ihm das irgendetwas bedeutet hätte? Und dann, kurze Zeit später, wurden alle entlassen. Was meinst du, wie dumm wir da geguckt haben? Ich habe das fast gar nicht mehr mitbekommen, war nur noch in der Kneipe, oder, wenn dort nicht, dann wurde zu Hause gesoffen oder auf dem Friedhof, und irgendwann, vielleicht 1989 oder 1990, kam die Brigitte zu mir und meinte: *Uta, der überlebt dich! Du gehst vor die Hunde!* Da habe ich die Scheidung eingereicht und bin abgehauen.

Die Bearbeitung der
Krahl, Uta
geb. 20.04.46
als IKMR/K wurde abgelehnt. Ich bitte um Übersendung des Ausgangsmaterials.

Im Herbst 1989 bin ich fort, habe dem Rolf sein Lieblingsessen gekocht und ihm Schlaftabletten reingemischt – bloß eine halbe. Dann bin ich abends nach Dresden gefahren. Aber es fuhren keine Züge mehr nach Tschechien. Der Dresdener Hauptbahnhof war voll mit Leuten, die alle nach Tschechien wollten, und junge Leute waren da, die ihr Geld verbrannten und ihren DDR-Pass. In dem ganzen Durcheinander habe ich den Kurt aus Rostock kennengelernt, und der sagte: *Ich will unbedingt fort*. Alle waren am Bahnhof, und da hat man getrunken, Bier und Wein, und ich hatte eine Flasche Wodka. Und dann hat Kurt gesagt: *Ich weiß nicht, was man machen könnte*. Da habe ich gesagt: *Ich weiß was – aber ich trau es mich nicht alleine. Machen wir es zusammen? Ja, ok.* Also bin ich mit dem Kurt nach Oberwiesenthal gefahren. Ich dachte, in Chemnitz auf dem Hauptbahnhof werden sie alles dichtgemacht haben, und es werden keine Züge mehr fahren, stattdessen werden alle, die dort sind, kontrolliert werden. Und da steigen wir lieber im Südbahnhof ein. Wir sind mit der Straßenbahn hingefahren. Wir hätten auch direkt nach Zwickau fahren können – aber da ich betrunken war, ist mir die Idee nicht gekommen.

Von Zwickau aus fuhr ein Bus nach Oberwiesenthal, und mit dem sind wir gefahren und da habe ich gesagt, *auch in dem Bus könnten Aufpasser sitzen, ist ja direkt an der Grenze.* Und dann zu Kurt: *Du bist ganz ruhig. Du hast norddeutschen Dialekt. Wenn das einer hört, könnte es sein, dass er aufsteht und fragt: »Was machen Sie hier? Wo wollen Sie hin?« Wenn einer redet, dann ich, in meinem erzgebirgischen Dialekt.* Und dann hat sich einer hinter uns gesetzt, und da habe ich ein bisschen auf den eingeredet, in der Sprache von dort. Und der ist dann kurz darauf wieder aufgestanden und hat sich zu anderen Leuten gesetzt. Da habe ich gemerkt, der guckt wirklich, was für Leute hier im Bus sind.

Und wo wir dann ausgestiegen sind – am *Fichtelberghotel* –, sind wir den Berg hoch und dann gleich über die tschechische Grenze. Ich hatte eine weiße, mit Schwarz karierte Jacke an und hatte das Futter nach außen gezogen. Immer noch eine Flasche Wodka bei mir, immer mal einen Schluck genommen, war ja auch aufregend. Um acht oder neun, im Oktober. An der Grenze war niemand. Auf den ersten Weg gekommen. Der erste Ort hieß Gottesgab, da standen einfach Bauernhäuser, Wagen, und ich sage, *wir laufen einfach immer weiter runter bis Sankt Joachimsthal, da werden wir schon an Eisenbahnlinien kommen, oder an eine Schnellstraße, wo wir ein Auto anhalten können.*

Es war sehr dunkel, links und rechts hohe Tannen. Und trotz der Dunkelheit habe ich auf der Straße zwei dunkle Gestalten gesehen. Und da hab ich gesagt: *Halt dich fest. Da vorne stehen sie. Jetzt werden wir festgenommen.* Kurz darauf haben sie die Taschenlampe angemacht: *Passport, Passport.* Tschechische Grenzpolizei. Die haben auf uns gewartet. Und dann haben sie uns mit zu ihrem Auto genommen – und da saßen schon Leute drinnen, so sieben, acht. Aber sie waren die ganze Zeit recht nett. Die haben nur geguckt, was du dabeihattest, deine Personalien aufgenommen. Und dann wurden wir auf die Wache gebracht. Da saßen wir dann die ganze Nacht zusammen in einem Raum, durften aber nicht miteinander reden. Morgens ganz früh haben sie uns dann wieder rüber nach Oberwiesenthal gefahren. Da saßen dann schon mindestens dreißig Leute, alles Männer. Ich kam in den Frauenraum, da war eine Frau mit ihrer vierzehnjährigen Tochter. Ich hatte noch eine Schweinsledertasche dabei, mit Silberbeschlägen, die habe ich mir mal in Prag gekauft. Das Mädchen hat auf dem Feldbett geschlafen, mit der Frau durfte ich nicht reden, und dann war da so eine Art Bartresen, und an dem stand immer eine Aufpasserin. Wenn man auf Toilette musste, musste man immer durch den Männerraum, und da saßen im Kreis und auf Stühlen vielleicht fünfundzwanzig bis dreißig Männer, alles jüngere Männer. Und jetzt hatte ich keinen Wodka mehr, aber in meinem Gepäck hatte ich Herztropfen, und im Entzug tut dir doch so doll das Herz weh. Ich habe gesagt: *Ich brauche dringend meine Herztropfen.* Da hat die Aufpasserin eine Ärztin gerufen. Die hat mich untersucht und gesagt: *Es ist nicht ganz schlimm, aber es wäre gut, wenn die Frau sich hinlegen könnte.* Sie hat mir auch eine Beruhigungsspritze gegeben. Da musste die Vierzehnjährige aufstehen, sie wurde geweckt. Da habe ich mich auf das Feldbett gelegt und bis zum späten Vormittag geschlafen. Es gab dann Limonade und Brote. Keinen Kaffee – das war denen zu teuer. So saß ich den ganzen Tag in dem Zimmer mit der Frau und der Vierzehnjährigen. Da lagen ein paar Zeitungen. Und die Vierzehnjährige hat gesagt: *Haben Sie nicht mal ein paar Stifte zum Malen?* Und dann haben sie Stifte gebracht, und Zettel zum Malen. Und dann habe ich den ganzen Tag mit der gemalt. Gefilzt haben sie uns … Jeden kleinsten Zettel im Portemonnaie. Und gesagt: *Bei Fluchtversuch wird geschossen*. Da hatte ich schon Angst.

Nach dem Frühstück wurden wir nach Plauen abtransportiert, in das Gerichtsgebäude. Da saßen jede Menge Leute. Und es waren junge Soldaten da, die aufpassen sollten, dass wir nicht untereinander reden. Aber die haben nicht gut aufgepasst – haben uns nur gewarnt, wenn ihre Vorgesetzten kamen. Dort wurde alles richtig aufgenommen, mit Vernehmung. Da habe ich denen alles gesagt, in so einem kleinen Verhörzimmer, wie man sich das immer vorstellt, sah es da drin aus: ein Schreibtisch, Aktenschränke, alles etwas verstaubt und überholt. *Das ist keine richtige Ehe* und so, und *ich will endlich weg*, habe ich denen gesagt.

Dann wurden wir in einen Knastbus verladen, mit solchen kleinen Zellen drin, aus Holz. Jeder einzeln eingeschlossen. Darin ging es nach Zwickau in das Gefängnis. Die Wärter haben nichts gesagt, einfach nur: *Da! Rein!*

In Zwickau an dem Gefängnis bin ich früher, als ich bei dem Möbelgeschäft gearbeitet habe, morgens immer vorbeigelaufen – das hätte ich mir damals nie gedacht, dass ich da mal drinnen sitze. Und dann haben die uns, vier Frauen, einen kleinen Raum aufgeschlossen, wie eine Besenkammer, winzig. Kein Fenster, und da haben sie uns reingestellt. Ich hatte vier bis fünf Päckchen Zigaretten dabei, die haben sie mir weggenommen – da habe ich gemerkt, das ist eine extra Anordnung der STASI, um mich hier fertigzumachen. Denn alle andern hatten ihre Zigaretten. Die ganze Aufregung, der Entzug – mir wurde schlecht. Die kleine Zelle, mich drückt es von unten, plötzlich muss ich kotzen. Das haben die natürlich gehört, die Zelle aufgemacht und mich rausgeholt. Die anderen waren alle mindestens 20 Jahre jünger als ich. Ich war mittlerweile 42. Und daraufhin haben sie mich in eine richtige Zelle geführt, da konnte ich mich ins Bett legen. In der Zelle waren zwei drin, da haben wir erst mal erzählt. Die waren schon lange da. Maxi und Gabi. Die eine saß wegen Republikflucht, die andere wegen asozialen Verhaltens. Ein Jahr mindestens saßen die schon da. *Habt ihr Zigaretten?*, war meine erste Frage. Da waren ein Doppelstockbett und ein Feldbett. Maxi lag im Feldbett, Gabi unten im Doppelstockbett. Ich musste nach oben. Die haben mich hochgeschoben – ich habe es nicht mehr geschafft. Eine hellbeige Hose und, aus dem Intershop, eine ganz helle, zarte, gold leuchtende Seidenbluse hatte ich an, und einen schwarzen Pullover, das weiß ich noch ganz genau.

Bis um fünf hat es gedauert, bis wir ins Bett gekommen sind – zu viel mussten wir uns erzählen. Um sechs wurde geweckt. Da haben wir uns geweigert aufzustehen, weil wir immer noch total fertig waren. Die Wärterin hat uns einfach nur angebrüllt: *Das gibt's bei uns nicht! Tagsüber sitzt man hier nur am Tisch*. Nach dem Mittagessen haben Maxi und Gabi mir dann Deckung gegeben, und ich konnte mich noch mal eine Stunde hinlegen und schlafen.

Ein paar Tage später kam es erneut zur Vernehmung. Mir wurde immer noch nicht gesagt, wie lange ich im Knast sitzen muss. Stattdessen haben die mich auf eine Gerichtsverhandlung vertröstet. *Da können wir dir dann Genaueres sagen*, haben die gesagt. Wirklich viel wissen wollten die von mir nicht. Aber was ist das für eine Perspektive?

Vorher durften die Gefangenen jeden Tag in den Hof, jetzt aber war der Knast so voll, dass es fast nie Freigang gab, und dann gingen alle Frauen gemeinsam in den Hof. Auf der anderen Seite war der Männerknast. Du kannst dir das Gebrüll vorstellen. Die hingen alle an den Fenstern und riefen *Schlüpfer-Ellie, Schlüpfer-Ellie*. Das war eine, die schon länger saß, und die hat dann ihren Rock hochgehoben und ihren Schlüpfer gezeigt. Die Männer sind ausgerastet. Das war schon ein bisschen lustig für uns anderen.

Ansonsten wurden wir im Großen und Ganzen gut behandelt. Jeden Tag haben wir einen frischen Schlüpfer bekommen, ein Hemd und Socken, einen Zahnputzbecher hatten wir, Gabel, Löffel, Messer, natürlich stumpf, ein Schneidebrettchen, ein bisschen Seife. Unsere Zelle ging direkt zur Straße raus. Ich bin früher immer an dem Knast vorbeigegangen, da habe ich gesehen, wie die Gefangenen aus den Gittern herausgeguckt haben. Aber jetzt waren Fenster vor den Gittern angebracht, sodass man nicht mehr nach draußen kommunizieren konnte. Diese Extrafenster hatte ein Gefangener erfunden. Solche gibt es auch immer wieder, die sich beliebt machen wollen und irgendwelche Ideen entwickeln, wie es da drinnen für die anderen noch schlimmer werden kann.

Nachts war mir oft zu warm, und mein Herz tat weh. Das kam vom Entzug. Es gab im Knast natürlich nichts zu trinken. Ich habe deshalb versucht, das Fenster zu öffnen, aber Gabi, die im Bett unter mir lag, hat es sofort mit einem Besenstiel wieder zugestoßen. Da haben wir uns ziemlich in die Haare bekommen. Am Ende kam eine Wärterin und musste schlichten. Die brachte mir dann auch Herztabletten.

Viel zu tun gab es tagsüber nicht. Dafür kam direkt am ersten Tag jemand und verteilte Bücher. Ich habe mir eins über chinesische Arbeitslager ausgesucht. Es gab keine Auswahl, du musstest nehmen, was du kriegen konntest. Aber das war so interessant, da habe ich erst mal meine Umstände vergessen. Auf dem Flur stand ein Bett, dort konnten die jemanden festschnallen und dann künstlich ernähren. Das hast du auch gesehen, und das Bett haben sie dort immer stehen gelassen. Auch musstest du frauenärztliche Untersuchungen über dich ergehen lassen – falls du schwanger bist. Das wollten sie auf jeden Fall wissen.

Dadurch, dass Maxi und Gabi schon eine ganze Weile da waren, kannten die ein paar Tricks. So konnte man sich mit den anderen Zellen durch die Klorohre unterhalten. Nach einem Klopfzeichen musstest du mit einem Lappen das Wasser aus dem Klo nehmen, und dann konnte man sich von Zelle zu Zelle unterhalten. Natürlich wurde das abgehört, aber immerhin war es ein bisschen Abwechslung, auch wenn es oft einfach nur genutzt wurde, um sich Witze zu erzählen.

Kurz nach dem Winter kam dann sogar eine Kontrolle vom Neuen Forum. Bei Kontrollen mussten wir uns immer in Reihe aufstellen, die Stubenälteste zuvorderst, und dann mussten alle ihre Namen aufsagen. Die vom Neuen Forum haben geguckt, ob alles in Ordnung ist. Ein Mann hat sich bei denen sogar beschwert, hat gesagt, dass *das dritte Bett hier in der Zelle nicht ok ist. Der Raum ist zu klein.* Und dann wurde das tatsächlich geändert. Dann haben die gefragt: *Seid ihr mit dem Essen zufrieden, mit der Behandlung?* Sie haben uns aber nicht schlecht behandelt. Was sollten wir anderes sagen? Und dann sind sie wieder gegangen. Ganz viele Sachen haben sich auch anders geregelt. In den ersten Tagen zum Beispiel hatte ich gar kein Fleisch auf meinem Teller. Die anderen hatten alle solche Brocken. Die Gabi hat mir dann erzählt: *Die Ulrike ist im Arbeitseinsatz, die teilt das Essen aus, die ist auch aus dem Erzgebirge. Der sag ich, dass du auch aus M. bist, dann bekommst du besseres Essen.* Ab da habe ich immer eine doppelte Portion Fleisch bekommen. Und dann hat die Ulrike eines Tages mal bei uns reingeschaut, und da habe ich gesagt: *Ulrike, ich kenn dich noch als Kind! Du heißt Feldmann. Ja, ja, ja!*, hat sie gesagt. So einfach ist es: Die kennt mich, die kennt meine Eltern. Und schon bist du integriert und bekommst mehr Fleisch.

In dem Gefängnis war ich zwei Wochen, und gerade, als ich mich eingelebt hatte, wurde ich rausgeholt, wieder mit dem Transporter nach Chemnitz ins Gefängnis. Dort waren schon drei junge Mädels in meiner Zelle, zwischen 20 und 24. Als die Tür aufging, dachte ich, die machen hier jetzt schon gemischte Belegungen. Da saß ein junger Mann, zumindest dachte ich das – aber die hatte bloß kurze Haare und einen Schnurrbartwuchs. Eine hat mich gleich gefragt: *Wie alt bist du?* Hab ich gesagt: *46.* Da hat sie gleich ihr Bett geräumt und ist nach oben umgezogen, meinte: *Dir fällt es doch bestimmt schwer, nach oben zu gehen.*

Dort mussten wir dann arbeiten. Und haben damit auch Geld verdient, aber nur für drinnen zum Ausgeben. Wir haben Gummiringe für Spraydosen gemacht, wir mussten die Gummiringe in die Deckel einlegen. Die ganze Zelle hat das gemacht. *Verwahrraum*, hieß das damals. Zelle durften wir nicht sagen. Alle anderen waren auch wegen Republikflucht drinnen. Die eine war schon zum zweiten Mal drinnen. Die kam aus Bad Kleinfeld. Da kannte ich auch Leute, die die kannte. Sie wollte mit ihrem Freund auf den Zug aufspringen. Die hatten sich in einer Kurve in das Gebüsch gesetzt, wo der Zug ganz langsam fahren muss, aber da waren welche in der Nähe, die die daran gehindert haben. Und dann, zack, festgenommen. Vielleicht verraten – das weiß ich nicht. Und im Jahr vorher war schon mal so was. Und da haben sie die ausgetrickst: Ihr Freund ist nach dem Knast ausgebürgert worden, aber ihr haben sie gesagt: *Ihr Freund ist ja jetzt nach dem Gefängnis hiergeblieben*. Und da hat sie ihnen geglaubt und hat unterschrieben. Dem haben sie es bestimmt auch gesagt – aber er hat es nicht geglaubt. Jetzt wollte sie ihm hinterher.

In der Zelle war es eigentlich recht witzig. Wir waren vier Frauen, haben erzählt und viel gelacht. Da war eine Lesbe dabei – was die erzählt hat. Und wie wir mit ihr darüber gelacht haben. Nur die Yvonne hat immer wieder einfach angefangen zu weinen. Sie war auf der Flucht mit ihren Eltern, hatte vorher bei denen gewohnt, und sie wusste jetzt nicht, was aus denen geworden war. Die wollten alle zusammen nach Bayern. *Dort gibt es einen See und Berge,* hat sie gesagt. Das hatten die sich genau vorgestellt, von irgendwem aber waren sie verraten worden, und seitdem saß sie hier im Knast.

Freitags konnten wir duschen. Der Lesbe musste ich dann meistens die Haare schneiden. Ihr Igelschnitt durfte nicht aufliegen. Ich habe es gern gemacht. Die Wärterin hat das mitbekommen und kam dann eines Tages zu mir: *Wir haben jetzt eine Entlassung. Die Frau war Psychologin, sie wird heute entlassen. Sie hat ihren Ehemann umgebracht. Sie ist seit über zwanzig Jahren in Haft. Ob Sie ihr die Haare machen können?* Klar habe ich das gemacht, immerhin wurde sie an dem Tag entlassen und sollte doch gut aussehen, wenn sie wieder rauskam. Aus Zeitungspapier habe ich ihr Lockenwickler gebastelt, damit sie wenigstens ein bisschen nach was aussieht. Die hat sie dann eine Nacht getragen, und am nächsten Tag war das Haar zumindest ein bisschen lockig. Beim Haareschneiden haben wir uns dann unterhalten, und sie hat erzählt, worauf sie sich freut.

Nachrichten von draußen gab es keine, kein Radio, keine Zeitung, nichts, und plötzlich gab es drei verschiedene Käse für jeden. Da haben wir uns gedacht: So haben die noch nicht mit den Lebensmitteln um sich geworfen. Plötzlich auch mehr Wurst. Plötzlich auch Butter statt Margarine. Und dann, zum Abendbrot, hat jeder einen Räucherfisch bekommen. Einen ganzen Räucherfisch. Und dann, während wir beim Essen waren, haben sie noch einmal für jeden einen Räucherfisch hereingegeben. Da war klar: Es muss sich draußen was geändert haben. Plötzlich gab es jeden Tag Hofgang. Die wurden immer freundlicher uns gegenüber, immer respektvoller.

Die Entlassung kam dann trotzdem sehr überraschend. Einfach so, fünf Minuten vorher weißt du noch nicht, dass du entlassen wirst. An dem Tag haben wir uns schon gewundert, warum am Morgen keine Arbeit ausgeteilt wurde, und am Nachmittag plötzlich wurde die Yvonne rausgeholt. Wir haben gewartet und gewartet – aber die kam nicht wieder. Plötzlich wurde die Lesbe rausgeholt. Und da wussten wir, wir werden jetzt auch entlassen. Und dann die aus Kleinfelde. Und dann ich. Ende Oktober 1989. Amnestie für alle ohne Vorstrafen und mit gewaltfreiem Grenzübertrittversuch.

Als ich rauskam, stand der Rolf da, und mein Betriebsleiter. In einer Stanzerei hatte ich damals gearbeitet. Mein Betriebsleiter hat mich erst mal begrüßt und gesagt, ich könnte ohne jede Bedenken am Montag wieder zur Arbeit kommen, wenn ich will. Dem Rolf habe ich gesagt, *ich muss jetzt erst mal einen trinken gehen*. Und – er mag so gewesen sein, wie er war – das hat er gemacht, und wir sind zusammen in die nächste Bar gegangen. Da konnte ich dann ziemlich offen mit ihm reden, hatte im Knast ja jede Menge Zeit, darüber nachzudenken. Ich habe gesagt, *Rolf, das mit unserer Ehe, das ist nichts. Ich will in den Westen! Sobald sich die nächste Gelegenheit ergibt, werde ich mich wieder auf den Weg machen.* Wir haben ganz normal zusammen getrunken – wie zwei Kumpel. Und dann sind wir nach Hause gegangen, und ich habe wieder angefangen zu arbeiten.

Dann wurde irgendwann verkündet, man könnte jetzt mit dem Zug von Dresden über Tschechien nach drüben. Da hat mich der Rolf noch bis nach Dresden zum Zug gebracht, hat mir noch eine Flasche Sekt mit auf den Weg gegeben. Wahrscheinlich war er genauso froh, mich loszuwerden, wie ich ihn. Zuerst über die Grenze, zur Botschaft nach Prag. Von Tschechien ging es dann direkt nach Bayern, Schönwald, erste Station hinter der Grenze. Zuerst aber haben wir an der Grenze gehalten. Da sind Menschen eingestiegen und haben uns Essen gebracht, Zeitungen. Privatmenschen waren das. Und die haben uns begrüßt. Im Zug aus Tschechien sind auch Mitarbeiter der tschechischen Staatsbank gekommen. Uns als zukünftigen Westbürgern haben sie angeboten, ein Konto bei ihnen zu eröffnen. Man könne auch jetzt, direkt bei ihnen, was einzahlen – ehe es auf der Reise verloren ginge. In Westdeutschland wurden wir erst mal nach Nürnberg gefahren. Der Zug wurde dorthin und dorthin geschoben. Die haben einen Ort gesucht, wo sie uns unterbringen können. Und von Nürnberg ging es dann ins Fichtelgebirge. Da war ich mit drei jungen Frauen auf einem Zimmer. Abends kam dann ein junger Mann aus dem Zug und hat gefragt: *Kannst du die drei anderen Frauen fragen, ob ich nicht auch bei euch im Zimmer schlafen kann? Bei mir im Männerzimmer sind die alle Alkoholiker. Der eine hat sich gestern Nacht eingepinkelt, die anderen stinken und sind laut.* Die

Frauen hatten nichts dagegen, und dann hat er bei uns im Zimmer gewohnt. Gleichzeitig haben wir ein bisschen Geld bekommen, sozusagen als Begrüßung. Das haben natürlich fast alle in Alkohol investiert, und es wurde gesoffen wie blöde in der Unterkunft, jeden Abend. Dann wurden wir alle registriert. Und dann wurden wir gefragt: *In welches Bundesland willst du?* Ich hatte gar keine Ahnung, aber alle anderen im Zug haben mir geraten: *Niedersachsen*. Also habe ich *Niedersachsen* gesagt. Das kam mir nah vor. Sachsen – Niedersachsen. Als wäre man miteinander verwandt. Da habe ich noch nicht gewusst, dass die Niedersachsen uns wegen ihrer hochdeutschen Sprache nur von oben herab behandeln würden.

Viele der anderen hatten Verwandte in Westdeutschland – die wurden erst mal zu denen gebracht. Ich wollte noch einen Tag warten, aber hatte Lust, mir mal die Stadt anzusehen. Die nächste Stadt aber war 16 Kilometer entfernt. Mitten ins Nirgendwo hatten die uns verfrachtet. Als ich dann endlich da war, bin ich erst mal in ein Kaufhaus, später dann in eine Kneipe. Da kamen zwei Männer zu mir. Denen habe ich alles erzählt, *bin gerade aus dem Osten, jetzt in einem Lager* und so weiter. Die wussten natürlich auch nicht, wo das ist, und erst recht nicht, wie ich wieder zurückkomme. Aber die haben eine Runde nach der anderen bestellt. Irgendwann meinte der eine: *Komm, wir nehmen dich mit nach Osnabrück. Wir sind hier auch nur auf der Durchreise.* Und ich habe natürlich *ja* gesagt. *Wir fahren aber erst ins Lager. Ich muss meine Sachen holen,* habe ich gesagt. Die sind dann mit ins Lager gefahren, ich habe meine Sachen geholt, und eigentlich hätte ich jetzt auch sagen können, *ich komme nicht mit nach Osnabrück*. Aber ich stand schon wieder unter Strom – ich hatte keinen klaren Gedanken mehr. Die hätten nichts machen können, da in dem Lager. Also habe ich mich abgemeldet und bin mit denen mitgefahren. Die haben wieder ein Taxi bestellt, zurück in die Kneipe. Da hatten die schon weit über hundert Mark für die zwei Taxis bezahlt. Dann sind wir wieder alle in die Bahnhofsgaststätte rein. Die vom Lager müssen der Polizei irgendeine Nachricht gegeben haben. Denn da saßen wir am Tisch, und da kam die Polizei in die Gaststätte, zwei Polizisten, direkt an unseren Tisch. *Es ist so: Hier kann jeder hingehen, wo er will. Aber wenn Sie Schwierigkeiten haben – wir sind immer draußen und ansprechbar für Sie.* Das hat der Polizist zu mir gesagt. Mehr nicht. Dann haben sie von allen noch die Personalien kontrolliert. Und da habe ich die zwei Männer einfach sitzengelassen und bin gegangen. Ich dachte: Was will ich mit den zwei Typen? Draußen, auf dem Bahnsteig, habe ich dann andere Leute aus dem Lager getroffen. Die wollten auch woandershin, denen habe ich mich einfach angeschlossen. Ich weiß nicht, in welches Lager wir dann gefahren sind. Ich war ziemlich besoffen. Aber da waren irgendwo ein Kirchturm und eine Glocke – an die erinnere ich mich noch sehr genau.

Der Mensch, der die Zimmer verteilt hat, hat mich in einem Zimmer untergebracht, in dem bereits drei Polinnen mit ihren Kleinkindern waren. *Sie als Deutsche, dass ich Sie jetzt mit den Polinnen in ein Zimmer stecken muss, das tut mir leid,* hat er dabei zu mir gesagt. Ich habe das gar nicht verstanden. Für den kam ich doch auch aus einem anderen Land. Friedberg oder so ähnlich hieß das Lager. Und dann kamen Leute in das Lager, die gezielt billige Arbeitskräfte für ihre Gaststätten gesucht haben. Und die haben uns versprochen: *Sie kriegen das und das und Unterkunft und so*. Vielleicht waren dort 200 bis 300 Leute untergebracht, vielleicht auch 500. Für uns wurde gekocht. Da habe ich einen Mann kennengelernt, ein *Schlitzohr*. Tagsüber waren wir in der Kneipe, und er hat gesagt, er hätte *auch ein bisschen Geld.* Da musste man dann nicht viel mehr sagen. Er konnte sich das schon denken. Aber ein Zimmer in so einer Unterkunft kannst du ja nicht abschließen. Also habe ich zu ihm gesagt: *Gib mir mal einen Zehner.* Nebenan passte ein junger Mann auf das Kind einer Frau auf. Zu dem bin ich gegangen, *hier hast du mal einen Zehner.* Der wusste Bescheid. Der Mann aus der Kneipe war ein reicher Geschäftsmann aus Bad Pyrmont, er hat mir fast 300,– D-Mark gegeben. Das war erst mal ein ganz gutes Startkapital. Zehn Jahre jünger als ich war der, und gut sah der auch noch aus. Wir haben uns ein paarmal getroffen. Gleichzeitig habe ich im Krankenhaus, also, dem in unserer Unterkunft, als Reinigungskraft angefangen. Denn die hatten niemanden, und wie so eine Unterkunft aussieht, wenn da niemand putzt, kannst du dir vorstellen.

In Bad Pyrmont in einer Kneipe habe ich dann Stefan kennengelernt. Erst nach und nach stellte sich heraus, dass auch der schwerer Alkoholiker war. Der hat dort als Krankenpfleger gearbeitet, das hat er auf jeden Fall zu mir gesagt. Dabei hatte er seinen Job schon seit Wochen verloren und war von dem Krankenhaus beurlaubt worden, damit er endlich eine Langzeittherapie macht und zu saufen aufhört. Vier bis fünf Wochen kannten wir uns, dann ist er wirklich nach Norddeutschland gegangen und hat seine Therapie begonnen. Derweil wurden für die Ostflüchtlinge neue Wohnungen bereitgestellt. Wunderschöne Wohnungen, doppelt so groß wie meine heute. Mit Küche und Wohnzimmer, raus ins Grüne. Aber ich Idiot ziehe zu dem Alkoholiker, weil ich ja *so verliebt* war, statt die Zeichen zu sehen. Ich hab nicht gesehen, dass er ein Arschloch und Schweinehund ist. In seiner Stammkneipe hat er oft nicht bezahlt, hat gesagt, er habe seine Geheimnummer vergessen. Er war einfach über und über verschuldet. Als er in der Langzeittherapie war, wollte die Kneipe dann das Geld wiederhaben. Ich bin dafür einfach in seiner Wohnung wohnen geblieben und habe in einer Kneipe angefangen zu arbeiten. Das ging eine Weile gut – bis Stefan wiederkam. Er hat direkt wieder zu saufen angefangen. Zusammen sind wir in die Kneipe gegangen, zwei Frauen waren da, eine von denen hat er angeflirtet. Und hat nicht deutlich gemacht, dass er zu mir gehört. Dann sind wir zusammen nach Hause – er und ich. Und er hat gesagt, er ist noch nicht müde. Und ich wusste: Er wartet jetzt, bis ich eingeschlafen bin, und dann geht er zu der. Ich dachte: Was bringt dir das? Am Morgen hat er dann erzählt, er wollte sich ein Wasserglas neben das Bett stellen, war gestolpert, und deswegen war seine Betthälfte nass gewesen und er musste im Wohnzimmer schlafen. Ich wusste, dass er bei der war, aber ich dachte, warum soll ich ihm das jetzt auf den Kopf zusagen. Dann wird er am Ende noch ausfällig oder haut dir eine runter. Ich trenne mich einfach von ihm. Dann bin ich wieder zurück nach Chemnitz.

Am 30. September 1989, gegen 20.50 Uhr, startet am Bahnhof Praha-Libeň der erste von insgesamt vierzehn Sonderzügen, bereitgestellt von der Reichsbahn der DDR, mit dem Reiseziel Hof, kurz hinter der bayrischen Landesgrenze. Bedingung dieses Aushandlungsprozesses der zwei deutschen Regierungen ist, dass der Weg der Züge durch das Gebiet der DDR führt. Offiziell werden die Flüchtlinge ausgewiesen. Besonders vertrauenswürdige Lokführer, in der Regel begleitet von einem Hauptamtlichen Mitarbeiter der Staatssicherheit, steuern die Ludmilla-Loks vom Grenzübergang Bad-Schandau über Dresden, Karl-Marx-Stadt und Plauen nach Hof. Bei der ersten Durchfahrt gelingt es drei weiteren Bürgern, den fahrenden

Zug zu besteigen. Daraufhin untersagen die nun noch strenger zu befolgenden Dienstanweisungen jeden Zwischenhalt. Die entsprechenden Streckenabschnitte werden abgesperrt und geräumt. Mit leeren Zügen werden Sichtschutzwände in Durchgangsbahnhöfen gebaut. *Gruppen von bis zu fünf Personen sind zu überfahren.* Trotzdem kommt es in Nähe der Gleise der Strecke an unterschiedlichen Stellen zu spontanen, zum Teil lang anhaltenden Kundgebungen. Ohne spezifisches Ziel drängen die Leute in Richtung Gleisbett. Da viele in den letzten Tagen ebenfalls versucht haben, nach Prag zu gelangen, an der Grenze jedoch aufgehalten und nach Dresden zurückgeschickt wurden, sammelt sich dort eine größere Gruppe Menschen und versucht am 3. Oktober, in den Hauptbahnhof zu gelangen. Es kommt zu schweren Auseinandersetzungen mit der Volkspolizei. Gegen 23:30 verliert eine Person ihr Bein bei dem Versuch, einen fahrenden Zug zu erklimmen. Am 4. Oktober wird das Gebäude erstürmt, knapp 20 000 Menschen sind um den Bahnhof auf den Straßen. Die Volkspolizei tritt zeitweilig den Rückzug an. Aus umliegenden Wohnungen, Autos oder Imbissstuben filmt die Staatssicherheit. Unklar ist, ob die Demonstrierenden die Züge anhalten wollen, um ebenfalls einzusteigen, oder um die Ausreise der anderen zu verhindern. Bergeweise liegen am nächsten Morgen die wieder eingesammelten Pflastersteine vor dem Gebäude. Eine Straßenbahn ist demoliert und ausgebrannt, die Fahrgäste sind während der Demolierung geflohen. Die Fahnen der DDR auf dem Vorplatz des Bahnhofs werden heruntergenommen und auf Bodenhöhe falsch herum wieder aufgehängt. 1300 Personen werden im Laufe der Auseinandersetzungen temporär festgenommen. Der Leiter der Bezirksverwaltung der Staatssicherheit Dresden, Horst Böhm, spricht sich für ein *entschiedeneres Vorgehen* gegen die Demonstrierenden aus. Nachdem obere Staatsvertreter sich im Mai positiv über das Verhalten chinesischer Sicherheitskräfte geäußert haben, ist auch im Oktober das Schlimmste vorstellbar. Aber es kommt nicht zum Schusswaffeneinsatz. Stattdessen organisiert die Bundesregierung innerhalb von sechs Tagen für über 12 000 Flüchtlinge die Einreise in die BRD und sorgt für deren Unterbringung und Versorgung. Am 4. Oktober verkündet Jan Hofer in der *Tagesschau*, dass die Arbeitslosenzahlen im Vergleich zum Vormonat gesunken seien, Grund dafür sei die Bereitschaft der *Eingeführten*, auch für geringere Löhne tätig zu sein. *Dies führt merklich zu dem notwendigen Konjunkturanstieg*, teilt der Präsident der *Agentur für Arbeit*, der ehemalige Ostfrontsoldat Heinrich Franke mit. Fast genau zwei Monate später, Anfang Dezember 1989, rollen die ersten Lastwagen aus Flensburg über die Autobahn vorbei an Magdeburg. Wie viele andere hat auch der damals größte bundesrepublikanische Erotikversandhandel die Eröffnung neuer Absatzmärkte für sich entdeckt. Auf LKWs werden Pornohefte, Videofilme, Unterwäsche und Sexspielzeuge in die DDR verbracht. Bis zu 300,– DM kostet ein Film. Noch nicht ausgestattet mit den passenden Zahlungsmitteln, geben die Leute für wenige Minuten Erotik zuweilen verschiedenste Naturalien in Zahlung. Die Mitarbeiter von Beate Uhse bringen Spargel, Traktorteile, selbstgebrannten Schnaps und Möbelstücke zurück in den Westen. Grundstücke, Häuser und Firmen werden in den kommenden Jahren folgen. 1990 wird das umsatzstärkste Jahr in der Geschichte des Unternehmens. Bis der neu erschlossene Markt gesättigt ist, wird das Videoband bereits von der DVD abgelöst. Am 15. Juni 1990 eröffnet in Leipzig-Gohlis der erste Sexshop der DDR. Obwohl nach wie vor § 125 gültig ist, wartet bereits vor Ladenöffnung eine Vielzahl von Männern auf dem Gehsteig und auf der gegenüberliegenden Straßenseite. Bis zum Ende des Jahres werden 15 weitere Läden im gesamten Land öffnen, ab 1991 folgen Eröffnungen anderer großer Sexshop-Ketten aus Westdeutschland. Gleichzeitig treffen in Leipzig in der Roscherstraße die ersten Wohnwagen ein. Seitdem der Straßenstrich aus der Nordstraße verdrängt wurde, werden jetzt hier Frauen zum temporären Verkauf angeboten. Dicht gedrängt, etwas abseits, doch fußläufig gut erreichbar, stehen die Wagen. Die Einsatzkräfte der Leipziger Polizei sind überfordert. Zuhälter aus Westdeutschland bringen ihr eigenes Personal mit und etablieren damit eine Form der Organisierung, die hier bis dahin unbekannt war. Auf eigene Kosten zu arbeiten, geht nicht mehr. Das Gebiet unterhalb des stillgelegten Gasometers wird aufgeteilt, Stellplätze, Wohnwagen und Arbeitszeiten werden zugewiesen. Eine halbe Stunde kostet 100,– DM. 1991 arbeiten knapp 300 Frauen hier, bei über 500 000 Einwohnern ist das geweckte Interesse noch lange nicht gedeckt. Neue Arbeitsplätze entstehen. Gegen Ende des Jahres kommt es zur ersten Razzia. Die Wohnwagen der Konkurrenz werden angezündet. Die Polizei ist allgemein bemüht, Aufregung und Unruhe zu verringern, kann aber auf Grund fehlender technischer Ausrüstung nicht der Situation Herr werden. Die *Herren der Straße* sind den Einsatzkräften in allen Belangen überlegen. Bis ins Jahr 2018 ziehen sich die Ermittlungen zum Sachsensumpf, und Kanzleramtsminister de Maizière rechtfertigt sein damaliges Handeln als sächsischer Innenminister.

1993, kurz bevor die neuen Räumpanzer der Polizei eintreffen, verschwinden die Wohnwagen über Nacht aus der Roscherstraße. Ihr weiterer Verbleib ist ungewiss. Unregelmäßig werden in den folgenden Jahren Versuche einer Wiederkehr stattfinden, zunehmend erschwert durch die Ansiedlung von Autohäusern, Werkstätten und Kleinindustrie. 1998 eröffnet in der Roscherstraße die al-Rahman-Moschee. Das Geschäft der Sexarbeit findet da längst auf andere Weise an anderen Orten statt.

1992 kehrt Uta aus Hessen zurück nach Chemnitz. Bereits seit zwei Jahren ist zu diesem Zeitpunkt die Verbindung der Stadt zur Philosophie, einst repräsentiert im Namen, gekappt. Interpretation und Veränderung der Welt sind laut 76 Prozent der Stimmberechtigten zum Abschluss gekommen, über vierzig Jahre Geschichte werden getilgt. Während Utas ehemals beste Freundin seit neustem astrologische Telefonberatung anbietet, wobei sich die Anrufer immer häufiger nach der körperlichen Verfasstheit der Beraterin erkundigen, betreibt eine andere Bekannte zwei Imbissbuden im Chemnitzer Hauptbahnhof. Für 10 000,– DM gibt es im *Astoria Hotel* in Leipzig Weiterbildungskurse zur Astro-Wahrsagerin, Computer und entsprechendes Programm inklusive. Aufgeschlüsselt auf das Geburtsdatum wird das Sexleben vorhergesagt und werden allgemeine Ratschläge erteilt, Kostenpunkt pro Person 68,– D-Mark. *Ihre Ehefrau ist eher eine gebende Person,* wird Uta prophezeit. Sie entscheidet sich, in einer der Imbissbuden anzufangen.

Der Raum ist schmal, das Bahnhofsgebäude länglich, eine langgezogene Kuppel, zu zwei Seiten geöffnet und dennoch meistens dunkel zwischen den Gleisen. Die überregionalen Züge fahren langsam ab, und die Bahnsteighalle wird in einem Umbau angepasst. Uta steht im Imbiss tagsüber acht Stunden in einer schmalen Kiste auf Gleis 15, brät Würstchen und verkauft Zigaretten, Bier und Zeitschriften. Schnelles Geld sei zu machen, heißt es. Franchise-Investitionen werden ihr angeboten, für 30 000,– DM kann sie *schon morgen eröffnen*, der Kredit ist *spätestens an Weihnachten abbezahlt*, Telefondienstleistungen werden ihr angeboten, *die Zukunft des Einkaufens*, Selbständigkeit, Versicherungen, Blumenladen, Reinigungskraft. Innerhalb von zwölf Monaten verzehnfachen sich die ihr präsenten Berufsbezeichnungen. Aus der Astro-Beratung ist mittlerweile eine Telefonsexhotline geworden. Brigitte erzählt Uta immer wieder von den Schwierigkeiten ihrer neuen Arbeit: *Ich will nicht die kleinen Pleite-Ossis. Ich will die großen reichen Manager aus dem Westen, die sollen zu mir kommen.* Als ehemalige Reisende nach Prag kennt sie dieses Klientel aus den Interhotels, versucht, an diese Zeiten anzuknüpfen. *Aber da sind Frauen, die im Fernsehen auftreten, das sind knallharte Geschäftsfrauen. Und wenn du gerade erst damit angefangen hast, kannst du nicht erwarten, dass gleich die Manager zu dir kommen*, sagt Uta. *Du wirst irgendwann froh sein, wenn überhaupt noch die Pleite-Ossis zu dir kommen.*

Sie annonciert in der Erotikspalte, neben Telefonsexanzeigen. Ein Kunde ruft an, sagt, *ich brauch's ganz dringend.* Sie gibt ihm ihre Adresse. Als er bei ihr ist, gibt sie ihm sein Erotik-Horoskop. *Was soll ich mit dem Quatsch?*, sagt er. *Dafür gebe ich kein Geld. Aber wenn du jetzt mit mir Sex machst, gebe ich dir 100 Mark.* Viele der anderen Frauen sind arbeitslos. Für Austausch jedoch bleibt Uta kaum Zeit. Wenn Züge rollen, versuchen die Leute, sie noch zu erwischen. Utas Tag endet, wie er anfängt.

In der Kneipe, die bis vor einem Jahr *Silber Saal* hieß, unter neuer Leitung nun zu *Bitte Wenden* abgeändert, lernt sie Axel kennen. Er ist gerade 27 geworden. Während sie in Nordhessen Gerüchte über die Vorurteile der Niedersachsen hörte, ist er innerhalb kurzer Zeit mit dem Handel von Gebrauchtwagen an einen größeren Betrag Bargeld gekommen. Als er Uta kennenlernt, erzählt er ihr dennoch, dass er gegenwärtig als Monteur tätig ist, Morgen für Morgen das Haus verlassen muss, um pünktlich bei der Arbeit zu sein, meistens Auswärtstermine, unregelmäßig, die Auftragslage ist unübersichtlich, *nehmen, was man kriegen kann.* Zusammen ziehen sie wieder in die Vetterstraße 23. Auch während Uta im Westen war, ist ihr Mietverhältnis dort nicht aufgekündigt worden, die Wohnung wurde familiär weitergenutzt, jetzt, als sie zurückkommt, ergibt es sich, dass ihr Kind aus beruflichen Gründen die Stadt verlässt, wodurch Uta und Axel am 1. August 1992, fünfzehn Jahre nach Utas Erstbezug und vier Jahre nach ihrem Versuch eines Ausbruchs in bessere Verhältnisse, sie erneut beziehen können.

Nachdem die Freundin ihr Kühlsystem im Bahnhofsimbiss umgestellt hat, soll sie am Ende des Jahres 36 000,– D-Mark Stromkosten nachzahlen. Der Imbiss im Hauptbahnhof schließt, zuerst das Häuschen auf Gleis 15, danach auch das auf Gleis 9. Die Deutsche Bahn, jetzt Eigentümer der Immobilie, ersetzt das fehlende Angebot durch zwei vergitterte Automaten. Bier gibt es nicht mehr. Zu Hause zählt Uta das fehlende Geld, und, an freien Tagen, die Flaschen Bier, die Axel trinkt. Fünfzehn, bis zum Ende des Jahres wird sich der Durchschnitt auf achtzehn erhöhen. Sie ist auf Wodka eingestellt, im Bedarfsfall auch Wein, Pfeffi, nur in Ausnahmefällen Bier. Axel holt das Bier aus dem Konsum, *zur Not auf die schnelle Art.* Als sie auf dem Weg zur Straßenbahn ist, sieht sie einen riesigen Skorpion kopfüber auf den Keramikkacheln der Straßenunterführung. Regungslos ist das Tier, riesig, mindestens dreißig Zentimeter misst sie mit dem Auge, aber zu weit weg, um danach zu schlagen. Die anderen Passanten gehen teilnahmslos daran vorbei. Die Angst vor dem todbringenden Tier sitzt nur in Utas Gesicht. Das Schwarz des Chitinpanzers spiegelt sich in ihren Augen. Als sie auf der anderen Seite wieder ans Tageslicht kommt, ist sie sich sicher, dass es sich bei dem Tier um eine Entzugshalluzination gehandelt hat. Spinnentiere dieser Art, Skorpione insbesondere, werden sie die folgenden Jahrzehnte begleiten. Später, in der ersten Klinik, erzählen ihr auch andere Patientinnen von Skorpionen, Spinnen, Schlangen und anderen Ungeheuern, die aus ihren Wänden, Böden und Decken gekrochen waren. Ein ganzer Flur voller Wiesel führte zum Einsatz der Feuerwehr, die den Bedrängten über ein Fenster aus der vierten Etage retten musste. Ohne Umwege wurde auch er in die Entgiftung eingeliefert.

Neun Monate ist Uta noch davon entfernt. Axel nimmt sich der Verwaltung der Wohnung an. Für die Mietzahlungen ist das Gesparte vorgesehen, Utas Versuche, Unterstützung bei den Behörden zu beantragen, scheitern. *Zu besoffen*. Offizielle Schreiben werden schon seit Monaten nicht mehr geöffnet. Hinter der Wohnungstür sammeln sich die Briefe von Ämtern, Bekannten und der Vermietung. Seit ihrem Wiedereinzug vor knapp zweieinhalb Jahren wurde keine Miete mehr gezahlt. Währenddessen werden die Umstrukturierungen der Wohnungsgenossenschaft Chemnitz langsam abgeschlossen. Auch die Häuser in der Vetterstraße sind nun privatisiert. Alte Mietverträge stehen den Sanierungen *in hervorragender Wohnlage, mit Innenstadt-Anschluss und in unmittelbarer Nähe zum frisch gegründeten Frauenhofer Institut* für Werkzeugmaschinen und Umformtechnik im Weg. Zur Ankündigung der Zwangsräumung klingeln zwei Mitarbeiter der Behörde. Uta kann ihnen keine Antwort geben. Schon vor drei Wochen war in einem der oberen Stockwerke geräumt worden. Seitdem hat sie nichts mehr von den ehemaligen Mietern gehört. Um dem Vollzug zu entgehen, entschließen sie sich, die Wohnung innerhalb von drei Tagen zu verlassen. Axel und sie treffen die Verabredung, sich auf einer Nordseeinsel eine neue Existenz aufzubauen. Einen Tag vor Axel steigt Uta in den Zug in Richtung Emden. Er kommt nicht nach.

Offiziell waren wir obdachlos. Wir haben Sozialhilfe bekommen, und dafür musstest du morgens früh aufs Amt gehen und das dort abholen, und stundenlang warten und der ganze Papierkram. Da war ich noch immer fix und fertig von der ganzen Sauferei. Deshalb ist er gegangen. Aber anstatt das Geld auf das Konto einzuzahlen, hat er es versoffen. Mit letzter Kraft konnte ich dann noch irgendwie wegmachen. Über das Arbeitsamt hatten die mir einen Job auf Langeoog vermittelt, ein Job in einer Bäckerei. Ich dachte, ich könnte da noch mal neu anfangen, ohne alles, was vorher passiert war. Dass du deine Sucht mitnimmst, das hatte ich irgendwie verdrängt. Und dass ich keine richtige Arbeit mehr leisten konnte, war klar. Die Leute, bei denen ich arbeiten sollte, waren komisch zu mir. Richtige Kapitalisten waren das, die ihre Arbeiter schikanierten. So etwas kannte ich überhaupt nicht, mit so etwas hatte ich keinerlei Erfahrung und wusste überhaupt nicht, wie ich damit umgehen sollte. Richtige Arschlöcher, Entschuldigung. Ich war sehr einsam und habe immer mehr getrunken. Die hatten mir 900,– DM und Kost und Logis versprochen – und als ich dann dort war, haben die mir im Monat nur 400,– gegeben. Damit kannst du dir keine eigene Wohnung anmieten. Wenn kein Geld da war, gab es zur Not eben auch den Kochwein, hinten in der Backstube.

Zufällig habe ich dann einen Reichsbahn-Assessor aus Köln kennengelernt. Über achtzig war der und hatte dort zwei Ferienhäuser. Bei dem habe ich mich erst mal ausgekotzt. *Ich kenne diese Leute,* hat der gesagt, *das sind die reinsten Kapitalisten.* Er war alter Sozialist, so was gibt es ja auch im Westen. Der hat sich dann um mich gekümmert. Er wusste, wie man mit so was umgehen kann. Zuerst ist er zu dem Bäcker gegangen und hat gesagt: *Die arbeitet jetzt nicht mehr für euch! Und bei euch wohnen tut sie auch nicht mehr!* Danach bin ich in eines seiner Ferienhäuser gezogen und habe mich um die zwei Häuser gekümmert, während er wieder in Köln war. Als er zurückkam, hatte er mir eine Rückfahrkarte nach Zwickau gekauft und mit meinem Bruder telefoniert. Alles war geregelt. Sie hatten mir einen Platz in der Entgiftung in Meerane besorgt. Bis zum Zug hat er mich gebracht. Aber man bleibt im Suff gefangen. Suff hilft dir über alles hinweg, mit ihm ist alles wieder gut, und dann schämst du dich, weil du gesoffen hast, und fängst wieder von vorne an. Immerhin bin ich in den Zug eingestiegen, bin aber nur bis Oldenburg gefahren. Da musste ich wieder aussteigen und saufen. Habe direkt mein Ticket verkauft und auch alles Geld versoffen, das der mir für den Weg mitgegeben hatte. Ich hatte eben Angst vor dem Zurückkommen. Ich hatte Angst vor meinem Bruder, vor meiner Mutter, Scham.

Also bin ich zur Bahnhofsmission, habe dort alles erzählt. Die haben meinen Bruder angerufen, zu dem ich damals schon seit Jahren fast keinen Kontakt mehr hatte. Ich wusste einfach nicht, wohin – sonst wäre ich auch in Oldenburg zur Therapie. Die Bahnhofsmission hat meinen Bruder angerufen, dass ich dort sitze und kein Geld habe. Er hat gesagt, er schickt Geld, aber es war schon spät, also musste ich im Nachtquartier der Bahnhofsmission übernachten. Ich hatte Glück, und es war alles leer.

Vorne an der Ecke, das hatte ich schon ausgespäht, war ein kleiner Kiosk. Da konnte man früh schon etwas kaufen. So was plant man als Alkoholiker. Du kannst erst denken, wenn was drin ist. Um sechs hat der Kiosk aufgemacht. Ich habe direkt eine kleine Flasche Jägermeister gekauft, damit schaffte ich es immerhin bis zum Bahnhof. Bis zum Zug hat mich die Dame von der Bahnhofsmission gebracht und geschaut, dass ich drinbleibe, und zum Abschied gewunken.

In Zwickau am Bahnhof hat mein Bruder auf mich gewartet, und im Auto, als wir da zusammensaßen, weißt du, was er da zu mir gesagt hat – das werde ich nie vergessen: *Du Dreckpaddel. Du Dreckpaddel.* Und ich konnte ihm nichts entgegensetzen. Kein Wort des Trosts ist gekommen. Ich habe mich nur noch geschämt, das vergesse ich nie in meinem Leben.

Es ist das zweite Mal, dass sie im Verlauf eines unserer Gespräche weint.

Zu meiner Mutter hat er mich geschafft, dachte, kalter Entzug wäre am besten. Aber das ist lebensgefährlich. Du fühlst dich so elendig, so dreckig. Meine Mutter hat das gar nicht verstanden, hat den Schlüssel versteckt, aber du kannst einfach nicht stillsitzen. Du rennst dauernd hin und her, immer in der Wohnung auf und ab. Am nächsten Montag kam eine Ärztin und hat mich in die Klinik eingewiesen.

Am Mittwoch hat dann mein Bruder mich zur Entgiftung gefahren. Zweibettzimmer. Da lag eine Frau, der ging es so ähnlich wie mir. Die kam aber gerade aus der geschlossenen Abteilung, war im Entzug verrückt geworden, durchgedreht. Splitternackt hatte sie den Hausflur gewischt. Im Suff merkst du irgendwann nicht mehr den Unterschied zwischen heiß und kalt. Die hat überhaupt nicht mehr verstanden, warum die Leute gucken oder lachen.

Am Anfang in der Entgiftung halluzinierst du noch. Zwischen Tür und Türrahmen war ein schmaler Spalt, da fiel nachts Licht durch. Da habe ich die ganze Zeit gedacht, wir werden von außen ausspioniert, und bin aufgestanden und habe die Tür aufgerissen. Die Schwester kam dann und hat gefragt: *Sehen Sie Männer oder Spinnen*? Ich habe gesagt, *nein, ich wollte nur wissen, was das für eine komische Türspalte ist.*

Drei Tage durfte ich die Station nicht verlassen, und dann durfte ich zum ersten Mal eine rauchen. Das war ein Hochgenuss! Kurz danach kamen wir auf ein anderes Zimmer. Jetzt waren wir sechs Frauen, und alle haben ihre Geschichten erzählt. Da haben wir ganz schön viel zusammen gelacht! Die eine hatte eine sehr herrschsüchtige Mutter, die hat bei ihr im Haus gewohnt, in der Wohnung über ihr und ihrem Mann, und ihr Ehemann und die Mutter wollten sie immer kontrollieren. Nie hat sie sich frei gefühlt, und dann hat die das so gemacht: Der Mann hat oftmals ihre versteckten Flaschen gefunden und weggekippt, aber sie hatte viele Pflanzen und auch Gießkannen, und da hat sie die Flasche Wodka in die Gießkanne gekippt und aus der Gießkanne getrunken. Und wenn dann ihr Mann und ihre Mutter sie wieder angebrüllt haben, hat sie gesagt: *Ich gehe Blumen gießen*.

Das war erst mal schön, die Therapiestunden mit solchen Leuten, so offen über das ganze Trinken reden. Sieben Wochen Entgiftung, Alkoholentzug für Menschen über vierzig. Kegeln, spielen, baden, spazieren. Ich war froh, wieder nüchtern zu sein – und ich hatte wieder Chancen bei den Männern. Da habe ich auch einen kennengelernt, der hat mir direkt angeboten, bei ihm einzuziehen – aber ich wollte erst mal alleine wohnen. Zum Abschluss habe ich die Sachen geschenkt bekommen, die ich in der Ergotherapie gemacht habe – Häkeldecken und einen Strohhut, der sah aus wie aus dem 17. Jahrhundert, und Keramik.

Nach fünf Wochen wurden die ersten Gespräche geführt, wie es nach der Therapie weitergehen könnte. Niemand sollte in die Obdachlosigkeit entlassen werden, und deshalb wählte ich das Betreute Wohnen. Bisher waren dort immer nur Männer gewesen. Bei meiner Ankunft war ich erst die zweite Frau, die dort überhaupt einzog. Im Erdgeschoss gab es ein Doppelzimmer, da haben wir zu zweit drin gewohnt.

Meine Familie wusste schon lange, dass ich Alkoholikerin bin. Die Intrigen haben dann aber erst so richtig angefangen. Sie wollten mich wegen der Erbschaft ausbooten. Deshalb wollten sie, dass ich alle vierzehn Tage komme und mich um meine Mutti kümmere – das konnte ich aber nicht, dann wären die vom Arbeitsamt mir auf das Dach gestiegen. Das haben die mir aber nicht geglaubt, deshalb haben die sehr viel vor mir verheimlicht. Dann haben sie meiner Mutti die Bankkarte weggenommen, damit sie mir auch nicht spontan oder selbständig was zukommen lassen kann. Die hatte dann nicht einmal mehr Geld für eine Briefmarke, und laufen konnte sie auch nicht mehr bis zur Post.

Dann hatte mein Bruder sechzigsten Geburtstag. Ich hatte schon vorher Angst, hinzufahren. Seine Frau hat uns auf die Plätze gewiesen. Ich war auch einfach dumm. Sie saß mit ihren Kindern da, direkt daneben meine Mutti. Und ich? Mir hat sie gesagt: *Du sitzt da drüben*. Dazu hat sie mir zwei Ehepaare hingesetzt, die sich nur untereinander unterhalten haben – also niemand, der mit mir redete. Und niemand, der mich beim Saufen vielleicht hätte stoppen können. Aber ich bin ja auch nicht blöde. Die Kellnerin hat direkt vor mich eine große Flasche

Kirsch gestellt. Das war eindeutig abgesprochen, das wusste ich sofort. Ich habe aber nur zu Hause und alleine gesoffen, nie auf Familienfeiern. Die dachten, wenn meine Mutti sieht, wie die Uta besoffen ist, dann wird die ihr das Erbe streichen. Ich habe genau gesehen, wie mein Bruder mich belauerte. Ich hätte einfach die Flasche vom Tisch schmeißen sollen, aber die sollten nicht denken, mir würde etwas schwerfallen. Manche Leute denken wirklich, Alkoholiker können sich nicht beherrschen, wenn die Schnaps sehen. Ein Arzt hat das auch mal mit mir gemacht. Ich sollte da erst mal in einem Raum warten, bevor der mich behandelte, und auf einer Tür war ein Spiegel – wahrscheinlich ein Doppelspiegel, durch den man durchgucken konnte. Und auf dem Tisch stand eine Flasche Cognac, und ich dachte, jetzt steht der Arzt hinter dem Spiegel und schaut, ob ich den Cognac auf ex trinke. Wie doof der ist. Keinen Schluck. Der Arzt muss sich zu Tode gelangweilt haben hinter seiner Tür.

Ich musste dauernd trinken. Ich konnte alles nicht mehr trocken durchstehen. Mal hängt ein Bild, was vorher dort hing, plötzlich da. Ich habe dann einen Job bei Blumen Bollen bekommen, und plötzlich stand ein Versicherungsmann vor mir. Ich habe das nicht verstanden. Nie werden einem Versicherungen verkauft, während man im Blumenladen an der Kasse steht. Aber ich hatte kein Selbstvertrauen mehr. Ich hatte nicht den Mut zu sagen: *Hauen Sie ab hier!* Und dann kam eine Frau, die hatte eine Handtasche dabei, die hat sie extra sehr weit offen hingestellt. Da wusste ich, da ist ein Aufnahmegerät drin. Die will mir Fragen stellen, und dann soll ich hier meine Arbeit verlieren. Ich sollte etwas über den Chef sagen, dass ich nicht durfte. Aber ich habe mich auch nicht getraut, zu der Frau zu sagen, *nehmen Sie Ihre Tasche vom Ladentisch.*

Dann bin ich mit meiner Mutti zur Kur in Marienbad gewesen. Und als wir im Hotel ankamen, klopfte es an der Tür, nachdem wir auf unser Zimmer gegangen waren, und da stand eine Frau und sagte: *Ich habe vor Jahren mal in diesem Zimmer mit meinem Mann gewohnt. Er ist schon lange tot. Darf ich es noch mal sehen?* Und dann hat sie sogar gefragt: *Darf ich auch noch das Bad sehen?* Und ich wusste, die kommt, um mich auszuspionieren, und da habe ich sie in das Bad gelassen und dann von außen die Tür zugehalten und geschrien: *Wie viel kriegst du dafür, dass du uns hier ausspionierst? Hundert Mark? Zweihundert?* Und sie hat nichts gesagt. Sie hat nur an der Tür gerüttelt. Und dann habe ich sie rausgelassen, und sie ist sofort weggerannt, weil ich genau den Nagel auf den Kopf getroffen hatte. Aber wie sollte ich das jetzt meiner Mutti erklären? Die hatte ja alles mitgekriegt, und ich habe ihr dann alles erklärt, aber ob sie es verstanden hat?

Zum neunzigsten Geburtstag meiner Mutti bin ich mit meinem Kind gefahren. Es war um Weihnachten, genau an dem Tag, an dem von D-Mark auf Euro gewechselt wurde. Überall waren lange Schlangen an den Schaltern. Es gab eine offizielle Feier, die ganze Verwandtschaft war geladen. Und da hatten sie ein Buffet bestellt, da wollten sie repräsentieren – und es war viel zu viel. Mein Bruder kam rein und hat alle begrüßt, nur mich hat er keines Blickes gewürdigt. Zu der Zeit war ich schon trocken, kam gerade von der ersten Langzeittherapie, und meine Schwägerin hat durch den ganzen Raum gebrüllt: *Uta, wir wollen anstoßen, aber für dich wahrscheinlich bloß Wasser …* Aber ich kannte die Frau, die am Buffet gearbeitet hat, noch von früher. Da bin ich heimlich zu ihr hin und habe gesagt: *Gib mir mal einen Baileys, aber heimlich, und schreib es nicht auf die Rechnung*. Sonst bist du ja völlig wehrlos – und ein bisschen in Stimmung kommen wollte ich ja auch.

Und dann war ich vierzehn Tage am Sterbebett meiner Mutter. Einmal, nachts, ist sie aus dem Bett gefallen. Schwer war sie, wie ein nasser Sack. Ich habe die medizinische Hilfe gerufen, und der Pfleger kam und sagte: *Ja, die stirbt gerade.* Da war sie 94, im Sommer. Auf einmal hat die so gemacht, hat sich richtig aufgebäumt. Da hat der Pfleger gesagt: *Jetzt sieht sie was.* Der ist dann wieder weggefahren. Jetzt saß ich alleine an ihrem Bett.

*Und dann kriege ich von Ihnen noch 40 Pfennig.* Das hat sie immer wiederholt, mit geschlossenen Augen. Das war das Letzte, was sie geredet hat. Drei Wochen später ist sie dann verstorben. Nach der Beerdigung kam direkt mein Bruder – ich habe mich nie getraut, was gegen ihn zu sagen. Elf Jahre älter war er – wie ein zweiter Vater. Der hat zu mir gesagt: *Die hat nicht viel gehabt. Alles, was die hatte, haben wir zur Beerdigung verwendet. Es gibt kein Erbe.*

Wenn mein Bruder mehr mit mir geredet hätte, hätte ich gesagt: *Bernd, ihr habt euch die ganzen Jahre gekümmert. Nehmt ihr das ganze Erbe. Ich konnte mich nicht kümmern.* Aber diese hinterfotzige Art! Jetzt mussten wir zur Sparkasse, zur Testamentsöffnung. Auf einmal waren da drei Testamente. Meine schwerkranke Mutti hatten die noch mal gezwungen, ein neues Testament aufzusetzen. Das Geld sollte auf ein anderes Konto überwiesen werden. Der Bankangestellte hat aber gesagt: *Das geht nicht. Das geht nur bei entmündigten Personen.* Deshalb habe ich dann doch das ganze Geld bekommen. Meine Mutti wollte, dass wir alle das Gleiche bekommen. Den vielen Ärger darum aber, den konnte ich nicht verkraften. Die ganzen Familienfeiern, das waren einfach immer Demütigungen. Danach musste ich drei Tage saufen. Meistens bin ich bis Zwickau gekommen, habe mir da eine Flasche Wein gekauft und schon im Zug gesoffen.

Als meine Mutti dann unter der Erde war, hat mein Bruder mir einen Brief geschrieben. Den hat er in eine Schachtel gelegt, f6, die Zigaretten. Das Deckblatt hatte er abgeschnitten. Und auf die Rückseite draufgeschrieben: *Es sind jetzt noch Heizkosten aufgetaucht. Du musst noch 172 € schicken.* Ich war ihm nicht einmal ein Blatt Papier wert. Und ich Arschloch habe es auch noch bezahlt. Mit 73 Jahren ist er verstorben, genau an meinem Geburtstag. Das war für mich ein Zeichen Gottes. Sein Kind hat mich angerufen, am nächsten Tag. Ich habe dann seiner Frau geschrieben: *Bernd und ich waren ja nicht mehr gut miteinander zu reden. Deshalb wäre es falsch, wenn ich komme. Ich wünsche dir auf dein Leben alles Gute.* Gehasst und verachtet haben die mich immer, weil ich ein Leben geführt habe, das die sich nie getraut haben!

Im Alkoholentzug gab es dann eine Frau, die angefangen hat, mich zu verfolgen. Immer, wenn ich abends noch mal spazieren ging, kam sie, um mich zu begleiten. Bei den ersten zwei, drei Malen habe ich mir nichts dabei gedacht. Dann hatte ich irgendwann einen Verdacht. Die Frau hat auch alles für mich bezahlt. Und nach ein paar Monaten, als ich nach Leipzig umgezogen war, kam sie ständig zu Besuch. Da hat die immer Zigaretten und Geschenke mitgebracht. Und da hat sie zu mir gesagt: *Als ich damals in der Alkoholikerphase war, da habe ich sehr viel Hilfe bekommen, und das gebe ich jetzt alles zurück.* Nachdem sie die Entgiftung und den Entzug gemacht hatte, war sie in der Einrichtung Betreuerin geworden. Irgendwann haben wir dann eine Kaffeefahrt gemacht nach Berlin mit der ganzen Einrichtung. Und auf dem Rückweg haben wir eine längere Pause in Leipzig gemacht. Da habe ich ihr meine neue Wohnung gezeigt. Da wusste sie auch, wo ich wohne. Als ich am Abend nach der Kaffeefahrt zurückkam, ging ich in die einzige Kaufhalle im Ort. Als ich wieder rauskam, die Straßen waren komplett leer, ragte aus dem Mülleimer eine volle Flasche Wein, noch verschlossen. Hinterher erst habe ich verstanden, dass sie die dort platziert hatte, weil sie nicht wollte, dass ich fertig war mit dem Entzug, und nach Leipzig zog. Sie wollte mich wieder abhängig machen. Deshalb hat sie überall Flaschen platziert. Oben im Park, da wachsen so Platanen. Da stand auf einem Ast eine Flasche Eierlikör. Trink ich sowieso nicht, würde ich sowieso nicht mitnehmen. Selbst ein Mensch, der nicht Alkoholiker ist – wenn der so etwas erleben würde, würde der auch anfangen zu trinken.

Die Geschenke gingen weiter. Zugleich dachte ich, dass ich sie niemals wiedersehen würde. Irgendwann hat mich eine Nachbarin angesprochen. Die hat mir einen Brief gezeigt, den ihr offenbar die Frau aus der Entzugsklinik geschrieben hatte. Was drin stand? *Frau Krahl* – ich hatte wieder meinen Mädchennamen angenommen – *ist eine sehr unselbständige Person. Sie sollten sie im Auge behalten*. Ein paar Monate später kam sie dann zu Besuch und hat mir mein Fahrrad gebracht. Ich hatte die Sache mit dem Brief da wieder vergessen. Wir haben dann ein paar Ausflüge gemacht. Sie hat mich immer eingeladen. Ingrid hieß die. Die war eher eine Mauerblume. Wahrscheinlich hat sie einfach gemerkt, dass sie in meinem Beisein was ist. Sonst hätte sie kein Mensch eines Blickes gewürdigt. Sie wollte mein Leben kaufen. Gleichzeitig hat sie mir immer auch reingeredet. *Dein neuer Freund ist Drogendealer! Hast du das denn nicht gemerkt? Der treibt sich doch ständig auf dem Bahnhof rum*. Mit solchen Sachen hat sie versucht, mich zu manipulieren. Und dann wollte sie, dass ich bei ihr ins Haus einziehe – für fast keine Miete. *Leipzig ist viel zu gefährlich*. Und das stimmt auch: Ich lebte in einem sehr gefährlichen Haus. Hier waren merkwürdige Dinge passiert. Es wurde mit der Pistole geschossen bei uns im Haus. Das muss die aber alles gestellt haben, um mich hier rauszubringen und wieder in ihre Wohnung zu holen. Die muss dafür Leute bezahlt haben. Für Geld findest du heute alles.

Mein Nachbar war auch so ein komischer Typ, ebenfalls durch das Programm für Ex-Alkoholiker in das Haus eingezogen. Er hatte einen Freund, der sehr dick war. Dem wurde das Wasser abgedreht, und da hat er dann ständig sein Wasser bei diesem Freund geholt. Eines Vormittags kam ich nach Hause, da lagen vor meiner Tür zwei Stücke, wie von einer Verpackungsfolie abgerissen. Ich habe mir erst mal keine Gedanken darüber gemacht. Auf meinem Klodeckel lag dann so blaues Zeug. Es sah aus, als ob jemand das Kränzchen mit getrockneten, blauen Blümchen, das ich um meinen Türspion gehängt hatte, auf meinen Klodeckel gelegt hätte.

Und abends war Licht. Man konnte durch den Spion sehen, wenn auf dem Flur Licht an war. Es war schon spät, gegen zwölf. Da hörte ich vor meiner Tür: *Oehh, Oehhh, Oehhh.* Da dachte ich, *jetzt kann ich mir denken, was da draußen los ist.* Ich habe es auch zusammenbekommen: Mir hatte jemand einen neuen Spion eingebaut. Und ich sollte jetzt aus dem Spion rausgucken, wer draußen steht. Da war ich fix und fertig und habe mich an mein Fenster gestellt. Und wie ich mich an mein Fenster stelle und so schräg rübergucke, sehe ich da drüben das große Fenster, wo auch keine Wohnung ist, es gehört zum Treppenhaus. Und da stand ein Mann und hat so gemacht und rübergeguckt zu mir. Da wusste ich genau, der ist wegen mir da, es ist kein Zufall, dass der da ist. Dann habe ich noch eine Weile gewartet. Dann ging das Licht wieder aus. Dann dachte ich, ich guck jetzt mal, ob der weg ist. Ich habe kein Licht angemacht im Treppenhaus, bin vor, habe gelauscht. Er war nicht mehr da. Aber es war eine Blutpfütze da. Jemand hatte hingepinkelt, und auch Blut war dort, und Sperma. Da habe ich die Polizei gerufen – aber solche Geschichten, erzählt von einer Alkoholikerin, glaubt niemand. Doch dann kam noch eine weitere Frau aus ihrer Wohnung und sagte, *ja, hier war längere Zeit Licht an, und es war auch ein Mann da. Ich habe den gehört*. Darauf hat die Ingrid alles gemünzt, dass mir allein so etwas niemand glauben wird. Sie wollte mein Leben kaufen und zerstören. Vielleicht waren ihre Ambitionen auch einfach nur mehr lesbischer Art, aber sie hat nie etwas in der Richtung gesagt. Dabei müssen die auch meinen Schlüssel gehabt haben, von meiner Wohnung! Denn am nächsten Tag, nachdem mir in der Nacht der Wichser gegenüberstand, bin ich in die Tagesbar gegenüber. Die Barkeeperin kannte ich gut. Die wusste, dass Rudi und ich schon länger kein Paar mehr waren. Und dann hat die gesagt: *Uta, biste wieder mit dem Rudi zusammen? Nee,* sage ich. *Na, dann will ich dir mal was sagen: Gestern Nacht, früh um drei, kam der Rudi von deiner Wohnung her rüber mit so einem dicken Mann, mit so einem dicken Bauch*. Da konnte ich mir natürlich denken, dass der Mann mit dem dicken Bauch der Freund war von dem, der nebenan wohnte. Und dann habe ich ihr das alles erzählt, und sie sagte, *ja, das ergibt eine Geschichte. Und da werden die beiden gut für bezahlt worden sein. Und dann hat der Rudi mit dem dicken Mann das ganze Geld hier versoffen*.

Am nächsten Sonntag, früh um sechs, im Sommer ist es ja schon früh hell, kamen zwei Kerle und spielten im Innenhof Fußball, extra laut. Da wusste ich, das ist alles wegen mir. Und dann wohnte am Ende vom anderen Flur eine alte Frau, schwer alkoholkrank. Um die habe ich mich ein wenig gekümmert. Eines Tages bin ich wieder zu ihr rüber. Dazwischen lag eine leere Wohnung. Sie müssen genau gewusst haben, dass ich jetzt wieder auf dem Weg zur Ulrike war, vielleicht durch den jungen Mann in der Wohnung neben mir. Der muss irgendwen angerufen haben: *Die kommt jetzt.* Und dann bin ich an der leeren Wohnung vorbei, da ratterte die Tür: *Babababa-bam rababababaram.* Da habe ich das Licht eingeschaltet, und die Tür ging auf und ein großer, kräftiger Mann kam heraus, hat mich böse angeschaut.

Und in der zweiten Etage gegenüber wohnte eine Holländerin. Und die hatte keine Gardinen. In Holland ist das so. Und die war mal ein paar Wochen in Holland, und da stand ich eines Nachts am Fenster und habe rausgeschaut, und bam! Es brannte Licht in ihrer Wohnung, und ich konnte genau auf das Sofa gucken, und da lag ein nackter Mann und hat so gemacht.

Irgendwann konnte ich nicht mehr und bin zum Bahnhof gegangen. Damals durfte man noch an den Gleisen rauchen, und ich habe mich an ein leeres Gleis gesetzt, weiter hinten stand ein leerer Zugwaggon. Und dann saß ich da und rauchte, und plötzlich sah ich im Fenster dieses Zuges wieder einen Mann, und der wichste an das Fenster.

Ich habe dann mindestens einmal im Monat mein Schloss ausgetauscht.

Einmal bin ich morgens zum Bahnhof, kurz vor neun. Ich hatte nichts mehr zu trinken im Haus. Nach mir kam noch jemand aus der Haustür heraus. Der Bahnhofsvorplatz war voll mit Menschen. Es war Sommer, noch warm. Der, der hinter mir aus dem Haus gekommen ist, ging immer hinter mir her. Ich habe die Seite gewechselt, mich dann plötzlich umgedreht: *Verfolgen Sie mich doch nicht!*, habe ich ihn angeschrien. Der Mann ist dann sofort an mir vorbeigerannt und zwischen den vielen Menschen verschwunden. Ich konnte gar nicht sein Gesicht sehen. Habe sofort wieder vergessen, wie er aussah. An meinem Rücken hat es sich aber angefühlt, als würde jemand eine Eisenkugel fest dagegen pressen. Ich habe mit meiner Hand nach der Stelle am Rücken getastet. Meine Hand war voll mit Blut. Dann kam ein weiterer junger Mann. *Können Sie mal gucken, was an meinem Rücken ist? Da hat mir jemand eine Eisenkugel reingehauen.*

*Nee, da hat Ihnen niemand eine Eisenkugel reingehauen. Da hat Sie jemand mit einem Messer gestochen.*

Hier kannst du es sehen. Siehst du das?

Im Krankenhaus haben die es vermessen: Zwei Zentimeter weiter links und meine Wirbelsäule wäre irreparabel verletzt gewesen.

Kurz danach habe ich auf Ingrids Namen und an ihre Adresse Goldschmuck, Stützstrümpfe und, als krönenden Abschluss, 60 Zentner Kohlebriketts bestellt. *Gleich im Hof abkippen,* habe ich gesagt.

Um Weihnachten kam Ingrid dann wieder zu Besuch. Ich habe ihr direkt gesagt, dass ich weiß, dass sie an alldem schuld ist, die Verantwortung trägt und alles bezahlt hat. Ich habe sie rausgeschmissen und ihr zwei fette Arschtritte verpasst und dann einen dritten, damit sie in den Aufzug fliegt.

Als ich wieder in Leipzig gewohnt habe, war ich bitterarm. Im Kühlschrank war immer fast gar nichts. Ich hatte keine Arbeit, und irgendwann hatte ich einfach keinen Bock mehr darauf, so arm zu sein. Eigentlich wollte ich das nie wieder machen. Dann aber habe ich eine Annonce in einer kostenlosen Zeitung aufgegeben. Da war ich 56. Mit meiner Nachbarin habe ich mich viel darüber beraten. Sie hat gesagt: *Schreib nicht rein, dass du 56 bist. Du siehst doch viel jünger aus! Das glauben dir die Män-*

*ner sowieso*. Heute annonciere ich mit 52. Die interessiert es eh nicht. An Ostern kam mich dann mein Kind besuchen, gerade mit offenen Raten für eine Küche im Rücken. Tausend Euro brauchte der ganz dringend. Und ich hatte gerade am Vormittag zwei Kunden gehabt. Da habe ich das Geld auf den Tisch gelegt und gesagt: *Hier, nimm das schon mal*. Der hat gestaunt. *Mutti, woher hast du denn so viel Geld?* Dann habe ich ihm alles erzählt. Natürlich hatte er sich schon was gedacht, aber damit, dass ich das mit Ende fünfzig immer noch mache, damit hatte er absolut nicht gerechnet. Dann habe ich gesagt: *Was denkst du denn? Ältere Leute wollen doch auch Sex haben!* Teilweise habe ich auch Kunden, die sind über achtzig.

Vieles ist vielleicht auch zu extrem, als dass man das dem eigenen Kind erzählen möchte. Damals war es auch etwas anderes, es hatte etwas Anrüchiges. Heute sehe ich es mehr als eine Dienstleistung zur geistigen Gesundheitspflege. Wer länger Sex hat, ist länger gesund. Wenn ich es nicht nötig hätte, würde ich es überhaupt nicht mehr machen – auch mit den Freunden, die ich schon seit Jahren habe –, aber ich gewinne halt nicht im Lotto.

Als ich mit 56 erneut mit dem Geschäft angefangen habe, da fiel es mir auch wieder schwer, Geld dafür zu nehmen. Hemmungen. Ich weiß nicht, warum. Obwohl man denkt, man habe längst genug Erfahrungen – aber es war alles so lange her. Zwischenzeitlich hatte ich halt eine Ehe geführt und eine normale Beziehung gehabt. In Prag, im *Inter*, hat man nicht über Preise gesprochen. Die Männer waren sehr reich. Es gab keine Preisauskünfte. Und die Männer haben geduftet … und immer fein gekleidet. Meistens wurde man noch mit zum Frühstück eingeladen. Außer, es war ganz unangenehm.

Aber später, hier in Leipzig, wollten die Männer alles vorher genau wissen. Was *was kostet, halbe Stunde, ganze Stunde* und so weiter. Ich dachte, früher ging es doch auch, und wollte es einfach mal wieder ausprobieren – aber es war von einer ganz anderen Art. Die Zeiten hatten sich sehr geändert. Die Männer wussten genau, was du machst. Die Älteren haben nicht so viel gefragt, aber die Jüngeren haben immer alles ganz genau abgefragt. *Hast du lange rote Lackstiefel? Hast du einen alten Rock und eine alte Bluse, die ich dir dann runterreißen kann …* Aber man kann nicht alle Bedürfnisse befriedigen. *Röcke habe ich gar keine,* habe ich gesagt, *aber du kannst mir einen kaufen.* Da hat er mir einen mitgebracht.

Von Anfang an musste ich immer erst Alkohol trinken. Da gab es etliche Abstürze. Hinterher musste ich wieder trinken. Da dachte ich, es kann ja nicht sein, dass du vorher erst saufen musst und hinterher, um den ganzen Stress zu verarbeiten, und dabei schon das ganze Geld wieder ausgibst. Es ging erst nach und nach, dass das mit dem Alkohol besser geworden ist. Es wurden dann auch die Entgiftungen weniger.

Es wurde immer mehr gefragt nach Latex und Leder und so. Und dann habe ich mich auch noch mal spezialisiert als Domina. Da habe ich eine Sendung im Fernsehen gesehen, wie die Frauen das machen und dass die teilweise gar nicht von den Männern berührt werden. Das fand ich gut, und es bringt das meiste Geld rein.

Oftmals ist es aber auch einfach Gesprächstherapie. Die können sich mit ihrer Frau über bestimmte Sachen nicht unterhalten oder gewisse Fragen stellen, und vor ihren Freunden schämen sie sich. Dann müssen sie halt zu einer Professionellen. Die Männer erzählen einfach auch von Eheproblemen, auch manchmal von anderen Frauen oder von ihren Affären. Man weiß ja nichts von denen, keinen Namen, keine Adressen.

Und die wissen – es kommt nie raus. Man muss dann immer so tun, als würde einen das wirklich interessieren.

Freitag war jetzt Zahltag, da hat direkt mein Stammkunde angerufen. Aber da hatte ich gerade schon Geld bekommen. Da habe ich gesagt: *Du, mir geht's heute gar nicht gut. Ruf mal lieber wieder nächste Woche an, vielleicht ist es mir da wieder besser.* Er kommt schon zwölf Jahre zu mir. Da redet man auch viel. Seine Frau ist froh, dass er sie in Ruhe lässt. Sie hat seine Rente. Sie hat es nicht mehr notwendig. Aber er fragt immer: *Warum geht es bei dir, und bei meiner Frau nicht mehr?* Ich brauche das Geld – aber er kommt nicht auf die Idee, dass ich es nur wegen des Geldes mache. Er glaubt, wir haben ein Liebesverhältnis, aber ich kann ihm das nicht sagen. Dann kommt er nicht wieder. Als ich einen festen Freund hatte, da habe ich ihm abgesagt für ein paar Monate. Da war er bei einer anderen. Aber da konnte er nicht. Dabei war es zwischen uns auch immer nur geschäftlich. Einmal habe ich ihn dann gefragt: *Hast du mir mal was zu meinem Geburtstag geschenkt? Oder zu Weihnachten?* Darauf hatte er keine Antwort. Trotzdem bringt er mir meistens Geschenke mit, wenn er vorbeikommt. Die Männer können Sex und Liebe eben einfach nicht auseinanderhalten. Er denkt immer noch, dass ich den Sex auch brauche. Das würde ihn kränken, wenn er erführe, dass ich nur das Geld brauche. Viele sagen: *Ich will, dass du auch was davon hast*. Das sind die Schlimmsten, weil du das gar nicht willst. Alle sind froh, wenn die wieder zur Tür rausgehen. Du musst immer eine gute Schauspielerin sein.

Vieles habe ich abgelehnt und gleich gesagt: *Das mache ich nicht*. Viele Männer glauben, bloß weil sie bezahlen, können sie ihre merkwürdigsten Fantasien ausleben. Ich habe aber auch meine Grenzen. Wieso ist das so schwer zu verstehen?

Eine Frau? Nee, nie hat eine Frau angerufen. Einmal hat einer angerufen, der wollte bei mir nackt putzen. Der hat gedacht, solche Frauen bestellen sich einen Nacktputzer. Da kannst du mal sehen, wie blöde solche Männer sind. Einmal hat einer angerufen, der wollte, dass ich gebrauchte Kondome sammle in einem Einmachglas. Das würde er mir für 50,– Euro abkaufen. *Urrgghh*. Ich hab gesagt: *Ruf woanders an!* Er wird schon irgendwo bekommen haben, was er gesucht hat.

Einmal hat einer angerufen, der dachte, er bekommt Geld dafür, dass er Sex mit mir hat – und seine Freundin sollte mitkommen und zuschauen. Er wollte 50,– Euro dafür haben, dass er mit mir Sex hat. Da kann es auch manchmal zu komischen Verwicklungen in deren Kopf kommen. Solche Fantasien – da willst du wirklich nicht drunter leiden.

Einer hat mir mal eine SMS geschickt. Er säße gerade beim Frühstück mit den Kollegen und würde sich unter dem Tisch einen runterholen, aber er käme nicht zum Ende. Ich sollte ihm jetzt helfen. Per SMS. Ich hab mich einfach gar nicht gerührt. Was sollte ich damit? Da verdiene ich ja nichts. Es standen auch welche mal einfach bei mir vor der Tür. Einer hatte einen Termin um zehn Uhr, und um acht hat es geklopft. Da habe ich mir gerade die Haare gewaschen. Ich habe gesagt: *Ja bitte?!* Und er: *Machen Sie mal auf. Ich will bloß gucken*. Da habe ich gesagt: *Komm wieder, wenn dein Termin ist!* Beim Haarewaschen siehst du halt nicht so gut aus. Der kam nicht wieder … Der hat sich wahrscheinlich die ganze Nacht ausgemalt, was er mit mir machen will. Manche wollen nur mal gucken – dabei wollen die was anderes als zu Hause. Und wenn du dann nicht geschminkt bist, denken die sich: *So was habe ich auch zu Hause,* und kommen nicht wieder.

Und wenn jemand klingelt, und du hast einen Termin ausgemacht – du weißt ja nicht, wie die aussehen. Dann kommt es schon mal zu Verwechslungen. Und du weißt ja nicht, ob die wirklich kommen – oft wirst du auch einfach versetzt. Am ersten Tag nach Weihnachten rufen oft viele an. Aber da habe ich auch keinen Bock. Oft habe ich dann gerade Geld geschenkt bekommen von irgendwem. Letztens hatte ich mich mit dem einen Stammkunden verabredet, dem jungen, mit dem macht es noch Spaß – also, nicht das Sexuelle, das ist mir lange schon zuwider, aber der ist immer sauber und gepflegt und riecht gut. Aber der zahlt nur 40. Das habe ich dem vor Jahren mal angeboten, und dabei ist es geblieben. Stammkunden sind mir halt lieber, und da macht man dann auch schon mal Kompromisse.

*Wann legst du mir mal wieder was Geschriebenes vor? Unser Vertrag scheint dich gar nicht zu kümmern! Wie viele Jahre soll denn das noch dauern, wenn du so wenig schreibst!* Uta ist ungehalten, nervös und unruhig. Sie steht im Treppenhaus ihres Wohnhauses am Fenster vor mir und raucht. Ich schiebe meine Füße über den gebohnerten Linoleumboden. Meine Sohlen bleiben kleben. Sie kommen nicht vom Fleck, nur ein leises Geräusch ist zu hören. Es ist kein richtiges Quietschen, eher ein kümmerlicher Versuch eines Quietschens. Ich bin mir nicht einmal sicher, ob es wirklich zu hören ist, aber an jeder Stelle meines Körpers kann ich es merken. Uta wirft ihre Zigarette in den dunklen Hof und macht sich direkt eine neue an. *Es ist doch eine wirklich spannende Geschichte. Für so was interessieren sich die Leute. Es kann doch nicht so schwer sein, dafür einen Verlag zu finden.* Ich weiß nicht, welche der möglichen Antworten ich ihr darauf geben kann. *Und bist du denn jetzt endlich fertig?* Ich gebe ausweichende Antworten. So, wie ich selbst sie in den letzten Monaten auch immer wieder zu hören bekam.

Uta weiß, wie sehr ich diese Art von Gerede hasse. Unser Gespräch steckt fest. *Ich möchte auch mal Geld sehen, für all die Arbeit, die wir hier machen.* Kurz frage ich mich, wie groß die Schnittmenge dessen ist, was wir uns von dem hier erhoffen, was wir gemeinsam angefangen haben. Das große Fenster hier auf dem Treppenabsatz bewegt sich im Wind, öffnet sich ein Stück weit auf uns zu. Uta stemmt sich dagegen. Es dringt sehr kalte Januarluft zu uns hinein. Der Fensterrahmen ragt in den Flur hinein, und kurz schauen wir uns durch die Fensterscheibe an. Der Wind pfeift durch das Gebäude, irgendwo muss noch jemand eine Tür geöffnet haben. Das Fenster schwingt, und die Werbereklamen von draußen legen sich als Reflexionen über Utas Gesicht. Sie lacht. *Kurz sah es aus, als wärest du Teil dieser Leuchtreklame da drüben gewesen,* sagt sie und deutet auf das blinkende Pärchen einer Immobilienmaklerwerbung. Der sich in meiner Vorstellung ausbreitende Optimismus dieser Menschen erscheint mir wie Hohn. *Komm, wir machen das Fenster wieder zu. Ich habe ja nur dieses Nachthemd an.* Wir machen das Fenster zu und rauchen von innen gegen die Scheibe. Der Bewegungsmelder hier im Treppenhaus ist ausgegangen. Plötzlich sind wir beide zu Gespenstern geworden. *Ich würde gerne umziehen, mir eine größere Wohnung leisten können. Meine Rente reicht kaum zum Überleben.* Ich mache zwei neue Zigaretten an und reiche ihr eine hinüber. Der Rauch lässt die Fensterscheibe in der Nacht wieder sichtbar werden. Ganz langsam kehren die Wolken als kleine Wirbel zurück. Es brennt im Auge. *Wirklich viel Geld verdient man mit Büchern eigentlich nicht.* Utas Asche kippt vorne von ihrer Zigarette. *Ja, ich weiß, Geld ist ohnehin meistens schnell wieder weg. Ich würde einfach gerne einmal in meinem Leben nach Wien reisen – und wer weiß, wie viel Zeit mir noch bleibt?* Ich gebe mir Mühe, ein paar unbefangen schöne Sätze über Wien zu erfinden. Utas Zigarette ist ausgegangen. In der Dunkelheit taste ich nach ihr, bin mir aber nicht sicher, ab wann ich sie im Arm halte. Wir haben uns über eine lange Zeit nicht gesehen. Drei Wochen zuvor hatte sie mich angerufen. Die Verbindung war kurz unterbrochen. Nach nur einem Klingelzeichen nahm sie wieder den Hörer ab. *Wo bist du,* fragte sie. *In Kiel,* sage ich. *Aber ganz genau weiß ich es auch nicht.* Durch die schlechte Verbindung fielen wir uns die ganze Zeit immer wieder ins Wort. Es wurde schwierig, unsere Sätze auseinanderzuhalten. Dann entstanden längere Pausen, und ich war unsicher, ob das Gespräch vorbei war. *Gut, dass dein Handy wieder funktioniert,* sage ich damals. *Ich habe die Frau gefragt: Wo stehen die schlimmen Sachen? Wie sie mich bedrängt und genötigt haben? Ich kann das gerade in den Akten nicht mehr finden. Und sie sagte: »Es kann gut sein, dass die STASI das zerstört hat, kurz bevor alles zu Ende ging, dass sie genau wussten, was sie getan haben, und gezielt einzelne Akten vernichtet haben, dass sie gezielt die ganz schlimmen Sachen entfernt haben, damit diese ihnen niemals nachgewiesen werden können. Sie wussten, dass sie sonst vielleicht verurteilt werden würden.«* Ich frage mich, was das mit dem reparierten Handy zu tun hat und ob es irgendwas gibt, das ich aus der Ferne tun kann. Und da höre ich schon wieder ihre Stimme, ganz dicht an meinem Ohr, *aber ich weiß ja, was passiert ist, was mit mir gemacht wurde.* Vor mir geht langsam die Sonne unter, dabei ist das Wasser des Meers ganz ruhig. Fast identisch spiegeln sich die Schiffe darin. Beinahe sieht es aus, als wäre zwischen mir und dem anderen Ufer der Förde ein Loch in der Erde, ein Ausblick auf sonnendurchschossene Luft. Dann sitze ich auf meinem Fahrrad und denke über ein mögliches Ende der Geschichte nach. Der Gedanke ist flüchtig, ich beginne ihn immer wieder von vorne, irgendwie hört es aber nicht auf. Ich finde kein Ende. Der Weg führt ganz langsam den Berg hinunter, der Abstieg ist beinahe nicht zu bemerken. Auf der rechten Seite war bis vor kurzem eine Postfiliale, die einzige hier im Viertel. Auf der Rückseite konnte man von einer höher gelegenen Brücke aus in den Innenhof gucken. Während ich den Berg an der alten Postfiliale vorbei hinabrolle und sekundenlang die Augen schließe, fahre ich wieder nach Chemnitz herein, zwischen großen, mir unbekannten Gebäuden hindurch – und egal, in welche Richtung ich meinen Kopf wende, habe ich das Gefühl, dass sie in meinem Rücken zerbrechen. Kein Splitter kommt an mich heran, nicht einmal der Lärm ihres Kollabierens, der eigentlich da sein müsste. Ich kenne diese Stadt nur aus Erzählungen, denke ich. Was sollte mir in ihr schon passieren? Völlig unbekümmert könnte ich mich durch sie bewegen. Mein Körper merkt, dass er in Bewegung ist. Ich sitze, und die fremde Stadt verschwindet neben mir. Irgendwo hier, zwischen den Gebäuden, ihren und meinen Überresten, könnte ich Uta entdecken. Ich weiß nicht, ob sie noch da ist. Als ich versuche, sie zu rufen, kommt nur Lärm aus meinem Mund. Plötzlich schaue ich an mir herunter und sehe ihre Ringe an meinen Fingern. Ob sie mir den Schmuck geschenkt hat, kann ich nicht sehen, nur, dass auch meine Finger gealtert sind und ihren, wie es mir meine Erinnerung erzählt, zum Verwechseln ähnlich. Würde ich Uta erkennen, wenn sie mir hier und jetzt entgegenkäme? Würde Uta mich erkennen? Vielleicht würde sie ihre Augen erkennen, vielleicht würde sie ihre eigenen Lippen betrachten? Wird Uta mich auf der Straße grüßen, wenn wir uns wiedersehen? Die Erde ist wieder flach. Unmerklich hat der Weg mich um das Wasser herumgeführt. In einem als Hafen bezeichneten Betonbecken legt eine Fähre ab. Kurz überlege ich, ob ich mich auf das Wasser wagen sollte.

Wahrscheinlich würde es mich in einen sanften Schlaf wiegen und draußen, weg von diesem Land, könnte ich Träume haben. Ich bleibe kurz noch stehen, wende mich dann ab, nehme die wenigen Stufen der Kaisertreppe zum Bahnhof hinauf und verlasse die Stadt. Sechs Stunden später sitze ich wieder mit Uta in Leipzig auf unserer Bank.

*Uta und der Erzähler in Wien, im Prater, vor dem Riesenrad*

Ich habe mich immer gefragt, wie es aufhören wird, und wo, und wann. Ich *soll mich beeilen*, sagt Uta, damit *endlich Schluss ist*, damit *wir endlich fertig sind*. Ich frage mich, ob sie am Ende des Buches oder am Ende der Geschichte etwas Versöhnliches sagen wird. Käme ihre Geschichte damit zu einem Abschluss? Oder wäre nur ich dann versöhnt? Zu wem aber könnte sie etwas Versöhnliches sagen? Vor welchem Hintergrund ließe sich eine solche Szene vorstellen? Egal, in wie vielen Settings und Szenarien ich es durchspiele: Wir bleiben auf Distanz. Alle Entwürfe für eine solche Szene, von denen ich ihr erzähle, verwerfen wir. Am Ende mache ich einen letzten Vorschlag: *Wenn die Leute später von Utas Geschichte sprachen, haben sie alle irgendwie gesponnen, wenn sie zum Ende kamen. Wie viele Geschichten, wie viele Märchen entstehen dadurch, dass man das wirkliche Ende nicht kennt?* Uta schaut mich verständnislos an und schüttelt den Kopf. Währenddessen treffen die ersten Bücher aus der Druckerei ein. Uta und ich nehmen ein Exemplar in die Hände. Das Papier ist noch ganz frisch geschnitten. Es ist scharf und weich zugleich.

Die Entstehung dieses Werks wurde durch Stipendien der Kulturstiftung des Freistaates Sachsen, der Jürgen Ponto-Stiftung und der Muthesius Kunsthochschule ermöglicht.

Viele Leute haben die Entstehung dieser Arbeit möglich gemacht und unterstützt. Euch allen gilt mein Dank.

Ohne Nikola gäbe es dieses Buch nicht. Deine Neugier steht weit vor der ersten Seite. Dr. Steffi Brüning hat der Arbeit mit ihrer Expertise Welten aufgeschlossen. Dr. Markus Anhalt danke ich für die Unterstützung und Zuarbeit. Jan danke ich für seinen Glauben an das Buch. Auf einem schwierigen Abschnitt des Weges hat er es gehalten und begleitet. Florian danke ich für die genaue Lektüre, richtige Fragen und ansteckende Begeisterung.

# *Inhalt*